SAM BOURNE
Die Kampagne

Weitere Titel des Autors:

Der Präsident
Die Wahrheit

Titel auch als Hörbuch erhältlich

Unter dem Namen Jonathan Freedland:

Das Jahr der Rache

Über den Autor:

Sam Bourne ist das Pseudonym des preisgekrönten britischen Journalisten Jonathan Freedland. Er war lange Zeit Berichterstatter aus Washington für THE GUARDIAN. Nach seiner Rückkehr nach London schrieb er für verschiedene Zeitschriften und veröffentlichte mehrere Bücher. Sein Thrillerdebüt DIE GERECHTEN stand in Großbritannien monatelang auf der Bestsellerliste und verkaufte sich über eine halbe Million Mal. Seit 2014 verfasst der Nahostexperte eine wöchentliche Kolumne für THE GUARDIAN sowie einen monatlichen Beitrag für THE JEWISH CHRONICLE. Zudem präsentiert er die wöchentliche Radiosendung THE LONG VIEW bei BBC RADIO 4.

SAM BOURNE

DIE KAMPAGNE

THRILLER

Aus dem Englischen von
Dietmar Schmidt

lübbe

Dieser Titel ist auch als E-Book erschienen

Vollständige Taschenbuchausgabe

Deutsche Erstausgabe

Für die Originalausgabe:
Copyright © 2020 by Jonathan Freedland
Titel der englischen Originalausgabe: »To Kill a Man«
Originalverlag: Quercus Editions Ltd., an Hachette UK company

Für die deutschsprachige Ausgabe:
Copyright © 2021 by Bastei Lübbe AG, Köln
Textredaktion: Dr. Frank Weinreich, Bochum
Titelillustration: © jocic/shutterstock
Umschlaggestaltung: Manuela Städele-Monverde
unter Verwendung eines Designs von kid-ethic Images
Satz: hanseatenSatz-bremen, Bremen
Gesetzt aus der Adobe Garamond Pro
Druck und Verarbeitung: GGP Media GmbH, Pößneck
Printed in Germany
ISBN 978-3-404-18515-3

2 4 5 3 1

Sie finden uns im Internet unter
luebbe.de
Bitte beachten Sie auch: lesejury.de

Für Sarah – die Frau in meinem Leben

MONTAG

MONTAG

KAPITEL 1

Washington, D. C.

Später sagte sie der Polizei, ihr sei sofort klar gewesen, dass es ein Mann war. Der Schall der Schritte unmittelbar vor Mitternacht und dieser dumpfe Tritt hätten keinen Raum für Zweifel gelassen, dass ein Mann in ihrem Haus war.

Fast den ganzen Abend habe sie in ein Dokument vertieft am Schreibtisch gesessen. Sie erläuterte, es habe sich um ein »Abschlussmemorandum für den Ausschuss« gehandelt, und nannte in ihrer offiziellen Aussage den offiziellen Namen sowohl des Falles als auch des Komitees. Nicht, dass dies nötig gewesen wäre. Die Kriminalbeamten wussten, wer sie war. Während der Anhörungen, die im Fernsehen übertragen wurden und das Land in Bann schlugen, hatte sie als Chefberaterin für den Geheimdienstausschuss des Repräsentantenhauses gearbeitet. Im Anschluss an die Sendungen hatte sie sich vor laufender Kamera den Medien gestellt und war im Zuge dessen zu einer Art Kultfigur geworden: In Washington und in den TV-Kabelnetzen hatte Natasha Winthrop es zu Prominenz gebracht. Nun wurde gemunkelt, sie könnte für ein hohes Amt kandidieren. Vielleicht sogar für das höchste.

Der Polizei teilte sie Dinge mit, die weniger bekannt waren: dass sie zwar für Menschen, die den gegenwärtigen Präsidenten verabscheuten, zu einer Heldin geworden sei, gleichzeitig aber bei denen, die den Mann vergötterten, ebenso extreme Reaktionen hervorrufe. Sie zeigte den Detectives einige Tweets, die an sie gerichtet worden waren, darunter zwei, die im Lauf des gleichen Tages eingetroffen waren: *Du sollst verrecken, du Fotze!*, lautete der eine; *Hey, du Nutte, du lebst ja immer noch!*, der andere.

An Geräusche in der Nacht sei sie gewöhnt, sagte sie den Kriminalbeamten. Ihr Haus in Georgetown stamme aus der Kolonialzeit und ächze und knarre vor Erinnerungen. Aber dieses Geräusch, zusammen mit dem leiseren, das darauf folgte, habe keinen Raum für Zweifel gelassen. Das zweite Geräusch wirkte vorsichtiger. Der Mann schien bedacht, den Fehler, Lärm verursacht zu haben, nicht zu wiederholen. In dem sorgfältigen Versuch, die eigene Anwesenheit zu verbergen, verriet sich eine bewusste menschliche Entscheidung – der Polizei gegenüber drückte sie sich allerdings anders aus. Das zweite Geräusch war auch näher gewesen. Und offensichtlich, ohne jeden Hauch eines Zweifels, stammte es von einem Mann.

Ihrer Aussage nach verstrichen nur wenige Sekunden, bis ein Mann vor ihr in der Tür zu ihrem Arbeitszimmer im Erdgeschoss stand. Sie sagte den Detectives, dass er innezuhalten schien, als schätzte er die Situation ein. Er war ganz in Schwarz gekleidet: Schuhe, dunkle Jeans, enge Winterjacke. Eine Skimaske bedeckte sein Gesicht, nur die Augen waren zu sehen. Er habe sie taxiert, fuhr sie fort, und sie habe sein Starren erwidert. Vermutlich dauerte es nicht länger als eine Sekunde, aber das Verschränken ihrer Blicke erschien ihr endlos. Er musterte sie lange, als suchte er nach etwas.

Sie wollte sich bewegen, konnte es aber nicht. Wie erstarrt war sie, ihre Arme und Beine ebenso wie ihre Kehle. Und was in dieser Sekunde am seltsamsten war: Er wirkte genauso erstarrt. Irgendwie gelähmt. Zwei Menschen starrten einander an und standen der Leere gegenüber.

Aber der Moment ging vorüber. Mit zwei raschen Schritten kam er ins Zimmer. Es waren sehr entschlossene Schritte, als käme er, um etwas abzuholen. Sie sagte der Polizei, dass sie einen flüchtigen Augenblick überlegt habe, ob es sich um einen

Raubüberfall handle. Ob er hier sei, um eine ihrer Akten zu stehlen. Oder eher ihren Laptop. Angesichts ihrer Arbeit wäre das kaum erstaunlich: Eine Vielzahl von Menschen hätte gern erfahren, was sie wusste.

Sowohl in ihrem ersten, inoffiziellen Gespräch mit einem Polizeibeamten als auch in ihrer unterzeichneten Aussage erwähnte sie, dass sie auf diese Möglichkeit vorbereitet gewesen sei. Nach dem Einbruch in der Kanzlei hatte sie Panikknöpfe einbauen lassen, die mit einer privaten Wachschutzfirma verbunden waren; zwei davon: einen am Bett und einen in der Küche. Aber keinen im Arbeitszimmer. Um Alarm zu schlagen, musste sie an dem Mann vorbei und den Raum verlassen.

Doch bevor sie Gelegenheit erhielt, sich auch nur zu bewegen, war er bei ihr, schlug ihr mit der flachen Hand gegen die linke Schulter, und schon lag sie am Boden. Und er war auf ihr. Sie sagte den Detectives, die Bewegung sei ihr eingeübt vorgekommen, eine Überwältigungstaktik. In diesem Moment habe sie gedacht: Das macht er nicht zum ersten Mal.

Sofort zerrte er an ihren Kleidern. Eine Hand blieb an ihrer Schulter, mit der anderen öffnete er ihren Gürtel und den Reißverschluss ihrer Hose. Sie versuchte, sich wegzudrehen, aber es gelang ihr nicht: Er war zu kräftig für sie.

Sie beschrieb, wie er sie mit den Knien am Boden festhielt; das eine hatte so hart gegen ihre Hüfte gedrückt, dass sie einen Knochenbruch befürchtete. Er war ihr so nahe, dass sie ihn riechen konnte. In seinen Kleidern hing die Feuchtigkeit von draußen, dieser Geruch von nassem Hund, der vom Regen durchtränkter Wolle anhaftet.

In ihrer Aussage beschrieb sie, dass er die ganze Zeit die Skimaske anbehielt, sodass sie nur seine Augen erkennen konnte. Sie hatte den Eindruck, dass er weder alt noch jung war, sondern irgendwo in der Mitte; vielleicht ein paar Jahre älter als sie. Achtunddreißig oder neununddreißig. Einmal verrutschte seine Maske, und sie glaubte zu sehen, dass er dunkle Haare hatte und seine Wangen stoppelig waren.

Später würde sie ihr Bestes tun, um zu beschreiben, was die Polizei stets als den »Kampf« bezeichnete, auch wenn ihr das Wort fehl am Platz erschien. Sie erinnerte sich, dass sie mehrmals die freie Hand, die rechte Hand, erhoben hatte, um ihm ins Gesicht zu schlagen. Nicht um ihm die Maske herunterzureißen, sondern um ihm wehzutun. Sie wusste noch, dass er das Gesicht verzog, als sie ihm die Fingernägel in den Hals bohrte. Sie kratzte ihn so fest, dass seine Haut aufriss. Zu spüren, wie das Gewebe unter ihren Nägeln nachgab, überraschte sie.

»Das ist gut«, hörte sie ihn murmeln. »Das gefällt mir.«

Bei diesen Worten, berichtete sie den Detectives, habe sie eine Welle der Übelkeit überrollt.

Sie versuchte den Bericht über das, was als Nächstes geschah, so kurz zu halten wie möglich, obwohl die Polizisten sämtliche Einzelheiten von ihr erfahren wollten. Wie er sie mit den Knien festhielt, sodass sie sich nicht rühren konnte, wie er ihr die Jeans herunterzog, wie sein Atem ihr ins Gesicht strömte. Wohin er seine Finger steckte. Wie viele. Was er tat.

Als sie zu erklären versuchte, wie sie reagiert hatte – als sie ihren Gedankenprozess erläutern wollte –, geriet sie ins Stottern. Gedanke sei nicht das passende Wort, es habe keinen Gedanken gegeben, mehr brachte sie nicht heraus. Nichts davon sei in ihrem Kopf abgelaufen. Ihr Körper habe ihr die Entscheidung abgenommen.

Sie hatte sich gewunden, um ihn abzuschütteln, und den Rücken gerade genug gewölbt, um sich vom Boden zu heben. (Sie sagte zu den Detectives, sie habe sich gefragt, ob er ihr die Bewegung bewusst gestattete, weil ihre Körper sich dadurch näher kamen und sie für ihn zugänglicher wurde. Dass er es für ein Zeichen irgendwelchen Einvernehmens gehalten oder es sogar – Gott behüte – genossen haben könnte, so als schmiegte sie sich an ihn. Schon der Gedanke widerte sie an. Doch zugleich war ihr dieser potenzielle Eindruck als nützlich erschienen.)

Sein Atem ging nun schwerer und schneller, seine Konzentration – und ja, sie war sich im Klaren, dass es ein merkwürdiges Wort war, aber genau dieser Begriff kam ihr in den Sinn –, seine Konzentration galt ganz seiner *Invasion* ihres Körpers. Er schien nicht darauf zu achten, was sie mit dem rechten Arm tat, der die Schreibtischplatte erreichen konnte. Er bemerkte nicht, dass sie sich mit den Fingern daran festkrallte und verzweifelt über die Fläche scharrte.

Schon bald gelangte sie mit den Fingern höher und fand die Kante ihres Laptops. Nun war sie fast am Ziel.

Von seiner überlegenen Kraft nach wie vor an Ort und Stelle gebannt, erreichte sie mit der Hand endlich, wonach sie suchte: das kühle, harte Metall des schwersten Gegenstands auf ihrem Schreibtisch. Er war nicht größer als eine Faust, eine kleine und nicht sonderlich bemerkenswerte Büste Ciceros. In ihrer Aussage erklärte sie, die Büste sei das Geschenk eines Ex-Freundes gewesen, während einer Dienstreise nach Rom in einem kitschigen Souvenirladen gekauft. *(Für Natasha: Siehe, ein großer Jurist von gestern – für eine große Juristin von heute.)*

Sie zögerte nicht, sie plante nicht. Ohne nachzudenken, ergriff sie die Büste, vergewisserte sich, dass sie ihr fest in der Hand lag, und senkte sie langsam, bis sie auf gleicher Höhe mit seiner Schläfe war. Er sah die Büste nicht. Er war zu sehr auf sich konzentriert.

Sie holte aus, verharrte eine Sekunde, und als wäre ihre Hand ein Katapultarm, schlug sie so schnell zu, wie sie nur konnte. Mit voller Wucht traf sie ihn seitlich am Schädel. Metall prallte gegen Knochen.

Das resultierende Geräusch war laut und erschien ihr doch

leiser als die Stille, die darauf folgte: eine plötzliche Stille nach dem Lärm des Kampfes, dem Atmen, dem Winden und dem Schmerz, eine Stille, die den Raum und auch den Rest des Hauses füllte.

Sein Kopf sackte sofort nach vorn, sein Gesicht landete auf ihrem.

Ihre Haut wurde feucht und glitschig. Sie sagte der Polizei, zuerst habe sie angenommen, dass es sein Blut wäre.

Langsam öffnete sie die Hand, und die Büste entglitt ihren Fingern. Sie versuchte, sich unter ihm hervorzuwinden, aber er lag noch immer auf ihr, ein totes Gewicht. Ihr Gesicht wurde feuchter. Mit der freien Hand tupfte sie sich die Haut ab, und als sie ihre Finger anblickte, sah sie, dass die warme Feuchtigkeit wasserklar war. Der Polizei sagte sie, dass sie an einen Mordfall denken musste, den sie einige Jahre zuvor vor Gericht gebracht hatte. Daher wusste sie, um was es sich handelte: *Liquor cerebrospinalis*, Gehirnwasser. Noch wenige Sekunden zuvor hatte die Flüssigkeit das Gehirn des Mannes in seinem Schädel abgepolstert.

Jetzt war sie davon bedeckt. Ihrer Polizeiaussage zufolge war das der Augenblick, in dem sie begriff, dass der Mann tot war und sie ihn getötet hatte.

Sie sagte der Polizei, dass sie einige Mühe gehabt habe, seine Leiche von sich zu wälzen, dass sein Gewicht zuzunehmen schien, während das Fleisch reglos auf ihr lag. Sie hatte ihre Arme, ihre Knie, ihren Torso einsetzen müssen, bis endlich die Leiche von ihr herunterrollte und auf dem Rücken liegen blieb. Erst da sah sie den feuchten Fleck auf seinem Hosenboden und begriff, dass der Schließmuskel versagt hatte.

In ihrer schriftlichen Aussage erklärte Natasha Winthrop, dass sie nun erst die Skimaske abgezogen und dem Mann ins Gesicht geblickt habe. Sie fügte nicht hinzu, dass sie erst jetzt in vollem Umfang erfasste, was sie getan hatte.

KAPITEL 2

Washington, D. C.

»Maggie, wie zum Teufel geht es Ihnen?«

»Mir geht es gut, Senator. Mir geht es gut. Wie geht es Ihnen? Sind Sie okay?«

»Darauf können Sie wetten, Maggie! Darauf können Sie Ihr Leben verwetten. Kommen Sie. Nehmen Sie Platz. Gleich hier. Genau. Toll. Also, lassen Sie sich mal gut anschauen. Es ist eine Weile her, was?«

Maggie Costello merkte, wie ihr Kiefer und ihre Wangen den traditionellsten aller Washingtoner Gesichtsausdrücke bildeten: das eingefrorene Grinsen. Dass sie lächelte, wurde von ihr erwartet. Diese Verpflichtung schloss ostentative Dankbarkeit ein. Hier war sie und bekam einen Termin, ein Gespräch unter vier Augen, ein Frühstückstreffen – wenn auch ohne Frühstück – mit dem Spitzenkandidaten ihrer Partei für die US-Präsidentschaft, einem Mann, der auf der ganzen Welt anerkannt und in den USA (wenigstens auf ihrer Seite des politischen Spektrums) geliebt wurde. Siebzig Jahre war er alt und arbeitete schon fast ein halbes Jahrhundert in Washington. Senator Tom Harrison war eine lebende Legende.

Natürlich sollte sie dankbar sein: Der Mann mochte durchaus der nächste US-Präsident werden, und *er* hatte *sie* um ein Gespräch gebeten, nicht umgekehrt. Solch eine Konstellation war so selten, dass Maggie sie eigentlich genießen, sich in ihr sonnen sollte. Wäre Washington ein Dschungel gewesen, und bei Gott, hier herrschte hin und wieder durchaus die nötige feuchte Hitze, so war dies der kostbare Augenblick, in dem der

Alpha-Gorilla vor ihr das Haupt neigte. Also ja, sie sollte verdammt noch mal lächeln.

Sie behielt das Grinsen bei, während Harrison sein Wunderwerk vollbrachte. Ohne auch nur einen Notizzettel vor sich zählte er die Glanzpunkte ihres Lebenslaufs auf: die Arbeit, die sie unter den letzten beiden Präsidenten für das Weiße Haus vollbracht hatte – bereitwillig für den einen, für den anderen alles andere als das. Jeden ihrer Erfolge erwähnte er, vor allem die Katastrophen, die sie abgewendet hatte, und das keineswegs, weil er glaubte, sie könnte etwa vergessen haben, was sie in den vergangenen paar Jahren so getrieben hatte. Allerdings gab es in dieser Stadt etliche Männer, die gegenüber einer Frau wie ihr bei der ersten Gelegenheit auf ihren eigenen Lebenslauf zu sprechen gekommen wären. Er ging die Liste nur deshalb durch, damit sie wusste, wie genau er ihre Leistungen kannte.

»Ich muss schon sagen, Maggie, Sie sind eine meiner Heldinnen. Und das ist mein Ernst.«

Er klopfte sich aufs Herz und schüttelte den Kopf, als wäre er von der Aufrichtigkeit seiner Empfindungen überwältigt. »Ich meine, was Sie bei dieser Geschichte mit den Bücherverbrennungen gemacht haben? Gottverdammt noch mal, das war schon was. Und ich will gar nicht davon anfangen, wie Sie den Präsidenten bloßgestellt haben und …«

»Danke, Senator!«

»Nein! Wir sollten *Ihnen* danken. Mein Gott, was Sie für Amerika getan haben. Für die ganze Welt! Das ist riesig, Maggie. Riesig, und das sage ich aus tiefstem Herzen.«

»Vielen Dank!«

»Aber – und ich hoffe, das freut Sie – ich will gar nicht über Ihre Feuerwehreinsätze reden, Ihr Troubleshooting, das Sie, verstehen Sie mich nicht falsch, so gut beherrschen. Niemand in dieser Stadt macht es besser. Niemand.« Er bedachte sie mit

16

seinem längsten, offensten Blick. Am Ende war sie es, die wegsehen musste.

»Aber deswegen habe ich Sie nicht gerufen. Ich brauche keine Feuerwehr in meinem Team.« Mit jenem leisen Lachen in der Stimme, das jedem Amerikaner so vertraut war wie das Klingeln der eigenen Türglocke, fügte er hinzu: »Ich habe nicht vor, allzu viele Brände zu legen.«

»Okay.«

»Na ja, einigen will ich schon einheizen! Aber Sie wissen, was ich meine, Maggie. Denn«, und bei diesem Wort trat ein Singsang in seine Stimme, der die Rolle eines unhörbaren Trommelwirbels übernahm, »ich erinnere mich, was Sie ursprünglich in diese Stadt geführt hat.«

»Wirklich?« Sie unterdrückte den Drang hinzuzufügen: *Ich nämlich nicht.*

»Oh ja, Maggie. Ich bin schon lange dabei. Und ich erinnere mich, dass ein gewisser Bewohner des Oval Office Sie als Spezialistin für *Außenpolitik* eingestellt hat, korrigieren Sie mich, sollte ich mich irren. Sehen Sie …« – er tippte sich an die Schläfe –, »Sie sollten nicht glauben, was Sie in der *New York Times* lesen, diesen ganzen Bullshit von wegen ›Senator von vorgestern‹. Ich habe noch immer das beste Gedächtnis unseres Metiers. Ich bin schon so lange dabei, Maggie, dass ich noch Wörter wie *Metier* benutze, und deshalb weiß ich auch: In die Regierung geholt wurden Sie wegen Ihrer Erfolge im Nahen Osten. Maggie Costello, die Friedensstifterin.«

»Das ist lange her.«

»Nicht so sehr lange. Für eine Frau Ihres Alters ist noch nichts lange her. Wie alt sind Sie, dreiunddreißig? Vierunddreißig? Mein Stab sieht mich böse an. Wieso? Verstößt es mittlerweile schon gegen das Gesetz, das Alter einer Frau zu erwähnen? Jetzt ist es aber mal gut. Craig, holen Sie mir ein Soda oder so was. Maggie, irre ich mich?«

»In Bezug auf mein Alter oder auf Jerusalem?«

»Jerusalem. So etwas machen Sie doch, richtig? Diplomatie, Schlichtungen, NGO-Hintergrund, Vereinte Nationen? Das ist Ihr Ding.«

»War es.«

»Ich fange damit an, weil wir einen Riesenhaufen Mist werden beseitigen müssen, sobald wir diese Meute in die Wüste geschickt haben, das können Sie mir glauben. Und damit meine ich M-I-S-T in Großbuchstaben. Was diese Leute auf der ganzen Welt angerichtet haben, bei unseren Freunden, bei unseren *Verbündeten?* Ich brauche Ihnen das nicht zu erklären. Sie lesen Zeitung, Sie wissen Bescheid. Süßer Jesus, Sie wissen es.«

Obwohl sie es nicht wollte, spürte Maggie, wie ihr schwindlig wurde, als strömte ihr ein warmer Nebel in den Kopf, der gleich davonschweben könnte.

Dass jemand in ihr etwas anderes als eine Krisenmanagerin sah, hatte sie so lange nicht mehr erlebt, dass sie kaum wusste, was sie antworten sollte. Sicher, genau das hatte sie immer gewollt: als eine Person mit Erfahrung betrachtet zu werden, statt kaum mehr denn nur eine bessere Notrufnummer zu sein.

»Also denken Sie an das National Security Council, ist das richtig?« Sie bemühte sich, in ruhigem Ton zu sprechen. »Auch wenn wir natürlich nichts als gegeben betrachten – aber wenn Sie gewinnen, entweder Außenministerium oder NSC?«

»Wie Sie sagen, wir betrachten nichts als gegeben, Maggie. Gar nichts. Wir messen nicht die Fenster aus, bevor wir ins Weiße Haus eingezogen sind. Das ist eine Regel. Selbstzufriedenheit bringt einen um in diesem Spiel. Sie bringt einen um. Wir nehmen nichts als gegeben hin, bis meine Hand auf der Bibel liegt und ich den Eid ablege – und nicht einmal dann! Ellen rollt jetzt meinetwegen mit den Augen. Tut mir leid, Maggie. Einige von ihnen haben es schon vorher gehört. Aber es ist mir ernst damit. Keine Selbstzufriedenheit.«

»Sicher. Aber dem nationalen Sicherheitsteam anzugehören?«

»Wie bitte?«

»Ich. Meine Rolle. Dass ich dem nationalen Sicherheitsteam angehören werde.«

»So sehe ich Sie, Maggie. Sie sind zäh. Das sagen alle. So sind wir eben, was, Maggie? Irische Kämpfernaturen. Mein Urgroßvater mütterlicherseits. Donegal. Habe ich Ihnen gesagt, dass ich vor ein paar Jahren dort war, als ich dem Ausschuss für Internationale Beziehungen vorsaß? Sie haben den roten Teppich ausgerollt, das kann ich Ihnen sagen. ›Der verlorene Sohn kehrt heim.‹ Macht man das für Sie auch, wenn Sie nach Hause kommen? Natürlich macht man das. Sie sind ein Rockstar. Tun Sie bloß nicht bescheiden.«

Maggie zögerte, ein Innehalten, das ihr vertraut war. Einerseits wollte sie nicht auf dem Punkt herumreiten, wollte nicht pedantisch oder als öde Wortklauberin erscheinen oder als zu anspruchsvoll. Andererseits erkannte sie die ausweichende Antwort eines Politikers, wenn sie eine hörte.

So sehe ich Sie bedeutete nicht das Gleiche wie *Ja*.

»Also ist das ein Ja? Designiertes Mitglied im nationalen Sicherheitsteam?«

Harrison seufzte leise, aber er fasste sich schnell und blitzte sie mit seinen blendend weißen Zähnen an. Er hatte sie anscheinend kürzlich frisch bleichen lassen, zweifellos wegen des anstehenden Wahlkampfs. »Schauen Sie, am liebsten würde ich Ihnen so viel Spielraum geben wie möglich. Freie Hand.« Er legte das ganze Gesicht in Falten. »Ich möchte Sie nicht mit einem engen kleinen Titel festlegen. Ihnen Grenzen setzen. Dazu sind Sie zu groß.«

Sie lächelte und rief sich ins Bewusstsein, dass in Washington ein Kompliment nur mit großer Vorsicht angenommen werden sollte. Fast immer handelte es sich um ein Ablenkungsmanöver oder einen Trostpreis, ein Zeichen, dass man das eigentliche Ziel verfehlt hatte.

»Sie wollen, dass ich für andere Dinge frei bin.«

»Ich möchte, dass Sie während des ganzen Wahlkampfs Autorität haben.«

»Falls uns irgendetwas um die Ohren fliegt.«

»Genau. Sie haben es begriffen.«

»Also Troubleshooterin.«

»Ja! Ich meine, nein. Ganz und gar nicht.«

»Es ist okay. Wenn es Ihnen darum geht, brauchen Sie es nur zu sagen.«

»Nein, verstehen Sie mich nicht falsch. So meine ich das nicht … aber andererseits … Sehen Sie, jetzt haben Sie mich ganz durcheinandergebracht. Ich wette, das hören Sie von vielen, hm? Nein, im Ernst, Maggie. Ich schätze Ihre Erfahrung auf dem Gebiet der Außenpolitik. Wirklich. Aber wenn wir in Turbulenzen geraten – und ich habe *nicht* vor, es so weit kommen zu lassen, glauben Sie mir –, aber wenn wir unruhige Luftmassen durchfliegen müssen, dann möchte ich mich gern an den Navigationsoffizier meines Vertrauens wenden können. Und das könnten dann sehr gut Sie sein, Maggie. Ich sage Ihnen nur, was Sie schon wissen. Sprechen Sie mit jedem in der Stadt, und er wird es Ihnen sagen: ›Wenn man in die Grube fällt, dann will man Maggie Costello an seiner Seite haben – denn, bei Gott, sie holt einen da wieder raus.‹«

Danach ging es um den Stand des Wettlaufs zum Amt; er habe sich bereits die wichtigsten Unterstützer gesichert, und jetzt sähen die Dinge, klopf auf Holz, schon sehr gut aus. Er vergewisserte sich, dass sie trotz ihrer irischen Herkunft im Besitz der vollen US-Bürgerrechte war. Maggie bestätigte es. Ja, sie sei bereits vor Jahren eingebürgert worden und habe vom FBI die Ermächtigung erhalten, für die vorherigen Regierungen zu arbeiten. Daher sollte es kein Problem sein, auch für die nächste tätig zu sein. Beide lächelten sie über das Selbstvertrauen – natürlich ohne Selbstgefälligkeit – dieser Aussage.

Maggie fiel auf, dass der zukünftige Präsident kein einziges Mal über seine Vision für das Land in den nächsten vier Jahren sprach oder programmatische Grundsätze andeutete, weder innen- noch außenpolitischer Art. Dem am nächsten kam noch die Bemerkung, dass dem Nachfolger des amtierenden Präsidenten, wer immer das sei, umfangreiche Aufräumarbeiten bevorstünden. Er müsste das Chaos beseitigen, das der Amtsinhaber verursacht habe und täglich noch verursache. Angesichts der verheerenden letzten Jahre erschien Maggie dieser Ansatz als ausreichend. Allein den angerichteten Schaden zu reparieren war eine Herkulesaufgabe.

Mitarbeiter gingen während des ganzen Gesprächs ein und aus, aber nun blieb jemand mit angespannter Miene an der Tür stehen, die besagte: *Jetzt meine ich es ernst – Sie müssen langsam fertig werden.* Harrison stand auf, unterdrückte ein leises Ächzen wegen der Anstrengung, schüttelte Maggie die Hand und ging zur Tür. Maggie hatte sich gebückt und in die Handtasche gegriffen, als sie zusammenfuhr, denn sie spürte zwei Hände auf ihren Schultern, die sie leicht nach hinten zogen. Im nächsten Moment atmete ihr jemand ins Ohr, und Harrison flüsterte: »Kann es nicht erwarten, Sie an Bord zu nehmen.«

Unwillkürlich erstarrte sie, und genauso instinktiv zog sie den Hintern ein, als wollte sie verhindern, dass er sie dort kniff oder schlug. Nichts geschah, aber ihr Körper war darauf vorbereitet. Als sie über ihre Schulter sah, war der Politiker schon zur Tür heraus, umgeben von einer Schar aus Mitarbeitern, darunter, wie sie nun bemerkte, mehrere Frauen, von denen wenigstens zwei noch in den Zwanzigern waren.

Kann es nicht erwarten, Sie an Bord zu nehmen. In gewisser Weise eine unschuldige Bemerkung, wie ein männlicher Boss sie machte, um zukünftigen Angestellten zu schmeicheln; egal ob Mann oder Frau. Hinzukommen, dem Team angehören, in die Gang eintreten. Aber es auf diese Weise zu sagen, geflüstert, ins Ohr gehaucht, hatte einen anderen Beiklang. Einen, der in etwa auf Folgendes hinauslief: *Kann es nicht erwarten, Sie zu nehmen.*

Bei diesem Tonfall, und weil die Bemerkung sich nur an sie gerichtet hatte, absichtlich außer Hörweite der übrigen Teamangehörigen, klang sogar das »an Bord« irgendwie sexuell, als wäre es ein Euphemismus für etwas anderes. An Bord, am Bett, im Bett. *Kann es nicht erwarten, Sie zu nehmen.*

Die Gedanken galoppierten im Wettlauf, während sie erstarrt im Besprechungsraum stand. Ihr Gesicht war heiß; sie war rot geworden.

Im nächsten Moment überfiel Maggie die Erkenntnis, dass sie nichts gesagt hatte – dass sie stumm dagestanden, kein einziges Wort, nicht einmal einen Laut des Protests herausgebracht hatte. Mit dem Begreifen kam Wut. Nicht primär auf ihn, den möglichen, ja wahrscheinlichen nächsten US-Präsidenten, sondern auf sich selbst. Wie konnte es sein, dass sie nichts sagte? Wieso hatte sie ihm erlaubt, sie so übergriffig anzufassen, sie fast zu massieren? Was für ein Beispiel hatte sie damit den beiden jungen Frauen in seinem Gefolge gegeben? Hatte sie ihnen durch ihr Schweigen nicht gesagt, dass man nichts tun könne, dass Widerstand unmöglich sei, dass sie es einfach über sich ergehen lassen müssten? Wenn sogar Maggie Costello, eine anerkannte Mitspielerin des Washingtoner Geschehens mit wohlverdientem Ruf, nicht zurückschlagen konnte, welche Hoffnung hatten dann erst sie?

Als sie ihre Handtasche ergriffen hatte und zur Tür ging, setzte die Gegenreaktion ein: Vielleicht übertrieb sie es einfach. Es war eine freundliche Geste gewesen. Eine kleine Schultermassage, schwerlich das Ende der Welt. Und er ist ein alter Mann aus einer anderen Zeit. Als er aufwuchs, waren Männer eben so; niemand hat ihnen je gesagt, dass sie sich falsch verhielten. Außerdem mögen die Leute freundliche, menschliche Politiker, nicht wahr? Beschweren wir uns nicht ständig, wenn sie zu roboterhaft sind, zu sehr Manager, zu schulmeisterlich? Was er getan hat, unterscheidet sich nicht von einem Schulterklopfen und einem ermutigenden Wort: *Gut, Sie dabeizuhaben.* Komm darüber hinweg.

Im Fahrstuhl nach unten ließ sie die beiden inneren Stimmen die Sache ausfechten, und als Maggie wieder draußen auf der Straße stand, bestand ihr Hauptgedanke in dem Unglauben, dass sie schon wieder diesen inneren Streit durchlitt. Wie oft hatte sie das während ihrer Karriere schon durchgemacht, im Laufe ihres *Lebens?* Eine kleine unbedeutende Geste oder Bemerkung, die einen aus dem Gleichgewicht brachte, sogar erschütterte, aber nicht so stark beeinträchtigte, dass man deswegen etwas unternahm. Diese Episode, die in der Grauzone blieb und einen ohne klare Vorstellung zurückließ, was zu tun war.

Sie winkte ein Taxi heran und wollte schon eine E-Mail an die Wahlkampfleitung schicken, in der sie dankend ablehnte. Doch sie überlegte es sich. Vorschnell: Wenn sie das tat, würden sie annehmen, dass sie damit auf das reagierte, was gerade geschehen war. Allein daraus schon würde sich etwas entwickeln. Im Augenblick wollte sie aber nicht, dass sich etwas daraus entwickelte. Nicht zuletzt, weil Tom Harrison vielleicht die Wahl gewann und sie weiterhin in dieser Stadt zu Mittag essen wollte.

Stattdessen öffnete sie eine WhatsApp-Nachricht von ihrer Schwester, eingetroffen vor fast einer Stunde, als sie noch in der Sitzung war.

Darin stand nur: *Wow!* Angehängt war ein Videoclip, den Maggie schon kannte, denn seit Ende vergangener Woche wurde er wie verrückt geteilt. Aber dass Liz ihn an sie weitergeben wollte, weckte dennoch Maggies Interesse. Obwohl sie es Liz niemals ins Gesicht gesagt hätte, diente ihre Schwester ihr als einköpfige weibliche Fokusgruppe, als verlässliche Sprecherin für die wirkliche Welt. Als Lehrerin und Mutter zweier Kinder, die in Atlanta wohnte, hatte Liz das politische Tagesgeschäft nie kennengelernt, geschweige denn zu ihrer Existenz gemacht. Dieser Umstand hatte in Maggies Kopf ein Arbeitsprinzip erschaffen, das ihr mittlerweile wie ein politisches Naturgesetz erschien: Wenn etwas – die Botschaft eines Kandidaten oder ein politischer Skandal – Liz erreicht hatte, dann wusste jeder im Land davon. Dann war es wirklich zu den Menschen durchgedrungen.

Maggie klickte das Video an, zum vierten Mal. Sie wollte es mit den Augen ihrer Schwester betrachten und war neugierig, was Liz darin gesehen hatte. Bereits zwei Millionen Mal, informierte das Smartphone sie, war der zweiundvierzigsekündige Videoclip aufgerufen worden. Er zeigte eine Frau Mitte dreißig mit kurzen dunklen Haaren und zwingenden grünen Augen. Maggie las die Kommentare, die darunter gepostet waren, einschließlich dem eines Journalisten, der zu den Ersten gehört hatte, die das Video teilten, mit diesen Worten:

Wenn unsere Politik kaputt ist, und das ist sie, müssen wir uns vielleicht woanders umschauen als bei der konventionellen Politik und den konventionellen Politikern. Vielleicht wird es Zeit, uns jemanden zu suchen, der frisch und unbefleckt ist. Jemanden, der andere inspiriert und ein echtes menschliches Wesen ist. Jemanden wie Natasha Winthrop.

KAPITEL 3

Washington, D. C., einige Stunden zuvor

Nachdem sie den Notruf gewählt hatte, rührte Natasha Winthrop sich kaum. Minute um Minute stand sie in ihrem Arbeitszimmer und starrte auf den reglosen Körper auf dem Fußboden. Sein Anblick lähmte sie.

Ihr Entsetzen erschien ihr jetzt womöglich größer, als es gewesen war, während er noch lebte. Da hatte sie wenigstens noch unter Adrenalin gestanden. Jetzt sank der Pegel und hinterließ blanke Furcht. Sie konnte den Blick nicht von dem Mann zu ihren Füßen nehmen, nicht von dessen weit offen stehenden Augen. Das war das Merkwürdigste: Sie war allein im Haus, aber nicht ganz allein. Sie war mit *ihm* hier.

Die Stimme der Vernunft, die innere Stimme, der sie gewöhnlich am meisten vertraute, sagte ihr, dass »er« nun ein »Es« sei. Dass seine Leiche keine Gefahr mehr darstelle, dass sie ihr kein Leid zufügen konnte. Aber sie hörte nicht auf diese Stimme. Sie konnte sie kaum hören. Die Stimme wurde übertönt von der nackten Angst, die durch ihre Adern pumpte.

Die Angst setzte sich aus mehreren Komponenten zusammen. Angst vor einem Leichnam, ganz gewiss. Wenn sie mehr Strafrecht behandelt hätte, dachte sie, mehr Mordfälle bearbeitet, hätte sie sich vielleicht schon vor Jahren an solch einen Anblick gewöhnt. Aber für sie war allein die Gegenwart eines Toten absolut entsetzlich. Hinzu kam die urtümliche Angst vor einem Eindringling im eigenen Haus, gleich hier im selben Zimmer. Diese Angst war nicht abgeflaut, bloß weil der Einbrecher tot war. Nach wie vor beherrschte sie die Angst vor

25

dem, was er ihr antun wollte, was er ihr angetan *hatte*. Sein Gesicht war noch immer da. Sie konnte es ansehen.

Zweimal stellte sie sich vor, wie er erneut die Oberhand gewinnen würde, als wäre sein regloser Zustand etwas Vorübergehendes, als könnte er sich aufrappeln und weitermachen. Vielleicht war es bloß ein Trick, damit sie in ihrer Wachsamkeit nachließ. Vielleicht verschaffte es ihm einen zusätzlichen Kick, sich totzustellen.

Auf seltsame Weise glaubte sie nicht, dass sie ihn getötet hatte. Er war ein kräftiger, gewalttätiger Mann. Monströs war er. Dass sie ihn besiegt haben sollte, leuchtete ihr nicht ein. Sicher, sie war fit: Sie konnte ohne große Schwierigkeiten zehn Kilometer rennen. Sie war relativ hochgewachsen.

Aber die Vorstellung, dass sie einen Mann wie ihn überwältigt haben sollte – einen Mann wie ihn in die Knie gezwungen und *getötet* … Wie sollte so etwas möglich sein? Dafür musste es eine andere Erklärung geben; eine abweichende Tatsache, die ihr nur nicht bekannt war.

Stundenlang blieb sie gelähmt, wie sie war; zumindest kam es ihr so vor. Sie bewegte sich erst, als ihr bewusst wurde, dass ihre Bluse nass war, weil er seine Spuren auf ihr hinterlassen hatte. Sie empfand den unbändigen Drang, das Kleidungsstück auszuziehen, sich auf der Stelle davon zu befreien. Sie knöpfte die Bluse auf und streifte sie ab.

Da schaltete sich die Stimme der Vernunft, die Juristenstimme ein und befahl ihr, innezuhalten. Sie musste bleiben, wie sie war. Sie durfte nicht die geringste Kleinigkeit ändern. Die Polizei musste die Bluse an ihr vorfinden, unverfälscht … kontaminiert. Sie musste den Polizisten zeigen, was geschehen war. Die Bluse war Beweismaterial. Eine Spur.

Eine Erinnerung stieg in ihr auf, die Erinnerung an eine Kollegin, die vor einer Gruppe von Anwältinnen einen Vortrag über Vergewaltigungsfälle gehalten hatte und später zu einer

Freundin geworden war. Sie hatte ausgeführt, dass zahlreiche Vergewaltiger sexuelle Funktionsstörungen an den Tag legten. Entweder könnten sie keine Erektion bekommen, und wenn doch, neigten sie zu vorzeitigem Samenerguss.

»Das Seltsame ist, dass es ihnen offenbar egal ist«, hatte ihre Freundin der Gruppe erklärt, die gebannt zuhörte. »Für sie ist die Penetration nicht das Wichtigste.« Der große Kick kam für solche Leute anscheinend erst später, wenn sie sich vor Augen führten, was sie getan hatten, und masturbierten: Insbesondere genossen sie dabei die Ängste, die ihr Opfer ausgestanden hatte. Diese Angst war, was sie erregte. Natasha schauderte es bei der Erinnerung an den Vortrag.

Und dann kam er, der laute dumpfe Schlag. Ein einzelnes Geräusch. *Hier ist noch jemand*, dachte sie. Sie rührte sich nicht. Sie wartete auf ein zweites Geräusch, das Knarren einer Bohle über ihr, die ihr die Richtung verriet, in die der zweite Einbrecher ging. Dann wüsste sie sicher, wer hier war und wie nah er war.

Als es ertönte, war das Geräusch deutlich und konstant. Wiederholte sich dreimal. Aber es kam aus der falschen Richtung. Es schien von draußen zu kommen.

Sie brauchte einen langen Augenblick – zehn, fünfzehn Sekunden –, um zu begreifen, dass sie gehört hatte, wie jemand an die Tür klopfte. Erst als ihr das, mit einem Bruchteil der normalen Geschwindigkeit, bewusst geworden war, vernahm sie das Klopfen erneut. Und eine Stimme. »Miss Winthorpe? Miss Winthorpe, hören Sie mich? Hier ist die Polizei.«

Da sank ihr Adrenalinspiegel noch weiter. Bis hierhin, begriff sie, hatte sie sich in einem Zustand erhöhter Aufmerksamkeit befunden und noch die kleinste Kleinigkeit wahrgenommen. Sie sah sich als ein Tier, bei dem sich jedes einzelne Haar seines Fells aufgestellt hatte, dessen Nüstern zuckten, bei dem jede Nervenendung auf das leiseste Geräusch, den schwächsten

Geruch oder das geringfügigste Gefahrensignal achtete. Jetzt aber, wo noch jemand im Haus war – um ihr zu helfen –, ließ ihre Wachsamkeit nach und gestattete dem Adrenalinpegel abzusacken. Die Folge war völlige Erschöpfung.

Sie sah zu, wie eine Vielzahl unterschiedlicher Leute eintraf und das Haus immer voller wurde. Sie konnte ihre Namen nicht aufnehmen, und wie immer hatten sie Schwierigkeiten mit ihrem Namen. »Ich heiße Winthrop«, hörte sie sich mehrmals sagen. »Nicht Winthorpe. Winthrop.«

Was ihr jedoch auffiel, von Anfang an: eine Unschlüssigkeit in ihren Gesichtern, die ihr verriet, dass die Situation vom kriminalistischen Standpunkt her unangenehm kompliziert war. Sie sah es an den beiden Streifenbeamtinnen, die zuerst ans Haus kamen: zwei junge Frauen, eine Afroamerikanerin und eine Latina, beide schwer bewaffnet. Sie schienen unsicher, wie sie Natasha ansprechen sollten. Sollten sie den mitfühlenden Tonfall anschlagen, den sie zweifellos in der Ausbildung lernten und welcher Situationen vorbehalten war, in denen sie es mit Opfern von sexualisierter Gewalt, von Vergewaltigung zu tun hatten? Sollten sie Natasha hinsetzen, ihr eine Tasse Kaffee machen und sie bei der Hand nehmen? Oder sollten sie formell und vorsichtig bleiben, denn immerhin hatten sie es mit einer Frau zu tun, die für eine Leiche auf dem Fußboden verantwortlich war?

Sie lösten das Dilemma, indem sie so gut wie nichts sagten. Jedenfalls nicht zu Natasha. Stattdessen sprachen sie in ihre Funkgeräte, redeten mit »Dispatch« und einer Vielzahl anderer Stimmen, die aus dem Rauschen und Knistern drangen.

Sie beobachteten sie aber: Sie stellten sicher, dass sie nichts anrührte und nirgendwohin ging.

Nicht lange, und im Haus wimmelte es von Menschen. Manche trugen volle forensische Ausstattung: Latexhandschuhe und Schuhüberzieher aus Papier. Als gingen sie gleich in den OP. Natasha wurde aus dem Arbeitszimmer geführt. Aber die Leiche – er – blieb dort zurück.

Unter den verschiedenen Detectives und vorgesetzten Streifenbeamten war eine Frau, deren alleinige Aufgabe darin bestand, sich um Natasha zu kümmern.

Sie hieß Sandra und stellte sich als Betreuerin vor, aber jemand anders bezeichnete sie als Sexual Offences Investigative Techniques Officer, eine Spezialistin für die Untersuchung von Sexualstraftaten. Sandra war tüchtig und effizient, hatte aber eine angemessen weiche Stimme und erklärte, was geschehen musste, einen Schritt nach dem anderen. Oft beendete sie einen Satz mit »Können Sie das für mich tun?« oder »Ist das für Sie in Ordnung, Natasha?«.

Als Erstes brachte Sandra sie ins Schlafzimmer, damit sie sich umziehen konnte, langsam und sehr vorsichtig. Sowie Natasha ein Kleidungsstück ablegte, nahm Sandra es entgegen und steckte es in seinen eigenen Plastikbeutel mit Druckverschluss. Sie trug dabei Latexhandschuhe und erläuterte, dass jedes einzelne Stück einen winzigen Fleck mit DNA aufweisen könnte, mit dem man den »Angreifer« identifizieren würde.

Sie benutzte dieses Wort. Allmählich dämmerte es Natasha, dass der Tatort des Vergewaltigungsversuchs an ihr nicht das Arbeitszimmer im Erdgeschoss war – der Schauplatz des Verbrechens war vielmehr ihr eigener Körper.

Normalerweise hätte die Vorstellung, sich vor einer Fremden auszuziehen – und zwar vollständig –, Natasha aus der Fassung gebracht. (Allerdings nicht so sehr wie manch andere Frau: Wenn man sich einmal in einem Internat in Massachusetts das Zimmer mit fünf anderen Mädchen geteilt hat, stellt Privatsphäre ein eher relatives Konzept dar.) Sie war jedoch zu betäubt, um sich zu widersetzen.

Einmal fragte Natasha, ob sie das Bad benutzen dürfe.

»Ich weiß, dass das wirklich schwierig ist, aber es wäre bes-

29

ser, wenn Sie noch ein wenig einhalten würden, bis ein Arzt Sie untersucht hat«, sagte Sandra. »Schaffen Sie das für mich?«

Sandra redete mit ihr, als wäre Natasha erst sieben. Normalerweise hätte sie die Polizistin dafür heruntergeputzt. Jetzt aber tat Natasha, was ihr gesagt wurde, langsam und benommen. Als hätte sie an sich selbst den Schalter auf »Energiesparmodus« umgelegt.

Am Ende wurde sie, nun in einer sackartigen Jogginghose und einer weiten Fleecejacke, nach unten geführt. Das Erdgeschoss war unvertraut: Bereiche waren mit Band abgesperrt, allerorts fuhrwerkten Beamte in weißen Kriminaltechnikeranzügen, und über allem lag das Geknister von Polizeifunkgeräten. Natasha setzte sich auf den Platz, den Sandra ihr zuwies.

Sie konnte nicht sagen, wie viel Zeit verstrich. Es konnten Minuten, es mochten Stunden gewesen sein. Sie merkte, dass ihre Bewegungen sich genauso verlangsamt hatten wie ihre Auffassung dessen, was um sie herum vorging. Sie fühlte sich gedämpft. Trotzdem fiel ihr eines ins Auge.

Sie beobachtete zwei Polizeibeamte – eine der beiden Frauen, die zuerst eingetroffen waren, und einen höheren Detective – in ein Gespräch vertieft.

Sie erstattete ihm Bericht und las aus ihrem Notizbuch vor. Der Detective hörte ihr aufmerksam zu und nickte dabei.

Vielleicht lag es an ihrem Beruf, aber Natasha verstand, Situationen wie diese einzuordnen. Vor Gericht war es immer nützlich, wenn man merkte, ob jemand etwas hörte, das ihm neu oder für ihn heikel war. Und genau das sah sie jetzt. Augenblicklich, ganz ungeachtet dessen, wie benebelt ihr Gehirn vom Schock war, sah sie, dass dieses Gespräch zwischen den beiden Polizeibeamten keine Routineangelegenheit darstellte.

Die junge Polizistin berichtete ihrem Vorgesetzten etwas Wichtiges und Erstaunliches. So viel stand beiden ins Gesicht geschrieben. In den Augen des Detectives zeigte sich zuerst

Überraschung, dann Interesse, schließlich eine Art Genugtuung, als hätten sich seine Vermutungen in einem entscheidenden Punkt als richtig erwiesen.

In diesem Moment war Natasha sicher, dass die Polizei etwas gefunden hatte. Und ohne zu wissen, wie oder wieso oder worum es sich handelte, wusste sie, dass es bei den Ermittlern den Verdacht erweckt hatte, sie habe ihnen nicht die ganze Geschichte erzählt.

KAPITEL 4

Washington, D. C., Präsidium, Metropolitan Police
Department Columbia

Der 7-Uhr-45-Besprechung saß der Mann vor, der allgemein –
bei seinen Kritikern, Kollegen und vielleicht sogar im engsten
Familienkreis – als Ratface bekannt war. Sein offizieller Titel
lautete Assistant Chief of Police of the Metropolitan Police Department for Washington, D. C. (Investigative Services), aber
jeder im Raum nannte ihn Ratface. Der Spitzname besaß weder eine verborgene Bedeutung, noch spielte er auf etwas an;
er war wörtlich gemeint: Der Assistant Chief hatte ein Gesicht
wie eine Ratte.

Gewöhnlich war die Besprechung langweilig, eine Vorlese-
stunde. Die sieben Distriktleiter des Departments brachten die
Kollegen auf den aktuellen Stand zu laufenden Ermittlungen
und neuen Fällen, die sich im Lauf der Nacht ergeben hatten.
Als wäre die Aufstellung von Fällen eine Einkaufsliste, betete
jeder der sieben sie mit einer Monotonie herunter, die andeutete, jeder einzelne Stichpunkt sei Routinesache und erfordere
keine weitere Diskussion. Die Sitzung diente der Kontrolle ihrer Arbeit, und naturgemäß legten es alle Teilnehmer darauf an,
ihre Arbeit so wenig Kontrolle auszusetzen wie möglich.

Idealerweise gar keiner.

Die Leiterin des Vierten Distrikts hatte ihre Liste gerade
abgearbeitet und verkündet, die Untersuchung des mutmaßlichen Brandanschlags auf ein Gemeindezentrum, durchgeführt
mit den Kollegen vom Fire and Emergency Medical Services
Department, gehe »in gewohntem Tempo« voran – was bedeu-

32

tete, dass keine Fortschritte erzielt wurden –, als ihr Amtskollege vom Zweiten Distrikt, welcher Georgetown einschloss, sich räusperte.

Ratface nahm es zum Anlass, mit dem Stuhl nach vorn zu rücken. Lautstark.

Er beugte sich vor, seine Körpersprache verriet besonderes Interesse. Der Distriktleiter sah auf, bemerkte die Bewegung, griff nach einem Kuli und kritzelte etwas auf seine Liste. 7-Uhr-45-Veteranen vermuteten, dass er hastig seine Reihenfolge angepasst hatte.

Entsprechend begann er: »Georgetown: mutmaßlicher Vergewaltigungsversuch an weiblicher Weißer, sechsunddreißig, der zum Tod des Angreifers führte. Opfer wurde in der Nacht medizinischer Untersuchung unterzogen und wird heute Morgen vernommen. Dupont Circle: Straßenraub mit gefährlicher Körperverletzung durch Messer–«

»Moment.« Ratface vereitelte den Versuch, zum nächsten Punkt überzugehen. »Könnten wir bitte den Namen des Opfers erfahren?«

Widerstrebend antwortete der Bezirksleiter: »Natasha Winthrop.«

Der Raum quittierte diese Neuigkeit mit einer Mischung aus Keuchen, einem Pfiff und der Erklärung eines älteren Beamten: »Fuck Jesus!«

»Den vollständigen Bericht bitte«, sagte Ratface.

Eine kurze Schilderung der nächtlichen Ereignisse folgte, untermalt von einigem ungläubigen Kopfschütteln sowohl über die Vorstellung, dass eine junge Anwältin einen Mann mit bloßen Händen getötet haben sollte, als auch die Tatsache, dass fragliche Anwältin auf bestem Weg war, zur landesweiten Berühmtheit zu werden.

»Wer leitet die Ermittlungen?«, fragte Ratface. Zur Antwort erhielt er: Da der Vorfall sich erst vor wenigen Stunden ereignet

33

hatte, konnte das Morddezernat noch nicht übernehmen. Zwei Beamte des zuständigen Distrikts bearbeiteten den Fall, unterstützt von einer Spezialistin für Sexualverbrechen.

Ratface verzog das Gesicht. Er biss auf seinen Kugelschreiber und starrte in die Runde, während er, wie seine Kollegen annahmen, innerlich abwog, was seinem Ehrgeiz, Polizeichef der Landeshauptstadt zu werden, nützte und was nicht. Die gleichen Abwägungen, die er zu jeder Minute eines jeden Arbeitstages traf, an Abenden und an Wochenenden. Schließlich ergriff er das Wort.

»Wie wir alle wissen, ist diese Person sehr bekannt. Jeder einzelne Aspekt unserer Arbeit wird genauestens beobachtet werden. Presse, soziale Netzwerke. Die feministische Gemeinde im Besonderen wird sehr rasch mit einer Bewertung zur Hand sein, wie wir einen Vergewaltigungsfall untersuchen.«

»Ein falscher Schritt, und wir haben das OPC am Hals«, warf ein Kollege ein (vielleicht als Auflehnung gegen die Zimperlichkeit von »feministische Gemeinde«). Natasha Winthrop hatte mehrere Fälle vertreten, in die das Office of Police Complaints involviert war, das sich bei Beschwerden gegen die Polizei einschaltete. Das Nicken, das auf die Bemerkung folgte, deutete an, dass der Kollege nicht unrecht hatte. Natasha war einmal die Anwältin der Wahl gewesen für jene Personen, denen von der Polizei etwas angehängt wurde, die verprügelt oder sogar getötet worden waren. Jeder im Raum begriff: Es wäre nicht sonderlich schlau, einer Natasha Winthrop etwas anzuhängen.

Ratface kaute wieder an seinem Kuli, dann erteilte er einen Befehl: »Die ermittelnden Beamten geben die Ermittlungen ab. Der Fall muss auf Distriktleiterebene untersucht werden. Täglicher Bericht direkt an mich.«

KAPITEL 5

Washington, D. C., einige Stunden zuvor

Natasha Winthrop rühmte sich ihres Richtungssinns, ihres räumlichen Bewusstseins und ihres Gedächtnisses für Orientierungspunkte. Gemeinsam sorgten sie dafür, dass sie sich nur selten verlief. Aber jetzt hatten sie sie im Stich gelassen.

Zuerst sagte sie sich, es liege daran, dass es dunkel war oder sie sich in einem unvertrauten Teil der Stadt befand; im Südwestquadranten, den sie kaum kannte. Vielleicht kam es auch daher, weil sie nicht selbst fuhr, sondern Passagierin war und neben der wachsamen Sandra auf dem Rücksitz eines Polizeiwagens saß. Aber hin und wieder bahnte sich die wahrscheinlichere Erklärung einen Weg durch ihre Gedanken: Vor nicht allzu langer Zeit war sie einem gewalttätigen sexuellen Übergriff zum Opfer gefallen und hatte einen Mann getötet. Kein Wunder, dass sie keine Ahnung hatte, wo sie nun war.

Nur eines fiel ihr ins Auge, während sie leere Straßen durchquerten: die Schilder, die zum »Hospital« wiesen. Sie hätte nicht zu sagen gewusst, welches Krankenhaus gemeint war, aber dorthin waren sie unterwegs: zum »Hospital«. Nachdem sie es erreicht hatten, fuhren sie an der Hauptpforte vorbei und parkten vor einem unbeschilderten Seiteneingang in einem abseits gelegenen Nebenflügel.

Vor langer Zeit hatte sie Orte wie diesen besucht; damals, als sie noch solche Fälle vertrat, wenngleich es nicht viele gewesen waren. Sie erkannte den gleichen heldenhaften Versuch, so zu tun, als ginge es um etwas anderes, und die Stimmung aufzulockern: Blumendrucke an den Wänden, kleine Potpourri-

Beutel mit wohlriechenden Pflanzenteilen. Die vergebliche Anstrengung, so zu tun, als wäre man zu einer Massage gekommen und nicht zu einer forensischen Untersuchung, als wären sie im Wellnessbereich eines Hotels und nicht in einer gerichtsmedizinischen Einrichtung.

Sandra brachte sie in ein Zimmer, das sie als Vorbereitungsraum bezeichnete. Zwei Stühle standen einander gegenüber, dazwischen ein niedriger Couchtisch. Natasha blickte sich um, an den Wänden noch mehr nichtssagende Kunst. Sie bemerkte, dass alles plastikbeschichtet war: Sogar die Sitzflächen waren leicht zu reinigen. Der Raum war steril, dazu angelegt, jegliche Kontamination von Beweismaterial zu verhüten.

Und das Beweismaterial waren erneut Natasha und ihr Körper.

Sandra verließ den Raum in einen Korridor, aber sie war noch immer zu hören. Natasha konnte nicht verstehen, was sie sagte, aber sie hörte Sandras Stimme und immer wieder kurze Antworten von einer anderen Frau. Sie flüsterten nicht, aber unverkennbar tauschten sie mit gedämpfter Lautstärke vertrauliche Informationen aus.

Wies sie die Ärztin ein, die die Untersuchung vornehmen sollte? Oder sprachen sie über das, was immer die Polizei im Haus entdeckt hatte, das mit keiner Silbe erwähnte Belastungsmaterial? Natasha bemerkte die gleiche Unsicherheit, die sie schon zuvor empfunden hatte: Diese Leute wussten nicht, ob man sie wie das Opfer eines gewalttätigen sexuellen Übergriffs oder wie die Verdächtige in einem Mordfall behandeln sollte.

Es dauerte nicht lange, und die Ärztin kam herein – mittellange grau melierte Haare; freundliches Gesicht – und erklärte den Ablauf. Sie werde Natasha am ganzen Körper untersuchen. Der Vorgang werde einige Zeit beanspruchen, weil sie sichergehen müsse, dass sie nichts übersah. Und dass Natasha sich melden möge, wenn irgendetwas ihr unangenehm war; sie würden dann eine Pause einlegen. Sie betonte, dass sie als Patientin hier das Sagen habe und nichts geschehen würde, von dem Natasha nicht wollte, dass es geschah.

Natasha begriff durchaus, was die Ärztin tat – fast sah sie die entsprechende Seite im Handbuch vor sich, die Polizei und medizinisches Personal davor warnte, die Opfer einer zweiten Tortur zu unterziehen. Sie fragte sich aber, ob sie bei ihr wohl besonders sorgsam vorgingen. Unter »Beruf« hatte sie immerhin nur das eine Wort »Anwältin« angegeben.

Natasha legte sich auf die Untersuchungsliege, schloss die Augen und sagte sich, dass es auch nicht anders wäre als bei ihrer Gynäkologin. Sie ließ die Ärztin tun, was sie tun musste: Abstriche vornehmen, mustern, studieren, sondieren. Sie merkte genau, wann die Frau innehielt, wann sie einen Augenblick lang zögerte. Was hatte sie gesehen? Einen Kratzer? Einen Daumenabdruck, wo der Mann Natasha eine Quetschung zugefügt hatte?

Natasha behielt die Augen geschlossen, solange die Untersuchung ablief, was Stunden dauerte, wie ihr schien. Während die Ärztin arbeitete, schickte sie sich fort, eine Technik, die sie vor langer Zeit erlernt hatte. Der Trick bestand darin, sich in den Himmel zu heben, über dem Moment zu schweben und sich davon abzutrennen: ein selbst herbeigeführtes außerkörperliches Erlebnis. Leicht war es nicht.

Irgendwann war die Untersuchung beendet. Man bot Natasha an, sie zu einer Freundin zu fahren oder »hier in der Einrichtung« zu bleiben und zu duschen. In ihr eigenes Haus zurückzukehren sei »zu diesem Zeitpunkt noch nicht möglich, Ma'am«. Das Haus sei ein Tatort, den sie nicht verändern wollten.

Natasha murmelte etwas von »wieder aufs Pferd steigen«, denn sie sorgte sich, dass sie in dem Haus nie wieder schlafen wollte, wenn sie zu lange fernblieb. Doch die Beamtin sah sie

37

ausdruckslos an und wartete, dass sie sich für eine der beiden Wahlmöglichkeiten entschied.

Natasha sagte, sie würde bleiben und sich duschen, »und zwar sofort, bitte«. Seit es geschehen war, juckte es sie, sich zu säubern: Sie spürte seine … Flüssigkeit noch immer auf ihrer Haut, oder wenigstens kam es ihr so vor. Sie wollte das Zeug endlich los sein.

Sie duschte ausgiebig, aber es schenkte ihr weder Behagen noch Erleichterung. So heftig sie sich abschrubbte, nie hatte sie das Gefühl, sauber zu werden. Sie hörte erst auf, als das warme Wasser versiegte.

Auf einer harten, schmalen Matratze, die sehr an die Untersuchungsliege erinnerte, schlief sie zwei Stunden lang erschöpft und ruhelos. Sie bekam keine Albträume, an die sie sich erinnerte. Stattdessen schreckte sie ungefähr alle zwanzig Minuten hoch; einmal heftig keuchend. Bei jedem Aufwachen überfiel sie die frische Erinnerung an das, was vor wenigen Stunden geschehen war. Einen Sekundenbruchteil lang hoffte sie, alles wäre nur ein Irrtum – dass sie es sich nur eingebildet hätte. Diese Hoffnung verflog jedoch genauso schnell, wie sie gekommen war, verscheucht von der Erkenntnis, dass sie keineswegs geträumt hatte, sondern dass ihr Erlebnis Wirklichkeit war.

Immer wieder trat ihr ein Bild vor Augen. Ungebeten sah sie den gerade erst Verstorbenen vor sich. Seine feuchte Kleidung. Das Gesicht.

Einige Stunden später hörte sie von draußen mehr Geflüster. Innerhalb weniger Minuten fand sich Natasha Winthrop in einem Vernehmungsraum wieder. Sie saß zwei Detectives gegenüber, einem Mann und einer Frau. Die Frau – weiß, Ende vierzig, dunkle Haare, an den Wurzeln grau – stellte sich als Marcia Chester vor. Ihr Gesicht war faltig und schien von sehr feinem Staub besetzt; Grundierung vielleicht, die sie am Vortag aufgetragen hatte. Sie wirkte müde, aber auf eine Weise, die nahelegte, dass ihre Erschöpfung struktureller Art war: ein Leben, geprägt von harter Arbeit und ständigem Stress. Natasha kannte viele Frauen wie sie; sie zeigte ein Lächeln, von dem sie hoffte, dass es Empathie und Solidarität von einer Frau zur anderen signalisierte. Die Kriminalbeamtin erwiderte es nicht, sondern blätterte in dem Aktenordner, der offen vor ihr auf dem Schreibtisch lag.

Der Mann war jünger: schwarz, Brille, aber eher Bücherwurm als Hipster. Er stellte sich als Adrian Allen vor.

Chester begann, was bedeutete, dass sie die Vorgesetzte war. Sie bat Natasha, ihren Namen zu nennen, ihr Geburtsdatum, ihre Adresse. Die Befragung werde aufgezeichnet, sagte sie.

»Können Sie uns schildern, was sich in der vergangenen Nacht an Ihrer Privatanschrift ereignet hat?«

Vielleicht war es die Anforderung, dass man ihr eine direkte Frage stellte, was sie an ihren Berufsalltag erinnerte und aufweckte. Bei diesem Ersuchen jedenfalls räusperte sich Natasha und legte den Gang ein. Sie zwang sich, die Trägheit abzuschütteln, die ihre Entkörperlichung vorhin hinterlassen hatte. So genau und klar sie konnte, beschrieb sie, was sich ereignet hatte. Sie sprach in selbstbewusstem Ton; sie wusste, was die befragenden Beamten wollten, und war entschlossen, eine gute, nützliche Zeugin zu sein.

Sie war nicht mehr gedämpft.

Ihr half dabei, dass sie genau wusste, wie frustrierend gewöhnliche Bürger sein konnten, wenn sie eine rechtlich relevante Aussage machten. Die Leute wiederholten sich, blieben vage, ließen entscheidende Punkte aus, schwadronierten über Unwesentliches, irrten sich, was die zeitliche Abfolge betraf. Natasha Winthrop wollte der Polizei zeigen, dass sie so nicht war, sondern genauso professionell wie die Beamten, die sie vernahmen.

Aber als sie zu dem Moment kam, in dem sie den Angreifer in der Tür entdeckte, versagte ihr die Stimme. Sie begann zu zittern. Und der Klang ihrer eigenen unsteten Stimme schien einen Schalter umzulegen. Als sie zu Ende erzählt hatte, waren ihre Wangen feucht. Sie griff nach einem Papiertaschentuch, das vor ihr auf dem Tisch lag.

»Können wir einen Schritt zurückgehen?« Das war der Mann.

»Ja.«

»Sie sagen, er sei um Mitternacht in ihrer Tür erschienen?«

»Ja, ungefähr.«

»Sie sind sich nicht sicher?«

»Doch, ich bin mir sicher. Ich erinnere mich an die Uhr auf dem Computerbildschirm. Sie zeigte dreiundzwanzig Uhr neunundfünfzig.«

»Also *sind* Sie sich sicher.« Das sagte die Frau.

»Ja. Ich bin mir sicher.«

»Warum sagten Sie dann ›ungefähr‹?«

»Ich meinte, ich weiß nicht die genaue Minute, als er in der Tür erschien. Aber ich habe auf die Uhr gesehen, als ich das erste Geräusch im Haus hörte. Und das kann nur eine oder zwei Minuten vorher gewesen sein.«

»Gut.« Chester blätterte auf eine andere Seite in ihrem Aktenordner. »Sie haben eine Kette an der Haustür, richtig?«

»Das stimmt.«

»Aber sie war nicht gerissen.«

»Entschuldigung?«

»Sie war nicht gerissen. Sehen Sie?« Sie zeigte Natasha ein Foto, eine Nahaufnahme von ihrer Haustür, an der die Kette herunterhing wie immer. »Sie ist ganz.«

»Ich hatte sie nicht vorgelegt.«

»Okay«, sagte Allen, als wollte er weitergehen.

»Warum nicht?« Chester war noch nicht zufrieden.

40

»Ich hatte noch nicht abgeschlossen.«

»Aber es war Mitternacht. Ist das bei Ihnen normal, mitten in der Nacht allein im Haus, ohne die Haustür abzuschließen?«

»Es war nicht mitten in der Nacht. Es war am Abend.«

»Sie sagten, es war Mitternacht.«

»Ich meine, es war Abend *gewesen*. Ich hatte den Abend durchgearbeitet. Der Abend wäre zu Ende gewesen, sobald ich meine Arbeit beendet hätte. Dann wollte ich abschließen, das Licht ausschalten und zu Bett gehen.«

»Wenn Sie es so sagen.«

»Ich sage es so. Worauf wollen Sie hinaus?«

Allen ergriff das Wort. »Auf gar nichts, Ms Winthrop. Wir versuchen nur, uns ein klares Bild zu verschaffen, ohne dass Fragen offenbleiben.« Er lächelte.

Chester fuhr fort: »Sie haben an dem Abend niemanden erwartet?«

»Nein.«

»Vielleicht Ihren Partner?«

»Nein.« Natasha zögerte, unsicher, wie viel sie preisgeben wollte. »Ich bin Single.«

»Es ist also nicht so, dass Sie die Kette deshalb nicht vorgelegt hatten, weil Sie noch jemanden erwarteten, der vorbeikommen wollte?«

»Nein.«

Chester schlug eine andere Seite auf, als wäre sie unbeeindruckt oder zumindest desinteressiert. Natasha suchte instinktiv ein freundliches Gesicht und schaute zu Allen hinüber. Er schenkte ihr ein gezwungenes Lächeln.

»Also gut«, sagte Chester, als wäre sie bereit, einen anderen Ansatz zu versuchen. »Und der Mann, der Sie angriff – Sie sind sich absolut sicher, dass Sie ihn vorher noch nie gesehen haben?«

»Ich sagte Ihnen schon, er trug eine Maske. Ich habe sein Gesicht nicht gesehen, bevor es vorbei war.«

»Sicher. Aber als Sie es sahen, sahen Sie es da tatsächlich zum ersten Mal?«

»Absolut.«

»Sie kannten den Mann gar nicht?«

»Nein.«

»Sie hatten nicht erwartet, dass er vorbeikommt?«

Bei dieser Frage erhielt Natashas Entschlossenheit, eine ruhige, tüchtige Zeugin und genauso professionell zu sein wie diese Frau, einen Riss.

»›Vorbeikommt‹? *Vorbeikommt.* Ist Ihnen eigentlich klar, was mir passiert ist? Der Mann hat versucht, mich zu *vergewaltigen.* Bei Ihnen klingt es, als hätten wir ein Kaffeekränzchen abgehalten.«

»Bitte, Ms Winthrop.« Allen schaltete sich ein. »Meine Kollegin und ich wollen sichergehen, dass wir alles bis aufs i-Tüpfelchen genau verstanden haben. Wir sind nur gründlich.«

»Und Ihnen ist Gründlichkeit doch wichtig, oder?«, fragte Chester.

»Was?«

»Wir haben mit Ihren Nachbarn gesprochen.« Das war eine Feststellung, keine Frage.

»Ja?«

Allen warf ein: »Alle waren sehr besorgt um Sie, das können Sie sich wohl vorstellen.«

»Aber wissen Sie, was seltsam war? Was jedenfalls mir seltsam vorkam?« Chester fixierte Natasha für einen langen Moment, gab ihr Gelegenheit zu antworten, die Andeutung eines Lächelns im Gesicht.

»Nein, das weiß ich nicht. Was?«

»Keiner von ihnen hat einen Schrei gehört.«

»Wie bitte?«

»Keiner von ihnen hat irgendetwas gehört, um genau zu sein. Nichts von einem Einbruch. Das ist okay. Er kann ein

Profi gewesen sein und ist in Ihr Haus gelangt, ohne viel Lärm zu verursachen. Ein guter Einbrecher schafft das ohne Weiteres. Aber sie haben auch nichts von Ihnen gehört. Keinen Mucks.«

Der männliche Detective sah Natasha weiterhin an, das Gesicht noch freundlich – oder wenigstens freundlicher als das von Chester –, aber er unternahm nichts, um seine Kollegin zu zügeln. Natasha war sich bewusst, dass er sie prüfend musterte, ihre Reaktion einschätzte, ihre Mimik deutete.

Chester fuhr fort: »Und es war seltsam warm gestern Nacht, nicht wahr. Richtig verrückt für diese Jahreszeit. Wir hatten sogar die Klimaanlage hochgestellt. Und Sie hatten das Fenster geöffnet. In Ihrem häuslichen Arbeitszimmer, meine ich. So eine Nacht war das.« Sie schaute ihren Kollegen an, als suchte sie seine Zustimmung für diese These. »Wenn Sie also einen Laut von sich gegeben hätten, müsste jemand es gehört haben. Die Nachbarn, nicht wahr? Den Schrei einer Frau.«

»Ich bin sicher, ich habe … Ich wollte, aber ich konnte nicht …«

»Ich verstehe Sie«, sagte Allen.

»Nur, man sollte doch glauben, wenn ein fremder Mann einfach so aus dem Nichts in Ihrer Tür erscheint und dort steht – in Ihrem häuslichen Arbeitszimmer –, na, die meisten Frauen, die ich kenne, würden aus vollem Hals aufschreien, meinen Sie nicht auch, Detective Allen?«

»Aber ich …«, versuchte Natasha einzuwerfen.

»Ich meine, das hat man doch nicht in der Hand, oder? Man ist einfach überrascht.«

»Ich sagte es doch schon. Ich war so erschrocken, ich konnte nicht schreien. Ich meine, ich habe bestimmt gekeucht, aber nicht …«

»Das ist der Grund, weshalb ich nachfrage, ein bisschen aus heiterem Himmel vielleicht. Also war es womöglich doch jemand, den Sie kannten?«

»Nein, so war es nicht. Ich hatte ihn noch nie zuvor gesehen.«

»Kein einziges Mal? Nie und nimmer?«

Wieso es ausgerechnet diese Redewendung war, die eine
Reaktion bewirkte, konnte Natasha nicht sagen. Aber die Herablassung in diesen drei Wörtern, dieser kindermärchenhaften
Formel – *nie und nimmer* –, brachte sie wieder zu sich selbst
zurück.

Zu ihrer Professionalität.

»Was Sie hier andeuten, ist ungeheuerlich. Völlig inakzep-
tabel. Ich bin einem entsetzlichen Verbrechen zum Opfer gefallen. Ich habe mich gegen einen Vergewaltigungsversuch verteidigt.«

Nun war es Allen, der antwortete. »Niemand deutet hier etwas an, Ms Winthrop. Keineswegs.«

»Ach nein? Indem Sie mir unterstellen, ich hätte den …«

»Wir *unterstellen* nichts«, entgegnete er. »Wir fragen.«

»Sie *fragen*, nachdem ich bereits mehrmals erklärt habe, um
genau zu sein …«

»Wir versuchen nur, uns absolut sicher zu sein, was die Fakten anbetrifft. Jede Einzelheit genau durchzugehen.«

Als Nebenbemerkung fügte Chester mit einem sarkasti-
schen Blick hinzu: »Alle Regeln und Verfahrensvorschriften zu
beachten.«

Schweigen setzte ein, während Natasha verarbeitete, was
diese Frau eben gesagt hatte, und Allen vielleicht das Gleiche
tat. Natasha begriff. Sie sah Chester an.

»Haben wir eventuell ein Problem miteinander?«

»Keineswegs.«

»Liegt es an meiner beruflichen Arbeit?«

»Kehren wir zur vergangenen Nacht zurück. Sie sagten …«

»Liegt es daran? Geht es hier um das Komitee? Oder wollen Sie ausdrücken, dass Sie meine frühere Beteiligung an Be-

schwerdeverfahren gegen die Polizei missbilligen? Geht es darum?«

»Sie sagten, der Angreifer sei ein Mann, den Sie nie zuvor …«

»Moment. Ich glaube, wir sollten diese Sache klären. Nur weil ich Personen vertreten habe, die durch polizeiliches Fehlverhalten aufge–«

»Ms Winthrop.« Allen mischte sich wieder ein. »Bitte. Lassen Sie mich Ihnen versichern, dass meine Kollegin und ich nur so gründlich zu arbeiten versuchen, wie wir können. Sie wollte nichts anderes sagen. Nur dass wir alles gründlich und ordnungsgemäß durchführen wollen.«

Und damit, da war Natasha sich sicher, warf er seiner Vorgesetzten einen Blick zu, nein, funkelte sie eher an; teils tadelnd, teils beschwörend. Laut ausgesprochen hätte der Blick bedeutet: *Ich dachte, wir hätten uns abgesprochen.*

Wieder herrschte Schweigen. Allen war sich im Klaren, auch wenn Chester es nicht begriffen hatte, dass sie einer Anwältin gegenübersaßen, die normalerweise über Leichen ging. Sie durften nicht riskieren, dass sie behauptete, bei der Untersuchung ihres Falles wäre auch nur ein Funke von Voreingenommenheit im Spiel gewesen.

Trotzdem sah Natasha es deutlich: Sie war keine Idiotin, diese Chester. Die Abschrift würde nur den Vorsatz wiedergeben, »alles gründlich und ordnungsgemäß durchführen« zu wollen. Wer könnte dagegen etwas einwenden? Ihr sarkastischer Ton bliebe auf dem Papier lautlos und unsichtbar.

Die Tür öffnete sich, und eine junge Polizistin in Uniform kam herein und reichte Chester einen Zettel. Der weibliche Detective las ihn und schob ihn zu Allen weiter. Die junge Beamtin ging, ohne etwas gesagt zu haben.

Mit unbewegter Miene ergriff Chester wieder das Wort. »Kann ich noch einmal auf die Haustür zurückkommen?« Sie wartete keine Antwort ab. »Wir werden sie von der Spurensicherung noch gründlich untersuchen lassen, aber auf den ersten Blick – mit dem bloßen Auge – findet sich keine Spur eines gewaltsamen Eindringens.«

»Ich weiß nicht, wie …«

»Das ist prima. Wie gesagt, es gibt hundert Möglichkeiten, eine Schildkröte zu fangen, wenn man weiß, was man tut. Was auch für diesen Mann gelten könnte, nach allem, was wir wissen.«

»Hören Sie, ich …«

»Aber die Sache ist die, da sind die Nachbarn. Wie gesagt. Sie sagen – nun, einer von ihnen sagt, dass er sich ziemlich sicher ist, gesehen zu haben, wie sich in der vergangenen Nacht gegen Mitternacht die Tür öffnete. Der Mann brachte den Müll raus, wie es scheint. Das macht er jeden Sonntagabend etwa um die gleiche Zeit: gegen Mitternacht. Eine liebgewonnene Gewohnheit, sagt er. Ihr Nachbar kommt also aus dem Haus und sieht einen Mann vor Ihrer Haustür, auf der obersten Stufe. Sieht ihn hineingehen, nachdem ihm die Tür geöffnet wurde.«

»Die Tür *wurde* ihm geöffnet? Das verstehe ich nicht. Wie soll das denn …?«

»Oh, machen Sie sich keine Gedanken. Es kann so aussehen. Wenn Sie als Profi eine Tür aufmachen, kann es aussehen, als drehten Sie nur den Schlüssel im Schloss. Diese Typen sind geschickt.«

»Sehr geschickt.« Allen hatte die Schultern gesenkt. Er wirkte erleichtert, dass alles wieder in der Spur war, dass Chester sich benahm.

»Ich verstehe.«

»Nein, das ist es nicht, worüber ich mir Gedanken mache«, fuhr Chester fort. »Sondern wegen dem hier.« Mit dem Zeigefinger klopfte sie auf den Zettel, der vor ihr auf dem Tisch lag.

Die beschriftete Seite zeigte nach unten, nur für den Fall, dass Natasha Winthrop zu den Menschen gehörte, die Schrift auch lesen können, wenn sie auf dem Kopf steht. Was der Fall war.

»Was ist das?«

»Das ist ein Bericht über die Überwachungskameras, die Ihr Haus und einige andere erfassen. Teure Gegend, privater Wachschutz; alles gut mit Kameras abgedeckt. Wir haben noch nicht das ganze Material. Aber das hat uns die Wachschutzfirma vorhin schon einmal geschickt.«

»Und was steht da?«

»Dort steht, dass das Videomaterial einen Mann zeigt, dessen Gesicht eine Skimaske oder etwas Ähnliches verdeckt, der um dreiundzwanzig Uhr neunundfünfzig in der vergangenen Nacht Ihr Haus betritt. Es zeigt, dass er durch die Haustür hineingeht. Anscheinend ohne Gewaltanwendung.«

»Anscheinend ist das Schlüsselwort«, sagte Natasha.

»Yup. Absolut richtig. Anscheinend. Hier steht aber auch, das Überwachungsvideo zeige außerdem den Umriss einer Person, die die Tür öffnet. Der Umriss ist undeutlich, aber der Bericht ist eindeutig. Dort scheint jemand den Mann mit der Skimaske hereinzulassen. Nach allem, was Sie uns gesagt haben, Ms Winthrop, will ich doch meinen: Dieser Jemand kann niemand anders sein als Sie.«

KAPITEL 6

Washington, D. C.

Der Nachteil an Washingtoner Sitzungen in aller Herrgottsfrühe, überlegte Maggie nicht zum ersten Mal, war doch die Frage, was man hinterher tun sollte. Ging man einer geregelten Arbeit nach: prima. Dann fuhr man einfach ins Büro, als wäre nichts geschehen, und kam dort nicht später an als an einem anderen Tag ohne frühmorgendliche Besprechung. Manchmal sogar früher; jedenfalls in Maggies Fall. Selbst nach all den Jahren in D. C. war sie noch immer nicht an die Welt der Frühstückstreffen um 6.30 Uhr gewöhnt; eine Welt, in der man nach einem Nachtflug direkt ins Büro fuhr, eine Welt, in der man kurz nach Sonnenaufgang am Schreibtisch saß – alles wegen einer puritanischen Arbeitsauffassung, die den Hexenverbrennern von Salem die Schamesröte ins Gesicht getrieben hätte. Für Maggie ergab nichts davon einen Sinn. Bei den wenigen Gelegenheiten, bei denen sie nachgeben und einen Termin zulassen musste, der in ihrer Schlafenszeit lag, hatte sie hinterher eine ungewohnte Tugendhaftigkeit empfunden, wenn sie ihren Arbeitsplatz erreichte. *Schaut nur, wer vor neun am Schreibtisch ist: Was sagt ihr dazu?*

Aber heute war es merkwürdig. Sie stand bei niemandem mehr auf der Gehaltsliste und wurde nirgendwo erwartet. Nach dem Gespräch mit Senator Tom Harrison wurde sie daher wieder in die freie Wildbahn entlassen. Gewiss, sie war kaum zur Ruhe gekommen, seit sie das Weiße Haus verlassen hatte. Man hatte sie hinzugezogen, um Krisen hier, dort und überall zu entschärfen, aber vorerst gab es keine Stechuhr für sie, keine Anwesenheitspflicht. Uri war fort. Weiß Gott hatten sie im Laufe der Jahre ihre Fehlstarts gehabt, darunter auch eine lange Trennung, aber so war es diesmal nicht: Stattdessen war ihr fester Freund in Indien und filmte die Dokumentation, die ihn schon seit Monaten in Anspruch nahm. Er wäre noch zwei Wochen fort. Darum führte sie vorerst ein Leben, wie sie es in dieser Stadt kaum gekannt hatte: eine alleinstehende Frau in Washington, der ihre Zeit allein gehörte.

Um den Umstand zu feiern, beschloss sie, sich etwas zu gönnen, was sie sich kaum je gönnte, und ein verspätetes Frühstück im Tabard Inn an der 17th and N. einzunehmen. Nach dem schrägen Gespräch mit Harrison kamen ihr die dunkle Einrichtung und die Atmosphäre eines englischen Landhotels wie unverzichtbarer Balsam vor.

Sie fand einen Ecktisch, und obwohl sie ein vages Gefühl befiel, sie solle es doch mal analog halten und die liegen gelassene Ausgabe der *Washington Post* auf ihrem Tisch lesen, verleitete sie die Gewohnheit doch, das Handy zu zücken.

Sie schaute kaum auf die E-Mails, unter denen auch ein Schreiben von ihrer Kontaktperson in Harrisons Stab war:

Hey, das lief doch TOLL! Er ist von Ihnen sehr begeistert. Heute und morgen werden viele große Jobs vergeben (darunter auch etwas wirklich Cooles). Sie sollten wissen, dass der Senator Ihren Namen in der ersten Welle genannt hat. Gut für uns (Momentum, Buzz) und gut für Sie – Stammmitarbeiterin, von Anfang an dabei. Sagen Sie Ja, und wir bringen alles ASAP unter Dach und Fach. Sagen Sie Ja!

Maggie wischte die E-Mail weg und ging auf Twitter. Der erste Tweet, den sie sah, verdutzte sie. Er stammte von einem Journalisten, der regelmäßig im Kabel-TV zu sehen war:

Ich höre gerade, die Anwältin Natasha Winthrop wurde heute Nacht überfallen – und hat ihren Angreifer getötet. Mehr Details später.

Der Tweet war bereits 923-mal weitergeleitet worden, als Maggie ihn sah, und dabei war er keine zwanzig Minuten alt. Oft begleitete ein Minikommentar aus einem einzigen Wort – *wow* oder *Himmel* – die Retweets, in einem Fall das Emoji für weit aufgerissene Augen.

Maggie scrollte hinunter. Die Story verbreitete sich rasch. Ein Star aus *Saturday Night Live* hatte sie mit der Nachricht gepostet:

Wusste immer, Winthrop ist eine harte Nuss.

Als Antwort schrieb ein anderer Comedian, eine Frau, deren öffentliche Radiospots sich zu einem immens erfolgreichen Podcast entwickelt hatten:

So eine Anwältin wünsche *ich* mir.

Maggie gab »Winthrop« ins Suchfenster ein, und der Bildschirm füllte sich. Jede Sekunde schienen neue Tweets zu kommen, immer mehr. *Neue Tweets verfügbar.*

Einer stammte von CNN:

MPDC bestätigt, dass Anwältin Natasha Winthrop heute Nacht in ihrem Haus überfallen wurde – hat offenbar den Angreifer getötet.

Der Tweet löste eine neue Welle aus, größer als die vorherige. Neben der ursprünglichen geschockten Reaktion – *OMG* war einsamer Favorit – gab es gelegentlich auch einen neuen Gedanken. Ein ehemaliger Kongressabgeordneter aus dem linken Flügel der Demokraten twitterte:

Winthrop hatte mit den kontroversesten Terrorfällen der letzten drei Jahre zu tun. Zusammenhang möglich?

Als Nächstes kam ein Tweet von einer Rechtsberatungsgruppe, die in Guantanamo Bay internierte Terrorverdächtige vertreten hatte. Sie waren regelmäßig Ziel von *Fox News*, das sie als bessere Fassade für Dschihadisten brandmarkte. Der Tweet umfasste ein Bild von den Stufen des Federal Court in Washington; eine Gruppe, die sich bei den erhobenen Händen hielt, feierte offenbar eine Entscheidung des Bundesgerichts zu ihren Gunsten. Winthrop war die Zweite von links und strahlte.

#Solidarität mit Natasha Winthrop, Kämpferin für Gerechtigkeit

Und jetzt kam das auf Twitter unausweichliche Gezeter und die typische Erweckung von Schuldgefühlen. Eine Bloggerin von *Slate* schrieb:

Darf ich mal alle daran erinnern, dass wir hier über eine Frau sprechen, die gerade einen gewalttätigen Überfall und ein schreckliches Trauma erlitten hat?

Der Bürgerbeauftragte einer edel gesinnten Zeitung warnte weise mit:

Denken Sie daran, dass der Fall vor Gericht kommen könnte. Je mehr Journalisten und andere spekulieren, desto schwieriger wird es, ein faires Verfahren sicherzustellen.

Aber der Tweet, der wirklich Feuer zu fangen schien und bei dem Maggie zusehen konnte, wie die Retweet-Zahlen in die Höhe schnellten, stammte von jemandem, dessen Namen sie nicht sofort erkannte.

Natasha Winthrop hat sich gewehrt. #Heldin

Das Profilfoto half ihr nicht weiter: Es war der Schutzumschlag eines Buches. Maggie klickte es an und las mit Erstaunen die einzeilige Biografie:

Carmelita Tang ist politische Analystin für Fox & Friends. *Ihr Buch* Ihr kapiert es einfach nicht! *ist jetzt erhältlich #Holen-WirUnsUnserLandZurück*

Maggie scrollte durch die Retweets und sah, dass fast alle von der gleichen Meute stammten: erklärte Anhänger des amtierenden Präsidenten, deren Twitter-Namen Reihen von Emojis und Initialen enthielten, die ihre Ergebenheit signalisierten. Etliche zeigten Bilder von Schusswaffen, damit niemand anzweifeln konnte, wie teuer der Zweite Verfassungszusatz ihnen war.

Mehr als einige hatten auf Tangs Nachricht geantwortet und bekundeten ihre Unterstützung für Winthrops Verhalten, manchmal begleitet von persönlichen Spitzen gegen Winthrop selbst:

Jetzt haben es sogar die Linksgrünversifften kapiert. #2A

Oder:

Wie wir stets sagten: Ein Konservativer ist nichts anderes als ein Liberaler, dem man die Brieftasche geraubt hat. Oder gewalttätig im eigenen Haus überfallen. #2A

Oder:

Jetzt kapierst du aber?

Das, dachte Maggie verwundert, war wirklich eine Leistung. Die Befreit-Guantanamo- und NRA-Meuten Seite an Seite? Oft kam das nicht vor. Winthrop war es gelungen, *Fox News* und den öffentlichen Rundfunk, Waffennarren und Feministinnen zu vereinigen, was einiges heißen wollte in einem Land, das einen beinahe ununterbrochenen Kulturkrieg ausfocht. Maggie dachte an den Videoclip zurück, der mehrere Stunden im Umlauf gewesen war, und an den Tweet, der ihn begleitete.

Wenn unsere Politik kaputt ist, und das ist sie, müssen wir uns vielleicht woanders umschauen als bei der konventionellen Politik und den konventionellen Politikern. Vielleicht wird es Zeit, uns jemanden zu suchen, der frisch und unbefleckt ist. Jemanden, der andere inspiriert und ein echtes menschliches Wesen ist. Jemanden wie Natasha Winthrop.

KAPITEL 7

Washington, D. C.

Greg Carter hantierte ein letztes Mal an der Kamera – eigentlich nur ein Smartphone – und richtete die Linse auf dem Dreibein gerade aus. Nicht zum ersten Mal verfluchte er stumm die dilettantische Ausstattung. Wenn sie eine TV-Debatte simulieren wollten, sollten sie dann nicht auch die Bedingungen in einem Fernsehstudio simulieren, mit allem Drum und Dran – Scheinwerfer, große massige Kameras, Aufnahmeleiter? Finanzieren konnte die Wahlkampagne so etwas mit Sicherheit. Aber Doug Teller, der Wahlkampfleiter, hatte sich nicht erweichen lassen. Die eigentliche Debattenvorbereitung stand erst in einigen Wochen an, und bis dahin sollten sie sich auf Inhalte konzentrieren, Standardsätze und Themen ausarbeiten. Dafür reichten zwei Rednerpulte und ein iPhone aus.

Das galt besonders für diese Sitzung, die hastig auf Gregs Vorschlag hin angesetzt worden war. Er wollte ein Szenario durchspielen, das zu diesem Zeitpunkt rein hypothetisch war: dass im allerletzten Moment eine neue und völlig unerprobte Rivalin aufs Feld trat, nur wenige Tage vor dem Termin, bis zu dem Bewerber ihre Kandidatur offiziell bekannt geben mussten. Greg wartete schon seit Wochen darauf, damit anzufangen – seit ihr Auftritt bei den Anhörungen solche Aufregung verursacht hatte. Doug hatte nicht rundheraus widersprochen, dem Szenario aber auch keine Priorität beigemessen. Aus diesem Grund war die Entwicklung, die über Nacht in Georgetown eingetreten war, nicht ganz unwillkommen gewesen, zumindest nicht für Greg. Sie hatte sowohl Doug Teller als auch dem Kandidaten bewiesen, dass ihr Political Director keine Niete war, sondern dass man Greg Carters Anregungen womöglich lieber sofort Beachtung schenkte, statt abzuwarten, dass seine Ideen von den Ereignissen überholt wurden. Greg hatte sich auf die Gelegenheit gestürzt – wer konnte sagen, wie lange sie anhielt? – und vorgeschlagen, das Szenario unverzüglich durchzuspielen. Das bedeutete, dass sie es gleich hier tun mussten, in einem der kleinen Konferenzräume des Wahlkampfzentrums in Washington. Den runden Tisch hatten sie in die Ecke geschoben, um Platz für die beiden behelfsmäßigen Podeste zu machen.

Im nächsten Moment trat Tom Harrison ein, das Handy ans Ohr gepresst, seinen Hofstaat im Schlepp.

»... können Sie drauf wetten.« Schweigen. »Das wäre prächtig. Sie wissen ja, wie sehr Betsy und ich Ihre Ranch lieben. Ich lasse meine Leute in meinen Terminkalender gucken. Ach, Ron? Ich kann Ihnen für Ihre Großzügigkeit gar nicht genug danken. Das ist mein Ernst. Ich werde das nicht vergessen – genauso wenig wie das amerikanische Volk.« Das Handy glitt zurück in die Brusttasche, und mit dem Smartphone verschwand auch Harrisons Lächeln. Der Kandidat richtete den Blick auf Carter.

»Alles klar, Greg. Sie haben mich für ungefähr zehn Minuten.«

»Okay. Toll. Der Plan ist, wir spielen ein Match-up geg–«

»Winthrop. Weiß ich schon. Wie wollen Sie es angehen?«

»Ich dachte, ich bin der Moderator, und ich habe Ellen gebeten, Natasha Winthrop zu spielen.« Ellen Stone war gerade erst hereingekommen, im letzten Glied des Trosses, der am Kandidaten klebte.

»Greg, spielen Sie normalerweise nicht selbst den Gegner?«

»Bisher habe ich das gemacht, das ist richtig. Aber ich bin mir nicht sicher, ob ein männlicher Afroamerikaner Sie in die

55

richtige Stimmung versetzt, um einer paarunddreißigjährigen Weißen gegenüberzutreten.«

»Ich weiß nicht, Greg, Sie sind ein ziemlich guter Schauspieler.« Obwohl dabei gebleichte Zähne blitzten, vermittelte der Satz eher Verstimmung als Freundlichkeit. Der Senator mochte keine Trockenübungen, so viel war zumindest für Greg offensichtlich. Ob Doug die Anzeichen ebenfalls bemerkte, konnte er nicht mit Sicherheit sagen.

Im nächsten Augenblick hatte Harrison seinen Platz am Rednerpult eingenommen. »Okay, Feuer frei.«

Greg setzte sich auf einen harten Plastikstuhl genau zwischen die beiden »Kandidaten«, von denen nur Ellen alles schauspielerte. Das Bild der Handykamera zeigte seinen Rücken als Spitze eines Dreiecks, ganz wie es im Fernsehen wäre. Sollte Winthrop wirklich ins Rennen einsteigen, wäre sie nur eine aus fast einem Dutzend Bewerbern, die aufgereiht standen wie Teilnehmer einer Gameshow. Trotzdem, so unrealistisch es sein mochte, das Eins-zu-eins-, das Mano-a-mano-Format erschien Greg zweckmäßiger. Nichts schuf größere Klarheit.

Er ordnete seine Papiere und räusperte sich. Aus dem Augenwinkel sah er, wie Doug Teller den Raum betrat und sich zu einem halben Dutzend Referenten, Wahlkampfstrategen und dem Umfrageleiter hinten an die Wand stellte.

»Wenn ich mit Ihnen beginnen dürfte, Senator Harrison. Sie werden aus den Nachrichten wissen, dass Natasha Winthrop gezwungen war, sich in ihrem eigenen Haus gegen einen Angreifer zur Wehr zu setzen. Was werden Sie tun, um das Verbrechen in diesem Land zu bekämpfen?«

Harrison lächelte Ellen freundlich zu.

Doug rief von hinten dazwischen. »Nicht lächeln: Sie ist vergewaltigt worden.«

Harrison setzte einen Ausdruck bestürzter Sorge auf. »Darf

ich zu Anfang sagen, wie stolz ich bin, das Podium mit solch einer tapferen jungen Frau zu teilen.«

»Herablassend.« Wieder Doug.

»Lassen Sie mich zuerst Natasha Winthrop auf diesem Podium und in diesem Wettlauf willkommen heißen. Unsere demokratische Grundordnung wird umso stärker, je mehr Menschen antreten und aktiv daran teilnehmen.«

Keine Unterbrechung vonseiten Dougs, was jeder im Raum als Zustimmung auffasste, Harrison eingeschlossen. Der Kandidat redete weiter.

»Wie viele Amerikaner war ich entsetzt, als ich erfuhr, was Miss Winthrop widerfahren ist.«

»Miss? Sind wir auf einmal in den Fünfzigerjahren?« Dougs Schweigen hatte keine fünfzehn Sekunden angehalten.

»Ich finde es sogar ziemlich gut.« Der Umfrageleiter meldete sich, wie Doug ein kampferprobter Washington-Veteran Mitte fünfzig – und daher einer der wenigen, die es wagten, dem Wahlkampfleiter zu widersprechen. »Ältere Wähler, Wähler im Süden und mittleren Westen – für die klingt das respektvoll. Und erinnert unterschwellig jeden daran, dass sie unverheiratet ist.«

»Hm. Wir prüfen das. Reden Sie sie vorerst mit ›Natasha‹ an, Senator. Klingt elitär. Ein bisschen ausländisch.«

Harrison räusperte sich und ging wieder in Grundstellung. »Was Natasha zugestoßen ist, sollte in Amerika nicht passieren. Amerikaner sollten in ihren Häusern sicher sein.« Er wandte sich von Greg ab und sah Ellen an. »Und was Sie getan haben, war tough. Es war tapfer. Es erforderte Mut. Teufel, ich wäre glatt bereit, Sie zur Verteidigungsministerin zu machen.«

»Ich kandidiere nicht für das Verteidigungsministerium, Senator. Ich kandidiere für die Präsidentschaft der Vereinigten Staaten von Amerika.« Ellen wirkte genauso überrascht über die eigene Erwiderung wie alle anderen im Raum.

57

»Autsch!«

»Zing.«

»Ach, jetzt ist aber gut.« Harrison trat vom Rednerpult zurück. »Das war ein Kompliment.«

»Aber Sie haben ihre Antwort gehört. Sie klangen, als wollten Sie sie bevormunden.«

»Sie ist eine Anwältin, die vor fünf Minuten noch auf dem College war, und ich sage, sie ist tough genug, um das US-Militär zu leiten. Sie finden, das sei kein Kompliment?« Mit geöffneten Händen sah er wie Zustimmung heischend die Frauen an der Rückwand an, die nebeneinander zwischen Doug und dem Wahlkampfchef standen. »Nicht wahr?«

Keine von ihnen wollte ihm in die Augen blicken; zwei sahen Doug an, als warteten sie auf sein Okay. In ihren Gesichtern stand die Unsicherheit geschrieben, die mittlere Angestellte in einem Wahlkampfteam stets quälte: Wer genau war ihr Boss? War es ihr Alltagsvorgesetzter, der Wahlkampfleiter, der sie eingestellt hatte und ihnen die kleinen Lektionen und Bewährungsproben zuteilte, die ihrer Karriere auf die Sprünge helfen konnten? Oder war es der Kandidat, den ins Amt zu hieven man sie bezahlte? Dass beide miteinander in Konflikt gerieten, kam nur selten vor, aber wenn es geschah, führte es in aller Regel zu Lähmung.

»Was, wenn ich etwas anderes probiere?«, fragte der Senator. »Mit mehr Wärme und persönlicher. Was, wenn ich es zu einem Moment der Menschlichkeit mache?«

Damit trat er hinter seinem Rednerpult hervor und sprach Ellen an. »Natasha, ich möchte Ihnen sagen, aus der Tiefe meines Herzens, wie leid es mir tut – und wie leid es allen Amerikanern tun sollte ...«

»Nein, nein, nein. Auf keinen Fall.«

Die Frauen hinten redeten gleichzeitig. Ihre Stimmen gingen ineinander auf, aber Greg hörte »gruselig«, »Stalker« und »dringt in ihren persönlichen Raum ein« heraus. Greg sah zu, wie sich der Senator auf seinen Platz zurückzog. Er malte sich aus, wie das Video aussähe: alter Mann, junge Frau. Optik: entsetzlich.

In dem Schweigen, das darauf folgte, entschied Greg, sich persönlich einzuschalten, obwohl er absolut der Ansicht war, dass sie sich auf diesem Gebiet an den weiblichen Expertenstimmen orientieren sollten. Diesen Schritt tat er nur ungern, und das nicht nur wegen seines Geschlechts. Wenn es nach ihm ginge, hätten alle geschwiegen und sich erst hinterher geäußert. Man hätte Harrison sein Ding tun lassen und es besser später anhand des Videos analysieren sollen. Aber Doug hatte das Sagen, und sein Stil vertrug sich nicht mit Geduld.

»Hören Sie«, sagte Greg, »der Senator muss sie loben. Wenn er das nicht tut, wirkt er kleinlich. Vielleicht sogar ein bisschen durch den Wind. Überall wird sie als Heldin gefeiert, sogar von Gemäßigten. Der Kandidat muss der Bevölkerung signalisieren, dass er das begreift. Vielleicht nicht mit dieser Verteidigungsministeriumsmasche, aber irgendwie schon.«

»Also gut«, sagte Harrison. »Was schlagen Sie vor?«

Nun ergriff eine der Frauen von hinten das Wort. Kara war die Nummer zwei im Kommunikationsteam. »Idealerweise loben Sie sie, aber auf eine Weise, die Zweifel weckt.«

»Wie zum Beispiel?«

»Zum Beispiel deuten Sie an, dass Natasha hitzköpfig sein könnte. Sie wissen schon, dass sie sich nicht im Griff hat.«

»Okay«, sagte Doug. »Probieren wir es so.«

Greg stellte erneut seine Frage, aber der Senator winkte ab, und er verstummte. Harrison zog es vor, sich direkt in die neue Antwort zu stürzen.

»Was Sie getan haben, war knallhart. Aber in diesem Job, wenn man Präsident der USA ist, reicht Härte manchmal nicht aus. Manchmal muss man Zurückhaltung zeigen. Manchmal muss man wissen, wann man sich mäßigt.«

59

»Wollen Sie andeuten, ich hätte mich zurückhalten und von dem Mann vergewaltigen lassen sollen, Senator?«

Harrison trat wieder vom Rednerpult zurück. »Herr im Himmel, gegen diese Frau kann ich nicht gewinnen. Was immer ich zu ihr sage, es ist falsch. Die killt mich vor laufender Kamera.«

»Vielleicht im wahrsten Sinn des Wortes«, meinte der Umfrageleiter.

Nur Doug wagte zu lachen, bevor sie sich neu aufstellten. »Also gut«, sagte er. »Ich glaube, wir sehen hier ein Loch im Boden, in das George Dukakis passen würde, und wir werden geradewegs hineingelotst.«

Greg, der sich ebenfalls umgedreht hatte, sah bei mehreren jüngeren Kollegen verständnislose Mienen. Doug bemerkte sie ebenfalls. »Ach, das gibt's doch nicht, *sooo* lange ist das auch wieder nicht her. Wenn Sie sich nicht erinnern, dann sehen Sie sich den Scheiß bei YouTube an. ›Gouvernor Dukakis: Wenn Sie mit ansehen müssten, wie Ihre Frau Kitty vor Ihren Augen vergewaltigt und ermordet wird, wären Sie dann noch immer gegen die Todesstrafe für ihren Mörder?‹ Dukakis gab eine Streberantwort mit Rückfallraten und so eine Scheiße, während …«

Harrison unterbrach ihn grinsend. Er sah endlich die Ziellinie vor sich und übernahm den Staffelstab von Doug. »Während die richtige Antwort lautete: ›Wenn ich mit ansehen müsste, wie meine Frau vor meinen Augen vergewaltigt und ermordet wird, würde ich den Schuldigen packen und ihm mit bloßen Händen die Kehle zerfetzen. Ich würde ihn an den Füßen aufhängen, ihm die Schlagader öffnen und zusehen, wie er verblutet, so langsam und qualvoll wie möglich. Aber hier geht es nicht um mich. Hier geht es um das Gewaltmonopol des Staates und unser Rechtssystem. Und der Staat und unser Rechtssystem müssen *besser* sein als ich. Das ist der Grund, warum die Todesstrafe keine Antwort ist.‹«

»Das liebe ich. Jedes Mal.«

»Deshalb«, fuhr Harrison mit neu gefundenem Selbstvertrauen fort, »würde ich Ihre Frage so beantworten, Greg: Was Natasha Winthrop in jener Nacht getan hat, verlangte großen Mut. Aber Frauen sollten nicht auf ihren Mut zurückgreifen müssen oder auf die eigenen bloßen Hände, um sich zu verteidigen. Nicht jede Frau hätte gekonnt, was sie getan hat. Keine Frau sollte tun *müssen*, was sie getan hat. Das sollten wir einander abnehmen, als Nation. Dafür haben wir Polizei. Und das ist unter dem schrecklichen amtierenden Präsidenten so furchtbar falsch gelaufen.«

Greg spürte, dass die Stimmung hinter ihm umgeschlagen war, dass Doug und die Übrigen kurz davorstanden, zu applaudieren. Trotzdem setzte er mit einer Frage nach, von der er glaubte, dass jeder Fernsehmoderator, der etwas taugte, sie stellen würde.

»Wollen Sie damit sagen, Senator Harrison, Sie halten es für falsch, dass Natasha Winthrop das Gesetz in die eigenen Hände genommen hat?«

»Ich will damit sagen, Greg, sie hätte überhaupt nicht in eine Lage geraten dürfen, wo das ihre einzige Chance war. Ich könnte anführen, dass es mir lieber wäre, wenn sie das Gesetz nie in die eigenen Hände genommen hätte, aber das ist nicht …«

»Und haben *Sie* das getan, Sir?«

»Was meinen Sie?«

»Haben Sie jemals das Gesetz in die eigenen Hände genommen?«

»Ich bin in einer üblen Gegend aufgewachsen, Greg. Chicago war ein knallhartes Pflaster. Manchmal musste man sich auf dem Schulhof gegen jemanden durchsetzen, musste ihm klarmachen, dass man sich von ihm nicht herumschubsen lässt, und …«

Ellen unterbrach ihn, die Hände fest am Rednerpult. »Und manchmal, Senator, müssen Sie sich gegen einen Mann wehren, der seine Hände an Ihrer Kehle hat und Sie umbringen will. Ich bin in dieser Situation gewesen. Ich kenne das.«

Harrison stand schweigend da. Ein Herzschlag verging, und er warf einen Blick in Doug Tellers Richtung, den Greg zuerst für Protest hielt, aber rasch begriff er, dass er mehr mit Verzweiflung zu tun hatte. Senator Tom Harrison, Favorit, durch seine Partei für das Weiße Haus nominiert zu werden, bat um Hilfe. Wie jeder andere im Raum begriff er allmählich: Falls Natasha Winthrop am Rennen teilnahm, mochten seine Worte von vorhin sich sehr rasch bewahrheiten.

Gegen diese Frau kann ich nicht gewinnen.

KAPITEL 8

Washington, D. C.

Dieser Jemand kann niemand anders sein als Sie.

Die Worte Chesters senkten die Temperatur im Vernehmungsraum. Natasha Winthrop erstarrte. Sie war sich bewusst, dass soeben eine Zäsur eingetreten war. Die bisherigen Ausfälle in ihre Richtung waren Finten gewesen, deren Absicht bestritten wurde, kaum dass sie aufgeführt waren. Nun war ein direkter Angriff erfolgt, explizit und eindeutig.

Die beiden Detectives sammelten ihre Papiere ein und legten sie in den Pappordner vor ihnen auf dem Tisch: das universelle Zeichen, dass das Gespräch vorüber war.

»Moment«, sagte Natasha. »Ich muss das Überwachungsvideo selbst sehen. Da hat es einen Fehler gegeben. Ich habe niemanden ins Haus gelassen. Ich war die ganze Zeit im Arbeitszimmer. Genau wie ich es gesagt habe. Sie müssen mir Ihr Videomaterial zeigen.«

»Wir haben es zurzeit nicht zur Verfügung.« Chester verwendete die bürokratische Phrase auf eine Weise, die Natasha als vorsätzlichen Hohn empfand.

»Sie haben soeben davon gesprochen«, entgegnete Natasha ungläubig und wies mit dem Finger auf den Tisch, wo der geheimnisvolle Zettel eben noch mit der Schrift nach unten gelegen hatte.

»Das war eine *Auswertung* des Kameramaterials.« Chester lächelte angespannt und knapp. »Alle sachdienlichen Informationen werden Ihnen in Kürze zur Verfügung gestellt.« Erneutes Lächeln. »Da wir über Informationen sprechen, Miss Winthrop: In einem Fall wie diesem wäre es für uns Routine, Ihr Mobiltelefon zu untersuchen.«

»Das steht vollkommen außer Frage.«

»Um jede Verbindung zwischen Ihnen und dem Verstorbenen auszuschließen.«

»Mein Smartphone enthält alle meine Kontakte mit meinen Mandanten und unterliegt der anwaltlichen Schweigepflicht.«

»Ich verstehe das, und selbstverständlich unterliegen Sie keinerlei Zwang, es uns zu geben.«

»Dann wäre das geklärt.«

»Bis auf Weiteres. Aber je nach Entwicklung des Falls werden wir das Erforderliche unternehmen, um alle Informationen zu erhalten, die wir benötigen.«

Allen nickte, als wollte er noch immer beschwichtigen. Natasha fragte sich, ob es wohl die Macht der Gewohnheit war, dass es sich bei »guter Cop« um seine Standardeinstellung handelte. »Nur um Möglichkeiten auszuschließen«, sagte er.

»Damit befassen wir uns, wenn es so weit ist«, sagte Natasha. »Aber fürs Erste lautet die Antwort nein. Und ich würde gern in Ihrer Niederschrift lesen, dass mein einziger und erklärter Grund für meine Ablehnung die anwaltliche Schweigepflicht ist. Und dass ich standhaft und umfassend bestreite, diesen Mann in mein Haus gelassen zu haben.«

»Verstanden«, sagte er. Chester blieb stumm, starrte Natasha nur gut fünfzehn Sekunden lang hart an, dann klemmte sie sich die Dokumente unter den Arm – ohne dass Text sichtbar wurde –, und beide verließen den Raum.

Ein Wachmann kam herein, um Natasha in eine »Gewahrsamssuite« zu bringen. Als sie dort war, nahm sie auf dem harten Plastikstuhl in der Mitte Platz, beäugt von nicht einer, sondern zwei Überwachungskameras, die ungeniert in den Ecken unter der Decke montiert waren. Sie stieß ein tiefes, langes Seufzen aus. Das Bild, das ihr vor Augen trat, war das jenes

Mannes, der tot auf ihrem Fußboden lag, während sie am ganzen Leib von seinem Gehirnwasser triefte.

Sie entsperrte ihr Handy, schaltete den Flugzeugmodus aus und spürte, wie es in ihrer Hand zum Leben erwachte. Das Smartphone summte und zitterte, während SMS, WhatsApps und E-Mails einströmten und die jeweiligen Inboxen füllten. Sie überflog alles – gute Wünsche von Freunden, Hilfsangebote von früheren Kollegen, Tweets von Fremden. Natasha befiel das gleiche Gefühl wie vor zwei Wochen, als ihr Auftritt vor dem Geheimdienstausschuss des Repräsentantenhauses durch die Fernsehübertragung unversehens zu einer Sensation geworden war. Nun wurde sie schon zum zweiten Mal in einem Monat unter einer Onlinelawine begraben.

Sie ging von den Nachrichten, in denen sie erwähnt wurde, zu den allgemeinen Neuigkeiten, und zuerst nahm sie an, sie hätte den Knopf nicht richtig gedrückt: Diese Kette aus Tweets drehte sich ebenfalls um sie.

Neueste Meldung: DC Police hält Natasha Winthrop weiterhin fest, nachdem sie heute Morgen über eine Stunde lang vernommen wurde.

Also war es heraus. Jemand in diesem Gebäude, vermutlich innerhalb des Metropolitan Police Departments, leakte nicht nur Einzelheiten der Ermittlungen, sondern kommentierte sie live, lieferte einen detaillierten Spielbericht. Sie suchte nach »Winthrop+Überwachungsvideo«. Noch nichts. »Winthrop+Film«. Auch nichts.

Vielmehr sah sie nur verschiedene Versionen der Nachricht, dass sie noch vernommen wurde, und die Reaktionen darauf. Von allem schien es Hunderte zu geben, und mit jeder Sekunde wurden es mehr. Und die meisten nutzten das gleiche Hashtag zu: #Heldin.

Die älteren Nachrichten priesen sie als eine Art Vigilantin. Die Leute, die das taten, bildeten eine bunte Mischung: Texter für das *National Review*, Experten von *The Blaze*, Cheerleader für den Präsidenten.

Die ganzen Rechten, die sie normalerweise mit Hass überschütteten, lobten sie plötzlich als weibliches Aushängeschild der Selbstverteidigungsfähigkeit. Viele von ihnen schienen anzunehmen, sie hätte ihren Angreifer erschossen.

Die beste Verteidigung gegen einen bösen Mann mit einer Schusswaffe ist eine gute *Frau* mit einer Schusswaffe. #Heldin

Die neueren Nachrichten hingegen drückten weniger Bewunderung für sie aus als vielmehr Feindseligkeit gegenüber der Polizei. Am milderen Ende des Spektrums fanden sich eher Ungeduld und die Hoffnung, dass das MPDC die »Tortur« bald beenden würde. Es waren im Wesentlichen Appelle an das Department, erstens zu verlautbaren, dass Natasha überfallen worden sei und aus Notwehr getötet habe, und zweitens, sie gehen zu lassen. Ein angesehener Literaturrezensent des *New Yorker* twitterte:

Je länger dies anhält, desto mehr vergrößert es die Qualen, die Natasha Winthrop bereits zu erdulden hatte. Es reicht.

Ein junger Texter für *The Nation* äußerte:

Mit jeder Stunde, die das MPDC #Natasha unter der Wolke des Verdachts belässt, sieht es mehr nach einer Vendetta aus #RechnungBegleichen #KriegGegenDenTerror #Bürgerrechte

Andere Kommentare wurden deutlicher. Eine Frau, die eine Website betrieb, auf der sexuelle Nötigungen dokumentiert wurden, postete:

Stellen Sie sich vor, ein Mann hätte einen Angreifer niedergeschlagen, der ihn gewaltsam anging. Jeder würde ihn als Helden feiern. Aber eine Frau wird natürlich verdächtigt.

Ein ehemaliger Kongressabgeordneter, Republikaner, hatte gerade zwei Minuten zuvor getwittert:

Jeder Amerikaner hat das Recht, sein Haus mit aller erforderlichen Gewalt zu verteidigen. Die Polizei hat da gar nichts zu untersuchen.

Aber dann, direkt vor ihren Augen, schlug es um. Ein Tweet von der örtlichen CBS-Niederlassung:

Neuste Meldung: Polizei untersucht Überwachungsvideo, das offenbar zeigt, wie Winthrop den Angreifer ins Haus lässt.

Sie schloss die Augen wie ein Seemann, der weiß, dass im nächsten Moment ein Fünfzehnmeterbrecher aufs Deck krachen wird. Weiterzulesen brauchte sie nicht. Sie wusste, was nun kam. Bald würde es heißen: *Verdächtige Winthrop hat ihren Angreifer vielleicht gekannt*, und schließlich: *Polizei glaubt, Winthrop kannte ihren Angreifer.*

Sie lehnte sich zurück und legte den Kopf an die Wand aus Betonstein. Die Augen hielt sie geschlossen.

Möglich, dass sie einschlief, und wenn es nur einige Sekunden waren, denn sie fuhr hoch, als sie ein Summen hörte und die Tür sich mit einem Klicken öffnete.

»Natasha!«

67

Schon die Art und Weise, wie er ihren Namen aussprach, verärgerte sie. Dies geheuchelte Mitgefühl wie von einer Mutter, die ein Kleinkind tröstet, das hingefallen ist: *Ach, du armes Ding!* Die Frechheit erboste sie, zumal er in der Hierarchie unter ihr stand – ihr war bewusst, dass sie kleinlich dachte, besonders in einem Augenblick wie diesem, aber er war nur der Sprecher, sie die Chefberaterin. Drei Jahre jünger als sie trat er trotzdem auf wie Dad, der seine halbwüchsige Tochter, die zu schnell gefahren war, bei der Polizei abholte.

Oder vielleicht, gestand sie sich im gleichen Atemzug ein, gab es eine simplere Erklärung für ihre Verärgerung über den Anblick von Dan Benson: dass sie ihm nicht traute.

»Ich kann nicht glauben, dass Sie das allein durchstehen mussten.« Er schwang sich das Haar aus der Stirn, während er einen Stuhl zu ihr heranzog.

»Nun, sie haben mir einen Anwalt angeboten. Aber ich sagte mir, hey, das kann ich auch selbst.«

»Sicher, aber ich meine in Bezug auf *emotionale Unterstützung*, Natasha.« Er biss sich in die Unterlippe und fixierte sie mit aufrichtiger Sorge; ganz die Sorte Mann, der sich seines Verständnisses der Frauen rühmt und am Internationalen Frauentag das Emoji einer geballten Faust postet. »Natasha, solch einen Moment sollte keine Frau allein durchstehen müssen.«

»Das ist wirklich nett, Dan.« Sie begann den Zweck seines Besuchs zu durchschauen. »War es die Idee des Vorsitzenden?«

»Ja, zum großen Teil, natürlich. Sagen Sie, kann ich Sie nach Hause bringen?«

Also der Vorsitzende. Ergab Sinn, und nicht nur, weil er Bensons Gönner war. Im ganzen House Committee war er derjenige, den Natashas unvermittelte Medienpräsenz am meisten aus dem Konzept gebracht hatte. Er hatte selbst Ambitionen auf die Präsidentschaft; die Anhörungen sollten ihm als Sprungbrett dienen. Und plötzlich beherrscht seine verdammte

Beraterin alle Schlagzeilen und kapert die gesamte Sendezeit. So hatte es nicht laufen sollen. Hatte er gesehen, welche Verbreitung #Heldin fand, und Benson losgeschickt, damit sein Erfüllungsgehilfe Natasha schnell und gründlich die Flügel stutzte?

»Ich darf nicht nach Hause. Tatort.«

»Dann kommen Sie mit zu mir. Dort können Sie duschen, schlafen, essen. Was immer Sie brauchen.«

Dan Bensons Apartment war so ziemlich der letzte Ort auf Erden, an dem sie jetzt sein wollte – allenfalls übertroffen vom Haus seines Bosses –, aber ihr blieben verdammt wenig Alternativen. Sie hatte Freundinnen, die sie anrufen konnte, aber der Aufwand, die Erklärungen und die Warterei … nein, es war sinnvoller, Dans Angebot anzunehmen und hier so bald wie möglich wegzukommen.

Formulare waren auszufüllen, und es gab weitere Verzögerungen, aber schließlich saß Natasha Winthrop in einem Taxi, das sich einen Weg zu Dan Bensons Apartmentkomplex in Cleveland Park suchte. Ihre Willensstärke war groß, und so warf sie nicht einen einzigen Blick auf Twitter. Trotzdem, ihr Smartphone summte unentwegt: wahrscheinlich vor allem Journalisten, dazu vielleicht einige Freunde und juristische Kontakte. Erstere würden um Rückruf bitten, damit sie »ihre Sicht der Geschichte« schildern könnte. Letztere Hilfe offerieren, ein Angebot, das eindeutig, wenngleich stillschweigend auf die Meldung über Videomaterial zurückging, auf dem angeblich sie zu sehen war, wie sie den Angreifer ins Haus ließ.

Benson quatschte die ganze Zeit, aber sie hörte nicht zu. Gelegentlich bekundete sie durch einen Laut Zustimmung oder Verständnis, aber sie wusste, dass ihr Blick leer war. Sie befand sich ganz woanders. Sie starrte auf ihre Erinnerung an den Mann – wie er in ihrem Haus stand, im Türrahmen, in dieser wie eingefrorenen Sekunde, bevor er sich ihr näherte.

Was sie zurückbrachte, war der Anblick eines Trucks, der die Satellitenschüssel ausgefahren und die Ohren gespitzt hatte und an der Ecke von Bensons Straße parkte. Einen kurzen Moment lang redete sie sich ein, dass der Übertragungswagen wegen jemand anderem hier sei. Dass es ein Zufall sein könne.

Aber als sie näher kamen, wurde es offensichtlich. Der WJLA-Schriftzug auf der Seite verkündete, dass der Truck zu einer Nachrichtencrew für Channel 7 gehörte. Die Seitentür war geöffnet und zeigte eine Reihe von Bildschirmen und einen Techniker, der schon bei der Arbeit war. Das Taxi setzte seinen Weg fort, und Natasha entdeckte zwei weitere Übertragungswagen mit ausgerichteter Satellitenschüssel, sendebereit. Und dort, gleich neben dem Gebäude, in dem Dan wohl wohnte, stand eine kleine Meute aus Fotografen und Reportern mit einer, zwei, drei, vier TV-Kameras.

»Himmel«, sagte Dan. »Was für eine Scheiße!«

Natasha wusste sofort, dass er log. Seine geheuchelte Überraschung täuschte niemanden; jedenfalls nicht sie. Von wem hätte die Presse wissen sollen, dass sie hierherkam, wenn nicht von ihm? Sie hatte keinem Menschen verraten, dass sie mit zu Benson ging, mit Ausnahme einer Kollegin aus der Kanzlei, die angeboten hatte, sie aus dem Polizeipräsidium abzuholen. Oh, und einer Freundin, die das gleiche Angebot gemacht hatte. Sogar zwei Freundinnen. Aber wem hätten die es gesagt?

»Kann hier nicht parken«, sagte der Fahrer über die Schulter und zeigte auf die Straße, auf der jede Lücke mit Fahrzeugen des Pressecorps vollgestopft war.

»Schon gut.« Dans Augen zuckten hin und her. »Fahren Sie einfach langsamer.«

Natasha stellte sich vor, wie Benson und sie aus dem Taxi stiegen – wie das in den Nachrichten aussehen würde. Sie beide von Reportern umringt, die sie mit Fragen eindeckten, während sie versuchten, zum Eingang vorzudringen. Die Optik würde dem beiläufigen Zuschauer den Eindruck vermitteln, sie – Natasha – habe etwas Falsches getan. Warum sonst sollte sie derart bedrängt werden? Zu ihrer Überraschung fand sie einen weiteren Grund zur Besorgnis: Die Leute würden diese Bilder von Dan und ihr sehen und daraus den Schluss ziehen, dass sie ein Paar seien.

Sie sah Benson an, der den Blick auf den Bürgersteig richtete, die Hand am Türgriff, während der Wagen verlangsamte; ein Fallschirmjäger in der Flugzeugtür, der auf das grüne Licht für den Absprung wartet. Sie bemerkte, dass Dan zwischen Daumen und Zeigefinger der anderen Hand den Hausschlüssel hielt, einsatzbereit. Er dachte voraus, vermied den sich hinziehenden Augenblick, in dem er nach dem Schlüssel suchte, während die Verschlüsse der Fotoapparate mit mehr als einem Dutzend Bildern pro Sekunde ratterten. (Natasha kam der Gedanke, dass der wahre Profi, an solche Situationen gewöhnt, bereits jemanden im Apartmenthaus postiert hätte, der im Flur wartete, um die Tür aufzureißen und sie hereinzulassen.)

Natasha sah Dan an. Ihr Blick verriet, dass sie von ihm erwartete, die Situation zu handhaben. Er war der Experte. *Das ist dein Job. Du musst wissen, was du zu tun hast.*

Das Taxi fuhr nun so langsam, dass jemand aus der Meute von Reportern und Fotografen und Kameraleuten Natasha durch das Seitenfenster erkannte, und es dauerte keine Sekunde, bis alle Bescheid wussten: Sie fuhren herum und richteten ihre Objektive auf die Beifahrertür an der Bordsteinkante. Auf Natasha wirkte die Menge wie ein einzelnes keuchendes Tier mit zwei Dutzend Augen – von denen alle sie anstarrten.

»Wir steigen jetzt einfach gemächlich aus und gehen so normal und ruhig, wie wir können, zur Haustür. Als würden wir bloß aus einem Taxi steigen und unbeschwert nach Hause kommen. Und ernst natürlich. Nicht lächeln. Davon abgesehen, nett und locker. Gelassen.«

Natasha dachte: *Wer andauernd davon redet, ruhig zu bleiben, steht vermutlich am Rand der Panik.*

Benson reichte dem Fahrer einen Zwanziger, und Natasha spürte das Ungeheuer auf der anderen Seite der Glasscheibe, dessen zahllose Augen sie fixierten, wie sie in dem engen Fond blieb. Es wartete, es war hungrig – irgendwie erschien es ihr unklug, die Bestie warten zu lassen. Sie hatte das Gefühl, auch nur eine Sekunde des Zögerns würde als Schwäche aufgefasst. Das führte dann dazu, dass sich die Nackenhaare des Monstrums aufstellten und es umso angriffslustiger würde. Dan öffnete die Tür und setzte den Fuß aufs Pflaster.

Als Erste traf Natasha der Lärm. Die schnarrenden Kameras, das Rempeln und vor allem das Gebrüll. Es wirkte so viel lauter, wenn es einem selbst galt, so viel lauter als im Fernsehen.

Sie hatte solch einen Spießrutenlauf natürlich schon ein paarmal beobachtet, auf den Treppen zu verschiedenen Gerichten, und erst vor zwei Wochen nach den Anhörungen vor dem US-Kapitol. Aber auf freier Wildbahn in seinem Zentrum zu stehen, auf einer Wohnstraße sein Ziel zu sein: Das war eine ganz andere Erfahrung.

Das Gebrüll ließ nicht nach. Meist bestand es aus einem lauten Chor von »Natasha!«-Rufen, als wäre jeder Fotograf in der Meute ein lange verlorener Freund, der sie drängte, in seine Richtung zu sehen, untermalt von gelegentlichem: »He, Kumpel, geh mir aus dem Bild!«, oder unverblümter: »Verpiss dich!« Jemand musste den Fehler begangen haben, einem anderen auf den Fuß zu treten oder, schlimmer, gegen den Ellbogen eines kamerahaltenden Armes zu stoßen, denn Natasha hörte, wie zwei Männer unisono einen dritten als »Wichser« bezeichneten.

All das ereignete sich in einer einzigen Sekunde und schwoll in der Lautstärke an, kaum dass Natasha einen Fuß auf den Gehsteig setzte. Sie hörte es, bevor sie etwas davon sah, am gemeinsamen Klicken von zwei Dutzend Verschlüssen, erleuchtet vom konzentrischen Bombardement des Blitzlichts, in dessen Fokus sie stand.

Benson legte eine Hand an ihren Ellbogen und führte sie zum Hauseingang. Die Pressemeute bildete eine Gasse, teilte sich, als könnte es nicht anders sein, in eine improvisierte Ehrenformation zu beiden Seiten des Wegs von Bordsteinkante zu Eingangstür.

Natasha fiel die selbstordnende Natur des Vorgangs auf. Es wirkte, als gäbe es eine unsichtbare Grenze, die niemand zu überschreiten wagte. Ein kollektiver Instinkt verleitete die Bestie, einen Weg frei zu machen, auf dem die Beute – Natasha – sich bewegen durfte. Niemand sprang ihr oder Benson in den Weg; niemand verwehrte ihnen den Zutritt zur Tür.

Aber der Weg verengte sich, weil die Reporter auf beiden Seiten sich hineinlehnten und Natasha ihre Mikrofone unter die Nase hielten. Sie sah nach unten, obwohl ihr klar war, dass sie damit einen Fehler beging: Damit wirkte sie schuldbewusst. Oder vielleicht kam es auch als angemessen ernst rüber. Wer zum Teufel konnte das schon sagen?

Benson hatte die Hand noch immer an ihrem Ellbogen und versuchte, sie durch die Menge zu leiten. Die Fragen kamen alle zugleich, eine konkurrierte mit der anderen, bis sie zu einem unverständlichen Schwall verschmolzen. Sie hörte heraus: »Was ist passiert, Natasha?« – »Haben Sie ihn umgebracht?« Und wenn sie es auch nicht beschworen hätte, glaubte sie zu hören: »Haben Sie unangemessene Gewalt eingesetzt?«

Der Weg vor ihr hatte sich zu einem schmalen Korridor verjüngt. Das Rote Meer schloss sich. Die beiden Seiten liefen ineinander. Sie war noch nicht an der Haustür und würde sich hindurchdrängen müssen. Die Lücke war so schmal, dass Benson und sie nun hintereinandergingen, er voran. Ihr Rücken fühlte sich gefährlich exponiert an. Sie stellte sich vor, wie eine

Hand sie dort traf und zu Boden stieß. Eine blitzartige Erinnerung an den Mann in der Tür ihres Arbeitszimmers zuckte ihr durch den Kopf, an die Begierde in seinen Augen.

Sie hörte Dan sagen: »Entschuldigung«, und: »Na kommt schon, Leute, lasst uns durch.«

Endlich erreichten sie die Tür. Noch immer wurden hinter ihnen Fragen gebellt. Der »Natasha! – Natasha!«-Chor der Fotografen flaute nicht ab.

Benson hielt den Schlüssel zwischen Daumen und Zeigefinger bereit, hob ihn vor sich in die Höhe, als wollte er damit die Hindernisse auf ihrem Weg zerschneiden wie der klingenförmige Bug eines Eisbrechers. Und dann, einen oder zwei Augenblicke später, waren sie drin.

Der Lärm ließ ein bisschen nach, aber Natasha hörte am Schnarren der Kameraverschlüsse, dass sie nach wie vor Fotos machten. Die weiße Helligkeit der Spots war durch das Glas der Eingangshalle weiterhin zu sehen. Trotzdem kam es ihr vor, als wäre sie in einen sicheren Hafen eingelaufen.

Dan ignorierte den Aufzug und ging zu einer Seitentür, die in ein Treppenhaus führte. Zwei Etagen, und sie waren in seinem Apartment. Holzböden, zwei geschmackvoll gerahmte Drucke, ein paar Bücher. Seelenlos und leer, wie die Wohnung war, schrie sie geradezu »Single in Washington«. Benson zog die Vorhänge zu, eine Vorsichtsmaßnahme, wie er später erklärte, gegen die neugierigen fliegenden Augen von Kameradrohnen.

Dann stürzte er auf ein Sofa. »Mein lieber Mann!«, sagte er, die Stirn auf die Hand gestützt. Er wirkte ausgelaugt von dem Auflauf draußen. Natasha hingegen stand noch, aber sie war wie erstarrt.

»Na los, Natasha. Setzen Sie sich.«

Sie beachtete seine Aufforderung nicht und blickte auf ihr Handy. Sie würde nicht die Nachrichten abrufen oder die sozialen Netzwerke checken. Stattdessen würde sie eine WhatsApp-

Nachricht an eine Person schicken, der sie noch nie begegnet war und die sie nur von ihrem Ruf her kannte. Aber alles, was heute geschehen war, hatte sie davon überzeugt, dass ihr keine andere Wahl blieb.

Sie brauchte Maggie Costello.

KAPITEL 9

Washington, D. C.

Maggie wartete in der Tiefgarage am Aufzug, neben sich einen kleinen Rollkoffer, und überlegte, dass sie eine Doppelpremiere erlebte. Niemals zuvor hatte ein Politiker, für den sie arbeitete – das Wort »Klient« benutzte sie niemals –, sie gebeten, eine ihrer Jeans, vielleicht auch einen Rock, ein paar Tops und frische Unterwäsche mitzubringen. Und nie zuvor war sie von einer potenziellen Präsidentschaftskandidatin engagiert worden, die zugleich Vergewaltigungsopfer und Mordverdächtige war und der kaum mehr als eine Woche blieb, um ihren Namen reinzuwaschen, bevor es zu spät war, ins Rennen einzusteigen: Der letzte Termin, um sich auf die Bewerberliste setzen zu lassen, lag gerade mal acht Tage in der Zukunft.

Während sie darauf wartete, dass der Aufzug ins dritte Untergeschoss kam, warf Maggie noch einen Blick auf die WhatsApp-Nachricht, die sie vor einer Stunde erhalten hatte.

Ich heiße Natasha Winthrop. Ich kenne Ihre Arbeit und habe Sie aus der Ferne bewundert. Sie genießen den Ruf, Krisen aller Art lösen zu können und unbeirrbar für die Gerechtigkeit einzutreten. Genau das brauche ich jetzt. Werden Sie mir helfen?

Maggie hatte unverbindlich geantwortet und ein Treffen vorgeschlagen. Winthrop hatte mit einer Nachricht reagiert, die Maggie zum Grinsen brachte.

Das wäre ideal. Das Problem ist nur, dass ich im Apartment eines Kollegen bin, dem ich nicht *ganz* traue, nicht nach Hause zurückkann und Sachen trage, die ich nur zu gern verbrennen würde. Deshalb möchte ich Sie um etwas bitten, auch wenn ich weiß, dass es ein bisschen früh dafür ist, aber könnten Sie mir etwas zum Anziehen mitbringen? Und ohne dass ich gleich einen Blumentopf auf den Balkon stellen möchte, fürchte ich, ich muss Ihnen relativ komplizierte Anweisungen für unser Treffen erteilen.

Maggie hatte die Nachricht zweimal gelesen und war sich nicht sicher, ob sie ihr glaubte.

Die Haltung, die daraus sprach, der trockene Humor, die beiläufige Watergate-Anspielung. (Der Reporter Bob Woodward hatte seinen Informanten Deep Throat um Treffen gebeten, indem er eine rote Fahne in einem Blumentopf auf seinen Balkon stellte, der von der Straße aus einsehbar war.) In D. C. gab es nicht viele, die so redeten, nicht in dieser Stadt, in der schlichte Effizienz mehr galt als Elan. Aber hatte die Frau nicht gerade ein Trauma hinter sich, nach dem nichts mehr so sein konnte wie zuvor? Maggie fragte sich, ob sie geleimt werden sollte.

Trotzdem war sie zu der Tiefgarage an der M Street gefahren und hatte die Anweisungen befolgt, die mit einer weiteren WhatsApp-Nachricht eintrafen. Sie hatte die Zahlen auf dem Tastenfeld an der einen Tür eingegeben und noch einmal bei der nächsten. Und jetzt war sie hier, starrte auf das Schild über der Fahrstuhltür und wünschte, dass es bald käme. Sie hatte schlechte Erinnerungen an Tiefgaragen.

Erneut sah sie auf ihr Handy, auf die Suchmaschine, die sie aufgerufen und »Natasha Winthrop« eingegeben hatte. Dutzende von Artikeln befassten sich mit Winthrops Durchbruch im Zuge der Anhörungen: Miniprofile, Prominenten-Tweets (einschließlich mehrerer Frauen, die erklärten, sie hätten sich

»verliebt« in die »grimmige Anwältin, die gerade die Regierung zerfetzt hat«), Analysen, Memes und dergleichen. Aber davor? Überraschend wenig.

Winthrop war in der Berichterstattung über einige Prozesse zitiert worden, die sie geführt hatte; Guantanamo und dergleichen. Die Zitate waren spitz und pointiert: »Eine Ungerechtigkeit bleibt eine Ungerechtigkeit, auch wenn sie so weit von uns entfernt stattfindet, dass wir sie nicht sehen können.« Nichts davon offenbarte sonderlich viel über sie selbst. Im *Washingtonian* stand ein kurzer Artikel, der feststellte, dass Winthrop mit dem neuen Leiter des Kennedy Centers gesehen worden war, bevor er verstohlene Bewunderung für die High Heels der Anwältin ausdrückte. Davon abgesehen war die beste Quelle ein Beitrag im Style-Teil der *Washington Post*, in ihrer klatschkolumnenartigen Serie »One to Watch«.

Natasha Winthrop schlägt Wellen, und nein, das bezieht sich nicht auf ihr Geschick am Klüverbaum (auch wenn die Segler auf der Chesapeake Bay zustimmen würden, dass sie eine gute Matrosin ist). In Juristenkreisen heißt es, dass sie schnell aufsteigt; dass der ehemaligen Protokollantin am Supreme Court eines Tages ein Platz am Richtertisch winkt, und das vielleicht eher früher als später. Mit der Vierzig noch in weiter Ferne, hat die Boston Brahmin *einen Touch von alter Klasse nach Washington gebracht, denn die Winthrops gehören zu jener verschwindend geringen Spezies der* Mayflower-*Passagiere, deren blaues Blut noch immer unverdünnt fließt. Mehr WASP als brummende Hornisse, ist die in Oxford ausgebildete ehemalige Rhodes-Stipendiatin klug, kultiviert und – dürfen wir das heutzutage überhaupt noch schreiben? – einfach hinreißend. Bislang ist sie alleinstehend, wird aber mit einigen der begehrenswertesten Junggesellen der Hauptstadt in Verbindung gebracht. Sie erwies sich bisher aber stets als eine WASP, die sich nicht fangen lassen will …*

Maggie erinnerte sich an ihren eigenen Eintrag in »One to Watch«, damals, als sie noch für den Präsidenten arbeitete, von dem sie nach Washington geholt worden war, wie Tom Harrison ihr ins Gedächtnis gerufen hatte. Auch ihr plötzlicher Auftritt nahe dem Wipfel des Washingtoner Baums, auch ihr Aussehen waren genüsslich erwähnt worden. Etwas von wegen »lange goldbraune Haare in der Farbe eines Herbstes in Dublin« und, ganz vorhersehbar, die unvermeidliche Erwähnung ihrer »irischen Augen«. Dennoch, der Eindruck, der aus dieser flüchtigsten aller oberflächlichen Recherchen entstand, war der, dass Winthrop die Aufmerksamkeit der Medien nie gesucht hatte. Was Maggie gefunden hatte, war das absolute Minimum an Berichterstattung für jemanden in Winthrops Position, legte man ihre Fälle und die Fragen zugrunde, mit denen sie sich befasste. Vom Umfang her blieb es in etwa in dem Rahmen dessen, was Maggie ebenfalls erhalten hatte, und das war so wenig wie menschenmöglich.

Der Aufzug kam und trug Maggie aus den Eingeweiden des Geschäftsgebäudes hinauf in die Büros von Gonzales Associates im dritten Stock. Die Kanzlei war Maggie wohlbekannt, ebenso wie jedem Zuschauer von MSNBC und allen Lesern von *The Nation:* die Kanzlei der Wahl für progressive Anliegen, die sich regelmäßig mit der American Civil Liberties Union zusammenschloss, um irgendeine hoffnungslose und eigentlich schon verlorene Sache zu vertreten. Der ursprüngliche Gonzales war lange tot, aber er hatte von Anfang an die Richtung bestimmt und die Black Panthers in einer Reihe von Verfahren wegen Protestaktionen und zivilen Ungehorsams verteidigt. In letzter Zeit tat sich Gonzales Associates mit einer Sammelklage im Namen der gesamten Bevölkerung von Puerto Rico hervor. Die Kanzlei hatte die Vereinigten Staaten von Amerika wegen Unterlassung und rassischer Diskriminierung verklagt. Im Zentrum des Falls stand das Versagen der Regierung, angemessen auf die jüngste Naturkatastrophe zu reagieren, von der die Insel getroffen worden war.

Die Türen fuhren beiseite, und Maggie stand unvermittelt einem vertrauten Gesicht gegenüber: Natasha Winthrop erwartete sie in der Lobby.

Winthrop reichte ihr die Hand und lächelte breit. »Wirklich nett von Ihnen herzukommen, Maggie. Ich habe schon so viel von Ihnen gehört.«

Maggie nahm ihre Hand und erwiderte das Lächeln.

Winthrop sah aus wie auf ihren Fotos – groß, schlank, kurz geschnittene dunkle Haare, eine fast jungenhafte Frisur –, aber Maggie entdeckte sofort noch etwas, das dem Kameraobjektiv in der Regel entging: den Glanz ihrer Augen. Sie waren von einem exquisiten Grün und funkelten eindeutig vor Intelligenz. Selbst bei dieser ersten Begegnung deuteten sie klugen Humor an, so als wäre sich Winthrop der Absurdität dieser und jeder anderen Situation voll gewahr. Er wirkte so unpassend bei einer Frau, die gerade erst in einen Doppelakt tödlicher Gewalt verwickelt worden war, sowohl als Opfer als auch als Verursacherin.

Maggies erster Gedanke war: *Wie um alles auf der Welt kann diese Frau nach allem, was sie durchgemacht hat, so gut aussehen?*

»Kommen Sie herein.« Winthrop zog ihre Codekarte durch das Lesegerät, um die Tür zum Empfang zu öffnen, dessen Theke unbesetzt war.

Sie durchquerten einen offenen Bereich, der leer stand, und kamen an mehreren Büros mit Glastüren vorbei, von denen zwei selbst zu dieser späten Stunde besetzt waren. In einem davon blickte ein Mann auf, weiße AirPods in den Ohren, als die beiden Frauen vorübergingen. Aber er schien so sehr in seine Arbeit vertieft zu sein, dass Maggie nicht sicher sagen konnte, ob er überhaupt erfasst hatte, dass es etwas zu sehen gegeben hatte.

Schließlich gelangten sie an eine Tür, auf der »Natasha Winthrop« in die Glasscheibe geätzt stand – klein und diskret, vollkommen unaufdringlich. Sie betraten das Büro. Natasha bedeutete Maggie, auf einem zweisitzigen Sofa Platz zu nehmen, während sie sich auf dem dazu passenden Sessel niederließ. Zusammen bildeten die beiden Möbelstücke ein L und standen nur einen oder zwei Fuß auseinander.

»Maggie, ich kann gar nicht ausdrücken, was für eine Erleichterung es für mich bedeutet, dass Sie hier sind. Die echte Maggie Costello, meine Güte. Mir kommt es vor, als wäre die Kavallerie eingetroffen.«

»Nun, ich bin nur froh …«

»Kaum hatte dieser *Albtraum* begonnen, da wusste ich, dass ich Ihre Hilfe benötige. Aber ich hatte *angenommen*, Sie wären im Ausland – in Jerusalem oder Damaskus oder Teheran oder der Himmel weiß wo –, bringen die Welt in Ordnung und retten uns die kollektive Haut. Als ich meine kleine Leuchtrakete also abschoss, habe ich gar nicht erwartet, dass Sie wirklich darauf reagieren könnten. Aber hier sind Sie. Ich bin mehr als nur dankbar dafür.«

Ganz wie die Zeitungsfotos ihren Augen keine Gerechtigkeit widerfahren ließen, so fingen die kurzen, viral gegangenen Videoclips weder Natasha Winthrops Stimme noch ihre Redeweise ein. Nach all den Jahren in D. C. war Maggie sich nicht sicher, ob sie so etwas schon einmal gehört hatte. Die Kadenzen waren ihr durchaus vertraut, aber nur, wenn sie aus dem Mund von Engländern der Oberklasse kamen. (Eine Sorte Mensch, der Maggie bei ihrem ersten Job für eine NGO in Afrika oft begegnet war: In der Welt der Entwicklungshilfe wimmelte es von vornehmen Briten.) Aber eine Amerikanerin, die so sprach, ohne Katharine Hepburn in *Die Nacht vor der Hochzeit* zu sein? Maggie hatte den starken Verdacht, dass Natasha Winthrop die Erste ihrer Art war, die ihr unterkam.

»Ich sollte Sie warnen. Ich bin normalerweise keine von diesen Washingtoner Gestalten, die eine Stunde über sich selbst reden und dann sagen, wie interessant es war, Sie kennengelernt zu haben.«

Maggie lächelte. Diesen Typus kannte sie ebenfalls.

»Aber das ist keine normale Situation.«

»Nein.«

»Mir ist bewusst, dass ich nicht mit voller Kapazität funktioniere. Vermutlich sollte solch ein – wie soll ich es nennen? – solch ein … Erlebnis mit einem Warnhinweis versehen sein: ›Fahren Sie im Anschluss nicht Auto, und bedienen Sie keine schweren Maschinen.‹ Und treffen Sie keine Entscheidungen mit weitreichenden Konsequenzen.«

»Sie sollten sich ein wenig Zeit nehmen.«

»Das sollte ich wohl.« Natasha senkte den Kopf, als faszinierte sie ein Fleck am Boden links neben ihren Füßen. Sie kratzte sich an der Schläfe. »Das Problem ist nur, dass ich keine Zeit habe.« Einen, zwei Herzschläge lang schwieg sie. »Deshalb muss ich mit meiner Gewohnheit brechen und auch mal einer dieser nervtötenden Washingtoner sein, fürchte ich.«

»Das macht mir nichts aus. Sie sollten mir erklären, was los ist.«

Natasha räusperte sich, sowohl um den Ansatz zu finden als auch, wie es Maggie vorkam, um sich zu wappnen, ihren Verstand aufzuteilen und ihr jüngstes »Erlebnis« auf die Seite zu stellen. Maggie erkannte die Methode, weil sie selbst sie schon oft angewendet hatte.

»Um es einfach auszudrücken«, begann Natasha: »Sie genießen den Ruf, im Lösen von politischen Problemen – Krisen sogar – die Nummer eins in Washington zu sein. Nun, genau so jemanden brauche ich, Maggie. Sehen Sie, ich dachte zuerst, ich hätte juristische Schwierigkeiten, aber heute Abend habe ich erkannt, dass ich in Wirklichkeit ein politisches Problem habe.«

»Politisch? Aber Sie sind keine Politikerin.«

Winthrop setzte sich ein Stück tiefer in den Sessel und lächelte Maggie strahlend an. Aus Bewunderung vor allem. Beide wussten sie, dass Maggie die Naive spielte und eine Antwort aus ihr hervorlocken wollte.

»Politisch ist es in folgender Hinsicht. Erstens haben das MPDC und ich …«

»Eine Vorgeschichte.«

»Genau. Ob die Washingtoner Polizei mich deswegen besser oder schlechter behandelt als den durchschnittlichen Bürger, kann ich nicht mit Sicherheit sagen. Aber auf die eine oder andere Weise gibt es ihrem Verhalten einen bestimmten Anstrich.«

»Ist das schon geschehen? Hat es das Verhalten des MPDC bereits beeinflusst?«

»Dazu kommen wir gleich. Zweitens hat es einige absurde Spekulationen über mich als Präsidentschaftskandidatin gegeben. Ob ich so etwas in Betracht ziehe oder nicht, spielt keine Rolle …«

»Politikerantwort.«

»›Ich verfolge zurzeit keinerlei derartigen Pläne‹«, sagte sie im abgeschmackten Tonfall eines typischen US-Kandidaten, und beide lächelten. »Aber ernsthaft, es ist lächerlich. Es wäre das Letzte, was ich tun wollte. Sich so viel Aufmerksamkeit aussetzen, die ganze Zeit? Ein absoluter Albtraum. Ich bin Anwältin: Ich habe meine Fälle, ich habe meine Mandanten. Ich möchte in der Lage sein, meine Arbeit für sie zu tun, und zwar in Ruhe.«

»Ich merke, dass sich ein ›aber‹ ankündigt.«

»Aber mir ist klar geworden, dass es völlig irrelevant ist, ob ich auch nur davon träume zu kandidieren. Wichtig ist …«

»Dass Leute in Ihrer Partei denken, Sie könnten es tun.«

»Ganz genau.«

»Und das wird deren Reaktionen wiederum einen Anstrich verleihen.«

»Richtig. Das ist bereits geschehen.«

»Und aus diesem Grund hat der Vorsitzende des Geheimdienstausschusses im Repräsentantenhaus seinen Top-Mann geschickt, damit er auf Sie aufpasst.«

»Benson, richtig.« Natasha zog ein leicht fragendes Gesicht, war neugierig, wie Maggie das wissen konnte. Maggie hob ihr Smartphone, die Universalantwort auf die Frage, woher heutzutage irgendjemand irgendetwas wusste. »Es war gut, dass er mir einige Stunden lang eine sichere Zuflucht geschenkt hat. Ich brauche aber nicht zu betonen, dass es idiotisch von mir wäre, ihm zu trauen.«

»Kandidiert sein Boss?«

»Er wollte es mit Sicherheit. Aber selbst wenn er nicht kandidiert, steht er Senator Harrison nahe und bildet sich vermutlich ein, dass es ihm unter einer Regierung Harrison gut gehen würde.«

»Deshalb will er nicht, dass Sie in die Szene platzen und den ganzen Sauerstoff verbrauchen.«

»Wie gesagt, es ist völlig absurd. Und drittens wäre ein Fall wie dieser – Mann überfällt Frau, Frau tötet Mann – immer politisch, ganz egal, wer ich nun bin.«

Ein weiteres Lächeln ging zwischen ihnen hin und her, eine Bestätigung der Wahrheit, die Natasha ausgesprochen hatte, und des Umstands, dass sie beide sie anerkannten. Unvermittelt sprang Natasha auf. »Sie müssen mir verzeihen. Ich bin *entsetzlich* unhöflich gewesen.« Sie ging an ihren Schreibtisch und suchte etwas in Kniehöhe. »Ich habe Ihnen gar nichts zu trinken angeboten.«

»Ich brauche nichts.«

»Nicht einmal einen Scotch?«

Maggie zögerte. Sie sollte ablehnen. »Welchen Scotch haben Sie denn?«

»Eine absurd teure Flasche Talisker Single Malt.«

Noch ein Herzschlag des Zögerns. »Sie müssen gewusst haben, dass ich komme.«

Winthrop schenkte zwei Gläser ein – kein Eis, einen Tropfen Wasser –, reichte Maggie eines davon und kehrte zu ihrem Sessel zurück. Maggie sah zu, wie Natasha mit geschlossenen Augen einen ersten Schluck nahm. Maggie hegte den Verdacht, dass sie weniger den Geschmack genoss, als vielmehr sich kurz der Erschöpfung hinzugeben.

»Zuerst habe ich mir eingeredet, dass ich allein damit fertigwerde. Ich bin Anwältin, eine gute sogar, wenn das nicht zu sehr nach Eigenlob stinkt. Mordfälle sind nicht mein Spezialgebiet, aber ich habe hier und anderswo Kollegen, die mir helfen können. Nach den Ereignissen heute Morgen sehe ich das jedoch anders.«

»Erzählen Sie mir von der Vernehmung durch die Polizei. Sie sagen, Sie hätten den Eindruck erhalten, dass Ihre, äh, Vorgeschichte beeinflusst hat, wie die Beamten Sie behandelt haben. Was ist geschehen?«

»Mit der Zeit lernt man, wie diese Leute vorgehen. Sie sind entsetzlich auf die Idee fixiert, dass ich meinem Angreifer die Vordertür geöffnet und ihn zu mir hereingelassen haben könnte. Was zwar eine vollkommen logische Ermittlungsrichtung ist, nur dass sie in diesem Fall in keiner Weise zutrifft. Ich habe festgestellt, dass für einen Kriminalbeamten Fakten in zwei streng voneinander getrennte Kategorien einsortiert werden. Entweder bestätigen sie ihre Arbeitshypothese, oder sie widersprechen ihr. Gehören sie zur ersten Sorte, sind sie großartig: mehr Indizien, die die Hypothese unterstützen. Gehören sie aber zur anderen Kategorie, auch kein Problem: Sie können in die Hypothese eingebaut werden. Sie werden zu der Ausnahme umgedeutet, welche die Regel bestätigt.«

»Und so wurde das Material der Überwachungskamera behandelt, auf dem Sie die Tür öffnen: als Ausnahme, die die Regel bestätigt?«

»Nein, im Gegenteil. Sobald sie sprachen, wurde mir klar, dass ihre Theorie des Falles im Widerspruch zu allem steht, was ich ihnen mitgeteilt habe. Sie bezweifeln, dass ich in Notwehr handelte. Sie glauben mir kein Wort. Sie nehmen an, dass ich den Mann, aus welchem Grund auch immer, vorsätzlich getötet habe und dass ich mir eine Geschichte ausgedacht habe, um einen Mord wegzuerklären. Wunderbar zu dieser Hypothese passt das angebliche Videomaterial – das übrigens weder ich noch irgendjemand sonst gesehen hat und das entweder gar nicht existiert oder vollkommen falsch interpretiert worden ist. Aber die Hypothese der Detectives lautet, dass ich lüge. Oder fantasiere. Oder beides.«

Maggie nippte langsam an ihrem Drink. Der Geschmack traf ihre Zunge, dann breitete sich die Wärme des Brennens in ihrem Mund aus und drang in die Kehle vor. Sie schloss einen Moment lang die Augen, genoss die sensorische Flut, dann öffnete sie sie wieder, mit einem Mal Winthrops Blick auf sich gewahr. Nach allem, was sie erfahren hatte, erlebte sie es heute anders, wenn sie trank; jetzt wurde es von einem Stich des Selbsttadels begleitet, der sie früher nie behelligt hatte. Sie wollte nicht in die Fußstapfen ihrer Mutter treten.

Sie setzte sich gerade auf. »Und haben Sie?«

»Habe ich was?«

»Haben Sie dem Mann die Tür geöffnet?«

»Nein, das habe ich nicht. Ich war die ganze Zeit im Arbeitszimmer. Ich sah ihn zum ersten Mal, als er in der Tür zu diesem Raum stand. Aber darauf will ich gar nicht hinaus.«

»Sie wollen darauf hinaus, dass die Grundannahme der Polizei darin besteht, Sie seien schuldig, bis Ihre Unschuld erwiesen ist.«

Winthrop trank einen Schluck und nickte.

»Und das muss offensichtlich Ihre Strategie bestimmen«, sagte Maggie. »Ich verstehe aber noch nicht, weshalb das keine juristische Strategie sein kann. Wieso können Sie diese Anklage nicht als Anwältin bewältigen?«

Mit einem breiten Lächeln, das perfekte weiße Zähne bloßlegte, hob Natasha das Glas an die Lippen, während ihre Augen aufleuchteten. »Sie meinen, wozu brauche ich Sie?«

»Denke schon.« Maggie sah auf ihr Glas und hob den Blick. »Ja.«

»Wegen der Grundvoraussetzung, Maggie. Was ist die Ursache dafür? Wieso will die Polizei, dass ich des Mordes schuldig bin und kein Opfer eines Überfalls und einer versuchten Vergewaltigung?«

»Weil Sie gegen den Staat gekämpft und gewonnen haben. Die Guantanamo-Fälle.«

»Und zwei Korruptionsermittlungen noch dazu. Aber das sind Symptome, nicht die Ursache. Worin besteht die Ursache?«

»Weil der Polizeichef vom Bürgermeister persönlich ausgesucht wurde, tendieren die einfachen Beamten hübsch nach rechts, und Sie sind die linksgrün versiffte innere Feindin.«

Natasha lehnte sich zurück und nickte. »Ja, das glaube ich.«

»Und haben sie recht?«

»Recht? Was meine politische Einstellung angeht?«

Maggie stellte ihr Glas ab. »Haben sie recht?«

»Ich bin mit gewaltigen Privilegien aufgewachsen, Maggie. Teure Privatschule, teures College, keinerlei Schulden aus Studiendarlehen. Mein Zuhause war so groß und vornehm, dass wir unseren eigenen Stall hatten, und ich besaß kein eigenes Pony, sondern ein eigenes *Pferd*. Mehrere Pferde sogar. Es war ein Leben grotesker Privilegien. Jetzt wohne ich in einem schönen, geschmackvollen Haus in Georgetown, Washington, D. C., und obwohl ich vielleicht nie wieder einen Schritt unter dieses Dach machen will, steht es in einem der besseren Viertel der Hauptstadt eines Landes, das nicht nur das reichste Land der Erde ist, sondern auch das reichste Land, das es auf unserer Welt jemals gegeben hat. Deshalb rede ich von grotesken Privilegien.

Bei meinem letzten Mandat war ich Chefberaterin für einen Ausschuss, dessen Mitglieder einer Körperschaft angehören, die von einem Augenblick zum anderen Milliarden und Abermilliarden Dollar ausgeben kann. Sie brauchen nur einen Knopf an ihrem Tisch zu drücken: ja oder nein. Ich habe diese Menschen beobachtet, Maggie, und glauben Sie mir, unter ihnen sind nicht viele Anwärter auf einen Nobelpreis. Das sind nicht die besten Köpfe des Landes. Und dennoch, einfach dadurch, dass sie die Hand heben oder diesen kleinen Knopf drücken, können sie ein Flugzeug oder ein Schiff kaufen, das Hunderte Millionen Dollar kostet. Sie können eine kleine Änderung des Steuerrechts verabschieden, die zusätzliche Millionen in die Taschen von Menschen fließen lässt – gewöhnlich ihre Wahlkampfspender –, obwohl die schon so unglaublich viele Millionen besitzen.

Maggie, das sind Menschen, die Häuser mit fünfundzwanzig Zimmern haben, dazu ein Zweit- oder Dritthaus in Montana, Florida oder Vermont und ein Apartment in London oder Paris oder beiden Städten für den einen oder anderen Einkaufstrip. Bei denen sind die Schränke klimatisiert. Nicht nur die für die Anzüge, sondern auch die für die Schuhe.

Und gleichzeitig brauchen Sie nur zu dieser Tür hinauszugehen«, sie hob die rechte Hand, »und zehn Schritt machen, schon treffen Sie den ersten Mann, der Ihnen zitternd einen Pappbecher hinhält und um Pennys bettelt. Weil er Hunger und Durst hat. Weil er im wahrsten Sinne des Wortes nicht weiß, was er zu Abend essen wird. Gut möglich, dass dieser Mann beim Militär gedient hat, wo er solche Entsetzlichkeiten mit ansehen musste, dass er nachts selbst dann nicht schlafen könnte, wenn er ein Bett hätte. Aber er hat kein Bett.

Gehen Sie zehn Minuten weiter, und Sie sind in einem Viertel, wo es normal ist, dass zehn Personen sich zwei Zimmer teilen. Die Großmutter und sechs Kinder schlafen in einem Raum von der Größe des Bades neben meinem Schlafzimmer. Dort gibt es ein kleines Mädchen, dem ebenfalls der Magen knurrt, denn es hat auch nichts zu essen. Es hat auch keinen Platz zum Hinsetzen, geschweige denn etwas, wo es seine Hausaufgaben machen oder, Gott behüte, ein Buch lesen könnte. An den feuchten Wänden wächst der Schimmel, und die Sporen gelangen in seine Lunge und verursachen eine Bronchitis. Aber zum Arzt gehen wird es nicht, weil die Familie niemals die Rechnung bezahlen könnte. Und das bisschen Hilfe, das es einmal vom Staat bekam, erhält es nicht mehr, weil der Präsident ihm die Essensmarken gestrichen hat, um sich damit bei seinen Wählern anzubiedern.

Ich möchte unbedingt, dass sich das ändert. Ich sähe nichts lieber, als dass dieses kleine Mädchen eine Bibliothek hat, die geöffnet ist und auch wirklich Bücher anbietet. Dass es in ein Schulgebäude gehen kann, dessen Dach nicht leckt, und in ein Krankenhaus, das es aufnimmt, wenn es krank ist, auch wenn es keinen Cent in der Tasche hat. Ich möchte, dass wir saubere Luft atmen, dass keine Fässer mit giftiger Scheiße in die Flüsse entleert werden und dass wir aufhören, jedes wunderbare Meerestier mit so viel Plastik vollzustopfen, dass seine Eingeweide aussehen wie der Inhalt einer Mülltonne. Ich wünsche mir, dass wir aufhören, den Planeten aufzuheizen und die Gletscher zu schmelzen. Ich will, dass wir keine Bomben mehr auf Menschen in weit entfernten Ländern abwerfen, um dann die Leute, die aus verzweifelter Angst aus ihrer Heimat fliehen, ›Invasoren‹ und ›Schmarotzer‹ zu nennen. Ich möchte ihnen eine helfende Hand reichen, die wir uns auch wünschen würden, wenn wir in ihren Schuhen steckten. Ich will eine freundliche Welt, in der wir uns ein bisschen weniger anschreien und ein bisschen mehr lächeln. Ich bin sicher, dass wir das schaffen könnten. Wir sind reich genug. Wir sind intelligent genug. Wir müssten es nur wollen. Und ich will es schaffen.«

Maggies winziges Luftholen war zu leise, um als Keuchen zu zählen – dennoch, gekeucht hatte sie. Sie begriff, dass sie den Atem angehalten hatte, während Natasha Winthrop sprach, aus Angst, den Augenblick zu zerstören. Ganz unwillkürlich. Sie hatte an nichts gedacht als an die Worte, die sie hörte, und die Frau, die sie aussprach. Sie hatte sie in ihren Bann gezogen.

Erst jetzt, wo Natasha wieder schwieg, begann Maggies Gehirn, Gedanken zu formulieren. *Himmel, sie wäre eine teuflisch gute Kandidatin.* Und dann: *Ist das eine eingeübte Rede? Hat sie die gleichen Worte schon hundertmal gesagt? Es klingt nicht danach. Oder ist sie einfach nur ein Naturtalent?*

In Maggie stieg eine Erinnerung hoch oder, genauer gesagt, ein Gefühl. Das gleiche unmissverständliche Beschleunigen des Pulses hatte sie empfunden, als sie vor etwa einem Jahrzehnt zum ersten Mal nach Washington gerufen worden war. Der Ruf kam von einem Mann, der darauf bestand, dass Idealismus und Realismus keine unversöhnlichen Gegner sein müssten, sondern Verbündete seien, die nur darauf warteten, vereint zu werden. Als sie dem Mann zum ersten Mal begegnete, während sie durch Iowa trampte, hatte er sie mit seiner Hingabe, seinen Prinzipien und seiner grundlegenden Menschlichkeit in seinen Bann geschlagen. Trotz sämtlicher Bedenken und ihrer grundsätzlichen Abneigung gegen alles, was mit Washington zusammenhing, hatte sie sich von ihm überzeugen lassen, bei seiner Wahlkampagne für die Präsidentschaft mitzuarbeiten. Nachdem er gewonnen hatte, war sie ihm ins Weiße Haus gefolgt. Sie sei »verführt worden«, sagten ihre Freunde – einschließlich Stu Goldstein, dem Mann, der ihr direkter Vorgesetzter, Mentor und Vertrauter werden sollte. Damals hatte sie darüber gelacht: Zwischen ihr und dem Altpräsidenten war so etwas nie geschehen, nicht einmal ansatzweise. (Dieser Mann hätte auch niemals einer Frau den unerwünschten Schulterdruck aufgedrängt, den Maggie am gleichen Morgen über sich hatte ergehen lassen.)

Und doch war »verführt« das treffende Wort. Ein Kandidat musste mehr tun, als einen zukünftigen Mitarbeiter – oder auch einen Wähler – von den Vorzügen seiner Argumente zu überzeugen. Er musste vielmehr auch eine Saite anschlagen, die nicht im Gehirn, sondern zwischen Herz und Bauch verlief. Maggie hatte dieses Gefühl bei dem State Fair in Iowa vor einem Jahrzehnt erlebt. Sie erlebte es jetzt wieder.

Und bei Gott, sie hatte es nötig. Jeder hatte es nötig. Die Politik war schon so lange in einem beklagenswerten Zustand. Ein entsetzlicher Wahlausgang jagte den anderen, in diesem Land und beinahe in jedem, das man benennen wollte: Die Guten waren auf der Verliererstraße, und überall saßen die falschen Leute am Ruder. Allein der *Gedanke*, dass jemand mit Talent, Charisma und dem Herzen auf dem rechten Fleck in die Politik ging, war so neu, so frisch, dass es schon aufregend war. Maggie, ihre ehemaligen Kollegen im Weißen Haus, die Menschen, die sie kannte und gernhatte, ihre Schwester Liz, sie alle empfanden den gleichen schmerzlichen Mangel – das Fehlen von jemandem, an den sie glauben konnten. Die Abwesenheit, so kitschig es klingen mochte, von Hoffnung.

»Ich verstehe«, sagte Maggie endlich. »Und ich möchte helfen.«

Natasha warf ihr ein Lächeln zu, das Maggie auf unerfindliche Weise eine weitere Erklärung abverlangte: »Ich bin an Bord. Egal, was nötig ist, damit Sie die Sache durchstehen.«

Natasha Winthrop reichte ihr gerade die Hand, als ein lautes Summen ertönte. Winthrops Smartphone, das zwischen ihnen mit dem Display nach unten auf dem Tisch lag, vibrierte. Natasha wurde davon so abgelenkt, dass sie, ohne nachzudenken, sofort ihre Hand zurückzog und es aufhob. Sie sah auf das Display und sagte nur: »Himmel!« Nun summte auch Maggies Gerät mehrere Male hintereinander.

Auf Winthrops Smartphone taten weitere Nachrichten ihre Ankunft kund. Im Empfangsbereich läuteten Festnetztelefone los, und Natashas Direktleitung auf dem Schreibtisch fiel in den Chor ein.

Maggie warf einen Blick auf ihr Display und sah sofort, wieso plötzlich jeder Natasha Winthrops Stimme hören wollte.

Sie rief die erste Nachricht auf, eine Meldung von CNN:

Das MPDC gibt bekannt, dass es sich bei dem Mann, der in der vergangenen Nacht bei einem angeblichen Überfall auf die Washingtoner Anwältin Natasha Winthrop getötet wurde, um den gesuchten Vergewaltiger und mutmaßlichen Mörder Jeffrey Todd handelt.

KAPITEL 10

Long Island, New York, drei Wochen zuvor

Die Frau war viel jünger als der Mann. Mehr als vier Jahrzehnte lagen sie auseinander. Auch bei der Arbeit trennten sie nicht nur ein paar Sprossen, sondern die gesamte Karriereleiter. Der Mann war der Chef des Nachrichtenressorts, während die Frau gerade das erste Berufsjahr nach der Uni angetreten hatte. Als der Mann die Frau bat, ihm bei den Programmplänen für die kommende Saison zu helfen, hatte die Frau nicht den Eindruck, sie könnte ablehnen. Sie widersprach auch nicht, als der Mann sagte, solche Arbeit erledige man am besten außerhalb der Bürozeiten in seinem Strandhaus.

Die Frau war misstrauisch, aber ihr war auch klar, dass ihr eine Aufstiegschance winkte. Einige der erfahreneren Kolleginnen deuteten an, dass ihnen ähnliche Gelegenheiten geboten worden seien, als sie anfingen, und offensichtlich hatten sie sie ergriffen. Allerdings verweigerten sie jedes weitere Detail. Ihr fiel auf, dass nur Frauen für solche Arbeiten ausgesucht wurden, aber sie sagte sich, dass sich darin nichts weiter widerspiegle als die Demografie der Fernsehnachrichtenindustrie, die auf ihrer Hierarchiestufe eben hauptsächlich weiblich war.

Der Mann holte sie am Bahnhof ab. Er trug Jeans und fuhr sein eigenes Auto. Nach zehn Minuten waren sie am Haus, und der Mann zeigte der Frau unverzüglich, wo sie arbeiten sollte. Es war ein getrenntes Gästehaus mit eigenem Bad, kleiner Küche und Blick auf den Ozean.

In den Regalen drängten sich Auszeichnungen, Trophäen und Statuetten sowie Fotos des Mannes mit berühmten Persönlichkeiten aus Film und Fernsehen. Der Mann nannte dieses Haus sein *Cottage*.

Mehrere Stunden arbeitete die Frau für sich allein, während der Mann im Haupthaus blieb. Später sah sie, wie der Mann zu einem Lauf am Strand aufbrach. Als er zurückkam, hielt er bei ihr und klopfte an die Tür. Der Mann wartete nicht ab, bis die Frau ihn hereinbat, sondern betrat das Strandhaus sofort und unaufgefordert. Der Mann war gerötet und schwitzte. Er bat die Frau, ihn ins Haupthaus zu begleiten, damit er sie in die nächste Tranche Arbeit einweisen könne. Die Frau fand es bedenklich, hatte aber nicht das Gefühl, sie könnte ablehnen.

Der Mann führte sie in sein Büro. Mitten darin stand ein gewaltiger gläserner Schreibtisch. Davor waren Panoramafenster, von denen aus man die Gischt auf der Brandung sehen konnte. Auf den Regalen standen noch mehr Preise – Peabody, Emmy, Grierson –, dazu Fotos des Mannes mit Präsidenten, Ministerpräsidenten, zwei Königen, einer Königin und einem Papst.

Die Frau betrachtete die Fotos, als ihr auffiel, dass der Mann nicht mehr neben ihr stand. Er war durch eine zweite Tür gegangen, die in ein Bad führte. Die Frau hörte eine laufende Dusche. Der Mann hatte die Badezimmertür weit offen stehen lassen.

Der Mann rief den Namen der Frau. Sie tat, als hörte sie ihn nicht, und konzentrierte sich auf die Dokumente auf dem Schreibtisch, die er als Grundlage der nächsten Arbeitsschritte erwähnt hatte. Aber er rief ihren Namen immer wieder.

Die Frau erwiderte, dass sie arbeite. Der Mann rief jedoch, er könne sie nicht hören. Die Frau näherte sich der Badezimmertür, um sich verständlich zu machen.

Mit dem Rücken zur Öffnung, damit sie nicht hineinsehen konnte, wiederholte die Frau, dass sie mit der Arbeit fortfahre, um die er sie gebeten habe. Erneut behauptete der Mann, er könne sie nicht hören.

Die Frau drehte den Kopf, gerade ausreichend, so hoffte sie, dass er sie diesmal wirklich verstehen musste. Aber die Dusche sah nicht aus, wie sie erwartet hatte.

Statt auf eine Glaskabine, die zwei bis drei Yards entfernt stand, fiel ihr Blick in eine offene Dusche – einen Raum ohne jedes Sichthindernis. Als die Frau sich umdrehte, sah sie darum kurz den Mann, der mittendrin stand. Er hatte sich der Tür zugewandt. Er war nackt und seifte sich ein, während er ihren Namen rief. Die Augen hatte er geschlossen.

Die Frau wandte sich im Bruchteil einer Sekunde ab und kehrte an den Schreibtisch zurück. Sie sagte sich, dass sie nichts gesehen habe, dass der Augenblick zu flüchtig gewesen sei, dass sie vielleicht nur fantasiert habe.

In den Sekunden, die darauf folgten, suchte die Frau in den Papieren und versuchte, sich auf die Arbeit zu konzentrieren, die sie erhalten hatte.

Eine Minute später kam der Mann aus dem Bad. Weil sie den Kopf gesenkt hielt und nur auf die Papiere auf dem Schreibtisch achtete, hörte die Frau ihn weder, noch sah sie ihn herauskommen. So sah sie auch nicht, dass er nur einen weißen offenen Bademantel trug, ohne dass der Gürtel an den Hüften zugebunden war.

Deshalb fuhr die Frau vor Überraschung hoch, als sie den Mann plötzlich neben sich auftauchen sah und sein unbedecktes, erigiertes Glied nur wenige Zoll vor ihrem Gesicht stand.

Die Frau zuckte zurück und wandte sich ab. Der Mann fragte: »Ich habe dich gerufen. Hast du mich nicht gehört?«

»Nein«, sagte sie. »Ich habe hier nur meine Arbeit gemacht.« Erst jetzt, da sie die eigene Stimme hörte, bemerkte die Frau, dass sie weinte.

»Ach, Baby. Brauchst doch nicht zu weinen«, sagte der Mann leise, und sie fragte sich, ob er sanft sein würde. Doch während er weiterhin flüsterte: »Nicht weinen, Baby«, packte er sie mit der Faust bei den Haaren und riss ihren Kopf nach hinten. Sie hörte sich aufschreien.

Die Frau spürte, wie der Mann ihren Kopf mit beiden Händen packte und ihn so fixierte, dass sie ihn weder in die eine noch die andere Richtung drehen konnte. Sie dachte an ihr Handy, das nur wenige Zoll entfernt lag, dort auf dem Schreibtisch, wo sie es eben hingelegt hatte. Sie konnte es nicht nutzen, um zu entkommen oder Hilfe zu rufen. Es war außer Reichweite.

Sie starrte in das reglose Auge des Handys, wappnete sich und hoffte, dass das, was sie gehört hatte, der Wahrheit entsprach.

KAPITEL 11

Washington, D. C.

Es gibt krass, und es gibt Kabumm! #IchSteheZuNatasha

Nachricht an Marvel: Ihr habt einen neuen Avenger. #IchStehe-ZuNatasha

»Rechtlich gesehen bleiben die Verdachtsmomente gegen Natasha Winthrop bestehen. Der politische Kontext dieses Falls hat sich allerdings dramatisch gewandelt.« Good Thread

Welche Indizien das MPDC gegen Winthrop auch hat, die Polizei von D. C. kann sie abheften, mit einer Schnur umwickeln und vergessen. Kein Geschworener in den USA würde Winthrop schuldig sprechen, weil sie einen Serienvergewaltiger und gesuchten Mörder getötet hat. #IchSteheZuNatasha

Beide, Maggie und Natasha, hatten sich nicht von ihren Plätzen bewegt. Vielmehr saßen sie mit den Smartphones in den Händen, während die Welt zu ihnen kam. Die Reaktionsdauer zwischen dem Benennen des getöteten Mannes und der Ausrufung Winthrops zur Heldin der modernen Zeit war atemberaubend kurz. Was einst Wochen oder wenigstens Tage gebraucht hätte, war nun eine Sache von Sekunden, in denen die öffentliche Meinung vor ihren Augen umschlug. Die erste Kehrtwende, durch die Story von den Überwachungsvideos ausgelöst, die Winthrop als Lügnerin und vielleicht Schlimmeres hinstellte, war nun komplett revidiert worden. Sie hatte einen Drachen erschlagen, hatte Rache geübt im Namen aller Frauen.

Maggie konnte mit dem Scrollen nicht aufhören. Ein Mann war ins Haus einer Frau eingedrungen mit der Absicht, sich an ihr zu vergehen. Sie hatte sich gewehrt und den Mann getötet – ohne zu ahnen, dass es sich bei dem Mann, der durch ihre Hand zu Tode kam, um einen gesuchten Vergewaltiger und Mörder handelte. Dies war der Stoff, aus dem Legenden entstanden. Ein Mythos bildete sich heraus, genau jetzt, in Echtzeit. Maggie konnte förmlich spüren, wie er zwischen ihren Fingern Gestalt annahm.

Weiterhin klingelten die Telefone, aber Natashas Handy summte nicht mehr. Sie hatte es abgestellt. Ihr Kinn ruhte auf ihrer Faust, und sie dachte nach. Maggie sprach als Erste.

»Irgendetwas sagt mir, dass das Metropolitan Police Department Sie so schnell nicht wieder zur Vernehmung vorladen wird.«

Winthrop rührte sich nicht. Ihr Blick haftete an einem Punkt auf dem Teppich.

Maggie begann ihre Sachen einzusammeln. Sie wollte gerade etwas sagen wie *Na, das war der kürzeste Auftrag, den ich je hatte,* besann sich aber eines Besseren.

Natürlich war Winthrop wie vor den Kopf geschlagen. Sie begriff nun, dass der Mann, der in ihr Haus eingedrungen war und sie überall angefasst hatte, von dem sie zu Boden geschlagen und sexuell genötigt worden war, auch vor der äußersten Form der Gewaltanwendung nicht zurückgeschreckt hätte. Natasha Winthrop erkannte erst jetzt, wie nahe sie dem Tod gewesen war, und Maggie wusste nur zu gut, dass die natürliche Reaktion darauf bei Weitem nicht nur aus Erleichterung bestand.

Maggie stellte sich an die Bürotür. Das Telefongeklingel wirkte lauter denn je. »Ich gehe jetzt«, sagte sie leise.

Damit riss sie Natasha aus ihren Gedanken. »Oh nein, es tut mir leid, bitte. Ich fürchte, das tue ich gelegentlich: falle in eine ›Trance‹, wie Großtante Peggy es immer nannte.«

»Großtante Peggy?«

»Die Dame, die mich aufgezogen hat. Nachdem meine Eltern ...«

»Himmel, natürlich. Tut mir leid. Das war dumm von mir.« Maggie hatte es auf Wikipedia nachgelesen und hätte daran denken sollen: Winthrops Eltern waren bei einem Autounfall ums Leben gekommen, als sie noch im Teenageralter war, und eine Tante hatte sie zu sich genommen. Der Unfall hatte sich in Deutschland zugetragen, wo ihr Vater, ein Offizier der US Air Force, stationiert gewesen war. »Es tut mir leid.«

»Das muss es nicht. Heute gibt es aber keine Tante Peggy mehr, die mich davon abhalten könnte. Da falle ich wohl in meine schlimmsten Angewohnheiten zurück.«

»Sie lebt nicht mehr?«

»Starb vor ein paar Jahren, fürchte ich.«

»Das tut mir sehr leid.«

»Danke. Ich vermisse sie ganz entsetzlich, das können Sie sich wohl vorstellen.«

Natasha war aufgestanden und begleitete Maggie zur Empfangstheke. »Es war wunderbar, mit Ihnen zu reden. Vielen Dank, dass Sie vorbeigekommen sind.«

»Es war mir ein Vergnügen. Wirklich. Ich bin froh, dass sich nun alles zum Besten wendet.«

»Ja, das Schicksal scheint uns eine neue Wendung beschert zu haben.«

»Die Polizei dürfte Sie nun in Ruhe lassen. Aber sollten Sie etwas brauchen, wissen Sie, wo Sie mich finden.«

»Das weiß ich, Maggie. Ich danke Ihnen.«

»Ach, Natasha?«

»Ja?«

99

»Falls Sie sich entscheiden, zu kandidieren, kann ich Ihnen dabei auch helfen. Sie sollten darüber nachdenken.«

»Ich bin mir da überhaupt nicht sicher. Amerika ist sehr konservativ.«

»Aber wie Sie sich engagieren, wie Sie geredet haben: Sie wären überrascht, wie viele …«

»Nein, ich meine nicht die Dinge, für die ich stehe. Ich meine, was mir gerade passiert ist. Würden die USA wirklich eine vergewaltigte Frau als Präsidentin akzeptieren?« Ein ironisches Lächeln strich ihr über die Lippen. »Ich habe den Verdacht, dass unsere lieben Mitbürger über so etwas lieber nicht nachdenken möchten.«

Maggie ließ sich nicht beirren. »Wenn Sie es sich anders überlegen, rufen Sie mich an. Sie wissen, der letzte Termin, um sich als Kandidatin zu registrieren, ist morgen in einer Woche. Danach kommen Sie nicht mehr auf den Wahlzettel. Allzu viel Zeit bleibt Ihnen nicht.«

Mit einem weiteren Lächeln reichte Natasha ihr die Hand, das Zeichen, dass es Zeit war, sich zu verabschieden. »Ich bin Ihnen dankbar, Maggie. Wirklich.«

DIENSTAG

KAPITEL 12

Washington, D. C.

Ratface herrschte nicht mehr als Einziger am Kopf des Tisches. Nun musste er sich den Platz mit jemand anderem teilen. Sein Stuhl stand einen ehrerbietigen Zoll hinter dem ihren, nur um jeden Zweifel zu beseitigen, dass sie der Boss war. Sie war Carol Ward Tucker, Chief of Police.

»Danke, Kollegen«, begann sie. Ihre Stimme hatte den festen, nüchternen Klang einer Schuldirektorin und vermittelte die unausgesprochene Warnung: *Denkt nicht einmal daran, euch mit mir anzulegen. Ich musste doppelt so hart wie jede weiße Frau arbeiten, um meinen Posten zu bekommen, und viermal so hart wie jeder weiße Mann.* Den Männern im Konferenzraum graute vor ihr, allen voran Ratface.

»Assistant Chief Hussey hat mich über den Fall Winthrop informiert. Ich bin auf dem Laufenden. Ich möchte dazu nur eines sagen: Kein Officer im Metropolitan Police Department Columbia sollte den Trugschluss ziehen, dass angesichts der Identität des toten Mannes in Winthrops Haus unser Interesse an der Aufklärung dieser Tötung in irgendeiner Weise erlischt. Das ist nicht der Fall. Ich will nicht, dass die Menschen in dieser Stadt glauben, sie könnten in ihren eigenen vier Wänden andere ungestraft umbringen, solange diese nur eine ausreichend hässliche Vergangenheit mitbringen. So funktioniert das nicht. Das MPDC ist ein Organ des Strafjustizsystems. Jeder Bestandteil dieser Bezeichnung zählt. Wir verfolgen *Straftäter* und übergeben sie an die *Justiz*. Und dazu haben wir ein *System*. Ein System. Selbstjustiz dulden wir weder offen noch

103

insgeheim, ganz gleich, wie gerechtfertigt eine solche Tat den Menschen, denen wir dienen, auch erscheinen mag. Ist das klar?«

Widerspenstiges Gemurmel erhob sich, das so klang, als begrüßte eine sechste Klasse am frühen Morgen die Lehrerin.

»Ohne das aus den Augen zu verlieren, möchte ich klarstellen, dass wir diesen Fall mit unserem üblichen Elan bearbeiten werden. Falls ein Verbrechen begangen wurde, finden wir die Beweise und legen sie einem Gericht vor. Ob es sich um ein Verbrechen handelt, das bestraft werden, und falls ja, ob das Urteil streng oder milde ausfallen sollte, ist die Entscheidung des Gerichts, nicht die unsere. Unsere Aufgabe besteht lediglich darin, die Beweise zu finden und ihnen zu folgen, wohin immer sie uns führen. Wenn wir feststellen sollten, dass zwei Straftaten begangen wurden, eine von dem Toten und eine von der Frau, die ihn getötet hat, werden wir für beide eine Beweisführung vorlegen. Ist das klar?«

Erneut ein zustimmendes Murmeln, diesmal lauter.

»Eine letzte Sache, Kollegen. Muss ich aussprechen, wie wenig es mir ausmacht, dass die Frau im Mittelpunkt dieses Falls prominent ist? Muss ich betonen, dass wir unsere Arbeit furchtlos und unvoreingenommen tun und in alle Richtungen ermitteln? Um es direkter auszudrücken: Muss ich deutlich machen, dass ich einen Scheiß darauf gebe, ob diese Frau in den Kabelnachrichten gefeiert wird, ob sie in der Vergangenheit Konflikte mit dem MPDC gehabt hat und ob sie politische Ambitionen verfolgt, die die ›Optik‹ dieses Falles beeinträchtigen könnten? Politisch gesehen ›spielen‹ wir in diesem Fall am klügsten, wenn wir überhaupt nicht politisch spielen. Das wäre zum Besten des MPDC und auch, sollte jetzt jemand daran denken, für unsere eigenen Karriereziele.« Dabei zuckte ihr Blick kaum merklich und ganz kurz zu Ratface.

Sie setzte die Handflächen auf die Tischplatte, als wollte sie ihren Stuhl zurückschieben, und zeigte ein schmales, gezwungenes Lächeln als Zeichen, dass die Ansprache vorbei sei. »Ein Schlusswort noch, liebe Kollegen: Gehen Sie dem, was in dem Haus in Georgetown geschehen ist, genauso gründlich auf den Grund, als wäre es ein Crackhaus in Anacostia. Und nun die Drei-Wörter-Version für alle, die nicht mehr zuhören, wenn eine Frau zu lange redet: Tut. Euren. Job!«

KAPITEL 13

TMZ-Update: Wendung im Selbstjustizmärchen

Natasha Winthrop – legendäre harte Frau, aufstrebende Anwältin aus Washington, D. C., die ihren Vergewaltiger erschlagen hat – könnten ein paar schwierige Fragen bevorstehen.

Die #IchSteheZuNatasha-Heldin gewann Millionen von Bewunderern, nachdem die Polizei bekannt gegeben hatte, dass der Angreifer, den sie aus Notwehr in der Nacht zum Montag tötete, niemand anderer war als Jeffrey Todd, ein Mann, der in mehreren Bundesstaaten wegen Mordes und einer ganzen Reihe von Vergewaltigungen gesucht wurde. Alle Anzeichen deuteten darauf hin, dass die Vorwürfe gegen die glamouröse Washingtoner Anwältin fallen gelassen werden, die zum Rollenmodell in der #GirlsFightBack-Bewegung erklärt wurde.

Unseren Quellen zufolge ziehen sich jedoch dunkle Wolken über Winthrop zusammen. Ihr Browser-Verlauf ist aufgetaucht, und er sieht nicht hübsch aus. Sie hat einen Haufen Datingportale genutzt, alle tief in der NSFW-Kategorie. Und sagen wir es so, das ist nicht Moms Tinder. Sie war Stammkundin bei BDSMdate.com und auch auf den Fetischseiten Fetlife und Fetster, KinkCulture und sogar Perversions.com. Wie es heißt, suchte sie nach Kontakten, die auf rauen Sex stehen, und bot sich oft als Sub für einen männlichen Dom an.

Winthrop wäre nicht die erste Prominente mit einem Geschmack an der dunklen Seite, aber das MPDC soll angekündigt haben, sich sehr genau die Beweise dafür anzusehen, dass die Staranwältin auf der Suche nach Männern war, die einen sehr speziellen Geschmack mit ihr teilten: Vergewaltigungsfanta-

*sien. Unsere Maulwürfe im Polizeirevier von D. C. fragen sich,
ob an der Winthrop-Geschichte mehr dran sein mag, als zunächst
ins Auge fällt. Sie überlegen, ob die aufstrebende Anwältin, die
man im letzten Monat bei den umfangreichen Kongressanhörungen sah, sobald man nur den Fernseher einschaltete, die Wahrheit gesagt hat, die ganze Wahrheit und nichts als die Wahrheit.
Erinnern Sie sich an die ersten Berichte? Es hieß, ein Überwachungsvideo zeige Winthrop, wie sie ihrem Angreifer die Tür öffnet, während sie ausgesagt hat, dass der Mann sich selbst Eintritt
verschafft habe. Yup, dachten wir uns doch, dass Sie das noch
wissen ...*

Maggie scrollte nach unten, suchte nach einer aktuelleren Meldung, aber das war es schon.

Mehr hatten sie nicht. Sie stemmte sich aus dem Sessel und
ging in die Küche. Reflexartig griff sie in das Regal über der
Arbeitsplatte, bevor sie sich daran erinnerte, dass sie in voller
Absicht den Ardbeg von hier an einen hohen, schwer zu errei-
chenden Schrankplatz im Schlafzimmer verbannt hatte. Nicht
ganz das Gleiche wie die Flaschen in die Spüle auszuleeren –
das wäre eine sündhafte Verschwendung gewesen –, aber eine
Geste, die in diese Richtung ging. Auf diese Weise würde sie
nur dann ein Glas trinken, wenn sie es wirklich brauchte, statt
aus Gewohnheit. Sie musste sich dazu entschließen. Ein Blick
auf die Uhr verriet: Es war zu früh.

Instinktiv sagte sie sich, dass die Story eine Falschmeldung
sein musste.

Sie wusste aus eigener und noch immer schmerzlicher Erfahrung, was für frei erfundene Geschichten ihren Weg ins Internet fanden. Sie hatte keinen Grund zur Annahme, dass es
sich hier anders verhalten sollte.

Sie hielt inne und verbesserte sich. Im Gegenteil, es gab sogar drei gute Gründe.

Erstens der Verweis auf »unsere Maulwürfe« beim MPDC: tolldreist, so etwas anzumerken, wenn es frei erfunden war. Zweitens mochte die Website zwar nicht gerade die *New York Times* sein, aber sie lag nur selten völlig daneben. Bei ein paar großen Promi-News war sie dem Rest der Welt zuvorgekommen – Todesmeldungen über Stars waren eine Spezialität –, und nach eigenen Standards hatte TMZ einen Ruf zu verteidigen. Drittens war Maggie das Phänomen des Bestätigungsfehlers durchaus bekannt. Sie wusste, dass sie kaum davor gefeit war, Beweise zu suchen oder zu akzeptieren, die unterstützten, was sie sowieso schon fühlte. Jetzt schien es ihr aber etwas anderes zu bekräftigen: dass sie unterbewusst Vertrauen in Natasha Winthrop setzte. Dass ihr Unterbewusstsein – nein, dass sie, Maggie, alles abstritt, was dieses Vertrauen zu schmälern drohte.

Interessant, dachte sie und versuchte, sich ein wenig von ihren eigenen Empfindungen zu distanzieren. Sie waren einander erst einmal begegnet, und das für kaum mehr als eine halbe Stunde. Dennoch benahm sie sich schon wie eine wahre Gläubige und war bereit, jede unwillkommene Tatsache im Internet als Fake News abzuwiegeln. *Himmel, wie schnell das geht.* Maggie tauchte ein in etwas, das einmal ein Strom aus Social-Media-Nachrichten gewesen war, aber nun mehr an eine Springflut erinnerte und immer öfter an eine offene Kloake. Eine feministische Aktivistin hatte einen *Guardian*-Artikel verlinkt:

Natasha Winthrops sexuelle Vorlieben gehen niemanden außer sie selbst etwas an. Sie ist immer noch eine #Heldin.

Unter dem Hashtag #IchSteheImmerNochZuNatasha war der Tweet von jeder Menge anderer Frauen weitergeleitet worden, auch von ein paar jungen bärtigen Männern, jeder bemüht zu zeigen, dass er durch keine sexuelle Vorliebe aus der Fassung gebracht wurde. Mehrere bezogen sich auf Hexen und Hexenjagden, und die Nachricht von einer Autorin experimenteller Romane war exemplarisch:

Seit Anbeginn der Zeit versuchen die Männer, die Frauen für ihre Sexualität zu bestrafen. Nun, Sexualität ist kein Verbrechen. Die einzigen Verbrechen hierbei sind die Angriffe auf Natasha Winthrop durch Jeffrey Todd und jene, die versuchen, seine Taten zu entschuldigen.

Was Maggie nicht entging, waren die Stimmen, die nun schwiegen. Als Winthrop noch die Frau war, die sich gegen einen Serienvergewaltiger gewehrt hatte, hatte jeder rechtgläubige Twitternutzer mit blauem Häkchen eifrig erklärt, dass er zu Natasha stehe: Fernsehmoderatoren und TV-Experten, ein paar Popstars und Clean-Living-Gurus auf Instagram, einige beliebte Hollywoodschauspieler und etliche aus der jüngeren Generation weiblicher Kongressabgeordneter. Alle hatten sie sich bereitwillig für Natasha ausgesprochen, mit Hashtag. Jetzt hielten sie sich zurück und warteten ab, wie es weiterging.

Und trotz des entschlossenen Aufrufs im *Guardian* lag das nicht daran, dass sie Winthrops angebliches Interesse an rauem Sex missbilligt hätten. (Auch wenn das für die meisten Politiker und familienfreundlichen Schauspieler ein stichhaltiges Argument gewesen wäre, Abstand zu wahren.) Nein, die Sorge war etwas, das im Internet nur wenige auszusprechen wagten: die gleiche Sorge, die am Vortag durch die angeblichen Überwachungskamerabilder verursacht worden war.

Was, wenn Natasha Winthrop den Angreifer nicht nur in ihr Haus gelassen hatte, was der Polizei zufolge das Videomaterial zeigte – was, wenn sie ihn eingeladen hatte? Was, wenn sie finstere Ecken der BDSM-Welt abgegrast hatte, um einen

Mann zu finden, der so tat, als wollte er sie vergewaltigen? Der Gedanke war beunruhigend; Maggie hatte es bei der Vorstellung geschaudert. Sie brachte diesen Gedanken auch nicht mit der Frau in Übereinstimmung, die sie am Vorabend kennengelernt und deren Gesellschaft sie genossen hatte. Sie konnte sich kaum vorstellen, dass es der Wahrheit entsprach.

Doch wie Uri oft zu sagen pflegte: »Wer sind wir, dass wir glauben, wir könnten den Menschen ins Herz blicken?« Menschen waren kompliziert, die menschliche Sexualität erst recht. Wenn Natasha Winthrop so etwas mochte, sicher, dann würde es sie politisch ruinieren und beruflich zweifellos auch. Von dort gäbe es kein Zurück. Das änderte aber nicht, was ihr geschehen war. Der Mann hatte eindeutig eine Grenze überschritten, auf die Natasha und er sich geeinigt hatten. Was als einvernehmlicher Sex begonnen haben mochte, war in eine echte Vergewaltigung umgeschlagen; sie hatte sich verteidigt, und der Mann, der Gewaltverbrecher, war tot. Tatsachen blieben Tatsachen.

Nein, dachte Maggie, *so läuft das nicht, schon gar nicht bei der Polizei.* Und zwar vor allem aus einem Grund: Es bedeutete, dass Natasha nicht die ganze Wahrheit gesagt hätte. Sie hatte behauptet, für sie sei es ein Schock gewesen, dass der Mann wie aus dem Nichts in ihr Haus eingedrungen sei. Wenn sie ihn – egal auf welche kompliziert codierte Weise – in ihr Haus eingeladen hatte, musste sie das offenlegen. Die Polizei würde nun jedes einzelne Wort aus Natasha Winthrops Mund anzweifeln. Verteidigen könnte sie sich nur, indem sie Verlegenheit vorschützte: dass sie zu beschämt gewesen sei, um ihre sexuelle Vorliebe zuzugeben, und deshalb versucht habe, sie geheim zu halten. Maggie konnte hören, wie sie es sagte. *Angesichts der Tatsache, dass der sexuelle Akt in diesem Moment nicht einvernehmlich war, und des Umstands, dass ich mein Leben und meine Sicherheit in Gefahr glaubte, berufe ich mich nach wie vor auf*

Notwehr. Rechtlich ist diese Information irrelevant. Doch nein, so würde das nicht gehen.

Maggie sah aus dem Fenster. Sie wohnte nicht hoch genug, um einen Blick auf die Stadt zu haben, sie erhielt nur eine Kostprobe auf die paar Straßen um den Dupont Circle. Wie viele andere Leute taten in diesem Augenblick das Gleiche wie sie? Verschlangen jedes Wort der Winthrop-Story, googelten »gestellte Vergewaltigung«, besuchten Perversions.com, wenn ihr Partner es nicht mitbekam.

Warte mal, sagte sie sich. *Das ist genau das, worauf Marcia Chester und ihr Team hoffen.* Der Trick war so alt: Man lässt Belastungsmaterial durchsickern und verhandelt den Fall vor dem Gerichtshof der öffentlichen Meinung. Nur die Polizei konnte das getan haben, und zwar allein aus diesem Grund.

Angenommen, jedes Wort der Meldung entsprach der Wahrheit. Angenommen, Natasha stand in der Tat auf Sex dieser Art. Das erklärte nicht notwendigerweise, was mit Todd geschehen war. Die beiden Sachverhalte brauchten keinen Zusammenhang aufzuweisen. Dass ein Vergewaltiger in das Haus einer Frau eindrang, die ein Interesse an Vergewaltigungsfantasien hatte, konnte purer Zufall sein. Oder die beiden Umstände hingen zusammen, aber auf eine Weise, die Natasha nicht belastete: Ihre Adresse konnte anderen Personen mit dem gleichen Interesse bekannt sein, und irgendwie war sie dann in Todds Hände gelangt. Nichts an ihrem Browser-Verlauf bewies, dass Winthrop die Tür geöffnet hatte, ob im Wortsinn oder in anderer Hinsicht, um Jeffrey Todd hereinzulassen.

Nein. Das war ein schmutziger und nach den Maßstäben der Polizei nicht einmal ein origineller Trick.

Maggie griff nach ihrem Handy und sandte eine Whats-App-Nachricht an Natasha:

Ich arbeite an dem Fall.

Als Nächstes scrollte sie durch ihre Kontakte und suchte den Namen eines Mannes, der wusste, wie man dieses Spiel spielte. Sie tippte die Worte:

Ich brauche deine Hilfe.

KAPITEL 14

Washington, D. C.

Vor einem halben Jahr war Jake Haynes befördert worden, und nun leitete er das investigative Team seiner Zeitung in Washington. Die meisten Menschen hätten ihn deswegen unmöglich derart kurzfristig sprechen können. Aber wie Jake am Telefon gesagt hatte: »Du bist nicht die meisten Menschen, Maggie.«

Darauf konnte sie nichts erwidern. In ihren letzten Tagen im Weißen Haus, in denen sie als Überbleibsel aus dem Team des Präsidenten, den sie verehrt hatte, für einen Präsidenten arbeiten musste, den sie verabscheute, hatte sie Jake die Story des Jahres zugespielt. Außer ihm wusste niemand, dass sie die Quelle gewesen war, und aus womöglich diesem Grund sprach keiner von ihnen jemals aus, was sie beide wussten: dass er Maggie Costello seine Beförderung verdankte.

Seine Schuld zahlte er ihr auf andere Weise zurück. Statt Maggie wie früher mit der haareraufenden Ungeduld eines Mannes kurz vor dem Abgabetermin zu begegnen – nach wie vor seine typische Reaktion auf alle anderen Störenfriede –, nahm er nun nach dem ersten Klingeln ab, wenn ihr Name im Display stand, und meldete sich mit einer Beflissenheit, die er als Freundlichkeit tarnte.

»Wenn das nicht Maggie Costello ist! Was kann ich für dich tun, Maggie?«

»Oh, hallo, Jake! Ich hoffe, mein Anruf kommt nicht ungelegen?«

»Dein Anruf kommt nie ungelegen, Maggie. Das kann gar nicht passieren.« Er senkte die Stimme, als spräche er mit Personen im gleichen Raum. »Ich bin gleich wieder da. Wichtiger Anruf.« Er saß also in einem Meeting, das er vermutlich leitete, wenn man seine Stellung zugrunde legte. Und er verließ es, um mit ihr zu sprechen.

»Danke, Jake. Es geht um Natasha Winthrop.«

»Himmel, ich hab ein Schleudertrauma bekommen, bloß weil ich die Story verfolgt habe. Gerade noch ist es *Eine Frau sieht rot*, und im nächsten Augenblick heißt sie *Fifty Shades of Grey*. Arbeitest du für sie?«

»Ich helfe ihr.«

»Zum ersten Mal höre ich etwas, das mir Anlass zu der Hoffnung gibt, sie könnte eine Chance aufs Weiße Haus haben. Wenn sie schlau genug ist, Maggie Costello anzuheuern ...«

»Was diesen Browser-Verlauf angeht, ich habe mich gefragt ...«

»Der wurde zuerst uns angeboten.«

»Wirklich?«

»Ja, einem meiner Kollegen, der für Capitol Hill zuständig ist. Die Info lag vor, als er heute Morgen ins Büro kam. Wir haben es besprochen und entschieden, dass es nichts für uns ist.«

»Ehrlich?« Augenblicklich bereute sie ihren Ton. Sie hatte zweifelnd geklungen, als könnte sie nicht glauben, dass Jake sich solch eine Geschichte entgehen ließ.

Maggie kannte genügend Journalisten, um ihren Fehler zu verstehen: Nichts ängstigte einen Reporter mehr als die Vorstellung, ihm könnte eine Story durch die Lappen gegangen sein. Sie ruderte rasch zurück. »Ich meine, was brauchtet ihr da zu diskutieren? Das ist doch Boulevardscheiße, oder?«

»Das war unsere Meinung«, sagte er, aber er klang nicht ganz von ihrem Rückzieher überzeugt. »Ungewissheit, was Herkunft und Echtheit des Materials angeht. Probleme mit der Privatsphäre. Nutzung verschlüsselter persönlicher Daten. Und das Ganze ... wie soll ich sagen ... es hatte den falschen Geruch.«

114

»Die Sexsache?«

»Im Grunde schon. Mir war nicht wohl dabei.«

Maggie erinnerte sich, dass Jake während ihrer Kontakte im Lauf der Jahre mehr als einmal erwähnt hatte, die *Times* sei eine »Zeitung für die ganze Familie«. Was hätte er also mit den Peitschen, Ketten und Analstöpseln anstellen sollen, die auf BDSM.com allgegenwärtig waren?

»Ich würde gern mehr darüber erfahren, Jake, würde gern alles sehen, was vielleicht einen Hinweis auf die Herkunft des Materials liefert, wie du sagst. Können wir uns treffen?«

Er schwieg, während er durchging, was sie gesagt hatte. »Sehen« und »treffen« waren die Schlüsselwörter.

Eine Stunde später waren sie an ihrem üblichen Rendezvouspunkt: der Fressmeile der Union Station. Man durfte sich darauf verlassen, dass man in dem ständigen Trubel unbemerkt zusammensitzen konnte – der Bahnhof war weit genug von den üblichen Futterplätzen der Washingtoner Politszene entfernt. Und Maggie gefiel die hohe gewölbte Decke noch immer. Die Union Station gehörte selbst in ihrer relativ neuen, restaurierten Inkarnation zu den wenigen Gebäuden in den USA, die einem immerhin ein bisschen alt vorkamen. Für Europäer war es ein Neubau, nach amerikanischen Maßstäben war es Stonehenge.

Jake wartete schon auf sie und hatte einen Tisch vor dem Shake Shack gefunden. Sein Jackett war ein bisschen weniger zerknittert und um eine Winzigkeit teurer als früher. Er stand auf, umarmte Maggie ungelenk, rückte die Brille auf der Nase zurecht, bot ihr mit einer Handbewegung Platz an und zeigte auf die beiden Pappbecher mit Kaffee vor ihm. »Ich habe mir erlaubt, für dich zu bestellen.« Er setzte sich erst wieder, als sie Platz genommen hatte.

Maggie trank einen Schluck. »Also, Jake, die *Times* hat die Story als Erste bekommen?«

»Ich weiß nicht, ob wir die *Ersten* waren. Aber wir haben sie vor TMZ angeboten bekommen. Dass sie dort auftauchte, lässt mich annehmen, dass ziemlich viele Kollegen zu der gleichen Entscheidung gekommen sind wie wir.«

»Die *Post*?«

»Genau. Da stand auch nichts, oder? Im Fernsehen kam auch nichts davon. Nicht mal auf Drudge.«

»Was meinst du, woran das liegt?«

Jake lehnte sich zurück und streckte die Ellbogen aus, als benutzte er einen unsichtbaren Expander. Als er noch Ressortreporter gewesen war, der über die Nachrichtendienste berichtete, hatte Maggie von Jake Haynes den Eindruck gehabt, er sei kompliziert; ein Bündel von Neurosen, das nichts anderes im Kopf hatte als die nächste Story. Jetzt, wo er der Boss war, wirkte er gefestigter. Als könnte er sich auch einmal Zeit lassen und sogar ein wenig entspannen.

»Sag es nicht weiter, Maggie, aber ich glaube, New York war einfach ein bisschen nervös, sich auf … du weißt schon …«

»Eine Frau zu stürzen?«

»Eine Frau, die *vergewaltigt* wurde. Entschuldigung, eine *prominente* Frau, die *vergewaltigt* wurde. Und die Präsidentschaftskandidatin werden könnte. Die auf jeden Fall eine Gefolgschaft in einem ganz bestimmten Segment der Bevölkerung besitzt.«

»Junge, progressive Frauen, die die *Times* für zu gemäßigt halten, zu männlich und tödlich *unwoke*?«

Jake lächelte. »Das habe ich an dir nie verstanden, Maggie. Warum eine Frage stellen, wenn du die Antwort *immer* schon kennst?«

»Nicht immer, Jake. Wie in diesem Fall. Ich habe eine Frage, die ich nicht beantworten kann.«

»Die wäre?«

»Wer hat dir Natasha Winthrops Browser-Verlauf durchgestochen?«

116

»Du weißt, dass ich dir das nicht sagen kann.«

»Das ist mir klar.«

»Und ich weiß die Antwort auch gar nicht.«

»Ehrlich?«

»Ehrlich.«

»Ich bin mir nicht sicher, ob ich dir das glauben sollte.«

»Du solltest mir glauben, denn erstens bin ich ein netter Kerl.« Er lächelte, ein schwacher Versuch, herzlich zu sein; es fehlte nur, dass er mit den Wimpern klimperte. »Zweitens bist du die eine Person in Washington, bei der ich es niemals wagen würde, sie zu bescheißen.«

»Weil ich als Quelle zu wertvoll für dich bin.«

»Das, und weil du mir auf die Schliche kommen würdest. Aber ich bin noch nicht zu Nummer drei gekommen.«

»Tut mir leid. Drittens?«

»Und drittens weiß keiner von uns, wer das Material durchsickern ließ. Es lief vollkommen anonym. Das ist auch einer der Gründe, weswegen wir nervös waren. Du kennst mich. Ich bin vom alten Schlag, ich möchte das Weiße in ihren Augen sehen. Mir ist es egal, wenn jemand mich manipuliert. Ich will nur …«

»›… wissen, *weshalb* ich manipuliert werde.‹«

»Hab ich das schon mal gesagt?«

»Ein- oder zweimal.«

»Ha!«

»Also hast du es wie bekommen? Über Signal oder Telegram oder so was?«

»Von wegen. Das war auch alter Schlag. Na ja, irgendwie moderner alter Schlag.«

Maggie runzelte die Stirn. Jake beugte sich zur Seite, griff in seine Aktentasche. »So habe ich es bekommen.«

Er legte einen USB-Stick auf den Tisch. Der Datenspeicher zeigte keine Auffälligkeiten, nur den Namen des Herstellers.

»Kann ich den haben?«

117

»Nein, Maggie, den kannst du nicht haben. Himmel!«

»Aber es ist doch veröffentlicht. Welchen Unterschied würde ...«

»Weil es Material über eine Person des öffentlichen Lebens ist, das der *New York Times* unter dem Siegel der Verschwiegenheit übergeben wurde. Du arbeitest für besagte Person des öffentlichen Lebens. Wenn ich es dir übergebe – und damit ihr ... Was schaffe ich dann für einen Präzedenzfall? Außerdem, sie – du – könnte Möglichkeiten besitzen, mithilfe des USB-Sticks die Quelle zu identifizieren.«

»Hast du das getan? Die Quelle identifiziert?«

»Nein.«

»Hast du es versucht?«

»Ich habe es von der Technik untersuchen lassen, aber nachdem wir beschlossen hatten, die Story nicht zu bringen, haben wir es nicht weiterverfolgt.« Maggie drehte den Stick hin und her, schob ihn über den Tisch zurück und ließ zu, dass Jake ihn an sich nahm und in seine Brusttasche steckte.

»Sonst noch etwas darauf?«, fragte sie. »Was von Interesse wäre, meine ich. Alte Dokumente, irgendetwas über Natasha Winthrop?«

»Nichts. Wer immer es war, er war gründlich. Der Stick war sauber. Unbenutzt. Es waren die Internetsuchen für die letzten vier Wochen darauf und haufenweise juristisches Zeug; Material für die Anhörungen offenbar. Ein bisschen Shopping noch und eine Menge E-Mails. Und diese ... du weißt schon, diese Datingportale.«

»Und sie gingen alle in ... in diese Richtung?«

»Ja, tun sie. TMZ hat die Story korrekt dargestellt.«

»Alles Dominanz, Bondage ...«

»Die Sites gehen alle in diese Richtung. Aber die Suchen laufen alle auf diese spezielle Unterkategorie hinaus, wenn du das so nennen willst.«

»Harter Sex?«

»Und gestellte Vergewaltigung. Ja.«

»Und gab es irgendwelchen direkten Kontakt zwischen ihr und ...«

»Offenbar hat sie nur gesucht und gebrowst. Ich habe mir das ganze Material selbst nicht angesehen. Aber der Reporter, der den Stick bekommen hat, sagt, es war nur so etwas. Ein Bild nach dem anderen. Wie ein Schaufensterbummel.«

»Und nichts Direkteres? Zwischen Natasha Winthrop und ...«

»Nichts dergleichen, nein.« Er hielt inne, als wartete er auf noch eine Frage. Maggie versuchte, in seinem Gesicht zu lesen.

»Du sagst, der Stick wurde an einen Reporter ›geschickt‹. Meinst du damit, er kam mit der Post?«

Jake Haynes lächelte nun, als hätte Maggie das Rätsel gelöst, das er ihr gestellt hatte.

»Ist er einfach so angekommen? In einem Briefumschlag?«

Er nickte. »Wie gesagt, alter Schlag.«

»Und hast du den Umschlag noch?«

»Wie es der Zufall so will ...« Er beugte sich erneut zu seiner Aktentasche. Diesmal holte er einen kleinen braunen Polsterumschlag hervor und schob ihn über den Tisch.

Maggie schaute das Adressetikett auf der Vorderseite an: Maschinenschrift aus einem Drucker. Sie drehte den Umschlag um. Keine Absenderadresse. Sie wendete ihn zurück und bemerkte Jakes erwartungsvolles Grinsen. Schließlich sah sie auf den Poststempel. Augenblicklich begriff sie seine Spannung.

Klar und unmissverständlich war dort die Herkunft der Sendung aufgestempelt. Zwei Wörter, die in Maggies Kopf sofort tausend Rädchen in Bewegung setzten.

Langley, Virginia.

KAPITEL 15

London, zwei Wochen zuvor

Zuerst fand die Frau es aufregend. Ihr erschien es als Bestätigung, dass sie angekommen war. Das Gleiche galt für den Lärm, die Hitze, den Dampf, den Schweiß und den ständigen Druck, der Adern anschwellen ließ. Es galt für das Brüllen und Fluchen der beiden Männer, die das Sagen hatten – der Küchenchef, dessen Name über der Tür stand, und sein getreuer Gehilfe, der Geschäftsführer. Schließlich sollte eine Restaurantküche doch so und nicht anders aussehen und klingen?

Das half ihr, es zu verdrängen, wenigstens am Anfang. Jemandem ins Gesicht zu brüllen – einen »abzufönen«, wie das Küchenpersonal es nannte – war gewiss nur ein Beweis der Leidenschaft und inneren Anspannung, die man brauchte, um ein Sternerestaurant zu betreiben. Das Gleiche galt für das eine Mal, als der Chefkoch mit einer kleinen, aber schweren Pfanne nach dem Kopf eines Mädchens warf, das genau wie sie ihr Berufspraktikum machte.

Dass das Geschoss sein Ziel verfehlte, war vielleicht der Grund, weshalb keiner der anderen »Praks« je davon sprach.

Die Frau bemerkte ein Muster. Wenn einer der jungen Männer in der Küche einen Fehler beging, redete der Chef in Ruhe mit ihm.

Aber wenn sie oder eine andere Frau etwas verbockte, zum Beispiel, indem sie einen Dessertteller so hielt, dass die blutrote Coulis zerlief und eine sichtbare Spur am Rand hinterließ, dann wurden sie sofort abgefönt.

Einmal, kurz nach Schluss an einem Samstagabend, gegen

ein Uhr, wurde die Frau damit beauftragt, die Fußböden zu wischen. Sie begriff, dass sie zum dritten Mal in der gleichen Woche diese Aufgabe erhielt, während der junge Mann, der sein Praktikum am gleichen Tag wie sie begonnen hatte, nicht ein einziges Mal dazu aufgefordert worden war. Sie sagte nichts. Sie drückte nur den Mob aus und begann mit der Arbeit. Sie sagte sich, dass auch solche lästigen Tätigkeiten zu dem gehörten, was sie hier lernen wollte: die Arbeit in der Küche eines Top-Restaurants.

Nachdem sie gewienert und geschrubbt hatte, hörte sie, wie der Geschäftsführer näher kam. Sie war froh, weil sie dachte, dass er sehen würde, wie hart sie arbeitete. Er sah auf den Boden und sagte: »Nein. Das ist nicht gut genug.«

Die Frau nahm an, dass er scherzte, dass er nun jeden Moment sagen würde: *Ich nehme dich nur auf den Arm. Gute Arbeit. Wir sehen uns morgen früh.* Der Boden war makellos.

Der Mann sah sie lächeln und sagte: »Nicht mal annähernd gut genug. Noch mal.«

»Was?«

»Du hast mich schon verstanden. Noch mal wischen. Hier, ich helfe dir.« Mit einem gekonnt platzierten Tritt kippte er den Eimer voll Schmutzwasser aus. Die Frau sah zu, wie sich die graue, stinkende Flüssigkeit über die Fläche ausbreitete, die sie in den vergangenen vierzig Minuten gereinigt hatte, bis sie glänzte.

Die Frau entschied, dass es ein Test war, eine Prüfung, an der sie nicht scheitern würde. Sie würde nicht weinen. Stattdessen nahm sie den leeren Eimer, ging zum Wasserhahn, füllte ihn auf und fing erneut an. Erst nach drei Uhr morgens fiel sie in ihr Bett.

Danach entschied sich die Frau, sich in einen selbst geschaffenen Schutzpanzer zu hüllen. Sie würde nicht mehr hören, was der Chefkoch oder der Geschäftsführer redeten, es sei denn, sie sprachen sie direkt an. Und sie würde alles herausfiltern bis auf die Arbeitsanweisungen.

Wenn sie also hörte, wie der Koch davon sprach, Soße irgendwohin zu spritzen, ließ sie es ihrem Bewusstsein entschweben, kaum dass es eingedrungen war. In gleicher Weise ging die Frau vor – auch wenn das eine größere Anstrengung erforderte –, als sie hörte, wie der Geschäftsführer sich beschwerte, die Hähnchenbrust sei »trockener als die Pflaume einer Achtjährigen«.

Die Frau versuchte genauso auszublenden, wenn einer der beiden Männer sich in der Küche an ihr vorbeidrängte und ihr dabei länger, als dass man es flüchtig nennen konnte, die Hand auf den Rücken oder das Hinterteil legte. Als eine der Konditorinnen schwanger wurde und weiterarbeitete, bis sie im achten Monat war, fragte der Küchenchef sie immer wieder, ob sie schon Milch habe, denn – und das waren seine genauen Worte – er wolle Milch »aus ihrer Brust in eine Flasche abpumpen und sie trinken«. Die Konditorin gab vor, die Bemerkung nicht gehört zu haben, und verließ den Raum. Dadurch hörte sie nicht mehr, wie ihr Chef sich dem Geschäftsführer zuwandte und sie anfingen, Sex mit einer schwangeren Frau in all seinen Facetten zu erörtern.

Eines Abends war geschlossene Gesellschaft im Restaurant, und die Frau trug ein Tablett frittierte Austern mit Kaviar und Crème fraîche, serviert als Löffelgericht. Der Chefkoch winkte sie zu einer Gruppe von VIP-Gästen, alles Männer, vor denen er Hof hielt. Er nahm blitzschnell einen der Löffel und schob ihn der Frau in den Mund. Sie musste würgen und sah, wie der Chefkoch grinste. Die Frau begriff, dass es genau darum ging. Das war der Kitzel. Dass er in den Mund einer jungen Frau eindringen konnte und sie nichts dagegen zu unternehmen vermochte.

Nicht lange danach sprach die Frau über ihre Lage mit einer

Freundin von der Universität, die bereits eine Festanstellung in einer Anwaltskanzlei hatte. Die erste Reaktion der Freundin war offensichtlich: »Warum beschwerst du dich nicht?«

Die Frau erklärte, sie könne sich an niemanden wenden. Eine Personalabteilung gebe es ebenso wenig wie einen Vorgesetzten unterhalb des Geschäftsführers. Da waren nur die beiden übergriffigen Männer selbst. Wenn sie den Mund aufmachte, flöge sie raus, und sie brauche das Restaurant in ihrem Lebenslauf; sie sei darauf angewiesen, dass sie ihr ein gutes Zeugnis schrieben.

Sie sprachen über die eine langjährige Mitarbeiterin in der Küche. »Warum redest du nicht mit ihr?«

Aber auch diese Möglichkeit schied aus. »Ich weiß nicht, was dort vorgefallen ist oder womit die beiden sie in der Hand haben, aber sie deckt die Kerle rückhaltlos.«

Und daher sagte sie nichts. Bis zu dem Tag, als der Chefkoch noch weiter ging; etwas, das die Frau stets befürchtet hatte. Dank des Gesprächs mit ihrer Freundin, der Junganwältin – die den Fall mit einer älteren Kollegin besprochen hatte –, war sie vorbereitet.

Es geschah in der Nacht, nach Restaurantschluss. Diesmal brauchte sie nicht den Boden zu wischen, aber sie stellte die Stühle auf die Tische. Sie tat, was sie sich vorgenommen hatte. Als der Augenblick kam und er auf sie zutrat, schaute sie zum Himmel hoch und setzte ihr Vertrauen in das Einzige, von dem sie glaubte, dass es ihr vielleicht helfen mochte.

KAPITEL 16

Washington, D. C.

Langley, Virginia.

Maggies ganze Aufmerksamkeit galt den beiden Wörtern. Sie fixierte sie mit harten Augen, als müssten sie unter ihrem zwingenden Blick ihr Geheimnis preisgeben.

Sie saß wieder am Küchentisch. Auf dem Bildschirm ihres Laptops war das Bild des kleinen braunen Polsterumschlags in Großaufnahme dargestellt, den Jake Haynes wie ein Zauberer aus der Tasche gezogen hatte. Maggie hatte darum gebeten, das Kuvert behalten zu dürfen, aber das hatte er natürlich nicht erlaubt.

Beim Schutz der Anonymität einer Quelle setzte ihm das journalistische Ethos eine Grenze. Indem er Maggie zeigte, wie die Information in seine Hände gelangt war, hatte er diese Grenze gestreift; hätte er ihr das Beweismaterial überlassen, wäre die Grenze verletzt worden. Maggie konnte seine Gedankengänge nachvollziehen: Wie würde das als Absatz in der *Washington Post* aussehen? *In ihrer Erklärung bestätigte die* New York Times, *dass Mr Haynes einen Teil des Beweismaterials an eine ehemalige Mitarbeiterin des Weißen Hauses übergab …* Also verübelte sie ihm nicht, dass er ihr die Bitte abgeschlagen hatte. Sie verübelte sich selbst aber auch nicht, dass sie, als er sich einen zweiten Kaffee holen ging, mit ihrem Smartphone diskret ein paar Fotos gemacht hatte. Nur zur eigenen Verwendung.

Langley, Virginia.

Sie versuchte, die Möglichkeiten methodisch zu durchdenken. *Fang mit dem Offensichtlichen an und arbeite dich von dort aus vor.* Das war der – oft wiederholte – Rat, den ihr Stuart Goldstein, ihr Mentor, jedes Mal angetragen hatte, wenn für ein Ereignis mehrere Erklärungen möglich waren. Also: Mit dem Offensichtlichen anfangen.

Jemand bei der Central Intelligence Agency in Langley, Virginia wollte Natasha Winthrop zu Fall bringen. Damit nicht genug. Ihm oder ihr war es egal, ob bekannt wurde, dass die CIA dieses Ergebnis für wünschenswert hielt – vielleicht hoffte die Person sogar darauf. Ein Poststempel aus Langley; da konnte man auch gleich Werbezettel verteilen.

Was sogleich die zweite Möglichkeit aufwarf: dass jemand die CIA belasten wollte. Ein plumper Versuch, aber das spielte eventuell keine Rolle. Dadurch wurde auch denkbar, dass das Ziel darin bestand, von der wahren Quelle abzulenken. In diesem Fall wäre der Versand aus Langley eine durchsichtige, aber wirksame Finte.

Sie sah wieder das Foto an. Der Umschlag war nicht durch eine Frankiermaschine gelaufen, sondern mit Briefmarken beklebt. Das bedeutete, dass der Absender kein Postamt aufgesucht und keine Frankiersoftware benutzt hatte, denn in beiden Fällen hätte er eine Spur hinterlassen. Grundlegende Vorsichtsmaßnahmen.

Maggie erhob sich und schritt auf und ab. Mit dem CIA-Szenario anfangen.

Warum sollte jemand beim US-Auslandsgeheimdienst es auf Natasha Winthrop abgesehen haben? Sie wusste, auf Twitter würde es heißen: Intrige des Establishments, um eine Frau zu vernichten, die dessen Interessen bedrohte, war sie doch eine potenzielle Präsidentin, die die mächtigsten Strippenzieher des Landes herausforderte. Was würden die Onlineschwätzer über den verräterischen Poststempel sagen? Dass der Schattenstaat jetzt schon so arrogant sei, dass er den demokratischen Normen den erhobenen Mittelfinger zeigte: Er wollte die amerikanischen Schlafschafe eindeutig wissen lassen, wer der Boss ist.

Kaufte Maggie eine dieser Möglichkeiten? Vor einem Jahr wäre ihre Antwort noch ein nachdrückliches, erheitertes Nein gewesen. Allein die Idee war lächerlich. Jetzt aber amtierte ein Präsident, der nicht sonderlich komische Scherze darüber machte, sich auf Lebenszeit im Oval Office einrichten zu wollen, der den Justizminister wie seinen persönlichen Anwalt behandelte und die Strafverfolgungsbehörden als willfährige Schlägerbanden ansah, die er seinen Feinden auf den Hals hetzen konnte: Wieso also nicht? Früher wäre die Vorstellung, dass ein amtierender Präsident die CIA gegen eine politische Gegnerin einsetzte, hanebüchen erschienen. Aber heute?

Nach allem, was Maggie im Weißen Haus unter dieser Regierung gesehen und erlebt hatte, hielt sie es für absolut denkbar. Andererseits – und aus ähnlichen Gründen – gab es zahllose Personen, die glauben würden, dass Washington heutzutage so vorging, und das machte es wiederum zu einem höchst praktischen Alibi. Was, wenn der Informant keine Befehle vom Mann im Oval Office erhalten hatte, sondern von jemandem aus dem großen Rudel von Herausforderern, die auf der anderen Seite des tiefen Grabens zwischen den Lagern um das Recht stritten, es mit ihm aufzunehmen? Den USB-Stick in einen Umschlag zu stecken, der in Langley, Virginia abgestempelt wurde, schaltete nicht nur eine neue und rasante Rivalin aus. Mit einem Streich lieferte es der progressiven Basis auch einen Feind, auf den sie einprügeln konnte. Ja, plump war es, aber heutzutage verfing Plumpheit bei den Menschen.

Nuancen gingen verloren; Nuancen waren etwas für Verlierer.

Trotzdem blieben etliche unbeantwortete Fragen. Woher hatte die Quelle, wer immer sie war, diese Computerdaten?

Hatte die Polizei sie in den letzten Stunden im Zuge ihrer

Ermittlungen gegen Winthrop erhalten? Durchaus denkbar, dass das MPDC sie öffentlich machen wollte, um seinen Fall gegen Natasha der Jury der öffentlichen Meinung vorzulegen, zumal sie nach der Enthüllung der Identität des Toten zu einer Heldin stilisiert wurde.

Zeitlich passte dieses Szenario jedoch nicht ganz: Todds Name war am Montagabend bekannt gegeben worden, der Brief musste jedoch schon früher am gleichen Tag abgeschickt worden sein.

Maggie musterte erneut den Poststempel, nur um sicherzugehen. Der Stempel wirkte echt, aber sie musste an ihre Schwester Liz denken, den Computerfreak, und die Wunder, die ihre Schüler schon auf der Highschool zustande brachten. Sie verformten und retuschierten Fotos, bis die Bilder genau so aussahen, wie sie es wollten. Konnte der anscheinend von Hand aufgedrückte Stempel eine digitale Fälschung sein? Möglich.

Wie dem auch sei, die Polizei verfügte über einfachere, schnellere und direktere Wege, um Informationen durchzustechen, als einen USB-Stick an Washingtoner Nachrichtenredaktionen zu verschicken, und das noch mit der Schneckenpost. Oder war es das Werk eines einzelnen, voreingenommenen Detectives, der die Daten an einen Kontakt auf dem Capitol Hill weitergereicht hatte, zuversichtlich, dass die Politik den Rest übernehmen würde? Maggie kam noch ein Gedanke. Eventuell hatte die Polizei gar nichts damit zu tun. Bei den Telefongesellschaften und Internetprovidern arbeiteten ebenfalls Personen, deren Tun von Ideologie bestimmt wurde.

Ohne sich zu setzen, stellte sie sich an den Küchentisch, drückte einige Tasten und rief die TMZ-Story auf, die Natashas Browser-Verlauf auseinandernahm. Sich darauf zu konzentrieren, wie diese Daten ans Licht gekommen waren oder nicht, stellte im Grunde eine Übersprunghandlung dar. Sie ermöglichte ihr, das Bild zu ignorieren, das die Daten zeichneten, das Bild einer Frau, deren sexuelle Vorlieben gespielte Dominanz und Unterwerfung hinter sich zurückließen und in dunklere Gefilde vorstießen. Wenn diese Daten echt waren, hatte Natasha Winthrop sich nach gewalttätigem Sex umgesehen. Ob es ihr um die Vorspiegelung ging, die Simulation, oder das wahre Echte, konnte Maggie unmöglich wissen.

Und dennoch, ohne dieses Wissen kam sie nicht weiter. Winthrop mochte selbst geglaubt haben, dass sie ein Sexspiel mit dem Mann trieb, während ihr Angreifer auf ernsthaften Schaden aus war. Hatte Natasha ihn in dieser Nacht missverstanden? Hatte er sie missverstanden? Herausfinden ließ es sich nur auf eine Weise.

KAPITEL 17

Quincy, Illinois

»Hey – es ist völlig okay, wenn Sie aufessen, bevor wir anfangen, überhaupt kein Problem. Die Pizza ist gut, was? Einer der Pluspunkte bei dieser Arbeit, liebe Leute.

So, aber warum lege ich nicht schon mal los? Wie bereits gesagt, ich heiße Alex, und ich bin heute Abend Ihr Moderator. Ich mag das Wort auch nicht – hab Sie gesehen, Sharon! –, aber es bedeutet bloß, dass ich derjenige bin, der die Fragen stellt, und das nur, um den Ball in Bewegung zu halten. Ein wichtiger Punkt, den Sie im Kopf behalten müssen, ist der, dass ich keinerlei Meinung habe. Das ist mein Ernst! Damit möchte ich sagen: Wenn ich Sie etwas frage, dann nicht, weil *ich* es denke oder will, dass *Sie* das denken. Es ist wirklich nur eine Frage. Okay? Und wir spielen auch nicht *Jeopardy* oder so was: Richtige oder falsche Antworten gibt es nicht. Was immer Sie sagen, ist wichtig, weil es sich um Ihre Meinung handelt. Dafür haben wir Sie hergeholt und Ihnen Pizza und Cola spendiert – und auch Cola light, Lauren, sagen Sie später nicht, dass wir unachtsam wären! Denn wir wollen, dass Sie ganz entspannt sind, weil wir – ehrlich! – wertschätzen, was Sie zu sagen haben. Lassen Sie es mich noch mal betonen: Es gibt keine richtigen oder falschen Antworten. Wir wollen Ihre Meinung hören. Machen Sie sich keine Sorgen, was andere Leute denken oder was ich denke, sagen Sie einfach, was *Sie* denken. Okay? Sind wir uns einig? Klasse. Erstes Thema – und denken Sie dran, es gibt keine ›guten‹ oder ›schlechten‹ Antworten. Woher beziehen Sie Ihre Nachrichten?«

129

Dan Benson sah von seinem Handy auf und schaute durch die Scheibe: Glas auf seiner, ein Spiegel auf ihrer Seite. In seinem alten Job hatte er dergleichen schon hundertmal gesehen, vielleicht öfter. Und er wusste, welche Pose er einnehmen musste: die des verlebten Profis aus D. C., den man gegen seinen Willen in irgendein Motel verschleppt hatte, in einem Landstrich, den er normalerweise überflog. Aber – großes Aber – die Wahrheit lautete, dass er süchtig war.

Er liebte Fokusgruppen über alles – weit mehr als gesund war. Für ihn gab es nichts, wobei er sich mehr so fühlen konnte, als wäre er ein Reporter, der den Wahlkampf begleitet, durch die Schweinefarmen von Iowa oder den Schnee von New Hampshire stapft und im wirklichen Leben mit echten Wählern redet, den Finger am Puls des amerikanischen Volkes. Nur brauchte er keine schlammigen Stiefel zu tragen und sich vor einem Dairy Queen oder Wendy's den Arsch abzufrieren und völlig Fremde anzusprechen wie ein Obdachloser. (Nur dass das noch seltsamer ankam, weil er einen Notizblock in der Hand hielt.) Er saß drinnen in der Wärme, sicher auf der anderen Seite des Einwegspiegels. Er beobachtete, war aber unbeobachtet. *Das liebte* er.

Fokusgruppen hatten bei seinem letzten Job zu seinen Kernaufgaben gehört. Die Stelle hatte er erst vor vierundzwanzig Stunden gekündigt. »Überlaufen« hatten Polit-Twitterer es genannt. Benson hatte einige dieser Tweets soeben erst erneut gelesen, aber mit seinem Beobachteraccount, dem anonymen Benutzerkonto, das er für genau diesen Zweck unterhielt: damit er liken und markieren konnte, wie er es unter seinem eigenen Namen niemals gedurft hätte. Die Story war (mit ein wenig Hilfe durch seine eigenen zarten Finger) von einem Axios-Reporter veröffentlicht worden, und er hatte auch den Ton für den Rest der Meldung vorgegeben.

Das Neueste: Top-Steele-Mitarbeiter läuft zu Harrison über. Dan Benson war lange Mitarbeiter des Vorsitzenden für den Geheimdienstausschuss im Repräsentantenhaus. Seine Abwerbung zeigt, dass Harrison beim Spiel um Talent, Unterstützung und Geld gewonnen hat. Voraussage: Steele wird nicht antreten. Und falls er doch vorhatte anzutreten, so lässt er es jetzt bleiben.

Der Großteil war positiv, und – besonders wichtig – alles war ahnungslos, was den zeitlichen Ablauf betraf. Die meisten Reporter auf Capitol Hill nahmen schlichtweg an, dass Dan für Harrison zu arbeiten begonnen hatte, nachdem sein Wechsel verkündet worden war, nicht vorher. Diese Annahme kam ihm sehr gelegen. Auf keinen Fall konnte er es brauchen, dass jemand seinen Terminkalender unter die Lupe nahm und herausfand, was er an seinem letzten Tag auf der Gehaltsliste des Vorsitzenden getan und wen er aufgesucht hatte …

Nun jedoch legte er das Handy weg und starrte aufmerksam durch die Scheibe. Wenn er in der Vergangenheit für Steele oder dessen Senatskollegen vom Rechtsausschuss mit Fokusgruppen gearbeitet hatte – gewöhnlich um die Favoriten für eine Nominierung zum Obersten Bundesgericht zu finden –, war alles schon von Anfang an verpfuscht gewesen. Der Moderator zeigte dann beispielsweise ein Bild und fragte: »Kann mir jemand sagen, wer das ist?«, und die Antwort, die er bekam, bestand aus einem Reigen ratloser Gesichter, die einen Richter anstarrten, von dem sie im Leben nicht gehört hatten. Aber das hatte er nun hinter sich.

Jede einzelne Person im Raum nickte, als Natasha Winthrops Bild gezeigt wurde. Benson prägte sich ein: *Kein Foto von ihr in tausend Meilen Umkreis von einem unserer Plakate zulassen.* Sie sah aus wie auf dem Titelbild von *People*; Winthrops Zähne blitzten weiß, Augen und Ohrringe funkelten, die dunkle Kurzhaarfrisur saß perfekt.

Ein Mitglied der Fokusgruppe ergriff das Wort, ein Weißer Anfang fünfzig, ein aggressiver Typ – so jemand machte nach Dans Erfahrung immer als Erster den Mund auf.

»… sehe mir so was normalerweise nicht an, ich bin eher für *Monday Night Football* zu haben, aber sie war etwas Besonderes. Sie brachte den ganzen Raum zum Strahlen.«

Eine Schwarze in den Dreißigern, die sich zuvor als Zahnarzthelferin vorgestellt hatte, stimmte ihm zu. »Mein Sohn hat mich ausgelacht, weil ich ständig C-SPAN einschalten wollte.« Die anderen lachten freundlich, mehrere Frauen nickten. »Die Anhörungen waren elektrisierend. Wie sie sich auf alle gestürzt hat, diese – entschuldigen Sie, wenn ich es sage –, diese Männer … wie sie sie einfach vorgeführt hat. Meine Güte!«

So weit, so vertraut. Benson kannte die Umfrageergebnisse; ihm brauchte niemand zu sagen, dass Winthrops Auftritte als Hauptvernehmerin in Steeles Ausschuss sie zu einem Star gemacht hatten. Trotzdem bereiteten einen die Daten auf einem Laptopbildschirm nicht darauf vor, mitzuerleben, wie echte Menschen live und unaufgefordert genau das Gleiche sagten. Nicht zum ersten Mal fragte er sich, ob sein Boss – sein neuer Boss – solch eine Kandidatin jemals schlagen könnte, sollte es hart auf hart kommen. Oder war es Senator Tom Harrisons Schicksal, einen weiteren Favoriten des Establishments zu geben, der von einem nationalen Phänomen platt gewalzt wurde?

Der Moderator hatte sich aktuellen Ereignissen zugewandt. »Nun war die Person, von der wir reden, kürzlich wieder in den Nachrichten. Möchte mir jemand sagen, wieso?«

»Weil sie diesen fiesen Vergewaltiger mit bloßen Händen getötet hat.« Die Zahnarzthelferin antwortete schnell wie der Blitz. Die anderen stimmten zu.

Der Moderator schaute sich in der Runde um, versuchte die aus der Reserve zu locken, die bisher noch nichts gesagt hatten.

Sein Blick blieb auf Eleanor hängen, einer pensionierten weißen Schullehrerin. »Was halten Sie von alldem, Eleanor?«

Die Frau zögerte, als wöge sie ihren Wunsch, sich zu äußern, dagegen ab, ob es schicklich wäre. Sie schürzte leicht die Lippen, eine Mimik, die Benson sofort Mut einflößte. Sie räusperte sich.

»Ich weiß, man will, dass wir glauben, sie hätte diesen Mann in Notwehr getötet und das alles. Aber ich weiß es nicht. Mir klingt das alles nicht richtig.«

»Was klingt nicht richtig?« Die Frage kam von der Zahnarzthelferin, nicht vom Moderator.

»Was geschehen ist. In ihrem Haus.« Ein Zögern. »Und vorher.«

Dan beugte sich vor, bis nur noch ein Fingerbreit sein Gesicht von der Scheibe trennte.

Alex, der Moderator, durchbrach die kurze Stille. »Was ist vorher geschehen, Eleanor?«

»Ich weiß nicht recht, ob ich über solche Dinge reden möchte. Ich bin überrascht, dass es noch nicht ein anderer von Ihnen aufgebracht hat. Sie haben es genauso gesehen wie ich.«

»Oh, okay, okay.« Der weiße Typ. »Sie reden von diesen Datingportalen.«

»Wenn man sie so nennen will.« Eleanor hatte die Arme fest verschränkt. »Ich glaube nicht, dass sie auf ein Rendezvous aus war. Jedenfalls nicht auf Rendezvous im Sinne des Wortes, wie ich es verstehe. Ich glaube, sie wollte Sex. Widernatürlichen Sex.«

»Das heißt aber nicht, dass er ein Recht besaß, sie zu *vergewaltigen*.« Die Zahnarzthelferin schlug mit der Faust auf den Tisch.

»Das habe ich auch nie behauptet.«

»Wie meinen Sie es dann?«

»Ich sage nur, dass … Was ich sagen will, ist Folgendes: Es

133

steckt mehr dahinter, als man auf den ersten Blick sieht. Mehr nicht.«

Die Zahnarzthelferin verschränkte die Arme wie ihre Gegenspielerin und wandte sich eine Vierteldrehung von ihr ab, bis sie Eleanor die Schulter zeigte. Aber, bemerkte Dan, der Rest der Gruppe, oder wenigstens die, die geschwiegen hatten, schienen auf Eleanors Seite zu stehen. Sie wollten es nicht laut aussprechen; vielleicht sorgten sie sich, sie könnten in der Öffentlichkeit eine gesellschaftlich inakzeptable Haltung einnehmen. (Und bei Gott, wie oft hatte Dan dieses Phänomen schon am Werk gesehen.) Trotzdem bestand ihr Bauchgefühl aus Misstrauen. Natasha Winthrop war wunderschön, aufregend und Gold im Fernsehen. Sie freuten sich, wenn sie sie sahen. Das bedeutete aber nicht, dass sie ihr vertrauten.

Dan Benson lehnte sich zurück und kippelte mit dem Stuhl auf den hinteren Beinen. Endlich bekam er etwas, womit er arbeiten konnte.

MITTWOCH

KAPITEL 18

Cape Cod, Massachusetts

Maggie brauchte nur die Augen zu schließen und fand sich in Irland wieder. Ein tiefer Atemzug durch die Nase, und es war samstagnachmittags am Strand von Sandymount, wo die kühle Luft nach dem fein zerstäubten Wasser über den Wellen roch. Der Zauber endete nicht einmal, als sie die Augen öffnete und Cape Cod vor sich sah, den großen Atlantik statt der Bucht von Dublin und die Irische See. Der einzige Unterschied zwischen damals und heute bestand darin, dass sie damals stundenlang, wie es schien, umherrennen konnte, ohne je auch nur einen Hauch von Anstrengung zu empfinden; heute hörte sie sich keuchen.

Natasha hatte keine solche Mühe, kam sie nicht umhin zu bemerken; sie hatte nun gut fünfzehn Yards Vorsprung vor ihr. Eigentlich hatte sie gedacht, dass sie gemeinsam am Strand joggten und dabei miteinander redeten. Doch Maggie konnte entweder rennen oder reden: Beides gleichzeitig ging nicht. Vielleicht fand Natasha, die mit schwankungsfreier Stimme sprechen konnte, während sie am Ufer entlangschossen, es unangenehm, wenn sie schweigend nebeneinanderher liefen. Oder es frustrierte sie, dass sie sich zurückhalten musste, damit Maggie Schritt halten konnte. Wie dem auch war, Natasha war vorgeprescht, eine schlanke, straffe Gestalt, die verriet, dass sie zu rennen verstand. Der Anblick rief in Maggie Gefühle wach, die sie eigentlich mit der Pubertät hinter sich gelassen hatte: Eifersucht, Bewunderung, Vergnügen, Unzulänglichkeit, Sehnsucht, alles zu einer schrägen und vage beunruhigenden Melange verrührt.

Hätte sie gewusst, was sie erwartete, hätte sie niemals zugestimmt. Wenn Natasha sie geradeheraus zu einem Strandlauf an Cape Cod eingeladen hätte, wäre ihre Antwort ein klares Nein gewesen. Nur hatte es sich so nicht abgespielt.

Vielmehr war Maggie noch ein paarmal in ihrem Apartment auf und ab getigert und hatte schließlich Winthrop eine WhatsApp-Nachricht geschickt:

Wir müssen reden.

Wenige Sekunden später war die Antwort eingetroffen.

Stimmt.

Maggie schlug ein Treffen in Winthrops Büro vor. Natasha lehnte ab; sie betrachte ihr Büro nicht mehr als »sicher«, was Maggie so auffasste, dass sie sich dort zwar nicht bedroht, aber auch nicht vor Datenspionage geschützt fühlte.

Maggie überlegte gerade einige Alternativen, ihre eigene Wohnung eingeschlossen, als das Handy klingelte. Sie nahm ab und hörte Natashas Stimme, untermalt von Verkehrslärm. Sie sitze am Steuer, sagte sie, und sei schon auf dem Weg nach Norden. Die Fahrt dauere neun Stunden: »Genau das Richtige, um einen klaren Kopf zu bekommen.«

Maggie drängte sie, auf der Stelle kehrtzumachen. Washington in diesem Augenblick zu verlassen sei Wahnsinn: Das sehe wie ein Schuldeingeständnis aus. Natasha müsse in der Hauptstadt präsent sein, um auf den Inhalt des Browser-Verlaufs zu reagieren und die nächsten Schritte zu planen. Sich totzustellen wirke furchtbar und bestätige, dass der Sachverhalt in der Tat so schlimm war, wie es aussah, wenn nicht übler. Es musste ja sogar so übel sein, dass Natasha Winthrop es nicht wagte, ihr Gesicht zu zeigen. Und das berücksichtige nicht einmal die

138

rechtlichen Konsequenzen, denn man müsse damit rechnen, dass das MPDC die neue Ermittlungsrichtung mit aller Schärfe verfolgen werde. Was, wenn die Polizei Natasha zu einer weiteren Vernehmung vorlud – eine höchst wahrscheinliche Entwicklung –, nur um herauszufinden, dass ihre Person von Interesse sich verdrückt hatte?

Natasha lachte darüber. »Niemand verdrückt sich. Ich verlasse schließlich nicht das Land oder fliehe nach Moskau.« Sie drängte Maggie, sich zu beruhigen, etwas zu schlafen und am nächsten Morgen mit der Frühmaschine nach Boston zu kommen. Natasha würde sie am Fähranleger von Provincetown abholen. »Ach, und bringen Sie festes Schuhwerk mit«, sagte sie, bevor sie auflegte.

Getroffen hatten sie sich, aber vorher waren sie aneinander vorbeigelaufen, und Maggie irrte eine Weile auf dem MacMillan Wharf umher. Das lag unter anderem daran, dass Natasha in einem schäbigen alten Saab gekommen war, der geradezu dazu gemacht zu sein schien, dem wachsamen Auge zu entgehen. Maggie hatte den Wagen überhaupt nicht beachtet, weil sie ihn für ein herrenlos abgestelltes Fahrzeug hielt. Sie hatte ihn nur mit einem Blick gestreift: Die Frau am Steuer sah alt aus, silbriges Haar bedeckte ihren Kopf.

Doch dann wurde ein Fenster heruntergekurbelt, eine herausgestreckte Hand winkte, und Maggie überquerte die Straße, um genauer hinzuschauen. Kaum war sie nahe genug, sagte die alte Frau nachdrücklich: »Steigen Sie ein«, und die Stimme gehörte Natasha Winthrop.

Nachdem sie losgefahren waren, nahm sie das silberne Toupet ab und warf es auf den Rücksitz. »Der große Vorteil meiner Jungenfrisur. Eine Perücke passt ganz einfach drauf. Fantastisch praktisch.«

»Sie meinen, Sie gehen nicht zum ersten Mal verkleidet auf die Straße?«

»Das mache ich seit den Anhörungen so. Es wurde lästig. Ich konnte nicht einmal mehr in Ruhe einkaufen; jeder wollte, dass ich mit ihm plauderte. Nur wenn ich das Ding da hinten aufsetze, bin ich in zehn Minuten wieder auf dem Parkplatz. Ich fürchte, darauf müssen wir uns irgendwann einstellen, Maggie: Niemand ist unsichtbarer als eine *ältere Frau*.« Sie hob die Hände wie ein Monster aus einem Horrorfilm, als wäre schon der Gedanke an eine Frau über fünfzig furchteinflößend. »In gewisser Weise freue ich mich sogar darauf. Stellen Sie sich vor, was Sie alles anstellen können, wenn niemand bemerkt, dass Sie da sind.«

Maggie stellte fest, dass sie unwillkürlich lächelte. Sie hatte Natasha den kleinen Vortrag gehalten, nicht den Anschein zu erwecken, sie ergreife die Flucht, und hier war sie und hatte sich verkleidet.

Maggie lächelte weiter, was vermutlich dümmlich wirkte, während Natasha im vierten Gang die Route 6 entlangschoss. Der Saab war so schwerfällig wie ein U-Boot. Etwas an Winthrops Feuer, ihrer aristokratischen Zuversicht, ihrer lässigen Geringschätzung der Anstandsformen schenkte Maggie neue Kraft. Sie hatte viele Männer dieser Art kennengelernt; sie fanden sich in Hülle und Fülle unter den Oxbridge-Boys bei der Presse, dem Diplomatischen Korps und den NGOs in Afrika. Mit ihrer für Oberklassensprösslinge typischen Unbekümmertheit, laxen Pflichtauffassung und vor allem Anspruchshaltung hatten sie Maggie stets abgestoßen. Bei Winthrop jedoch war es irgendwie anders.

Die offensichtliche Erklärung bestand darin, dass sie eine Frau war, die ungeachtet aller Vorteile durch ihre Geburt hart hatte kämpfen müssen, um dorthin zu gelangen, wo sie heute war. Das aber war noch nicht alles. Die tiefer gehende Erklärung ließ sich nicht so einfach festnageln. Sie lag irgendwo in dem Funkeln von Natashas Augen, der spielerischen, verschwörerischen Andeutung ihres Blicks, dass es etwas zu lachen gab und sowohl sie als auch Maggie darüber lachen konnten. Maggie wusste es vielleicht noch nicht, aber sie würde schon noch auf den Trichter kommen. Das zumindest versprach der Ausdruck in Natashas Augen.

Bald hatten sie die Hauptstraße verlassen und folgten einem gewundenen Feldweg durch Waldstücke, vorbei an Seen – oder »Teichen«, wie Natasha sie nannte. Die Häuser wurden immer größer, ebenso die Abstände zwischen ihnen.

Schließlich fuhren sie einen kleinen Bogen und kamen auf einen noch schmaleren Weg. Maggie brauchte einen Moment, bis sie erkannte, dass sie auf Privatbesitz waren, dass die Felder und Wiesen auf beiden Seiten allesamt zu einem einzigen Anwesen gehörten. Der Weg verbreiterte sich schließlich zu einer geschwungenen Kiesauffahrt, und vor ihnen stand ein breites altes Haus mit schiefergrauem Dach und sauberen, strahlend weißen Fensterrahmen. Die Ziegel waren von einem verblassten Rotbraun von derart fortgeschrittener Verwitterung, dass Maggie sofort klar wurde, dass sie hier kein Haus im Kolonial*stil* vor sich hatte, sondern eines, das aus der Kolonialzeit *stammte*.

Das Haus bildete ein großes L, und auf dem Rasen stand eine mächtige alte Amerikanische Buche. Natasha hielt, zog die Handbremse und sagte: »Da wären wir. Zu Hause.«

Maggie stieg aus dem Wagen, sagte aber nichts. Nicht so sehr die Ausdehnung des Hauses beeindruckte sie. Maggie hatte genügend McMansions gesehen – Protzkästen aus dem Katalog, darunter die Wohnbauten zahlreicher Parteispender in den wohlhabenden Vororten von Chicago oder Philadelphia –, um zu wissen, dass Größe und Geschmack oft umgekehrt proportional zueinander standen. Was ihr die Sprache verschlug, war die Solidität des Hauses, seine Verwurzelung im Land. So etwas war in den USA so selten, dass ihr kurz die Worte fehlten. Die Winthrops gehörten, wie Maggie wusste, zu den *Boston Brahmins*, der Handvoll Familien, die ihre Herkunft zu den allerersten Siedlern zurückverfolgen konnten, welche den Fuß in die Neue Welt gesetzt hatten. Menschen, die mit dem Traum von einem neuen England aus dem alten hierhergekommen waren. Vor ihr stand der Beweis dafür.

»Das erleben wir oft.« Natasha grinste breit über Maggies andächtiges Schweigen. »Pilgrim's Cove ist zauberhaft. Bitte treten Sie ein.«

Der Name hätte einen Hinweis liefern müssen, aber er bereitete sie kaum auf das vor, was als Nächstes kam. Natasha drückte die schwere, breite Haustür auf, und sie standen in einem Flur. Am Ende des Gangs öffnete sich ein Wohnzimmer, dessen Rückwand aus einer Reihe hoher Glastüren bestand, durch die man aufs funkelnde Blau des Meeres blickte. Das Haus stand direkt am Strand.

»Himmel«, sagte Maggie. Es war das erste Wort, das sie hier hervorbrachte.

»Jetzt wissen Sie also, wieso ich bereit war, die Nacht hindurchzufahren, um hierherzukommen. Maggie, ich übertreibe nicht, wenn ich sage, dass mir jede *Sekunde*, die ich nicht hier verbringe, wie eine gewissenlose Verschwendung vorkommt.«

Eine ältere Frau war zu ihnen getreten, und Natasha nahm sie augenblicklich liebevoll in die Arme. Einen Moment lang fragte sich Maggie, ob dies Großtante Peggy sei, dann fiel ihr ein, dass die Verwandte, die die junge verwaiste Natasha aufgezogen hatte, selbst schon tot war. Maggie war an den Gedanken gewöhnt, dass niemand auf der Welt eine kleinere Familie hatte als sie: eigentlich nur Liz. Aber Natasha Winthrop hatte überhaupt niemanden. Trotz ihres Erfolgs und ihres Glamours tat sie Maggie leid.

»Maggie, das ist Molly. Sie ist eine sehr, sehr liebe Freundin, die sich zufällig auch um dieses *unmögliche* Haus kümmert.

Molly, das ist meine Freundin Maggie Costello – spreche ich das richtig aus? ›Cos*tello*‹, das stimmt doch, Maggie? Es wäre so typisch Washington, wenn ich Ihren Namen die ganze Zeit falsch ausgesprochen hätte.«

»Nicht im Geringsten. In Irland sagen wir eher ›*Cos*tello‹, wissen Sie, mit der Betonung auf der ersten Silbe, aber wirklich niemand hierzulande hat je …«

»Also *Cos*tello. *Cos*tello. *Cos*tello.«

»Das ist nicht nötig. Ich bin nicht heikel …«

»Aber ich bestehe darauf. Also, Molly. Das ist Maggie *Cos*tello.«

Sie schüttelten einander die Hand, lächelten beide über die peinliche Lage und in dem Bewusstsein, dass sie Monde waren und Natasha die Sonne.

»So. Wollen wir schwimmen, Maggie? Im Meer? Uns von der furchtbaren Fahrt abkühlen? Um diese Jahreszeit ist es eisig, ich weiß, aber es wirkt so erfrischend. Oder sollen wir Ihnen …«, und hier blinzelte sie Molly verschwörerisch zu, verlieh ihrer Stimme eine Note von Durchtriebenheit, die beinahe lasziv klang, »… Laufzeug leihen?«

Und so hatte Maggie nachgegeben, sich von Natasha ein Paar alte Laufschuhe geben lassen – die weit teurer waren als alles, was Maggie besaß – und folgte ihr auf dem Weg durch die Bäume zum Strand. Ehe sie sichs versah, war sie hier draußen, das Rauschen der Brandung in den Ohren, die Luft feucht von der Gischt. Das Licht der Herbstsonne war wie durch ein Prisma in Farben gebrochen und verspottete die klammen Büros, schrillenden Telefone und den ständigen Lärm, den sie in Washington, D. C. zurückgelassen hatten.

Nach vielleicht vierzig Minuten kehrten sie zu Maggies Erleichterung im Schritttempo zum Haus zurück. Unterwegs machte Natasha sie auf die Bucht aufmerksam, wo Schmuggler während der Prohibition Alkohol nach Cape Cod gebracht und mitten in der Nacht fässerweise Scotch an Land geschafft hatten. »Ich glaube, dieser Whisky muss unglaublich gut geschmeckt haben«, sagte sie. »Der Reiz des Verbotenen und so weiter.«

Als Nächstes führte sie Maggie hinter die Sanddünen und auf einen Weg durch den Wald, wo sie immer wieder stehen blieb, um ihr Bäume zu zeigen, die sie aus ihrer Kindheit kannte. Sie hielten an einem hohlen Stumpf an, wo Natasha sich einmal zusammengerollt und stundenlang versteckt hatte, mit einer Ausgabe von *Wer die Nachtigall stört* als einziger Gesellschaft. »Ich glaube, damals in diesem Baum habe ich mich entschieden, Anwältin zu werden.«

Zum Schluss kamen sie wieder auf dem gleichen Weg zum Anwesen, und ein Gärtner empfing sie mit zwei schlanken, kühlen Gläsern auf einem Tablett.

»Das ist der Teil, der einen für alles entschädigt«, sagte Natasha und reichte Maggie ein Glas. Erst als sie es an die Lippen setzte, begriff sie, dass es nicht ein Glas voll Sprudelwasser, Eis und Zitrone war, sondern ein gewaltiger Gin Tonic. Sie stießen an, und Natasha sagte: »Darauf, dass wir es richtig machen.«

Unverzüglich ging die Führung weiter: Natasha zeigte Maggie den Gemüsegarten, den Krocketrasen und die Grastennisplätze.

Das Anwesen war unfassbar schön.

»Das also war Ihre Kindheit«, sagte Maggie.

»Nicht meine *ganze* Kindheit. Die meiste Zeit habe ich natürlich in Deutschland verbracht. Auf dem Stützpunkt. Selbst nachdem ich wieder in den Staaten lebte, kam ich nur über die Sommerferien hierher. Den Rest des Jahres war ich im Internat. Aber sicher, es war eine zauberhafte Zeit. Außerordentlich privilegiert.«

»Wenn Sie als Präsidentin kandidieren, müssen Sie das den Menschen irgendwie erklären.«

»Maggie, ich sagte doch schon: Das ist *so* ein Blödsinn.« Sie hielt inne. »Wenn ich mich je erklären müsste, würde ich einfach die Wahrheit sagen. Ich wurde in ein großes Privileg hineingeboren, aber ich würde alles und auch noch das kleinste bisschen davon abgeben, wenn ich bekommen könnte, was die meisten Menschen für selbstverständlich halten.«

Maggie wusste, was Natasha meinte, aber sie wollte es hören. Sie wartete, den Blick auf Natasha gerichtet, die endlich sprach.

»Niemand ist mehr übrig. Alle anderen sind fort. Es gibt nur noch mich und das Meer.«

»Ich will Ihnen etwas sagen, das mich überrascht hat.«

»Ja?«

»Ein kleines Detail, das ich nie erwartet hätte.«

»Nur zu.«

»Geduld. Erst: nachfüllen.«

Sie waren in dem Raum, den Natasha die »kleine Küche« genannt hatte, obwohl die Bezeichnung auf lächerliche Weise unzutreffend war. Der Raum war weitläufig genug, dass ein dicker, knorriger Farmhaustisch darin Platz fand, begleitet von einem Kamin, der so breit war, dass man darin stehen konnte, und einem schweren, ölbeheizten eisernen Herd. Maggie nahm an, dass der Raum früher als Dienstbotenküche gedient hatte, auch wenn sie es nicht wagte, danach zu fragen. Für einen Tag hatte sie die sprachlose Touristin schon genug gespielt.

Nach dem Strandlauf und den Drinks im Garten hatte Maggie sich geräuspert, um das Gespräch einzuleiten, das sie führen mussten. Sie wollte mit dem Browser-Verlauf beginnen, auf den Poststempel aus Langley zu sprechen kommen – oder den Umstand zurückhalten, je nachdem – und ihre Forderungen nennen. Auf dem Flug hatte sie die Ansprache im Kopf eingeübt: *Natasha, ich kann nicht einmal annähernd effektiv für Sie arbeiten, solange ich nicht alle Fakten kenne. Wenn Sie wollen, dass ich Ihnen helfe, müssen Sie offen zu mir sein.*

Aber Natasha hatte sie zum Schweigen gebracht, darauf bestanden, dass sie beide duschten und erst beim Abendessen redeten. Sie hatte Maggie von Molly ein Zimmer zeigen lassen – Handtücher auf dem Bett, ein atemberaubender Blick aufs Meer – und war in die »Bibliothek« verschwunden, die Maggie für ein Büro hielt. Das bereitete ihr Sorgen: Sie sollten wirklich miteinander reden, bevor Natasha irgendwelche Anrufe tätigte.

Beim Dinner hatte sie es wieder versucht. Natasha hatte abwehrend die Hand gehoben und gescherzt, dass sie ihre eigene »Sorgfaltspflicht« walten lassen müsse: Sie wollte alles über Maggie erfahren. Wieso und warum sie Dublin verlassen hatte; über ihren ersten Job bei einer NGO und was dazu führte, dass Maggie trotz ihres geringen Alters zwischen bewaffneten Fraktionen im Kongokrieg vermittelt hatte; die Abordnung zur UN, gefolgt von Ad-hoc-Arbeiten für das US-Außenministerium, auch im Nahen Osten, und schließlich ihr Umzug nach Washington. Besonders fasziniert war sie von Maggies kurzem Zwischenspiel als Eheberaterin, wo sie ihre Vermittlerfertigkeiten bei verfeindeten Partnern anwendete statt bei bewaffneten Fraktionen.

»Sie wären überrascht, wie ähnlich die Arbeit ist«, hatte Maggie gesagt. »Zuerst muss man herausfinden, wo beider Grenzen verlaufen, und dann muss man sich von dort aus zurückarbeiten.«

Danach wollte Natasha wissen, wie man sich als Ausländerin in den USA fühlte, wie es war, die Staatsbürgerschaft zu erlangen, ob Maggie sich mehr als Irin oder Amerikanerin oder beides oder keines von beidem fühlte. Sie wollte jedes Detail über das Leben im Wahlkampfteam des letzten erfolgreichen Präsidentschaftskandidaten ihrer gemeinsamen Partei erfahren; mit leuchtenden Augen saugte sie die Geschichten von Maggies Zeit im engsten Führungskreis des Weißen Hauses auf. Das Kinn auf die rechte Faust gestützt, das Gesicht von Sympathie erfüllt, lauschte sie, als Maggie von der harten Zeit als Überbleibsel berichtete, in der sie während der ersten Tage der gegenwärtigen Regierung für den Nachfolger gearbeitet hatte.

Maggie schilderte die Verrücktheiten, die sich zugetragen hatten, und ihre Rolle dabei – »Egal wie schlimm Sie es sich vorstellen, es war viel schlimmer« – und bei allem, was seitdem geschehen war. Immer wieder versuchte Maggie, Natasha auf das Thema zu bringen, das ihr auf den Nägeln brannte. »Genug von mir«, sagte sie dann. »So gern ich über mich selbst rede, wir müssen wirklich …«

Doch Natasha ließ sich nicht ablenken. »Wenn wir eng zusammenarbeiten wollen, muss ich Sie genau kennen«, sagte sie. »Wenn ich mein Leben in Ihre Hände legen soll, dann muss ich mir diese Hände vorher gut ansehen.«

Also hatte Maggie ihre Fragen beantwortet, und wenn sie ehrlich war, hatte sie es genossen. Wie oft hatte sie schon das Gegenteil getan und zugehört, wenn ein Mann einen Monolog über sein Leben und seine Taten abspulte? Uri bildete eine Ausnahme: Er war ebenso Zuhörer wie Erzähler. Das gehörte zu den Dingen, die sie an ihm liebte. Aber meistens, besonders in Washington, war Maggie diejenige, die die Fragen stellte, ermutigend nickte, verständnisvoll und anerkennend murmelte: die perfekte Zuhörerin. Nun war es Natasha, die im Theaterparkett saß, während Maggie auf der Bühne stand. Wenn Maggie bei einer Frage Natasha um ihre Meinung bat, antwortete sie – oft leidenschaftlich, manchmal bewegend –, aber sie hörte auch zu. Maggie hatte schon viele Politiker aus der Nähe beobachtet. Trotzdem fiel ihr niemand ein, der so gut zuhören konnte wie diese Frau.

Nachdem Molly die Teller abgeräumt hatte, machten sie es sich in zwei Sesseln bequem, und Maggie ließ sich nicht mehr erweichen.

»Wir müssen darüber sprechen.« Sie hielt ihr Handy hoch. »Sie haben beinahe vierundzwanzig Stunden lang nicht auf diese Story reagiert. Das ist eine Katastrophe, sowohl im Hinblick auf die Politik als auch auf das Gesetz. Ihnen brauche ich über polizeiliche Ermittlungen nichts zu erzählen: Der Browser-Verlauf ist ganz offensichtlich die heißeste Spur. Ich kann nicht sagen, was Sie hätten unternehmen können. Vielleicht gab es ja wirklich nichts. Aber so hatte die Polizei das Spielfeld einen ganzen Tag lang für sich. Und was die Politik angeht: beschissen entsetzlich.«

»Wirklich?«

»Sie haben gesehen, was die Leute sagen.«

»Das habe ich gar nicht. Wenn ich hierherkomme, rufe ich Twitter nicht ab. Digital Detox.«

»Klar.« Maggie riss sich zusammen. »Ich meine, das ist bewundernswert. Aber … Himmel! Sie sind mitten in einem Hurrikan der Kategorie fünf und sehen nicht einmal hin?«

»Im Auge des Sturms herrscht die größte Ruhe. Und nein, ich sehe nicht hin.«

»Gut. Bleiben Sie dabei.«

»Mache ich.«

»Aber lassen Sie sich gesagt sein …«

»Ich höre.«

»Es wird hässlich.«

»Okay.«

»Und wir hängen vierundzwanzig Stunden hinterher. Und obwohl Sie immer wieder sagen, dass Sie absolut definitiv nicht antreten: Wenn Sie es sich doch noch anders überlegen, müssen Sie Ihre Kandidatur innerhalb der nächsten sechs Tage bekannt geben. Das sind …« – sie hörte Stuarts Stimme, sardonisch,

148

wie sie in diesen Situationen zu klingen pflegte – »… suboptimale Bedingungen.«

»Das weiß ich, Maggie. Und es tut mir leid. Aber ich brauche Zeit zum Nachdenken.«

»Okay. Sie hatten Zeit, und jetzt müssen Sie reden. Mit mir. Sie müssen mir …«

»Das weiß ich. Auch das habe ich entschieden.«

»… alles sagen. Andernfalls kann es nicht funktionieren.«

»Ich bin zu dem gleichen Schluss gelangt, als wir draußen gelaufen sind.«

»Welchem Schluss?«

»Ich musste einfach in meinem eigenen Tempo dazu kommen. Es Ihnen zu sagen.«

Maggie verstummte. Goldsteins erste Regel der Konversation und besonders des Verhörs: *Schweigen ist Gold.* Natasha erhob sich von ihrem Platz, das Whiskyglas noch in der Hand.

»Als Erstes: Die Story stimmt.«

Maggie sagte nichts.

»Der Browser-Verlauf. Er stellt meine Internetnutzung und die Dinge, die ich gesucht habe, akkurat dar.«

Maggie atmete scharf aus. Nicht vor Erleichterung, aber wie eine Gewichtheberin, die sich für eine schwere Last wappnet.

»Ich habe mir diese Datingportale angesehen. BDSMdate, Perversions, Kink und wie sie alle heißen. Ich habe sie alle durchgesehen. Sehr gründlich.«

»Okay.« Maggie lauschte auf den Tonfall ihrer Stimme, erkannte die bemühte Geduld darin. Sie klang, als würde sie auf jemanden einreden, der eine Pistole in der Hand hielt, und ihn drängen, die Schusswaffe wegzulegen.

»Ich mache das schon eine Weile. Wer immer diese Daten hat, hat noch mehr. Die Polizei wird das begreifen.«

»Verstehe.« *Tun wir das ganz hübsch langsam.*

»Wir könnten sagen, dass ich darauf stehe. Dass mich harter

149

Sex anmacht. Dass ich Männer kennenlernen wollte, die eine Vergewaltigungsfantasie mit mir ausspielen, in mein Haus eindringen und so tun, als würden sie mich vergewaltigen. Das könnten wir sagen.« Ein Herzschlag verstrich. »Wenn Sie glauben, dass wir davon einen Vorteil hätten.«

»Ganz ehrlich kann ich mir nicht vorstellen, dass das sehr vorteilhaft wäre, Natasha.«

»Kommt darauf an, was die andere Erklärung ist, oder?«

Das ließ Maggie innehalten. Sie zögerte einen Augenblick, dann noch einen und erneut. »Vergessen wir einmal, was vorteilhaft wäre und was nicht. Dazu kommen wir schon noch. Im Moment interessiert nur eine einzige Frage: Was ist die Wahrheit?«

Natasha leerte ihr Glas, richtete sich zu voller Höhe auf und schüttelte leicht den Kopf, als hätte sie sich soeben kaltes Wasser ins Gesicht gespritzt, und sagte: »Ich habe diese Site benutzt, um Jeffrey Todd zu mir ins Haus zu locken.«

KAPITEL 19

Cape Cod, Massachusetts

»Wie bitte?«

»Das ist der Grund, weshalb ich auf diese Seiten gegangen bin. Ich habe nach ihm gesucht. Um ihn vorsätzlich in eine Falle zu locken. Ich wollte, dass er zu mir ins Haus kommt und versucht, mich zu vergewaltigen. Dann hätte ich Beweise besessen, mit denen ich seine Verurteilung erwirkt hätte, ein für alle Mal.«

»Was ich nicht verste–«

»Was verstehen Sie nicht?«

»Alles. Egal was.« Maggie merkte, dass sich ihre Irritation in ihrer Stimme widerspiegelte. Einen Sekundenbruchteil lang überlegte sie, wie sie so etwas jemand anderem erklären sollte, oder gar – der Himmel verhüte – der Öffentlichkeit. »Sie wollten, dass dieser Mann kommt und Sie vergewaltigt, damit Sie ihn auf frischer Tat bei einer Vergewaltigung ertappen können? Woher wussten Sie, dass … Ich meine, wie kamen Sie darauf, dass er …«

»Okay, ich will es Ihnen erklären.« Natasha ging an den Kamin, wo zwei Scheite eine weiche, wohlige Wärme abgaben, gerade genug, um dem Herbstabend in einem alten Haus die Kühle zu nehmen. Sie ergriff ein Schüreisen und stocherte unnötigerweise im Holz. Maggie musterte sie und versuchte das, was sie gerade erfahren hatte, mit der Rechtsberaterin in Einklang zu bringen, die erst zwei Wochen zuvor den Kabel-TV-Kommentatoren Entzückensrufe abgerungen und eine Salve fieberhafter Spekulationen über eine Präsidentschaftskandidatur ausgelöst hatte. Beides schien kaum zusammenzupassen.

Natasha füllte ihr Glas nach, tat bei Maggie das Gleiche und nahm wieder auf ihrem Sessel Platz. »Wie Sie wissen, habe ich in Manhattan für die Staatsanwaltschaft gearbeitet, bevor ich nach Washington kam. Dort lief alles auf: Mord, Körperverletzung, Raub. Sexualisierte Gewalt war nicht mein Gebiet, aber ich interessierte mich dafür. Ich hatte eine sehr streitbare Kollegin, die auf Vergewaltigungsfälle spezialisiert war. Bei den Teamkonferenzen sprach sie oft darüber, wie außerordentlich schwierig es ist, in solchen Fällen ein Ergebnis zu erzielen: Wie Sie bestimmt wissen, sind die Statistiken unfassbar grauenhaft. Raten Sie einmal, wie viel Prozent der angezeigten Vergewaltigungsfälle in unserem Land zu einer Festnahme führen.«

Maggie wartete auf die Antwort und begriff erst, als Natasha die Brauen hochzog, dass sie es war, die schätzen sollte.

»Das weiß ich nicht.« Sie überlegte sich eine Zahl, und weil sie wusste, dass die Statistik miserabel war, halbierte sie sie. »Dreißig Prozent? Zwanzig?«

»Irgendwo zwischen fünf und sechs Prozent.«

»Das gibt's doch nicht.«

»Doch. Und in wie vielen Vergewaltigungsfällen wird der Täter verurteilt?«

»Das weiß ich auch nicht.«

»Weniger als ein Prozent. Null Komma sieben Prozent, um genau zu sein. Und selbst die Verurteilten kommen nicht alle hinter Gitter. Nur einer von einhundertdreiundvierzig Fällen. Was bedeutet, dass einhundertzweiundvierzig Vergewaltigungen begangen werden, ohne dass jemand dafür eine Strafe erhält.«

»Himmel!«

»Das ist schon was, nicht wahr? Der Aktenschrank meiner Kollegin war voller herzzerreißender Geschichten, Maggie. Sie machen sich keine Vorstellung. Menschen, die fortgesetzte, brutale sexualisierte Gewalt erfahren hatten. Durch die Hände von Ehemännern, Vätern, Stiefvätern, festen Freunden, Onkeln, Kollegen, Chefs, ersten Dates, *fünften* Dates, Klienten, Kunden, Fremden, Freunden, *Pfarrern* – was immer Ihnen einfällt.

Und natürlich führten die meisten dieser Fälle ins Nichts. Denn das ist es, was immer geschieht. Bei den seltenen Gelegenheiten, zu denen ein Mann verhaftet *wird* – erinnern Sie sich, fünf oder sechs von hundert –, werden die meisten nie dem Staatsanwalt vorgeführt, geschweige denn, dass sie vor Gericht gestellt werden. Die Polizei sagt, die Beweislage reicht nicht aus. Und wenn es wie durch ein Wunder doch zum Prozess kommt, stehen die Chancen gut, dass er mit einem Freispruch endet. Das bedeutet, dass die überwältigende Mehrheit – über neunundneunzig von hundert Vergewaltigern – straffrei davonkommt.

Dafür gibt es natürlich zahllose Gründe. Meine Kollegin ist auf sie alle eingegangen, hieb- und stichfest: die Mythen, die es über Vergewaltigungen gibt, die Dinge, an die die Leute so glauben – Polizei, Geschworene und, bei allem, was heilig ist, *Staatsanwälte*. Sie wissen schon: ›Sehen Sie sich doch an, wie diese Frau sich kleidet, sie hat es herausgefordert‹ oder ›Sie hatte getrunken, sie hat es herausgefordert‹ oder ›Sie hat sich Pornos angesehen, sie hat es herausgefordert‹ oder ›Vergewaltigung ist es nur, wenn sie grün und blau geschlagen wurde‹ oder ›Es ist nur dann Vergewaltigung, wenn ein Fremder es tut‹. Sie wären erstaunt, wie hartnäckig dieser ganze Unsinn sich hält.

Aber das größte Problem ist das offensichtlichste: Es gibt nie irgendwelche Zeugen. Bis auf das Opfer natürlich. Und damit steht Aussage gegen Aussage.«

»Und Sie haben sich entschlossen, das zu ändern. Einen Vergewaltiger anzustiften, sein Glück bei einer Anwältin zu versuchen, die darauf vorbereitet ist.«

»Richtig. Ich meine, nicht ganz. Wir greifen vor. Können wir noch mal zurück?«

»Okay. Zur Staatsanwaltschaft.« Maggie trank ihr Whiskyglas leer.

»Je länger ich dort war, desto mehr faszinierte mich die Fallsammlung meiner Kollegin. Besessen wäre ein zu starkes Wort, aber ich war sehr neugierig. Wie erwähnt war es nicht mein juristisches Fachgebiet – mittlerweile entwickelte ich gerade ein Interesse an Staatsverwaltung, Guantanamo und so weiter, ein bisschen Menschenrechte –, doch ich wollte es im Auge behalten. Und Caroline war immer froh, wenn jemand vorbeikam, bei dem sie am Ende eines langen Arbeitstages Dampf ablassen konnte. Die Füße auf dem Tisch, ein Glas Wodka für sie, Whisky für mich.« Natasha blickte sie mit einem Lächeln an, das Maggie unmöglich unerwidert lassen konnte. »Wie dem auch sei, ein Name tauchte in der Akte immer wieder auf. Er war in einem Zuständigkeitsbereich verhaftet und aus Mangel an Beweisen wieder freigelassen worden; ein paar Monate später fiel sein Name anderswo erneut.

Dass Caroline von dem zweiten Fall erfuhr, war reines Glück, denn er hatte sich in New Jersey ereignet. Oder auch kein Glück, um genau zu sein: Es lag an einem sorgfältigen Cop. Beide Fälle kamen vor Gericht, was angesichts der Wahrscheinlichkeiten, von denen wir sprachen, schon etwas heißen soll: Es bedeutet, dass er entweder der größte Pechvogel war, der *je* auf Erden wandelte, oder ein ziemlich produktiver Vergewaltiger. Statistisch hätte er einhundertneunzig Vergewaltigungen begehen müssen, um überhaupt *zweimal* verhaftet zu werden, geschweige denn vor dem Richter zu landen.

Es versteht sich wohl von selbst, dass er in beiden Fällen freigesprochen wurde. Einmal saß er zwar hinter Gittern, aber nicht für eine Vergewaltigung, obwohl man ihn ursprünglich dafür festgenommen hatte. Er wurde wegen Körperverletzung verurteilt; ich nehme an, die Staatsanwaltschaft hat genommen, was sie kriegen konnte. Sein Glück, denn dadurch landete er nicht im Register der Sexualstraftäter.«

»Aber in Carolines Aktenschrank.«

Natasha lächelte. »Kann man so sagen. Ihre Akten waren vermutlich die umfassendsten, die es gab.« Sie schien an etwas anderes zu denken, doch sie behielt es für sich. Trank noch einen Schluck Whisky. »Der springende Punkt, Maggie, ist jedoch, dass dieser Mann sich der Gerechtigkeit *jahrelang* entziehen konnte. Es stand fest, dass er eine immer wiederkehrende Gefahr für Frauen bedeutete und in ungezügelter Freiheit agierte.«

»Aber dass Sie für die Staatsanwaltschaft gearbeitet haben, liegt Jahre zurück, richtig?«

»Ja, etliche Jahre. Ich bin aber mit Caroline in Verbindung geblieben. Auf einen Wodka hin und wieder.« Erneut dieses Lächeln. »Ich wusste, dass er noch auf freiem Fuß war.«

Maggie nickte und bat Natasha, zum Thema zurückzukehren.

»Vielleicht war es nach einem dieser Gespräche, aber auf jeden Fall erinnere ich mich, wie ich dachte, dass wir absolut wasserdichte Beweise in der Hand haben müssten. Um solche Männer dingfest machen zu können. Selbst dann wäre der Erfolg nicht garantiert. Trotzdem wäre es noch immer der übelste Albtraum eines Vergewaltigers, eine Frau wie mich zu überfallen. Denn eine Anwältin wüsste genau, wie man unwiderlegbares Beweismaterial sammelt.«

»Zum Beispiel?«

»Nun, offensichtlich DNA-Spuren und dergleichen. Aber ich hatte vor allem Audio und Video im Sinn.«

»Video?«

Natasha nickte, die Lippen fest zusammengepresst.

Maggie zögerte, verunsichert, was ihr da gesagt wurde. Leise fragte sie: »Und gibt es … ein Video?«

»Wir greifen wieder vor. Der Schlüsselmoment war vor ein paar Monaten, als mir der Gedanke mit der Falle kam. Ich brachte in Erfahrung, was sich über Todd herausfinden ließ, einschließlich der Polizeiberichte von Fällen, in denen man ihn zwar verdächtigte, ihm aber keine Beteiligung beweisen konnte. Sie müssen begreifen, Maggie, dass die Polizei dank DNA-Spuren in wenigstens drei Bundesstaaten in letzter Zeit nach ihm gefahndet hatte. Er war der Hauptverdächtige bei wenigstens vier Vergewaltigungen und einem Mord. Er stand sogar auf der Fahndungsliste des FBI. Aber er war untergetaucht.«

»Also mussten Sie ihn aufscheuchen.«

»Die Akten machten deutlich, dass er einen Modus operandi hatte. Dass er Datingportale benutzte. Dort fand er seine Opfer und erfuhr, wie er zu ihnen gelangte.«

»Waren es immer BDSM-Seiten?«

»Er hat eine ganze Bandbreite genutzt. ›Plötzlich Single‹ für Geschiedene und Witwen. ›Das Herz ist heilig‹ für christliche Fundamentalisten. Er war auf so vielen Seiten. Aber natürlich auch auf den BDSM-Seiten. Es dort zu versuchen, lag ja nahe.«

»Wieso?«

»Weil es sich um die Suche nach einer Nadel im Heuhaufen handelte. Ich musste speziell auf ihn zielen. Und wenn ich etwas über ihn wusste, dann, dass er Vergewaltiger ist.«

»Die Sites sind alle anonym, richtig?«

»Natürlich.«

»Woher wussten Sie dann, dass er es ist?«

»Oh, das war nicht schwer. Der Landesteil, das ungefähre Alter. Und er hat seine Initialen in seinem Benutzernamen verwendet.«

»Sie scherzen?«

»Nein, keineswegs. Einige dieser Männer sind extrem raffiniert und furchtbar manipulativ. Andere sind nicht besonders helle.«

»Nachdem Sie einmal sicher waren, dass Sie ihn gefunden hatten, brauchten Sie nur eine falsche Identität für sich aufzubauen, und dann was? Haben Sie ihn zu sich nach Hause eingeladen, und dann … hat er sich an Ihnen vergangen?«

»Bitte, Maggie. Das ist auch so schon schwierig genug.«

»Tut mir leid.«

»Wir haben verschlüsselte Nachrichten ausgetauscht. Ich habe ihm Zeit und Ort genannt. Ich hatte alles geplant. Ich wollte versteckte Kameras anbringen, Audiorekorder und – natürlich – Leibwächter in Bereitschaft haben. Er wäre gefasst worden, und wir hätten unanfechtbares Beweismaterial gegen ihn besessen.«

»Aber wenn Sie ihn in die Falle gelockt hätten, hätte es nicht gezählt, richtig? Juristisch, meine ich.«

»Das hatte ich bedacht. Ich hatte nur einer *vorgetäuschten* Vergewaltigung zugestimmt. In dem Augenblick, in dem ich das Zeichen gab, dass er aufhören solle, hätte er aufhören müssen. Wenn er nicht aufhörte, wäre es keine Vortäuschung mehr gewesen. In diesem Moment wäre es zu einem Verbrechen geworden.«

»Und Sie hätten ihren Beweis gehabt. Audio, Video, eventuell Augenzeugen.«

»Genau.«

»Nun, ich weiß, dass das jetzt ein bisschen offensichtlich klingen wird, aber … wo sind sie? Wo sind die Beweise?«

Natasha ließ die Schultern sinken und seufzte lang gezogen. Zum ersten Mal, seit Maggie ihr außergewöhnliches Haus betreten hatte, sah Natasha Winthrop verletzlich und merkwürdig einsam aus. Nach langem Schweigen sagte sie: »Mein furchtbar cleverer Plan ist fehlgeschlagen, Maggie. Er ging ganz entsetzlich daneben.«

KAPITEL 20

Stockholm, eine Woche zuvor

Durfte sie noch eine WhatsApp-Nachricht riskieren, oder nervte sie dann schon? Sie würde sie erst mal tippen und dann schauen, wie es aussah, bevor sie sie abschickte.

Zwei Nachrichten hatte die Frau innerhalb der vergangenen halben Stunde bereits gesendet, und die Antwort auf die zweite war deutlich langsamer erfolgt als auf die erste. Vermutlich ein Zeichen – einer der kleinen Fingerzeige, die sie bei der Arbeit so mühelos auffasste. Aber in diesem Bereich war es so viel schwieriger, die Distanz zu wahren und cool und überlegen zu klingen. Sie wusste, dass es bedürftig wirkte und fast mit Sicherheit kontraproduktiv war, dass das Risiko hoch war, damit jene mürrische Reaktion auszulösen, vor der ihr graute: Entzug von Zuneigung. Dennoch musste sie es wissen. Sie tippte die Worte und besah sie auf dem Display ihres Handys.

Hallo! Ich wollte nur nachfragen, bevor ich ins Meeting gehe: Hat es geklappt? Sieht er müde aus? Du bist ein Star, vielen, vielen Dank! Gib mir Bescheid!!

Sogar sie selbst fand, dass das doppelte Ausrufungszeichen nach Verzweiflung stank. Und dennoch, wie sonst sollte sie den Ton fröhlich halten? Mit einem Emoji? Vielleicht mit einem Emoji. Die letzte Babysitterin hatte sie die ganze Zeit benutzt, aber kaum antwortete die Frau mit welchen, war die Reaktion eine Grimasse gewesen, als hätte die Frau einen schrecklichen Gestank angerichtet. Vielleicht würde die neue Babysitterin

158

es genauso sehen. So zu tun, als wäre man mit diesen jungen Mädchen auf einer Wellenlänge, hatte überhaupt keinen Sinn. Sie waren jünger und hübscher als man selbst, und – der entscheidende Punkt – sie waren es, die die ganze Macht ausübten. In diesem Moment hatte die Babysitterin den kleinen Sohn der Frau in ihrer Gewalt – vermutlich badete sie ihn gerade –, und deshalb tat die Frau besser alles, um sie bei Laune zu halten. Wenn das erforderte, keine Emojis, aber verzweifelte doppelte Ausrufungszeichen zu benutzen, dann war es eben so.

Sie schickte die WhatsApp-Nachricht ab, hoffte, dass das Kindermädchen Gnade zeigte und, statt zu warten, eine kurze, beruhigende Antwort zurücksandte. Idealerweise würde sie lauten: *Lucas hat gut zu Abend gegessen und ist jetzt brav, sauber und müde. Hin und wieder schaut er ein Foto seiner Mami an und lächelt. Nicht dass er sich nach dir verzehrt, aber er hat dich lieb.*

Ja, das wäre perfekt. Warum konnte Maja ihr so etwas nicht schreiben? Ihr eine Nachricht schicken, in der stand, dass ihr kleiner Junge auch ohne sie glücklich sei, aber natürlich nicht so glücklich, als wenn sie bei ihm wäre. Warum schreibst du das nicht, Maja? Und warum schickst du mir es nicht *jetzt sofort?*

Die Frau sah auf die Uhr. Kurz nach neunzehn Uhr. Das Büro war leer, aus dem Dunkeln zwinkerte die Stadt durch die Fenster herein. Normalerweise wären wenigstens ein paar aufstrebende Partner hier und schufteten, aber morgen stand ein externer Termin an, und heute Abend hatten sie ein gemeinsames Geschäftsessen in einem Wellnesscenter. Die Frau hatte entschieden hierzubleiben, damit sie bald wieder bei Lucas wäre, aber es passte ihr auch aus anderen Gründen. Sie musste Granqvist sprechen, und weil er auf vollständiger Diskretion bestanden hatte, war die leere Kanzlei der ideale Treffpunkt.

Was das Senden verzweifelter WhatsApp-Nachrichten anging, hatte August Granqvist erheblich weniger Zurückhaltung an den Tag gelegt als die Frau bei ihrer Babysitterin. Seit wenigstens vierundzwanzig Stunden bombardierte er sie mit Andeutungen, dass sein Sitz im Kabinett auf dem Spiel stehe. Seine finanziellen Arrangements, die abgeschlossen und in einen Blind Trust überführt gewesen sein sollten, als er das Ministeramt übernahm, bereiteten ihm Sorgen. Er ließ durchblicken, dass die Zeitungen etwas erfahren hatten und bald Ärger machen würden. Die Frau vermutete, dass er rasch Nachbesserungen vornehmen wollte, zugleich aber gewahr war, dass jeder Eingriff, den er jetzt tätigte, verdächtig wirken musste. Immer wieder manövrierten sich Politiker in solch einen Schlamassel: Untätig zu bleiben brachte die Gefahr mit sich, entdeckt zu werden, zu handeln aber beschwor den Vorwurf der Vertuschung herauf. Heute würde sie gebeten werden, einen goldenen Mittelweg zwischen Hammer und Amboss zu finden.

Ein Piepen. Die Frau riss das Handy an sich. Nicht die Babysitterin. Granqvist.

Ich gehe auf den Hintereingang zu. Kannst du mich dort abholen?

Kein Problem. Die Frau sah ein, dass es nicht sonderlich gut ausgesehen hätte, wenn ein Minister dabei beobachtet wurde, wie er auf und ab tigerte und auf seine Anwältin wartete. Die er noch dazu nach Büroschluss konsultierte. Sie sah wieder aufs Handy und nahm es mit, als sie losging, um ihn hereinzulassen.

Fünf Minuten später waren sie im Büro des geschäftsführenden Partners – er hatte der Frau erlaubt, darin mit ihrem Mandanten das weitere Vorgehen zu besprechen. Sie legte den Plan ruhig dar und verzichtete dabei auf den Laptop, den sie für derartige Präsentationen bevorzugte. (Granqvist hätte es beunruhigt, denken zu müssen, dass irgendwelche Dateien existierten.) Stattdessen benutzte sie einen gelben Notizblock und einen Kugelschreiber. Ganz alte Schule.

Der Plan schloss rückwirkenden Kapitalabzug ein, der nicht vor Ende des fiskalischen Jahres bekannt gegeben werden musste. Das Schöne daran war, dass es nicht einmal seine Unterschrift erforderte. Die Frau konnte es für ihn tun. Das bedeutete, er konnte den Reportern in die Augen sehen und sagen: *Ich habe nichts mit den Investitionsentscheidungen zu tun, die von meinen Rechtsberatern in meinem Namen getroffen und ausgeführt werden.* Das Rückwirkungselement wiederum bedeutete, dass sie plausibel machen konnten, Granqvist (oder seine Berater) hätte diese zwielichtigen Investitionen längst beendet. Und zwar aus soliden finanziellen Erwägungen, anstatt sie heute abzustoßen, weil plötzlich etwas darüber ans Licht gekommen war.

Nachdem sie das erklärt und auch die letzte seiner Fragen beantwortet hatte, lehnte er sich zurück und stieß ein lautes Brüllen aus, während seine Faust in die Luft schoss wie die eines Fußballtrainers, dessen Mannschaft noch in der Nachspielzeit den Spieß umdrehte: »Ja-woll!«

Er zog das Jackett aus, riss am Schlips, um ihn zu lockern, und griff in seine Aktentasche, aus der er wie der Zauberer auf einem Kreuzfahrtschiff eine Flasche Bollinger nahm. »Das müssen wir feiern«, sagte er, eilte zum Wasserspender und holte zwei Plastikbecher.

»Ich muss wirklich zu meinem Sohn zurück«, sagte die Frau und sammelte ihre Papiere ein.

»Ich bestehe darauf! Du ahnst ja nicht, wie erleichtert ich bin. Und das verdanke ich allein dir. Nur ein Gläschen.«

Die Frau sah auf die Uhr. Wenn sie jetzt ging, kam sie vielleicht noch rechtzeitig für Lucas' letzte Gutenachtgeschichte nach Hause. Und dennoch rief dieses Büro – das Büro ihres Bosses – ihr ins Gedächtnis, dass August Granqvist einer der einflussreichsten Mandanten der Kanzlei war. Dass er dem geschäftsführenden Partner berichtete, er habe sich von ihr nicht gut betreut gefühlt, war das Letzte, was sie brauchen konnte. »Ein Glas«, sagte sie.

»Nimm Platz.« Er wies auf die Couch. Die Wandlung vom besorgten, hilfsbedürftigen Mandanten zum dominanten Mann hatte keine Minute gedauert. Nun spielte er den großzügigen Gastgeber und erfüllte den ganzen Büroraum mit seiner Präsenz. Wie sie gefürchtet hatte, setzte er sich neben sie statt ihr gegenüber.

»Wie kommt es, dass du das Fort hältst, hm? Sag mir nicht, dass du nicht nur die hübscheste Anwältin der Kanzlei bist, sondern den ganzen Laden schmeißt? Ich würde es dir zutrauen. Ich werde Anders sagen, dass er bei dir aufpassen muss!«

In Situationen wie dieser bedauerte sie ein wenig, dass man sich in Schweden mittlerweile durchgängig duzte. Ein förmlicheres »Sie« hätte sie jetzt als wesentlich angenehmer empfunden.

Aber die Frau lachte und nahm einen großen Schluck aus ihrem Becher. Nicht weil sie den Champagner mochte, sondern weil sie ihre Verpflichtung zu einem »Gläschen« so schnell wie möglich hinter sich bringen wollte. Ihre Nachgiebigkeit erwies sich als Fehler.

»Oh, das schmeckt ihr«, sagte Granqvist und streckte sich vor, um ihr nachzuschenken. »Ich konnte noch nie einer Frau widerstehen, die trinkt wie ein Mann!«

Die Frau winkte ablehnend, aber er achtete gar nicht darauf. Sie zog ihren Becher weg, als er die Flasche kippte, da passierte es: Bollinger ergoss sich schäumend über ihren Rock und durchtränkte den Stoff. Sie versuchte aufzuspringen, aber Granqvist war schneller und fuhr mit der Hand über ihren Oberschenkel, als wollte er die Flüssigkeit abwischen.

»Bitte, es ist nicht nötig …«, begann sie. Doch ihren Oberschenkel zu berühren hatte in ihm einen Schalter umgelegt. Blitzschnell war sein Gesicht an ihrem, und seine Zunge leckte über ihre Lippen. Sie fuhr zurück, aber als sie sich von ihm lösen wollte, packte er ihren Oberschenkel, und keine Sekunde später war seine Hand zwischen ihren Beinen an ihrer Unterwäsche.

Alles geschah innerhalb von Sekunden. Die Geschwindigkeit entsetzte sie, und sie bekam kaum einen Laut heraus. Plötzlich hörte sie Lärm an der Tür und stellte sich vor, dass er sie irgendwie zugetreten oder seine Schuhe abgeschüttelt hatte und jetzt ansetzte, seinen ganzen Körper auf den ihren zu pressen. Sie kniff die Augen zu, das Gesicht unwillkürlich verzerrt in Erwartung des Schlimmsten.

Was bedeutete, dass sie sich den folgenden Schrei nicht erklären konnte; ein schmerzerfülltes männliches Aufheulen, mit dem Granqvist von ihr heruntersprang, die Hände an den Augen. Sie blickte auf und sah eine dritte Person im Raum: Elsa, eine ältere Kollegin, in der Hand eine Dose Pfefferspray, das sie Granqvist ins Gesicht gesprüht hatte.

»Alles in Ordnung mit dir?«, fragte Elsa, und die Frau brauchte einen Moment, um zu begreifen, dass die Frage an sie gerichtet war. Sie stammelte eine Antwort, doch Elsa hörte nicht zu. Sie nahm den Telefonhörer auf dem Schreibtisch des Chefs ab und rief die Polizei. »Ich möchte eine sexuelle Nötigung melden«, sagte sie. »Nein, ich bin nicht das Opfer. Ich bin Zeugin. Ja. Das ist richtig, Augenzeugin einer sexuellen Nötigung. Ich habe den Täter gleich hier.«

Erst da sah die Frau, dass Granqvist auf dem Boden lag, wo Elsa ihn mit dem Fuß auf dem Hals fixierte. In der anderen Hand hielt sie noch immer das Pfefferspray, bereit, es dem Mann ins Gesicht zu feuern, sollte er es wagen, auch nur mit einem Muskel zu zucken.

KAPITEL 21

Cape Cod, Massachusetts

»Sie meinen, weil Sie ihn getötet haben?«

»Oh nein. Es ist schon lange vorher aus der Spur gelaufen.«

Natasha war wieder auf den Beinen und schritt hin und her. Sie wirkte nervös, aufgeregt sogar. Und dennoch stand fest, dass ihr gegenwärtiger Zustand bald vorübergehen würde, dass er nur an der Oberfläche existierte. Bereits beim ersten Treffen hatte Maggie gesehen – nein, schon in dem viralen Videoclip von Natasha bei den Kongressanhörungen –, dass sich hinter der Nervosität eine Stabilität fand, als könnte nichts, was sie durchgemacht hatte, sie in ihrem Innersten erschüttern. Weder die versuchte Vergewaltigung noch die Notwehr mit Todesfolge, nicht die Vernehmung durch die Polizei und auch die öffentliche sexuelle Beschämung nicht.

Zu ihrer Überraschung musste Maggie an den Mann denken, dessen Präsidentschaftswahlkampf sie sich vor Jahren angeschlossen hatte: Er hatte die gleiche Eigenschaft besessen. Wähler fanden das beruhigend, sogar tröstlich. *Alles wird zu Scheiße, die Wirtschaft ist im freien Fall, der Planet verbrennt, aber dieser Typ scheint ziemlich zenmäßig drauf zu sein. Und wenn der gelassen ist, na ja, dann brauche ich vielleicht auch nicht in Panik zu geraten.* Wie ein Kapitän, dessen Stimme unbeeindruckt aus dem Lautsprecher dringt, obwohl das Flugzeug sich hin und her wirft wie eine Forelle am Haken. Das war ein großer Faktor, die Attraktivität des ehemaligen Präsidenten zu erklären; er hatte ihm geholfen, ins Weiße Haus zu kommen. Vielleicht bewirkte er für Natasha Winthrop das Gleiche.

164

»Ich hätte es kommen sehen müssen«, sagte Natasha. »In der Rückschau ist es offensichtlich. Wir hatten uns auf einen Tag und eine Uhrzeit geeinigt, und er kam an einem anderen Tag zu einer anderen Uhrzeit. Ich meine, warum sollte er das nicht tun? Ich habe ihm gesagt, dass ich mir eine gestellte Vergewaltigung wünschte, und er beschloss, die Sache ein wenig realistischer zu gestalten. Dann bräuchte ich nicht so *tun*, als wäre ich überrascht. Ich wäre tatsächlich überrascht. Möglich, dass es das Ganze aufregender für ihn machte. Oder vielleicht war ich ihm auch völlig egal, und er wollte nur meine Adresse, damit er herkommen und mich vergewaltigen konnte. Ich weiß es nicht.«

»Aber es hatte zur Folge, dass Sie nicht vorbereitet waren.«

»Richtig. Ich hatte keine Kameras installiert, kein Aufnahmegerät. Ich hatte niemanden im Haus. Es war eine Katastrophe auf ganzer Linie.«

»Woher wussten Sie dann, dass er es ist?«

»Wie bitte?«

»Als er schließlich ins Zimmer kam. Ihr Arbeitszimmer. Wie konnten Sie sicher sein, dass Sie nicht irgendeinen Einbrecher vor sich hatten, der zufällig in Ihr Haus eingedrungen war?«

»Ah, ich verstehe.« Sie schien einen Moment zu zögern. »Erinnern Sie sich, ich hatte Bilder von ihm gesehen. In den Polizeiakten. Er trug zwar eine Skimaske, aber Größe, Körperbau, Augen: Alles passte.« Sie hielt wieder inne und blieb am Kamin stehen. »Wenn ich darüber nachdenke … Es ist schon komisch: Ich habe nie bezweifelt, dass er es war. Von der Sekunde an, als ich ein Geräusch im Haus hörte. Er musste es einfach sein.«

»Und er wusste, wie er ins Haus gelangt.«

»Sicher. Ich hatte ihm ja Anweisungen gegeben, nicht wahr?«

»Richtig. Und gibt es eine Aufzeichnung dieser Anweisungen einschließlich des vereinbarten Tags und der Uhrzeit? Denn das würde zeigen, dass er Sie überrumpelt hat.«

»Wir haben über Signal kommuniziert. Alle Nachrichten waren auf Verschwinden gestellt. Dann löschen die sich nach einer Stunde. Na ja, zumindest auf meiner Seite.«

»Aber vielleicht nicht auf seiner.«

»Das weiß ich nicht. Zweifellos wird die Polizei es bald herausfinden.«

»Wenn sie das festgestellt hätte, wüssten wir schon davon. Vielleicht kommt man an seine Nachrichten so leicht nicht heran. Die Korrespondenz würde Ihre Geschichte zwar bestätigen, aber auch, dass Sie ihn zu sich eingeladen haben. Daran könnte kein Zweifel mehr bestehen.«

»Nur um ihn in die Falle zu locken, Maggie. Mit der Absicht, ihn vor Gericht zu stellen.«

»Und gibt es noch etwas, das erhärten würde, was Sie planten? Haben Sie mit irgendjemandem darüber gesprochen?«

Natasha schüttelte den Kopf.

»Warum zum Teufel denn nicht? Himmel, Natasha, das ist doch das A und O!«

Nur ganz kurz reagierte Natasha mit einem Blick, der Maggie geradewegs durchbohrte. Die stechenden Augen aus purem Eis verschwanden so schnell, wie sie gekommen waren, und Natashas Gesicht nahm die alte Miene wieder an: freundlich, offen, neugierig. Der Ausdruck in ihren Augen hatte keine Sekunde lang bestanden, und kurz fragte sich Maggie, ob sie ihn sich nur eingebildet hatte. Ihre Gänsehaut hielt sich jedoch, das Gefühl, etwas gesehen zu haben, das sie nie wieder vergessen könnte.

Sie machte weiter, als wäre nichts geschehen. »Was ist mit den Personenschützern, die Sie in Bereitschaft halten wollten?«

»Darum hatte ich mich noch nicht gekümmert. Das stand noch aus.«

»Okay.« Maggie versuchte, ihre Ungläubigkeit zu verbergen. Nicht dass sie Natasha ihre Geschichte nicht abkaufte – es war ihre Dummheit, die sie nicht fassen konnte. Natasha war solch eine kluge Frau; wieso hatte sie nicht einmal grundlegende Vorsichtsmaßnahmen ergriffen? Ohne jeden Beweis ihrer Absichten, ihres Plans musste es aussehen wie eine schlichte vorsätzliche, heimtückische Tötung: dass sie den Mann in ihr Haus gelockt hatte, um ihn zu ermorden.

Maggie erkannte jedoch, dass sie selbst es anders sah. Sie war wütend über Natashas Versäumnis, eine Kette von Beweisen zu hinterlassen, die ihre Darstellung bestätigten, aber nicht, weil sie ihr nicht geglaubt hätte, sondern gerade *weil* sie ihr glaubte. Praktisch ohne es zu merken, hatte sie Winthrops Aussage akzeptiert. Sie klang ehrlich. So verrückt es klingen musste – und es klang *hirnrissig* –, glaubte sie ihr. Nicht zuletzt deswegen, weil es keinen anderen denkbaren Grund gab, weshalb Natasha Winthrop einen gesuchten Vergewaltiger und Mörder zu sich ins Haus holen sollte.

»Aber es war so ein Risiko«, sagte Maggie schließlich. »Sie haben ein ungeheures Risiko auf sich genommen. Sie wussten, dass der Mann gefährlich war. Extrem gefährlich. Dennoch haben Sie ihn kontaktiert. Selbst wenn er zu Ihnen gekommen wäre, als er es sollte, und sich ein paar Mann in Ihrem Keller versteckten, Sie hätten trotzdem in unmittelbarer Lebensgefahr geschwebt. Ich kann es einfach nicht …«

»Fassen? Ich weiß. Mir ist klar, wie das aussieht. Erfolgreiche Anwältin mit glänzenden Karriereaussichten. Ihnen muss das irrsinnig vorkommen, Maggie.«

Eine Abkürzung, die ihre Schwester gern benutzte, blitzte vor Maggies innerem Auge auf: WNL – *werde nicht lügen.*

»Aber ich hatte mich schon zu lange darin verrannt.«

»Sie meinen in Todd?«

»Nein, das geht noch weiter zurück. In dieses *Problem.* Carolines Aktensammlung. Ein Vergewaltigungsfall nach dem anderen: angezeigt, aber keine Anklage, kein Prozess, kein Urteil. Diese Statistik, Maggie, gilt für jeden Bundesstaat: fünfzehntausend Vergewaltigungen, hundert Verurteilungen. Ich kann das nicht ignorieren. Die Vergewaltigung von Frauen ist effektiv entkriminalisiert worden. Wenn ein Verbrechen ungestraft bleibt, inwiefern ist es dann noch ein Verbrechen?«

»Ich bin mir nicht sicher, ob man …«

»Doch, mir ist es ernst. Wenn die Gesellschaft eine bestimmte Tat letzten Endes achselzuckend abtut, macht sie damit klar, dass sie eine Entscheidung getroffen hat. Und die Entscheidung unserer Gesellschaft lautet, dass ein Mann so gut wie immer das Recht hat, eine Frau zu zwingen, mit ihm Sex zu haben. Das wird geduldet. So wie das Grasrauchen zu Hause. Oder achtzig Meilen pro Stunde auf der Interstate. Technisch gesehen ist es strafbar, faktisch aber nicht. Sobald die Verurteilungsrate *unter ein Prozent* sinkt, steht doch fest, dass wir uns entschieden haben: Das ist kein Verbrechen mehr. Tu es, und in neunundneunzig von hundert Fällen passiert dir nichts. Alles ist in Ordnung. Du kommst damit davon. Welcher Mann würde denn nicht auf Sieg setzen, wenn seine Chancen neunundneunzig zu eins stehen?«

»Daher haben Sie beschlossen, das Gesetz in die eigenen Hände zu nehmen?«

»Nein. Ganz im Gegenteil.«

Maggie musste sie fragend angeblickt haben, denn Natashas Antwort klang grimmig.

»Ganz im Gegenteil. Ich wollte mich nicht als eine Art dunkle Rächerin aufspielen, Maggie. Ich hatte es nicht darauf angelegt, diesen scheußlichen Mann zu töten. Dass er stirbt, wollte ich sogar zuallerletzt. Ich wollte ihn auf *frischer Tat* ertappen, bei der Verübung eines Verbrechens, und ihn der Gerechtigkeit zuführen. Es ist sehr wichtig, dass Sie das erkennen, Maggie. *Mir* ist es sehr wichtig.« Ihr klarer grüner Blick, aufmerksam und scharf, bohrte sich in Maggies Augen. »Die Leibwächter, die ich dabeihaben wollte, sollten mich nicht nur beschützen, sondern vor allem als Zeugen aussagen. Ich wollte diesen Mann belasten, vor Gericht bringen und dann, im Fall einer Verurteilung, hinter Gitter. Das war immer meine Absicht.«

Maggie nickte kleinlaut.

»Ich habe es fürchterlich verpfuscht, Maggie, so viel steht fest. Was ich getan habe, war eine große Dummheit. Vielleicht war es auch falsch. Aber was ich Ihnen gesagt habe, das ist die Wahrheit.«

DONNERSTAG

KAPITEL 22

Also denken Sie dran, schauen Sie doch vorbei, wenn Sie in der Gegend sind.

Es ist wirklich einfach, kommen Sie gegen acht Uhr zur Ecke Forty-Eighth Street und Sixth Avenue, und die ersten hundert Personen in der Warteschlange erhalten die brandneue Merch, die wir verschenken …

Merch? Du willst wohl nur die Kids ansprechen, Steve.

Was? Ach so, verstehe. Merchandise. Ist das besser? Katie möchte, dass ich »Merchandise« sage. Aber ernsthaft, kommen Sie vorbei, und Sie können sich Ihr Merchandise aussuchen, Ihre Fanartikel! Ist das okay? Ist Ihnen das so lieber?

Ich mochte Merch ja eigentlich auch. Das klang cool.

Sie suchen sich die Fanartikel aus, die die Kampagne zur Wiederwahl des Präsidenten gerade erst herausgebracht hat. T-Shirts, Aufkleber, Schlüsselanhänger und natürlich …

Rote Baseballkappen.

Ganz genau.

Die sehen gut aus.

Das tun sie wirklich. Eine Menge erstklassige Fanartikel für Sie, während die Kampagne zur Wiederwahl des Präsidenten in Fahrt kommt. Wir hatten unseren exklusiven ersten Blick auf das neue Logo in der Show am Dienstag, und wenn Sie in New York City sind, kommen Sie doch einfach …

Ich liebe das neue Logo.

Es ist toll. Also kommen Sie vorbei, und sagen Sie uns Hallo. Hier bei Fox & Friends, Forty-Eighth and Sixth, ab acht Uhr.

Brian, was haben Sie für uns?

Eine Menge neuer Meldungen über Nacht, Katie. Die große Story kommt aus London, England. Oder zumindest von der Website, von der wir immer noch glauben, dass sie dort betrieben wird. Von dieser Hacker-Website, im Keller einer Londoner Botschaft gehostet, die schon so viele geheime, ja streng geheime Dokumente durchgestochen hat, kommt ein neuer Fund: Geleakte Informationen über die mögliche Präsidentschaftskandidatin Natasha Winthrop ...

Jesus! Eine Sensation nach der anderen ...

Eine unglaubliche Geschichte, dieses neueste Leak: Es ist ein Austausch verschlüsselter Nachrichten zwischen Winthrop und – ist das zu fassen? – Jeffrey Todd. Sie haben richtig gehört: Das sogenannte Opfer hatte Kontakt mit seinem angeblichen Angreifer, dem Mann, den sie vor nur vier Tagen in ihrem Haus tötete. Aus Washington schaltet sich unser Chefkorrespondent Griff Marsh hinzu. Griff?

Sie sollten die Sache ernst nehmen, Steve, Katie, Brian. Das Leak schlägt ein wie eine Bombe: Unterhaltungen zwischen dem Toten und der Frau, die ihn getötet hat, der möglichen Präsidentschaftskandidatin Natasha Winthrop. Sie werden sich erinnern, dass wir Anfang der Woche in dieser Sendung schon über Winthrop gesprochen haben. Über die Chefberaterin bei diesen ach so wichtigen Kongressanhörungen – ein Haufen liberales Gefasel über sie als mögliche Herausforderin des Präsidenten im Herbst.

Sie behauptet, sie hätte sich gegen einen Einbrecher verteidigt und ihn in Notwehr getötet. Vor zwei Tagen kam heraus, dass sie regelmäßig bestimmte Datingportale besucht hat – von welcher Sorte, das werde ich zu dieser frühen Morgenstunde nicht sagen. Zu viele Familien sehen zu. Sagen wir einfach, dass Winthrop auf extremen und kontroversen Datingportalen angemeldet war, was Zweifel auf ihre ursprüngliche Schilderung der Ereignisse wirft. Sehen Sie, Steve, Katie, Brian – diese geleakten Nachrichten aus London beweisen, dass Winthrop und Todd direkt miteinander in

Verbindung standen. Bei einer Gelegenheit, nur sechs Tage vor dem Zwischenfall, schrieb sie …

Holen wir uns das auf den Schirm …

Da sehen wir es. Ihre Worte an ihn. »Ich werde dir nicht sagen, welche Tür unverschlossen ist. Das musst du schon selbst herausfinden.«

Seine Antwort: »Du brauchst mir gar nichts zu sagen. Wenn ich irgendwo reinwill, komm ich auch rein.«

Nun wieder ihre Worte: »Wir müssen uns auf eine Zeit einigen. Ich kann nicht ausschließen, dass wir beobachtet oder gestört werden, wenn wir nicht eine Zeit ausmachen.«

Was meinen Sie, Griff? Also wenn da kein geheimes Einverständnis vorliegen soll, was dann?

Eine Menge Fragen wollen beantwortet werden, Brian. Handelte es sich hier um irgendein – und ich entschuldige mich bei den Familien unter unseren Zuschauern –, aber handelte es sich um eine Art Sexspiel, das aus dem Ruder lief? Oder hat Natasha Winthrop ihr Opfer, Jeffrey Todd, unter Vorspiegelung falscher Tatsachen, wenn man es so nennen will, in ihr Haus gelockt? Das sind Fragen, auf die die Polizei im Lauf des heutigen Tages eine Antwort suchen wird. Woraus immer die Antwort besteht, wie es scheint, entspricht Winthrops erste Aussage nicht ganz der Wahrheit. Erinnern wir uns, dass Polizeiquellen Fox & Friends mitteilten, Winthrop habe zunächst behauptet, den Mann nicht zu kennen; er sei ihr völlig fremd gewesen und sein Angriff aus heiterem Himmel erfolgt. Diese Aussage lässt sich nur sehr schwer mit dem Fund verschlüsselter Unterhaltungen zwischen Winthrop und ihrem Opfer in Einklang bringen. Steve, Katie, Brian?

Vielen Dank, Griff Marsh für uns aus Washington, D. C. Willkommen im Donnerstag, hoffentlich sind Sie schon auf, hoffentlich sind Sie angezogen. Als Nächstes: Ist Dampfen rassistisch? Das wollen Ihnen Studenten aus Portland, Oregon jedenfalls weismachen. Bleiben Sie dran!

Maggie stellte den Fernseher stumm und sah auf ihr Handy. Die Meldung war noch keine Stunde alt, aber auf Twitter beschäftigte man sich mit kaum etwas anderem. Natasha hatte noch einige Fürstreiter. Die meisten waren feministische Autorinnen und Aktivistinnen, die darauf beharrten, Winthrops sexuelle Interessen seien allein ihre Angelegenheit. *Wenn Edgeplay ihr Ding ist, könnte es mir nicht gleichgültiger sein.* Es mache jedenfalls keinen Unterschied, ob sie ihr Opfer gekannt habe. *Im Gegenteil, alles bestätigt nur, dass es eine Vergewaltigung war, die sich nicht von den meisten Vergewaltigungen unterschied. Dass eine Vergewaltigung nur »echt« sein soll, wenn ein Fremder sie begeht, ist ein frauenfeindlicher Hollywood-Mythos.* Aber, fiel Maggie auf, die Retweet-Rate, früher eine Sturmflut, war zu einem Rinnsal abgesunken. Nicht allzu viele Stimmen bekannten noch #IchSteheZuNatasha.

Und was dachte Maggie selbst? Auf der langen Rückfahrt von Cape Cod hatte sie stundenlang darüber nachgedacht. Doch als ihre Schwester sie vor ein paar Minuten anrief, um über die Planung für Thanksgiving zu sprechen, und das Thema aufgekommen war, hatte Maggie keine klare Antwort geben können.

Liz erfuhr niemals, für wen ihre Schwester arbeitete, das war Maggies eine eiserne Regel. Nicht um ihre Klienten zu schützen – Scheiß drauf, wie Liz sagen würde –, sondern zu Liz' Schutz. Und zum Schutz ihrer Kinder. Welche Gefahr auch immer Maggie drohen mochte, Liz und die Jungen waren sicherer, wenn sie nichts wussten.

Dennoch, Liz hatte die Winthrop-Story verfolgt, und in ihrer Eigenschaft als inoffizieller Eine-Frau-Indikator der öffentlichen Meinung bestätigte sie Maggie erneut, dass das Thema im Bewusstsein der amerikanischen Mittelschicht angekommen war. Das meiste, worüber man sich in Washington aufregte, ging an Liz vorbei. Aber gelegentlich war ihre Schwester von einer Nachrichtenmeldung gepackt oder bewegt oder darüber empört, und das signalisierte genauso verlässlich wie eine Umfrage, welche Botschaften aus dem Grundrauschen hervorstachen. Hundertprozentig verlässlich war dieser Indikator nicht, aber Liz lieferte hochwertige Hinweise, was in den Swing States der USA wahrgenommen wurde – bei den pragmatischen und eher saturierten als wohlhabenden Vorortamerikanern, deren Entscheidungen Wahlen in die eine oder andere Richtung kippten.

»Also, was meinst du«, hatte Liz gefragt. »Ist sie schuldig oder unschuldig?«

»Was glaubst du denn?«

»Was *ich* glaube? Wen interessiert denn schon, was ich denke? Ich unterrichte Informatik auf einer Mittelschule. Du bist die große Washington-Insiderin. Spuck's aus, Mags. Was tratscht man da so?«

»Ich bin mir nicht sicher. Wie kommt sie bei dir rüber? Magst du sie?«

»Zuerst habe ich sie für eine richtig hochnäsige Kuh gehalten. Dieser komische Akzent. Als wäre sie aus England oder so.«

»Aber?«

»Ich weiß nicht. Ich habe sie über die vielen Leute sprechen gehört, die vom Präsidenten verarscht werden – du weißt schon, der Clip, den sie immer wieder zeigen. Und sie ist offenbar eine verdammte Intelligenzbestie …«

»Definitiv.«

»Aber an ihr gefallen hat mir etwas anderes. Dass sie richtig sauer darüber zu sein schien. Weißt du, was ich meine? Kein Bullshit, keine aufgesetzte Empörung wie bei so vielen Politikern, sondern aufrichtig. Diese Sache über Kinder, die mit dem Wissen aufwachsen, dass ganz egal, wie sehr sie sich anstrengen und wie gut sie sind, sie nie aus ihren Verhältnissen rauskommen werden – dass ihr Leben niemals besser wird.«

»Vier Wände und vergitterte Fenster.«

»Genau! Das meine ich. Ernsthaft, ich habe Kinder in meinen Klassen, denen geht es genau so. Und das *genau so* meine ich ernst. Der amerikanische Traum, dieses ganze Gefasel von sozialer Mobilität zwischen den Schichten – diese Kinder würden dich bloß mit leeren Augen anstarren, wenn du ihnen mit diesem Scheiß kommst. Das funktioniert einfach nicht.«

»Weil sie nicht …«

»Wenn sie aufs College gehen, haben sie hinterher haushohe Schulden. Und ihre Eltern können sie nicht unterstützen. Das bisschen Geld, das sie sparen können, geht für Arztrechnungen und Medikamente drauf, oder sie müssen die Großmutter mit durchfüttern. Wie sie sagte: ›Sie bekommen nicht …‹«

»›… einmal den Kopf über Wasser, geschweige denn bekommen sie Luft.‹«

Sie zitierten den Satz gemeinsam. Liz zögerte nicht. Sie kannte ihn Wort für Wort. Maggie stellte sich vor, wie Stuart darauf reagiert hätte, dass eine Schullehrerin aus den Vorstädten Georgias einen Politiker zitierte, der nicht der Präsident war: Er wäre völlig aus dem Häuschen geraten.

»Also weiter. Du musst doch etwas gehört haben; du weißt immer, was gerade läuft. War sie's, oder war sie's nicht?«

»War sie oder war sie was nicht?«

»Ach, jetzt hör doch auf, Mags. Hat sie ihn umgebracht?«

»Ja. Das bestreitet niemand.«

»Du weißt genau, was ich meine! Hat sie den Kerl, du weißt schon, *vorsätzlich* umgebracht? Also, hat sie es darauf angelegt …«

»Liz, hat da nicht Callum nach dir gerufen? War das nicht seine Stimme?«

»Du bist so ein Miststück. Sag es mir doch einfach. War das alles …«

»Er klingt, als bräuchte er dich dringend. Bis dann, Liz!«

»Du *ausgekochtes* Miststück!«

Maggie sah wieder aufs Handy. Liz glaubte, sie verschwiege ihr etwas – ob nun aus Diskretion oder um ihre Schwester zu ärgern –, aber tatsächlich verhielt es sich viel einfacher. Das Telefonat hatte es bestätigt. Sogar zwei Dinge. Natasha Winthrop besaß das Potenzial, eine große Nummer zu werden, eine Kandidatin, wie es sie in jeder Generation nur einmal gibt – und Maggie Costello wusste nicht zu sagen, ob Natasha Winthrop eine kaltblütige Mörderin war oder nicht.

Im Kopf war sie das Gespräch mit Natasha ein Dutzend Mal durchgegangen, hatte das knisternde Feuer heraufbeschworen, den fangfrischen Fisch, die warme Müdigkeit in ihren Beinen nach dem Strandlauf. Sie kaufte Natasha das Argument ab, das sie anführte: Als sie von den Fehlern des Strafverfolgungssystems sprach, was sexualisierte Gewalt anging, war sie genauso überzeugend gewesen wie bei ihrem Vortrag über Kinderarmut. Trotzdem nagte eine Frage an Maggie und ließ sie nicht los.

Wieso gerade er?

Okay, Natasha erboste es, wie sich nicht Männer, sondern auch das Gesetz wiederholt an Frauen verging. (Die Zahl von nicht einmal einem Prozent hatte sich fest in Maggies Bewusstsein eingebrannt.) Sie hatte Verständnis, wenn Natasha solch große Verzweiflung empfunden hatte, dass es sie antrieb, einzugreifen. Ihr war es nicht darum gegangen, das Gesetz selbst in die Hand zu nehmen, sondern es beim Revers zu packen, es zu schütteln und zu der Erkenntnis zu zwingen, was für ein Mensch Todd war und was er getan hatte.

Aber sie hätte Hunderte von Männern in die Falle locken können. Wieso hatte sie sich ausgerechnet auf diesen Mann fixiert?

Natasha sei dieser Fall ins Auge gesprungen, als sie die Akten ihrer Kollegin durchforstete. Gewiss, sollten die Zeitungsberichte stimmen, war Todd ein übler Serienvergewaltiger gewesen. Natürlich mussten die Einzelheiten seiner Verbrechen Natasha angewidert haben. Gut nachvollziehbar, wie sie sich empörte, weil er nie für die Taten, die er begangen hatte, zahlen musste.

Trotzdem, wäre diese Empörung letzten Endes nicht eher abstrakt gewesen? Natasha hatte die Vorstellung angeekelt, dass Todd mit solchen Verbrechen davonkam. Maggie hätte das Gleiche empfunden. Jeder Frau wäre es so ergangen. (Sie dachte an Uri und verbesserte sich: vielen Männern auch.) Aber diese Entschlossenheit, ihn der Gerechtigkeit zuzuführen, diese Bereitschaft, ihn ins eigene Haus zu locken, wenn auch mit Personenschützern in der Hinterhand: Niemand würde solch ein Risiko aufgrund eines eher abstrakten Gefühls eingehen, oder?

Kein normaler Mensch, nein. Aber war Natasha Winthrop normal? Fest stand, dass sie außerordentlich war. Solche Intelligenz, solches Charisma, diese Motiviertheit. Eine Person wie sie, die es unter einer Million Menschen nur einmal gab, würde so etwas Verrücktes tun: einen Vergewaltiger zu sich ins Haus lassen, um ihm eine Straftat beweisen zu können. Vor einem Lebensalter, wie es schien, war Maggie nach Washington gekommen, um für einen wahrhaft außergewöhnlichen Menschen zu arbeiten, der Präsident geworden war. Sie hatte erfahren, dass derartige Männer und Frauen Dinge taten, an die ein normaler Mensch nicht einmal …

Ihr Handy vibrierte. Ein Nachrichtenalarm von der *Washington Post*.

Neueste Meldung: Washingtoner Anwältin und aufsteigender Stern am Polithimmel Natasha Winthrop wegen Mordes an Jeffrey Todd festgenommen.

KAPITEL 23

Der Mörder hinterließ eine Spur. Sie führte zu seinem eigenen Tod
Von Gabrielle Sanchez, Autorin der Washington Post

Er war neu in der Stadt, ein junger Mann, der eine Mechanikerlehre machte und schnell Freundschaften schloss. Er hing mit Jugendlichen seines Alters ab, die, anders als er, auf der Schule geblieben waren. Er wurde auf ihre Partys eingeladen. Und auf solch einer Party war es, dass eine drei Jahre jüngere Highschoolschülerin ihn beschuldigte, sie bei einer Wochenendparty in einem Schlafzimmer bedrängt zu haben; er habe sie auf einem Bett festgehalten und sich an sie gepresst. Sie sagte, ein anderer Junge habe den Vorfall beobachtet, habe den jungen Mann angefeuert und dabei gelacht.

Besagter junger Mann war Jeffrey Todd, der zwanzig Jahre später im Haus des aufstrebenden Sterns von Washington und möglicher Präsidentschaftshoffnung Natasha Winthrop tot aufgefunden wurde, angeblich bei einem Vergewaltigungsversuch getötet.

Norma Curley, die damalige Direktorin der Highschool in Glasgow, Kentucky, berichtete der Post, *der zweite Schüler habe die Aussage der Schülerin abgestritten. Außerdem hätten sich Todds Eltern standhaft hinter ihren Sohn gestellt und auf seiner Unschuld beharrt. Das Mädchen, das für die* Washington Post *nicht zu sprechen war, zog seine Beschuldigung zurück, als sich herausstellte, dass es auf der Party Bier getrunken hatte.*

Aber dieser Vorfall ist nur eine von vielen finsteren Erinnerungen an Todd, die Freunde, Verwandte, Arbeitgeber, Anwälte und Gesetzeshüter liefern, die von der Washington Post *inter-*

viewt wurden. Gemeinsam zeichnen sie das Bild eines problembehafteten, gewaltbereiten jungen Mannes, der vor zwanzig Jahren zum ersten Mal einer sexuellen Nötigung beschuldigt und seither bei zahlreichen Gelegenheiten wegen Sexualverbrechen angeklagt, aber nie verurteilt wurde. Es ist eine Geschichte, die das Establishment in D. C. erschüttert, aber auch Licht auf die Wechselfälle des Strafverfolgungssystems und einen Winkel des amerikanischen Lebens wirft, der von Armut, Opioidsucht und Vernachlässigung befallen ist.

Die Schaufenster in Glasgow, Kentucky sind schon so lange vernagelt, dass die Einheimischen vergessen haben, zu welchen Geschäften sie einmal gehörten. »Ich würde sagen, das war ein Schnapsladen«, sagt die ehemalige Lagerhausmanagerin Tanya Frye und deutet auf ein Geschäft, dessen Schaufenster hinter einem rostigen Lochblech verschwindet, das seinerseits vollständig mit Graffiti besprüht ist. »Und ich bin mir ziemlich sicher, das war das Eisenwarengeschäft. Oder doch die Videothek?« Sie durchquert eine Gegend, die, wie sie sagt, »seit Ewigkeiten« so sei wie jetzt, und stimmt der Bemerkung eines Reporters zu, dass es auch das Set eines postapokalyptischen Zombiefilms sein könnte. Unter ihren Füßen knirscht Plastik. Beim Hinsehen entdeckt sie eine weggeworfene Spritze. Nicht weit entfernt liegt ein benutztes Kondom.

Hier war es, in dieser Stadt der Trailerparks, Lebensmittelmarken und eingeworfenen Fenster – in Statistiken als eine der ärmsten Ortschaften der USA eingestuft –, dass Todd seinen ersten Job fand, nachdem er die Lehre abgebrochen hatte. Er wurde Packer im Lagerhaus. »Er hat Waren hin und her geräumt, so einfach ist das«, sagt Frye. »Direkt von der Highschool, stark, arbeitswillig. Er war okay.«

Todd hatte seine Stelle erst sechs Wochen, als Frye von einer Kollegin angesprochen wurde. »Sie wollte unter vier Augen in meinem Büro mit mir reden. Sie schloss die Tür und sagte: ›Jeffrey hat mich vergewaltigt.‹ Die Kollegin, die auf die Anfragen der Post nach einem Kommentar nicht reagiert hat, gab an, dass sie von Todd in dessen Auto, das er auf einem verlassenen Grundstück in der Nähe geparkt hatte, zu sexuellen Handlungen gezwungen worden sei. Sie ging zur Polizei. Sie hatte DNA-Beweismaterial, wenn Sie verstehen, was ich meine.«

Todd behauptete, jeder Sexualkontakt zwischen ihnen sei einvernehmlich gewesen. Die beiden waren am fraglichen Abend im Rumors gesehen worden, der örtlichen Bar, wo sie miteinander Billard gespielt hatten, und das hatte genügt, um den Vorwurf der Kollegin in Zweifel zu ziehen. Die zuständige Bezirksstaatsanwaltschaft entschied sich gegen eine Anklage. In einer schriftlichen Stellungnahme an die Post heißt es: »Es widerspricht unseren Prinzipien, über konkrete Fälle zu sprechen, besonders wenn sie viele Jahre zurückliegen. Aber wir möchten betonen, dass unsere Mittel begrenzt sind. Wir sind den Einwohnern Kentuckys gegenüber verpflichtet, ihr Steuergeld nicht mit Anklagen zu verschwenden, die unserer Einschätzung nach mit höchster Wahrscheinlichkeit zu keinem Urteil führen würden.«

Damit begann ein Muster für Todd, der sich in ganz Kentucky, Tennessee, Missouri und Oklahoma von Job zu Job treiben ließ – als Barkeeper, Taxifahrer, Krankenpfleger, Schulhausmeister. Die Washington Post hat entdeckt, dass Todd zu wenigstens einem halben Dutzend Anlässen Vergewaltigungen vorgeworfen wurden, aber kein einziger Vorfall kam vor Gericht, in der Regel aufgrund mangelnder Beweise. Strafverfolger haben der Post anvertraut, dass sie glauben, es könnte erheblich mehr Fälle geben.

Einmal jedoch waren die Ankläger überzeugt, ausreichend Beweismaterial zu besitzen. Vor vier Jahren wurde Todd in Tulsa wegen sexueller Nötigung und tätlichem Angriff an Juanita Bock angeklagt. Die DNA-Spuren waren eindeutig, und Todds Anwälte räumten ein, dass es zwischen ihrem Mandanten und Bock zu Geschlechtsverkehr gekommen sei. Bei seiner Aussage stritt Todd nicht ab, dass er Bock während des Geschlechtsverkehrs niedergedrückt *und sie bei der Kehle gepackt hatte, was dunkle Male an ihrem Hals hinterließ. Oder dass er mit verschiedenen Gegenständen in sie eindrang.*

Das, argumentierten die Anwälte, sei jedoch alles mit Bocks Einverständnis geschehen.

Entscheidend für den Ausgang des Prozesses war, dass Bock beinahe eine Woche wartete, bevor sie den Überfall meldete, und ihm einige Tage nach dem Vorfall SMS geschickt hatte, in denen davon keine Rede war.

Maggie überflog die nächsten Absätze, die weitere Einzelheiten zu Todds wechselhafter Beschäftigungshistorie lieferten und anmerkten, dass er wiederholt wegen aggressiven oder inakzeptablen Verhaltens gefeuert worden sei. Der Tod seiner Eltern, der einige Jahre zurücklag, wurde erwähnt, aber danach suchte sie nicht. Worauf sie aus war, folgte im nächsten Satz.

Vor fast einem Jahr gelangte die Entwicklung an einen Wendepunkt, als in Bowling Green, Kentucky, eine neunundzwanzigjährige Rechtsanwaltsfachangestellte tot aufgefunden wurde. Die Obduktion ergab, dass sie sexualisierter Gewalt zum Opfer gefallen war; als Todesursache wurde Ersticken festgestellt. Die DNA-Spuren ließen keinen Raum für Zweifel: Sie stimmten perfekt mit DNA-Proben überein, die von einem Mann stammten, den die Polizei schon oftmals in Gewahrsam genommen hatte und der wiederholt sexueller Nötigung beschuldigt worden war. Die Ermittler waren sich sicher: Der Mörder hieß Jeffrey Todd.

Unverzüglich erging ein Haftbefehl, und seine Akte wurde den Polizeidienststellen in fünf Bundesstaaten und schließlich landesweit zugestellt. »Wir dachten, es wäre ein Kinderspiel und wir würden ihn nach ein, zwei Tagen fassen«, sagt Detective Mike Crump, der den Fall bearbeitete. Doch Todd war untergetaucht. Die letzte bekannte Sichtung erfolgte am gleichen Tag, an dem das

Mordopfer als vermisst gemeldet wurde. »Anscheinend war Todd klar, dass wir ihn diesmal festnageln könnten und er damit nicht davonkommen würde«, sagt Crump. »Ihm blieb nur eine Möglichkeit: die Flucht.«

Todd entkam den örtlichen Polizeibeamten, er entkam dem FBI. Jeffrey Todd schien sich in Luft aufgelöst zu haben, bis er vergangenen Sonntag tot im Haus Natasha Winthrops aufgefunden wurde.

Ohne nachzudenken, bewegte Maggie den Mauszeiger auf die letzte Zeile und markierte sie. Dann steckte sie sich den Stift in ihrer Hand wieder zwischen die Lippen – die Kunst, zu lesen, ohne einen Stift zu halten, hatte sie nie gemeistert. Verzweifelt sehnte sie sich nach einer Zigarette, aber sie wollte ihre Konzentration nicht brechen. Gedanken zogen wie dünne Rauchfähnchen durch ihren Kopf, und sie befürchtete, dass sie verwehten.

Niemand sonst war in der Lage gewesen, Todd zu finden, nicht einmal das FBI. Dennoch hatte Natasha ihn irgendwie ans Licht gelockt. Wie war ihr das gelungen?

Oder war ihr das gar nicht gelungen? Natasha glaubte, sie hätte Todd eine Falle gestellt, aber was, wenn es nur so aussehen sollte? Was, wenn Todd ihr direkt vor die Nase gesetzt worden war, damit sie glaubte, sie ziehe ihren Fisch an Land. Dabei war es womöglich sie, die geködert werden sollte – dazu verleitet, Kontakt mit einem Mörder aufzunehmen, der sich nicht fassen ließ, aber bereit war, erneut zu töten? Oder war es ein sogar noch heimtückischerer Trick? Hatte den Plan jemand ausgeheckt, der entweder Natashas Tod wollte oder darauf aus war, dass sie aus Notwehr tötete, in einer Situation, die der Strippenzieher leicht wie die Begleitumstände eines Mordes aussehen lassen konnte?

Wer war hier die Katze, und wer war die Maus?

KAPITEL 24

Washington, D. C.

Natasha hatte es ihr gesagt. Als sie Maggie die Schlüssel übergab, komplett mit einem Satz Zugangscodes und Computerpasswörtern, hatte sie gewarnt, dass eine Top-Anwaltskanzlei zu keiner Tages- und Nachtzeit garantiert menschenleer war.

»Im Grunde ist das so eine Machosache«, hatte sie erklärt. »Anwälte stellen gern ihre Ausdauer unter Beweis. Man geht um ein Uhr morgens nach Hause, und jemand fragt einen, wieso man denn so früh Feierabend macht.«

Als Maggie an dem gleichen unterirdischen Eingang, den sie drei Abende zuvor benutzt hatte, die Zahlen eingab, wusste sie daher nicht, ob sie allein und diskret arbeiten könnte oder ihr jemand über die Schulter blicken würde. Maggie hatte Natasha gefragt, ob sie ihren Kolleginnen und Kollegen traue. Sonderlich beruhigend war die Antwort nicht ausgefallen: »Ich denke schon.«

Als der Aufzug im dritten Stock ankam, fuhren die Türen auf. Der Empfang lag in Dunkelheit. Maggie trat vor, und die Bewegung reichte aus, um das Licht einzuschalten. Deckenlampen erhellten ein Großraumbüro, das sich als unbesetzt erwies: nur hier und da eine Kontrollleuchte an einem Computer im Stand-by und an Laptops, die aufgeladen wurden.

Maggie ging zu Natashas Büro; die Tür war nicht abgeschlossen. Sie drückte sie auf und wartete, dass die automatische Beleuchtung sich einschaltete. In der nächsten Sekunde erinnerte sie sich, dass Natasha auch davon gesprochen hatte:

»Ich fürchte, ich habe die Lichtautomatik abgestellt. Diese schrecklichen Leuchtstoffröhren ertrage ich einfach nicht.«

Also tastete Maggie auf dem Schreibtisch nach der Leuchte, einer hübschen, antiken Gelenklampe, deren Schalter einige Kraft erforderte, die er sodann mit einem zufriedenstellenden Klacken belohnte. Kaum brannte das Licht, erinnerte sich Maggie an die Überraschung und das milde Vergnügen, die sie empfunden hatte, als sie zum ersten Mal in Natashas Büro getreten war.

Sie hatte eine makellose, sogar papierfreie Holzplatte erwartet, sauber und ordentlich, die bestätigte, dass Natasha Winthrop die höchsten Gipfel der Juristerei erklommen hatte, bevor sie vierzig wurde, weil sie einen strukturierten, rationalen, disziplinierten Verstand ihr Eigen nannte.

Stattdessen hatte Maggie einen Papierstapel neben dem anderen erblickt – und erblickte sie nun wieder: Briefe, Kuverts, Zeitungen, Handzettel, Flugblätter, Niederschriften, Rechnungen, Kontoauszüge, handschriftliche Aufzeichnungen, Notizbücher, Fotografien, Bedienungsanleitungen, Broschüren und etliche Edelmodezeitschriften. Die Stapel an sich waren recht aufgeräumt, zusammengeschoben und von etwa gleicher Höhe; ein Anschein von Ordnung, als – und hier projizierte Maggie vielleicht vom Zustand ihres eigenen Schreibtischs – stände alles bereit für die bevorstehende große Entrümpelung. Natashas Büro glich einem verwilderten Garten, in dem aber jedes hohe Grasbüschel, jedes Nesseldickicht und jede Schlingpflanze säuberlich umzäunt war: übergrünt, aber nicht außer Kontrolle.

Natashas Anweisungen waren in einem zentralen Punkt sehr klar gewesen. Maggie durfte nichts entfernen, verändern oder löschen, was sie fand, ganz egal, wie belastend es sein mochte. »Vor allem, *wenn* es belastend ist«, hatte Natasha gesagt. Nichts konnte sie weniger brauchen als den Verdacht, sie hätte Beweismaterial entfernt oder vernichtet.

Maggie war vielmehr beauftragt, Natashas Vergangenheit nach Widersachern zu durchleuchten. Gab es einen Feind mit hinreichendem Motiv, eine für Natasha Winthrop ohnehin üble Lage zu verschlimmern, indem er zum Beispiel ihren Browser-Verlauf fand und durchsickern ließ? Vielleicht einen verbitterten Ex-Mandanten oder einen Prozessgegner, den sie erfolgreich verklagt oder hinter Gitter gebracht hatte? Oder sogar jemanden – und diese Idee stammte nicht von Natasha, sondern von Maggie –, der sie so sehr hasste, dass er die ganze Konstellation herbeigeführt hatte? Der die Maus Jeffrey Todd vor ihrer Nase baumeln ließ, um Natasha in eine Situation zu bringen, in der sie entweder töten musste oder getötet wurde?

Am Ende würde auch die Polizei das Material durchforsten. Angefordert war es bereits. Natasha hatte jedoch dafür gesorgt, dass zuerst Maggie einen Blick darauf warf. Schon zum zweiten Mal hatte sie das MPDC abgewimmelt, indem sie sich auf die anwaltliche Schweigepflicht berief: Sie konnte nicht zulassen, dass Detectives vertrauliche oder wirtschaftlich heikle Dokumente einsahen, wenigstens nicht, bevor sie oder einer ihrer Kollegen die Gelegenheit hatte, alles sehr genau durchzugehen. Ihre Voruntersuchung sollte Maggie als erstes Stadium dieses Prozesses betrachten.

Natasha hatte ihr nur wenige Hinweise geliefert, die über die Bemerkung hinausgingen, dass fast alles, was eine Rolle spielte, auf dem Computer gespeichert sei. Trotz dieser Einweisung – oder vielleicht gerade deswegen – beschloss Maggie, zunächst eine Bestandsaufnahme der Papiere durchzuführen.

Der erste Stapel enthielt die Einladung zu einem Vortrag vor einer Frauenorganisation in Pittsburgh. Einen Brief von einem Mandanten, in dem er um die Rechnung bat. Einen Ausschnitt aus der *New York Review of Books*. Eine Aktennotiz von einem Assistenten, der bei den gerade beendeten Kongressanhörungen mitgearbeitet hatte: *Ich bin die Vorgänge des Kirchen-komitees durchgegangen und habe keinen passenden Präzedenzfall gefunden. Im Iran-Contra-Konvolut könnte es eine Diskussion ge-ben. Ich halte Sie auf dem Laufenden.*

Eine Kollegin hatte eine handschriftliche Mitteilung hinter-lassen, in der sie um ihren *weiteren Rat in der persönlichen An-gelegenheit, von der wir gesprochen haben*, bat. Eine Kabel-TV-Rechnung. Das Programm eines Literaturfestivals in Hilton Head, North Carolina. Maggie blätterte es durch und sah, dass Natasha Winthrop als Rednerin angekündigt wurde und einen nigerianischen Romancier interviewen sollte, dem ein sensatio-neller Durchbruch gelungen war.

Danach machte sie nur noch Stichproben und sah an zufäl-lig ausgewählten Stellen in den Stapel. Sie sagte sich, wenn sie es dreimal tat und jedes Mal auf Schreiben ohne Bedeutung für den Fall traf, würde sie die Papiere für okay erklären und sich auf die digitalen Daten stürzen.

Zuerst fand sie eine Geburtstagsgrußkarte. Maggies Blick fiel auf die Unterschrift, und sie sah, dass sie nicht von einer Freundin oder Verwandten stammte, sondern von »Simon B und dem Hyde-Brothers-Team«. Maggie nahm das Handy heraus und befragte Google. Hyde Brothers war eine Bosto-ner Privatbank. Die Grußkarte bestätigte, was Maggie schon wusste: dass Natasha ordentlich was an den Füßen hatte.

Als Nächstes wandte sie sich einem neuen Stapel zu, den sie noch nicht angerührt hatte, und ergriff ihn fast ganz, um zu sehen, was weit unten lag. Eine Einladung zu einem Wieder-begegnungstreffen, amateurhaft aufgemacht, fast ein Jahr alt. Das kam jedoch nicht von Schulkameraden oder Kommilito-nen, sondern von der New Yorker Bezirksstaatsanwaltschaft, bei der Natasha ihre Laufbahn begonnen hatte. Das Foto auf der Vorderseite zeigte eine Justitia mit verbundenen Augen, in der einen Hand die Waage, in der anderen ein Martiniglas. Auf der Rückseite stand handschriftlich: *Wo alles anfing! Hoffentlich sehen wir uns dort. F x.*

Nach der Harvard Law School und einer befristeten Stelle als Protokollantin bei einem der bekanntesten liberalen Richter am Obersten Bundesgericht war die Tätigkeit bei der Staatsanwaltschaft Natashas erster echter Job gewesen.

Maggie legte den Stapel wieder ab, und so willkürlich, wie sie nur konnte, griff sie in den letzten, der rechts neben der Computertastatur lag. Sie schloss eine Abmachung mit sich selbst. Wenn die Dokumente, die sie nun las, unschuldig waren, würde sie diesen Teil der Übung als abgeschlossen ansehen. Was sie fand, war der Besetzungszettel einer *Turandot*-Aufführung im Kennedy Center. Also gut, Zeit, den Rechner anzuwerfen.

Sie gab das Passwort ein, das Natasha ihr genannt hatte – »Pilgrim« plus ein Jahr und zwei Sonderzeichen –, und wartete, während der Bildschirm sich mit diversen Ordnern füllte. Seufzend erkannte Maggie, dass sie auch hier nicht alles lesen könnte, sondern sondieren und Stichproben nehmen müsste in der Hoffnung, dass sie den Hinweis, falls es überhaupt einen zu entdecken gab, auch wirklich fand.

Sie sah sich die Dateiordner näher an und musterte die Namen. Einige waren fallbezogen benannt, andere nach Mandanten, zwei nach Wohltätigkeitsorganisationen, deren Vorständen Natasha angehört hatte. Zuerst öffnete sie den Ordner mit den Dokumenten zu den Kongressanhörungen, die das ganze Land elektrisiert hatten und mit denen Winthrop bekannt geworden war. Wie eine Matrjoschkapuppe gebar er auf der Stelle ein Dutzend weiterer Ordner, die wiederum jeweils weitere Dutzende Ordner enthielten. Die Dokumente waren meist nach Zeugen benannt, darunter mehrere Namen, die für ihren Tag unter den Jupiterlampen von Capitol Hill, ihre Stunden des Kreuzverhörs, kurze Berühmtheit genossen hatten; in den Kabelnetzen war intensiv über sie berichtet worden, und sogar eine satirische Late-Night-Comedy hatte sich mit ihnen befasst.

Maggie sah Briefe und Memoranden, die im Anhörungsraum auf den Bildschirm projiziert worden waren, dazu Besprechungsnotizen für Natasha und ihr Team, die detailliert darstellten, auf welche Weise man diesem oder jenem Zeugen am besten die Wahrheit entlockte. Maggie faszinierte eine Grafik, die so kompliziert war, dass sie aussah wie ein Diagramm zu einem Theorem aus der höheren Mathematik. Erst als sie hineinzoomte, konnte sie sehen, dass es vielmehr ein Flussdiagramm war, ein Entscheidungsbaum. Hier waren alle möglichen Antworten verzeichnet, die der Zeuge geben konnte, und der Natasha jederzeit entnehmen konnte, wie sie auf die möglichen Eventualitäten reagieren sollte.

Das Fernsehpublikum hatte über Winthrops Geschmeidigkeit gestaunt, ihre Geschicklichkeit als Vernehmerin, ihre gelassene Unerschütterlichkeit. Maggie begriff nun, dass dieser Eindruck zwar durchaus die Frucht eines scharfen Verstandes war, sich in gleichem Maße aber auch gewissenhafter Vorbereitung verdankte. Trotz ihres aristokratischen Auftretens war Natasha keine unverfrorene Dilettantin. Sie arbeitete hart.

Maggie packte die Matrjoschkas wieder zusammen und wandte sich einem anderen Ordner zu. Journalisten, Politiker der anderen Seite und gerade auch Anwälte hatten die Kongressanhörung öffentlich so tiefgreifend analysiert, geradezu forensisch auseinandergenommen, dass Maggie die Dateien stundenlang überfliegen und doch nur wenig herausfinden würde, was nicht bereits bekannt war.

Zudem stellte sich eine Frage grundsätzlicher Logik. Maggie suchte nach jemandem, der versuchte, Natasha Winthrop fälschlich zu belasten oder in eine Falle zu locken. Die Personen, um die es bei den Kongressanhörungen gegangen war, hätten aber gewiss zu handeln versucht, *bevor* Natasha ihren Zielen schaden konnte, nicht erst hinterher. Das einzige denkbare Motiv für jemanden, der in die jüngsten Schlagabtausche auf Capitol Hill verwickelt war, wäre Rache; der Wunsch, Winthrop für das zu bestrafen, was sie angerichtet hatte. Nach Maggies Erfahrung verfuhren diese Leute jedoch nicht so. Sie zogen es vor, eine Bedrohung zu eliminieren, bevor die Gefahr eintrat, nicht hinterher. Wenn so jemand, wer immer er oder sie sein mochte, Rache wollte, würden sie mit Sicherheit länger warten als zwei Wochen, und wenn sie dann zuschlugen, wären ihre Methoden weitaus direkter.

Maggie folgte ihrer Intuition und sah sich um. Ein Ordner befasste sich mit Pro-bono-Arbeit, darunter auch das Mandat für eine Gruppe, die sich für freie Meinungsäußerung einsetzte. Natasha hatte an mehrere fremde Regierungen zugunsten von Journalisten appelliert, die in Haft saßen, weil sie ihre Arbeit getan hatten.

Maggie notierte sich Namen und nahm sich vor, nachzusehen, ob die jeweiligen Regierungen schon mit dem Tod von Dissidenten, die ins Ausland geflohen waren, in Verbindung gebracht worden waren. Wenn sie die Unruhestifter nicht ausschalteten, war es unwahrscheinlich, dass sie die Anwälte der Unruhestifter angingen.

Ein weiterer Ordner hieß *Gerry*. Maggie hatte sofort ein vages Bild von Gerry vor Augen. Sie stellte sich einen Gangsterboss aus Südboston vor, der über eine Familie irischer Mobster herrschte. Konnte es das sein? Hatte Natasha die Mafia juristisch vertreten? Maggie öffnete die Datei und sah Dutzende von Wählerverzeichnissen, Abstimmungstabellen und Karten von großem Maßstab, in denen die Kongresswahlkreise bis in die kleinsten Bezirke aufgeschlüsselt waren. Maggie musste lächeln: Winthrop war ein führendes Mitglied des Juristenteams gewesen, das mehrere Bundesstaaten wegen der manipulativen

Festlegung von Wahlbezirksgrenzen verklagt hatte, die man als
»Gerrymandering« bezeichnete. »Gerry« war ein kleiner Scherz
Natashas.

Maggie machte stundenlang so weiter, las sich in Windeseile
durch die Winthrop-Fälle des vergangenen Jahrzehnts, konnte
beobachten, wie Natasha im Räderwerk aufstieg, wie städti-
sche Fälle bundesstaatsweiten und schließlich landesweiten
Mandaten wichen. Mit Anfang dreißig prozessierte sie schon
gegen Fossilbrennstoffkonzerne wegen Umweltverschmutzung
und verklagte Bundesbehörden aufgrund der mangelhaften
Durchsetzung von Umweltschutzstandards. Im düsteren Gu-
antanamo-Ordner watete Maggie durch das Beweismaterial für
ein Verfahren, das Natasha vor dem Supreme Court geführt
hatte. Sie hatte angeprangert, dass Männer, die, auch wenn sie
scheußlicher Verbrechen bezichtigt wurden, eine unmensch-
liche Behandlung erdulden mussten, die eine »grausame und
unübliche Bestrafung« darstellte.

Konnte ein ehemaliger Wächter auf Guantanamo Base wegen der Rolle, die sie bei der Aufdeckung dieser Missstände gespielt hatte, den Wunsch hegen, Natasha zum Schweigen zu
bringen?

Auch das bezweifelte Maggie, nicht zuletzt, weil Natashas
Ziel immer die US-Regierung gewesen war und keine Einzel-
personen.

Noch verstörender war ein Ordner voller Aussagen von Mi-
grantenkindern und ihren Eltern, die man an der südlichen
Grenze getrennt und in Auffanglager gesteckt hatte. Natasha
hatte die US-Einwanderungs- und Zollbehörde (Immigra-
tion and Customs Enforcement = ICE) mit Dutzenden von
Schreiben bombardiert, in denen sie sich über die Familien-
trennungspolitik im Allgemeinen und die Misshandlung besagter Kinder im Besonderen beschwert hatte.

Natasha gehörte zu den wenigen Juristen, die diese gottverlassenen Camps besucht und Kinder gesehen hatten, die auf dem Betonfußboden schliefen; Kleinkinder, denen man einfachste Waschgelegenheiten vorenthielt; Säuglinge, die in schmutzigen Windeln sitzen gelassen wurden, obwohl sie von ihren Müttern und Vätern getrennt und darauf angewiesen waren, dass andere Kinder sich um sie kümmerten. Ein Brief beschrieb Kinder in solch einem Schockzustand, dass »sie nicht mehr wussten, wie man weint«.

Maggie las sich durch einen Blizzard von E-Mails, die zwischen Natasha, ihren Assistenten und Bürgerrechtsorganisationen, dem Roten Kreuz, den TV-Netzwerken und Zeitungen ausgetauscht worden waren. Sie hatte jeden eingeschaltet, der diesen Kindern helfen oder wenigstens ihr Leid öffentlich machen konnte. Am herzzerreißendsten waren Briefe zwischen Natashas Stab und den verschiedenen Institutionen der Bundesverwaltung. In diesen Appellen wurde versucht, Kinder, von denen viele noch gar nicht sprechen konnten, geschweige denn Englisch beherrschten, mit Eltern wiederzuvereinen, die keine Ahnung hatten, wohin ihre Kinder verschleppt worden waren.

Zwischen den höflichen Worten dieser Briefe war Natashas kalter Zorn zu spüren, dass US-Bundesbeamte Familien auseinanderbrachen, ohne eindeutig festzuhalten, wer wohin geschickt wurde und wer zu wem gehörte. Maggie las die Geschichte einer Frau, die ihre kleine Tochter abholen wollte, nur um zu erfahren, dass man das Kind bereits einem Mann übergeben habe, der behauptete, ihr Vater zu sein. *Körperlicher und sexueller Missbrauch dieser Kinder ist nicht nur möglich*, hatte Natasha in einer Eingabe bei einem texanischen Richter geschrieben, *er ist wahrscheinlich*.

Das Bild von Natasha Winthrops Berufsleben wurde klarer, und etwas in Maggie – der Teil, der von Stuart Goldstein geschult worden war und an seiner Seite einen Präsidentschaftswahlkampf geführt hatte – konnte nicht anders, sie musste be-

staunen, was sie sah. Sollte sie irgendwie die gegenwärtige …
Lage überstehen, würde Natasha Winthrop eine wahrhaft
phänomenale Kandidatin abgeben. Maggie hörte fast schon
Goldsteins Stimme: *Sie sagen mir, dass die Frau kleine Kinder
verteidigt hat, für Kleinstädte kämpfte, deren Wasserversorgung
vergiftet wurde, tapfere Dissidenten befreite, die von bösen Dik-
tatoren ins Gefängnis geworfen wurden, außerdem als Jahrgangs-
beste in Harvard abgeschlossen hat und dabei auch noch aussieht
wie ein Filmstar? Sie wollen mich wohl auf den Arm nehmen. Das
klingt nach Mutter Teresa in sexy. Kommen Sie schon, Maggie, wo
ist der Haken?*

Der Haken, Stuart, ist der: Sie ging auch auf abnorme Bon-
dageseiten, hat vorsätzlich einen Mann zu sich ins Haus gelockt
und ihn totgeschlagen. *Sie meinen also, ein paar Altlasten könnte
sie mitbringen.*

Maggie lächelte, als sie seine Stimme hörte, wenn auch nur
in ihrem Kopf. Himmel, wie sie Stuart vermisste!

Sie machte nach dem gleichen Muster weiter und öffnete
die übrigen Ordner auf dem Desktop, immer auf der Suche
nach einer vergangenen Tat, Haltung oder einem Mandanten,
die als Erklärung für eine Intrige mit dem Ziel taugten, Natasha Winthrop zu Fall zu bringen. Sie gab es nicht zu, aber zugleich hielt sie Ausschau nach Material, das sich für die Hintergrundgeschichte in einem Wahlkampf eignete, mit dem man
Winthrop ins Weiße Haus katapultieren könnte.

Nicht einmal sich selbst gestand Maggie diese Absicht ein,
und deshalb blieb sie ein Gedanke, der unter der Oberfläche
blubberte. Aber während die Stunden verstrichen, während sie
auf der Tastatur tippte und mit der Maus klickte, begriff sie,
dass sie nicht nur ihr Versprechen erfüllen wollte, Natasha Winthrop aus der Patsche zu helfen. Sie wollte ihr eine Gelegenheit
verschaffen. Natasha verpfuschte sie vielleicht; sie mochte sich
als Blindgänger entpuppen. Weiß Gott geschah das oft genug.

Aber wenn sie eine Chance bekommen sollte, musste sie ihren Namen reinwaschen – und da die Frist für Präsidentschaftsbewerber in nur fünf Tagen ablief, musste das sofort geschehen.

Maggie kam zu einem Ordner, der nur *Judith* hieß. Sie klickte ihn an, und zum ersten Mal war eigens ein Passwort erforderlich. Sie versuchte die Passwörter, die sie von Natasha erhalten hatte, aber keines funktionierte. Nach dem dritten fehlgeschlagenen Versuch öffnete sich eine Infobox und teilte ihr mit, dass sie nun eine Stunde lang keinen Zugriff auf den Ordner erhalten würde.

Judith. War das eine weitere Schicht des Rätsels Natasha Winthrop? Enthielt der Ordner eine Reihe von Briefen und Notizen – Fotos? –, die mit einer früheren Beziehung zu einer Frau zusammenhingen?

Maggie dachte an die Bilder von Natasha zurück, die sie bei verschiedenen Ereignissen in Washington zeigten, gewöhnlich mit einem Mann am Arm.

Sie dachte an den Tag in Cape Cod, an das lange Gespräch, das sich bis in den späten Abend gezogen hatte: Einen Mann hatte sie dabei nie erwähnt. Versteckte sie etwas von sich, gab sie vor, jemand zu sein, der sie nicht war?

Es erschien sehr unwahrscheinlich. Allerdings gab es diesen passwortgeschützten Dateiordner namens *Judith.* Maggie würde darauf zurückkommen.

Zuletzt entdeckte sie einen Ordner, dessen Namen sie nicht lesen konnte. Aus zusammengekniffenen Augen starrte sie auf den Schirm. Der Name bestand aus kyrillischen Buchstaben. Mit einem Mausklick öffnete sie ihn und sah zu, wie er seinen Inhalt preisgab. Das Bildschirmfenster füllte sich mit mehreren Dutzend Dateien.

Eine davon war auffällig benannt: *Nicht vergessen.* Maggie klickte darauf und stellte fest, dass sie eine einzige E-Mail enthielt. Die Betreffzeile lautete ebenfalls *Nicht vergessen.* Empfänger war Natasha Winthrop, und Versender … ebenfalls Natasha Winthrop, aber von einer anderen, persönlichen E-Mail-Adresse aus. Die Mail umfasste nur einen einzigen Satz:

Du magst vieles wissen, aber alles wirst du nie erfahren.

Maggie las den Satz mehrmals. Er klang nach einem Ratschlag, den Natasha sich selbst erteilt hatte; ein Aphorismus der ungeschliffeneren Sorte, kaum etwas, das jemand wie Natasha in ein Tuch sticken, rahmen und an die Wand hängen würde. Der Spruch war plattitüdenhaft genug, um in jedes Büro zu passen, und doch verwahrte Natasha ihn an nicht an einer Stelle, wo sie ihn täglich sehen konnte, sondern nur in dieser einen Datei. War es eine Notiz an sich selbst oder ein kluges Wort, das ein Mandant an sie gerichtet hatte?

War es etwa eine Warnung?

Maggie versenkte sich in den Ordner und ging nacheinander die enthaltenen Dokumente durch. Sie bestanden aus einer Mischung aus englischen und russischen Texten, in denen zwei oder drei Namen wiederholt auftauchten. Eine Datei umfasste mehrere Tausend Seiten in der schwer verständlichen Sprache von Handelsverträgen: lauter Garantien, Verzichtserklärungen, Haftungsbeschränkungen, Verschwiegenheitsklauseln, Entschädigungsklauseln, Schlichtungsklauseln. Sie versuchte, in den Details eine Essenz aufzuspüren und die grundsätzlichen Punkte der Vereinbarung zu ergründen, von der sie las, aber das war unmöglich. Nicht einmal die Vertragsparteien ließen sich eindeutig benennen. Der Text schien erstellt worden zu sein, indem eine undurchsichtige Schicht über die andere gelegt wurde, von denen eine jede nicht nur durch den Firmenjuristenjargon, sondern auch durch vorsätzliche Verschleierung unverständlich gemacht worden war.

Wie Monde einen Planeten begleitete diesen Text ein ganzes System aus anderen Dokumenten, die Maggie schließlich als Firmeneintragungen identifizierte. Sie gehörten zu diversen nichtssagend benannten Unternehmensgebilden auf Zypern, den Britischen Jungferninseln, den Caymaninseln und in Panama. Sie wählte ein paar davon beliebig aus und suchte nach dem Namen eines Eigentümers, nur ließ sich kein persönlicher Name finden. Stattdessen fungierte eine Firma, die zum Beispiel auf Zypern eingetragen war, als Eigentümer der Namen zweier weiterer Firmen oder von »Limited Liability Partnerships«, die wiederum auf den Bermudas oder in Belize registriert waren. Die Suche nach den Eigentümern dieser Personengesellschaften führte zu noch geheimnisvolleren Firmenkonstrukten, die in noch exotischeren Ländern eingetragen waren.

Diese Firmen zu finden kam Maggie wie ein Spiel aus ihrer Kindheit vor, bei dem ein in viele Schichten Geschenkpapier eingewickeltes Paket weitergereicht und ausgepackt wurde: Jedes Mal, wenn man glaubte, endlich das Geschenk vorzufinden, stieß man auf eine weitere Schicht Geschenkpapier. Was darunter steckte, blieb verborgen, vielleicht für immer.

Maggie kehrte zu der ersten Datei zurück, die sie geöffnet hatte, zu dem warnenden Spruch.

Du magst vieles wissen, aber alles wirst du nie erfahren.

Im Augenblick, überlegte Maggie, wusste sie gar nichts.

Frustriert öffnete sie noch ein halbes Dutzend weiterer Ordner – einer enthielt Bildschirmaufnahmen von Nachrichten auf Russisch, die über ProtonMail versandt worden waren; wie Maggie wusste, arbeitete der Dienst von Genf aus und versprach maximale Ende-zu-Ende-Verschlüsselung. Als sie sah, dass die Ordner noch mehr vom Gleichen enthielten, schloss sie sie sofort wieder.

Sie würde nicht durchschauen, was dahintersteckte, schon gar nicht in der Eile, in der sie sich befand. Schließlich klickte sie eine Datei an, die aus den anderen hervorstach, weil es sich um ein JPEG handelte und nicht um ein PDF oder ein Word-Dokument. Beim Öffnen zeigte die Bilddatei das Foto eines Zettels. Das Bild war nicht flüchtig, sondern mit großer Sorgfalt aufgenommen worden, so wie ein Museumskatalog einen seltenen Papyrus zur Schau gestellt hätte. Als Maggie einen Ausschnitt vergrößerte, konnte sie sehen, dass es sich gar nicht um Papier handelte, sondern um ein dickeres Material: Mit schwarzer Tinte standen handschriftlich festgehaltene Worte auf einer weißen Restaurantserviette.

Die Buchstaben waren wieder kyrillisch. Sie bildeten einen Satz, und darunter fand Maggie etwas, das sie für zwei Unterschriften hielt.

Sie zückte ihr Smartphone, rief Google Translate auf und hielt die Kameralinse vor den Bildschirm. Die Wörter wackelten und schwankten ein wenig, dann erfasste die Optik sie endlich, und die Grafik konnte in Text umgewandelt werden. Die App erzeugte augenblicklich eine grobe Übersetzung, sodass nun wie durch Zauberei ein englischer Satz über der Serviette zu schweben schien:

Wir kommen überein, dass die Mine und all ihre Erträge uns gemeinsam gehören, jedem zur Hälfte.

War es das? Ließen sich diese Tausende Seiten von vertraglichem Klein-Klein darauf eindampfen? Maggie fragte sich, wie es dazu gekommen war. Zwei Oligarchen, die beim Abendessen einen Händedruck tauschten, sich einigten, den Abschluss hier und jetzt zu machen. Einer von ihnen zückte einen dicken Füllfederhalter, mit dem sie ihre Vereinbarung auf Tuch festhielten, das sie dann Anwälten in London, New York, Brüssel

199

und Washington übergaben, damit sie sie in einen bindenden Vertrag umwandelten.

War Natasha auf diese Weise ins Spiel gekommen? War sie das Washingtoner Glied dieser internationalen Rechtsoperation, das seinen Teil tat, um die wahren Eigentümer zum Beispiel einer Zinkmine in Kasachstan zu verschleiern? Indem sie sie in ein Gewirr aus Mantelgesellschaften und Briefkastenfirmen auf diversen Inseln unterschiedlicher Rechtssysteme steckte? Mit dem Ziel, dass dafür auch nicht ein Cent Steuern gezahlt werden musste?

Allein der Gedanke reichte aus, um Maggies Stimmung zu drücken. Die Vorstellung eines ausländischen und dann auch noch russischen Einflusses auf US-Wahlen war seit dem letzten Wettlauf um die Präsidentschaft ein Reizthema. Der Spitzenkandidat Tom Harrison hatte »Verbindungen« nach Moskau bereits bestreiten müssen – nicht, dass sich die fiebrigeren Winkel des progressiven Twitters davon abkühlen ließen. Sie kochten noch immer mit Behauptungen über, Harrison sei die nächste maßgeschneiderte Marionette des Kreml. Nachdem sie durch ihre Rolle bei der letzten Wahl den amtierenden Präsidenten bereits in der Tasche hatten, sicherten sich die Russen dieser Theorie zufolge nun auf klassische Weise ab. Wenn sein Gegner im November Harrison hieß, konnten sie gar nicht verlieren. Eine Marionette träte gegen die andere an, und Moskau konnte des Sieges sicher sein.

Maggie glaubte nichts davon. Harrisons Defizite waren ihr schon ins Auge gesprungen, bevor er ihr am Montagmorgen so gruselig die Schultern gedrückt und ins Ohr geflüstert hatte. Allerdings gab es keinerlei zwingenden, nicht einmal einen schwachen Beweis, dass der Kreml ihn gekauft haben könnte. Und seine Bilanz im Senat deutete auf das genaue Gegenteil hin.

Dennoch, allein der Gedanke an die Möglichkeit übte bereits seine Wirkung aus. Angefangen beim Präsidenten hatten Harrisons Gegner mit Dreck geworfen, und ein vager Geruch blieb immer zurück. So brutal ging es in Washington zu. »Schweineficken« hatte Stuart es lapidar genannt, zur Erinnerung an eine Geschichte über Lyndon B. Johnson. In einem seiner ersten Wahlkämpfe sollte der spätere Nachfolger John F. Kennedys beschlossen haben, über seinen Gegner das Gerücht zu verbreiten, er genieße Geschlechtsverkehr mit Schweinen. Sein Wahlkampfmanager wandte ein: »Aber Lyndon, Sie wissen doch, dass er so etwas nicht tut.« Worauf Lyndon erwiderte: »Sicher, aber er soll es abstreiten müssen.«

Zum Teil hatte gerade dieses Gerede über russische Einflussnahme den Popularitätszuwachs Natasha Winthrops befeuert. Sie besaß eine reine Weste, unbefleckt vom Schmutz des Beltways. Wenn ans Licht käme, dass sie Consigliere der russischen Mafia gewesen war und bei einem Geldwäschegeschäft geholfen hatte, wäre ihr Wählermagnetismus – sofern er überhaupt je aus dem Todd-Albtraum gerettet werden konnte – endgültig dahin. Sie wäre »so schlimm wie alle anderen« – ein Urteil, das für jeden neuen Kandidaten das Aus bedeutete.

Oder verstand Maggie alles falsch? Hatte Natasha diese Dokumente in ihrem Besitz, weil sie gegen die habgierigen Männer vorgehen wollte, deren Unterschriften auf der teuren Baumwollserviette standen? War sie von einer nicht staatlichen Organisation beauftragt worden, die für die Rechte indigener Völker eintrat? Sollten Ureinwohner für ein großes Werk Platz machen und von dem Ort vertrieben werden, den sie jahrhundertelang ihre Heimat genannt hatten? Sollte der Urwald, der ihnen Schutz geboten hatte, gerodet, oder der See, der ihren Durst stillte, vergiftet werden? Maggie stellte sich Natasha in schmutzigen Jeans und Arbeitsstiefeln vor. Mit schweißbedeckter Stirn betrachtete sie eine verwüstete Landschaft und füllte ein Notizbuch mit den Aussagen kasachischer Bauern, die klagten, dass seit Beginn des Erzabbaus in der schmutzigen Mine ihr Land unfruchtbar und ihr Grundwasser verseucht sei.

Das Problem war, dass Maggie sich nicht sicher sein konnte. Arbeitete Natasha für die Männer, die ihre Namen auf die Serviette geschrieben hatten, oder gegen sie? War Ersteres der Fall, gehörten die Männer zu jenen Oligarchen, die gegen den Mann im Kreml opponierten, Dissidentengruppen und regierungskritische Websites finanzierten und auf den Tag hofften, an dem er endlich die Macht einbüßte? Falls ja, würde es die verwickelten, undurchsichtigen finanziellen Arrangements erklären, die die Dateiordner auf Natashas Festplatte füllten: Sie versteckten ihre Güter nicht vor den Finanzbeamten diverser Nationen, sondern vor dem langen, gierigen Arm des russischen Staates und seines modernen Zaren.

Oder waren es Dealmacher? Gingen sie so beiläufig mit ihren gewaltigen Vermögen um, dass es ihnen nichts ausmachte, einen Multimilliardendeal auf einem Stück Tischwäsche niederzulegen? Waren sie treue Verbündete des russischen Führers, de facto seine Gesandten in der großen, weiten Welt, die seine Interessen schützten und sogar – so hieß es – seine Milliarden außer Landes deponierten? Mittelsmänner, die in Züricher Bankschließfächer einzahlten oder in Luxuspenthouses in Knightsbridge investierten, sodass Geld und Mittel bereitstanden für den Tag, an dem er es brauchte? Eine große Zahl superreicher Russen erfüllte diese Funktion. In ihrer angeblichen Wahlheimat galten sie als unabhängige hochgestellte Leute – sie gründeten ein Forschungsinstitut in London, subventionierten ein Orchester in New York –, in Wirklichkeit aber waren sie bloß Schwarzgeldkuriere für den Boss. Ihre Fassade hatte nur Bestand bis zu dem Tag, an dem er ihnen die Gunst entzog.

Je länger sich Maggie das hochauflösende Foto auf dem Bildschirm ansah, das einen handschriftlichen Vertrag bewahrte, als wäre es ein Fragment der Bibel, desto sicherer war sie sich, dass in ihm die Antwort auf das Rätsel enthalten war, vor dem sie zurzeit stand. Wenn jemand daran arbeitete, Natasha Winthrop zu beschädigen oder zu Fall zu bringen, fand sich die Erklärung mit Sicherheit hier. Es kam darauf an, wie die Antwort auf die Frage lautete, die der Inhalt dieser Dateien aufwarf, aber Maggie konnte sie noch nicht geben. War Natasha die Geißel dieser Moskauer Oligarchen – oder ihre Gehilfin?

KAPITEL 25

Moskau, drei Tage zuvor

Eine Frau sah eine andere an, und das Signal bestand aus nichts weiter als einem kurzen Seitenblick in Richtung des Mannes. Damit verbreitete sie lautlos die Nachricht im ganzen Club, die nur in der Umkleide laut ausgesprochen wurde: *Er ist wieder da.*

Die Frauen wussten ohne Ausnahme, wer gemeint war, obwohl es unter der Klientel in der *Landebahn* an zwielichtigen Erscheinungen nicht mangelte. Seine Berühmtheit verdankte der Mann auch nicht seinem Reichtum. Viele Oligarchen, Minioligarchen und ihre gut bezahlten Handlanger kamen in den Club am Prospekt Mira, der günstig weitab vom Stadtzentrum lag.

Der Club war kein anonymer Treffpunkt; es ging nicht einmal diskret zu, aber auch nicht so auffällig wie in einigen Alternativen. Zum Teil lag es wohl daran, dass nicht jede Ecke der *Landebahn* mit versteckten Kameras überwacht wurde, weil nur wenige internationale Gäste kamen – im Gegensatz zu den meisten Sexclubs der Innenstadt und gewiss allen Suiten der Fünfsternehotels. Die Moskauer Gangsterklasse fühlte sich hier unbeobachtet und war daher relativ entspannt. Für besagten Mann galt das jedenfalls ganz gewiss.

Die Frau ging zu ihm, um ihn nach seinem Getränkewunsch zu fragen. Sie nahm damit ein Opfer auf sich, denn sie war länger hier als die anderen »Mädchen«, die sie als zu jung ansah, als dass sie in die Schusslinie gebracht werden durften. (Eine, die erst vergangene Woche angefangen hatte, behauptete, siebzehn zu sein, aber die Frau hätte das Trinkgeld eines

204

ganzen Abends darauf gesetzt, dass sie keinen Tag älter war als fünfzehn. Wenn der Mann sie ins Visier bekam, würde ihn nichts aufhalten.)

Sie trat an seinen Tisch, hob den Kopf, nahm die Schultern zurück und wölbte die Brust nach vorn und setzte ihr freundlichstes Lächeln auf. Sie wusste mit Sicherheit, dass er ihren kalten Blick, schneidend wie ein Laserstrahl, nicht bemerken würde. Er würde ihr nicht in die Augen sehen.

Der Mann war allein, wie immer. Kahlkopf, braune Lederjacke, schwarzes Polohemd, wie immer. Eine Flasche Johnnie Walker Black Label, wie immer. Er steckte der Frau einen Hundertdollarschein ins Strumpfband, und seine Finger verweilten auf der Innenseite ihres Oberschenkels, wie immer. Er sandte eine Botschaft: *Der große Gangster ist da, er hat Geld in der Tasche und kann tun, was immer er will.* Wie immer.

Die Frau erinnerte sich an ihre erste Begegnung mit ihm. Damals war sie froh gewesen, dass der Mann sie ausgesucht hatte. Er war eindeutig wohlhabend, und es fehlten alle üblichen Warnzeichen: Er zog sie nicht mit Blicken aus, er versuchte nicht, zu grabschen. Der Mann wirkte vielmehr kaum interessiert. Während ihres Bühnenauftritts sah er die ganze Zeit auf sein Handy.

Selbst als sie ihm einen Privattanz darbot und sich an ihm rieb, zeigte der Mann keine offensichtlichen Anzeichen von Erregung. Weder atmete er schneller, noch musste er sich auf dem Sitz zurückrücken.

Umso überraschter war sie gewesen, als er sie um einen weiteren Tanz in einem Séparée bat.

Der Mann hatte das hinterste Séparée ausgesucht, das am weitesten von Bar und Bühne entfernt war. Dieser Umstand hätte ihr einen Hinweis liefern sollen, wenn sie wachsam gewesen wäre. Die Frau war jedoch mit ihren Gedanken woanders, vor allem bei der Extrasumme, die sie zu verdienen hoffte.

In der Abgeschiedenheit des Séparées, nur wenige Zentimeter von ihm getrennt, intensivierte sie ihre Bemühungen, langsamer und irgendwie auch ernsthafter. Während sie sich drehte und reckte, sich ihm zeigte, konzentrierte sie sich ganz auf die harte Währung, die bald ihr gehören würde; ein Batzen Geld, wenn er schon hundert Dollar für einen Drink springen ließ. Gleich würde sie ihren speziellen Move anbringen, der sich noch immer ausgezahlt hatte.

Aber so weit kam sie nie. Unerwartet, übergangslos, ohne jede Warnung legte er ihr die Hand auf die Schädelkuppe und presste sie fest nach unten, als drückte er auf den Sprengzünder, der ein Gebäude in sich zusammenstürzen ließ. Er hörte auf, als ihr Mund auf einer Höhe mit seiner Leistengegend war.

Für sich genommen war die Masche nichts Ungewöhnliches. Männer versuchten den Trick oft, und die Frau wusste, wie sie darauf reagieren musste. Sie duckte sich unter seiner Hand weg, versuchte, sich wieder aufzurichten, damit sie ihm mit dem Finger drohen konnte: Spielerisch pflegte sie diese Geste in ihre Tanzbewegungen einzubauen, ließ dabei aber keinen Zweifel, dass es ihr ernst war. Richtig ausgeführt, hatte es gewöhnlich die gewünschte Wirkung und signalisierte dem Kunden, dass er sich zurücknehmen musste, ohne ihn zu demütigen. Das war etwas, das die Frau und alle »Mädchen« wussten: Niemals durfte ein Kerl sich kleingemacht fühlen. Er durfte weder Herabsetzung noch eine Kränkung seiner Männlichkeit empfinden. Denn wenn es dazu kam, wurde es fies.

Die Frau erhielt keine Gelegenheit, ihren Plan durchzuführen. Kaum hatte sie sich unter seiner Hand weggeduckt, stieß der Mann gegen ihren Kopf, so kräftig, dass sie sich langlegte. Diesmal überließ er nichts dem Zufall und drückte ihren Schädel mit der Wange so fest an den Boden, dass sie keine Chance hatte, sich zu befreien.

Nun stieg er von der Sitzbank, und während er mit rechts

ihren Kopf wie in einem Schraubstock gepackt hielt, griff er mit der linken Hand nach seinem Hosenschlitz. Als sie sich wehrte, ließ er sie gerade lange genug los, um sie so hart zu ohrfeigen, dass sie sich fragte, ob ihre Wange blutete. Dann packte er wieder ihren Kopf. Nach diesem Hieb tat sie, was er von ihr wollte, nur damit es aufhörte.

Als es vorüber war, versteckte sich die Frau. Sie kauerte in einer Toilettenkabine und sprach durch die dünne Tür mit den anderen Frauen. Die ganze Zeit spürte sie dabei das rote Brennen im Gesicht. Sie wollte nicht herauskommen. Sie erzählte den anderen Frauen, was geschehen war, und warnte sie davor, in seine Nähe zu gehen. Erst kurz vor Sonnenaufgang wagte sie endlich, die Tür zu öffnen.

Später sprach sie mit der Geschäftsführerin und bat sie, den Mann bei der Polizei anzuzeigen. Als sie ihn jedoch beschrieben hatte, verhärtete sich der Blick ihrer Chefin, und sie schüttelte den Kopf. »Den nicht«, sagte sie. »Nein, nein, nein. Den nicht.«

Er sei zu reich und zu mächtig, erklärte die Chefin. »Außerdem hat er die Polizei in der Tasche. Wenn wir ihn anzeigen, geraten *wir* in Schwierigkeiten. So läuft das nämlich. Es tut mir leid.« Und sie reichte der Frau eine Tube mit Creme für ihr Gesicht.

Das war alles. Keine Woche später kam er wieder in den Club. Die Frau ging ihm aus dem Weg, aber in den Wochen und Monaten, die darauf folgten, erkannte sie, dass sie sich die Mühe hätte sparen können.

Der Mann erinnerte sich weder an ihr Gesicht noch an das Gesicht irgendeiner Frau hier, einschließlich derer, gegen die er tätlich geworden war.

Alle »Mädchen« wussten Bescheid, jede bekam es gesagt, die neuen erfuhren es von den Veteraninnen – denen, die schon monatelang in der *Landebahn* tanzten und nicht erst seit

Wochen: Keine Privattänze für diesen Mann, wenn du es vermeiden kannst. Niemals in das Eckséparée, wenn du es vermeiden kannst. Keine Extras, wenn du es vermeiden kannst. Und wenn du es nicht vermeiden kannst – wenn er dich zwingt –, dann wehr dich nicht. Denn wenn du ihn trittst oder kratzt oder schlägst, dann erinnert er sich an dich, und er wird sich rächen. Du hast doch das Bild von dem einen Mädchen gesehen, das Bild an der Pinnwand neben den Waschräumen? Du weißt, was ihm zugestoßen ist, dem armen Ding? Möge es in Frieden ruhen.

»Bedienung, bitte?«

Die Frau drehte sich um und sah, dass ein neuer Gast an einem Tisch unweit der Bühne saß. Die Frau war so sehr auf den Mann fokussiert gewesen, dass sie den neuen gar nicht bemerkt hatte.

»Aber natürlich.« Die Frau trat einen Schritt näher.

Erst jetzt, wo sie der Spot, der die Bühne bestrahlte, nicht mehr blendete, sah sie, dass der Neuankömmling eine Frau war. So etwas war nichts Neues, aber die *Landebahn* ermutigte auch nicht dazu. Den Inhabern genügte es, wenn zwei Mädchen so etwas auf der Bühne spielten. Aber als zahlende Kunden? Das war weniger gern gesehen.

Die Neue bestellte einen Wodka Tonic ohne Zitrone, ohne Eis.

Sie bat die Frau, sich zu ihr an den Tisch zu setzen.

Die Frau lächelte und setzte zu der Erwiderung an, dass es nicht solch ein Club sei, als der weibliche Gast ihr Handgelenk ergriff und leise sagte: »Ich möchte mit Ihnen über ihn sprechen.« Mit einer sachten Kopfbewegung zeigte sie auf den Johnny-Walker-Trinker, dessen Gesicht von seinem Handydisplay angestrahlt wurde.

Unwillkürlich zuckte der Blick der Frau nach links und rechts. Als sie sich vergewissert hatte, dass niemand sie beobachtete, entspannte sie ihr Gesicht zu einer Miene, die auf ein belangloses, ganz gewöhnliches Gespräch mit einem Gast hindeutete. Ihre Stirn durfte sich nicht runzeln, und schon gar durfte sie Neugierde oder Angst verraten, überhaupt nichts, was den Mann auf sie aufmerksam machen konnte. So unauffällig, wie es ging, entzog sie dem weiblichen Gast ihren Arm und tat, als müsste sie sich die Frisur richten.

Ihr Gegenüber verstand. »Haben Sie keine Angst. Für mich ist das eine Reise in die Erinnerung. Ich habe selbst hier gearbeitet. Über zehn Jahre ist es jetzt her.«

Die Frau hatte Mühe, es zu glauben. Der weibliche Gast war gekleidet wie eine Ärztin oder Professorin, vielleicht auch wie eine Geschäftsfrau.

»Ich habe studiert. Ich musste von etwas leben. So wie Sie.« Sie schwieg kurz. »Also.« Eine weitere Neigung des Kopfes in Richtung des Mannes. »Bedeutet er immer noch Schwierigkeiten?«

Die Frau lächelte gezwungen und nickte rasch, eine Geste, die von fern wie eine Bestätigung der Bestellung erscheinen würde.

Der weibliche Gast griff wieder nach ihr, und als die Frau gerade zurückweichen wollte, drückte die Fremde ihr etwas in die Hand. Auf diese Weise hatte ihre Großmutter ihr immer eine Münze zu ihrem Geburtstag geschenkt, verstohlen: ihr kleines Geheimnis. Sie senkte nicht den Blick, aber das Gefühl verriet der Frau, dass ihr eine Halskette gereicht worden war, die einen schweren, ovalen Anhänger trug.

»Sorgen Sie dafür, dass wer immer in einem der Séparées für ihn tanzt, das hier trägt. Wenn irgendetwas geschehen sollte, rufen Sie mich. Okay?«

Die Frau rührte sich nicht, also fragte die Frau noch einmal. »Okay?«

Ein erneutes Nicken, das der Fremden ein breites Lächeln

entlockte. »Nun zum Wodka.« Aus dem Nichts hielt sie einen Fünfzigdollarschein in der Hand und reichte ihn der Frau. Sie sah zu, wie die Frau die Banknote wegsteckte und sagte – in einem freundlichen, aber bestimmten Ton: »Zu meiner Zeit haben wir uns die Lappen immer genau angesehen. Um sicherzugehen, dass wir nicht übers Ohr gehauen wurden.«

Die Frau tat, wie ihr geheißen, und hielt den Schein hoch ins Licht. Erst da sah sie, dass mit blassen Bleistiftstrichen eine Telefonnummer darauf geschrieben stand. Eilig steckte sie ihn weg, getrennt von den anderen.

Sie ging an die Bar, um den Wodka Tonic zu holen, und sah auf die Bühne. Sie merkte, dass der Mann dem Auftritt nun Beachtung schenkte, denn er sah nicht mehr aufs Handy, sondern starrte die Neue an, wie sie sich vor ihm verbog und ihren Teenagerkörper verdrehte.

Die Frau fragte sich, ob sie es jetzt gleich tun, ob sie irgendwie das Medaillon an den Hals des Mädchens bringen sollte. Sie sah zu dem weiblichen Gast, um sich Rat zu holen. Aber die Stelle, wo sie gesessen hatte, war nun leer. So still und unbemerkt, wie sie gekommen war, war sie verschwunden.

KAPITEL 26

Washington, D. C.

Maggie stand auf und reckte sich, dann wackelte sie mit den Fingern wie ein Pianist nach einem anstrengenden Auftritt. Stundenlang hatte sie in Natasha Winthrops Büro ununterbrochen an der Tastatur gesessen, ohne auf ihre unergonomische Haltung Rücksicht zu nehmen. Jetzt wäre der richtige Moment für Sport gekommen, wäre sie denn der sportliche Typ gewesen und hätte im Rock Creek Park gejoggt oder Gewichte gestemmt. Beispielsweise bei Dom, dem Personal Trainer, der unter den Washingtonerinnen ihrer Demografie angesagt war – seine Kundenliste war voller Journalistinnen, Lobbyistinnen und leitenden Angestellten im Außenministerium. Aber auf solche Dinge hatte sie keine Lust: weder auf die Lycra-Tops und Yogahosen, auf die kleinen weißen Pods in den Ohren noch auf das geisttötende Gefasel à la: *Rat mal, wie viele Schritte ich heute schon gemacht habe. – Oh, das ist schwer. Lass mich raten: Es ist mir so was von scheißegal.* Nein, soweit es Maggie Costello betraf, hatte sie ihre Konzession an Gesundheit und Fitness bereits geleistet. Sie hatte das Rauchen aufgegeben. Sogar mehrmals. Das musste reichen.

Sie ging ans Fenster. Im Augenblick hätte sie für eine Zigarette gemordet. An der Ecke gegenüber sah sie das Licht des Mini-Markts. Nur fünf Minuten würde es dauern. Und Uri war verreist und konnte ihr keine Vorträge über ihre Gesundheit halten.

Nein, sie würde nicht nachgeben. Lieber zwang sie sich, über alles nachzudenken, was sie bei ihrer Computer-Erkundung über das Leben Natasha Winthrops erfahren hatte.

Sie hatte nach allem gesucht, was die Ereignisse der letzten Tage erklären konnte. Oder – falls es keine verborgene Erklärung gab und Winthrops Aussage den Anfang und das Ende darstellte – nach einem Hinweis darauf, wer aktiv versuchte, ihre Qualen zu maximieren. Das nicht zuletzt mithilfe des Briefs, der in Langley, Virginia aufgegeben worden war. Um die Frage zu beantworten, musste Maggie über die Frau, die sie engagiert hatte, erfahren, was sie nur konnte.

Zu diesem Zweck hatte sie Natashas Verzeichnisse und Dateien links liegen lassen, war ins Internet gegangen und hatte sich rückwärts vorgearbeitet. Erneut las sie die Profile, die schlagartig überall aufgetaucht waren, nachdem sich Natasha bei den Kongressanhörungen hervorgetan hatte: im Style-Teil der *Washington Post*, in *Vanity Fair, Esquire* und ein besonders leuchtendes Beispiel im *Boston Globe*. Alle boten sie die gleiche Auswahl aus dem Lebenslauf, erzählten die gleichen Anekdoten und zitierten die gleichen Freunde.

Danach arbeitete sie jede Erwähnung vor den Anhörungen ab, die sie finden konnte: Berichte über Fälle, die Natasha ausgefochten hatte, Statements auf den Treppen vor dem Supreme Court, hin und wieder einen Fachartikel in einer juristischen Zeitschrift oder einen Vortrag auf einer Konferenz. So weit, so vertraut.

Als sie noch weiter zurückging, wurden die Treffer seltener. Sie fand nur vier Verweise auf ihre erste Anstellung bei der New Yorker Staatsanwaltschaft. Zweimal wurde sie in den Gerichtsprotokollen von Mordprozessen lediglich namentlich erwähnt; das dritte enthielt ein Zitat aus ihrem Abschlussplädoyer bei der Verhandlung über einen bewaffneten Raubüberfall. *Der Angeklagte hat eine kaltschnäuzige, sträfliche Gleichgültigkeit gegenüber dem Wert eines Menschenlebens bewiesen. Er stellt eine Bedrohung für alle und jeden von uns dar.* Die letzte Nennung verkündete, dass dieser Abschnitt von Natashas Laufbahn vorüber war: Eine Notiz auf einer juristischen Website merkte an, dass sie die Staatsanwaltschaft verlasse und in eine Privatkanzlei eintrete.

Übrig blieb eine amtliche Bekanntmachung, dass sie ein hochbegehrtes Praktikum am Supreme Court antrete, und diverse Kleinigkeiten aus ihrer Zeit in Harvard. Eine Meldung im *Crimson* über ihre Wahl zur Schriftleiterin des *Law Review*, dazu ein paar Artikel im gleichen Journal unter ihrem Namen, entweder allein oder mit einem Ko-Autor. (Maggie überflog sie. Einer befasste sich mit den rechtlichen Hürden für eine Vermögenssteuer und wie sie überwunden werden könnten, ein anderer – durchaus ironisch – mit den Mustern sexueller und rassischer Diskriminierung bei den Ernennungen von ProtokollantInnen am Supreme Court.) Maggie war beinahe erleichtert, als sie auch einen Klatschartikel über das Collegeballkomitee fand, das bei der Tombola im entsprechenden Jahr auch einen »voll funktionstüchtigen Vibrator« verloste:

Um einen Kommentar gebeten, sagte Komiteemitglied Tasha Winthrop: »Keine Sorge, es ist auch viel Jungsspielzeug dabei.«

(Maggie stellte sich Stuarts Reaktion darauf vor. Er hätte gewollt, dass die Kandidatin eine Erklärung abgab: *Als ich noch jung und unverantwortlich war, war ich jung und unverantwortlich.* Maggie hätte einen Tweet vorgeschlagen, der nichts weiter enthielt als ein Erröten-Emoji.)

Schließlich gelangte sie in Natashas Teenagerjahren an. Eine bebilderte Story in der *Cape Cod Times* verkündete stolz, dass ein einheimisches Mädchen ein Stipendium für Harvard errungen hatte:

Natasha Winthrop ist die einzige überlebende Tochter von Aldrich und Tilly Winthrop von Pilgrim's Cove und besucht St. Hugh's Academy in Andower.

Maggie schaute sich die achtzehnjährige Natasha genau an, die ihren Brief aus Harvard in der Hand hielt und breit lächelte. In ihren Augen hingegen stand etwas anderes; sie fixierte die Kamera mit einem Ausdruck, der zugleich traurig war und – was? Das Beste, was Maggie einfiel, war … trotzig.

Davon abgesehen war ihr Geburtszertifikat online sichtbar, zusammen mit der Geburtsanzeige im *Boston Globe.* Viel fand sich über den Tod ihrer Eltern und ihrer beiden Schwestern bei einem Autounfall in Rheinland-Pfalz, wo Colonel Reed Aldrich Winthrop auf dem US-Luftstützpunkt Ramstein Air Base stationiert gewesen war. Natasha hatte mit im Auto gesessen, und in den ersten Berichten wurde ihr Zustand als »kritisch« bezeichnet.

Ein Artikel berichtete von der Beerdigung in Cape Cod, die stattfand, während die fünfzehnjährige Natasha in Deutschland im Lazarett um ihr Leben kämpfte.

Maggie kehrte zu dem Bild in der Lokalzeitung zurück, auf dem Natasha drei Jahre später ihr Aufnahmeschreiben für Harvard zeigte. Die Traurigkeit war offensichtlich, aber auch der Trotz ergab Sinn: Sie war durchgekommen, trotz allem.

Mehr konnte Maggie nicht sehen, und das war kaum eine Überraschung. Aldrich Winthrop war über ein Jahrzehnt zuvor in Ramstein stationiert worden; er war Colonel und hatte eine Stabsfunktion beim NATO Allied Air Command inne, als er starb. Bevor ihre Familie ausgelöscht worden war, war Natasha auf dem US-Luftstützpunkt in Deutschland aufgewachsen.

Sie gelangte zu dem Schluss, dass nichts in den öffentlich zugänglichen Quellen über Natasha Winthrop die gegenwärtige Situation erhellte. Maggie fand keinen eindeutigen Feind, kein augenfälliges Zerwürfnis. Die Suche hatte auch keinerlei Erkenntnisse über die rätselhafte Verbindung nach Russland erbracht, auf die sie in den Computerdateien gestoßen war. Für Maggie lag nun auf der Hand, dass sie dorthin zurückmusste, wo sie bereits geschürft hatte, nur dass sie diesmal noch sorgfältiger zu suchen hatte.

Irgendwo in den Dateien auf dem Arbeitsrechner lag gewiss die Antwort.

Die russischen Dateien blieben ganz oben auf ihrer Liste, aber Maggie führte nun einen Appell all jener durch, die sich von Natasha und ihrem juristischen Können geschädigt fühlen mochten. Darunter waren einzelne CIA-Mitarbeiter an diversen Geheimeinrichtungen auf der ganzen Welt. Jedem von ihnen wurden Menschenrechtsverstöße einschließlich Folter vorgeworfen. Eine Gruppe von Marinefliegern wurde sexueller Nötigung beschuldigt, der Vorstand eines Konzerns, der fossile Brennstoffe vertrieb, Testergebnisse gefälscht zu haben. Dann war da noch ein Hightech-Unternehmen, das Natasha zwar noch nicht verklagt, gegen das sie aber bereits eine gewaltige Menge an Beweismaterial gesammelt hatte. Maggie schrieb alles nieder: Namen, Daten, Orte. (In dem Fall der Hightech-Firma begriff Maggie weder, was das Unternehmen verbrochen haben sollte, noch, ob es schuldig war: Sie würde Liz um einen Kurs in Cyberkriminalität für Dummies bitten müssen.)

Sie wühlte sich in der Zeit zurück durch Natashas Karriere, bis sie sich dem Beginn des Jahrhunderts näherte. Nachdem sie die digitalen Aufzeichnungen erschöpft hatte, ging sie an den Aktenschrank – er war abgeschlossen, aber Natasha hatte ihr verraten, wo sie den Schlüssel fand. Maggie blätterte durch Pappordner, die aussahen, als wären sie während des vergangenen Jahrzehnts nicht mehr angerührt worden. Weit hinten standen die Akten der allerersten Prozesse, die Winthrop als Verteidigerin geführt hatte, kurz nachdem sie in die Kanzlei eingetreten war.

Maggie drehte die Seiten um – Mitteilungen an die Staatsanwaltschaft, eidesstattliche Aussagen, Polizeiberichte. Dann stieß sie auf eine Akte, bei der sie sofort hellwach wurde.

Das Volk gegen Nancy Jimenez

Maggie fiel der Fall nicht etwa auf, weil eine Frau im Mittelpunkt stand; im Gegenteil, Frauen tauchten ständig in den Akten auf, ob analog oder digital. Aber es war der erste Fall, in dem eine Frau nicht das Opfer eines schrecklichen Verbrechens war, nicht einmal eine Zeugin, sondern die Beschuldigte. Sie überflog die Seiten und machte sich mit den wichtigsten Fakten vertraut.

Jimenez war eine alleinerziehende Mutter aus Brentwood, einem Stadtviertel Washingtons. Sie arbeitete als Raumpflegerin in verschiedenen Bürogebäuden im Nordwesten der Stadt. Eines Sonntagabends hatte sie die Polizei angerufen und mit ruhiger Stimme erklärt, dass ein toter Mann in ihrer Küche liege. Die Notrufzentrale hatte gefragt, woher Jimenez wisse, dass der Mann tot sei. »Ich weiß es eben«, antwortete sie. »Woher wissen Sie das?«, beharrte die Zentrale. »Ich weiß es, weil ich ihn getötet habe.« Als die Polizei eintraf, stand Jimenez bei dem Mann, offenbar erstarrt vor Schreck. In der rechten Hand hielt sie den Kerzenleuchter aus Bronze, mit dem sie ihn auf den Kopf geschlagen hatte.

Natasha hatte angeführt, der Mann habe versucht, Jimenez zu vergewaltigen. Er habe sie zu Boden gedrückt und »einen Akt gewaltsamer Penetration« begonnen, wie die Gerichtsdokumente es nannten. Jimenez sagte aus, der Mann habe ihr die Hände um den Hals gelegt, und sie habe gefürchtet, dass sie sterben müsse. Sie wehrte sich und ertastete während des Kampfes den Kerzenleuchter. »Ich wollte ihn nicht umbringen. Ich wollte nur, dass er aufhört«, erklärte Jimenez beim Verhör der Polizei.

Nancy Jimenez wurde in allen Anklagepunkten freigesprochen. Das Gericht akzeptierte, dass sie in Notwehr getötet hatte, dass ihre Gewaltanwendung vernünftig und der Gefahr angemessen war, in der sie sich befand. Sie verließ das Gericht als freier Mensch, und die erste Person, der sie dem Bericht in der *Washington Post* nach dankte – der Ausschnitt lag in der Akte –, war ihre Anwältin Natasha Winthrop, damals erst vierundzwanzig. »Diese Frau hat mir das Leben gerettet«, sagte Jimenez zu den Reportern. »Sie hat mich gerettet.«

KAPITEL 27

Washington, D. C.

Marcia Chester schmeckte den Kaffee in ihrem eigenen Atem. Und wenn sie das schon störte, musste es auf ihren Partner definitiv abstoßend wirken. Aber Allen hatte ein eher unterwürfiges Gemüt und sich noch nie beklagt, also entschied Marcia, darüber hinwegzugehen. Sie könnte in ihrer Handtasche nach einem Kaugummi wühlen, aber musste das jetzt wirklich sein? Außerdem machte Kaugummi sie hungrig, und sobald die Säfte in ihrem Magen in Bewegung gerieten, würde er knurren. Lautstark. Was für sich genommen ebenfalls abstoßend war. Am besten beließ sie alles so, wie es war.

Allen lenkte den Wagen in eine Parkbucht »Nur für Polizei« vor der Gerichtsmedizin in der E Street, Southwest: Solche Parkplätze gehörten zu den wenigen Vorzügen ihres Jobs, überlegte Chester.

Nicht dass zu dieser gottverdammten Abendstunde noch sonst jemand hierher wollte. Während sie den Sicherheitsgurt löste, um auszusteigen, überlegte sie, ob sie den Kaffeebecher im Auto lassen sollte. *Ach was*, dachte sie, *wennschon, dennschon.* Sie packte den Becher und knallte die Tür hinter sich zu.

Drinnen sah sie zu ihrer großen Erleichterung ein vertrautes Gesicht: Dr. Amy Fong. Das war zum einen erfreulich, weil Chester nicht danach war, auf nett zu machen, was bei jemand Neuem nötig gewesen wäre, und zum anderen, weil sie wusste, dass Fong gründlich und vor allem schnell war. Ihr musste man nicht erst Honig ums Maul schmieren und darlegen, dass der

218

Chief of Police den Fall ganz oben auf die Prioritätenliste gesetzt hatte: Fong wusste so etwas längst.

Die Pathologin empfing die beiden Detectives mit einer Miene, die in Chester noch größere Erleichterung weckte. Fong war ebenfalls froh, dass sie auf Small Talk und eine Vorstellungsrunde verzichten konnte. Eine Frau ganz nach ihrem Herzen.

Beim vertrauten Marsch durch den menschenleeren Korridor und erst durch die eine, dann die andere Flügeltür bis in den Untersuchungssaal erklärte Dr. Fong, dass sie die Befunde im vorläufigen Bericht hatte bestätigen können.

Allen schien das als Zurechtweisung aufzufassen. »Sicher, aber wir wollen die Leiche immer selbst sehen.«

Chester bekundete Fong ihre Solidarität, indem sie sie augenrollend ansah. *Lassen Sie mich gar nicht erst davon anfangen.*

Jeffrey Todds Leichnam lag auf einer Rolltrage, ein Hinweis darauf, dass er eigens für diesen Besuch hergeschafft worden war. »Erzählen Sie uns was, Doc«, sagte Chester.

Die Pathologin wies auf den Schädel, dessen linke Seite eingesunken aussah wie ein Fußball mit einem Loch. »Wie Sie sehen, hat das Opfer sehr starke stumpfe Gewalteinwirkung gegen den Kopf erhalten, die zu schweren Quetschungen führte, zu zersplitterten Knochen und einem ernsten und tödlichen Hirntrauma.«

»Wie oft ist er Ihrer Ansicht nach getroffen worden?«

»Einmal.«

»Und mit dem Gegenstand, den meine Kollegen Ihnen gezeigt haben?«

»Ja, allerdings. Gewicht und Form des Gegenstands stimmen mit den Verletzungen vollkommen überein.«

»Haben Sie sonst noch etwas zur Leiche anzumerken? Sie wissen, der Aussage der Verdächtigen zufolge hat er an ihr einen sexualisierten Gewaltakt vorgenommen, als sie ihn schlug.«

219

»Nun, wie Sie wissen, fanden sich sowohl auf Opfer als auch Täterin klare Spuren einer Ejakulation, die …«

»Verzeihung.« Die Unterbrechung kam von Allen, der alle Einzelheiten mitschrieb. »Sie sagen Täterin …«

»Entschuldigung«, sagte Fong. »Täterin des tödlichen Schlages. Die Frau. Das Opfer: der Mann.«

»Gut. Also war Sperma an ihrer Kleidung und an seiner. Ist das richtig?«

»Das ist korrekt.«

»Ich weiß, es klingt penibel, aber stammte das Sperma von ihm? Ohne Zweifel?«

»Wir haben es untersucht, Detective.« Fong konnte nicht verbergen, dass sie ungehalten war. Sie sah Chester an, die mit halber Geschwindigkeit die Lider schloss und wieder öffnete: Das war nicht ganz so offensichtlich wie ein Augenrollen, aber dennoch die kameradschaftliche Bekundung geteilter Gereiztheit. Allen war von jeher ein Pedant, aber nach dem Fiasko mit dem Überwachungsvideo war es schlimmer geworden. Seit sich der angebliche »undeutliche Umriss einer Person, die die Tür öffnet«, als ein Schatten und nichts weiter erwiesen hatte, überprüfte er jede verdammte Kleinigkeit doppelt und dreifach.

»Finden sich am Leichnam weitere Spuren, die Ms Winthrops Aussage entweder bestätigen oder ihr widersprechen? Irgendetwas, das wir wissen sollten?«

»Unter seinen Fingernägeln fand sich DNA von ihr, und umgekehrt einiges an DNA von ihm unter ihren, dem Polizeibericht zufolge, den Ihr Team angefertigt hat. Kratzer im Gesicht, am Hals und an den Händen. Alles passt zu einem Kampf. Ganz wie sie sagte.«

Allen nahm sich einen Augenblick, um seine Notizen durchzugehen, dann sah er Chester an und teilte ihr durch seinen Blick mit, er sei der Ansicht, sie hätten alles abgedeckt.

Auch Chester rührte sich, wollte schon zur Tür gehen. Mehr

aus Gewohnheit denn aus einer Ahnung heraus stellte sie eine letzte Frage.

»Dr. Fong, gibt es sonst noch etwas, was Sie über den Leichnam sagen können. Über die Verletzungen, die zu seinem Tod führten, irgendetwas, das uns bei unserer Untersuchung nützen könnte?«

Die Pathologin schwieg kurz. »Ich denke nicht, dass wir da von Verletzungen sprechen können.«

»Wie meinen Sie das?«

»Wie schon gesagt, starb er an einer einzigen Verletzung.«

Allen sah Chester mit gerunzelter Stirn an und wandte sich wieder Fong zu. »Ich kann Ihnen nicht folgen, Doc.«

»Der tödliche Schlag erfolgte mit Präzision. Er wurde sehr sauber ausgeführt.«

»Präzision?«, fragte Chester.

»Richtig. Der Schlag wurde mit der erforderlichen Kraft auf genau die richtige Stelle des Gehirns ausgeübt.« Als Fong die Reaktion der Detectives sah, hob sie die Hände. »Ich weiß nur, was ich auf dem Tisch sehe. Aber was ich sehe, ist Folgendes: Wer immer diesen Mann getötet hat, wusste ganz genau, was zu tun war.«

KAPITEL 28

Washington, D. C.

Maggie legte die Akte auf den Tisch und bemerkte mit einem Mal, wie still es im Büro war. Zu hören war nur das Summen der Computer, auch derer, die sich offiziell im Ruhezustand befanden; eine stumme Vibration von Elektrizität, die bereitstand, die Korridore zu erhellen, sollte sie die leiseste Bewegung spüren. In dieser Stille hörte sie ihr eigenes Herz, das heftig pochte, wie sie nun begriff.

Sie sah wieder auf die Akte in ihrer zitternden Hand. Es musste ein Zufall sein. Mit Sicherheit handelte es sich nur um einen dieser unheimlichen Momente, in denen Geschichte sich wiederholte.

Doch dann las sie den Bericht erneut, und einzelne Zeilen sprangen ihr ins Auge. »*Ich wollte ihn nicht umbringen. Ich wollte nur, dass er aufhört* ...« *Der Mann legte ihr die Hände um den Hals ... sie fürchtete, dass sie sterben müsste ... vernünftige und der Gefahr angemessene Gewaltanwendung* ... »*Ich weiß es, weil ich ihn getötet habe.*«

Über zehn Jahre später hatte Natasha den mehr oder weniger gleichen Wortlaut benutzt. Sie wusste, dass die Sätze wirkten, weil sie schon einmal gewirkt hatten. »*Diese Frau hat mir das Leben gerettet.*«

Maggie dachte über die Juristin nach, in deren Haus sie erst gestern übernachtet hatte, darüber, wie sie am Strand gejoggt und bis in die Nacht hinein geredet hatten. Sie dachte an das Brennen aufrichtiger Wut gegen eine Welt, die repariert werden musste, und daran, dass Natasha überzeugt war, dass sie die

Richtige sei, um es anzupacken. War diese Frau fähig, so etwas zu tun: kaltblütig den Mord an einem anderen menschlichen Wesen zu planen und ihn so minutiös auszuführen, dass sie auch schon ihre Verteidigung vor Gericht durchgespielt hatte? Hatte sie dieses Verbrechen als Wiederaufführung eines früheren Notwehrfalls inszeniert, damit sie auf keinen Fall schuldig gesprochen werden konnte? War sie zu derart kalter Berechnung fähig? War Natasha zuzutrauen, dass sie ihr Kalkül hinter einer Fabel verbarg, in der sie sich mit überzeugendem Ernst als verängstigtes Opfer gerierte? Oder war sie jemand, der instinktiv und spontan aus Selbsterhaltungstrieb gehandelt hatte, obwohl diese Tat so gar nichts Spontanes oder Instinktives an sich hatte, sondern weit eher einem lückenlos geplanten vorsätzlichen Mord glich?

Ganz ruhig, sagte sich Maggie. *Zufälle kommen vor; manchmal wiederholt sich Geschichte wirklich. Leg diese Sache beiseite und such weiter.*

Als Nächstes klickte sie auf ein Verzeichnis, das nur mit *Finanzen* beschriftet war. Darin fanden sich PDFs mit Natashas Steuerbescheiden aus den vergangenen sieben Jahren, Dateien mit ihren Einnahmen und Ausgaben für jedes dieser Jahre, dazu die entsprechenden relevanten Rechnungen und Quittungen. Alles war makellos dokumentiert.

Maggie dachte an ihr eigenes Buchhaltungssystem zu Hause: ein Stapel Quittungen auf der Schreibtischplatte, mit einer ungespülten großen Teetasse beschwert. Sobald er wacklig wurde, wischte sie den Stapel in einen Schuhkarton, in dem auch alles andere lag, was mit Geld zu tun hatte, und lagerte ihn unter ihrem Bett. Wenn ihr nur noch Stunden bis zum Abgabetermin der Steuererklärung blieben, kniete sie sich hin, zog den Karton hervor, rief ihre Steuerberaterin an und flehte um Gnade.

Liz hatte ihr System einmal gesehen und entsetzt die Hand auf den Mund gepresst.

Maggie hatte erwidert: »Hör zu, ich weiß, es ist Chaos.«

»Das ist nicht bloß Chaos, Mags«, hatte Liz entgegnet. »Das ist eine Bedrohung für das ganze Steuersystem der Vereinigten Staaten von Amerika. Ich hätte nicht übel Lust, das verflixte Finanzamt anzurufen und dich höchstpersönlich anzuzeigen.«

Winthrops Ordnung hätte sich von Maggies Lotterwirtschaft nicht krasser unterscheiden können. Jeder Ordner, dessen Name das Geschäftsjahr enthielt, umfasste eine Kalkulationstabelle, deren Reiter für jede Kategorie eine eigene Farbe mitbrachten: Reisekosten, Büromaterial und dergleichen. In den Tabellenspalten war jede Zahl ein anklickbarer Link. Maggie klickte auf einen über 1008 Dollar und 42 Cent und fand die Rechnung eines Hotels in Atlanta.

Das brachte sie auf eine Idee.

Zuerst durchsuchte sie die Spalte für das Büromaterial, aber sie sah auf einen Blick, dass die Zahlen nicht hergaben, was sie suchte: Sie war auf niedrige Summen aus, die jeden Monat mehr oder weniger gleich hoch waren.

Da.

Gleich beim ersten Mal richtig. Ein Klick auf einen Betrag von 68,06 Dollar rief ein PDF von Natashas Handyrechnung auf. Fünf Seiten, aber nur die letzten beiden enthielten, wonach Maggie suchte: die Aufstellung all der Anrufe, die nicht pauschal durch die Grundgebühr abgegolten waren. Maggie kannte den Aufbau von ihren eigenen Rechnungen. Bei ihr zeigten sich dort hauptsächlich Anrufe bei Liz' Festnetzanschluss in Atlanta. Sie waren gewöhnlich die Folge eines Versuchs, über die neueste App zu kommunizieren, die ihre Schwester ihr empfohlen hatte. Das waren Versuche, die Maggie aufgab, sobald Liz' Stimme durch das schlechte WLAN entweder beunruhigend roboterhaft oder so schwach klang, dass sie sich anhörte wie ein Geist, der tief unter der Erde gefangen gehalten wird. Das und der gelegentliche Anruf in einem Hotelzimmer, um Uri zu sprechen, wenn er sich in »rote«, republikanertreue Bundesstaaten vorwagte, die ein Universum schwarzer Löcher bildeten, was die Mobilfunkabdeckung anging.

Sie suchte nach der neusten Rechnung, die sie finden konnte, und hoffte, sie würde … was? Eine Reihe von Gesprächen mit Todd aufgelistet sehen, die bewiesen, dass Natasha ihr Opfer gekannt hatte? Oder vielleicht Anrufe bei einem russischen Oligarchen, der sich entweder als Natashas Verfolger oder ihre Jagdbeute entpuppte? Etwas, das erklären würde, wieso sie von allen Vergewaltigern auf der Welt ausgerechnet Jeffrey Todd in eine Lage gelockt hatte, die sich für ihn als tödlich erwies. Oder zumindest etwas, das einen solchen Sachverhalt besser erklärte, als Natasha es getan hatte.

Falls Maggie auf eine Häufung von Anrufen an eine bestimmte Nummer in kurzer Zeit gehofft hatte, etwa in den Stunden, bevor Todd zu Natasha ins Haus gekommen war, so fand sie dergleichen nicht. Und natürlich hatte sie genau darauf gehofft. Selbst die neueste Rechnung deckte nur den zurückliegenden Monat ab, nicht die letzten Tage. Wiederkehrende Nummern gab es durchaus, oft für Gespräche, die zwei oder drei Minuten gingen. Aber sie häuften sich nicht, und keine hing mit jener verhängnisvollen Nacht auf eine offensichtliche Weise zusammen.

Trotzdem – etwas stach ihr ins Auge. Eine Nummer gab es, die Natasha in präzise wiederkehrenden Intervallen angerufen hatte. Maggie rief ihre Kalender-App auf und sah, dass Natasha die Nummer jeden Sonntagabend anrief, immer ungefähr zur gleichen Zeit – kurz nach sechs –, und stets für zwanzig bis fünfundzwanzig Minuten sprach. Die Vorwahl – 207 – war ihr unbekannt. Maggie schlug sie nach und entdeckte, dass 207 zum Bundesstaat Maine gehörte.

Sie musste an ihre eigenen Anrufe bei Liz denken – nicht, dass es dabei ein festes Muster gab. Liz rief an, wann immer sie »die durchgedrehten kleinen Scheißer endlich zum Schlafen gebracht« hatte. Hätte Natasha Familie gehabt, wäre das eine offensichtliche Antwort für die Anrufe gewesen: das Sonntagabendgespräch mit Mutter oder Vater, Bruder oder Schwester. Doch angesichts dessen, dass es da keine Angehörigen mehr gab, musste es sich um jemand anderen handeln. Hatte sie in Maine einen Geliebten, den sie geheim halten musste? Einen verheirateten Mann vielleicht? Oder eine Frau? Namens Judith?

Die Überlegung holte eine weitere Erinnerung an Stuart Goldstein in ihr Gedächtnis, aus der Zeit, als in D. C. über einen jungen schwarzen Gouverneur gesprochen wurde, der hoch hinaus wollte. »Na, ich glaub's ja nicht«, hatte Stuart gesagt. Als Maggie erstaunt die Braue hochzog, hatte Stuart erklärt, man munkele, der Gouverneur sei zwar mit einer Frau verlobt, aber in Wirklichkeit homosexuell. Heutzutage, hatte Maggie entgegnet, sei das doch sicher kein unüberwindliches Hindernis. »Wie ich höre, ist der junge Mann mit Ihnen einer Meinung. Er glaubt, Amerika ist bereit für einen schwulen Präsidenten. Er weiß, dass es bereit ist für einen schwarzen Präsidenten. Er glaubt nur nicht, dass es für einen Präsidenten bereit ist, der schwarz ist *und* schwul.«

Maggie dachte erneut über Natasha Winthrop nach – die alleinstehende Frau, in den Washingtoner Klatschkolumnen bejubelt, weil sie seltenen Glamour in die bekanntermaßen zugeknöpfte Szene des District of Columbia brachte. Die Frage, die der passwortgeschützte Dateiordner namens *Judith* aufgeworfen hatte, trat erneut an die Oberfläche. War Natasha genau wie jener junge Gouverneur zu dem Schluss gekommen, dass die Amerikaner reif sein mochten für eine junge Frau als Präsidentin, es aber womöglich zu viel verlangt wäre, als Oberkommandierende der US-Streitkräfte eine junge Lesbierin zu akzeptieren?

Aber sie zog hier voreilige Schlüsse. Es würde sich eine andere Erklärung finden. Sie sah auf die Uhr in der Ecke des Bildschirms.

Bald wurde es Mitternacht. Zu spät, um die Nummer anzurufen, auch wenn sie in Versuchung war.

Was war das?

Hatte sie das Schnappen einer Tür gehört, die geschlossen wurde? Sie senkte die Augenlider im instinktiven Versuch, konzentrierter zu lauschen. Sie wagte es kaum, sich zu bewegen.

Da! Ein dumpfer Schlag – entweder erneut eine zuschlagende Tür oder ein dumpfer Schritt. Kamen die Geräusche aus dem Bürotrakt oder von weiter vorn beim Empfang? Schlagartig war Maggie sich überdeutlich bewusst, dass sie sich in einem Raum befand, in den sie nicht gehörte, in einem Gebäude, in dem sie sich nicht auskannte und mit dessen Eigenheiten sie nicht vertraut war.

Entschlossen, die Initiative zu übernehmen und vielleicht das Überraschungselement zu behalten, sprang sie vom Stuhl auf, stürmte aus Natashas Büro und eilte ins Großraumbüro, dessen Lampen eine oder zwei Sekunden später von den Bewegungsmeldern eingeschaltet wurden.

Sie blickte sich um. Nichts.

Laut rief sie: »Hallo?«, und kam sich zugleich ängstlich und albern vor.

Stille, dann hörte sie es wieder. Das Schnappen einer Tür. Diesmal näher.

Maggie ging auf den Haupteingang zu. Ein Codeschloss sicherte die Flügeltür, durch die sie in den Empfang gelangte. Jeder Türflügel wurde von einem senkrechten Glasstreifen geteilt. Sie könnte hindurchschauen, aber jemand auf der anderen Seite konnte auch zu ihr hereinsehen.

Sie hielt sich zurück und lauschte. Das Licht erlosch.

Ein weiteres Geräusch, lauter diesmal. Und noch näher.

»Wer ist da?«

Stille. Im nächsten Moment hörte sie durch die Tür einen dumpfen Schlag.

Maggie spähte hinter sich in die Dunkelheit. Gab es auf den Schreibtischen etwas, womit sie sich verteidigen konnte? Auf einem entdeckte sie schemenhaft eine Schere.

Vorsichtig wich sie zurück, trat jedes Mal mit dem Fußballen zuerst auf und hoffte, kein Geräusch zu verursachen. Sie erreichte den Schreibtisch und griff nach der Schere. Sie hielt sie in der Hand, als abrupt und ohne Vorwarnung die Tür aufgeworfen wurde.

Im Rahmen stand ein Mann, daran konnte kein Zweifel bestehen. Er war fast so hoch wie die Tür und unternahm keinen Versuch, sich zu verbergen. Maggie hatte die Hand um die Schere geschlossen; das Metall fühlte sich kalt an. Sie trat vor.

Die Bewegung, ob nun seine oder ihre, genügte, um das Licht einzuschalten. Als sie die Hand hob, sah sie, dass der Mann, der nur ein paar Fuß von ihr entfernt stand, einen einfarbigen Overall trug, in Navyblau. Hinter ihm stand ein Rollwagen mit einem Besen, einem Wischmopp und einem Tablett voller Sprühflaschen und Tüchern. Er sah genauso erschrocken und verängstigt aus wie sie.

»Hallo!«, sagte er sinnlos.

Sie stieß einen leisen und ebenso sinnlosen Schrei aus. Wie erstarrt standen sie einige Sekunden voreinander, bis er fortfuhr: »Sie haben mir 'ne Heidenangst eingejagt.«

»Sie mir auch.« Mehr brachte sie nicht heraus.

»Was machen Sie'n hier?« Sie konnte sehen, dass er blass geworden war vor Angst.

»Länger arbeiten.«

Er nickte, sie nickte, und beide wichen voneinander; beide kehrten sie an ihre Arbeit zurück.

Als sie sich auf Natashas Schreibtischsessel sinken ließ, empfand Maggie eine gewisse Beruhigung, dass der Raumpfleger gleich nebenan war, und schaute erneut auf den Bildschirm. Sie brauchte einen Moment, bis ihr einfiel, was sie sich angesehen hatte, und noch länger, bis sie wieder wusste, worum es ging.

Ach ja, Natashas Handyverbindungen. Und die Nummer, die sie jeden Sonntagabend anrief. Wie machte man aus den Ziffern einen Namen? Mit noch immer zitternden Händen ging Maggie auf eine Internetseite zur Rückwärtssuche, aber wie es bei Nummern üblich war, die nicht zu einem Geschäftsanschluss gehörten, zog sie eine Niete.

Als sie noch im Weißen Haus arbeitete, wäre es kein Problem gewesen: Der Secret Service hätte es in null Komma nichts herausgefunden. Aber jetzt? Jake Haynes hatte zweifellos seine journalistischen Schliche, aber angesichts des Blatts, für das er arbeitete, müsste er gut hundert ethische Bedenken ausräumen, bevor er einwilligen konnte, Maggie solch einen Gefallen zu erweisen. Außerdem wäre er zu neugierig. Wer immer dieser Mensch in Maine war, Maggie war nicht bereit, den Medien seine oder ihre Existenz zu offenbaren.

Trotzdem musste es einen Weg geben. Hier war die Telefonnummer. Irgendwo in einem gewaltigen unsichtbaren Speicherhaus voller Daten mussten diese Ziffern mit einem Namen und einer Adresse verknüpft sein. Die Frage war nur, wie man diese Nuss knackte. Oder eher, wer sie knacken konnte.

Die Frage zu stellen beantwortete sie auch schon. Maggie fielen ein gutes halbes Dutzend Personen ein, die in der Lage wären, dieses spezielle Informationsnugget aus der bodenlosen Goldmine voller Mist zu extrahieren, die online existierte. Es gab aber nur einen Menschen, dem Maggie die Antwort anvertrauen konnte, worin immer sie bestand, und den sie – das war nicht weniger wichtig – zu jeder Tages- und Nachtzeit anrufen durfte. Zwar musste sie damit rechnen, beschimpft und verwünscht zu werden und den Schwur zu hören, nie wieder mit ihr reden zu wollen, und trotzdem würden ihre Anrufe dort auch morgen und übermorgen angenommen werden.

Sie wählte die Nummer, und nach fünfmaligem Klingeln hörte sie nicht die abrupte Umschaltung zu einem Anrufbeantworter, sondern das ersehnte Knistern, mit dem ein menschliches Wesen den Telefonhörer abnimmt.

»Was soll denn die verfluchte Scheiße!«

»Hi, Liz.« Maggie flüsterte, während sie sich das Schlafzimmer in der vollgestopften Wohnung ihrer Schwester in Atlanta vorstellte. Die beiden kleinen Söhne lagen unter ihren *Avengers*-Decken im Etagenbett ihres Zimmers den Korridor hinunter, im Schlafzimmer schnarchte Paul heftig neben Liz, ihr fleißiger und mit einer Engelsgeduld gesegneter Ehemann. In nicht mehr als sechs Stunden würde der Wecker loslegen. »Tut mir leid, dass ich dich so spät anrufe, aber ich brauche unbedingt …«

»Du bist hoffentlich tot oder wenigstens verkrüppelt, Maggie, denn so wahr mir Gott helfe, für was anderes kannst du mich um ein Uhr morgens einfach nicht anrufen.«

»Es ist noch gar nicht …«

»So wahr mir Gott helfe.«

»Es tut mir wirklich leid, Liz. Ich …«

»Nichts da, Maggie.« Liz tat, was sie immer tat, wenn Paul neben ihr schlief: Sie schlug ein Bühnenflüstern an, hob die Stimme zu einem wütenden Diskant, während sie gleichzeitig versuchte, die Lautstärke zu dämpfen. »Auf keinen Fall kommst du mir mit der Scheiße, dass es dir ›leidtut‹. Denn wenn du nur einen Funken Mitleid im Leibe hättest, dann würdest du auch dann nicht anrufen, wenn es erst Viertel vor eins wäre, oder, verflucht noch mal?«

»Nein, Liz. Würde ich nicht.« Ein taktischer Rückzug vonseiten Maggies: Nimm die Strafe gleich auf dich, warte, bis es vorbei ist, dann bekommst du, was du willst. Das Dumme war nur, Liz kannte ihre Schwester schon zu lange – ihr ganzes Leben, um genau zu sein –, als dass sie ihr so etwas hätte durchgehen lassen. So viel stand fest.

»Nein, nein. Das bringst du jetzt nicht auch noch. Vergiss es.«

»Was meinst du?«

»Dass du mich fluchen und schimpfen lässt und ganz still bleibst. Das läuft nicht.«

»Was soll ich denn tun?«

»Du sollst dich mal für eine Minute in meine Lage versetzen, Maggie. Nur eine Minute. Mehr verlange ich nicht. Stell dir vor, du bist für zwei Kinder verantwortlich, die morgen um zehn vor sieben aufstehen müssen, und für dreißig Kinder, die du ab halb neun unterrichten wirst. Stell dir vor, wie *kostbar* und beschissen *notwendig* sechs Stunden Schlaf für dich sind, wenn du an meiner Stelle wärst. Ich meine, du kannst ja machen, was immer du willst, weil du keinen hast, dem du am Morgen seine beschissene *Iron Man*-Lunchbox packen musst, stimmt's? Aber ich brauche meinen Schlaf.«

Maggie wurde still, obwohl ihre Schwester es ihr verboten hatte.

»Und jetzt hast du mir den Schreck meines Lebens eingejagt, weil ich Angst bekam, dass dir was passiert ist.« Kurzes Schweigen. »Ist dir was passiert? Nicht dass es mich kümmern würde.«

»Mir geht's gut.«

»Gott sei Dank! Mein Herz hämmert, weißt du. Es schlägt mir bis zum Hals.«

»Tut mir leid, Liz.«

»Aber das macht es nur noch schlimmer. Du hast nicht mal einen triftigen Grund, mich so zu erschrecken.« Ihre Stimme entfernte sich vom Hörer. »Alles gut, Paul. Schlaf weiter, Schatz. Nichts ist passiert.«

Maggie entdeckte eine Bresche. »Liz, hör zu. Es dauert nur fünf Minuten.«

Zu früh gefreut.

»Ich weiß, was los ist. Es geht um die *Arbeit*, oder? Um ein Uhr morgens weckst du meine schlafenden Kinder, damit ich dir einen Gefallen tue, den du für die *Arbeit* brauchst. Ich meine … Weißt du was, Maggie? Du bist ganz genau wie unsere Mutter. Zwischen euch gibt's überhaupt keinen Unterschied. Sie konnte das Trinken nicht lassen, du kannst das Arbeiten nicht lassen. Ich habe es dir schon mal gesagt, und jetzt zwingst du mich, es wieder zu sagen: Ich habe dich lieb, Maggie, aber du bist abhängig. Und du brauchst Hilfe.«

Der »Ich habe dich lieb«-Teil war ermutigend, denn er deutete darauf hin, dass ihr Gespräch den Wassergraben und das hohe Gatter überwunden hatte und jetzt die Kurve zur Zielgeraden entlangpreschte. Vielleicht musste sie sich gar nicht mehr so viel Charakteranalyse und Rufmord anhören, bevor sie endlich ihre Frage stellen konnte.

»Wo ist Uri? Gib ihn mir mal. Ich möchte mit ihm reden.«

»Er ist nicht da. Ich bin nicht zu Hause.« Die Worte hingen in der Luft, und Maggie konnte förmlich hören, wie im Kopf ihrer Schwester die Rädchen ratterten.

»Nicht so was. Ich bin in einem Büro. Dem Büro von … jemandem, dem ich … helfe.«

Liz dämpfte ihr Bühnenflüstern um ein paar Dezibel. »Also hatte ich recht. Es geht um die Arbeit.«

»Das stimmt. Und ich brauche nur eine Kleinigkeit, wir könnten sie mittlerweile schon erledigt haben. Ich weiß, dass du deinen Schlaf brauchst, Liz. Wenn ich jemand anderen anrufen könnte, hätte ich es getan, Liz. Aber ich brauche dich. Du bist die Einzige, die mir helfen kann.« Maggie kniff die Augen fest zu: Ihre Worte waren manipulativ gewesen, und Liz würde sie durchschauen. Trotzdem klappte es vielleicht.

»Siehst du, die Sache ist die. Wenn ich dir helfe, wäre das so, als würde ich einem Alkoholiker einen Whisky spendieren. Ich würde gewissermaßen unserer Ma eine Flasche Scotch hinstellen.«

»Ach, jetzt komm schon.«

»Ich bin zu lange deine Stütze gewesen, Maggie. Das ist nicht gesund. Weder für mich noch für dich.«

»Ich will dir sagen, was nicht gesund ist: um ein Uhr morgens in einem fremden Büro zu sitzen und mir bei jedem Knarren, bei jedem Türenschlagen in die Hose zu machen. Ich möchte nach Hause. Und wenn du mir diesen einen Gefallen tust, kann ich nach Hause. Dann können wir morgen darüber reden, was für ein Totalausfall ich bin.«

Eine lange Pause. Das Rascheln, mit dem Liz sich im Bett verschob, die Decke über die Schulter zog und sich auf die Seite drehte, damit Paul es ruhiger hatte – so wenigstens stellte Maggie es sich vor.

»Nur einen Gefallen, Maggie. Mehr nicht.«

Maggie hätte am liebsten laut *Ja-woll!* gejauchzt. Aber davor hütete sie sich.

Leise und sachlich, aufmerksam, nichts zu sagen, was bei ihrer Schwester einen Sinneswandel weckte, sagte sie: »Es ist eine Telefonnummer in Maine. Ich möchte wissen, wem sie gehört. Den Namen und die Adresse. Das wäre es schon.«

Aus dem Telefon drang noch mehr Rascheln. Mit ein wenig Glück griff Liz schon nach ihrem Laptop, der gewöhnlich neben ihrem Bett auf dem Boden lag.

Sie hörte Tastenanschläge. »Wie ist die Nummer?«

Maggie las sie vom Bildschirm ab, der noch immer Natasha Winthrops Handyrechnung zeigte. Mehr Tasten wurden gedrückt.

Sie drückte sich das Handy fester ans Ohr; sie genoss die Geräusche, die ihre Schwester verursachte.

In der Stille kam es ihr vor, als hätte sie Gesellschaft.

Nach vielleicht zwei Minuten hörte sie wieder die Stimme ihrer Schwester. »Okay, ich schicke es dir gerade. Gute Nacht, Maggie!«

»Ich danke dir so sehr, Liz.« Als jede Antwort ausblieb, fügte sie hinzu: »Ich hab dich lieb.«

»Das ist mir klar.«

Die Verbindung endete, und das Handy vibrierte. Die WhatsApp-Nachricht stand mitten auf dem Display, eine neue Benachrichtigung.

Zuerst nahm Maggie an, ihre Schwester habe einen Fehler begangen, verständlich genug in ihrem übermüdeten Zustand. Andernfalls ergab die Nachricht keinen Sinn.

Die Adresse war simpel genug. *Pierce Pond Road, Penobscot, Maine.* Aber eingedenk all dessen, was Natasha gesagt hatte, war Maggie von dem Namen, der dazugehörte, wie vor den Kopf geschlagen. Natasha war jemand ohne Familie, und ihre einzige lebende Verwandte, ihre Tante Peggy, war vor einigen Jahren gestorben. Dennoch gehörte die Telefonnummer, die sie jeden Sonntag um sechs Uhr abends anrief, zu einem Namen, der eine andere Geschichte erzählte, einem Namen, der Maggie nun vom Handydisplay entgegenleuchtete.

V. Winthrop.

KAPITEL 29

Washington, D. C.

Dan Benson klickte sich durch die PowerPoint-Präsentation, die ihm der Digital Director zur Genehmigung zugeschickt hatte – bezeichnenderweise an Dans private E-Mail-Adresse, nicht ans Postfach der Kampagne. Den Grund dafür auszusprechen war überflüssig.

Sein Finger schwebte über den Pfeiltasten, während er die Folien betrachtete – Werbeannoncen, die bei den Leuten in den Zeitleisten ihrer Social Media aufpoppen würden –, und er musste ihren Einfallsreichtum bewundern. Jede einzelne eignete sich perfekt, um ihr Zielpublikum zu erreichen, und dabei – genauso bewundernswert – weder einen Hinweis auf ihre Quelle zu offenbaren noch die Tatsache, dass sie überhaupt etwas mit Politik zu tun hatte. Bensons Lieblingsfolie zeigte einen altgedienten Footballspieler, einen Star-Quarterback aus den Achtzigerjahren, der mit dem Finger auf die Kamera deutete, darunter der Schriftzug: *Verschlafen Sie das nicht! Erraten Sie die NFL-Ergebnisse, und gewinnen Sie fünfzig Millionen Dollar!* Darunter forderte eine Schaltfläche mit weißen Buchstaben vor rotem Hintergrund auf: *Hier mitmachen!* Wer konnte da widerstehen? Auf jeden Fall nicht Männer über fünfzig, eine wichtige Zielgruppe in Harrisons Wahlkampf. Ein Klick, und sie sahen das Angebot: Wenn man jedes bevorstehende Spielergebnis in der National Football League vorhersagte, gewann man den Jackpot. Nur keine Sorge, hatte der Digital Director Dan erklärt, die Wahrscheinlichkeit, dass jemand den Preis gewinne, sei eins zu 5.000.000.000.000.000.000.000. Zusätzlich

235

hatte das Wahlkampfteam »Harrison for President« – genauer eine Briefkastenorganisation, die man praktisch nicht mit der Kampagne in Verbindung bringen konnte – eine Versicherung abgeschlossen für den Fall, dass es doch zum Äußersten kam und jemand den Preis gewann.

Das war aber nur Nebensache. Der Zweck dieser Werbeanzeige und aller anderen bestand darin, Menschen zu erreichen, die sonst niemals auf eine politische Botschaft klicken würden – ja, sogar Menschen, die bisher nie gewählt hatten. Sie sollten dazu gebracht werden, nicht nur ihre Kontaktinformationen mitzuteilen, sondern auch gerade genug über sich selbst zu verraten, dass die Analyse ein grobes Bild von ihnen erstellen konnte. Das gewaltige Datensammelprogramm verfolgte das Ziel, Informationen über Millionen von Amerikanern zusammenzutragen.

Dan fand es überraschend, wie wenig die Algorithmen wissen mussten, um weiterzukommen. Fütterte man sie mit nur ein paar Informationsbrocken – den Einkaufsgewohnheiten von jemandem oder seinen Lieblingssendungen –, sortierte das Programm die betreffende Person in eine schmale demografische Nische ein. Von dort ausgehend ermittelte es mit verblüffender Trefferquote dann ihren politischen Standpunkt. Das wiederum offenbarte, welche Knöpfe – emotionaler und psychologischer Art – ein Wahlkämpfer bei ihnen drücken musste.

Das Knöpfedrücken nahm die Gestalt eines beständigen Tröpfelns an. Immer mehr Anzeigen glitten in die Feeds und Zeitleisten dieser Wähler, jede genau auf diese spezielle Teilgruppe des Wahlvolks zugeschnitten: im Falle des falschen Fünfzig-Millionen-Dollar-Wettbewerbs männliche Footballfans mittleren Alters. Machten die Anzeigen ihren Job, wühlten sie die anvisierten Wähler auf und stachelten sie zur Stimmabgabe an. Dank der Analyse von Demografie und Umfragen, mit denen die politischen Tendenzen diverser Gruppen ergründet werden konnten, stand kaum noch in Zweifel, für *wen* die entsprechenden Leute stimmten. Der Knackpunkt bestand darin, sie zum Wählen zu *motivieren*. Durch die maßgeschneiderten »schwarzen« Werbeanzeigen, die nur die enge Zielgruppe zu Gesicht bekam, sodass die landesweiten Medien sie vielleicht nie bemerkten, wurden diese Leute nicht nur motiviert, sondern in einen Zustand der Wut versetzt. Der sollte sie antreiben, schon bei Morgengrauen vor den Wahllokalen zu warten, ungeduldig, ihr Kreuz zu machen.

Benson war mit dem ersten Schwung von Anzeigen zufrieden, die als Köder dienen würden, um nichtsahnende Social-Media-Surfer anzulocken. Wähler und – noch besser – bisherige Nichtwähler würden sie dazu verleiten, ihre Daten preiszugeben und sich damit wunderbar auf einer persönlichen Ebene ansprechbar zu machen.

Er fand ein paar angenehm überraschende Beispiele wie das Bild einer Eisbärin, an die sich ihre beiden Jungen schmiegten. *Schütze sie! Klick hier.*

Sobald man geklickt und sich bei den »Amerikanern für die Natur« oder einer anderen Pseudoorganisation eingetragen hatte, die vom digitalen Team auf die Zielgruppe konfektioniert worden war, stand man auf der Liste. Schon bald würde man nun Nachrichten erhalten, die gezielt die Eitelkeiten besagten Adressatenkreises ansprachen – und ihre wunden Punkte kitzelten.

Diese Anzeigen der zweiten Welle waren, was Benson eigentlich interessierte: die Anzeigen, die über Facebook zu einem kamen, nachdem man sie – ohne davon zu wissen – angefordert hatte. Sie waren subtiler, und die meisten sahen gar nicht nach Werbung aus. Auf seinen Bildschirm trat nun eine Nachricht, die dem Augenschein nach wie eine ganz normale Reportage wirkte, etwas, das einfach »geteilt« worden war. Das Format entsprach der Aufmachung einer respektablen Nachrichtenseite.

Wenn man genauer hinsah, schien der Artikel in einer Zeitung namens *Seattle Telegraph* gedruckt worden zu sein.

Natasha Winthrop findet, dass Männer um Verzeihung bitten sollten, bevor sie sprechen

Gestern Abend wurde bekannt, dass die Anwältin und hoffnungsvolle Präsidentschaftskandidatin Natasha Winthrop angeregt hat, dass Männer jeden Satz mit den Worten »Es tut mir leid« beginnen sollten, um die jahrhundertelange »männliche Unterdrückung« von Frauen wiedergutzumachen.

Winthrop, die von linksextremen Aktivisten als Rivalin des langjährigen Spitzenkandidaten Tom Harrison gehandelt wird, machte die Bemerkung während einer aktuellen Sitzung mit Unterstützern hinter verschlossenen Türen. »Frauen haben jahrtausendelang gelitten. Und wer hat sie leiden lassen? Männer. Ich verlange ja nicht die Welt. Ich möchte nur, dass die Männer wenigstens anerkennen, was sie getan haben. Und damit meine ich jeden Mann, jedes Mal, wenn er den Mund aufmacht.«

Die Juristin, die sich der Politik zugewandt hat, regte an, dass ein Mann, wenn er eine Frau oder eine Gruppe von Frauen anredet, zunächst die Worte »Es tut mir leid« äußern sollte.

»Das sollte zur Gewohnheit werden. Zu einem Reflex. Bis zu dem Punkt, dass sie sogar dann, wenn gar keine Frauen im Raum sind, wenn es nur ein Haufen Kerle ist, mit einer Entschuldigung anfangen.«

Auf die Frage, in welchem Alter diese Praxis beginnen sollte, sagte Winthrop, sie sei offen für weitere Erörterungen des Themas. »Natürlich müsste solch eine Vorschrift für alle Männer ab vierzehn gelten. Aber vielleicht sollten wir es schon bei allen männlichen Babys und Kleinkindern einführen, von dem Moment an, da sie sprechen lernen. Dann verwurzelt es sich wirklich. Wir werden wissen, dass uns ein Fortschritt gelungen ist, wenn die ersten Worte eines Jungen lauten: ›Es tut mir leid.‹«

Benson musste zugeben, dass es kunstvoll gemacht war. Die kleinen Unterlassungen waren recht subtil. Für die Besprechung, bei der Winthrop diese Bemerkungen gemacht haben sollte, war weder eine bestimmte Zeit noch ein konkreter Ort angegeben, und nicht viele Leser würden wissen, dass es keine Zeitung gab, die *Seattle Telegraph* hieß. Der Artikel würde einen Volltreffer am Empörungsnerv landen und viele – vielleicht sogar die meisten – in der sorgfältig ausgewählten Zielgruppe veranlassen, in ihrem Zorn auf die *Teilen*-Schaltfläche zu klicken.

Aber er war sich nicht ganz sicher: War es nicht ein bisschen zu viel des Guten? Fehlte dem Artikel das erforderliche Körnchen Wahrheit oder zumindest die plausible Lüge, welche gebraucht wurden, um die Fantasie zu packen und sich zu verbreiten? Ihm gefiel auch nicht die Erwähnung Harrisons im zweiten Absatz. Jeder Journalist, der den Fakeartikel sah, wüsste sofort, wer ihn bezahlt hatte. Da hätten sie Harrison auch gleich unterschreiben lassen können.

Er wechselte zur nächsten Folie, die eine Variante des gleichen Themas zeigte: gleiches Format, gleiche falsche Quelle.

Natasha Winthrop fordert Entschädigung für alle Frauen
Die Anwältin und mögliche Präsidentschaftskandidatin Natasha Winthrop hat Männer aufgefordert, Frauen »Reparationen« zu zahlen, um sie für Jahrhunderte »männlicher Unterdrückung« der Frau zu entschädigen, wurde gestern Abend bekannt.

Winthrop, die von linksextremen Aktivisten als Rivalin des langjährigen Spitzenkandidaten Tom Harrison gehandelt wird, machte die Bemerkung während einer aktuellen Sitzung mit Unterstützern hinter verschlossenen Türen. »Frauen haben jahrtausendelang gelitten. Und wer hat sie leiden lassen? Männer. Ich verlange ja nicht die Welt. Ich bitte nur um eine Reparation von vielleicht zwei- oder dreitausend Dollar im Monat, die an jede

Frau über sechzehn ausgezahlt und von allen Männern gleichen Alters finanziert wird.«

Die Juristin, die sich der Politik zugewandt hat, regte ferner an, es müsste gesetzlich vorgeschrieben werden, dass keine Frau ihre Reparationszahlungen an einen Mann weitergeben dürfe, auch dann nicht, wenn es sich dabei um Ehemann oder Sohn handeln sollte. »Dieses Geld gehört den Frauen. Keinem Mann kann gestattet werden, es in die Hände zu bekommen ...«

Natürlich war das absurd. So offensichtlich falsch, geradezu lachhaft falsch, wie es nur möglich war. Und dennoch, das stellte kein Problem dar. Bei den letzten paar Wahlkämpfen hatte er genauso haarsträubende Fake News kreiert, aber das hatte in keiner Weise die Ausbreitung dieser Falschmeldungen behindert: Sie alle hatten abgehoben und waren in die Stratosphäre der Social Media aufgestiegen.

Der Schlüssel, das wusste Dan heute, lag darin, die mangelnde faktische Wahrheit dieser Artikel durch eine *emotionale* Wahrheit auszugleichen. Sie mussten die Wähler dort treffen, wo es wehtat.

Wahlkampfspezialisten vom alten Schlag glaubten, sie müssten dabei auf die Schwachstellen des gegnerischen Kandidaten zielen. Der Gegner hatte vielleicht einmal, als Gouverneur, in einem bestimmten Fall die Todesstrafe nicht ausgeführt und bei einem Mann mit Lernschwäche in lebenslange Haft umgewandelt: Also zeigten sie Nachsicht gegenüber Verbrechern. Der Gegner sprach Französisch: Also war er affektiert und unpatriotisch. Simpel. Das, vermutete Benson, war der politische Stil seines neuen Bosses. Denn wenn Harrison nicht vom alten Schlag war, dann war es niemand.

Nur fußte diese Herangehensweise auf einem Irrtum. Anvisieren musste man nicht die Schwächen des Rivalen, sondern die Schwächen der eigenen *Wähler.* Auf *ihre* Unsicherheiten,

240

ihre Ängste, *ihren* Mangel an Selbstachtung musste man abzielen, und das ohne jede Rücksicht.

Der »Es tut mir leid«- und der Reparationen-Post waren in dieser Hinsicht nicht schlecht, sie spielten mit der Angst des Mannes vor Entmannung. Aber sie waren ein wenig zu direkt, zu sehr Ring durch die Nase. Deshalb zog Dan die Botschaften vor, die er sich als Nächstes ansah.

Die erste bestand in einem kurzen Video. Sie zeigte die Hände eines weißen Mannes in einem karierten Hemd – sein Gesicht konnte man nicht sehen –, der einen Brief hielt. Die Stimme aus dem Off machte klar, dass es ein Ablehnungsschreiben war. Während die Hände den Brief zerknüllten, intonierte die Stimme: »Sie haben diesen Job gebraucht, und Sie waren am besten dafür qualifiziert. Aber sie mussten die Stelle an eine Frau geben, um die ›Genderquote‹ zu erfüllen.« Der Begriff wurde förmlich ausgespuckt. »Ist das wirklich fair? Natasha Winthrop befürwortet Genderquoten. Tom Harrison findet, Arbeitsstellen sollten an den geeignetsten Bewerber gehen, egal, wer das ist.«

Benson lächelte. Der Bezug auf frühere Wahlkämpfe war deutlich, die Botschaft wirksam. Er sah schon, das würde ankommen.

Er klickte zum nächsten Vorschlag, ebenfalls ein Video, das erneut ein Paar Hände in den Mittelpunkt stellte. Nur diesmal handelte es sich um die Hände einer Frau: Die Nägel waren knallrot lackiert. Die Hände hielten ein Smartphone und gaben eine Nachricht ein. Während sie getippt wurde, sagte die Stimme aus dem Off: »Natasha Winthrop hat einen Mann getötet. Sie sagt, sie ist ihm nie zuvor begegnet. Aber jetzt wissen wir, dass sie ihm heimlich Nachrichten geschickt hat, bevor er sie in ihrem Haus besuchte. Was stand wohl in diesen Nachrichten?«

Interessant, schon. Aber sein Bauchgefühl verriet Benson, dass etwas nicht stimmte. Es war irgendwie zu platt. Außerdem war er sicher, dass viele Wähler, die Harrisons Kampagne ansprechen sollte, jeden bewundern würden, der einen Mann getötet hatte, besonders wenn es ein schlechter Mann war: Es zahlte sich nicht aus, wenn man sie daran erinnerte, dass Winthrop eine harte Nuss war.

Als Nächstes kam der bisher simpelste Vorschlag. Er zeigte ein Bild von Natasha Winthrop, in Photoshop so bearbeitet, dass sie die Haltung einer Schulmeisterin einnahm, die mit dem Finger drohte. Darunter standen nur drei Wörter.

Unser neuer Boss

Dan ließ seine instinktive Reaktion auf sich wirken, ein flüchtiger, kaum bewusster Moment des Abscheus. Er versicherte sich, dass es nicht an ihm lag und schon gar keine Schwäche seinerseits darstellte, sondern dass es sich um einen spontanen, unwillkürlichen Reflex handelte. Der befiel, wie er glaubte, die meisten Männer, wenn sie sich einer herrischen Frau gegenübersahen.

Er ging zum nächsten Bild, das der Digital Director *Die erste Ehefrau* getauft hatte. Wieder sah man eine Natasha aus Photoshop. Diesmal stand sie in der Küche, die Hände in die Hüften gestemmt, das Gesicht voll Ärger. Ihre Miene fragte: *Warum kommst du so spät nach Hause?*

Darüber musste Benson grinsen. Er erinnerte sich an die Fokusgruppen, die er beobachtet hatte, als sich seine Partei das letzte Mal für eine Kandidatin entschied. Wenn männliche Wähler, besonders ältere aus der Arbeiterschicht, mit einem männlichen Moderator allein waren, gaben sie zu, dass die Kandidatin sie an eine einschüchternde Lehrerin erinnerte oder die autoritäre neue Managerin, die frischen Wind in die Fabrik bringen sollte, oder, und das bezeichnenderweise im vernichtendsten Ton, ihre »erste Ehefrau«.

Im damaligen Fall war die Kandidatin älter und eine etablierte Respektsperson gewesen. Das Digitalteam ging aber offensichtlich davon aus, dass diese Umstände zweitrangig waren gegenüber einem grundlegenderen Faktor: dass Männer eine Frau in einer Machtposition nur aus bestimmten Blickwinkeln sehen konnten; selbst eine, die jung und noch neu in der Politik war. Daher der Kniff, der zu diesen Bildern geführt hatte, die junge, schöne Natasha Winthrop als nörgelnde Spaßbremse, als veritable Xanthippe darzustellen.

Bensons Leute hatten sich eindeutig einige Gedanken dazu gemacht, denn sie lieferten ihm Optionen innerhalb der Optionen.

Vom »Neuer Boss«-Bild gab es zum Beispiel zwei Versionen. In der einen Variante trug Natasha altbackene, lehrerhafte Kleidung, während ihr Gesicht subtil gealtert worden war: die Lippen verformt, sodass sie mehr Zahnfleisch zeigten, die Zähne vergrößert. Die Nase war dicker, die Augen kleiner und nicht ganz gleich.

Die andere Version bildete Natasha mit eigener Kleidung ab – einem engen schwarzen Kleid mit dünnen Trägern, das viel Haut freiließ. Sie trug einen unveränderten Gesichtsausdruck und hatte funkelnde Augen. Aber ihr Mund zeigte nicht mehr das Lächeln vom Titelbild der Zeitschrift *People*, sondern war tadelnd verzogen. Ihre Haltung strahlte die gleiche Autorität aus wie in der ersten Version, und sie drohte nach wie vor mit dem Finger, aber ihr Aussehen war unverändert.

Der Anblick wirkte beunruhigend und verwirrend; Dan spürte es selbst. Und wenn es ihm so erging, würden die meisten Männer genauso empfinden, sobald sie das Foto auf ihrem Bildschirm erblickten. Er fühlte sich zugleich angezogen und abgestoßen und – sprach da sein Therapeut oder er selbst? – angezogen, *weil* es ihn abstieß. Oder sollte er eher sagen: abgestoßen, weil es ihn *anzog?*

Er starrte die Alternative für das »Erste Frau«-Bild an, die das Team erzeugt hatte, und spürte die gleichen unvereinbaren Empfindungen, die ihn aus dem Gleichgewicht brachten. Da war sie, die wunderschöne Natasha Winthrop, absurd in die Rolle einer mäkeligen Hausfrau gebracht. Der Anblick stürzte den männlichen Geist in Zerrissenheit und Widerspruch. Mann war unsicher, ob er auf das, was er sah, zugehen oder davor fliehen sollte. Die Lenden waren angezogen, aber das Gehirn missbilligte es. Mann war gespalten: Einerseits wusste er, dass diese Frau der Feind war, andererseits begehrte er sie. Weshalb Mann sie nur umso stärker verabscheute.

Benson lehnte sich zurück, beeindruckt von seinen Leuten. Ihm war klar gewesen, dass der Digital Director mit seinem Werkzeugkasten umzugehen wusste und ein Crack war, was algorithmische Mustererkennung und Datamining in den sozialen Netzen anging. Einer der Anreize, für Harrison zu arbeiten, hatte ja gerade darin bestanden, dass der Wahlkampf mit einem technischen Vorteil arbeitete, der garantierte, seinen Rivalen eine Nasenlänge voraus zu sein. Er dachte an das Lächeln im Gesicht seines Bosses in spe beim Vorstellungsgespräch; Doug Teller hatte stolz gesagt: »Dan, ich erspare Ihnen die Details, aber was die Technik angeht, haben wir bei dieser Kampagne eine Geheimwaffe, die die digitale Kriegführung revolutionieren wird.« Teller hatte es nicht genau dargelegt – »Kein Meisterkoch verrät je das Rezept seiner geheimen Soße« –, aber Dan ging davon aus, dass mit der Geheimwaffe die Person des Digital Directors gemeint war.

Während er die Onlinekünste des Mannes nie angezweifelt hatte, hätte er ihm solchen Einblick in die menschliche Psyche kaum zugetraut. Der Digital Director schien zu begreifen, was der männlichen Frauenfeindlichkeit zugrunde lag, und wusste es sich hemmungslos zunutze zu machen. Tom Harrison stieg dadurch in Bensons ohnehin hoher Meinung noch mehr. Er hatte diesen Computerfuzzi engagiert, und natürlich hatte er auch die Weitsicht besessen, Benson einzustellen. Vielleicht besaß er wirklich das Zeug zum Präsidenten.

KAPITEL 30

Washington, D. C.

Auf der Rückfahrt zu ihrer Wohnung hatten in Maggies Kopf zwei Gedanken um die Vorherrschaft gerungen. »Gedanke« war allerdings wenigstens für einen von beiden ziemlich hochgestochen. Der echte Gedanke war das Rätsel, das ihr durch die (widerwillig gewährten) Schnüfflerkünste ihrer Schwester in den Schoß gefallen war – die unerwartete Auflösung der Telefonnummer in Maine, die so oft und regelmäßig in Natasha Winthrops Handyrechnungen auftauchte: *V. Winthrop*. Der unwürdige Gedanke galt der Aussicht auf ein wärmendes Glas Malt Whisky.

Beide hatten sich nur insofern miteinander verbunden, als sie sich einredete, sie würde das Rätsel schon lösen, wenn sie erst an ihrem eigenen Tisch auf ihrem eigenen Stuhl saß und ein Schluck Ardbeg in ihrer Kehle brannte. Nun war sie genau dort, und doch scheiterte sie immer wieder an der gleichen grundsätzlichen Stelle.

Natasha hatte betont, dass sie keine lebenden Angehörigen habe. Nicht nur waren ihre Eltern und ihre Schwestern bei dem Autounfall getötet worden, als Natasha noch ein Teenager war, auch die Tante, die sie aufgezogen hatte, lebte nicht mehr. Maggie erinnerte sich an das Gespräch auf Cape Cod, als Maggie versehentlich Natasha nach ihrer Tante Peggy fragte. *Vor ein paar Jahren gestorben, fürchte ich.*

Hatte Maggie das irgendwie missverstanden? Oder sich falsch gemerkt?

Nein, ihre Erinnerung an das Gespräch war noch ganz

frisch. Sie hörte Natashas Stimme: *Ich vermisse sie entsetzlich, das können Sie sich wohl vorstellen.*

Vielleicht gab es noch eine oder einen anderen V. Winthrop, der oder die Natasha so nahestand, dass sie jeden Sonntagabend telefonierten, ohne gleich ihre Großtante Peggy zu sein. Maggie hielt es theoretisch für möglich, auch wenn es verschwindend unwahrscheinlich erschien, nicht zuletzt, weil Natasha sich klar ausgedrückt hatte: Sie hatte keine lebenden Verwandten. Wer also mochte dieser Victor oder diese Veronica Winthrop sein?

Maggie hörte ein metallisches Scharren aus dem Bad, als kämpfte jemand mit dem Türschloss. Gleich darauf knarrte Holz.

Mit einem Mal saß sie kerzengerade da, alle Sinne geschärft. Sie merkte, wie ihre Augäpfel suchend umhertasteten wie die Antennen eines Insekts bei der unerwarteten Entdeckung eines anderen Lebewesens. All ihre Energie, das Blut in ihren Adern schien in ihre Ohren zu strömen, die sich anstrengten, jeden weiteren Laut aufzunehmen und ihn auf neue Informationen hin auszuwerten.

Ein Herzschlag verging, noch einer und einer mehr. So leise sie konnte, stand Maggie vom Tisch auf und näherte sich der Küche. Sie befahl ihren Füßen, kein Geräusch zu machen.

Während sie noch überlegte, was sie zur Verteidigung nutzen konnte – in der Besteckschublade lag ein großes Kochmesser, aber sie zu öffnen wäre zu laut gewesen –, hörte sie einen dumpfen Schlag aus dem Badezimmer. Ihr Gehirn verarbeitete dieses Geräusch im Einklang mit den anderen und entschied, dass ein Mann durchs Badezimmerfenster eingedrungen sein musste. Das war nicht einfach, aber dank der eisernen Außentreppe, die als Brandfluchtweg des Gebäudes diente, auch nicht unmöglich.

Ein paralleler Gedankengang an der Grenze, die Bewusstsein von Unterbewusstsein trennt, bedauerte, dass sie keine Schusswaffe besaß. Uri hatte sie gedrängt, sich eine Pistole zu kaufen: *Ich würde es jedem empfehlen, aber dass du keine hast, bei der Arbeit, die du erledigst, das ist Irrsinn.* Doch Maggie klammerte sich an ihre Überzeugung, dass eine Schusswaffe im Haus sie nur verletzlicher machte. Man nehme nur diese Lage. Sie spielte sich in Sekundenbruchteilen ab und war doch bestimmt von eigentümlich gedehnten, dem Fluss von Melasse ähnlichen Bewegungen: Würde sie das Risiko eingehen wollen, dass der Einbrecher ihre Pistole packte, sobald Maggie sie auf ihn richtete, und sie damit bedrohte, sodass in der Panik am Ende nicht er, sondern sie angeschossen wurde?

All diese Gedanken rauschten ihr in weniger als einer Hundertstelsekunde durch den Kopf, oder wenigstens kam es ihr so vor. Gleichzeitig hatte der Instinkt eine Entscheidung für sie getroffen und drängte sie, nach dem Messerblock auf der Küchentheke zu greifen und sich das schwerste Messer zu nehmen, das mit der gezackten Klinge. Auch das bedeutete ein Risiko, so viel war ihr klar: Sie konnte dadurch dem Mann, wer es auch war, eine Waffe in die Hände spielen. Nahm er ihr das Messer ab, stammte die Klinge, durch die sie zu Tode kam, von ihr.

Die Überlegung durchfuhr sie im Zeitraum eines Blinzelns. Das Gleiche galt für die Frage, ob sie zum Bad gehen und den Einbrecher überrumpeln oder lieber hier auf ihn warten sollte. Das Element der Überraschung musste gegen den größeren Raum zum Manövrieren, den die Küche bot, abgewogen werden. Die Möglichkeit, sich verstecken zu können, durfte sie auch nicht außer Acht lassen. Das vollbrachte sie binnen eines Sekundenbruchteils. Dabei hörte sie einen weiteren, leiseren Rumms und noch einen – die Schritte eines Mannes, der es auf sie abgesehen hatte.

Sie drückte sich in die Ecke, knapp hinter die Stelle, wo die offene Küche an dem Korridor endete, der zum Bad führte. Was sie tun würde, wie sie es tun wollte, hatte sie noch nicht entschieden, aber eine Art Impuls aus ihrem Reptiliengehirn hatte sie hierhergeführt, der vom Hirnstamm ausgehend die Gewalt über ihre Gedanken in Form eines neurologischen Putsches an sich gerissen hatte. Nun wartete sie auf die nächste Anweisung ihrer Instinkte.

Die kam, als sich die Badezimmertür knarrend öffnete. Maggie bewegte sich zur Seite und blieb mit glänzendem Messer nicht in dem schmalen Korridor stehen, sondern in der geräumigen Küche rechts von ihr. Was Maggie sah, überschwemmte sie als Flut des Entsetzens; ihre Angst wirkte wie eine greifbare Substanz, wie ein Gift, das ihr ins Blut injiziert wurde.

Vor ihr stand ein Mann, eine Handbreit größer als sie, ganz in Schwarz gekleidet, das Gesicht unter einer schwarzen Skimaske verborgen. Er rührte sich nicht, sondern stand da, fast als nähme er eine Grundstellung aus einem Kampfsportkurs ein. Die Reglosigkeit seiner Körperhaltung, ihre Steifheit weckte in Maggie die Frage, ob auch er geschockt war, erstarrt sogar von ihrem Anblick.

»Keine Messer«, sagte er, worauf sich Erstaunen zu ihrer Unruhe gesellte. Sie hatte nicht damit gerechnet, dass er so etwas sagte, mit einem Südstaatenakzent in der Stimme; sie hatte überhaupt nicht erwartet, dass er irgendein Wort äußerte.

Irgendwie tat ihr das gut. Der Mann war keine undifferenzierte Bedrohung mehr, ein maskierter Einbrecher. Er hatte nun *spezifische Eigenschaften*. Sie brauchte keine abstrakte Gefahr mehr abzuwehren, sie musste diesen individuellen Menschen besiegen, der so verwundbar war, dass er eine eigene Stimme besaß.

Auch sie nahm eine irgendwie affenartige Haltung ein, bei der sie die Arme und Hände locker herunterhängen ließ, und das lenkte Aufmerksamkeit auf die Klinge, die sie führte. Während Maggie noch überlegte, was sie als Nächstes tun sollte, riss er ohne Vorwarnung das rechte Bein hoch und trat ihr mit einem präzisen, blitzschnellen Treffer das Messer aus der Hand. Sie hörte, wie die Waffe hinter ihr über den Holzboden schlitterte.

»Wie gesagt, keine Messer«, wiederholte er auf eine Art, die ihr ihre erste, unterbewusste Ahnung dessen vermittelte, was hier vorging.

Ermutigt trat er vor und packte Maggie bei den Handgelenken. Ohne zu zögern, riss sie das Knie hoch und traf ihn hart in die Eier. Die Hände in den Schritt gepresst, taumelte er Richtung Badezimmertür zurück, durch die er gerade gekommen war. Maggie setzte dem Einbrecher nach und stieß ihm beide Hände mit aller Kraft flach gegen die Schultern, sodass er das Gleichgewicht verlor, auf den Rücken fiel und sich den Kopf an der Wand stieß.

Sie suchte nach einer anderen Waffe, dachte an den Rasierer im Bad und hastete den Korridor hinunter, um sich das Messer wieder zu holen. Sie hatte den ersten Schritt gemacht und auch den zweiten, als sie stürzte und hart auf die Knie prallte. Er hatte sie am Knöchel gepackt.

Ohne aufzustehen, kroch er zu ihr und warf sich mit vollem Gesicht auf sie und presste seine Schamgegend an ihren Rücken. Mit einer Hand packte er das Gelenk ihrer ausgestreckten Hand und versuchte, auch das zweite festzuhalten.

Das Gefühl seiner Nähe und was das bedeutete, versetzten Maggie in eine Rage, wie sie sie nur selten erlebt hatte. Ihr Organismus wandelte die Wut zuerst in Willenskraft und dann in Muskelkraft um. Sie wuchtete sich hoch, um ihn von ihrem Rücken zu werfen wie ein Pferd den unerwünschten Reiter. Irgendwie fand sie die dazu nötige Stärke, und kaum war er von ihr herunter, sprang sie auf.

Sie kam bis zum Messer, aber in ihrem Eifer trat sie dagegen und trieb es weiter nach vorn. Sie spürte, wie er hinter ihr aufstand und sich ihr näherte. Sie fuhr herum zu ihm. Sie hörte ihr Keuchen, sie merkte, dass ihr Gesicht zu einer Maske blanker Wut verzerrt war. Sie hasste diesen Mann mit einer Vehemenz, die geradezu physisch greifbar schien.

Instinktiv wollte sie ihm erneut in die Hoden treten, aber eine innere Stimme warnte sie vor dem Risiko: Er könnte sie beim Bein packen, bevor ihr Fuß ihn traf, und sie daran wieder zu Boden reißen. Maggie spürte, wie ihre rechte Faust sich ballte, und begriff, dass ihr Körper für sie entschieden hatte.

Sie rannte beinahe auf ihn zu, die linke Handfläche vorgestreckt wie ein Verkehrspolizist. Das war eine Ablenkung, die seinen Blick von ihrer rechten Faust ablenken sollte, mit der sie eine harte Gerade auf sein Kinn setzte. Doch er hob den Kopf und brachte ihn aus der Schlagreichweite. Ihre Faust wurde gegen seine Kehle geschmettert.

Durch die Öffnungen seiner Maske sah sie, wie er die Augen aufriss, und er stieß ein trockenes Rasseln hervor. Anscheinend hatte sie seine Luftröhre getroffen.

Sie beeilte sich – auf keinen Fall wollte sie ihren Vorteil verlieren. Sie packte seinen Kopf mit beiden Händen wie eine Wassermelone und knallte ihn ohne Umschweife gegen die Wand. Er sackte zusammen, und sie folgte seiner Bewegung, ohne den Kopf loszulassen, den sie erneut gegen die Wand schlug. Nun erschlaffte der Einbrecher.

Für einen Moment glaubte sie, sie hätte ihn umgebracht. Eine Sekunde des Wahnsinns lang fragte sich Maggie, ob sie Jeffrey Todd vor sich hatte und sie gerade genau das Gleiche durchlebte, was sich vor vier Tagen in Natasha Winthrops Haus abgespielt hatte. Doch dann sah sie, wie seine Brust sich hob, und sie hörte ein leises Blöken aus seinem Mund.

Sie eilte in den Korridor, hob das Messer auf und hastete in die Küche, wo Uri irgendwo eine Rolle Schnur verstaut hatte. (Er hatte die Idee gehabt, eine Wäscheleine auf der Feuertreppe anzubringen.) Mit dem Messer in der Hand öffnete sie erst die eine, dann die nächste Schublade, und jede Sekunde schaute sie zur Tür: Sie befürchtete, der Einbrecher käme wieder zu sich, würde wiederbelebt und mit lodernden Augen dort stehen, erfüllt von frischem Tatendurst. Diesmal wäre er entschlossen, sie fertigzumachen.

Sie sollte die Polizei rufen, das wusste sie. Ihr war aber auch klar, was das bedeutete: Verzögerung, während sie die Situation erklärte, mehr Verzögerung, bis ein Streifenwagen bei ihr ankam. Dazu fehlte Maggie die Zeit, solange dieser Kerl nur ein paar Schritte entfernt war. Ganz zu schweigen von dem Risiko, dass die Polizei mit ihr machen würde, was sie mit Natasha angestellt hatte: dass man ihr nicht glaubte und am Ende sie die Beschuldigte war. Seinen Kopf hatte sie sehr fest gegen die Wand geknallt.

In einer dritten Schublade fand sie Geschirrtücher, Klebefilmrollen, alte Netzkabel und das Ladegerät für einen Laptop, der nicht mehr existierte.

Sie knallte sie zu. Er dürfte sich schon rühren, wieder zu Kräften kommen …

Sie riss einen Schrank auf. Kasserolen, Käsereibe, Handmixer. Ein anderer: Kehrblech und Handfeger, Wodka, ein Drachen, den sie gekauft hatte, als ihre Neffen zu Besuch waren. *Komm schon, komm schon!*

Aus dem Korridor drang ein Scharren und leises Stöhnen herüber.

Sie fuhr mit dem Messer herum und schaute in den Gang: Er lag noch am Boden, aber er rührte sich. Sie zog den Kopf wieder zurück und entdeckte die Schnur. Sie hatte die ganze Zeit auf der Arbeitsplatte gelegen. Jetzt erinnerte sich Maggie:

Uri hatte die Idee mit der Wäscheleine aufgegeben und die Schnur dort hingelegt. Maggie hatte sie in drei Wochen nicht weggeräumt.

Sie packte die Rolle, und in der nächsten Sekunde stand sie bei dem Mann, der in ihr Haus eingebrochen war. Sie erwog, seinen Schädel ein drittes Mal gegen die Wand zu schlagen, nur um sicherzugehen, dass er sie nicht überraschte. Im nächsten Moment stellte sie sich seine Leiche in ihrer Küche vor, und dieser Gedanke entsetzte sie sogar mehr als sein Anblick und sein schweres Atmen. Sie ging in die Hocke, schnitt mit dem Messer Schnur ab und band ihm die Hände, so schnell sie konnte. Als sie fertig war, legte sie eine zweite Fessel an und zog daran, um ihre Arbeit zu prüfen. Sie wiederholte das Ganze an den Füßen.

Sie richtete sich zu voller Größe auf und stellte die Sohlen flach auf den Boden, um sich zu stabilisieren. Dann ging sie in die Hocke, richtete das Messer in der rechten Hand auf seine Kehle, gut sechs Zoll entfernt, und packte mit der linken den Saum der Skimaske. Kurz verharrte sie, wie ein Kellner, der im nächsten Moment die silberne Haube vom Teller hebt, dann riss sie mit einer raschen Bewegung die Maske herunter.

Enthüllt wurde das Gesicht eines Mannes, den Maggie für Anfang dreißig hielt. Er war weiß, glatt rasiert, mit Zügen, die irgendwie kindlich wirkten. Sie verstand nun, wieso er eine Maske trug.

Ohne sie war er niemand, vor dem man sich fürchtete.

Die Entblößung seines Gesichts erschreckte ihn, und wieder riss er die Augen weit auf. Maggie nahm es zum Anlass, sich direkt vor ihn zu stellen. Sie ließ ihm einen Moment, um zu bemerken, dass er gefesselt war, und wie resigniert lehnte er sich wieder in Seitenlage an die Wand.

Sie wollte gerade mit ihrem Verhör beginnen, als er sie überraschte, indem er als Erster das Wort ergriff. Er lallte leicht, als wäre er mit einem Kater erwacht. Oder hätte eine Gehirnerschütterung erlitten.

»Ist das dein Ding?«

»Was?«

»Das«, grunzte er und demonstrierte mit einem vergeblichen Zucken seiner Hände, dass er an Händen und Füßen gefesselt war.

»Was soll das heißen, ›mein Ding‹?«

»Deshalb hast du mich herbestellt? Macht dich so eine Scheiße an?«

»Wovon zum Teufel reden Sie da?«

»Denn eins kann ich dir sagen: Ich fahr nicht drauf ab.«

»Sie sind gerade bei mir eingebrochen. Sie, nicht ich.«

»Niemand ist irgendwo ›eingebrochen‹.« Er lallte recht schlimm. Sie fragte sich, ob sie einen Hirnschaden verursacht hatte. Oder waren bei ihm ein paar Zähne locker?

»Doch, durchaus. Sie sind in meine Wohnung eingebrochen.«

»Also hast du es dir anders überlegt, oder was? Hast dich entschieden, es doch nicht durchzuziehen?«

»Hören Sie zu. Ich stehe kurz davor, die Polizei zu rufen. Sie können sich diesen ganzen Blödsinn sparen …«

Jetzt zeigte sein Gesicht den Ausdruck eines verängstigten Kindes. Sie fragte sich, ob er noch jünger war, als sie angenommen hatte. »Nein, nein. Bitte nicht. Nicht die Polizei. Ich habe einen Job. Wenn das rauskommt, verliere ich meine Arbeit. Bitte nicht.«

»Sie sind ein dreckiger *Vergewaltiger*. Glauben Sie mir, ich gebe keinen *Scheiß* auf Ihren *Job!*«

»Von wegen. Wenn es einvernehmlich ist, ist es auch keine Vergewaltigung. Man kann dafür nicht …«

»*Einvernehmlich?* Was soll das denn jetzt?« Sie merkte, wie die Wut in ihr aufwallte. »Sie brechen bei mir ein und tragen dabei eine Skimaske. Von Einvernehmlichkeit kann keine Rede sein.« Sie spürte sehr genau das Messer, um das sich ihre Finger verkrampften.

»Auf der Seite muss man aber erklären, dass man einverstanden ist.«

»Was?«

»Das weiß doch jeder. Sobald man den Bedingungen der Seite zustimmt, erklärt man auch sein Einverständnis. Wenn Sie mir nicht glauben, sehen Sie nach. Sobald Sie Ihre persönlichen Daten eingegeben und das Kästchen angeklickt haben, haben Sie erklärt, dass alles einvernehmlich ist.«

»Was für ein Kästchen? Wovon reden Sie?«

»Die Seite. Sie wissen schon. Wo Sie sich eingetragen haben.«

»Ich schwöre Ihnen, ich weiß nicht mal ansatzweise, wovon Sie reden.«

»Schneiden Sie mich los, damit ich an mein Handy kann.«

»Von wegen.«

»Klar. Schauen Sie, es ist da drin.« Mit dem Kinn wies er auf eine Brusttasche. Sie sah die Wölbung unter einer Klappe mit Klettverschluss.

Zögernd trat sie näher.

»Nur zu«, sagte er. »Ich kann ja nichts machen. Ziehen Sie es einfach raus.«

Sie zog die Klappe hoch und nahm das Handy heraus. Sie handhabte es ganz vorsichtig, als wären ihre Finger Zangen. »Also gut.« Sie trat zwei Schritte zurück. »Was ist der Code?«

Sie befolgte seine Anweisung, entsperrte das Gerät, musterte das Foto des Angreifers mit einer jungen Frau, die wohl seine Freundin war. Sie tat, was er ihr sagte: öffnete den Browser, wechselte in den Privatmodus und ging die Tabs durch, bis sie an der richtigen Stelle war.

Die Seite war ein Messageboard ohne große Ansprüche und sah aus, als wäre sie älter als die Jahrtausendwende: nur Wörter, keine Bilder. »Scrollen Sie runter«, sagte der Einbrecher.

Ohne weitere Anweisungen von ihm fand sie es: Schwarz auf Weiß hatte sie ihren Vornamen und ihre genaue Anschrift vor Augen.

»Was ist das?«, fragte sie.

»Das ist ein … Forum. Für, äh, Sie wissen schon. Gleichgesinnte.«

»Was für Gleichgesinnte?«

Er wurde am Hals rot. »Leute, die … Sie wissen schon.«

»Nein, ich weiß es nicht.«

»Ein Forum für Leute mit Vergewaltigungsfantasien, meine Güte!«

»Ach du lieber Gott!«

»Also haben Sie das nicht gepostet?«

»Nein, ganz bestimmt nicht.« Maggie griff nach einem Küchenstuhl. Sie rang um Luft. »Sie meinen, Männer, die jemanden vergewaltigen wollen, und Frauen, die …«

»… die davon *fantasieren*, vergewaltigt zu werden. Niemand vergewaltigt irgendjemanden.«

»Sie zwingen nur Frauen, mit Ihnen Sex zu haben.«

»Das ist ein Rollenspiel. Ich spiele eine Rolle. Sie … – na, Sie wissen schon. Die Frauen … spielen auch eine Rolle.«

»Also deshalb haben Sie gesagt: Keine Messer?«

»Genau. Sobald Messer ins Spiel kommen, kann es gefährlich werden. Da kann einiges schieflaufen.«

»Was Sie nicht sagen.«

»Das ist so eine Regel. In der Gemeinschaft.«

»Gemeinschaft? Himmel, ihr leistet euch doch nicht gegenseitig seelischen Beistand oder so was.«

Er verzog schmerzerfüllt das Gesicht.

»Und Sie haben da meinen Namen und meine Adresse gesehen und gedacht, das bedeutet, ich will eine gestellte Vergewaltigung durchspielen?«

Er nickte. »So in etwa ist das gedacht.«

»Warum ich?«

»Was?«

»Warum sind Sie von allen Kandidatinnen hier ausgerechnet auf mich gekommen?« Ihr Atem hatte sich kaum beruhigt. Sie klang noch immer, als wäre sie drei Stockwerke hochgerannt.

»Ich mag die Frischlinge. Ich meine, jeder mag sie. Aber ich stehe richtig drauf.«

»Sagten Sie gerade ›Frischling‹?«

»Das ist jemand Neues. Ihr Post ist ganz frisch. Und in der Beschreibung klangen Sie ziemlich heiß.«

Maggie sah wieder auf das Handy. Sie hatte Mühe, sich durch die sehr komprimierte Website zu navigieren. Ihr Name und ihre Adresse standen in einer Art Tabelle, und nun sah sie, dass daneben ein weiteres Feld war, in dem zu lesen stand: *Mitte dreißig, schlank, fit, lange kastanienbraune Haare.* Sie empfand eine dumpfe Übelkeit, die sich in ihrem Magen regte. Was sie sah, bedeutete, dass jemand, der sie gut genug kannte, um sie zu beschreiben und ihre Privatanschrift zu kennen, sie *gedoxxt* hatte. Er hatte ihre persönlichen Daten online gestellt, wo jeder sie sehen konnte. Noch schlimmer aber, er hatte sie angeboten, damit sie vergewaltigt wurde. Die Vorstellung widerte sie an. Ihr Körper lag hier auf einem Steinblock, damit solche kranken Versager sich an ihr laben konnten.

Frischlinge.

Ein neuer Gedanke kam ihr, der ihr den Magen umdrehte.

»Wie lange ist das schon online?« Sie hob das Handy.

»Nicht lange.«

»Wie lange?«

»Vielleicht ein paar Stunden.«

»Weil Sie schnell sind bei Neuzugängen. Aber wenn Sie es gesehen haben, haben andere es auch gesehen, richtig?«

Er nickte, schuldbewusst, oder wenigstens kam es ihr so vor.

Es konnte also jeden Moment passieren, dass jemand anders durch ihr Badezimmerfenster eindrang, irgendein Verlierer, angezogen wie ein Provo-Aktivist, der Jack the Ripper spielte.

»Wie haben Sie es geschafft, hier hereinzukommen?«

Er sah zum Badezimmer. »Es war genau so wie erwartet.«

»Was? Was meinen Sie mit ›wie erwartet‹?«

Er seufzte und lehnte den Kopf an die Wand. Er wirkte erschöpft. Sie hatte ihn ziemlich übel zugerichtet, wurde ihr klar.

»Ach, jetzt kapiere ich es«, sagte sie. »Die Frauen lassen ihre Badezimmerfenster offen, richtig?«

Er gab keine Antwort.

»Und mein Fenster stand offen?«

Ein winziges, wachsames Nicken.

»Und wenn es geschlossen gewesen wäre?«

»Das hätte ja, Sie wissen schon, dazugehören können.«

»Himmel!«

»Ich wäre wieder gegangen. Aber andere hätten ...«

»Hätten es aufgebrochen, weil es ›dazugehört‹. Weil es Teil des Spaßes sein könnte?«

Sie hielt inne. Hatte sie das Fenster offen gelassen? Oder hatte jemand nicht nur ihre persönlichen Daten auf einer So-tun-als-ob-Vergewaltigungswebsite gepostet, sondern war auch in ihre Wohnung eingebrochen und hatte sie für ihren Pseudo-Vergewaltiger vorbereitet? Sie versuchte nachzudenken, dahin zurückzuspulen, wie sie sich heute geduscht hatte. Wenn der Raum zu dunstig geworden wäre, hätte sie das Fenster geöffnet. Andererseits hätte sie es in dieser Jahreszeit später wieder geschlossen, ganz sicher ...

Wie auch immer, das war gar nicht die Hauptfrage. Was zählte, war nur, dass irgendjemand vorsätzlich und in böser Absicht arrangiert hatte, dass sie etwas Entsetzliches und zutiefst Traumatisches durchlitt.

Sie sah wieder auf den Mann hinunter, der in ihr Zuhause eingedrungen war. Seine Hände und Füße waren jetzt gefesselt, und der Kopf schien ihm zu dröhnen.

»Wenn Sie so etwas … normalerweise tun«, sagte Maggie, »und eine Frau wehrt sich, was dann?«

Er schwieg, zögerte zu antworten.

»Raus mit der Sprache, verdammte Scheiße!«

»Ich mache weiter«, flüsterte er.

»Sie machen was?«

»Ich mache weiter. Das wird erwartet. Es gehört alles dazu.«

»Wenn ich also um mich getreten und Sie gekratzt, wenn ich geschrien hätte, mich loszulassen, dann hätten Sie …«

»Weitergemacht. Ja.«

»Selbst wenn ich ›Aufhören‹ gesagt hätte.«

»Aber sicher.«

»Gibt es denn kein Safeword, bei dem man aufhört, oder so was?«

»Doch, sicher. Und wenn Sie es gesagt hätten, dann hätte ich aufgehört.«

»Herr im Himmel! Und was ist das Safeword?«

»Sie kennen das Safeword nicht?«

»Verfluchte Scheiße, natürlich kenne ich es nicht, Sie dämlicher Drecksack. Ich habe mich bei Ihrem Vergewaltigungsclub nicht angemeldet! Das war jemand anders, dämmert's Ihnen bald? Also los. Das Safeword.«

»Das Safeword ist der Name des Präsidenten.«

»Ernsthaft?«

»Ernsthaft.«

Mit einem Mal entschied sie, nichts weiter zu wollen, als dass die Episode zu Ende ging und dieser Kerl aus ihrer Wohnung verschwand. Sie wollte ihm schon das Handy wieder in die Tasche schieben, als sie zögerte. Sie entsperrte das Gerät erneut. Das Display strahlte auf, und sie machte mehrere Screenshots, die sie sofort an ihr eigenes Handy sendete. Danach löschte sie sorgfältig ihre Daten aus den »Gesendeten Nachrichten« seines Gerätes. Sie schrieb sich die Webadresse für das widerliche Vergewaltigungsfantasieforum ab, warf einen Blick auf seine E-Mails und WhatsApp-Nachrichten, notierte sich seine Adresse und Telefonnummer und steckte ihm das Handy schließlich wieder in die Tasche.

»Okay. Folgende Bedingungen. Ich schneide Ihre Fesseln durch und lasse Sie gehen, wenn Sie auf der Stelle alles tun, was nötig ist, um mich von dieser Website, diesem Forum oder was auch immer es ist, zu löschen.«

»Ich glaube, nur ein Admin kann …«

»Na, dann suchen Sie sich einen Admin und sagen Bescheid. Sie entfernen mich von dieser Drecksseite. Innerhalb der nächsten halben Stunde. Sonst hetze ich Ihnen so schnell die Polizei auf den Hals, dass Ihr Arbeitgeber …« Sie sah auf ihre Notizen. »… ach ja, Voltacity Systems in Reston, Virginia …, dass ihr Arbeitgeber gar nicht kapiert, was da passiert ist.«

Die letzte Farbe wich ihm aus dem Gesicht.

»Sind wir uns einig?«

Er nickte.

»Gut. Und noch eins.« Sie ging an den Tisch, ergriff ihr eigenes Handy, kehrte zu ihm zurück und machte drei Fotos von dem Mann, der verschnürt wie ein Thanksgiving-Truthahn auf ihrem Fußboden lag. »Nur für den Fall, dass Voltacity an der Wahrheit meiner Worte zweifelt.«

Sie beugte sich vor, zerschnitt das Seil an seinen Knöcheln und sagte, das Messer noch immer in der Hand: »Raus jetzt! Sofort.«

Er rappelte sich auf, und sie wiederholte lauter: »Raus!«

Sobald er stand, setzte er eine verlegene Miene auf, die sie zu gleichen Teilen albern und verabscheuungswürdig fand.

»Raus!«

Er hob die Hände, eine Bitte, losgebunden zu werden.

»Sieh zu, wie du allein klarkommst, du erbärmlicher Wichser«, sagte sie. Sie stieß ihm gegen die Brust und warf ihn zur Wohnungstür hinaus. Sollte er doch so über die Straße marschieren. Ihr war es egal.

Maggie schloss die Tür hinter sich, ging zum Badezimmer, schloss das Fenster und musterte ihre Wohnung. Auf ihr Bett legen wollte sie sich nicht. Das Hinlegen war nun mit dem Mistkerl assoziiert, der eben noch im Flur gelegen hatte; es war mit dem assoziiert, was er mit ihr hatte anstellen wollen. Sie wollte sich auch nicht auf die Couch setzen, weil es ihr falsch erschien, behaglich dazusitzen, denn sie empfand keinerlei Behagen. Sie schaute in ihre Küche, in der Schubladen und Schranktüren noch offen standen, und konnte nur an ihre panische Suche denken – wie lange war das jetzt her?

Also nahm sie stattdessen auf einem einfachen harten Stuhl Platz. Sie schaute auf ihre Hände, die aufgesprungen und zerkratzt waren und zitterten. Sie hörte ihren eigenen Atem. Sie fragte sich, ob sie sich besser fühlen würde, wenn sie weinte. Oder schrie oder trank. Sie entschied sich jedoch dafür, nur dazusitzen und ins Leere zu starren.

Langsam schälte sich ein Entschluss heraus. Der Entschluss, aus dieser Wohnung zu verschwinden, so weit wegzugehen wie nur möglich. Und die Person zu finden, die wenigstens einen Teil des Rätsels entschlüsseln konnte, das Natasha Winthrop war.

FREITAG

KAPITEL 31

Portland, Maine

In Wahlkampfzeiten hatte Maggie Costello zu den wenigen Mitgliedern des Teams gehört, die die endlosen Stunden auf der Straße genossen. Und mit »auf der Straße« meinte sie nicht Reisen allgemein, sondern wortwörtlich: im Auto sitzen, idealerweise hinter dem Lenkrad, und zusehen, wie die Motorhaube Meile um Meile den Asphalt verschlingt. Dass die Fahrten über die weiten Flächen Amerikas sie in den Bann schlugen, wo ein Einheimischer kaum aus dem Fenster sah, kam wohl daher, dass sie eine Fremde war, aufgewachsen auf einer kleinen Insel zwischen Atlantik und Nordsee. Für Maggie bedeutete es ein Wunder, das Gesicht der Neuen Welt zu berühren.

Sie war froh, dass der Reiz noch nicht verblasst war. Der Flug nach Portland tat, was sie erhofft hatte: Neunzig Minuten in der Luft waren ein gutes Gegengift für den Aufenthalt in einer Wohnung, die durch das Eindringen dieses Dreckskerls besudelt worden war. Auf dem Flug hatte sie gemerkt, dass der Schauder darüber ihr noch immer anhaftete. Aber nachdem sie das Auto gemietet hatte und losgefahren war, spürte sie endlich, wie das Gefühl nachließ. Sie ließ die Seitenscheiben hinunter, ergab sich der Herbstkühle und hoffte, die kalte Luft würde sich als zu unwirtlich erweisen, als dass solche Erinnerungen darin überleben konnten.

Der Landesteil, den sie durchquerte, war ihr neu. Zwar hatte sie schon jeden Winkel von New Hampshire erkundet, aber weiter nach Osten wagte sie sich nur selten vor. Die Straße ab Portland bot die vertrauten Annehmlichkeiten Neueng-

265

lands. Die Ortsnamen wechselten zwischen dem alten Land – auf der I-295 und dann der I-95 sah sie Schilder wie Durham, Bath, Wales und Manchester – und der Welt, die nach Amerika gekommen war, um neu anzufangen: Lisbon, Poland, Dresden. So viel offenes Land: gewaltige Ackerflächen, unterbrochen von Wäldchen, in unzählige Schattierungen von Gold, Rostrot und Kastanienbraun getaucht, hin und wieder von einer Farm, einem Fluss oder einem Dorf gestört.

Maggie ließ das Radio laufen. Zu Beginn der Reise konnte sie die Sender von New Hampshire empfangen – einen Wahlwerbespot für Harrison hörte sie ein halbes Dutzend Mal. Aber irgendwann wurde das Signal zu schwach und wich der üblichen Mischung aus Country, Talk und Bibelfunk.

Sie fand schließlich einen öffentlich-rechtlichen Sender, der klassische Musik spielte, und ließ sich darin treiben.

Frischling. Der Ausdruck widerte sie an, aber er war nützlich. Wer immer ihr den Fantasievergewaltiger auf den Hals gehetzt hatte – dass sie als Frischling galt, verriet ihr, dass sie gerade erst gedoxxt worden war. Folglich bestand eine gute Chance, dass, was immer ihren Gegner zu dieser Tat provoziert hatte, noch nicht weit zurücklag. Während sie fuhr, ging sie die Zeit vor dem Überfall durch, konzentrierte sich auf ihren Besuch in Natashas Büro und die Dateien, in denen sie gesucht hatte. War jemand auf ihre Recherchen aufmerksam geworden? Hatte sie irgendeinen unsichtbaren elektronischen Stolperdraht berührt und bei ihrem versteckten Gegner solche Besorgnis ausgelöst, dass er als Gegenmaßnahme einen gewalttätigen sexuellen Übergriff initiierte?

Sie war beinahe eine Stunde lang gefahren, als sie das Straßenschild sah, das sie daran erinnerte, weshalb sie hier war und mit wem sie es zu tun hatte. Einige Meilen vor der Abfahrt auf die Route 3 führte eine Abzweigung von der Interstate auf der 202 nach Westen zu einem Ort namens Winthrop; eine

266

Erinnerung, dass Natasha der Neuengland-Aristokratie entstammte. Wenn diese Frau die zuversichtliche Überzeugung ausstrahlte, ihrer Familie gehöre die Stadt, so kam das daher, dass es zumindest hier in der Gegend sogar stimmte.

Sosehr sie in Versuchung war, sich dort umzusehen, nach Winthrop bog Maggie nicht ab. Sie fuhr weiter nach Osten, vorbei an Liberty und Richtung Belfast, dorthin, wo die große Landmasse Amerikas sich zum Atlantik hin absenkte und die Zehen in den weiten, kalten Ozean tauchte. Die Küste war zerklüftet, ganz Spieße und Sporne und Halbinseln, über denen irgendwann eine kanadische Flagge wehen würde, bevor sie dem endlosen kalten Wasser Platz machten. Das letzte Stück führte sie um eine Bucht, die ihrem Ziel den Namen gab. Sie hatte Penobscot Bay erreicht.

Maggie nahm ihr Handy auf und schaute noch einmal auf die WhatsApp-Nachricht von Liz, in der Name und Adresse von V. Winthrop standen. Seit dem nächtlichen Anruf, mit dem sie ihre Schwester aus dem Schlaf gerissen hatte, waren fast zwölf Stunden verstrichen. Maggie hatte sich zwar einiges anhören müssen, aber wenigstens nicht die üblichen Standpauken. *Warum zum Teufel kannst du nicht wie ein normaler Mensch zu normalen Zeiten anrufen? Warum kannst du kein normales* Leben *führen wie ein normaler Mensch? Wann heiratest du endlich Uri, kriegst Kinder und hörst auf, die Welt retten zu wollen?* Fast bedauerte sie es, die vertraute Schimpfkanonade *nicht* gehört zu haben. Seit so vielen Jahren bildete sie das Rückgrat ihrer Beziehung, dass Maggie sich daran gewöhnt hatte. In gewisser Weise fand sie darin Trost.

Sie bedeutete Liz nach wie vor genug, dass ihre Schwester sich ihretwegen aufregte.

Maggie dachte an Uri, der auf der anderen Seite der Erde filmte.

Auch er hatte sie noch nicht aufgegeben. Trotzdem nagte

an Maggie, was Liz diesmal nicht gesagt hatte – nicht hatte sagen müssen, weil es schon so oft ausgesprochen worden war und Maggie ohnehin stets wusste, was ihre Schwester dachte. Sie liebte Uri, und Uri liebte sie. Sie hatten so viel zusammen durchgestanden. Und doch schliefen sie nicht im gleichen Bett, lebten nicht einmal in der gleichen Stadt. Sie waren getrennt, und in Maggies Kopf ließ Liz' Stimme keinen Zweifel an dem Grund: *Weil du es so willst, Maggie. Komm mir nicht mit so einer Scheiße wie »Uns gefällt es so« oder »Es funktioniert«. Für* dich *funktioniert es, Mags. Für* dich. *Der arme Mann würde dich morgen heiraten, wenn du es nur zulassen würdest. Aber du stößt ihn ständig zurück.*

Laut der Navi-App lag ihr Ziel noch einige Meilen entfernt, und dennoch hatten die Schilder sie bereits in der Ortschaft Penobscot, gegründet 1787, willkommen geheißen. Sie fuhr noch ein Stück, wartete auf die ersten Häuser oder Läden oder auch nur eine Ampel; irgendeine Bestätigung, dass sie angekommen war. Sie traf auf ein Schild, das ihr den Weg zum Rathaus wies, und näherte sich endlich einem Wohnhaus im alten Kolonialstil: weiße Schindeln, zwei Obergeschosse, perfekt symmetrisch gebaut, die Haustür in der Mitte, links und rechts davon je ein einzelnes Fenster. Maggie wäre nicht überrascht gewesen, wenn das Haus aus Lebkuchen bestanden hätte. Über der Tür hing ein einfaches, handgemaltes Schild, dessen Schriftart andeutete, dass es aus den 1930ern stammte: »Rathaus Penobscot.«

Maggie parkte davor, dankbar für die Gelegenheit, echte Luft zu atmen und sich zu recken. Sie ging auf die Tür zu und sah, dass zwar Licht brannte, aber eine handschriftliche Nachricht an das Fenster geklebt war:

Bin bald wieder da!
Sally

Das Papier bestätigte, dass Sally die Stadtschreiberin war.

Maggie stemmte die Hände in die Hüften und schaute sich um. Ein paar weitere Häuser, Schilder, die den Weg zur Feuerwehr und einer Grundschule zeigten. Die 175 hinunter lag, zumindest laut ihrem Handy, ein kleiner Supermarkt. Der Gedanke, V. Winthrop einfach anzurufen, gefiel ihr nicht. Wenigstens würde sie das nicht sofort tun. Zunächst die Einheimischen auszuhorchen erschien ihr vernünftiger. Zumindest diente es als ein für sie selbst glaubhafter Vorwand, das Unangenehme hinauszuzögern.

Sie sprang wieder ins Auto und fuhr das kurze Stück zum Laden. Die Navi-App irrte sich: Es war kein kleiner Supermarkt, sondern ein Fischhändler mit Heißtheke; eine Holzhütte mit einem Pepsi-Schild auf dem Dach, das auf die Fünfzigerjahre hindeutete. Im Angebot waren lebende Hummer in Meerwasser, gefüllte Venusmuscheln und geräucherte Miesmuscheln, Root Beer und Milchshakes und das eigene Körpergewicht in Pommes frites. Als Maggie ausstieg, kam ihr ungebeten ein flüchtiges Bild in den Sinn: Sie sah sich an einem Sommerabend, wie sie hier mit Uri an einem der Picknicktische saß und aufs Wasser hinausblickte. Sie genoss das Bild und ließ es verweilen. Zu ihrer Überraschung weitete es sich aus, als führe die Kamera zurück, und nun konnte sie sehen, dass Kinder mit am Tisch saßen. Das müssen Liz' Jungs sein, dachte sie. Aber von ihrer Schwester war keine Spur zu sehen. Und dann, als wollte es die Illusion zerschmettern, trieb ihr ein weiteres Bild ungebeten vor den Augen: der Kerl mit der Skimaske, wie er durch ihr Badezimmerfenster stieg.

Maggie trat an die Theke und sah auf die mit Kreide beschrifteten Tafeln, als wäre sie ein Gast, der die Speisekarte studierte.

Schließlich kam eine Frau mittleren Alters in Schürze heraus. Sie trug eine Brille, die bei einer Zwanzigjährigen ironischen Chic besessen hätte, von ihr aber eindeutig ernsthaft gemeint wurde. Sie stellte sich ans erste Fenster. Maggie musste zu ihr hinübergehen, obwohl niemand sonst da war.

»Was können Sie heute empfehlen, die geräucherte Schellfischpastete oder das Krabbenfleisch?«, fragte Maggie.

»Kommt drauf an, was Ihnen besser schmeckt.«

»Mir schmeckt beides! Was ist frischer?«

»Hier ist alles frisch.« Die Frau sah über Maggies Schulter hinweg an ihr vorbei, als stünde sie unter Zeitdruck.

»Na, warum nehme ich nicht beides? Und dazu ein Root Beer.« Maggie lächelte und suchte nach Kleingeld. »Hier ist wohl gerade alles ziemlich still.«

Die Frau nickte. »Mit den Einheimischen haben wir genügend zu tun.«

»Oh, das kann ich mir vorstellen.« Maggie lächelte noch breiter. Sie hatte viele Frauen wie sie in Irland gekannt: Anfangs hart zu knacken, aber sobald man einmal durchgebrochen war, schwatzten sie mit einem wie mit ihrer Lieblingstante.

»Sie müssen ja die ganze Zeit Betrieb haben, bei Ihrem Ruf.«

»Dann haben Sie von uns gehört?«

»Ich bin gerade von Portland hierhergefahren, um hier zu essen.«

»Ihr Ernst? Das sind ein paar Hundert Meilen. Nur wegen uns?«

»Sie haben unglaublich gute Bewertungen. Eine richtige Gefolgschaft!«

»Na, wir tun unser Bestes.«

»Ganz ehrlich, ich war froh, hier vorbeizukommen. Ich will jemanden auf der Pierce Pond Road besuchen. Das ist nicht mehr weit, oder?«

»Nein, Sie sind fast da. Wen besuchen Sie denn?«

Maggie hatte mit der Frage gerechnet, aber ihr war noch keine Antwort eingefallen, mit der sie zufrieden gewesen wäre.

270

Das Problem war das Geschlecht: Sie wusste nicht, ob V. Winthrop ein Mann oder eine Frau war.

»Ach, zu Winthrops«, antwortete sie deshalb und erkundigte sich unmittelbar darauf nach den Zutaten der Muschelsuppe und fragte, ob es wirklich wahr sei, dass die Venusmuscheln in Maine besser waren als in Massachusetts.

Die Frau schien es ihr abzukaufen. Sie legte die Hände, eine über der anderen, vor den Bauch, als setzte sie sich zu einem Plausch, bevor sie entschied, dass diese schwierigste aller Fragen nur geklärt werden könne, indem sie Maggie eine Kostprobe gab. Sie nahm einen kleinen Styroporbecher, löffelte so viel Muschelsuppe hinein, wie in eine Espressotasse gepasst hätte, und reichte ihn Maggie zum Urteil.

Die Brühe war warm und wohltuend, und als Maggie sich umdrehte, um auf den Ozean zu blicken, empfand sie etwas, das zu dem Bild passte, das sie vorhin gesehen hatte. Sie konnte sich einen Urlaub in dieser Ortschaft vorstellen, Spaziergänge mit Uri an ihrer Seite. Noch intensiver spürte sie die schiere Idee des Urlaubs, der Erholung, den Gedanken, nicht unter Druck zu stehen und bis auf die Auswahl des Abendessens keine einzige Entscheidung treffen zu müssen. In der Lage zu sein, sich aufrichtig für den Unterschied zwischen Venusmuscheln aus Massachusetts und Maine zu interessieren, statt sich mit geheucheltem Interesse bei jemandem einzuschmeicheln. Maggie konnte sich nicht erinnern, wann sie zum letzten Mal so gelebt hatte. Sie wusste, dass Uri sich genau das wünschte, aber sie vermochte es sich kaum vorzustellen.

Als sie sich wieder umdrehte, war die Theke leer, die Frau verschwunden. *Vielleicht holt sie die Pastete aus einem Kühlschrank hinter dem Häuschen.* Maggie spähte hinein und vernahm eine Frauenstimme, die aus einem Bereich drang, der mit Sicherheit als Büro diente. Und dann hörte sie es.

Nicht die Worte, die waren unverständlich, aber den Ton.

271

Sie erkannte ihn sofort. Jemand telefonierte heimlich mit gesenkter Stimme. Maggie begriff auf der Stelle.

Sie eilte zum Auto, ließ den Motor an und fuhr binnen Sekunden mit quietschenden Reifen los. Laut Navi-App lag die Pierce Pond Road nur zwei Minuten entfernt. Für jemanden, der entschlossen war zu fliehen, bedeuteten zwei Minuten eine Menge Zeit. Maggie achtete genau auf den Gegenverkehr: In jedem Wagen, der auf sie zukam, konnte V. Winthrop sitzen und versuchen abzuhauen.

Maggie ging das Gespräch mit der Frau an der Fischbude noch einmal durch. Die Erwähnung »der Winthrops« hatte die Veränderung ausgelöst. Als sie das hörte, war die Frau freundlicher geworden, redseliger. Hätte Maggie in ihren Schuhen gesteckt, sie hätte sich genauso verhalten: die Reaktion verbergen, auf Zeit spielen und dann, wenn die Gelegenheit sich bietet, rasch bei »den Winthrops« anrufen und V. Winthrop stecken, dass jemand hinter ihr oder ihm her ist.

Während Maggie die Straße entlangpreschte, die zu ihrer Linken einen Blick auf etwas bot, das der Beschilderung nach Hutchins Cove hieß, ging sie die Möglichkeiten durch, was das bedeuten konnte. Entweder führte V. Winthrop ein einsiedlerisches Dasein, und die Einheimischen wussten, dass sie ihn oder sie warnen sollten, wenn die Abgeschiedenheit bedroht war. Oder Winthrop hatte etwas zu verbergen und konnte sich darauf verlassen, dass die Einheimischen halfen, das Geheimnis zu bewahren.

Ein SUV zischte fast so schnell vorbei, wie sie fuhr. Maggie hatte nur einen Augenblick, um es aufzunehmen, aber sie bemerkte einen recht jungen Weißen am Steuer. Sie überlegte, ob sie wenden und ihn verfolgen sollte, aber ihr Instinkt riet ihr weiterzufahren. Seit dem Anruf waren erst neunzig Sekunden vergangen; es bestand eine gute Chance, dass V. Winthrop noch im oder am Haus war.

Maggie bog in die Pierce Pond Road ab und bremste sofort ab. Sie wollte nach Möglichkeit nicht auf ihre Ankunft aufmerksam machen. An der Straße standen nur wenige Häuser, jeweils Hunderte von Yards auseinander. Sie blickte auf den Notizzettel aus Natashas Büro nach der Hausnummer. Sie fuhr weiter, befürchtete, dass sie nun verdächtig langsam unterwegs war. Sie stellte sich vor, wie V. Winthrop sie aus einem Versteck beobachtete, wartete, dass ihr Auto vorbeifuhr, und sich dann unbemerkt davonstahl.

Schließlich war sie nahe genug, um an den Straßenrand zu fahren und anzuhalten. Sie stieg aus und schloss leise die Autotür.

Das weitläufige alte Haus aus weißem Holz hatte grau gestrichene Läden. In der Luft hing ein leiser Lavendelduft; ein letztes Aufbäumen vor dem Herbst. Die Fenster umrankte eine Glyzinie, die sich in der Kälte auslichtete.

Maggie klopfte an die Haustür. Ihr fiel eine alte Plakette am linken Türpfosten auf, mit einem Feld für den Namen. Das Feld war leer. Als sie es sich näher ansah, entdeckte sie Kratzer und einen Umriss, wo sich früher ein Schild befunden hatte. Der Name war entfernt worden.

Sie klopfte ein weiteres Mal, fester. Noch immer nichts. Um ins Fenster zu schauen, beugte sie sich nach rechts, aber die Vorhänge waren zugezogen. Das Zimmer auf der anderen Seite war einsehbar, aber es lag dunkel und leer da.

War sie wirklich so weit gefahren, nur damit ihr im letzten Augenblick ein Strich durch die Rechnung gemacht wurde? Sie war wütend auf sich selbst. Sie hätte sofort hierherkommen und den einzigen Vorteil nutzen sollen, den sie hatte: die Überraschung. Und diesen Vorteil hatte sie aufgegeben, indem sie der ersten Einheimischen, der sie begegnete, ihre Pläne offenlegte. Was für ein Anfängerfehler! Allein die Vorstellung, dass Winthrop in dem SUV saß und bereits auf Route 1 nach Wes-

273

ten brauste … Nicht einmal das Nummernschild hatte sie. *Wer war das?*, fragte sich Maggie. *Natashas Ex-Mann?* Oder konnte es sogar ihr aktueller Gatte sein, der aus irgendeinem Grund versteckt werden musste? Vielleicht, wenn …

Von drinnen hörte sie etwas. Maggie hob den Kopf und wappnete sich für einen Angriff. Ohne nachzudenken, trat sie einen Schritt von der Tür weg. Wieder ein Geräusch. Erneut eines, dann ein Schritt und noch einer, jeder näher als der vorige, bis sich schließlich die Tür öffnete und Maggie von Angesicht zu Angesicht einem Gespenst gegenüberstand.

KAPITEL 32

Penobscot, Maine

Sie war groß und elegant und hatte durchdringend blaue Augen. Hätte Maggie ihr Alter schätzen müssen, hätte sie auf Mitte siebzig getippt, doch als sie ihrem Blick begegnete, fragte sie sich, ob die Frau nicht sogar ein Jahrzehnt älter sein mochte. Wenn sie ehrlich war, ließ es sich schwer sagen. Maggie hatte mit Liz oft darüber gesprochen: Dort, wo sie aufgewachsen waren, wurde kaum jemand wirklich alt. Selbst ihre Großmutter war nur knapp über siebzig geworden. Vielleicht lag es am Alkohol, so wie bei ihrer Mutter, der schlechten Ernährung oder dergleichen. Was immer die Erklärung war: In ihrer Jugend hatte Maggie nicht viele Achtziger kennengelernt.

Und die wenigen, die sie kannte, hatten ganz gewiss nicht so ausgesehen wie die Frau, die vor ihr stand. Ihr Rücken war kerzengerade, sodass sie aristokratisch, gar königlich wirkte. Setzte man ihr ein Diadem auf, hätte sie in einem dieser britischen Kostümdramen auftreten können, von denen Liz nie genug bekam.

Ihre Haare waren weiß, ihre Wangen zeigten Röte und erzählten von anregenden Morgenspaziergängen an der frischen Luft. Ihre Augen trugen ein Funkeln in sich, das wunderlich und irgendwie neugierig wirkte und Maggie sofort an Natasha denken ließ.

»Kann ich Ihnen helfen?«

Maggie hielt inne, unsicher, was sie sagen sollte. Obwohl sie stundenlang geflogen und gefahren war und endlos Zeit zum Nachdenken gehabt hatte, war sie in diesem Moment unvorbereitet. Erst jetzt bemerkte sie, dass die Frau an der Tür einen Mantel trug. »Wollen Sie irgendwohin? Können wir ein Stück zusammen gehen?«

Die Frau lächelte, streng, stählern. »Das glaube ich kaum.« Sie schob sich an Maggie vorbei und ging zu ihrem Wagen – einem alten Kombi mit Holzimitattäfelung an den Seiten.

Maggie konnte kaum zu ihr ins Auto steigen. Was sollte sie tun? Sie mit ihrem eigenen Wagen verfolgen? Sie hörte schon, was Uri dazu zu sagen hätte: *Du hast dir mit einer Frau über achtzig eine Verfolgungsjagd geliefert? Im Ernst?* Sie müsste die Gelegenheit jetzt ergreifen. Sie holte die Frau ein, als diese die Fahrertür aufschloss.

»Natasha schickt mich«, rief Maggie.

Die Frau achtete nicht auf sie. Maggie sah am Winkel der Wagentür, dass sie vielleicht noch fünf Wörter sprechen konnte, dann wäre die alte Frau auf und davon.

»Ich arbeite für Natasha Winthrop.«

Die alte Dame hielt inne.

Maggie trat näher, bis sie nur einen Meter, vielleicht anderthalb entfernt stand. Die alte Dame saß auf ihrem Sitz, aber sie hatte die Tür nicht geschlossen. Sie hielt den Sicherheitsgurt in der Hand, bereit, ihn ins Schloss zu schieben.

»Es ist wahr. Ich bin keine Journalistin. Ich arbeite für niemand anderen. Ich arbeite für Natasha. Sie steckt in Schwierigkeiten, und sie hat mich gebeten zu tun, was ich kann.«

»Und wer sind Sie genau?«

»Mein Name ist Maggie Costello. Ich arbeite in Washington.« Die Miene der alten Dame verriet, dass sie das unzureichend fand. Mit einer gewissen Kapitulation in der Stimme fuhr Maggie fort: »Ich ... ich löse Probleme für andere Leute.«

»Sie lösen Probleme? Soll das ein Beruf sein?«

»Für die Menschen, die mich brauchen, ist es ganz gewiss

einer. Und im Augenblick braucht mich Natasha. Sie hat mich um Hilfe gebeten, und ich gebe mir alle Mühe, das dürfen Sie mir glauben. Ich bin hier, weil ich glaube, dass Sie mir helfen können, Natasha zu helfen.«

Sie sahen einander für eine Zeit in die Augen, die Maggie wie zehn oder zwanzig lange Sekunden erschien. Maggie sah nach unten, die Frau – V. Winthrop oder wie immer sie hieß – hatte den Hals gereckt und schaute zu ihr hoch. Den Sicherheitsgurt hielt sie noch in der Hand. Ihr Blick verriet nichts bis auf die intensive Abwägung, die sie vornahm. Sie beurteilte Maggie und entschied, ob sie ihr Vertrauen verdiente.

Schließlich ließ sie den Sicherheitsgurt los und atmete aus. »Also gut«, sagte sie. »Wir unterhalten uns beim Tee, und danach entscheide ich.«

Das Haus war bescheiden und wirkte auf eine trotzige Art zeitlos. Maggie entdeckte nichts, was nicht schon 1985 dort hätte gewesen sein können. Sie sah ein Fernsehgerät, dem aber keine Sessel gegenüberstanden und das in einem Winkel aufgestellt war, der vermuten ließ, dass es nur selten benutzt wurde. Das Mobiliar war abgenutzt, die Lehnen auf dem großen Sofa fadenscheinig, Füllung lugte hervor. An den Wänden hingen verblasste Drucke – ländliche Szenen, ein Rennpferd – und alte Landkarten. Überall gab es Bücher, nirgendwo einen Computer.

Maggie neigte den Kopf zur Seite und las die Buchrücken – die *Federalist Papers*, eine Biografie William Penns, eine Sammlung von Gedichten Walt Whitmans, die Schwestern Brontë –, als ihre Gastgeberin zurückkehrte und auf einem Tablett den versprochenen Tee brachte. Sie nahm im Sessel Platz und bot Maggie mit einer Handbewegung das Sofa an. Hinter ihr war ein Fenster mit Blick auf eine Pferdekoppel, die zu beiden Seiten von Rotahornbäumen gesäumt war, die wie Wachtposten in Reih und Glied dastanden.

Sie schenkte den Tee nicht sofort ein, sondern ließ ihn eine Weile ziehen, ganz wie Maggies Großmutter. »Sie sind also hier, um Natasha aus der Patsche zu helfen?«

»So ist es.«

»Und Sie dachten, es würde ihr nützen, wenn Sie hierherkommen?«

»Richtig.«

»Weiß sie, dass Sie hier sind?«

»Nein.«

»Wieso nicht?«

»Weil …« Maggie zögerte, bevor sie sich entschloss, die Wahrheit zu sagen. »Weil ich mir nicht sicher war, ob sie es mir gestattet hätte. Ich habe den Verdacht, dass sie mir etwas verschweigt. Aber wenn ich ihr helfen soll, muss ich alles wissen.«

»Woher wissen Sie von mir, wenn Natasha Sie nicht angewiesen hat hierherzufahren?«

Erneut zögerte Maggie, und wieder entschied sie sich für Aufrichtigkeit. Ihr blieb keine andere Wahl.

Sie schilderte ihre Suche in Natashas Büro, die Verbindungsnachweise, die wiederkehrende Nummer, die sie zu dieser Adresse zurückverfolgt hatte. Ihre Gastgeberin zog eine Braue hoch, als sie das hörte. »Es ist eine Geheimnummer.«

»Das weiß ich.« Maggie senkte unwillkürlich zerknirscht den Blick. »Ich habe eine Schwester, die sehr geschickt ist. Mit Technik.«

»Ich verstehe.«

»Sie hat die Nummer mit diesem Haus in Verbindung gebracht, und das wiederum ist auf V. Winthrop eingetragen.«

»Richtig.«

»Und dennoch sagte Natasha mir, ihre Tante Peggy sei vor

langer Zeit gestorben und abgesehen von ihr habe sie keine Familie.«

Die Frau sagte nichts. Weder nickte sie, noch schüttelte sie den Kopf, und sie verschloss auch nicht ihr Gesicht zu einer Miene demonstrativer, gezwungener Unergründlichkeit. (Maggie kannte das von vielen Politikern. Sobald sie mit unangenehmen Tatsachen konfrontiert wurden, setzte ein beinah animalischer Reflex zum Selbstschutz ein wie bei Unterwassertieren, die vorgaben, ein Stein zu sein; getarnt und reglos, sobald ein Raubfisch sich näherte.) Im Gegenteil, sie sah Maggie in die Augen, aufmerksam, als hörte sie genau zu und wartete darauf, dass sie fortfuhr.

Fast jeder hätte etwas gesagt, um die Leere zu füllen, doch Maggie war geübt. Sie hatte gelernt, bei einem Blickduell nicht zu blinzeln.

Schließlich ergriff die Frau das Wort. »Um es klarzustellen: Natasha hat Sie in ihr Büro gelassen?«

»Ja.«

»Und das schloss die Passwörter für ihren Computer ein?«

»Ja.«

»Und ihre Verbindungsnachweise, ihre Rechnungen und das alles – sie waren dort auf ihrem Computer gespeichert?«

»Ja.«

Die alte Frau lehnte sich zurück und verdaute geradezu ostentativ, was sie erfahren hatte. Eine Ader an ihrer Schläfe pochte, als wollte sie die Verarbeitungsaktivität anzeigen, wie Lämpchen, die an einem Computer flackern, wenn er bei einer besonders anspruchsvollen Aufgabe auf die Festplatten zugreift. Sie strich ihren Rock glatt, indem sie die Handflächen von den Oberschenkeln zu den Knien schob, und räusperte sich.

»Natasha ist eine sehr vorsichtige junge Frau. Fehler zu begehen ist für sie nicht typisch. Trotzdem hat sie Ihnen Zugriff auf ihren Computer gegeben und Ihnen freie Hand gelassen, einen Weg hierher zu finden.« Sie räusperte sich erneut. »Mich zu finden.«

Maggie sagte nichts. Sie wollte keinen Laut von sich geben, der die Frau zu einem Sinneswandel veranlasste.

Schließlich stand ihre Gastgeberin vom Sessel auf und reichte Maggie die Hand. »Mein Name ist Virginia Winthrop. Ich bin Natashas Großtante. Alle nennen mich Peggy.«

KAPITEL 33

Penobscot, Maine

Nach diesem Händedruck stieg die Temperatur im Raum sogleich um zwei oder drei Grad. Als sich Ms V. Winthrop in Peggy verwandelte, sackten ihre Schultern nach unten, und sie redete doppelt so schnell wie vorher. Sie wurde fürsorglich, bestand darauf, dass Maggie nach »solch einer schrecklich langen Reise« etwas aß, und machte ein Theater, als hätte sie keine Fremde vor sich, sondern ihre eigene Großnichte auf einem seltenen, kostbaren Besuch.

Der Akzent war es, der für Maggie am deutlichsten hervorstach: eine noch prononciertere Abart des Brahmin-Dialekts, der auch an Natasha so sehr auffiel. Während Natasha hin und wieder ein Zugeständnis an die moderne Zeit machte und einen Vokal unbetont ließ, wie man es aus dem Fernsehen kannte, sprach Peggy in einem Ton, der sich gewiss seit den Dreißigerjahren nicht verändert hatte. Ihre Redeweise rief Erinnerungen an Damencolleges und Landhäuser wach, an Lacrosse-Turniere und neuenglische Güter, die so alt waren wie die Republik.

Maggie bestürmte sie mit Fragen und erfuhr, dass Peggy als Kind »so dürr wie ein Stecken« gewesen sei, ein *peg* – daher der Name –, und dass sie vor über zehn Jahren nach Maine zog, »nachdem Natasha mit dem College fertig war und ihren eigenen Weg antrat«. Während ihrer Kindheit hatte Peggy die Ferien stets auf Pilgrim's Cove verbracht. Als Maggie fragend die Braue hob, erklärte sie: »Nur die Ferien, weil ich ein Internat besucht habe.« Maggie neigte den Kopf, was sagen sollte:

Natürlich. Genau wie Natasha. Die Schule, die Peggy besucht hatte, war auf dem »Festland«, also dem Teil von Massachusetts, der nicht zu Cape Cod gehörte.

Sie war als eines von zwei Geschwistern aufgewachsen, und ihr älterer Bruder Reed hatte Pilgrim's Cove geerbt, als er einundzwanzig wurde. »Er war älter und ein Junge, und damals war das eben so. Ich habe es nicht für eine Sekunde infrage gestellt.« Reed hatte nur ein Kind, das ebenfalls Reed hieß, aber mit seinem zweiten Vornamen Aldrich gerufen wurde, und als sein Vater starb, erbte Aldrich das Haus. »Er hatte kaum Zeit, sich daran zu erfreuen, der Arme. Er wurde nach Deutschland versetzt, als die Kinder noch klein waren, und dann ...«

»Der Unfall?«

»Ganz recht.«

»Und was war mit Natasha? Als sie aus Deutschland zurückkehrte – nach dem Unfall, meine ich –, muss sie das Haus für sich allein gehabt haben. Das muss doch merkwürdig gewesen sein.«

»Deshalb war ich dort bei ihr. Ich hatte immer schon ein kleines Arbeiterhäuschen auf dem Anwesen gehabt, aber sobald Natasha angekommen war, zog ich natürlich zu ihr ins Haupthaus.«

»Und Sie haben sie aufgezogen?«

»Nun, sie war selbstverständlich die meiste Zeit in der Schule. Und dann auf dem College.«

»Sicher, aber wenn sie dort war, gab es nur Sie beide.«

Peggy nickte knapp, was Maggie als Geste altmodischer Bescheidenheit auffasste. »Wir kamen recht gut miteinander aus. Ich sage Ihnen freiheraus, dass ich diese Jahre sehr genossen habe. Wie Sie wahrscheinlich schon vermuteten, hatte ich nie eigene Kinder.«

Maggie erwiderte das Lächeln und empfand eine Welle von Scham bei ihrer nächsten Frage. Ihr war klar, dass sie sie verletzen würde, und dennoch ließ sie sich nicht umgehen. Zumindest nicht, soweit Maggie es erkennen konnte.

»Ich nehme an, Ihre Beziehung war sehr innig?«

Peggy erhob sich, vorgeblich um neuen Tee aufzusetzen. Aus der kleinen Küche am Ende des Korridors rief sie: »Sie bleiben doch hoffentlich zum Abendessen?«

Maggie seufzte. Wie sehr sie sich danach sehnte, entspannt mit jemandem zu plaudern, ohne das Gespräch zu planen wie ein Schachspiel. Könnte sie es doch einfach genießen, von einer netten alten Dame bekocht zu werden, die zwar einer anderen Spezies entstammte als Maggies Großmutter, aber genauso gastfreundlich war. Wie schön es wäre, in dieses Sofa zu sinken, sich zu entspannen und vielleicht sogar nach dem Flug und der langen Autofahrt einzunicken.

Aber so lief das nicht, nicht für sie. Sie musste konzentriert bleiben, den nächsten Zug planen, die Antennen aufmerksam halten, und nicht das kleinste Informationsbröckchen durfte ihr entgehen. In diesem Augenblick bedeutete das, einen weiteren Versuch zu unternehmen, um die Bastionen zu durchbrechen, die Peggy errichtet hatte. Maggie hatte vor einigen Augenblicken einen ersten Verstoß probiert, der von der alten Dame rasch abgewiesen worden war, und nun musste sie es aus einer anderen Richtung erneut versuchen.

Maggie folgte ihrer Gastgeberin in die Küche, bot Hilfe an und sah zu, wie Peggy verschiedene Speisen aus dem Kühlschrank und den Vorratsfächern nahm. Mit so entspannter Stimme, wie es ihr möglich war, sagte sie: »Ich möchte wetten, Natashas Haus in Washington kennen Sie gar nicht.«

Peggy überging die Frage, bückte sich und nahm ein emailliertes Backblech aus einer tiefen Schublade. Maggie müsste es anders versuchen.

»Sie hielt Sie außer Sicht. Und verstehen Sie mich nicht falsch«, beeilte sich Maggie zu versichern, als wollte sie einen

Einwand Peggys entkräften, obwohl die noch nichts gesagt hatte. »Für jemanden, der vielleicht zur Präsidentschaftswahl antritt, ist es klug, alle geliebten Menschen aus der Schusslinie zu halten.« Keine Reaktion. »Nur hat sie nicht erst jetzt damit angefangen. So läuft es schon seit etlichen Jahren. Das ging lange vor jeglichem Gerede über eine Kandidatur los. Das geht aus den Artikeln in den Zeitungen und Illustrierten hervor.«

Sie beobachtete Peggys Gesicht, hoffte auf ein Anzeichen der Neugier oder sogar Verblüffung. Maggie sehnte sich danach, dass die alte Dame den Mund aufmachte und die Frage stellte, die auf der Hand lag. Nur um es ihr ein wenig leichter zu machen. Aber Peggy war nun so sehr mit Töpfen, Pfannen und Schneidbrettern beschäftigt, dass ihre Botschaft klar rüberkam: *Wenn Sie etwas zu sagen haben, sollten Sie es aussprechen.*

»Sehen Sie«, begann Maggie, »Natasha sagt den Leuten, dass sie keine lebenden Verwandten mehr hat. Und das macht sie schon eine ganze Weile so.«

Keine Reaktion.

»Sie eingeschlossen.«

Nicht einmal ein einziger Blick.

»Mir hat sie gesagt, ihre Tante Peggy sei tot.« Sie schwieg kurz. »Sie seien tot.«

Maggie hielt den Atem an, als Peggy eine Auflaufform in den Backofen schob und sich zu ganzer Höhe aufrichtete; ein Knie knackte laut, wie um den Anlass zu unterstreichen. Sie sah Maggie an. »Gehen wir doch ins Wohnzimmer, so lange, wie das Essen braucht. Ich möchte Ihnen etwas zeigen.«

Maggie folgte ihr wachsam. Eine Kälte überfiel sie, die sie mit Angst in Verbindung brachte, dann sagte sie sich, dass allein die Idee absurd sei. Diese Frau, die sich Peggy nannte – aber, wenn man es recht bedachte, keinen Beweis dafür geliefert hatte –, diese Frau war nach der Chronologie, die sie genannt hatte, knapp neunzig; physisch stellte sie keine Gefahr dar. Und dennoch, hier war Maggie, mitten im November in diesem trostlosen Ort an der Atlantikküste, weit weg von allen, die sie kannte, allein mit einer Frau, die, falls sie die Wahrheit sagte, offenbar bei der Lüge über ihren eigenen Tod mitspielte.

Peggy stellte sich auf die Zehenspitzen und griff nach einem Buch. Früher war sie Balletttänzerin gewesen, dachte sich Maggie. Sie stellte sie sich vor achtzig Jahren vor, bei langen Stunden an der Barre im Internat. *Auf dem Festland.*

Peggy ergriff einen abgegriffenen Band, der sich bei näherem Hinsehen als eine Ausgabe von *Moby Dick* entpuppte. Maggie fragte sich, ob ihr ein literarischer Abend bevorstand, aus dem sie eine verschlüsselte Botschaft ableiten sollte. Der Gedanke machte sie ungeduldig und reizbar. Sie wollte gerade erklären, dass Peggy genug um den heißen Brei herumgeredet habe und dass Maggie, wenn sie Natasha helfen solle, ein paar konkrete Antworten benötige, aber da reckte sich Peggy erneut. Sie schob die Hand in die Lücke, die bisher die Geschichte des Weißen Wals eingenommen hatte.

Ihr Gesicht war angespannt vor Konzentration, während ihre Finger ein, zwei Sekunden lang tasteten, dann weiteten sich ihre Augen, weil sie das Gesuchte gefunden hatte. Sie atmete tief durch und nahm ein Buch heraus, das kleiner war als der Melville, aber doch größer als ein gewöhnliches Taschenbuch. Der steife Kartonumschlag trug ein blaues Marmormuster. Ein Notizbuch.

»Hier.« Peggy reichte Maggie den Band. »Sie können die zweite Person sein, die es liest.«

»Haben Sie es geschrieben?«, fragte Maggie flüsternd.

»Nein. Ich nicht. Ich habe es gelesen. Aber geschrieben habe ich es nicht.«

»Hat Natasha es geschrieben?«

Peggy lächelte, als amüsierte sie die Unwahrscheinlichkeit dieses Gedankens. »Nein, nicht Natasha. Jemand ganz anders.«

KAPITEL 34

Ich heiße Mindy, und ich bin neun Jahre alt, und ich wohne in Little Rock, Arkansas. Also, eigentlich wohne ich nicht richtig in Little Rock – mehr am Rand davon, da, wo es aufhört, eine Stadt zu sein, und zu Feldern und Farmen wird. Wenn Little Rock ein echter Stein wäre, dann würde unser Haus nicht mitten auf dem Stein stehen, sondern würde zu dem Moos gehören, das an seinem Rand wächst.

Ich wohne hier, solange ich denken kann, aber ich habe eine oder zwei Erinnerungen an vorher. Ich wohne hier mit meiner Mom und meinem Dad und meinem Bruder Paul, aber ich nenne ihn Paulie. Paulie ist älter als ich.

Wenn ich sage, dass sie meine Mom und mein Dad und mein Bruder sind, dann muss ich da was erklären. Sie waren nicht immer meine Mom und mein Dad und mein Bruder. Als ich zur Welt kam, hatte ich eine andere Mom. Sie versuchte, sich um mich zu kümmern, aber das konnte sie nicht. Deshalb gab sie mich dieser Familie, obwohl die mich gar nicht gekannt hat und ich sie nicht. Sie wurde meine Pflegefamilie genannt, und ich sollte gar nicht für immer hierbleiben, sondern nur für ein Jahr oder zwei. Aber jetzt ist es meine Familie, denn in der Post war ein Brief, in dem steht, dass ich jetzt die Tochter von meiner Mom und meinem Dad bin und den gleichen Namen habe wie sie.

Ich habe meinen Dad lieb, denn er ist ein Klempner, und er repariert Sachen, und manchmal lässt er mich mitmachen, wenn er und Paulie im Hof Ball spielen. Und wir haben einen Basketballring, und einmal hat er mich auf seine Schultern gesetzt,

sodass er und ich richtig groß waren, und wir konnten den Ball
ganz leicht dunken. Da wurde Paulie richtig böse. Ich hab meine
Mom lieb, weil sie mir die Haare bürstet, und als ich klein war,
hat sie mir Gutenachtgeschichten vorgelesen. Sie macht auch tol-
len Kuchen, aber nicht so oft, weil wir nicht viel Geld haben,
aber am liebsten habe ich Apfel, aber manchmal auch Pekan-
nüsse. Ich habe Paulie auch lieb, weil ich manchmal nicht ein-
schlafen kann, und dann bin ich froh, dass ich weiß, wenn ein
Monster reinkommt, hätte es Angst vor ihm, weil er größer ist als
ich und älter.

   Das reicht aber für heute. Ich schreibe aber jeden Tag was in
dieses Buch, versprochen.

Maggie schloss das Buch und sah wieder auf den Umschlag.
Mit Bleistift stand auf dem Etikett *Das Tagebuch von Mindy
Hagen*, dazu einige kindliche Kritzeleien, die kaum noch zu erkennen waren. Sie schlug wieder die Seite auf und lächelte, als
sie sah, dass der Vorsatz der kleinen Mindy nicht lange gehalten
hatte: Ihr nächster Tagebucheintrag folgte viel später. Die Tinte
war nun schwarz statt blau, und die Buchstaben waren nicht
mehr so gerundet.

Tut mir leid, liebes Tagebuch, dass ich nicht weitergeschrieben
habe, obwohl ich es versprochen hatte. Ich war sehr mit der Schule
beschäftigt, und ich spiele jetzt auch in der Fußballmannschaft
(gestern haben wir 3:1 gewonnen, und ich habe ein Tor geschos-
sen!!). Aber ich hab was auf dem Herzen, und ich weiß nicht, mit
wem ich darüber reden kann. Mit meiner Mom oder meinem Dad
auf jeden Fall nicht. Auch nicht mit irgendwem in der Schule,
obwohl ich glaube, dass Lisa es verstehen würde, aber ich will es ihr
nicht sagen.

   Ich will es nicht mal aufschreiben, und ich habe Angst, jemand
könnte Dich finden, aber ich weiß nicht, was ich sonst tun soll.

Wenn ich diese Seite geschrieben habe, verstecke ich mein Tagebuch da, wo keiner es finden kann.

Also, P und ich teilen uns ein Zimmer, und sein Bett steht in der einen Ecke und meins in der anderen, und normalerweise schläft er als Erster ein, und ich bleibe länger wach. Aber als ich vor ein paar Wochen ins Bett ging, bemerkte ich, dass er mich komisch ansah. Ich kroch unter die Decke und dachte mir nichts dabei, aber ich muss eingeschlafen sein, denn ich wachte mitten in der Nacht auf. Vielleicht war es auch nur eine Stunde später oder viel weniger, ich kann es nicht sagen. Aber ich wachte auf, weil ich etwas gehört hatte. Eine Art Schlurfen oder Rascheln.

Ich sah sofort zu seinem Bett rüber, weil ich das immer mache, wenn ich Angst habe, und normalerweise ist er da, und ich fühle mich o. k. Aber das Bett war leer, und er lag nicht drin. Da sah ich hoch, und er stand direkt an meinem Bett und, und. Ich will es nicht sagen, aber ich hatte Angst, und er verbot mir, auch nur ein Wort zu sagen über das, was er da tat und was ich gesehen hatte, und wenn ich irgendwas zu Mom oder Dad sagte, würde er mich umbringen. Und ich hatte Angst, und mein Herz klopfte so schnell, dass ich nichts sagte, und er legte mir seine Hand auf den Mund, und ich konnte nur daran denken, wo seine Hand gerade gewesen war, und wollte sie nicht mal in der Nähe meines Mundes haben. Aber er beugte sich vor, bis sein Gesicht ganz dicht bei mir war und sagte, schrei nicht. Schwör mir, dass du nichts verrätst. Schwör es. Schwör es. Und mein Herz pochte so laut, und ich wollte seine Hand nicht auf meinem Mund haben, und ich konnte auch nicht sprechen mit seiner Hand dort. Ich würgte, aber er zwang mich, es zu sagen, und ich sagte, ich schwöre.

Er ging wieder in sein Bett, und ich hörte wieder das Rascheln. Ich glaube, ich weiß, was er tat, aber ich wollte es mir nicht vorstellen und hatte Angst und träumte schlecht, und am Morgen ging ich zur Schule. Die Lehrerin bat mich, der Klasse eine Geschichte vorzulesen, und sagte, ich sei eine gute Vorleserin. Eine Weile brauchte ich nicht an das zu denken, was passiert war, weil ich an die Geschichte denken konnte, aber später, als wir Mathe hatten, konnte ich daran denken, weil ich das Rechnen schaffe, ohne mich groß anzustrengen. Wir spielten Fußball, und als wir fertig waren, dachte ich an das, was passiert war, und ich wollte gar nicht meine Sachen ausziehen, weil ich mir vorstellte, dass er mich beobachtete.

Mom und Dad glauben, ich bin bei den Hausaufgaben, aber die habe ich ganz schnell gemacht, und ich schreibe stattdessen das hier, aber ich muss aufhören, bevor P wiederkommt. Er ist beim Footballtraining, aber wenn er nach Hause kommt, muss ich Dich hier irgendwo versteckt haben, wo er Dich nicht finden kann. Ich will heute Abend nicht einschlafen, und vielleicht kann ich mich wach halten und dafür sorgen, dass er es nicht wieder tut. Ich werde nur die ganze Nacht horchen wie eine Fledermaus oder gucken wie ein Falke, der immer aufpasst und niemals blinzelt.

Maggie sah von den handschriftlichen Seiten auf und musterte das kleine Gästezimmer, in das Peggy sie geführt hatte, wo sie nach ihrer »langen Reise« ausruhen und ungestört das Tagebuch lesen konnte. Die Wände verströmten einen kaum merklichen Hauch von Moder, der aber nicht unangenehm war.

Im Gegenteil, er wirkte vertraut und irgendwie beruhigend. Maggie erinnerte er an die Übernachtungen bei ihrer Großmutter.

Sie las das Tagebuch auf dem schmalen Einzelbett, das ebenfalls altmodisch und geradezu asketisch war: keine Steppdecke, kein Federbett, sondern nur ein Laken und eine recht grobe Decke. Angesichts dessen, dass Tante Peggy eine Winthrop war und einer Familie mit richtig viel Geld angehörte, schien die Ausstattung ein Statement abzugeben. Es erzählte etwas über die Tugenden Bescheidenheit und Mäßigung und von altem Reichtum, den man niemals zeigte.

Schlief Natasha hier, wenn sie zu Besuch kam, eine erwachsene Frau, eine erfolgreiche Anwältin, zusammengerollt in einem Einzelbett, als wäre sie noch immer die halbwüchsige Nichte? Das Komische daran war, dass Maggie es sich vorstellen konnte.

Aber damit blieb eine auf der Hand liegende Frage offen: Wieso sollte Natasha lügen, was ihre einzige lebende Verwandte anging? Warum legte sie solchen Wert darauf, Maggie und jedermann sonst weiszumachen, ihre geliebte Tante Peggy sei tot?

Maggie hatte angenommen, das Tagebuch enthalte eine Antwort. Aber die Geschichte – so bedrückend sie auch war – warf kein neues Licht darauf. War Mindy ein Kind, dessen Fall Natasha übernommen hatte? Würde sich die Auflösung der Geschichte als ein Appell Tante Peggys herausstellen? *Sehen Sie, Maggie, Mädchen wie Mindy sind es, denen meine Nichte helfen möchte. Deshalb kandidiert sie für die Präsidentschaft.* Maggie erinnerte sich an Dienstag, den Stichtag. Es blieb so wenig Zeit.

Sie widerstand der Versuchung, gleich ans Ende zu gehen. Maggie rief sich ins Gedächtnis, dass Peggy das Tagebuch aus einem Versteck genommen und es bis zum heutigen Tag niemandem gezeigt hatte. *Sie können der zweite Mensch sein, der es liest,* hatte sie gesagt. Als Maggie die Lektüre wiederaufnahm, fiel ihr eine scharfe Zäsur auf, eine Veränderung der Handschrift, die darauf hindeutete, dass zwischen Mindys Einträgen eine lange Zeit verstrichen und dass sie älter geworden war.

Liebes Tagebuch, ich habe Dich vermisst. Zwei Jahre und zehn Monate ist es her, seit ich Dich zum letzten Mal in die Hand genommen habe. Du warst … na ja, du weißt, wo du gewesen bist. Dir brauche ich nicht zu sagen, dass Du Dein Versteck geheim halten musst, denn Du verrätst kein Wort, egal über was. Du bist der beste Freund, den man sich wünschen kann. Ich vertraue Dir.

Du ahnst vermutlich, was passiert ist, aber ich schreibe trotz-

dem so viel davon auf, wie ich kann. Ich wünschte, ich hätte jemand, dem ich es erzählen kann. Noch jemanden, meine ich. (Nicht böse gemeint.) Manchmal denke ich an meine leibliche Mom und ob ich es ihr sagen könnte. Ich versuche, mich an ihr Gesicht zu erinnern, und stelle mir vor, wie es wäre, mit ihr zu reden. Ich stelle mir ihre Stimme vor, und wenn ich das mache, ist sie leise und gütig wie eine Frau in einem dieser Werbespots für Thanksgiving-Soße oder Seifenpulver, das so gut riecht, dass man sich die Decke an die Wange drückt. Aber eigentlich glaube ich nicht, dass sie wirklich so redet. Ich weiß nicht, wie sie klang, ich erinnere mich überhaupt nicht mehr an ihre Stimme. Oder an ihr Gesicht. Und Fotos habe ich auch nicht. P sagte aber einmal, dass sie ein Junkie war – er sang ständig: »Deine Mom hängt an der Nadel, deine Mom hängt an der Nadel« –, und auch wenn ich so tue, als wäre es mir egal, und das Lächeln aufgesetzt habe, mit dem ich manchmal zeige, dass mich etwas nicht ärgert, geht es mir einfach nicht aus dem Kopf. Manchmal stelle ich mir vor, sie ist eine von den Süchtigen auf der Summit Street. Mit fleckiger Haut und so dünn, dass ihre Knochen zu sehen sind. Vielleicht schläft sie unter einer Brücke, aber vielleicht ist sie auch tot.

Jedenfalls, ich komme vom Thema ab, und das ist, dass ich es Dir erzähle, weil es sonst niemand gibt, zu dem ich gehen kann. Es ist wegen P.

Ich habe gerade gelesen, was ich zuletzt hier reingeschrieben habe, als ich zehn war, und das machte mich traurig, weil ich damals so erschüttert war von dem, was passiert war, und jetzt denke ich so: Na ja, sicher warst du erschüttert, du warst ja erst zehn. Aber trotzdem, komm schon, im Vergleich mit dem, was danach passiert ist, war das ja gar nichts.

Ich hatte recht mit meiner Vermutung, was er da machte, als er neben mir stand, direkt an meinem Bett. Er war vierzehn, als ich zehn war. Ich sagte mir damals, dass ich mich vielleicht geirrt und er vielleicht einen Albtraum hatte oder schlafwandelte oder so was.

Also, du weißt schon, dass er es getan hatte, ohne es zu wissen? Ich wollte wohl auch irgendwie, dass es so wäre, schätze ich.

Aber dann geschah es wieder und dann noch einmal. Und beim nächsten Mal versteckte er es nicht mehr und sah auch nicht verlegen aus. Er sagte das Gleiche noch mal: Wenn ich Mom und Dad auch nur ein Wort verrate, wird er mich umbringen. Er zwang mich, zu schwören, dass ich nichts erzählen würde. Und Du kannst mir glauben, wenn Du ihn gehört hättest, dann wäre Dir auch klar gewesen, dass er es ernst meint.

Also ließ ich ihn einfach machen. Ich tat so, als wäre ich nicht da, schloss die Augen und stellte mir vor, irgendwo anders zu sein. Aber er zwang mich, die Augen zu öffnen. Er wollte, dass ich hinsah. Er wollte, dass ich zusah, bis er »fertig« wurde. So nannte er es. Ich hatte davor Angst, ich drehte das Gesicht weg, wenn es passierte. Aber wenn ich das tat, ohrfeigte er mich und zwang mich zuzugucken.

Das ging ein paar Wochen so. Jeden Abend tat er es. Ich fürchtete mich vor der Schlafenszeit, weil ich wusste, dass es passieren würde. Einmal ermahnte mich Mom, dass es schon nach meiner Bettzeit sei und ich schlafen gehen müsse, und ich wollte nicht und fing an zu weinen. Ich glaube, P hat gedacht, dass ich gleich etwas sagen würde, denn er sah mich so an, so finster, und ich dachte ehrlich: Heute Nacht bringt er mich um.

Aber er bestrafte mich anders. Jetzt durfte ich nicht mehr nur zusehen, wie er sich berührte, jetzt zwang er mich, ihn anzufassen. Er stieß diese Laute aus, wie ein Grunzen, wenn ich es tat, und das hasste ich so sehr, dass ich meine Augen schloss und so tat, als wäre ich woanders, dass ich etwas anderes anfassen würde. Aber er sagte, ich muss hinsehen.

Danach wurde es schlimmer. Ich glaube, daran war ich selbst auch ein wenig schuld, denn als ich älter wurde, als ich zwölf wurde, veränderte sich mein Körper, und das machte ihn noch verrückter. Er starrte mich an, sogar wenn meine Mom und mein Dad dabei waren. Glotzte auf meine Brust und so was. Ich versuchte, mich vor ihm zu verstecken, mich irgendwie zu bedecken, und saß vornübergebeugt, aber er starrte mich immerfort an. Jeden Abend in unserem Zimmer stierte er mich an, und dann versuchte er, mich zu berühren, und wenn ich Nein sagte, hielt er mir den Mund zu oder drückte mich aufs Bett und flüsterte mir ins Ohr, während er Dinge mit mir machte. Er sagte: »Wenn du auch nur einen Laut machst, nehme ich eine Gabel und steche dir die Augen aus.« Und er sagte noch andere Dinge, von Messern und anderen Körperteilen von mir, die möchte ich gar nicht aufschreiben.

Und während er das sagte, tat er Dinge mit mir. Es tat so weh, aber er legte mir ein Kissen über den Mund, damit niemand mich hören konnte. An einem Abend würgte ich von … Du weißt schon, und Mom muss auf gewesen sein und mich gehört haben, denn von vor der Tür sagte sie: »Ist alles in Ordnung mit dir da drin, Mindy?« Ich wollte so sehr rufen: »Mommy, komm bitte rein«, oder: »Bitte hilf mir, Mommy«, und eine Sekunde lang hätte ich es fast getan. Aber er brauchte mich nur anzusehen – er musste nicht mal drohend gucken –, und ich wusste, dass er mich umbringen würde, wenn ich es wagte, was zu sagen.

Außerdem schämte ich mich. Ich wollte nicht, dass Mommy mich so sah. Ich wusste zwar, sie würde sehen, dass P mich dazu zwingt. Aber er würde solchen Ärger bekommen, wenn Mom wüsste, was hier abends geschieht. Sie wäre so wütend auf ihn.

Sie würden ihn in ein Heim schicken oder vielleicht sogar ins Gefängnis oder so was, und davon würde sich die ganze Familie nie wieder erholen. Mom würde weinen, Dad würde weinen, und alles wäre meine Schuld. Meine Schuld, weil ich etwas gesagt habe. Meine Schuld, weil ich einen Körper habe, der ihn dazu bringt, zu tun, was er tut.

Maggie sah aus dem Fenster auf die kalte graue See. Es war einfach nur unerträglich. Natürlich wusste sie, dass Kindesmissbrauch existierte, genauso wie sie wusste, dass es Männer und Jungen gab, die minderjährigen Mädchen sexuell nachstellten, und dass beide Entsetzlichkeiten innerhalb von Familien am häufigsten vorkamen. Sie *wusste* das alles: Wie sollte man es auch nicht wissen können? Das bedeutete aber nicht, dass sie sich oft – oder überhaupt je – damit auseinandersetzte, was das alles in der Realität bedeutete. Dieses arme Mädchen, Mindy, aber verlangte Maggies Aufmerksamkeit, verlangte, dass sie in den Abgrund blickte, dass sie hinsah. In Wahrheit hatte Maggie so etwas immer vermieden, hatte die Zeitungsmeldungen überlesen, das Radio leise gedreht, fand den Schmerz zu intensiv. Jetzt, mit Mindys Tagebuch in den Händen, gab es für sie kein Entkommen.

Aber wieso lag dieses Tagebuch in Peggy Winthrops Haus? Ein Gedanke kam ihr sofort. Vielleicht handelte es sich um einen Wohltätigkeitsfall, um den sich diese Brahmin-Familie als patrizische Pflicht kümmerte. Vielleicht würde Peggy Maggie bitten, in irgendeiner Weise zu helfen. Beispielsweise eine Stiftung zu unterstützen, die aus dem gewaltigen Vermögen der Winthrops finanziert wurde. *Ich werde Ihnen helfen, Natasha zu helfen, aber zuerst möchte ich, dass Sie mir und diesem entsetzlich unglücklichen Mädchen helfen.*

Allerdings war das Tagebuch versteckt gewesen. Niemand, abgesehen allein von Peggy, hatte es bisher gelesen. Wenn es eine Fallstudie war, wozu dann die intensive Geheimhaltung?

Maggie wartete ungeduldig auf eine Antwort. Das zusammen mit ihrem Unwillen, noch mehr schmerzliche Einzelheiten aufnehmen zu müssen, ließ sie die nächsten Absätze nur überfliegen, die in der manchmal schlichten, manchmal hektischen Sprache einer jungen Teenagerin den fortgesetzten Missbrauch durch ihren Adoptivbruder festhielten. Wie es schien, hatte Paulie oder P Mindy wiederholt vergewaltigt, sie sowohl durch Androhung als auch Anwendung von Gewalt gezwungen zu erdulden, dass er sich an ihr verging. Und das Ganze fand unter dem Dach der Menschen statt, die Mindy als ihre Eltern ansah. Als verletzliches junges Mädchen hatte Mindy die Torturen geheim gehalten und die Schuld daran allenfalls bei sich selbst gesucht. Maggie blieb an einem Eintrag hängen, den Mindy kurz nach ihrem vierzehnten Geburtstag verfasst hatte.

Heute habe ich etwas gesehen, das hat mich so sehr schockiert, dass ich einfach nicht weiß, was ich davon halten oder was ich deswegen unternehmen soll. Noch seltsamer ist, dass ich nicht einmal weiß, was ich wegen dem empfinde, was ich beobachtet habe. Ich fühle mich bloß betäubt. Ich weiß nur eins: dass ich Dir davon erzählen muss. Ich habe sehnlich auf diesen Moment gewartet, in dem ich mit einem Stift und Dir allein bin und endlich alles zu Papier bringen kann.

Ich war auf dem Heimweg von der Schule, und jetzt, wo P die Schule verlassen hat, gehe ich das letzte Stück allein. Mir macht es nichts aus, mir gefällt es, ein bisschen Zeit für mich zu haben. Aber dann fiel mir ein, dass ich mein Mathebuch in der Schule vergessen hatte, und morgen schreiben wir eine Arbeit, deshalb musste ich umkehren und es holen. Normalerweise gehe ich immer nur auf der Straße, durch Chalamont, aber weil Sommer ist, dachte ich, diesmal kann ich die Abkürzung durch den Wald nehmen.

Also tat ich das und holte das Buch aus der Schule und nahm wieder die Abkürzung. Jetzt war es schon nach fünf, und als ich ging, hörte ich Stimmen. Aber nicht Stimmen von Leuten, die Spaß haben. Es klang ganz anders.

Aus irgendeinem Grund blieb ich stehen, am Rand der Mulde, wo der alte Wagen steht, wo P immer gespielt hat, als er noch klein war. Ich stand neben einem Baum und guckte runter in die Mulde und hatte eine vollkommen klare Sicht. Und da war P. Und bei ihm war Helen aus meiner Klasse.

Ich brauchte eine Sekunde oder zwei, bis ich begriff, denn zuerst dachte ich, die fummeln miteinander, aber dann war es ganz klar: Er – oh Gott, ich kann es nicht mal hinschreiben – er ... tat mit ihr, was er mit mir tat.

Er zwang sie. Sie schrie ein bisschen, aber er hatte seinen Arm über ihrem Mund wie einen Knebel. Und mit der anderen Hand hatte er ihr einen Arm auf den Rücken gedreht. Sie hatte solche Schmerzen, denn er ist richtig stark, und er drückte sie auf die Knie, und dann zwang er sie, Du weißt schon, in ihrem Mund, und gleichzeitig schlug er sie ins Gesicht. So wie er es mit mir macht. Da war noch Schlimmeres, aber ich kann es nicht einmal ... Ich will es nicht hinschreiben.

Ich sagte nichts. Ich hätte was sagen müssen, ich hätte schreien oder um Hilfe rufen müssen. Aber es war, als steckte ich da fest, als wären meine Beine am Boden festgenagelt. Ich konnte mich nicht bewegen.

Und ich hatte ein ganz seltsames Gefühl. Denn schon seit Langem hatte ich gedacht, dass – ich weiß nicht, wie ich es sagen soll –, dass das, was P tut, am Ende normal ist und Brüder so was eben mit ihren Schwestern machen, auch wenn nie jemand darüber spricht? Oder dass vielleicht sonst niemand tut, was er tut, dass es aber an mir liegt. Dass ich etwas mache, durch das P so wird.

Aber jetzt war da Helen. Als ich sah, wie er sie würgte und ihr den Arm verdrehte, empfand ich plötzlich, ich weiß nicht, eine Art von Erleichterung, denn ich dachte, ich bin nicht die Einzige, die ihn so werden lässt. Wenn er das auch mit einem anderen Mädchen macht, die nicht mal seine Schwester ist, dann ist vielleicht doch er der Böse und nicht ich. Ich kann es nicht sehr gut erklären.

Und dann begriff ich, wenn er das nicht nur mir antut, dann muss jemand was unternehmen. Denn er konnte ja immer weitermachen und anderen Leuten wehtun, nicht nur seiner Familie.

Ich überlegte, ob ich vielleicht der Schule etwas sagen sollte? Aber P geht nicht mehr zur Schule. Er arbeitet jetzt als Lehrling in der Werkstatt. Ich will wirklich mit Helen reden, aber dann muss ich zugeben, dass ich sie gesehen habe, und sie wird sich schämen. Das weiß ich genau. Und was, wenn sie P sagt, dass ich es gesehen habe? Denn möglich wäre es, dass sie das tut. Was würde er dann mit mir machen? Oder ich könnte zur Polizei gehen, aber dann würde er mich umbringen.

Ich weiß nicht, was ich unternehmen soll, und deshalb wollte ich zu Dir kommen, dem Freund, dem ich auf der Welt am meisten vertraue. Aber es Dir zu erzählen, ändert gar nichts.

Die Farbe der Tinte änderte sich wieder, und auch wenn daraus nicht hervorging, wie viel Zeit vergangen war, hatte Mindy noch etwas hinzugefügt:

Ich glaube, ich kann nur eines tun. Ich muss es Mom und Dad sagen.

KAPITEL 35

Washington, D. C., einen Tag zuvor

»Leute, hört gut zu. Ich werde euch alles überlassen, denn ihr seid die Experten – ihr kennt euch mit diesem Zeug viel besser aus als ich –, und deshalb möchte ich auch nur ein paar ganz allgemeine Dinge ansprechen, bevor ich das Feld räume. Als Erstes möchte ich euch danken – ich danke euch, dass ihr heute gekommen seid. Wie ich gut weiß, ist es nicht leicht, eine Stunde in den engen Terminplan zu zwängen, den ihr alle habt.«

Senator Tom Harrison lehnte sich zu dem flachen grauen Gerät in der Mitte des Sitzungstisches vor, das ein wenig einem Seestern ähnelte; ein Freisprechapparat für Telefonkonferenzen wie diese. »Ich sehe euch, Kalifornien. Und euch, Arizona. Ich weiß, für euch ist das eine entsetzliche Tageszeit, deshalb ganz ehrlich, euch bin ich besonders dankbar.« Er lehnte sich zurück. »Aber wisst ihr, ernsthaft, ich weiß, dass ihr eure ganze Kraft der Kampagne schenkt, und das weiß ich zu schätzen.«

Er erntete einiges dankbare Nicken. Dan Benson beobachtete und fiel pflichtschuldig ein. Er behielt jedoch auch die beiden leitenden Mitarbeiter im Auge, die sich nicht regten. Es mochte allein an ihrer Stellung liegen: Sie brauchten sich nicht einzuschleimen. Es konnte aber auch ein mildes Signal für Dissens sein, ihre Art, zu zeigen, dass dieses Meeting nur stattfand, weil es nicht gut lief. Und dass sie daran keine Schuld trugen.

»Zweitens«, fuhr der Kandidat fort, »sind wir hier, weil wir uns in einer äußerst ungewöhnlichen Lage befinden. Normalerweise liefert man sich ein Rennen gegen die Kandidaten, die ihre Kandidatur bekannt gegeben haben. Diesmal aber besteht ein großes Interesse an jemandem, der sich nicht erklärt hat, sich aber noch erklären könnte. Gewiss, dieser Jemand hat nur noch – wie viel? – drei Werktage Zeit, in den Ring zu steigen, bevor die Frist für die Nominierung um ist. Wahr ist auch, dass dieser Jemand keinerlei politische Erfahrung besitzt und niemals in ein Amt gewählt wurde – das gilt in diesem Geschäft als Nachteil. Aber Teufel, die Dinge haben sich geändert.« In seiner Stimme lag ein bitterer Unterton, den weder die joviale Ansprache noch das Aufblitzen gebleichter Zähne beim Lächeln ganz kaschieren konnten. »Noch ungewöhnlicher ist, dass sich die potenzielle Kandidatin nicht auf freiem Fuß befindet, sondern in der Untersuchungshaft auf ihre Mordanklage wartet. Alles in allem haben wir also eine wirklich merkwürdige Situation. Noch wilder als bei meiner ersten Kandidatur als Landrat, und das liegt ungefähr hundertdreißig Jahre zurück.«

Mehr höfliches Gelächter.

»Deshalb werde ich mich zurücklehnen und mit anhören, was ihr klugen Köpfe dazu zu sagen habt. Beleuchtet es aus allen Richtungen. Wie gesagt, ich bin nur ein Junge aus der South Side. Die Experten seid ihr. Ich bin gespannt, wie ihr das seht.«

Als Wahlkampfleiter nahm sich Doug Teller das Recht, als Erster zu sprechen. Dass er, Greg Carter und der Kandidat persönlich anwesend waren, unterstrich die Bedeutung dieser Konferenz.

»Also gut, ich möchte nur betonen, dass der Inhalt dieses Meetings, ja sogar die Tatsache, dass überhaupt ein Meeting stattgefunden hat, streng vertraulich ist. Wenn der Senator zwei Amtsperioden im Weißen Haus hinter sich hat und diese Besprechung in seinen Memoiren angesprochen werden sollte, dann, und nur dann, wird eine öffentliche Erwähnung, dass es stattgefunden hat, verziehen – und eventuell nicht einmal dann. Vor diesem Meeting wurden keine Unterlagen verteilt, es gibt keine PowerPoint-Präsentation, und niemand von Ihnen wird sich irgendetwas notieren. Sie alle haben Ihre Handys bei den Helfern gelassen, bevor Sie diesen Raum betraten. Tut mir leid, dass wir uns wie paranoide Arschlöcher von der Stasi benehmen, aber so wird man eben, wenn man in den Umfragen mit nur drei Punkten führt, mit einundvierzig zu achtunddreißig.«

Dan Benson registrierte die Unruhe, die sich im Raum verbreitete.

Als Kommunikationsdirektor war er vorher über die Umfrageergebnisse informiert worden, die Teller erwähnt hatte, aber den meisten waren sie neu. Er konnte sehen, wie die Gesichter sich verfinsterten, wie hinter jedes Augenpaar die gleiche Frage trat, die auch er sich gestellt hat: *Habe ich meine Karriere versenkt, indem ich an Bord eines Schiffes sprang, das unter der Wasserlinie leckgeschlagen war?*

Teller hatte die Mienen ebenfalls bemerkt. »Okay, bevor Sie alle jetzt mit Ihrem Lebenslauf in der Hand auf dem Capitol Hill hausieren gehen, will ich etwas klarstellen. Das ist nicht die Zahl für die Schlagzeilen. Im einfachen Rennen, bei den Wahlprognosen, liegt der Senator nach wie vor neunzehn Punkte voraus. Ein netter, fetter Vorsprung. Nur was man unter der Motorhaube sieht, ist nicht ganz so schön. Unser großes Problem ist das Geschlecht. Wir schlagen uns prächtig, wenn wir registrierte Demokraten fragen, wen sie am liebsten als Präsidentschaftskandidaten hätten. Aber Sie wissen, wie ich es sehe. In diesem Stadium ist das nicht mehr als eine Quizfrage. Genauso gut könnten wir fragen: ›Was haben Sie denn gehört, wer als Präsident kandidiert?‹ Mit einem Bekanntheitsgrad hoch in den Achtzigern wird der Senator dabei immer gewinnen. Aber aufs Stichwort, also sobald wir Namen vorlegen, sieht das ganz anders aus. Wenn wir die Weiß-nichts streichen und ein Kopf-an-Kopf-Rennen machen, Harrison gegen Winthrop, dann fällt der Vorsprung des Senators bei allen Wählern auf elf Punkte. Unter den Männern führt er mit neunzehn. Bei den Frauen? Da sind es nur drei. Das ist keine Genderlücke. Das ist ein Genderabgrund – und wir stürzen gerade hinein.«

Nachdem er das gesagt hatte, übergab Teller nicht etwa an Greg Carter, der nach der Hierarchie als Nächster das Wort hätte erhalten müssen.

Vielmehr nickte er Ellen Stone zu. Teller war kein Narr. Er wusste, dass die Botschaft, die er übermitteln wollte, nicht von einem Mann nach dem anderen präsentiert werden durfte. Ellen erwiderte das Nicken und ergriff das Wort.

»Wir haben sowohl qualitativ als auch quantitativ ausgewertet, und wir erhalten das gleiche Ergebnis. Unsere anfängliche Annahme – und das ist die Annahme, die sowohl das Wahlkampfteam als auch die Medien gemacht haben – bestand darin, dass die Blase platzen würde, sobald Winthrop verhaftet wird. Unter Männern ist das auch eindeutig so: Ihre Zahlen sind gesunken; bei weißen Männern stärker, und bei weißen Männern, die kein College besucht haben, am stärksten. Frauen sehen es jedoch ganz anders. In den Fokusgruppen hören wir, dass Frauen Winthrop eine ›politische Gefangene‹ nennen, eine ›Streiterin‹ für die Sache der Frauen, und es wird gemunkelt, dass an dieser Geschichte mehr dran sei, als ihnen gesagt wird. Und das sind große Zahlen in allen Sektoren. Bei weißen wie bei schwarzen Frauen, bei Latinas, bei Frauen ohne Collegeabschluss – bei allen eben. In mehreren Gruppen sagten Frauen ohne Stichwort, dass sie Winthrop nicht nur wählen, sondern dass sie auch *freiwillig* ihren Wahlkampf unterstützen würden.«

»Und das bei einer Frau, die zurzeit hinter Gittern sitzt.« Teller ließ keinen Raum für Missverständnisse.

»Das Zeug mit den Datingportalen und dem BDSM schadet ihr bei älteren Frauen, aber bei Weitem nicht so stark, wie wir angenommen hatten, bevor wir ins Feld gingen. Und in anderen Kategorien glauben es viele einfach nicht.«

»Glauben was nicht?«

Aller Augen wandten sich dem Kopf des Tisches zu, wo Tom Harrison persönlich saß. Die Jovialität war von ihm abgefallen; jetzt war er ganz nüchtern und geschäftsmäßig. Die Drei-Punkte-Führung bei den Frauen lag innerhalb der Fehlertoleranz, und das gegen eine Anfängerin, deren Namen vor einigen Wochen niemand wiedererkannt hätte. Die Lage besaß seine volle Aufmerksamkeit.

Ellen sprach ihn direkt an. »Sie glauben den Beschuldigungen nicht, die die Polizei gegen Winthrop erhebt, Senator. Dass sie geplant habe, den Mann kaltblütig zu ermorden. Die Datingportale, die Nachrichten, der Browserverlauf – sie tun das alles mit einem Schulterzucken ab.«

»Das verstehe ich nicht.«

»In den Gruppen ist oft von Fake News die Rede. Dieses Argument ist zur sicheren Bank geworden, sobald einem ein Artikel oder irgendwelche Tatsachen nicht passen.«

»Die glauben also, es ist fingiert?«

»Nun, Senator, sie *wollen* wohl glauben, dass es fingiert ist. Und wie wir entdeckt haben, läuft es auf das Gleiche hinaus, als würden sie wirklich daran glauben, es wäre fingiert. Sie stellen entweder die Fakten infrage oder sagen, dass die Fakten keine Rolle spielen. Also ist Natasha Winthrop entweder nicht auf diesen BDSM-Portalen gewesen, und wenn doch, so wirkt sich das nicht auf das Ergebnis dessen aus, was sie am Ende getan hat – nämlich einen Serienvergewaltiger und mutmaßlichen Mörder zu töten.«

Ellen sah in ihre Notizen. »Immer wieder kommen die gleichen Formulierungen. ›Sie hat das Richtige getan, wenn auch auf dem falschen Weg.‹ ›Sie hat den Mann der Gerechtigkeit zugeführt.‹ Oder diese Bemerkung: ›Manchmal muss man das Gesetz in die eigenen Hände nehmen.‹ In einer Gruppe in Tucson nannte eine Teilnehmerin Winthrop eine ›Superheldin‹.«

Dan Benson sah, wie der Senator erbleichte, was bei seiner künstlichen Bräune einiges bedeutete. Greg Carter bemerkte es ebenfalls und – weil er oft der gute Cop war, wenn Teller den bösen Cop gab – mischte sich ein.

»Das Ganze hat auch eine Kehrseite. Männern ist *sehr* unwohl, was Winthrop angeht.« Er sah in seine Notizen. »›Eiertreterin‹ wird sie oft genannt, wie Sie sich vorstellen können.«

Ein Kichern in einer Lautstärke irgendwo zwischen unhörbar und kaum merklich war zu hören, dessen Ursprung sich unmöglich feststellen ließ.

Carter blätterte in seinem Notizbuch. »Ein Wähler in Kentucky sagt Folgendes. Männlich, über fünfzig, kein College. ›Ich weiß, man soll so was nicht sagen. Aber wenn es wahr ist, dass sie auf diesen Internetseiten war und den Kerl zu sich bestellt hat – dann, Sie wissen schon, hat sie es irgendwie herausgefordert.‹ Und weiter: ›Wenn man Präsident ist, dann muss man sich beherrschen können. Mir kommt es so vor, als hätte die Frau die Kontrolle über sich verloren. Ich wäre nervös, wenn sie ihren Finger in der Nähe des Roten Knopfes hätte.‹ Das stammt aus Ohio. Diese Wähler bevorzugen Sie, Senator, bei denen liegen Sie meilenweit vorn. Das Problem ist nur …«

»Ich weiß, was das Problem ist. Das gottverdammte Problem kenne ich sehr gut.« Beim zweiten »Problem« knallte Harrison die Faust mit solcher Gewalt auf den Tisch, dass die Mehrwegbecher und Isolierwasserflaschen hüpften. »Das Problem ist, Männer mögen diese Frau nicht, aber Frauen *lieben* sie. Und es gibt keine Möglichkeit, die Nominierung der Partei zu erringen – die Nominierung für die Präsidentschaftswahl der Vereinigten Staaten von Amerika, wenn ich Sie erinnern darf –, wenn man auf einer Seite eines Geschlechterkrieges steht, eines Genderkrieges oder was auch immer. Das klappt auf keinen Fall. Ich kenne die Partei und weiß, wozu sie fähig ist. Wenn die Partei untereinander streitet, wird es *hässlich*. Dann gibt es kein Zurück. Ich hab schon erlebt, wie unsere Partei sich über Rassenfragen gespalten hat – da waren einige von Ihnen noch nicht geboren. Wir sind mehr als fähig und in der Lage, uns auch wegen dieser Frage zu zerfetzen, das können Sie mir glauben.«

Schweigen senkte sich über den Raum. Vier oder fünf Sekunden lang wagte niemand, etwas zu sagen. Nur Teller hatte die nötige Stellung. »Sir, ich stimme zu, diese Befunde sind ernst.«

»Da haben Sie gottverdammt noch mal recht, sie sind ernst! Ich werde seit über drei Jahrzehnten in Ämter gewählt. Diese Frau kommt aus dem Nichts und hat mich jetzt schon bis auf *drei* Punkte eingeholt?«

»Nur bei den Frauen«, sagte Ellen ruhig.

»Das ist mir bekannt. Aber, liebe Leute, überlegen Sie doch mal, was die erreichen könnte, wenn sie nicht hinter Gittern sitzt!« Wieder trat Schweigen ein, nicht zuletzt aus dem Schock, zu beobachten, wie die gewohnt gewandte, onkelhafte Fassade einer Persönlichkeit wich, die normalerweise hinter den Kulissen blieb und abgesehen von den ranghöchsten Mitarbeitern kaum jemandem bekannt war. »Haben wir ernsthaft dieser Frau … dieser Person nichts entgegenzusetzen? Gar nichts? Ich meine, warum kippen wir nicht zwanzig Tonnen Pferdemist über ihr aus? Können wir nicht nutzen, was wir haben, dieses Imperial-Dingsbums, für das wir so viel Kohle ausgegeben haben?«

Teller sah den Senator an; der warnende Blick sollte ihn unmissverständlich dazu auffordern, den Mund zu halten. Oder ihn zumindest bewegen, das Thema zu wechseln. Der Blick schien zu wirken.

»Gegnerrecherchen. Wenn wir Erkenntnisse haben, dann sollten wir sie jetzt anwenden.«

»Solange eine polizeiliche Ermittlung im Gang ist …«

»Ja, ja, ich kenne die Regeln, Greg. Aber haben wir vor vier Jahren nicht alle lernen müssen, dass das Regelbuch nicht mehr gilt? Die Regeln liegen auf dem Müllhaufen der Geschichte. Ihnen mag es entgangen sein, aber so ein Typ hat die letzte Wahl gewonnen, *weil* er das Regelbuch in den Schredder geworfen hat. Das Regelbuch ist weg! Es existiert nicht mehr. Wir können nicht abwarten, bis die Polizei ihre Sache erledigt hat. ›Wir müssen dem rechtsstaatlichen Verfahren seinen Lauf lassen.‹ Nein, Sir. Okay, vielleicht geht es zu unseren Gunsten aus, und sie wird angeklagt – aber diesen Zahlen nach wäre nicht einmal das ihr Ende. Und was, wenn es nicht klappt? Was, wenn sie Winthrop freilassen, von allen Anklagepunkten entlastet? Hm? Wie gefällt Ihnen diese hübsche kleine Vorstellung? Nein, Freunde. Wir können es uns nicht leisten, nur rumzusitzen und uns mit den Zahlen zu beschäftigen. Wir müssen alles über diese Person in Erfahrung bringen. Sie kann nicht einfach aus dem Nichts gekommen sein. Sie wird eine Akte haben, irgendwo: Dinge, die sie nicht hätte sagen sollen, Leute, die sie nicht hätte kennen dürfen. Drei Punkte, Leute! Drei gottverdammte Punkte. Wir müssen diese kleine Lady ausschalten, und das pronto.«

Damit schob der Senator seine Papiere zusammen, stand auf und ging zum Ausgang. Wenigstens drei Mitarbeiter, darunter Ellen, sprangen von ihren Stühlen auf und hasteten ihm nach.

Die Zurückgelassenen sahen Teller an und warteten auf ein orientierendes Statement. Dan Benson bemerkte, dass der Wahlkampfmanager schwer schluckte, bevor er antwortete. So wie sein Adamsapfel dabei hervortrat, unterstrich es nur seine Unruhe. Als er sprach, schwankte das erste Wort ein wenig, was er aber rasch überspielte. Jeder, der zuhörte, dachte das Gleiche: Als Wahlkampfleiter vom Kandidaten vor dem gesamten Team zusammengestaucht zu werden, hatte Doug Tellers Autorität definitiv in Stücke geschlagen. Trotzdem rang er sich den Satz ab.

»Sie haben gehört, was Senator Harrison gesagt hat. Wir müssen Natasha Winthrop ausschalten, und das schnell.«

Jeder begriff seinen Satz als Schlusswort des Meetings, und Dan ging mit den Übrigen schweigend zur Tür.

Auf dem Weg nach draußen holte Teller ihn ein und ergriff ihn beim Ellbogen.

Dan fuhr herum.

»Also, Daniel, dann haben wir wohl unsere Anweisungen.«

»Yep. Glasklar.« Benson sah auf seinen Ellbogen. Teller hatte ihn nicht losgelassen.

»Ein Punkt könnte vielleicht nicht ganz rübergekommen sein. Winthrop selbst macht im Moment gar nichts. Sie sitzt in einer Zelle, stimmt's?«

»Das ist richtig.«

»Dann müssen wir uns auf die konzentrieren, die in ihrem Namen handeln.«

»Sie meinen Stellvertreter, die sozialen Netzwerke, das alles?«

»Nein, das meine ich nicht. Ich meine etwas Bestimmteres. Oder genauer, *jemand* Bestimmteren. Jemanden, der sich jetzt, während wir darüber sprechen, schwer für Natasha Winthrop ins Zeug legt. Ich will keine Namen nennen, aber wenn ich sage, dass es sich um Washingtons Troubleshooterin par excellence handelt, so wissen Sie schon, wen ich meine.«

KAPITEL 36

Gott sei Dank ist es vorbei. Das waren die schwersten zwanzig Minuten meines Lebens. Also, eigentlich waren die zwanzig Minuten selbst gar nicht so schlimm. Aber darauf zu warten und die Krämpfe dabei, oh mein Gott, das war alles ganz, ganz übel. Schlimmer als vor jeder Klassenarbeit und vor jedem Referat. Mom hat es sofort gemerkt, weil ich nichts essen konnte, als ich aus der Schule kam. »Etwas stimmt nicht mit dir«, sagte sie, »das merke ich doch. Was ist los?«

Aber ich konnte es ihr natürlich nicht sagen. Ich wollte warten, bis Dad wieder zu Hause war, damit ich es beiden auf einmal erzählen konnte. Ich wusste, dass wir nicht viel Zeit hatten, nur die Zeit zwischen dem Feierabend meines Vaters und dem von P.

Kaum kam Dad nach Hause, ging ich in die Küche und sagte, ich muss mit ihnen reden. Ich sah, wie besorgt meine Mutter dreinschaute. Mein Dad wirkte zuerst ganz locker, dann sah er meine Mom an und war auch besorgt. »Was ist?«, fragte er, und ich bat: »Können wir uns hinsetzen?« Und ich setzte mich an den Tisch und wartete, bis sie sich einen Stuhl nahmen und auch hinsetzten.

Ich sagte nur: »Es ist wegen P.«, und meine Mom rief sofort: »Dem Herrn sei Dank, ich dachte, du würdest sagen, dass du schwanger bist.«

Das brachte mich ein bisschen durcheinander, und ich sagte: »Es geht um das, was P mit mir macht.«

Mein Dad fragte: »Was denn?« Irgendwas an der Art, wie er es fragte, brachte mich auf die Idee, dass er es auf eine Art schon ahnte. Ich weiß nicht wieso, aber mir kam es so vor. Meine Mom war ganz still. Sie wartete.

»P macht Sachen mit mir. Er macht sie, seit ich zehn bin. Er fasst mich an und will, dass ich ihn anfasse.«

»Was?«, fragte mein Dad wieder.

»Er zwingt mich dazu«, sagte ich. »Er zwingt mich, seinen ...« Aber ich konnte es nicht sagen. Jetzt, wo es drauf ankam, konnte ich das Wort nicht aussprechen. Ich weiß nicht, warum, aber es hatte was damit zu tun, dass ich sie nicht verletzen wollte. Ich weiß, dass das verrückt ist, aber das ist die einzige Erklärung, die mir einfällt.

»Das glaube ich nicht«, sagte meine Mom. »Ich glaube das einfach nicht.«

»Es fing an, als ich zehn war«, sagte ich. »Aber jetzt ist es schlimmer. Was er tut, ist schlimmer. Es wurde schlimmer, als ich elf wurde, und schlimmer, als ich zwölf wurde, und immer schlimmer.«

Ich sah Mom an, wie geschockt sie war, und deshalb hörte ich auf, aber es war so eine Erleichterung, nach der langen Zeit alles auszusprechen. Ich redete weiter, ich erzählte ihnen von Helen und was ich gesehen hatte, bis mein Dad schließlich die Hand hob und sagte: »Okay, Mindy. Das reicht.« Ich glaube, er hatte Angst, dass es mich fertigmachen könnte, das alles auszusprechen, dabei fühlte es sich an, als würde ich große Steine aus einem Rucksack nehmen, den ich jahrelang geschleppt habe.

Sie sagten, ich solle mich ausruhen, ich solle mich ins Bett legen. Aber als sie »Bett« sagten, zog meine Mom, glaub ich, ein Gesicht.

Jetzt sitze ich auf meinem Bett und lausche auf ihre Stimmen. Ich kann sie reden hören, und sie klingen aufgeregt, vielleicht wütend. P kommt bald nach Hause, und ich weiß, dass es irre klingt, aber ich habe Angst um ihn. Ich stelle mir vor, wie sie ihn aus dem Haus werfen, hinaus in die Kälte und die Dunkelheit, und dann müsste er im Auto oder in der Werkstatt schlafen oder irgendwo sonst.

Mir ist ein bisschen unwohl dabei, das hier zu schreiben. Ich gucke immer wieder zur Tür, weil jeden Augenblick einer von ihnen hereinkommen wird, um mit mir zu reden, und ich will nicht, dass sie sehen, was ich tue. Ich habe so ein schlechtes Gewissen ihretwegen. Das muss für sie auch ein großer Schock sein.

Oh Gott, ich kann etwas hören. Mein Dad telefoniert. Warte hier.

Okay, ich habe die Tür einen Spaltbreit geöffnet und gehört, wie er mit Helens Dad sprach.

Ich kann nicht viel verstehen, aber er muss ihn gefragt haben, was geschehen ist. Oh Gott, jetzt wird es richtig ernst. Was, wenn sie die Polizei rufen? Ich will nicht, dass P ins Gefängnis muss, ich will nur, dass er aufhört.

Ich verstecke Dich jetzt. Ich werde mich ans Fenster setzen und warten, bis P nach Hause kommt.

Ich schreibe das hier unter der Bettdecke und tue so, als würde ich schlafen. Es ist schwer, etwas zu sehen, weil ich nur das Licht meiner Taschenlampe habe, das wie ein gelber Keil auf die Seite leuchtet.

Es ist jetzt still, und ich weiß eigentlich nicht, was vorgeht.

Vor ungefähr einer Stunde habe ich gehört, wie P nach Hause kam. Mom und Dad haben auf ihn gewartet, und sie redeten sofort auf ihn ein. Ich konnte hören, wie Dad so sprach wie immer, wenn er wütend ist, mit einer ruhigen Stimme, die zeigt, dass er gar nicht ruhig ist.

Ich dachte, P würde anfangen zu brüllen und mit Sachen zu werfen, aber er klang auch ganz ruhig. Das ist so seltsam, es macht mir Angst. Weil es heißt, dass es nicht normal läuft, dass etwas anderes passiert. Ich stelle mir immer wieder vor, wie die Polizei kommt und ihn abholt, und alles ist meine Schuld.

Ich hätte niemals etwas sagen dürfen. Und jetzt erfährt die Polizei, dass er Helen das Gleiche angetan hat wie mir, und Helens

Dad will P wahrscheinlich umbringen, und er muss weit weg ins Gefängnis, zu seiner eigenen Sicherheit, wie sie in den Nachrichten immer sagen.

Ich bin so dumm, dumm, dumm. Ich hätte den Mund halten sollen. Ich habe jemand das Leben ruiniert.

Ich muss eingeschlafen sein. Ich bin gerade erst aufgewacht, und jetzt ist es still. P ist nicht reingekommen. Sie müssen ihm gesagt haben, dass er dieses Zimmer nie wieder betreten darf. Ob er auf der Couch schläft? Oder ist die Polizei gekommen und hat ihn weggebracht, während ich schlief? Vielleicht sitzt er jetzt in einer Gefängniszelle und hat Ketten an den Beinen und trägt Handschellen. Oh Gott!

Es ist jetzt zwölf Stunden später, und ich bin nicht zu Hause.

Ich bin im Haus von Leuten, die ich nicht kenne. Sie haben mir zu essen gegeben – Makkaroni mit Käse – und mich in das Zimmer geschickt, in dem ich jetzt bin. Auf dem Bett liegen ein kleines Handtuch und ein kleines Stück Seife in Plastikfolie. Ich glaube, ich kann gar nicht genau erklären, was los ist. Ich kann bloß am Anfang beginnen.

Als ich heute Morgen runterkam, sah ich, dass P auf der Couch geschlafen hatte. Er war aber weg. Vielleicht musste er früh zur Arbeit. Mom und Dad sagten, ich solle mich an den Küchentisch setzen. Sie hatten Ringe unter den Augen. Sie taten mir leid.

Dad fing an zu reden, während Mom auf die Tischplatte starrte. Ich dachte: Ich tue ihr so leid, dass sie mich nicht mal ansehen kann. Sie schämt sich, dass so etwas unter ihrem Dach passiert ist. Sie wirft sich vor, dass sie mich im Stich gelassen hat. Ich wollte sagen: Das ist nicht deine Schuld, Mommy. Aber mein Dad hob die Hand wie ein Verkehrspolizist, und ich merkte, dass er mir nun sagen würde, was geschehen würde. Ich hoffte, sie würden mir sagen, dass P nicht ins Gefängnis müsse, aber vielleicht, dass er von jetzt an woanders wohnen würde.

»Mindy, wir müssen uns unterhalten«, sagte er.

»O. k.«, sagte ich.

»Wir haben mit Helens Eltern gesprochen, und sie haben mit Helen gesprochen, und sie sagt, nichts von dem, was du behauptest, ist geschehen. Überhaupt nichts.«

Ich wusste nicht, was ich sagen sollte. Aber dann sagte ich: »Er hat ihr gedroht, er bringt sie um, wenn sie was verrät. Genauso wie bei mir. Das macht er immer. Er sagt, er stößt mir ein Messer in die …«

»Hör zu, Mindy. Das muss aufhören. Ich weiß, bei Mädchen deines Alters kann so etwas vorkommen. Vielleicht liegt es an der vielen Zeit, die du in der Bücherei verbringst. Bei den vielen Büchern und Geschichten und dem Zeug im Fernsehen kann ich mir das gut vorstellen. Vielleicht ist deine Fantasie mit dir durchgegangen. Oder du hast schmutzige Bücher gelesen, die nichts für dein Alter sind. Aber so etwas über deinen Bruder zu erfinden …«

»Ich habe nichts erfunden!«

»Helens Eltern waren entsetzt, als ich sie anrief. Völlig entsetzt. Stimmt das nicht, Carole?«

Meine Mutter nickte.

»Natürlich waren sie das. Sie sagten sofort, dass Helen nicht so eine ist.«

»Was?«

»Über so was am Telefon reden zu müssen …«

»Was soll das heißen, nicht so eine?«

Nun sagte meine Mom auch etwas: »So eine, die mit einem älteren Jungen in den Wald geht.«

Und ich sagte: »Aber er hat sie gezwungen. Darum geht es doch. Er hat sie dazu gezwungen. Das habe ich gesehen. Genau wie er mich dazu zwingt.«

»Das glauben wir dir nicht.«

Genau das hat meine Mom gesagt, einfach so: »Das glauben wir dir nicht.«

Ich konnte nur noch stottern. Wörter kamen mir nicht mehr aus dem Mund. Nur so ein Stottern und Krächzen: »Äh ... äh ... äh.«

Mein Dad fuhr fort: »Ich kann nicht begreifen, wieso du dir so etwas einfallen lässt, Mindy. Geht es dir um Aufmerksamkeit? Schenken Mom und ich dir nicht genügend Aufmerksamkeit?«

Ich empfand ein ganz eigenartiges Gefühl. Es unterschied sich von allem, was ich jemals gespürt hatte.

Mir war, als liefe mir das ganze Blut aus dem Kopf und dem Gehirn, so als hätte jemand einen Schalter gedrückt, der eine Maschine abschaltet. Ich stellte mir vor, wie ich aussehen musste, ich stellte mir vor, wie mein Gesicht weiß wird und wie sich dann die Haut und das Fleisch abschälen wie in einem Zeitrafferfilm, der zeigt, wie eine Leiche zum Skelett wird, und schließlich kam es mir so vor, als würde nur noch mein Knochengestell meinen Eltern gegenübersitzen. Ich konnte keinen Ton sagen.

Mom ergriff das Wort. »Wie kann man nur so etwas Schreckliches über jemand anderen behaupten, Mindy. So furchtbare Dinge. Du darfst so etwas nicht einfach erfinden, solche Vorwürfe. Was, wenn wir dir geglaubt hätten? Was, wenn Helen nicht die Wahrheit gesagt hätte? Überleg doch einmal, was das für Paulie bedeutet hätte. Er hat dich die ganze Zeit wie seine Schwester lieb gehabt, und du sagst solch furchtbare Dinge. Er war so geschockt, als wir es ihm erzählten, nachdem er gestern Abend nach Hause gekommen war. Er war wie gelähmt, dass du ihn so verleumdest.«

Ich fühlte mich noch immer ganz taub, aber das durchfuhr mich wie ein elektrischer Schlag. Ich versuchte zu sagen: Was soll das heißen, wie eine Schwester? Wie eine Schwester? Ich dachte, ich wäre, ich dachte ... aber ich brachte den Satz nicht heraus, ich konnte es nicht aussprechen.

Ich rechnete damit, dass ich weinen würde, aber mein Körper war noch ganz ohne Kraft. Ich konnte ganze Körperteile nicht mehr spüren, während ich da am Küchentisch saß. Ich hörte, was ~~meine Eltern~~ Jim und Carole sagten, aber es klang, als wären sie unter Wasser, oder ihre Stimmen kämen durch die Wand zum Nachbarhaus, oder als wäre ich im Zimmer und sie in der Küche.

»Aber es ist wahr«, hörte ich mich sagen. »Es ist wahr, ich habe gesehen, wie er das mit Helen gemacht hat. Und es ist wahr, dass er das auch mir angetan hat.«

Ich stand auf und machte meine Jeans auf. Ich wollte meine Unterhose runterziehen und ihnen zeigen, wie und wo er es getan hatte – ich dachte, sie müssten es vielleicht sehen –, aber mein Dad packte mich beim Arm und sagte: »Lass das sofort bleiben, junge Dame!« Und ich hörte meine Mom, ich meine, Carole, sagen: »Sie ist völlig verstört. Mit ihr stimmt etwas nicht. Sie braucht Hilfe.«

Ich sagte nur: »Es ist aber wahr, es ist aber wahr ...« Immer und immer wieder wiederholte ich das. Ich weinte noch immer nicht, aber nur, weil mein Körper nicht funktionierte. »Wir kennen Paul«, sagte Mom. »Wir wissen, wer dieser Junge ist. Wir wissen, was er ist und was er nicht ist. Er ist unser eigen Fleisch und Blut.«

Und das war der Moment, als meine Seele aus meinem Körper stieg. Da flog ich aus Mindy heraus und schwebte über ihr, so wie einer von den Toten, der noch nicht ganz tot ist, und sah auf diese beiden Erwachsenen herunter und auf dieses Mädchen, auf Mindy. Sie waren Fremde für mich, aber das war nicht das Seltsame. Das Seltsame war, dass sie untereinander fremd waren. Mindy nannte sie noch Mom und Dad, aber sie dachten nicht mehr, dass Mindy ihre Tochter war. Das war der große Fehler gewesen, den sie die ganze Zeit begangen hatte. Natürlich glaubten sie P und nicht ihr. P war ihr Sohn, und sie war nur Gast in ihrem Haus.

Die Stimmen waren jetzt noch schwieriger zu verstehen, als kämen sie aus einem Fernseher mit leise gestelltem Ton. Ich glaube, meine Mom – ich meine Carole, Carole, Carole – sagte: »Ich hatte den Jungen neun Monate in mir.«

Ich weiß nicht mehr, ob ich aufstand, aber da sagte mein Dad – Jim, meine ich, Jim, Jim, Jim sagte: »Deine Mutter und ich haben miteinander gesprochen, und wir halten es für am besten, wenn wir diese Vereinbarung lösen.« Oder vielleicht war es auch andersherum. Vielleicht sagte zuerst mein Dad, Jim Hagen, meine ich: »Wir halten es für am besten, wenn wir diese Vereinbarung lösen.« Und dann bin ich aufgestanden. Vielleicht war es so. Ich weiß es nicht mehr.

Mom sagte Sachen wie: »Wir haben die Pflegevermittlung angerufen, und es gibt da einen Notdienst.« Aber nichts davon drang zu mir durch. Ich glaube, sie sagte »Du brauchst Hilfe« und »Sie braucht Hilfe« ein paarmal. Mir ist gerade noch etwas eingefallen. Sie sagte: »Ich dachte daran, dich zu Tante Chrissie zu geben, aber das ist keine gute Idee, nicht mit Matthew im Haus.« (Mein Cousin – er ist nicht mein Cousin – Matthew ist siebzehn.) Ich wollte rufen: Wieso sollte ich irgendetwas gegen Matthew haben? Er hat mir nie etwas getan. Der Einzige, der mir etwas getan hat, ist P. Aber ich kriegte kein Wort heraus.

Und so kam ich her. In ein Haus in Briarwood, das einer Notpflegemutter gehört. Einer Frau, die Kinder ein paar Nächte bei sich schlafen lässt, wenn sie bei einer Familie rausgeflogen sind und auf die nächste warten. Irgendjemand hat mir gesagt, ich soll es mir nicht zu Herzen nehmen, so etwas geschehe ziemlich oft. Aber sie hat gar nicht richtig mit mir geredet. Sie hat mich in das Zimmer gebracht, zu dem kleinen Handtuch und der eingepackten Seife, und mir das Badezimmer den Gang hinunter gezeigt. Überall sind hier kleine Schilder, die mir sagen, was ich nicht darf. Zum Beispiel nach 21.30 Uhr sprechen oder nach 21.45 Uhr noch Licht anhaben.

Mir gefällt es hier nicht. Ich würde sagen, ich möchte nach Hause gehen, aber dahin will ich auch nicht. Das heißt dann wohl, dass ich kein Zuhause habe.

Maggie rieb sich die Augen. Die Fahrt hierher verlangte ihren Zoll, aber nicht davon war sie so müde. Es waren die Qualen des jungen Mädchens, die grausame Behandlung durch diesen »P«, den sie als Bruder hatte lieben wollen, und – am herzzerreißendsten von alldem – die Reaktion der Eltern. Genauer gesagt, der Menschen, die das kleine Mädchen als ihre Eltern angesehen hatte. Maggie stellte fest, dass sie sich um Mindy sorgte und fragte, welchen Schaden diese Verletzungen hinterlassen haben mochten. Sie dachte an sich und an Liz: In den Dreißigern litten sie immer noch darunter, als Töchter einer Mutter aufgewachsen zu sein, die zu viel trank. Augenblicklich hörte sie die Stimme ihrer Schwester, die sie maßregelte. *Sprich es aus, Maggie: die eine Alkoholikerin war. Nicht »zu viel trank«.*

Maggie lächelte, als sie sich das Gespräch vorstellte, das ihre Schwester und sie tausendmal geführt hatten, gewöhnlich nachdem Liz von einer Sitzung bei ihrer Therapeutin zurückgekommen war. Aber was ihnen auch widerfahren war – und Maggie weigerte sich, zu glauben, dass auf die Krankheit ihrer Mutter zurückzuführen war, dass sie, wie Liz sich stets ausdrückte, »ein Adrenalinjunkie mit einem Messiaskomplex« geworden war –, sie hatten immer einander. Damals und heute. Arme Mindy, so etwas ganz allein durchzumachen. Noch schlimmer als allein sogar, denn Mindy hatte geglaubt, sie hätte einen Vater und eine Mutter, die sie liebten und sie vor allem beschützen würden. Maggie hatte das Tagebuch gelesen: Sie verstand, wie Mindy unbefangen diesen Mann und diese Frau, Jim und Scheißkuh Carole, als ihre echten Eltern betrachten konnte. *In der Post war ein Brief, in dem steht, dass ich jetzt die*

315

Tochter von meiner Mom und meinem Dad bin und den gleichen Namen habe wie sie.

Mindy war zweimal weggegeben worden, als Kleinkind und als Vierzehn- oder Fünfzehnjährige. Maggie erinnerte sich, wie es war, Teenagerin zu sein: die Unbeholfenheit, die roten Wangen, die furchtbare Verlegenheit, die Selbstzweifel, die Selbstkritik, die Unsicherheit. Maggie hatte darunter so sehr gelitten, obwohl sie ihre Oma hatte, ihre Schwester und an guten Tagen ihre Ma. Wie musste es gewesen sein, all das allein zu erdulden, missbraucht und dann aus der einzigen Familie verstoßen zu werden, die man je gekannt hatte? Maggie merkte, wie ihre Stimmung sich verdüsterte. Sie argwöhnte, wohin das führte; sie fürchtete, es zu wissen. Eilig schlug sie, um ihre finstersten Erwartungen bestätigt zu sehen, die letzte Seite des Tagebuchs auf. Es war leer. Sie blätterte durch die Seiten davor, um sie zu finden, die letzte Seite mit Buchstaben. Ihr Blick fiel sofort auf die letzte Zeile, und dort stand säuberlich in blauer Kugelschreibertinte die Bestätigung, dass die Geschichte so zu Ende gegangen war, wie Maggie fürchtete.

Mindy Hagen ist tot.

Maggie klappte das Buch zu. Das war genau das, wovor ihr gegraut hatte: dass sie einen ausführlichen Abschiedsbrief gelesen hatte, über mehrere Jahre hinweg verfasst, jeweils zeitnah niedergeschrieben. In ihr kochte Wut auf P hoch, auf seine Eltern und, ungerechtfertigterweise, wie sie wusste, auf Tante Peggy. Wie konnte die Frau es wagen, ihr so etwas zuzumuten, sie dazu zu bringen, solch eine schreckliche, tragische Geschichte zu lesen. Und wozu? Mindy war tot, und nichts aus ihrem Tagebuch ermöglichte Maggie in irgendeiner Weise, Natasha zu helfen.

Nichts von alldem erklärte, was sie hier tat, hier mitten im

Nirgendwo, im kalten Gästezimmer eines abgelegenen Hauses auf der falschen Seite des Atlantiks. Sie wollte ganz woanders sein, in Irland, wieder in Mindys Alter, in einer Welt, die zwar nicht einfach war, aber doch einfacher als jetzt.

Sie ging zur Tür, entschlossen, Peggy aufzusuchen. Ihre Hand lag schon auf dem Knauf, als sie etwas veranlasste, zurückzuschauen und das Tagebuch zu betrachten, das dort auf dem Bett lag. Sie hatte es ebenfalls getan; genau wie jeder andere hatte auch sie Mindy im Stich gelassen.

Sie hatte sie nicht einmal ihre Geschichte ganz erzählen lassen, war zur Auflösung gesprungen, wollte die Sache auf den Punkt bringen. Sie hatte sich ungeduldig verhalten wie ein Washingtoner Beamter, dem man den Text von *Romeo und Julia* vorlegt oder *Anna Karenina* und der sofort die Kurzfassung verlangt.

Sie wandte sich um und kehrte reumütig zum Tagebuch von Mindy Hagen zurück. Sie hatte erst wenige Zeilen gelesen, als ihr ein Satz auffiel, der völlig unerwartet kam.

Heute bin ich wieder in die Bibliothek gegangen. Ich habe etwas gesehen, das mich auf eine Idee brachte.

Es ist eine verrückte Idee, ich werde es tun. Ich glaube, das ist meine einzige Chance.

KAPITEL 37

Penobscot, Maine

Ein säuberlich herausgetrennter Zeitungsausschnitt klebte auf der Seite. Die Schlagzeile bereitete Maggie augenblicklich eine Gänsehaut.

US-Soldatenfamilie bei Autounfall getötet
Eltern und Töchter sterben in Deutschland

Am Dienstag kam ein Offizier der US Air Force in der Nähe der Ramstein Air Base mit seiner Frau und seinen Töchtern bei einem Autounfall ums Leben.

Ein Militärsprecher gab bekannt, dass Colonel Reed Aldrich Winthrop III (48), Matilda Winthrop (45) und ihre Töchter Annabel und Lilibeth ihren Verletzungen erlagen. Die Familie wurde vom Unfallort sofort zum Landstuhl Regional Medical Center geschafft, aber die vier Unfallopfer sprachen nicht auf die Notversorgung an und wurden bei der Ankunft im Lazarett für tot erklärt.

Der Sprecher fuhr fort, die jüngste Unfallbeteiligte, die fünfzehnjährige Natasha Winthrop, sei in einem kritischen Zustand und habe das Bewusstsein noch nicht wiedererlangt. Er fügte hinzu, ihr Leben schwebe in höchster Gefahr.

In einer Gedenkansprache für Col. Winthrop nannte der Standortkommandeur von Ramstein AB ihn einen »der besten Flieger seiner Generation. Er war ein stolzer, begabter Pilot und opferte sich ganz für die Air Force, sein Va-

terland und seine Familie auf. Mit unseren Gedanken und Gebeten sind wir nun bei Natasha Winthrop und hoffen für sie auf eine rasche und vollständige Genesung.«

Um einen Kommentar gebeten, sagte Miss V. Winthrop auf Pilgrim's Cove, MA lediglich, ihre Hauptsorge gelte »dem Wohlergehen meiner Nichte Natasha« und dass sie mit den deutschen Behörden in Kontakt stehe.

Maggie blickte zur Wand, und mit jeder Sekunde fröstelte ihr mehr. Zwischen ihren Schultern sammelte sich ein Schauder und lief ihr den Rücken hinunter. Sie schloss das Tagebuch, verließ die Kammer und ging ins Wohnzimmer. Der Raum war leer, die Türen für die Nacht geschlossen.

Sie schaute in die Küche, in der eine ähnliche Stille herrschte.

Maggie sah auf die Uhr: Viertel nach zehn. Davon ließe sie sich jedoch nicht abhalten. Sie stieg die Treppe hoch und entdeckte einen Lichtstreifen unter der Tür. Ohne sich Zeit für einen Sinneswandel zu lassen, klopfte sie laut an – lauter, als es sich zu dieser späten Stunde für den Hausgast einer alten Dame schickte.

»Ja?«

»Hier ist Maggie«, sagte sie überflüssigerweise.

Stille. Maggie stellte sich Tante Peggy auf der anderen Seite der Schlafzimmertür vor, wie sie ihre Möglichkeiten abwog, alles durchdachte. Schließlich sagte die alte Dame leise, düster geradezu: »Kommen Sie herein.«

Vorsichtig drehte Maggie den Türknauf. Ins Schlafzimmer der alten Frau einzudringen kam ihr falsch und peinlich vor. Lieber hätte sie das Gespräch im Erdgeschoss geführt, auf angemessene Distanz.

Tante Peggy war im Nachthemd und hatte sich aufgesetzt, den Rücken an zwei Kissen gedrückt, die senkrecht am Kopfende des Bettes standen; ihre Haare waren hochgesteckt. Sie musste, das sah Maggie nun deutlich, eine wunderschöne Frau gewesen sein, damals … wann eigentlich? Sie kannte Peggys Alter nicht und hatte weder Kenntnis, ob sie Reed Winthrops ältere oder jüngere Schwester gewesen war, noch wusste sie, warum sie keine eigenen Kinder hatte. Sie konnte nicht einmal sagen, ob Peggy überhaupt jemals geheiratet hatte. Im Grunde wusste Maggie rein gar nichts über sie. Eines allerdings glaubte sie jetzt zu wissen – das Entscheidende.

»Ich habe das Tagebuch gelesen.« Maggie stellte sich ans Fußende des Bettes.

»Ganz? Bis zum Schluss?«

»Weit genug.«

»Oh, nun das kommt darauf an …«

»Ich habe es bis zu der Stelle gelesen, als Mindy die Zeitungsmeldung über den Tod der Familie Winthrop entdeckt. Ich glaube, den Rest kann ich mir denken.«

»Können Sie das wirklich, Maggie?«

Tante Peggy rückte sich zurecht. Maggie stieg ein Hauch ihrer Nachtcreme in die Nase. Die alte Dame nickte zu einem alten Ledersessel in der Ecke. »Nehmen Sie doch Platz.«

Maggie wollte sagen, dass sie lieber stehe und nicht in der Stimmung für Bettkantenplaudereien sei, sondern der Sache auf den Grund gehen wolle, und zwar sofort. Irgendwo zwischen Brust und Kehle brannte der Zorn, dass man sie derart hinhielt, dass man sie getäuscht hatte. Für wen hielten diese Leute sie eigentlich?

Aber indem sie eine Diskussion über Stehen oder Sitzen führte, kam sie kaum auf schnellstem Weg zu den Informationen, die sie benötigte. Am besten war es nachzugeben, damit die Frau zu reden begann.

Widerstrebend, wie ein schlecht gelaunter Teenager, ging sie zu dem Sessel und schob ihn in einer kleinlichen und gleichfalls juvenilen Trotzgeste näher ans Bett. *Ich werde mich nicht da hinsetzen, wo du es mir befiehlst.* Endlich nahm sie Platz.

»Gut. Ich wollte, dass Sie es in ihren eigenen Worten lesen, aber ...«

»Wessen eigene Worte? Mindys? Oder Natashas?«

»Ich wollte, dass Sie es in ihren eigenen Worten lesen, aber ich sehe, wie ungeduldig Sie sind.«

»Da haben Sie allerdings recht, ich bin ungeduldig. Ich glaube, Sie haben mich an der Nase herumgeführt. Und nicht nur mich übrigens.«

»Ich bitte Sie, Miss Costello, hören Sie doch einfach zu.«

Maggie lehnte sich zurück und legte die Hände in den Schoß. *Also gut*, sagte diese Geste, *ich höre zu.*

»Schön«, sagte Tante Peggy mit der nachsichtigen Herablassung einer Grundschullehrerin, die sie so gut hätte sein können. »Dann haben Sie also den Zeitungsartikel über den Autounfall in Deutschland gelesen.«

Maggie nickte.

»Nun, wie Mindy in ihrem Tagebuch festhält, brachte er sie auf eine Idee. Sie hatte sehr wenig Geld, eine kleine Summe, die sie verdient hatte, indem sie samstags ein paar Stunden arbeitete. Aber am nächsten Morgen, während die Notpflegemutter noch schlief, packte Mindy ihre Sachen und schlich sich aus dem Haus. Sie nahm einen Bus ins Stadtzentrum von Little Rock und ging zu Fuß, bis sie die Greyhound-Station erreichte. Dort stieg sie in einen Bus nach Boston. Bedenken Sie, dass sie ein vierzehnjähriges Mädchen war, das Arkansas zuvor noch nie verlassen hatte. Und sie war ganz auf sich allein gestellt.«

Maggie sagte nichts.

»Ich muss oft an diese Reise denken. Dreißig Stunden in einem Bus, ein Mädchen ohne Begleitung. Mindy war sehr hübsch, und ihr Adoptivbruder hatte sie sexuell missbraucht, seit sie zehn war. Männer spüren so etwas, glaube ich. Die schlechten jedenfalls. Ich frage mich, was sie auf dieser Fahrt alles abzuwehren hatte. Ich stelle mir vor, wie sie versucht zu schlafen, ohne zu wissen, dass sie in Sicherheit ist.« Schweigend sah sie zu dem von Vorhängen verdeckten Fenster. »In dem Wissen, dass sie nicht in Sicherheit ist, trifft es wohl besser.«

Eine Weile herrschte Schweigen, und beide malten sich die Busfahrt aus. Maggie hielt den Blick auf die alte Dame gerichtet, während weitere Erinnerungen sich herandrängten. An Kindergeschichten im Haus ihrer Oma; an das Bett ihrer Mutter in den Wochen, in denen sie starb. Vielleicht lag es daran, dass sie sich unmittelbar am Atlantik aufhielt, im äußersten Osten von Maine, aber Irland fühlte sich eigentümlich nah an, seit sie hier weilte.

»In Boston konnte sie sich nur noch eine Busfahrt leisten. Danach musste sie Autos anhalten. Nachts. Mir graut es vor dem Gedanken, welchen Preis sie für einige dieser Fahrten bezahlt haben mag. Etliche Strecken musste sie zu Fuß zurücklegen. Aber irgendwie gelangte sie, zwei oder mehr Tage nachdem sie sich in Little Rock aus dem Haus geschlichen hatte, nach Pilgrim's Cove.

Natürlich wollte das Personal kein verwahrlostes Straßenmädchen mit wasserstoffblondierten Haaren und Südstaatenakzent hereinlassen. Nach der Busfahrt, nach den Fahrten als Anhalterin und Gott weiß was noch allem sah sie furchtbar aus. Mir missfällt der Ausdruck ›Trailer Trash‹ sehr, aber ich fürchte, genau so hat sie gewirkt: Abschaum aus einer Wohnwagensiedlung.«

Maggie nickte, nicht um zuzustimmen, sondern um zu zeigen, dass sie verstand.

»Welch ein Glück, dass ich im Garten war. Ich erinnere mich noch, als wäre es heute. Ich stutzte gerade meine geliebten Falstaff-Rosen: wunderschöne Blumen mit karminroten Blüten. Sie blühen mehrmals im Jahr, und in dieser Phase waren sie mir ein großer Trost.« Sie verweilte kurz bei der Erinnerung. »Ich hörte den Aufruhr selbst. Der Gärtner verwehrte ihr den Zutritt. Aber sie fragte namentlich nach mir. Ich erinnere mich, dass mir das auffiel: dass sie meinen Namen kannte. Und augenscheinlich war sie keine Journalistin oder dergleichen, obwohl uns damals einige Reporter aufgesucht haben. Dass sie keine von ihnen war, daran konnte kein Zweifel bestehen. Ich legte meine Rosenschere weg und ging hinüber. Die Gartenhandschuhe trug ich noch. Ich erinnere mich, dass ich mich im Hintergrund hielt und im Schutz der großen Buche die kleine Szene beobachtete. Ich glaube nicht, dass sie mich sehen konnte, aber ich konnte sie sehen.«

Tante Peggy lächelte matt, ihr Blick ging in die Ferne. »Solche Entschlossenheit in ihrem Gesicht. Sie schrie nicht, aber sie war laut. Und nachdrücklich. Sie berührte Henry – den Gärtner – niemals, sie drängte sich nicht herein oder so etwas. Das brauchte sie nicht. Sie machte deutlich, dass sie sich behaupten würde. Was immer dazu nötig war.«

Maggie räusperte sich, als wollte sie etwas sagen. Der Laut war nur als Aufforderung fortzufahren gedacht, aber Tante Peggy reagierte nicht darauf. Maggie sah, dass Peggy nicht mehr mit ihr in einem Zimmer war. Sie weilte wieder auf Pilgrim's Cove, in dem Garten vor über zwanzig Jahren, und betrachtete eine vierzehnjährige Naturgewalt.

»Schließlich trat ich vor und fragte, was los sei. Augenblicklich sah Mindy mich an. Und – das ist das Allerseltsamste – im gleichen Moment, in dem ich ihr in die Augen schaute, wusste ich es sofort. Mir war, als würde ich ihre ganze Geschichte kennen, alles, was vorgefallen war. Und alles, was geschehen würde. Ich wusste, was sie erbitten würde, und ich wusste, dass meine Antwort Ja wäre.«

»Was hat sie erbeten?«

»Zunächst bat sie darum, hereinkommen zu dürfen. Wir

setzten uns unter die Weißeiche. Henry brachte Limonade, und sie trank ein ganzes Glas in einem Zug aus und dann noch eines. Er brachte uns auch einen Imbiss, und den verschlang sie. Ich erhielt den Eindruck, sie habe seit Tagen nichts gegessen. Zugleich wusste ich aber, dass es ihr nicht um eine kostenlose Mahlzeit ging. Geradeheraus sagte sie: ›Ich bin hier, um eine Bitte vorzubringen.‹ Von vornherein war klar, dass sie sich sehr genau überlegt hatte, was sie sagte. Ohne Zweifel hatte sie ihre Ansprache auf der langen Fahrt immer wieder still geprobt. Wie eine Anwältin, die sich ihre Argumentation erarbeitet.«

Erneut ein Lächeln. »›Ich bin hier, um eine Bitte vorzubringen‹, sagte sie. ›Ich hoffe, dass Ihre Großnichte Natasha überlebt. Ich hoffe wirklich, dass sie durchkommt. Aber wenn nicht, dann schenken Sie mir bitte ihre Identität. Melden Sie sie nicht als verstorben. Lassen Sie mich ihre Identität annehmen.‹

›Warum um alles in der Welt sollte ich das tun?‹, fragte ich. Und sie reichte mir das Tagebuch, das Sie gelesen haben. Einfach so. Ich lehnte mich zurück und las es an diesem Tisch im Garten von Pilgrim's Cove, und die ganze Zeit lagen meine Gartenhandschuhe in meinem Schoß. Und sie saß mir gegenüber.

Als ich fertig war, als ich die gleiche Stelle erreicht hatte, die Sie erreicht haben, wie es sich fügt, sah ich sie an. Sie erwiderte meinen Blick, und eine ganze Minute ungefähr sagten wir nichts. Und dann bat sie mit ihrem Südstaatenakzent: ›Miss Winthrop, lassen Sie mich ein neues Leben beginnen. Lassen Sie den Namen Ihrer Familie fortbestehen. Lassen Sie aus diesem ganzen Schrecken noch etwas Gutes entstehen.‹«

Für eine ganze Weile konnte Maggie nichts sagen. Sie musterte Peggy und versuchte, ihr an den Augen abzulesen, welche Berechnungen die alte Dame vor über zwanzig Jahren angestellt hatte. Sie war frisch in Trauer, sie hatte gerade erst ihren Neffen und fast seine ganze Familie verloren. Was sollte sie von Mindy Hagen denken, dem Mädchen, das wie ein Geschöpf aus einer anderen Welt an den Strand von Maine gespült worden war? Wie hatte sie Mindy gesehen? Maggie stellte sich die alte Dame vor, wie sie Mindy taxierte, einschätzte, entschied, ob ihre Geschichte der Wahrheit entsprach. Was für ein schicksalhafter Moment – ein Moment, der beider Leben für immer verändern würde. Ihre Entscheidung hätte solche Tragweite und würde viele kommende Jahre bestimmen – die Entscheidung, einen Betrug zu begehen und ein Leben durch ein anderes zu ersetzen.

Doch Peggy begegnete ihrem Blick nicht. Sie war ganz woanders. Erinnerungen glänzten in ihren Augen. Maggie lagen so viele Fragen auf der Zunge, aber keine einzige davon schien der stillen, intimen Stimmung angemessen, die im Zimmer herrschte. Was war der echten Natasha Winthrop zugestoßen? Lag sie irgendwo anders begraben, von ihrer Familie getrennt? Ruhte ihr Leichnam auf einem deutschen Friedhof? Oder auch auf Cape Cod neben ihren Eltern und Schwestern, nur dass sie nicht erwähnt wurde auf dem Grabstein, der das Andenken von vier Winthrops bewahrte, wo es fünf hätten sein müssen? Wie hatte Peggy es geschafft, dass der Tod ihrer Großnichte keinen Eingang in die Akten fand? Vielleicht war er *durchaus* aktenkundig, aber nur in Deutschland und nicht in den USA.

Maggie hatte von solchen Fällen gehört: ein Schlupfloch, das von verdeckten Ermittlern zur Erstellung falscher Identitäten genutzt wurde: Man verwendete die Geburtsurkunden von US-Bürgern, die im Ausland gestorben waren und für die es darum in keinem amerikanischen Sterberegister einen Eintrag gab. Oder die Erklärung war noch einfacher, so schlicht wie nur möglich: Vielleicht hatte Peggy Winthrop nur zu sagen brauchen, was sie wollte, und wegen ihres Reichtums war für sie eine Ausnahme gemacht worden.

Jede dieser möglichen Erklärungen warf jedoch nur weitere Fragen auf. Wie um alles in der Welt hatte Peggy aus einer Mindy eine Natasha geformt? Die Wandlung musste eines Pygmalion würdig gewesen sein. Mindy war Ende Juni nach Pilgrim's Cove gekommen. Bevor das neue Schuljahr auf dem Internat begann, blieb Peggy nur ein einziger Sommer Zeit, um Mindy beizubringen, wie die verwaiste Tochter eines neuenglischen WASPs zu sprechen, eines weißen angelsächsischen Protestanten, Spross einer *Mayflower*-Sippe mit einem langen Stammbaum in der Offizierskaste des US-Militärs. Das musste eine wahrhaft beängstigende Aufgabe gewesen sein.

Nur dass Mindy ein paar entscheidende Vorteile mitbrachte. Maggie erinnerte sich zum einen, wie Teenagermädchen waren: Ihre Aufmerksamkeit galt einzig und allein sich selbst und niemand anderem. Wenn auf dem Internat ein neues Mädchen auftauchte, das behauptete, die Waise eines im Ausland stationierten Colonels zu sein, hätte niemand allzu genau hingeschaut. Zweitens waren junge Menschen unglaublich anpassungsfähig. Maggie hatte an der Universität miterlebt, wie Kommilitoninnen ihre Sprechweise binnen einer Woche änderten, und Mindy waren drei Monate geblieben. Und drittens: Wenn Mindy Hagen zäh genug war, um es aus den Vororten von Little Rock, Arkansas nach Pilgrim's Cove, Massachusetts zu schaffen, obwohl sie nur einen Zeitungsausschnitt, paarundzwanzig Dollar und den Drang weiterzumachen besaß, überforderte sie es sicher nicht, sich die Farbe aus den Haaren zu waschen und die Südstaaten aus der Stimme. Wie robust und clever sie war, bewies ihr Tagebuch hinlänglich.

Vor allem aber aus einem Grund konnte Mindy niemals

scheitern: An jenem Tag war bei einem Glas Limonade im Garten das vierzehnjährige Mädchen zum Projekt von Virginia »Peggy« Winthrop geworden. Hatte sich Maggie vorhin gewundert, weshalb Peggy nie eigene Kinder bekommen hatte, begriff sie nun, dass sie sich die Frage falsch gestellt hatte. An jenem Sommernachmittag hatte sie im Alter von – was, sechzig, fünfundsechzig? – endlich einem Kind das Leben geschenkt. Keinem Baby, zugegeben, aber dennoch einem neuen Menschen; einer Person, die mit dem Namen der Großnichte, welche Peggy gerade genommen worden war, dafür sorgen würde, dass ihr Zweig der Familie nicht verdorrte und ausstarb, sondern weiterlebte. Einer Person mit dem erforderlichen Mumm und der nötigen Entschlossenheit, um einer Dynastie den Ruhm zu bewahren, der bis zur Geburt der Republik zurückreichte. Eine neue Person namens Natasha Winthrop.

Maggie konnte sich gut vorstellen, wie die beiden an jenem Tag beisammen waren, an jenem und jedem Tag, der darauf folgte. Beide waren sie allein und einsam, beide waren sie ohne eigene Familie, und sie vereinte, dass sie dem Tod und dem Schmerz, die sie umgaben, ein kleines Stück Leben entrissen. Was für ein Band musste da geknüpft worden sein. Kein Wunder, dass Natasha sie jede Woche anrief. Peggy war Natashas Vater und ihre Mutter, ihr Bruder und ihre Schwester, ihre Sonne und ihr Mond. Peggy hatte ihr das Leben geschenkt.

Ohne es wirklich zu beabsichtigen, ergriff Maggie das Wort. »Was ich wissen möchte, ist Folgendes.« Fast war sie überrascht, nach der langen Stille ein menschliches Wort zu hören. »Warum behauptet sie, dass Sie tot sind?«

Peggy fuhr nicht aus ihrem Nachsinnen auf; sie gab nicht sofort Antwort. Langsam bewegte sie den Kopf, als erwachte sie aus tiefem Schlaf. Ein mildes Lächeln krümmte ihre Lippen. »Wie war das, meine Liebe?«

»Wieso sagt sie, Sie seien tot? Als wir uns bekannt machten, hat sie das sogar betont. In Interviews hat sie ebenfalls davon gesprochen. Sehr nachdrücklich: ›Ich habe niemanden mehr‹, und: ›Meine letzte lebende Verwandte ist vor mehreren Jahren gestorben.‹ Warum sollte sie das tun?«

Peggy lächelte auch darüber und strich ihre Decke glatt. »Aus dem gleichen Grund, aus dem wir uns vor einigen Jahren einigten, dass ich Pilgrim's Cove verlassen und verschwinden sollte, sobald sie ausreichend etabliert war, um das Anwesen zu übernehmen. Ein Geheimnis zu bewahren ist leichter, wenn es niemanden mehr gibt, der es preisgeben könnte.« Sie zwinkerte und fügte hinzu: »Es hat auch funktioniert. Keiner von uns hat je ein Wort ausgeplaudert.«

»Bis heute.«

»Bis heute.«

Maggie stand auf und ging zur Tür. Sie wollte das Zimmer schon verlassen, als ihr eine letzte Frage einfiel.

»Hat Natasha jemals eine Judith erwähnt?«

»Wen, meine Liebe?«

»Judith. Hat Natasha diesen Namen Ihnen gegenüber je erwähnt?«

Tante Peggy legte den Zeigefinger an die Lippen, als dächte sie nach. »War das der Name einer ihrer Freundinnen?«

»Ich weiß es nicht.«

»Aktuell oder aus der Vergangenheit?«

»Das weiß ich erst recht nicht.«

»Hm. Es tut mir leid, aber da klingelt bei mir nichts. Auf dem College hatte sie eine Freundin namens Julia; sie hat sie ein- oder zweimal erwähnt. Aber keine Judith.«

»Okay.«

»Es tut mir leid, dass ich nicht mehr helfen kann.«

Maggie kehrte in ihr Zimmer zurück und packte ihre Sachen. Es war November, und der Gedanke, solch einen entlegenen Teil des Landes nachts auf leeren, dem Seewind ausgesetzten Straßen zu durchqueren, entmutigte sie. In der Wärme zu bleiben, sich in dem schmalen Bett wenigstens ein paar Stunden lang zu verstecken, war viel verlockender.

Aber ihr war klar, dass sie fortgehen musste. Jetzt, wo sie wusste, wer Natasha Winthrop war, stand außer Frage, an wen sie sich zu wenden hatte.

KAPITEL 38

Chicago, Illinois, einen Tag zuvor

Hinterher würde sie sich fragen: Was, wenn ich eine Minute früher gegangen wäre? Oder zwei Minuten? Was, wenn ich die U-Bahn verpasst und die nächste genommen hätte? Nichts davon wäre geschehen. Aber irgendwie hatte sie genau in diesem Augenblick entschieden, die Bar an der Franklin Street zu verlassen. In ebendiesem Moment und keinem anderen. Wenigstens zwanzig Minuten lang hatte sie überlegt zu gehen. Sie hatte es nicht offen zeigen wollen, indem sie auf die Uhr sah: das international gültige Signal für Langeweile und den Wunsch zu entkommen.

Zum Glück konnte man das Auf-die-Uhr-Schauen heutzutage gut kaschieren: Man zückte einfach das Handy und tat so, als läse man eine WhatsApp-Nachricht. Dass man es in Wirklichkeit auf die Zeitanzeige am oberen Bildschirmrand abgesehen hatte, brauchte niemand zu wissen. Aber vielleicht durchschauten ihre Kollegen so etwas. Vielleicht taten sie es ja selbst.

Außerdem hatte sie die Pflichtstunde absolviert. Irgendwo stand bestimmt wie in einem Gesetz schriftlich festgehalten, dass man beim Abschied eines Kollegen mindestens sechzig Minuten teilzunehmen habe; alles Weitere sei freiwillig. Sie hatte ihre Zeit abgesessen. Von nun an stand es ihr frei, das Weite zu suchen.

Das Blöde war nur ihre Ausflucht. Sie konnte nicht wie einige ihrer Kolleginnen Kinder vorschützen, die sie zu Bett bringen musste, denn sie hatte keine Kinder. Sie konnte auch nicht die Bedürfnisse ihrer »besseren Hälfte« anführen, wie ihre

Kolleginnen es regelmäßig taten, mangels »besserer Hälfte«. Daran war nichts geheim, das war ihre Rolle im Büro: die alleinstehende Frau mittleren Alters. Ihre Kollegen wussten auch, dass ihre Familie am anderen Ende des Landes lebte, sodass sie nie behaupten konnte, am nächsten Tag frühmorgens ihre alte Mutter zum Arzt begleiten zu müssen. Ihr blieb nur: »Ich muss morgen früh raus.« Als müde Ausrede fiel es trotzdem auf, weil ihre Kollegen erstens genau wussten, dass Carolyn Savito keinerlei berufliche Gründe hatte, aus denen sie früh ins Büro musste, und zweitens »Ich muss morgen früh raus« gleich nach dem Blick auf die Uhr rangierte, was eindeutige Zeichen anging, dass man jetzt genug Weißwein im Kollegenkreis getrunken habe und nach Hause wolle.

In diesem Sinne war die Minute ihres Aufbruchs vorherbestimmt. Also hatte sie sich den Mantel angezogen, sich verabschiedet, mit einem Lächeln den grenzwertigen Spott von Glenn aus der Entwicklungsabteilung quittiert – *Oh, da hat jemand ein besseres Angebot!* – und die Bar verlassen, um drei Blocks weit zu Fuß zu gehen und die Rote Linie zu erwischen. Der Mann auf dem Bahnsteig, der sich späteren Polizeiberichten zufolge in diesem Moment, vielleicht sogar früher, an Carolyn gehängt hatte, war ihr nicht aufgefallen. Er stieg nicht in ihren Waggon, sondern in den nächsten: Er stellte sich ans Ende, an die Verbindungstür, damit er sie »im Auge behalten« konnte.

Während sie zwei Artikel auf ihrem Handy las, beobachtete er sie, und auch, als sie sich zurücklehnte, den Kopf an die Glasscheibe legte und eine oder zwei Minuten die Augen schloss. Er beobachtete, wie sie an der North/Clybourn Station ihre Sachen einsammelte und an der Fullerton ausstieg.

In etwa fünfzehn Yards Abstand folgte er ihr durch die Drehkreuze und die Treppen hinauf auf die Straße. Sein Blick haftete weiter an ihr, als sie sich auf der Fremont nach rechts wandte, wo geringerer Fußgängerverkehr herrschte. Das war sein Signal. Kaum waren sie von weniger Leuten umgeben, war der Moment gekommen, um sein Tempo zu steigern und zu ihr aufzuschließen.

Etwa eine halbe Minute später wurde sie auf ihn aufmerksam.

Lag es an seinen näher kommenden Schritten, oder verriet ihr der sechste Sinn, den jede Frau nur allzu bald entwickelt, dass ein Mann ihr zu nahe kam? Hinterher entschied sie, es sei Letzteres gewesen: Sie habe seine Gegenwart gespürt, bevor sie ihn hörte.

Die Frau schaute über die Schulter und erkannte die Gefahr sofort. Hauptsächlich, weil er weder wegsah noch auf sein Handy achtete, sondern ihr in die Augen blickte. Möglich, dass es auf der Welt Orte gab, an denen man feststellen konnte, dass ein seltsamer Mann einem folgt, ohne dass er wegschaut, wenn man ihn ansieht, ohne dass es ein Warnsignal auslöst. Aber Chicago gehörte nicht dazu. Die Frau beschleunigte ihren Schritt, und der Mann tat unverkennbar das Gleiche.

Nun begannen die Berechnungen. Wie weit war es noch bis zu dem Haus, in dem sie wohnte? War es besser weiterzueilen, bis sie dort ankam, oder sollte sie sich eine andere Zuflucht suchen, in eine Bar oder ein Restaurant oder einen Minimarkt abtauchen? Dummerweise durchquerte sie Wohnstraßen. Auf ihrem normalen Nachhauseweg lagen keine Geschäfte oder Lokale; sie müsste von ihrer üblichen Route abweichen und einen Umweg nehmen. Aber wenn dieser Mann sie beobachtet und jeden Abend nach der Arbeit von Weitem studiert haben sollte, wüsste er, dass sie improvisierte. Vor allem konnte es sie in eine weitere Gefahr bringen: Aus Versehen konnte sie in eine Sackgasse geraten. Sollte sie losrennen, oder gab sie damit ihren einen Vorteil auf, nämlich seine Annahme, dass sie nicht ahne, welche Gefahr ihr von ihm drohte?

Sie näherte sich der letzten Ecke, an der sie abbiegen musste. Hier, entschied sie, bekam ihr Verfolger die letzte Gelegenheit, seine Unschuld zu beweisen. Wenn sie um die Ecke bog und er geradeaus weiterging, wüsste sie, dass es ein falscher Alarm war: Er würde sich als komischer Vogel entpuppen, der die üblichen gesellschaftlichen Regeln nicht kennt, aber er wäre kein Sexualverbrecher. Aber was, wenn er ihr um die Ecke folgte?

Ihre Füße taten ihre Arbeit und hatten sich gut in der Gewalt, fand sie. Sie zeigten nicht die Panik, die ihr in der Brust pochte und sie schwindeln ließ. Ihre Füße blieben in der Rolle einer normalen, selbstsicheren Frau, die von der Arbeit nach Hause geht. Ohne eine Anweisung von ihr wandten sie sich nach links.

Eine Kombination aus peripherer Sicht, ihren Ohren und ihrem sechsten Sinn verriet ihr, dass er mit ihr abgebogen war. Nun pochte ihr Herz lauter. Zwei Minuten bis nach Hause. Sie begann zu rechnen, dann übernahm der Instinkt die Gewalt. Ihre Beine entschieden sich loszurennen.

Kaum war sie gestartet, erkannte sie ihren Fehler. Niemand war auf der Straße, der sie sah und begriff, dass sie in Gefahr schwebte. Sie hörte, dass er ebenfalls rannte, seine Tritte auf dem Gehweg waren nicht lauter als die ihren, aber schwerer; sie spürte die Erschütterung bei jedem Schritt. Es war offensichtlich: Er würde sie bald einholen. Sie wäre von ihrer Haustür zu weit entfernt, bevor er sie packte.

Sie steigerte ihr Tempo und erinnerte sich, wie sie früher bei den Schulsportfesten gesprintet war. Jede Sekunde nun würde er sie einholen, zu Boden reißen oder beim Nacken packen.

Und dann, im gleichen Moment, in dem sie daran dachte, spürte sie es – als hätte ihre Fantasie erzwungen, dass es Wirklichkeit wurde. Eine Hand strich ihr über die Schulter. Er musste nach ihr gehechtet sein, sein erster Versuch, den Arm hoffnungsvoll vorgestreckt.

Irgendwo fand sie noch eine Energiereserve, die ihr reichte, um noch schneller zu rennen. Sie verfluchte die Handtasche an ihrer Schulter und ihre albernen Schuhe ...

In diesem Augenblick geschah es, und zwar mit solcher Geschwindigkeit und so verschwommen, dass ihr Verstand es nicht verarbeiten konnte. Unvermittelt hörte sie neue Geräusche hinter sich, Unruhe, ein Handgemenge. Sie rannte weiter und wagte erst drei oder vier Sekunden später, sich umzublicken. Was sie sah, überraschte sie völlig.

Ihr Verfolger rannte nicht mehr. Im Gegenteil, er selbst war gepackt worden, und zwar von vier Gestalten, alle in Schwarz gekleidet, die ihn umstellt hatten. Carolyn nahm an, dass sie von der Polizei waren, doch dann beobachtete sie, wie sie den Mann in einen ebenso schwarzen Kleinbus zerrten. Er schlug dabei mit den Armen um sich, erzielte aber keinen einzigen Treffer. Sie waren einfach zu viele. Einmal trat er und traf einen der vier, der einen unterdrückten Schrei ausstieß. In der nächsten Sekunde aber war ihr Verfolger im Wagen, und die Polizisten, wenn es denn welche waren, stiegen nach ihm ein.

Die Schiebetür glitt zu, und der Minivan fuhr los, wendete sofort und schoss in die Richtung davon, aus der er gekommen sein musste.

Carolyn beobachtete alles aus rund dreißig Yards Entfernung. Sie keuchte; ihr kam es vor, als müsste ihr die Lunge bersten. Obwohl sie sich ganz verzweifelt mit den Händen auf den Knien abstützen wollte, um zu Atem zu kommen, wenn nicht sogar erschöpft auf dem Boden zusammenzusacken, starrte sie auf die Stelle, wo der Kleinbus gehalten hatte. Wer am Lenkrad saß, war nicht zu sehen gewesen, weil er gewendet hatte, bevor er sie erreichte. Auch das Nummernschild hatte sie nicht erkannt. Hinterher konnte sie der Polizei nur sagen, dass der Minivan vollkommen unbeschriftet gewesen war. Und wenn sie näher darüber nachdachte, hatte sie auch keine Abzeichen an den schwarzen Kampfmonturen der vier Männer entdeckt, die ihn ergriffen hatten. Auch ihre Gesichter hatte sie nie gesehen. Sie schienen – so würde sie später in ihrer Erklärung unter Eid aussagen – Skimasken zu tragen.

Der Van nahm einen Umweg. Er bog rechts und wieder rechts ab, machte kehrt, fuhr eine Schleife und wiederholte alles in mehr oder weniger regelmäßigen Abständen. Dazu kam das Radio, das Speed Metal spielte und voll aufgedreht war und das Wageninnere mit einem durchdringenden, abgehackten Sound füllte, ganz zu schweigen von der Augenbinde. Zusammen schienen sie zu erreichen, was sie sollten: Sie sorgten dafür, dass der Entführte keine Ahnung hatte, wohin man ihn brachte. Als sie ihr Ziel erreicht hatten, waren die vier Entführer und ihr Fahrer überzeugt, dass sie ihren Gefangenen angemessen und ausreichend desorientiert hatten. Er würde nichts weiter wissen, als dass er fünfundzwanzig Minuten, nachdem er in den Minivan gezerrt worden war, wieder hinausbefördert wurde, ein paar Schritte im Freien ging und dann auf einer Treppe in die Tiefe geführt wurde.

Er konnte nichts sehen, aber er merkte, dass er in einem Kellerraum mit Betonfußboden und nackten, unverputzten Wänden war. Der Raum war so gut wie leer, bis auf einen Tisch, zwei oder drei Hartplastikstühle, ein paar Werkzeuge, einen Computer, einen Lautsprecher und mehrere Meter Kabel. Der Raum war kalt und feucht, ein selten benutzter unterirdischer Lagerraum. Die Entführer behielten die Skimasken an, sodass sie unkenntlich blieben, sogar untereinander.

Dem Mann waren die Hände auf den Rücken gefesselt, mit Plastikschellen, die seine Entführer ihm wenige Sekunden nach dem Überfall an der Fremont Street angelegt hatten. Nun wurde er auf einen der Stühle gesetzt und die Hände an den

Rücken des Stuhls gefesselt. Seine Fußgelenke schlossen sie mit Stahlketten aneinander und an die Stuhlbeine.

Er rief nicht um Hilfe, oder genauer gesagt, rief er nicht mit Worten, weil er geknebelt worden war. In seinem Mund steckte ein roter Ball an einem Ledergurt, der an seinem Hinterkopf zugeschnallt war. Seit Beginn der Fahrt hatte er nur erstickte Laute von sich geben können.

Ein Händepaar in Einmalhandschuhen öffnete seine Hose und zog sie mit einiger Mühe wegen seiner Sitzhaltung herunter. Mit der Unterhose verfuhren die Hände genauso. Die Kleidungsstücke hingen ihm nun um die Knöchel, als säße er auf der Toilette. Seine Augen waren noch immer verbunden.

Eine Stimme, die aus einem Lautsprecher drang, sprach ihn an.

»Weißt du, wie es ist, gegen den eigenen Willen angefasst zu werden?«

Die Stimme klang nicht menschlich, aber auch nicht ganz künstlich. Eher blechern und verzerrt. Der Gefangene gab keinen Laut von sich.

»Weißt du, wie es ist, gegen den eigenen Willen angefasst zu werden?«

Der Gefangene grunzte.

Nun war Bewegung zu hören. Zwei der schwarz gekleideten Gestalten näherten sich dem Stuhl. Eine hielt eine dünne, raue Schnur.

Ohne Hast, wie ein Arzt, der eine medizinische Untersuchung vornahm, griff eine Hand nach dem Hodensack des Mannes, entschied sich für einen Testikel und umschlang ihn mit der Schnur. Die Hände zogen daran, um sich zu vergewissern, dass sie hielt. Der Mann schrie auf, aber auch dieser Laut wurde von dem Knebel erstickt.

Die zweite Gestalt hielt den Mann bei den Schultern fest, während die erste, die Schnur noch in der Hand, einige Schritte zurücktrat. Der Entführer, der die Schlinge geknüpft hatte, riss an der Schnur, was dem Gefangenen einen hohen, anhaltenden Schrei entfahren ließ. Aber nach wie vor dämpfte der Ball im Mund den Schmerzenslaut.

»Weißt du, wie es ist, gegen den eigenen Willen angefasst zu werden?«

Während die blecherne, verzerrte Stimme – unnatürlich tief wie eine zu langsam abgespielte Schallplatte – den Raum füllte, war der Schmerzenslaut weiterhin zu hören. Es ließ sich kaum sagen, ob der Gefangene immer noch schrie oder ob sein Schrei in dem feuchten, leeren Keller nachhallte wie eine angeschlagene Klaviersaite.

Die roboterhafte Stimme, dumpf und ausdruckslos, erhob sich wieder.

»Auch wenn du Schmerzenslaute von dir gibst, glauben wir doch, dass du es in Wirklichkeit so haben willst. Also machen wir weiter.«

Erneut zog die Gestalt an der Schnur und gab dem Mann das Gefühl oder die Furcht, dass ihm der Hoden abgetrennt wurde. Er brüllte in den Knebel, der seinen Mund verschloss. Tränen strömten ihm das Gesicht hinab.

»Auch wenn du Schmerzenslaute von dir gibst, glauben wir doch, dass du es in Wirklichkeit so haben willst. Also machen wir weiter.«

Diesmal war der Zug so fest, dass der Mann nur noch schwer aufkeuchte, dann folgte Schweigen. Ein Entführer fragte sich, ob der Hoden abgetrennt und der Gefangene kastriert war. Eine Lache breitete sich um die Stuhlbeine aus. Der Entführer trat vor, um zu schauen, ob es sich um Blut handelte, doch die Flüssigkeit erwies sich als Urin. Der Entführer gelangte zu dem Schluss, dass der Mann sich in seiner Angst eingenässt hatte.

Der Entführer beugte sich vor und lockerte die Schlinge. Der Gefangene ließ erleichtert die Schultern sinken. Aber der

Entführer wich nicht von ihm zurück. Vielmehr schlang er die Leine um den Penis des Mannes, direkt an der Wurzel, sodass sie das Glied einschnürte wie ein Gürtel die Taille.

Der Gefangene quiekte laut vor Schmerz.

»Wir glauben, dass du Nein sagst. Aber nein heißt doch manchmal ja.«

Die Entführer wiederholten das Vorgehen. Einer drückte die Schultern des Gefangenen herunter, der andere ging ein paar Schritte, bis die Schnur straff gespannt war. Dann zog er ruckartig daran, was weitere gedämpfte Schmerzensschreie hervorrief.

»Du protestierst, aber uns kümmern deine Schmerzen nicht, denn wir wollen all dies mit dir tun. Und was wir wollen, wiegt schwerer als deine Schmerzen.«

Der Entführer zog mehrmals an der Schnur, bis der Mann eher stöhnte, als dass er aufheulte. Schließlich traten zwei seiner Entführer vor und lösten die Schlinge wieder. Die Peniswurzel des Mannes war von einer tiefroten Strieme umschlossen, aus der das Blut sickerte. Der Penis war schlaff und welk, ein nutzloses Stück Fleisch. Wieder ergriff die Stimme das Wort.

»Weißt du, wie es ist, gegen den eigenen Willen angefasst zu werden?«

Mit großer Anstrengung offenbar nickte der Gefangene schwach. Er murmelte etwas, das wie Zustimmung klang.

Zehn, elf, zwölf Sekunden lang geschah nichts. Dann drang wieder die Stimme aus dem Lautsprecher.

»Du weißt, wie es ist, gegen den eigenen Willen angefasst zu werden.«

Wieder Stille. Wieder ein schwaches Nicken.

»Du weißt aber noch nicht, wie es ist, wenn dir Gewalt angetan wird.«

Zwei Entführer traten vor und banden ihn vom Stuhl los, ließen aber Hände und Fußgelenke gefesselt. Sie schubsten ihn nach vorn von der Sitzgelegenheit, sodass er auf den Knien landete. Ein Entführer trug den Stuhl weg, der andere stieß dem Gefangenen gegen den Rücken. Er stürzte weiter nach vorn und hockte auf allen vieren auf dem Boden wie ein Hund. Hose und Unterhose hingen noch immer um seine Knöchel, nur waren sie nun von Urin durchtränkt, besonders der Slip.

»Du weißt noch nicht, wie es ist, wenn dir Gewalt angetan wird.«

Er versuchte zu schreien. Obwohl der Knebel seine Stimme erstickte, war an der Tonhöhe deutlich zu erkennen, dass er um Gnade flehte.

Einer der Entführer nickte dem anderen zu, der zu dem Tisch ging, auf dem mehrere Gegenstände lagen. Mit seinen latexgeschützten Händen nahm der Entführer einen davon auf und näherte sich dem Gefangenen. Wiederum hielt der andere den Mann bei den Schultern fest. Es wurde schwer, durch die erstickten Schreie noch etwas zu hören. Dem zweiten Entführer ging durch den Sinn, dass der Gefangene auf seinen Knebel erbrechen könnte, was Atemnot und Erstickung zur Folge hätte. Dennoch nahm der Entführer eine kniende Haltung hinter dem Gefangenen ein und tat, was getan werden musste.

Es dauerte mehrere Minuten. Die Arbeit war schwer, erforderte körperliche Anstrengung, und die Laute, die der Gefangene von sich gab, erleichterten die Aufgabe nicht; er klang wie ein Schwein auf der Schlachtbank.

Wieder sprach die blecherne Stimme.

»Weißt du, wie es ist, wenn dir Gewalt angetan wird?«

Unter dem Lederriemen, der den Ballknebel an Ort und Stelle hielt, erkannte man das stumpfe, schweißgetränkte, wirre Haar. Er machte einen Laut, der klang wie ein »Ja«. Es war kläglich leise.

Während die anderen Entführer im Kreis um sie herum-

339

standen und zusahen, machte der zweite weiter. Einmal ging er zum Tisch zurück und kam mit einem anderen Gegenstand wieder.

»Weißt du, wie es ist, wenn dir Gewalt angetan wird?«

Wieder ein »Ja«, mit etwas größerem Nachdruck.

Das war das Zeichen für die Entführer, die Einrichtungen im Keller abzubauen und alles einzupacken. Während sie bei der Arbeit waren, blieb ihr Gefangener mitten auf dem Fußboden liegen: gefesselt und geknebelt, auf allen vieren, von der Taille abwärts nackt, die entblößten Genitalien geschunden, die Kleidung mit Urin und vielem anderen getränkt.

Er begann wieder zu quieken, ohne Zweifel aus Angst, dass er in dem Kellerraum zurückgelassen würde, gefesselt und unfähig zu entkommen.

Anhand der erhobenen Faust ihres Anführers wussten die Entführer, dass sie noch ein Weilchen schweigen mussten, damit die Ängste ihres Gefangenen sich noch vertieften. Seine Schreie, sein Blöken wurde lauter. Schließlich hoben sie ihn auf ein Zeichen hoch, stellten ihn auf die Beine, hüllten ihn in eine Decke, führten ihn die Treppe hoch und stießen ihn, als die Luft rein war, wieder in den am Straßenrand wartenden Minivan.

Sie wiederholten die Umwegfahrt. Erneut dröhnte Death Metal, erneut fuhren sie übelkeitserregende Schleifen und scharfe Kurven, bis sie etwa dreißig Minuten später wieder auf der Chalmers Place waren, der schmalen Nebenstraße der Fremont Street, wo der Mann entführt worden war.

Der Kleinbus hielt an, der Motor brummte im Leerlauf. Die Seitentür des Fahrzeugs wurde aufgeschoben. Nun sprachen die Entführer mit ihrem Gefangenen. Zum ersten Mal hörte er ihre Stimmen. Im Chor stießen sie die drei Wörter hervor, auf die sie sich vorher geeinigt hatten – von denen sie wussten, dass sie seine Demütigung komplett machen würden.

Nachdem sie das erledigt hatten, stießen sie ihn hinaus auf den Gehweg, zogen die Tür zu und rasten davon.

Er blieb dort, zitterte in seiner Nacktheit mit nach wie vor gefesselten Händen und Füßen, den Ballknebel noch immer im Mund, bis aus einem der Reihenhäuser ein Pärchen kam. Zuerst kicherten sie über seinen Anblick: Sie hielten ihn für das Opfer eines Streichs bei einem Junggesellenabschied. Oder vielleicht glaubten sie auch, dass er bei einer BDSM-Party rausgeworfen worden sei, an der er ansonsten freiwillig teilgenommen hatte.

Als sie den Uringestank bemerkten, vermuteten sie, dass er sich so sehr betrunken hatte, dass er nicht mehr hatte einhalten können. Keinen einzigen Augenblick lang vermuteten sie, er könnte das Opfer von Notzucht sein.

Während er dort saß und in der Herbstkälte zitterte, die drei Wörter verarbeitete, die seine Entführer und Folterer gesagt hatten, pochte ihm eine Frage durch den Kopf. Wenn er erst jemanden dazu gebracht hätte, seinen Knebel zu lösen und die Plastikhandschellen zu zerschneiden, sollte er dann überhaupt der Polizei melden, was geschehen war? Oder verlangte der Selbstschutz, dass er seine Demütigung, seine Vergewaltigung und die Beschämung für sich behielt?

KAPITEL 39

Neuste Meldung aus Chicago. Wichtige neue Einzelheiten zu einem Vorfall am vergangenen Abend, bei dem ein Mann brutal überfallen und als tot zurückgelassen wurde – Polizeiquellen teilten CNN in der zurückliegenden Stunde mit, dass der betreffende Mann wegen Vergewaltigung vorbestraft ist. Die Chicagoer Kriminalpolizei geht der Vermutung nach, dass es sich bei dem Überfall um eine Nachahmungstat des tödlichen Angriffs auf Jeffrey Todd handelte, wegen dem sich die Washingtoner Anwältin und mögliche Präsidentschaftskandidatin Natasha Winthrop zurzeit in Untersuchungshaft befindet. Vergessen Sie nicht, für Winthrop läuft die Uhr ab. Wenn sie zur Wahl antreten will, muss sie aus dem Gefängnis freikommen, ihren Namen reinwaschen und nominiert werden. Nur noch zwei Werktage bis zum Schluss der Registrierungsfrist.

Live aus Chicago zugeschaltet: Kaine Braw. Kaine, da gibt es ja einiges zu entwirren. Was ist das Neueste?

Chip, heute Abend hat es wichtige Entwicklungen gegeben. Wie Sie wissen, wurde gestern Abend das Chicago Police Department zu einer Straßenecke am Lincoln Park gerufen, weil ein Mann in einem Zustand im Rinnstein liege, den die Polizei als »schweren Schock« bezeichnet. Nach Verlautbarung des CPD hat er eine »anhaltende extreme sexuelle Nötigung« erlitten, deren Einzelheiten zu grausam sind, um sie unseren Zuschauern zuzumuten.

Die große Neuigkeit traf erst vor wenigen Minuten ein, als der Name des Verletzten bekannt gegeben wurde. Es handelt sich um den wegen Vergewaltigung vorbestraften Nicholas Corey, der kürz-

342

lich fünf Jahre einer elfjährigen Haft wegen Vergewaltigung abgesessen hat und vor vier Monaten vorzeitig auf freien Fuß gesetzt wurde. Die Hüter des Gesetzes teilten CNN mit, dass es sich um das zweite Mal handelt, dass Corey nach einer Verurteilung wegen Vergewaltigung Bewährung erhielt; der zweite Straferlass erfolgte gegen den Protest seiner Opfer und ihrer Familien. Da müssen sich die Richter und der Gouverneur von Illinois schon einige Fragen stellen lassen. Vielleicht auch wichtig: Als Corey zum zweiten Mal verurteilt wurde, erkannte der Richter an, dass es Dutzende *von Vergewaltigungsfällen gab, in denen Corey der Hauptverdächtige war, ohne dass Anklage erhoben wurde. Der Richter entschied, dass diese zusätzlichen Fälle bei der Urteilsfindung berücksichtigt werden sollten.*

Heute Abend wird viel von einem möglichen Zusammenhang mit dem Fall Winthrop gesprochen, Kaine.

Nun, offiziell wurden die Fälle zwar nicht miteinander in Zusammenhang gebracht, Chip, aber die Neuigkeit, dass der Mann wegen Vergewaltigung vorbestraft ist, hat heute Abend Anlass zu Spekulationen über die unglaublichen Parallelen zwischen beiden Fällen gegeben. Beide Situationen konzentrieren sich, wenn Sie so wollen, auf einen bekannten Sexualstraftäter, der auf freiem Fuß war und selbst einem gewalttätigen Angriff ausgesetzt wurde. Nun wird Natasha Winthrop zurzeit Mord *vorgeworfen, weil Jeffrey Todd erschlagen in ihrem Haus aufgefunden wurde. Der Chicagoer Fall ist anders gelagert – Corey lebt noch. Aber nach den Quellen, die CNN zur Verfügung stehen, untersucht die Polizei die Möglichkeit, ob es sich um eine Art von Racheangriff auf Corey handeln könnte, vielleicht sogar eine Nachahmungstat der Tötung von Jeffrey Todd. Oder wenigstens einen Versuch, die Tötung von Jeffrey Todd nachzuahmen.*

Und was wissen wir über das Geschehen?

Die Einzelheiten sind noch nicht alle bekannt …

Natürlich.

Aber wie es aussieht, könnte Corey von der Straße entführt und in einem schwarzen Minivan an einen noch unbekannten Ort verschleppt worden sein. Augenzeugen im siebenten Stock des Apartmenthauses, das Sie links hinter mir sehen, Chip, berichteten CNN, sie hätten ein schwarzes Fahrzeug, auf das diese Beschreibung passt, scharf und unvermittelt am Straßenrand anhalten gesehen. Sie sahen vier schwarz gekleidete Männer mit Skimasken oder Sturmhauben, die heraussprangen und einen Mann auf dem Gehsteig packten, ihn in den Wagen zerrten und losfuhren. Mehrere Stunden später wurde ein offenbar ähnliches Fahrzeug an der gleichen Straße beobachtet, kurz bevor Corey von der Polizei aufgefunden wurde. Daher lautet die Arbeitshypothese, dass Corey entführt, misshandelt, zurückgebracht und abgesetzt wurde. Und einiges deutet darauf hin, dass die unbekannten Täter dem Vorbild gefolgt sind, das angeblich Natasha Winthrop gab, indem sie das Gesetz in die eigenen Hände nahm.

Das war Kaine Braw live aus Chicago. Danke, Kaine, und wir hoffen natürlich, dass wir bald mehr erfahren. Und gleich: Wie das Kansas-Highschool-Hockey-Team den Sport vielleicht revolutionieren könnte ...

SAMSTAG

KAPITEL 40

Washington, D. C.

An Tagen wie diesem musste Maggie Costello sich ins Gedächtnis rufen, dass ihre Zeit einst von Grenzstreitigkeiten in fernen Ländern verschlungen worden war, von Besprechungen mit ausländischen Ministern oder dem Vermitteln zwischen Bürgerkriegsparteien auf anderen Kontinenten. Mit dieser jahrelangen Erfahrung als UN-Vermittlerin war sie als Expertin für Außenpolitik nach Washington gekommen. Und trotzdem saß sie hier, in einem Wartebereich des Polizeipräsidiums in der Innenstadt von D. C. Sie bezweifelte, dass einer ihrer früheren Kollegen beim Außenministerium oder im Weißen Haus dieses Gebäude je auch nur passiert, geschweige denn betreten hatte. Sie bewohnten das Washington, das sie einmal bewohnt hatte, das Washington der »*Administration*«, der Denkfabriken und Buchpräsentationen, der Network-TV-Büros und der Cocktailempfänge. Man konnte in diesem Washington leben und kaum je mit dem anderen in Berührung kommen, dem Washington der Polizeireviere und Schlaglöcher, der Schießereien an Grundschulen in den Abendnachrichten. Maggie wusste es aus eigener Erfahrung, denn sie hatte so gelebt.

Sie blätterte durch den Lokalteil der Zeitung von gestern, die Hinterlassenschaft der Person, die zuletzt das Pech gehabt hatte, in diesem Wartebereich auf der Bank mit dem schwarzen PVC-Bezug sitzen zu müssen. Auf die Artikel konnte sich Maggie kaum konzentrieren. Sie war erschöpft von der langen Rückfahrt. Den Dreizehn-Stunden-Marathon aus dem tiefsten Maine nach D. C. hatten nur kurze Nickerchen im Mietwagen

347

an Tankstellen und auf Parkplätzen unterbrochen. Sie hatte die Rückenlehne nach hinten gekurbelt, sich ein Halstuch über die Augen gelegt und die Türen von innen verriegelt.

Die Fahrt hatte ihr jedoch Gelegenheit gegeben, über Mindy nachzudenken, die sich durch reine Willenskraft in Natasha Winthrop verwandelt hatte, das Brahmin-Girl mit Katharine-Hepburn-Akzent. Wie wagemutig, wie klug – in dem Moment, in dem man begriff, dass man mit einer Lüge leben musste, zu entscheiden, dass diese Lüge auch richtig groß sein sollte. Sie hätte sich als Mädchen aus einer amerikanischen Vorstadt ausgeben können, sie hätte von überall kommen können. Stattdessen hatte sie sich zu einem Mitglied der oberen 0,01 Prozent gemacht, der ältesten Elite des Landes. Die Ausdrucksweise, die sie zu lernen hatte, die Gebräuche, die Manierismen eines winzigen Stammes mussten allen unbekannt bleiben, die nicht Bunny oder Muffy genannt wurden oder keinen Nachnamen als Vornamen führten.

Gleichzeitig war es ebenso Geniestreich wie Irrsinn. Denn gerade die größten Täuschungen funktionierten am besten. Vielleicht war es leichter, einen Akzent, den eine arme Umgebung in den Südstaaten geprägt hatte, hinter dem seltsamen Tonfall der Oberklasse von Massachusetts zu verbergen, als zu versuchen, wie jemand aus dem Mittleren Westen zu klingen. Wenn Mindy etwas Ungewöhnliches tat oder sagte, führten es die meisten Außenstehenden dann nicht automatisch auf einen seltsamen Tick der *Mayflower*-Sippen zurück? Als dass sie es für ein verräterisches Überbleibsel aus der armen Vorstadt hielten? Wenn man im Klassenkampf die Seiten wechselte, war es am besten, wenn man sich weit hinter die gegnerischen Linien zurückzog, statt exponiert und verletzlich im Niemandsland zu verharren.

Maggie rief sich dann immer ins Gedächtnis, dass die kleine Mindy – allein, zurückgewiesen, missbraucht und verzweifelt –

im Grunde kaum eine Wahl getroffen hatte. Die Story, die sie in der Zeitung entdeckt hatte – Lesen war ihre Zuflucht vor dem täglichen Missbrauch durch P –, diese Story drehte sich um die Tragödie, die die Familie Winthrop ereilt hatte. Wäre der Autounfall der Familie eines Buchhalters in Delaware zugestoßen, hätte sie sich in deren Tochter verwandelt und wäre nun ein anderer Mensch. Mindy hatte vor dem Ertrinken gestanden und sich an das einzige Stück Treibholz in Reichweite geklammert. Nur zufällig hatte diese Rettung sie zur Erbin eines Vermögens gemacht, bei dem die Geldscheine nicht nur George Washingtons Gesicht trugen, sondern vielleicht sogar noch seine Fingerabdrücke.

Maggie hatte überlegt, weshalb ihr nichts davon aufgefallen war. Sie betrachtete sich als gute Menschenkennerin und hatte etliche Stunden mit Natasha verbracht, aber sie musste ganz ehrlich zugeben: Geahnt hatte sie nicht das Geringste. Lag es daran, dass sie eine Dublinerin war und ihre Ohren taub waren gegenüber den Feinheiten in Sprache und Verhalten der US-Elite? Das konnte es nicht sein: Auch kein geborener US-Bürger hatte Natasha je ertappt. Maggie dachte an Tante Peggy, die in dem Haus an der See in Maine wohnte. Was für eine brillante, begabte Lehrerin sie gewesen sein musste. Und dazu gründlich und tüchtig, denn sie hatte dafür gesorgt, dass nirgends – weder hierzulande noch in Deutschland – auch nur ein einziges verirrtes Dokument existierte, das das Geheimnis preisgeben konnte. Was für eine Freude musste sie an dem Kind gehabt haben, das sie vor Missbrauch und Gewalt gerettet und das seinerseits die Familie Winthrop vor der Auslöschung bewahrt hatte. Der Bund, den die Teenagerin ersonnen hatte, hatte funktioniert, und das weitaus besser, als jemand von ihnen sich hätte vorstellen können. *Lassen Sie den Namen Ihrer Familie fortbestehen. Lassen Sie aus diesem ganzen Schrecken noch etwas Gutes entstehen.*

»Maggie Costello? Miss Costello?«

Maggie hatte vergessen, wo sie saß, und die Augen geschlossen. *Nur für ein paar Sekunden,* wie sie dachte. Doch nun stand eine Frau vor ihr, müdes Gesicht, grau melierte Haare, ungeduldige Miene. Neben ihr war ein jüngerer Mann, dem sich Besorgnis in die Stirn geätzt hatte. Er warf bange Blicke auf seine Vorgesetzte, ein Unbehagen, das Maggie aus ihrer Vergangenheit an der Seite verschiedener höherer Beamter kannte – die Angst, dass besagte Vorgesetzte gleich das Falsche sagte und damit alles ruinierte.

Sie folgte den beiden in eine Kammer, die als »Vernehmungsraum« ausgewiesen war.

»Warten Sie.« Maggie nahm demonstrativ nicht Platz, als die beiden Detectives sich setzten und auf einen Stuhl wiesen. »Das soll nicht … Ich meine, ich wollte informell sprechen. Ich bin nicht ermächtigt, ein offizielles …«

»Nur die Ruhe, Schätzchen«, sagte Marcia Chester, die anscheinend die Ermittlungen gegen Natasha leitete. »Wir müssen hier nicht gleich alle Bürgerrechte verteidigen. Offenbar ist Ihr Privatleben lausig, denn Sie verbringen den Samstagmorgen mit einem Gespräch mit uns. Das ist praktisch, denn wir sind so einsam, dass wir sogar mit Ihnen reden. Alle sind unglücklich, also sind alle glücklich.«

»Es wird nichts aufgezeichnet?«

»Nein.«

»Keine unterschriebenen Aussagen?«

»Nur wenn Sie etwas auszusagen haben und einverstanden sind, es zu unterzeichnen.«

»Aber das wäre vollkommen unabhängig?«

»Richtig.«

»Wären Anwälte dabei?«

»Wenn Sie es wollen.«

»Also gut.« Maggie spürte die Müdigkeit an den Rückseiten

ihrer Augäpfel, die versuchte, sie in den Schlaf zu ziehen. Das Licht im Vernehmungszimmer war unerträglich hell.

»Fein.« Allen hielt einen Stift über einem großen gelben Schreibblock in Bereitschaft. »Sie sagten, Sie wollten uns etwas fragen.«

Maggie hatte das Gespräch während der Marathonfahrt geplant, aber sie war es nicht noch einmal durchgegangen. Sie hatte sich gestattet, an andere Dinge zu denken, und nun musste sie sich rasch das Drehbuch ins Bewusstsein rufen, das sie entworfen hatte. »Wie Sie wissen, handle ich im Auftrag von Natasha Winthrop.«

Beide nickten.

»Ich bin keine Juristin, aber ich bin ihrem Team angeschlossen und unterliege daher ebenfalls der anwaltlichen Schweigepflicht.«

Chester seufzte hörbar, blickte zuerst auf ihre Fingernägel, dann an die Wand, die in stumpfem Magnolienweiß gestrichen war und von der Zeit und, wie es schien, auch von widerspenstigen Verhörten verschrammt war. Ihr war nicht entgangen, dass Maggie Zeit schindete.

»Ich glaube, wir können einige nützliche Aufschlüsse vorbringen, was Jeffrey Todd betrifft.«

Weder Chester noch Allen reagierten.

»Die für diesen Fall relevant sind.«

Allen brach als Erster das Schweigen. »Was für Aufschlüsse?«

»Ich kann sie Ihnen noch nicht mitteilen, nicht, solange die Einzelheiten noch nicht bestätigt sind. Aber natürlich wollen wir alles, was wir entdecken, zu gegebener Zeit der Anklagevertretung mitteilen.«

Wie geplant griff Maggie nun in die Tasche und zog eine Aktenmappe hervor; einen Schnellhefter, den sie auf ihrem Schoß behielt und nur teilweise öffnete. Sie blätterte durch die Seiten, ohne je eine herauszunehmen, und verhinderte jeden

351

Einblick. Ganz wichtig war, dass sie keinerlei Blickkontakt zuließ. Wieder ergriff sie das Wort.

»Die Akten, die uns vorliegen, stehen mit dem Zeitraum in Zusammenhang, der vor Mr Todds Namensänderung liegt.«

Nun schaute sie auf, so kurz und beiläufig, wie sie konnte.

Sie hoffte, dass ihre Stimme nicht bebte und dass sie nicht hörten, wie sehr ihr Herz hämmerte.

Weder Chester noch Allen zeigten irgendeine Reaktion. Sie warteten einfach darauf, dass sie fortfuhr.

Maggie legte einige Papiere auf den Tisch, aber sie achtete darauf, dass auch jemand, der – wie sie selbst – auf dem Kopf stehende Schrift lesen konnte, nicht imstande wäre, etwas zu erkennen. Sie räusperte sich, vor allem, um ihre Nerven zu stärken. Nun war ein wenig mehr Schmeichelei angebracht.

»Wir glauben, dass unsere neuen Erkenntnisse Licht auf ein Verhaltensmuster werfen, ein früheres Verhalten Jeffrey Todds, das für den Fall relevant sein wird. Die jüngsten Ereignisse haben eindeutig gezeigt, dass Mr Todd auf eine Vorgeschichte sexueller Nötigung, Vergewaltigung und Mord zurückblickte, und darauf wird die Verteidigung sich berufen. Der Vollständigkeit halber wollen wir uns mit der Phase seines Lebens befassen, in welcher der Verstorbene nicht als Jeffrey Todd, sondern unter seinem Geburtsnamen bekannt war.«

Sie sah wieder auf und schaute Chester in die Augen. Was sie beobachtete, ermutigte sie. Oder eher, was sie nicht beobachtete: Sie konnte keine Verblüffung erkennen. Nicht einmal ein Stirnrunzeln war zu sehen, und die beiden Detectives tauschten keinen einzigen fragenden Blick miteinander.

Maggie preschte weiter vor, hütete sich, mit dem Tonfall ihrer Stimme etwas preiszugeben, sondern versuchte zu klingen, als wäre das, was sie sagte, Routine oder sogar langweilig.

»Uns geht es dabei um den Zeitraum, in dem Mr Todd unter dem Namen Paul Hagen bekannt war. Wir glauben, das wird unser Argument stützen, dass ...«

Sie redete weiter; mehr Worthülsen und unechter Juristenjargon, während Chester sie argwöhnisch beäugte. Aber Detective Allen blätterte nun in seinen eigenen Unterlagen, suchte nach einem Dokument, das er hervorzog und auf den Tisch legte, als wollte er sein Gedächtnis auffrischen. Während er las und nur einmal aufblickte, fragte er: »Sie sprechen also von dem Zeitraum vor dem Umzug der Familie nach Glasgow, Kentucky?«

»Das ist richtig.« Das Krächzen ihrer Stimme hätte sie beinahe verraten.

Allen beugte sich nach vorne, musterte das auf dem Tisch liegende Dokument und gab vor, gefunden zu haben, was er suchte. »Paul Hagen aus ...«

Er warf Chester einen Blick zu, mit dem er sie um ihre Genehmigung ersuchte. Sie nickte kaum merklich.

»Paul Hagen aus Little Rock, Arkansas. Richtig?«

»Das ist richtig«, sagte Maggie. »Genau davon sprechen wir.«

KAPITEL 41

Washington, D. C.

Sie saß vielleicht dreißig Sekunden im Auto, als das Handy klingelte. Maggie sah auf das Display am Armaturenbrett. Zwar zeigte es keinen Namen an, aber sie erkannte die Nummer: Liz.

Sollte sie rangehen? Einen Augenblick lang schwebte ihr Finger über dem grünen Knopf. Aber sie war zu aufgedreht, um jetzt mit ihrer Schwester zu sprechen. Nach der Marathonfahrt war sie beinahe im Delirium gewesen, aber seit sie mit Chester und Allen gesprochen hatte, fühlte sie sich, als wären zehntausend Volt durch sie hindurchgezuckt. Sie war bis zum Rand ihrer Kapazität ausgefüllt, hatte keinen Platz für weiteren Input, nicht einmal für einen Schwatz mit Liz.

Paul Hagen aus Little Rock, Arkansas.

Damit war ihr Bauchgefühl bestätigt. Der Mann, den Natasha in jener Nacht in Georgetown getötet hatte, war der ältere Adoptivbruder, den sie einst liebgehabt und der sich in ihrer Kindheit immer wieder an ihr vergangen hatte. Der Name auf dem Totenschein lautete Jeffrey Todd, aber es war Paulie. Es war P, der nächtliche Eindringling in ihren Schlaf, in ihr Bett und in ihren Körper.

Als Maggie an der Seventeenth Street vor der roten Ampel hielt, sah sie in ihrem halb halluzinierenden Zustand beinahe vor sich, wie es sich abgespielt haben konnte. Die Hagen-Eltern entschieden, dass die Sache mit Mindy und ihrer Schulfreundin Helen einen Schatten über ihr Leben geworfen hatte, dem sie entkommen mussten. Maggie fragte sich, ob es zwischen Eltern und Sohn jemals klar ausgesprochen worden oder eine jener geheimen Tatsachen geblieben war, mit denen Familien manchmal leben; Dinge, die jeder weiß und niemand je erwähnt. *Paulie, deine Mutter und ich haben nachgedacht. Vielleicht wäre es am besten für alle, wenn wir woanders einen Neuanfang machen. Wir beginnen unser Leben von vorn, weit weg von hier.*

Was die Namensänderung anging, hatten die Detectives sie ins Bild gesetzt. Die Anträge waren nicht in Arkansas gestellt worden, sondern in Kentucky, etwa ein Jahr nachdem die Familie dort hingezogen war. Die letzten existierenden Akten für Paul Hagen zeigten, dass er eine informelle polizeiliche Verwarnung erhalten hatte, eine Reaktion auf eine Anzeige des Direktors der Barren County High School in Glasgow, Kentucky. Hagen war vorgeworfen worden, einer dreizehnjährigen Schülerin von der Schule nach Hause gefolgt zu sein, und es hieß, dass er sie auf einem abgeschiedenen Teil des nahen Trojan Trail sexuell belästigt habe. Zu seinem Pech und ihrem großen Glück wurde er durch einen Jogger gestört, der den Vorfall beobachtete und das Mädchen fragte, ob es Hilfe brauche. Paul beharrte darauf, sie beide hätten nur »rumgemacht«, und das Mädchen weigerte sich, Anzeige zu erstatten. Die Namensänderung erfolgte kurz darauf.

Maggie stellte sich vor, wie Hagens Eltern nun – wenngleich zu spät – begriffen, dass die junge, verletzliche Mindy die Wahrheit gesagt hatte. Das heißt, sie hatten es vielleicht schon immer gewusst und waren nur nicht imstande gewesen, es sich einzugestehen. Jetzt aber entschlossen sie sich, reinen Tisch zu machen und ihren Sohn von einer Vergangenheit zu befreien, die ihn irgendwann einholen würde. Hatten sie sich wegen Mindy Gedanken gemacht? Hatten sie begriffen, dass sie ein ungewöhnlich starker Mensch war? Dass sie zwar, ohne eine Spur zu hinterlassen, aus Little Rock verschwunden war, es sie aber eines Tages nach Rache verlangen würde?

355

Ein weiterer Anruf von Liz. Maggie wies ihn ab: Sie brauchte Zeit zum Nachdenken.

Irgendwie hatte Natasha erfahren, dass P genauso wie sie eine neue Identität angenommen hatte. Gott allein wusste, wann sie begonnen hatte oder wie es ihr gelungen war, ihm auf die Spur zu kommen, aber sie musste den neu erschaffenen Jeffrey Todd aus der Ferne beobachtet haben. Im Internetzeitalter war so etwas recht leicht möglich, sei es durch das anonyme und unsichtbare Belauern seiner Facebook-Seite oder über einen Google-Alarm, der anschlug, sobald sein Name irgendwo erwähnt wurde. Maggie konnte sich Natasha gut an ihrem Computer vorstellen, wie sie ihren Ex-Bruder überwachte, von den Festnahmen las, den gescheiterten Verfahren, den Beinahe-verurteilungen. Die ehemalige Mindy Hagen hätte gesehen, dass »Todd« als Erwachsener genau das gleiche Leben führte wie als Teenager: das eines grausamen und gewalttätigen sexuellen Raubtiers.

Wie leicht konnte Natasha eine Besessenheit entwickelt haben, während sie immer wieder zusehen musste, dass Todd der Gerechtigkeit entkam, genauso wie damals, als sie kaum mehr war als ein Kind. Während sie die Juristerei meisterte und lernte, Richter und Geschworene durch ihre Beherrschung des Systems zu überzeugen, musste die Wut sie verzehrt haben, dass das System machtlos zu sein schien, was diesen einen Verbrecher anging: den Mann, den Jungen, der ihre Nächte mit Entsetzen erfüllt hatte. Kein Wunder, dass sie einen Plan ersann, selbst Gerechtigkeit zu üben, wenn es anders nicht ging: ihn in ihr Haus zu locken, wo er, auf frischer Tat ertappt, ein für alle Mal als der brutale Vergewaltiger überführt werden konnte, der er war. Nur dass der Plan einen entsetzlichen Fehlschlag erlitten hatte.

Das Handy klingelte erneut, als Maggie auf die Massachu-setts Avenue abbog. Nun kapitulierte sie.

»Hi, Liz!«

»Mags, hör zu. Wo bist du?« Ihre Schwester schien zu keuchen.

»Ich bin in D. C. Erzähl mir nicht, du hast mit dem Laufen
angefangen?«

»Wo in D. C.?«

»Auf dem Weg nach Hause.«

»Geh nicht rein.«

»Was?«

»Geh nicht rein!«

»Ich verstehe nicht.«

»Hör mal, bist du gestern in Maine gewesen?«

»Ja. Woher weißt du das?«

»In einem Städtchen namens …« Sie hörte, wie ihre Schwester am Handy hantierte. »Penobscot?«

»Scheiße, ja, woher weißt du …?«

»Hast du am Flughafen von Portland ein Auto gemietet?«

»Ja. Was ist denn los, Liz?«

»Warst du in letzter Zeit mal auf Twitter?«

»Ja. Nein. Ich meine, nicht großartig. Ich bin vor allem gefahren.«

»Und du suchst nie nach dir selbst, was? Seit der ganzen
Geschichte mit dem Weißen Haus guckst du nicht mehr, wo
du erwähnt wirst, oder?«

»Bitte, Liz. Was zum Teufel soll das?«

»Halt an und ruf ein Hashtag auf: #FindetMC. Das Zeug
kommt von Gab.«

»Dieser rechtsextremen Plattform?«

»Hast du schon angehalten?«

»Warte.« Maggie parkte den Wagen. Sie spürte, wie sich
eine neue Welle der Erschöpfung aufbaute, bereit, über sie he-
reinzubrechen. Ihr Herz begann zu hämmern. Diesen Unterton
in der Stimme ihrer Schwester kannte sie: Liz witterte Gefahr.

»Alles klar, ich habe angehalten.«

»Jemand hat auf Gab damit angefangen. Ein anonymer Nutzer, der sich nur mit dem Männlich-Symbol identifiziert. Du weißt schon, der Kreis mit dem Pfeil nach schräg oben?«

»Was hat er ›angefangen‹?«

»So ein ›Männerrechte‹-Aktivistenzeug. Es hat sich sofort verbreitet. Online gibt es da eine richtige Bewegung. Jedenfalls, es war ein Aufruf an alle, nach dir Ausschau zu halten und Fotos von dir zu posten, wo immer du gesehen wirst.«

»Scheiße.«

»Weiß ich. Vollkommen krank. Das ist wie Massenüberwachung mithilfe der sozialen Netze. Aber sie haben es runtergenommen. Leute haben Fotos von dir geschickt … *Fuck!*«

»Was? Was ist denn?«

»Schon wieder eins. Warst du gerade … Was ist das?«

»Was?«

»Das Polizeipräsidium. Bist du vor ein paar Minuten dort gewesen?«

»Ja. Woher weißt du …«

»Hier ist ein Foto von dir, wie du ins Auto steigst. Der Zeitstempel ist neun Uhr einundvierzig.«

»Himmel! Und steht was dabei?«

»Sie teilen das Foto unter dem Hashtag #FindetMC.«

Maggie stützte den Kopf in die Hände. Sie versuchte zu denken, aber ein Schwindel rollte heran und lief wieder ab wie die Brandung am Strand.

Sie musste unbedingt schlafen. Endlich wusste sie eine Frage, die sie die ganze Zeit zu formulieren versucht hatte. »Was stand im ersten Tweet oder wie das auf Gab heißt?«

»Ich glaube, ich hab hier den ersten, aber sicher bin ich mir nicht. Aber wenn er's ist, warte, ich muss noch was öffnen … Hier, der ursprüngliche Post auf Gab lautete: ›Mitstreiter, merkt euch das Gesicht dieser Frau. Sie heißt Maggie Costello, und sie deckt eine Männermörderin. Wenn ihr sie in freier Wildbahn seht, dann postet bitte Fotos von ihr. Benutzt den Hashtag FindetMC.‹ Das Letzte in einem Wort, FindetMC.«

»Und jetzt ist es auf Twitter?«

»Hat sich dahin verbreitet, ja. Das meiste läuft aber immer noch auf Gab. Auch ein bisschen auf Facebook. Vielleicht Instagram. TikTok. Da war auch ein Video von dir, wie du dir an einer Fischbude was zu essen kaufst.«

»Was?«

»Meeresfrüchte? An einem Stand. In Maine?«

»Ja, okay. Himmel, Liz, da war niemand in der Nähe. Ein Video, sagst du?«

»Geht ungefähr zwanzig Sekunden. Ohne Ton. Zu viel Wind. Das Bild ist verwackelt, als wäre es mit einem Handy bei maximalem Zoom aufgenommen. Vielleicht aus einem Auto. Oder von sonst wo. Die Sache ist die, Mags, was soll das Ganze? Warum tun die so was?«

»Das weißt du doch schon. Du hast gelesen, was sie schreiben. Ich decke eine Männermörderin.«

»Ich hab's mir fast gedacht, als du von mir wolltest, dass ich diese Nummer zurückverfolge. Also ist es wahr. Himmel, du arbeitest für …«

»Ja. Ich arbeite für sie.«

»Sie hat den Mann getötet, oder nicht?«

»Sie hat sich gegen einen gesuchten Vergewaltiger und Mörder gewehrt, Liz.«

»Und warum haben diese ganzen Männer es jetzt auf dich abgesehen?«

»Was meinst du denn wohl, Liz? Weil das Männer sind, die es für okay halten, wenn ein Mann eine Frau vergewaltigt. Sie sind der Ansicht, es sollte ihnen *erlaubt* sein. Sie sind wütend, dass jemand sie davon abhält. Wenn sie eine Frau und einen Vergewaltiger sehen, stellen sie sich auf die Seite des Vergewaltigers. Das ist die Scheiße, die da läuft. Du brauchst einfach nur mal deine beschissenen Augen aufzumachen, Liz.«

Ein Moment des Schweigens folgte, der viel schlimmer war als die Antwort, mit der Maggie gerechnet hatte. Normalerweise reagierte ihre Schwester mit einem *Du musst mich ja nicht gleich so ankoffern, du blöde Kuh!* Aber sie sagte nichts. Eine weitere Welle purer Erschöpfung brach strahlend weiß über Maggie herein.

»Tut mir leid, Liz. Ich bin nur so ausgelaugt. Und ich habe Angst. Tut mir leid.«

Die Stille hielt an. Maggie sprach weiter.

»Was soll ich denn tun, Lizzie?« Sie hörte selbst, wie kleinlaut sie geworden war.

Am anderen Ende raschelte es. Maggie fragte sich, ob ihre jüngere Schwester nach einem Papiertaschentuch griff, um sich Tränen abzuwischen. Dann hörte sie Liz.

»Oh Gott!«

»Was ist?«

»Wo bist du jetzt gerade?«

»Ich bin auf der Massachusetts und …«

»Parkst du in der Nähe eines Lokals namens *Au Bon Pain*?«

Maggie spähte durch die Windschutzscheibe und sah nichts vor sich oder zur Linken. Aber nach rechts, durch das Beifahrerfenster, entdeckte sie den Namen. Sie stand genau davor.

»Ja.«

»Okay. Zwei Bilder, wie du dort parkst, sind in den letzten fünf Minuten online gegangen. Du trägst die Jacke mit dem Reißverschluss.«

»Scheiße!«

»Fuck, da ist noch eins.«

Maggie musterte die Umgebung, sah nach links und rechts, suchte nach einem Mann, der ein Handy in ihre Richtung hielt. »Also beobachtet mich gerade jemand?«

»Nicht nur jemand, Mags. Die Fotos sind aus unterschiedlichen Winkeln aufgenommen. Das sind mehrere, die dich beobachten.«

Maggie drückte die Taste der Zentralverriegelung. Sie merkte, wie ihr Herz heftiger pochte. »Ich fahre nach Hause.«

»Wie weit bist du von dort weg?«

»Vielleicht fünf Minuten.«

»Okay. Bleib dran. Ich habe vielleicht eine Idee.«

Maggie rollte langsam los. Sie musterte den Gehsteig, sah in die Gesichter der Vorübergehenden, besonders der Passanten, die Handys hielten, und warf einen Blick zur anderen Straßenseite. Wenigstens eines der Fotos, die Liz beschrieben hatte, musste von dort aufgenommen worden sein. Was war mit diesem Kerl, der genau sie anblickte, geradezu anstarrte …

Eine Autohupe zerriss die Stille und bohrte sich geradewegs in Maggies Zentralnervensystem. Reflexartig trat sie auf die Bremse.

Die Hupe hörte nicht auf, denn als sie ausparkte – und dabei den Mann auf der anderen Straßenseite beobachtete und nicht den Verkehr –, hätte sie beinahe einen Subaru auf der linken Spur gerammt. Der Fahrer hatte eine Vollbremsung gemacht und sah sie eindeutig geschockt und wütend an. Er öffnete die Tür und stieg aus, näherte sich ihr, um sie zur Rede zu stellen. Sie musste augenblicklich eine Entscheidung treffen.

Sie trat aufs Gas und fuhr weg. Der Mann blieb hinter ihr zurück und brüllte ihr ein »Fick dich!« nach dem anderen nach.

»Bist du noch dran?«

»Ja, Maggie. Ich bin noch dran.« Sie schwieg kurz. »Bitte fahr vorsichtig. Sag mir Bescheid, wenn du fast zu Hause bist. Aber fahr nicht direkt vor. Es könnte dir jemand auflauern. Park einen Block weiter weg.«

»Wirklich?«

»Na gut, lieber zwei.«

»Sie wissen, wo ich wohne?«

»Könnte zumindest sein.«

Maggie dachte an den Einbrecher, den Pseudovergewaltiger, der dank dieser Latrine von Internetseite gewusst hatte, wo sie wohnte. Liz hatte sie von diesem Zwischenfall nichts erzählt, und das nicht nur, weil sie damit offenbart hätte, für wen sie gerade arbeitete. Sie hatte es aus dem gleichen Grund verschwiegen, aus dem sie dem einzigen Menschen, den sie wahrhaft als Familie betrachtete, den Großteil ihres Berufslebens verheimlichte: weil es Liz verängstigt hätte. Trotzdem, wenn ihre Adresse in einem Forum für Vergewaltigungsfreaks bekannt war, kannte sie auch der durchgeknallte *Incel*, der unfreiwillig zölibatär lebende Bastard, der diese Onlinehetzjagd ausgelöst hatte.

Sie parkte den Wagen einen Block östlich und einen nördlich von ihrer Wohnung. Sie sah nach links und rechts, dann nach oben zu den Fenstern der Wohnungen im ersten Stock. Eine Frau rückte Topfpflanzen auf einer schmalen Dachterrasse zurecht; das war alles.

»Okay, ich bin jetzt zu Fuß unterwegs.«

»Alles klar. Maggie, du musst Twitter öffnen.«

»Scheiße noch mal, Liz. Ich fange doch jetzt nicht an zu twittern.«

»Vertrau mir einfach. Es geht nicht ums Twittern. Stell mich auf Lautsprecher und tippe auf ›Tweet‹.«

Maggie öffnete die App und musste nach dem Knopf suchen. Wenn sie ehrlich war, hatte sie fast noch nie getwittert. Sie war ein »*Lurker*«, sie war online und las die Tweets anderer Leute – sie »überwachte die Debatte«, wie man es im Weißen Haus zu nennen pflegte –, aber sie gab kaum je einen Mucks von sich. Ihr war es so lieber.

»Der Knopf mit der Schreibfeder?«

»Genau. Tipp drauf.«

»Okay.«

»Du bist noch nicht zu Hause, oder?«

»Einen Block entfernt.«

»Hast du auf den Knopf mit der Feder gedrückt?«

»Ja, habe ich.«

»So, Mags, jetzt siehst du ein Icon, das aussieht wie eine Kamera? Unten links, aber nicht ganz unten?«

»Okay.«

»Drück da drauf. Was siehst du jetzt?«

»Das Handy zeigt meine Füße, während ich gehe.«

»Gut, also funktioniert die Kamera. So, siehst du zwei Wörter am unteren Bildschirmrand?«

»Ja. ›Aufzeichnen‹ und ›Live‹.«

»Genau. Sobald du so weit bist, hältst du die Kamera hoch, sodass sie die Straße vor dir zeigt. So dicht an deinem Kopf, wie du kannst, damit sie zeigt, was du siehst. Üb das mal. Drück nichts! Tu es einfach nur.«

»Okay.«

»Kannst du es sehen?«

»Klar.«

»Als wärst du die Kamera. Was immer du siehst, das sieht sie auch. Richtig?«

»Ja. Und jetzt?«

»Wo bist du?«

»Circa hundert Meter vom Haus entfernt.«

»Gut. Wenn du so weit bist, atmest du tief durch und tippst auf ›Live‹. Das schmeißt mich raus, und du kannst mich dann nicht mehr hören. Aber ich folge dir auf Twitter. Wie viele Follower hast du?«

»Keine Ahnung. Höchstens …«

»Ich schau nach. Okay, das ist gut. Fast fünfzigtausend. Nach der ganzen Sache mit dem Weißen Haus hast du ganz schön zugelegt. Vor allem folgen dir viele Medienleute. Scheiße, sogar dieser Senator, der Dingsbums, Harrison. Sie sehen das also. Bist du so weit?«

»Eigentlich nicht.«

»Sorg dafür, dass keiner genau erkennen kann, wo deine Wohnung ist, okay? Nimm nur Alltäglichkeiten ins Bild. Ihre Gesichter wollen wir sehen. Nicht die Hausnummer. Verstanden?«

»Verstanden.«

»Denk dran, sobald du so weit bist, tippst du auf ›Live‹. Bye, Maggie!«

Maggie legte auf und schob die rechte Hand, ohne das Handy loszulassen, tief in die Handtasche, damit es nicht zu sehen war. Sie ging weiter.

Vielleicht fünfundzwanzig Meter trennten sie noch von ihrem Apartmenthaus, als sie den Ersten erkannte. Er war jünger, als sie erwartet hätte; pickelig und blass, ein Student, der aussah, als hätte er gerade erst gelernt, selbst für sich zu kochen, wäre aber noch nicht über Bohnen aus der Dose hinausgekommen. Sie sah, wie er es tat: Er hob das Handy, machte einen Schnappschuss von ihr und tippte auf dem Display herum. Eindeutig, der postete ein Foto von ihr.

Noch zehn Meter, und sie entdeckte einen Mann, der neben der Haustür stand wie ein Maître d'hôtel, der die Gäste seines Restaurants empfängt. Eine halbe Sekunde später entdeckte sie das Handy in seiner rechten Hand, das er nun vor sein Gesicht hob und klicken ließ. Er war weiß, und hätte sie schätzen sollen, hätte sie ihn für Anfang fünfzig gehalten.

Als sie näher trat, sah sie einen weiteren Mann zwei Türen weiter. Er hatte sie entdeckt und kam auch herbei, hielt ebenso sein Handy hoch. Sie bemerkte Bewegung rechts von sich. Sie wandte sich um und entdeckte einen vierten Mann, der die Straße überquerte: Hipsterbart und schwarze Beaniemütze.

Kaum hatte er den Gehsteig erreicht und stand nicht weiter

364

als zwei, drei Meter von ihr entfernt, hob er sein Handy auf Brusthöhe und fotografierte sie.

Wenigstens war sie nun vor ihrer Haustür. Mit der linken Hand suchte sie in der Handtasche nach den Schlüsseln, aber mit der rechten hielt sie ihr Handy, das sie auf keinen Fall loslassen wollte.

Nun waren es also vier von ihnen, vier Männer, die irgendwie ihre Adresse herausbekommen hatten. Wortlos gingen sie aufeinander zu, bildeten eine Traube, eine Phalanx mit dem ältesten Mann ihr gegenüber. Sie verstellten ihr den Weg, postierten sich zwischen ihr und der Haustür.

Der Hipster sprach als Erster. Höflich, mit einer Stimme, mit der er auch eine Tischreservierung hätte bestätigen können, fragte er: »Maggie Costello?«

Der ältere Mann wartete nicht auf eine Antwort. Er rief: »Du bist also die Schlampe, die für die Hure arbeitet, die einen Mann ermordet hat.«

Der Hipster übernahm wieder. »Heul jetzt nicht was von Vergewaltigung, Schätzchen. Nur weil wir dich ficken wollen, heißt das noch lange nicht, dass wir dich ficken.« Maggie bemerkte, dass er die rechte Hand zu einer Faust geballt hatte. Sie brauchte kein Kommando von Liz, aber trotzdem bildete sie sich ein, die Stimme ihrer Schwester zu hören: *Jetzt!* Sie zog das Handy aus der Handtasche, hob es an und drückte, obwohl ihre Finger zitterten, auf den Knopf mit der Aufschrift »Live«.

Und sagte: »Hallo allerseits! Ich bin Maggie Costello. Und das hier scheint das Begrüßungskomitee zu sein, das mich vor meiner Wohnung in Washington, D. C., willkommen heißt.« Im Bild waren zwei des Quartetts zu sehen, Akne-Boy und der mittelalte Typ. »Sie haben vielleicht gehört – und diese Männer wissen es auf jeden Fall –, dass ein Hashtag die Runde macht, der Leute auffordert, Fotos von mir zu schießen und sie online zu stellen. Damit soll ich anscheinend eingeschüchtert werden.«

Der Jüngste, der wohl am schnellsten erfasste, was hier vor sich ging, sah entsetzt drein und entfernte sich ein oder zwei Sekunden später aus dem Bild. Er ging ein paar Schritte die Straße hinunter und rannte los. Maggie war versucht, ihm etwas hinterherzurufen, aber lieber konzentrierte sie sich auf die drei, die nun live im Bild waren. Ganz unerwartet überzog der untere Rand des Displays sich mit kleinen schwebenden Herzen, die aufstiegen wie Blasen in einem Aquarium.

»Also, Jungs, wie wär's, wenn ihr euch kurz vorstellt?«

Ohne nachzudenken, stürzte der Älteste des Trios vor und versuchte, ihr das Handy abzunehmen. Es gelang ihm, ihren Arm herunterzudrücken, sodass die Kamera auf den Boden zeigte, aber er entwand sie ihr nicht. Sie wusste, dass noch übertragen wurde, dass Bild und Ton jeden erreichte, der zusah. Der einzige Zuschauer, an den sie jedoch denken konnte, war Liz.

»Tut mir leid, die Störung, liebe Leute«, sagte sie und merkte, wie abgehackt und unstet ihre Stimme klang, als hätte sie gerade einen langen Lauf hinter sich. Sie war nervös. »Wie es aussieht, ist einer unserer Gäste ein wenig kamerascheu.« Während sie sprach, hob sie das Handy wieder, sodass es, wacklig und zuckend, die drei Männer zeigte. Einer von ihnen verdeckte sein Gesicht mit dem eigenen Handy; vielleicht filmte er sie, wie sie ihn filmte.

»Also, stellen wir uns nun vor? Fangen wir mit Ihnen an«, sagte sie und nahm den Hipster in den Fokus. Mit einer knappen, scharfen Bewegung, die Maggie überraschte, schoss sein Arm auf sie zu. Seine Hand wirkte riesig und füllte das Bild auf ihrem Handy. Instinkt leitete Maggies Reaktion. Sie ließ das Handy, wo es war, und trat zu.

Sie hatte nur auf sein Schienbein gezielt, traf aber etwas

Weicheres. Das Heulen, das die Kamera ebenfalls festhielt, bestätigte augenblicklich, dass sie ihn in die Genitalien getreten hatte.

Hinter sich hörte sie etwas. Maggie fuhr herum und sah, dass zwei weitere Männer eingetroffen waren. Sie erwischte sie beim Gestikulieren, als wollten sie mit den anderen drei einen Angriffsplan absprechen.

Mit gezwungenem Frohsinn rief sie: »Ach, schaut mal, noch zwei wollen sich an dem Spaß beteiligen. Hi! Winken wir doch mal allen Zuschauern.« Sie winkte selbst, ihre Hand im Vordergrund wirkte übergroß. »Wie es scheint, haben wir mehrere Tausend Follower, die uns zusehen. Hey, Sie …« Sie sprach den größeren aus dem neuen Paar an. »Sogar ein paar Freunde beim Metropolitan Police Department Columbia sind dabei. Ach, schaut, und sogar das FBI. Wie cool ist das denn? Die sehen uns gerade alle zu.«

Der größere Mann legte sich die Hand mit gespreizten Fingern vors Gesicht, um seine Identität zu verbergen. Der zweite Neuankömmling machte auf dem Absatz kehrt und rannte weg.

Ermutigt fuhr sie wieder zu den anderen herum und nahm den Mann Anfang fünfzig ins Visier. »Wollen Sie mir sagen, worum es hier geht? Ich glaube, unser Publikum würde das gern wissen.«

»Du arbeitest für eine gottverdammte Mörderin. Natasha Winthrop hat kaltblütig einen Mann totgeschlagen!«

Zum ersten Mal seit Liz’ Anruf ereilte Maggie ein Gedanke, der über den Selbsterhalt hinausging. Sie fragte sich, ob sie durch ihre Aktion unwillentlich denen eine Plattform bot, die entschlossen waren, der Frau zu schaden, der sie helfen wollte. Ihr war aber auch klar, dass sie Natasha keinen Gefallen erwies, wenn sie die Übertragung jetzt einfach abbrach.

»Und was beabsichtigen Sie mit mir zu machen? Wollten

Sie in meine Wohnung eindringen? Was wollen mehrere Männer mit einer unbewaffneten Frau in ihrer eigenen Wohnung tun?«

Er trat vor, und Maggie wich unwillkürlich zurück.

Sein Gesicht, von weißen Bartstoppeln übersät, füllte den Bildschirm. Seine Nase war von schmalen purpurnen Adern durchzogen. »Das ist es doch, was ihr wollt, oder?« Er schien nicht Maggie anzusprechen, sondern sich direkt an das unsichtbare Publikum zu richten. »Eine Welt, in der eine Frau jeden Mann umbringen kann, den sie umbringen will. Einfach so. Ihr schreit einfach Vergewaltigung, und jeder Mann wird zum Freiwild. Zum Abschuss freigegeben. Na, so weit lassen wir es nicht kommen.« Er beugte sich noch näher, dass die Linse von seinem Atem beschlagen wurde, und bellte: »*Uns* werdet ihr nicht *vernichten!*«

Damit drehte er sich um und stapfte davon. Maggie sah nach links und rechts. Er war der Letzte gewesen; die anderen hatten sich bereits verzogen. Auf der gegenüberliegenden Straßenseite steckte ein Mann still sein Handy weg. Vielleicht hatte er beabsichtigt, bei der Party mitzumischen, es sich aber anders überlegt, als er sah, was abging.

Sie hob das Handy vors Gesicht, tippte auf die Schaltfläche, die die Kamera umschaltete, und nun war sie im Bild. So müde, wie sie sich noch nie hatte sprechen hören, sagte sie: »Ich danke Ihnen fürs Zuschauen.« Dann tippte sie auf den Knopf, der die Übertragung beendete. Die App teilte ihr mit, dass sie zum Schluss neunhunderteinundsechzig Zuschauer gehabt hatte. Als sie von Tausenden sprach, hatte sie gelogen, aber Publikum hatte es gegeben. Bei einem Kampf auf der Straße blieben die Leute stehen und sahen zu; warum sollte es in den sozialen Netzwerken anders sein?

Einige Nachbarn streckten die Köpfe aus den Fenstern. Maggie nahm an, dass sie den Tumult beobachtet oder gehört und abgewartet hatten, wie es sich entwickelte, bevor sie sich einschalteten. Nun vergewisserten sie sich, dass alles okay mit ihr war. Ein Mann bot an, die Polizei zu verständigen, ein Angebot, das Maggie ablehnte, vor allem, um den Scherereien zu entgehen. Sie sah noch einmal in alle Richtungen und nach hinten, fand endlich ihren Hausschlüssel und schloss die Tür auf.

Gewöhnlich empfand sie Erleichterung, sobald sie nach tagelanger Abwesenheit nach Hause kam, besonders wenn sie das Gefühl hatte, Gefahren ausgewichen zu sein. Aber diesmal nicht. Es lag nicht nur an der Konfrontation vor der Haustür, auch wenn die sie erschüttert hatte. Es lag an dem, was zuletzt in dieser Wohnung geschehen war, an dem Mann, der durch das Badezimmerfenster eingedrungen war und geglaubt hatte, er könnte sich ihr aufzwingen oder wenigstens so tun, als täte er es, was ein und dasselbe war, weil sie nicht gewusst hatte, dass es nur gespielt war.

Sie ging ans Fenster, spreizte mit einer so sparsamen Bewegung wie nur möglich die Lamellen der Jalousie und schaute hinaus. Zwei Männer, beide in den Zwanzigern, wie sie annahm, waren auf der gegenüberliegenden Straßenseite auf dem Gehsteig. Sie schienen sich zu beraten. Einer zeigte dem anderen etwas auf seinem Handy. Dann, ganz wie sie geahnt hatte, sahen sie hoch und wiesen auf ihre Wohnung. Augenblicklich trat sie zurück, hoffte, unsichtbar zu sein, auch wenn sie es kaum glauben konnte: Das Zurückschnellen der Jalousie hatte sie mit Sicherheit verraten.

Ihr Schlafbedürfnis war überwältigend; ihr Körper schrie nach Erholung, und doch wusste sie, dass sie viel zu viel Adrenalin im Blut hatte, als dass sie jetzt einschlafen konnte. Sie kannte das Gefühl gut: müde bis auf die Knochen, aber ihre Nerven knisterten vor Spannung, ließen blaue Fünkchen stieben.

Am Ende würde es nachlassen. Das tat es immer. Trotzdem fürchtete sie, dass sie sich so bald nicht erholen könnte. Das lag an den Männern auf der Straße und den anderen, die ihnen folgen würden. Die Männer, die noch nicht von der Liveübertragung gehört hatten oder die von ihr wussten, sie aber nicht fürchteten. Männer, die noch immer auf den ursprünglichen Aufruf reagierten: #FindetMC. Wie es schien, war der Hashtag auf den Handys verbitterter Männer in ganz Amerika angekommen: selbst am Flughafen von Portland, im verfluchten Penobscot, um Himmels willen! Allein die Vorstellung, dass es in jeder Ecke des riesigen Landes »Männerrechtsaktivisten« gab, die sich für Helden hielten, weil sie eine einzelne, unbewaffnete Frau hetzten.

Aus jeder Ecke der USA bis hin zu ihrer Haustür.

Darum konnte sie nicht ausruhen. Ihr Zuhause war keine Zuflucht mehr.

Maggie sehnte sich verzweifelt nach einem heißen Bad. Sie wusste aber, dass ihr Blick ständig auf dem Fenster kleben würde, durch das der Pseudovergewaltiger hereingeklettert war. Sie wollte sich unter der Bettdecke verkriechen. Sie wusste aber, dass sie an die Männer unten denken würde, die zu ihr hochsahen und warteten. Sie würde ihre Blicke auf sich spüren. Ihr Zuhause war keine Zuflucht mehr. Es war nicht mehr ihr Zuhause.

Das Handy klingelte. Sie griff danach und empfand Erleichterung, als sie den Namen auf dem Display las. Sie sprach nur kurz mit Liz, gerade lange genug, um ihrer jüngeren Schwester zu versichern, dass sie nun sicher im Haus war – und auch, um sie ganz ins Bild zu setzen.

Etwas zu verschweigen erschien Maggie nunmehr sinnlos: Liz hatte selbst gesehen, in welcher Gefahr ihre Schwester schwebte. Sie erzählte ihr daher so umfassend sie konnte von dem Einbrecher und dem Onlineforum, auf dem er ihre Adresse gefunden hatte. Liz war entsetzt und stinksauer, tat aber hörbar ihr Bestes, um sich im Zaum zu halten. Sie wusste, dass ihrer Schwester nun die Kraft fehlte, um einen Wutausbruch zu ertragen.

Sobald der Anruf vorüber war, ließ sich Maggie aufs Sofa sinken und stützte den Kopf in die Hände. Sie dachte an den älteren Mann auf der Straße, der ihr ins Gesicht gebrüllt hatte: Uns *werdet ihr nicht* vernichten! Sie dachte an den Mann, der in ihre Wohnung eingebrochen war.

Sie dachte an Senator Harrisons Hände, die ihre Schultern massierten.

Sie dachte an P., der sich immer wieder an einem Kind vergangen hatte, von dem er einmal wie ein Bruder geliebt worden war. Ihre Gesichter verschwommen und verschmolzen miteinander. Und einfach so, die Jacke noch an und Wut in den Adern, fiel sie in einen unruhigen, erschöpften Schlaf. Aber selbst dabei, in ihren Träumen und Albdrücken, befasste sich ihr Unterbewusstsein schon mit dem, was sie als Nächstes zu tun hatte.

KAPITEL 42

Bangalore, Indien

War das sein letzter Gedanke? Konnte er überhaupt noch denken? Seine Entführer hofften es. Sie hatten ihn zwar gequält – nein, *gefoltert* hatten sie ihn –, aber sie hatten sich auch große Mühe gegeben, ihn bei Bewusstsein zu halten, damit er weiter zuhören, damit er weiter Informationen verarbeiten konnte. Sie wollten, dass er eine wichtige Tatsache in sich aufnahm.

Nun sahen sie ihn an mit seinen angeketteten Füßen, den Handschellen an den Händen, dem Knebel in seinem Mund. Sie musterten seine geschundenen Geschlechtsteile, die gestreckt, geprügelt und verdrillt worden waren. Sie betrachteten seine Nacktheit, seine Demütigung.

Sie hatten vor ihm verschleiert, wo er sich befand, indem sie ihm eine Augenbinde anlegten, kaum dass sie ihn von der Straße ins Auto gezerrt hatten, und waren mit ihm kreuz und quer durch vollgestopfte Straßen gefahren. Was ihre Motivation anging, wollten sie allerdings jede Unklarheit beseitigen.

In den vergangenen achtzig Minuten hinter dem Stahltor einer Garage in den Randbezirken der Stadt hatten sie immer wieder mit ihm gesprochen. Nicht persönlich natürlich, sondern mithilfe einer verzerrten elektronischen Stimme, wie es empfohlen wurde.

Sie hatten ihn an seine Verbrechen erinnert, von denen das jüngste nur eine Woche zurücklag – ganz zu schweigen von der Vergewaltigung, die im Gange war, als sie ihn kassiert hatten. Sie schilderten den Fall mit dem Motorroller, als er und drei Freunde eine junge Frau – eine Ärztin – auf dem Heimweg entdeckten. Einer der Männer hatte die Aufgabe erhalten, die Reifen des Motorrollers zu zerstechen und wegzulaufen. Die anderen drei sahen zu, wie die Frau mit dem nutzlosen Fahrzeug kämpfte, dann traten sie näher und boten ihr Hilfe an.

Sie zerrten sie auf einen Flecken Brachland abseits der Straße, wo der vierte Mann, der die Reifen zerstochen hatte, zu ihnen stieß. Dort, auf dem Flecken Erde voll Unkraut und Abfall vergewaltigten sie sie mehrmals, abwechselnd, manchmal auch gleichzeitig, als wäre sie eine Puppe, nur zu ihrer Befriedigung erschaffen. Als sie befriedigt waren, erwürgten sie sie und legten ihre Leiche unter eine Brücke. Sie übergossen sie mit Benzin und sahen zu, wie sie verbrannte.

Während er auf seine Verhandlung wegen dieses Verbrechens wartete, war er auf Kaution freigelassen worden, und kaum in Freiheit, hatte er wieder vergewaltigt. Irgendwie entging er für beide Taten der Gerechtigkeit. Und das waren nur die ungeheuerlichsten Vorfälle. Seit Jahren bedrängte er Frauen und Mädchen sexuell oder vergewaltigte sie. Seine Nachbarn wussten es, die Polizei wusste es, die Hunde auf der Straße wussten es. Trotzdem war er noch immer ein freier Mann.

All diese Informationen wurden ihm von der gnadenlosen, blechernen Stimme übermittelt, während er heulte und stöhnte, weil seine Hoden verdreht und ein dicker, fremdartiger Gegenstand in ihn eingeführt wurde.

Gelegentlich ließen die Entführer von ihm ab, aber nicht, weil sie besorgt um seine Sicherheit oder sein Wohlergehen waren – beides war ihnen gleichgültig –, sondern nur, damit er bei Bewusstsein blieb. Er sollte aufnehmen können, was sie ihm zu sagen hatten.

In dieser letzten Ruhepause, in der er wimmernd und mit verbundenen Augen auf allen vieren kniete, gaben sich die Entführer das Signal, auf das sie sich vorher geeinigt hatten. Mit verdeckten Gesichtern, die sie sich auch untereinander nicht zeigten, bildeten sie ein Quadrat um ihn, sodass jeder gleich weit von ihm entfernt war. Der Entführer, der mithilfe des Stimmverzerrers den Gefangenen angesprochen hatte, stand nicht mehr am Gerät. Wieder ein Nicken, und alle vier sprachen wie ein Mann dieselben drei Wörter.

Hörten sie ein Keuchen von ihrem Gefangenen? Hinterher, als sie es besprachen, sagten zwei, sie hätten es gehört. Die anderen waren sich nicht so sicher.

Aber es konnte kein Zweifel bestehen: Er hatte gehört, was sie sagten, und er hatte es verstanden.

Damit wurde es Zeit für den letzten Akt. Wie ausgemacht hielten alle ein Stück Bleirohr in der rechten Hand. Sie waren nicht genau gleich lang, aber die Ähnlichkeit genügte. Die vier traten einen Schritt vor und gelangten in Schlagreichweite zu ihrem Ziel. Sie hoben die rechte Hand, und auf das vereinbarte Signal hin schlugen sie fest zu. Alle vier schweren Rohre trafen gleichzeitig eine andere Stelle am Schädel des Mannes.

Trotz ihrer Befürchtungen trat die Wirkung sofort und vollständig ein. Dass er tot war, daran konnte kein Zweifel bestehen, und was von seinem Kopf übrig war, klappte nach vorn, schwammig und leblos.

Die Entführer packten mit effizienten Bewegungen ihre Sachen zusammen. Danach lösten sie die Ketten und Handschellen des Mannes, legten ihn in einen Leichensack, der bereitlag für Transport und Entsorgung. Während sie arbeiteten, zogen sie Befriedigung aus der Tatsache, dass die letzte neuronale Information, die durch den zerebralen Cortex des Mannes gegangen war, aus drei Wörtern bestand, die er als wahr erkannt haben musste. Die Stimmen, die sie ausgesprochen hatten, hatten im selben Moment bestätigt, was sie gesagt hatten.

Die letzten drei Wörter, die der Mann in seinem Leben gehört hatte, lauteten:

Wir sind Frauen.

KAPITEL 43

Hier ist der BBC World Service. Sie hören Newshour. *Indien ist ein Land, von dem manchmal gesagt wird, es werde von einer Vergewaltigungsepidemie heimgesucht. Auf einer außergewöhnlichen Pressekonferenz erklärte heute die Polizei von Bangalore, sie glaube, dass in der Stadt eine Selbstjustizgruppe aktiv sei, die bekannte Vergewaltiger jage. Die Behauptung beruht auf dem Material von Überwachungskameras, das die Entführung eines Mannes mit zahlreichen Vorstrafen wegen gewalttätiger sexueller Übergriff zeigt, und dem Umstand, dass Stunden später die brutal verstümmelte Leiche ebendieses Mannes aufgefunden wurde. Darüber hinaus wird das Verbrechen mit einem sehr beachteten Akt sogenannter Selbstjustiz auf der anderen Seite des Erdballs in Zusammenhang gebracht. Uns zugeschaltet ist nun unser Südostasienkorrespondent Randeep Tripathi. Randeep, was können Sie uns Weiteres sagen?*

Nun, Tim, eine Statistik erzählt die ganze Geschichte. In Indien wird alle fünfzehn Minuten eine Vergewaltigung verübt. Frauenrechtsgruppen haben oft genug beanstandet, dass nicht genug getan werde, um das Problem in den Griff zu bekommen, auch wenn sich die Öffentlichkeit über einige besonders eklatante Fälle empört hat. Nun fragt man sich, ob gewöhnliche indische Bürger das Problem auf eigene Faust angehen. Die Frage kam auf, nachdem Videomaterial aufgetaucht war, welches, ganz wie Sie erwähnen, darauf hindeutet, dass ein berüchtigter Vergewaltiger in Bangalore auf offener Straße entführt worden ist.

Die Videos, die auf einigen indischen Nachrichtenkanälen in

375

Endlosschleifen laufen, scheinen den toten Mann zu zeigen – er wird im Augenblick aus rechtlichen Gründen nicht mit Namen genannt –, wie er einen sexuellen Übergriff gegen eine Frau begeht. Die Bilder sind recht grobkörnig, aber sie zeigen, wie der Mann hinter einer Frau hergeht und sie plötzlich am Hals packt, zu Boden reißt und, wenn es erlaubt ist, das zu sagen, dazu ansetzt, die Frau zu einer sexuellen Handlung zu zwingen.

In diesem Moment fährt ein unbeschrifteter schwarzer Kleinbus ins Bild. Vier maskierte Männer, vier maskierte Gestalten, springen heraus, zerren den Mann in den Minivan und fahren mit ihm weg. Und, wie Sie sagten, einige Stunden später wurde seine Leiche in einem Zustand aufgefunden, den die Polizei als »grässlich entstellt« bezeichnete.

Um es zu wiederholen, Randeep, dadurch sind Gerüchte um eine mögliche Selbstjustizbewegung in Indien entstanden. Was können Sie uns über die Verbindung sagen, die von manchen zu einer ganz ähnlichen Episode weit weg von Indien gezogen wird?

Das ist richtig, Tim. Sie erinnern sich vielleicht an Berichte, denen zufolge gestern in Chicago ein vorbestrafter Sexualstraftäter bei der Verübung einer weiteren solchen Tat ebenfalls von der Straße entführt wurde. Ebenfalls mit einem schwarzen Kleinbus, ebenfalls von schwarz gekleideten Gestalten. Und genau wie in Bangalore wurde der Mann einige Stunden darauf in der Nähe des Entführungsorts abgesetzt. In diesem Fall wurde der Mann allerdings lebendig aufgefunden. Trotzdem fragt man sich hier, ob der Vorfall in Bangalore eine »Nachahmungstat« der Entführung in Chicago gewesen sein könnte. Die sozialen Netzwerke kochen über mit dieser Annahme, bei der es sich vorerst um eine Verschwörungstheorie handelt. Aber der BBC liegen Informationen vor, dass die Behörden in Bangalore die Parallelen untersuchen und noch keine Ermittlungsrichtung ausgeschlossen haben …

Maggie hatte die Augen noch geschlossen, aber sie war wach. Schlaff lag sie auf der Couch, auf der sie eingeschlafen war, spürte Schweiß auf der Haut und hatte einen üblen Geschmack im Mund. Sie wusste nicht, wie lange sie geschlafen hatte oder wie spät es war. Dass auf ihrem Handy BBC lief, nutzte ihr nichts, denn dort sagten sie immer nur, es sei soundso viel Uhr Greenwich Mean Time. Hatte sie den Wecker gestellt, lief deshalb der World Service? Sie konnte sich nicht erinnern.

Was sie gerade gehört hatte, war ihr unklar. Sie griff nach dem Handy, blinzelte mit einem halb geschlossenen Auge darauf und stellte fest, dass sie mehrere Stunden geschlafen hatte. Sie öffnete die BBC-App, spulte dreißig Sekunden zurück und hörte sich erneut den letzten Teil des Berichts aus Indien an.

... bei der Verübung einer solchen Tat ebenfalls *von der Straße entführt wurde,* ebenfalls *mit einem schwarzen Kleinbus,* ebenfalls *von schwarz gekleideten Gestalten. Und* genau wie in Bangalore wurde der Mann *einige Stunden darauf in der Nähe des Entführungsorts abgesetzt.*

Sie setzte sich auf, und langsam begannen die Rädchen ihres Verstandes sich zu drehen. Zuerst ging sie ins Bad, spritzte sich kaltes Wasser ins Gesicht, sah zum Fenster hoch und erinnerte sich, weshalb sie nicht in diesem Raum sein wollte. Sie dachte an Essen, ging in die Küche, öffnete einen Schrank und fragte sich nicht zum ersten Mal, ob es für einen Whisky noch zu früh am Tag sei.

Schließlich griff sie nach ihrem Laptop. Zwar wusste sie nicht, wonach sie suchte, aber sie wusste, dass es etwas mit dem Bericht aus Indien zu tun hatte und mit dem, worauf er sich bezog, die Sache in Chicago. Irgendetwas stimmte nicht ganz.

Sie las den Reuters-Artikel über den Vorfall in Bangalore nach. Er enthielt weitere Details, zum Beispiel, dass der Schädel des Mannes »zu Brei geschlagen« worden war, und zitierte einen Polizeisprecher, der sagte, der Mann sei »brutal anal vergewaltigt« worden, mit Gegenständen, die schwere Verletzungen verursacht hätten.

In einem neuen Tab rief Maggie den Bericht über die Entführung in Chicago aus der *New York Times* ab. Sie überflog ihn – schwarzer Kleinbus, maskierte Gestalten, Vorstrafen des »Opfers« wegen sexueller Nötigung und Vergewaltigung, Absetzen des Entführten dort, wo er gekidnappt worden war. Von Kopfverletzungen war nicht die Rede; er war immerhin lebendig aufgefunden worden. Dort endeten die Parallelen. Dass die beiden Vorfälle nicht identisch waren, leuchtete ein, selbst wenn der eine die Nachahmungstat des anderen sein sollte. Die Aktivisten von Bangalore brauchten durch das, was in Chicago geschehen war, nur inspiriert worden zu sein; sie mussten sich nicht an ein Handbuch halten.

Und doch störte Maggie die ganze Zeit etwas. Etwas an dem Zwischenfall in Chicago und der Art, wie sie zuerst davon gehört hatte.

Wo war sie gewesen? Sie brauchte sich nur zu erinnern, wo und wie sie von dem Zwischenfall gehört hatte. Komm schon, denk nach. *Denk nach!*

Jetzt fiel es ihr wieder ein. Der Parkplatz eines Subways an der I-95 zwischen New York und Trenton. Dort hatte sie ihren zweiten oder vielleicht dritten Halt auf der Nachtfahrt zurück von Maine eingelegt und Radio gehört. Nur dass es kein Radiosender gewesen war. Sie hatte eine digitale Station gehört, die den Ton von Nachrichten im Kabelfernsehen abspielte. Maggie sah sich, wie sie am Auto lehnte, einen Becher mit miesem Kaffee und ein groteskes, viel zu weiches Thunfischsandwich vor sich auf dem Dach, während CNN aus den Autolautsprechern drang.

... ein Mann in einem Zustand im Rinnstein liege, den die Polizei als »schweren Schock« bezeichnet. Nach Verlautbarung des CPD hat er eine »anhaltende extreme sexuelle Nötigung« erlitten, deren Einzelheiten zu grausam sind, um sie unseren Zuschauern zuzumuten.

Zu grausam. Ihr Verstand arbeitete nun mit doppelter Geschwindigkeit.

Rasch sah sie auf die Website der *New York Times* und las deren Darstellung des gleichen Vorfalls. Dort gab es keine weiteren Einzelheiten, die nicht auch CNN gemeldet hatte, aber erwähnt wurden »so verstörende Tatumstände«, dass die Polizeiquellen zögerten, sie öffentlich bekannt zu geben. Sie tippte eine WhatsApp-Nachricht an Jake Haynes in der Redaktion der *Times*. Zeit, ihr verbleibendes Guthaben bei der Bank der geschuldeten Gefallen einzulösen.

Schnelles Gespräch?

Für Haynes' Gier nach Neuigkeiten konnte sich Maggie dankbar schätzen. Er rief sofort zurück.

»Hey, Jake! Hast du zwei Minuten?«

»Für Maggie Costello habe ich drei.«

»Es handelt sich streng genommen um keine DC-Story. Aber es könnte mit einer DC-Story zusammenhängen.«

»Zusammenhängen?«

»Entfernt.«

»Geht es um Winthrop?«

»Da bin ich mir noch nicht sicher.«

»Nicht sicher? Okay. Aber *wenn* du sicher bist ...«

»... bist du der Erste, der es erfährt.«

»Klingt gut. Also, schieß los.«

»Ich muss dir ein paar Fragen über einen *Times*-Artikel aus Chicago stellen.«

»Okay.«

»Es geht um den Bericht über den Vergewaltiger, der auf der Straße abgeladen wurde. Offenbar sind da ein paar Details ›zu grausam‹, um erwähnt zu werden.«

»Das haben wir geschrieben? ›Zu grausam‹?«

»CNN formulierte es so. Ihr habt etwas von ›verstörenden Tatumständen‹ geschrieben.«

»Das klingt mehr nach uns. Du möchtest also, dass ich in Erfahrung bringe, was das für Umstände waren, und es dir sage.«

»Du bist ein Schatz.«

»Weißt du den Verfasser?«

Maggie nannte ihm den Namen, der unter der Überschrift des *Times*-Berichts stand, legte auf und begann auf und ab zu schreiten. Es ist nur eine Ahnung, sagte sie sich, während sie umhertigerte. Nur eine Ahnung. Nur eine Ahnung.

Zehn Minuten später klingelte ihr Handy. Auf dem Display stand der Name, den sie lesen wollte: Jake Haynes. Ihr Zeigefinger zitterte auf der »Annehmen«-Schaltfläche. Sie war noch immer so erschöpft. »Ja?«, sagte sie.

»Mir geht's gut, vielen Dank, wie geht's dir?«

»Tut mir leid, Jake. Sprich.«

»Also, es hat ein Weilchen gedauert. Die Redaktion in New York steckt bis Oberkante Unterlippe in einer großen Story, aber ich habe schließlich doch erfahren, was du wissen willst. Bist du in der Nähe eines Klos, denn vielleicht musst du dich übergeben. Erstens, der Kerl wurde gefesselt und geknebelt aufgefunden, Letzteres mit einem dieser roten Ballknebel im Mund. Du weißt schon, Lederriemen um den Kopf geschnallt.«

»Okay.«

»Zweitens, seine Genitalien waren total, nun ja, misshandelt. Die Eier abgeschnürt und gestreckt, der Penis schwer geschädigt. Und vor allem war er … ich weiß nicht, ob das der korrekte Begriff ist, aber … er wurde anal vergewaltigt.«

»Verstehe.«

»Ich erspare dir die Einzelheiten, denn sie sind ekelhaft, das kannst du mir glauben. Die Sache ist die, es wurde mit, du weißt schon, Gegenständen ausgeführt.«

»Gegenständen?«

»Schweren Gegenständen. Dicken, schweren Gegenständen.«

»Autsch!«

»›Ernsthafte und bleibende Schäden‹ offenbar.«

»Himmel!«

»Deshalb haben wir das nicht in der Zeitung gebracht. Und auch sonst niemand. Die Polizei hat diese Einzelheiten nur als Hintergrund mitgeteilt. Ich verstehe irgendwo schon, wieso.«

»Yep.« Maggie tigerte noch immer auf und ab. »Also gut, Jake, ich schulde dir was.«

»Nein, ich glaube, ich schulde ganz offiziell *dir* noch etwas. Das war die Story des Jahres.«

»Story des Jahrzehnts, hast du beim letzten Mal gesagt.«

»Na ja, aber vielleicht wird *das* jetzt die Story des Jahrzehnts. Oder führt dazu, meine ich.«

»Wir alle leben in Hoffnung. Danke, Jake!«

»Und du lässt es mich wissen, ja?«

»Wenn es eine Story gibt, bekommst du sie als Erster.«

Sie legte auf und ging wieder an den Computer zu dem Reuters-Artikel aus Indien. Sie war noch immer da, die entscheidende Zeile, die besagte, der Mann sei »brutal anal vergewaltigt« worden. Und der Bericht war explizit: man sei mit »Gegenständen« in ihn eingedrungen, die »schwere Verletzungen« verursacht hätten.

Sie öffnete einen neuen Tab und führte eine Google-Suche durch, nach der sie ungläubig den Kopf schüttelte. War es wirklich so weit gekommen? Sie tippte in das Suchfeld: *Chicago Vergewaltiger entführt anal.*

381

Zahlreiche Verweise erschienen, die die ersten drei Suchbegriffe enthielten, aber nicht den vierten. Diejenigen, die alle vier einschlossen, führten zu viele Jahre alten Artikeln oder, in einem Fall, zur Rezension eines Films, der nur in einem einzigen Arthousekino in Brooklyn gelaufen war.

Der Rest der Ergebnisse verwies auf Berichte über den Vorfall in Chicago, und Maggie überflog sie alle: keinerlei Andeutung von analer Vergewaltigung oder Homosexualität oder sonst etwas. Sie nahm Wortsuchen nach jedem denkbaren Begriff vor, der dazu passte. Nichts. Sie schloss die Tabs und schob den Laptop von sich weg, zufrieden, dass niemand außer ihr, einer Handvoll Reporter und dem Chicago Police Department genau wusste, welche Qualen dem Mann zugefügt worden waren.

Was eine Frage aufwarf: Wenn der Überfall in Bangalore eine Nachahmungstat war, vom Geschehen in Chicago inspiriert, die die meisten wesentlichen Einzelheiten aufgriff – bis zu den Masken, der Farbe des Kleinbusses, der Vorgehensweise –, wie kam es dann, dass die Inder ein Element kopiert hatten, von dem sie gar nichts wissen konnten, weil es nie öffentlich gemacht worden war? Was, wenn der Vorfall in Bangalore keine bloße Kopie des Übergriffs in Chicago war, der sich einen Tag zuvor ereignet hatte, sondern etwas ganz anderes dahintersteckte?

Maggie erhob sich, schritt auf und ab, ging in die Küche, beäugte die Flasche Ardbeg, kehrte ins Wohnzimmer zurück, lief wieder in die Küche. Einmal kniete sie sich auf den Boden, um die unterste Schublade zu öffnen, und kramte beinahe unbewusst darin herum, bevor sie begriff, was sie tat: Sie suchte nach einer Schachtel Zigaretten, die sie vor Monaten vor sich selbst versteckt hatte; um die Zeit herum, als sie Uri versprochen hatte, das Rauchen aufzugeben, und zwar für immer und ewig. Das war kein Spaß.

Sie kehrte an den Tisch zurück und an ihren Laptop. Auch das war eine Ersatzhandlung, natürlich, nur etwas anspruchsvoller. Sie musste die Frage überdenken, die ihr nicht aus dem Kopf ging. Die beiden Episoden – Chicago und Bangalore – ähnelten einander stärker, als die veröffentlichten Schilderungen ohnehin vermuten ließen: Wie kam das?

Zur Prokrastination rief sie Twitter auf. Dort ereiferte man sich gerade über irgendeine Promistory, die gerade ans Licht gekommen war und in der es um ein hohes Tier bei einem TV-Netzwerk ging, der eine junge Angestellte sexuell genötigt hatte. Der Primetime-Nachrichtenmoderator des gleichen Netzwerks hatte über einem Link dazu ein einzelnes Emoji gepostet – ein grünes Gesicht, das voll Abscheu zum Erbrechen ansetzte.

Das brachte sie nicht weiter. Sie wollte mehr Informationen über die Vorfälle in Indien und auf den Straßen von Chicago. Sie brauchte weitere Einzelheiten, egal wie »grausam«, die erhellten, ob die Resonanzen zwischen den beiden Taten Zufall waren oder …

Moment mal!

War der Bericht über den TV-Sexskandal vielleicht die große Story der *New York Times*, von der Jake gesprochen hatte? Maggie kehrte zu dem Kotz-Emoji-Tweet zurück, klickte den Artikel an, und tatsächlich, der Zeitstempel zeigte, dass er erst vor wenigen Minuten gepostet worden war. Sie überflog die ersten Absätze.

Album wird nachgesagt, schon seit Jahrzehnten weibliche Angestellte zu begrabschen, anzufassen, zu schikanieren und zu bedrängen. Eine Quelle sagte uns unter der Bedingung, anonym zu bleiben, damit sie ihre Stellung bei dem Netzwerk nicht gefährdet: »Marty betrachtet Frauen bei den Nachrichten als sein persönliches All-you-can-eat-Büfett. Seit Jahren zieht er die gleiche Masche durch: *Du wirst gebeten, außerhalb der normalen Bürostunden ›Zusatzarbeit‹ in seinem Sommerhaus zu leisten. Dann, ehe du dichs versiehst, steht er in der Dusche, splitternackt, und bittet dich zu sich. Oder er kommt in seinem Bademantel raus und erwartet, dass du ihn befriedigst. So ziemlich jede Frau bei den Nachrichten hat das durchgemacht. Es ist so eine Art Aufnahmeritual.«*

Die Times *hat erfahren, dass in den vergangenen Jahren zweimal disziplinarische Untersuchungen gegen Mr Album eingeleitet wurden, doch beide Male wurden sie aus Mangel an Beweisen eingestellt. Unterlagen aus der zweiten Untersuchung, die der* Times *vorliegen, schließen einen Brief von Mr Albums Anwalt ein, dass die Beschwerde »als klassischer Fall von Hörensagen« abgewiesen werden solle, in dem es nie zu einer Lösung kommen könne.*

Die neuesten Enthüllungen scheinen anders aufgenommen zu werden, weil diesmal Videobeweismaterial existiert. In der Aufnahme, die der Times *vorliegt, ist Mr Album zu sehen, wie er eine Angestellte, die mehr als einundvierzig Jahre jünger ist als er, bei den Haaren packt und zu einer sexuellen Handlung zwingt. Man kann auch hören, wie er die Angestellte, eine neu angestellte Berufseinsteigerin beim Nachrichtenressort, unter Druck setzt. An einer Stelle ist die Frau zu hören, wie sie Mr Album weinend erklärt, sie sei nur bei ihm, um ihre Arbeit zu tun. »Heul nicht, Baby«, antwortet er, dann zieht er ihren Kopf an den Haaren zu seinen Geschlechtsteilen. Es ist zu hören, wie sie einen Schrei ausstößt.*

Die Times *hat mit der Angestellten gesprochen und sich vergewissert, dass es sich um die Frau im Video handelt. Sie hat erklärt, das Video selbst aufgenommen zu haben, indem sie heimlich ihr Handy benutzte. Sie unterstützt die Ermittlungen unter der Bedingung, dass ihr Name nicht öffentlich genannt wird.*

Herr im Himmel, wohin man auch sah, wenn man das überhaupt noch wagte, überall das Gleiche. Wie viele Männer waren wie dieser Marty Album, der Frauen als »All-you-can-eat-

Büfett« betrachtete? Viele, wie es schien. Mehr als Maggie klar gewesen war.

Sie erinnerte sich an das, was Natasha an dem Abend auf Cape Cod gesagt hatte. Dass Vergewaltigung im Grunde kein Verbrechen mehr sei. *Wenn die Gesellschaft eine bestimmte Tat letzten Endes achselzuckend abtut, macht sie damit klar, dass sie eine Entscheidung getroffen hat. Und die Entscheidung unserer Gesellschaft lautet, dass ein Mann so gut wie immer das Recht hat, eine Frau zu zwingen, mit ihm Sex zu haben. Das wird geduldet. So wie das Grasrauchen zu Hause. Oder achtzig Meilen pro Stunde auf der Interstate. Technisch gesehen ist es strafbar, faktisch aber nicht.*

Am unteren Ende des *New York Times*-Berichts war ein Link zu »verwandten Themen«. Maggie wollte ihn von der Seite wegklicken; sie war sich nicht sicher, ob sie noch mehr vom Gleichen ertragen konnte, ohne dass ihre Stimmung einbrach. Aber ein Teil ihres Gehirns, den sie nicht ganz zuordnen konnte, sirrte nun. Sie klickte auf den neuesten Artikel in der Liste, eine Meldung aus London von vor wenigen Tagen.

In dem Bericht ging es um einen Topkoch von Prominentenrang in Großbritannien, der sexueller Nötigung bezichtigt wurde. Eine Zeitung im Vereinigten Königreich hatte ein Muster von schikanösem Verhalten offengelegt: Er habe sich in »ständiger Niedertracht und Grausamkeit ergangen«; bei einer Gelegenheit habe er eine schwangere Angestellte gefragt, ob er Milch aus ihren Brüsten trinken dürfe. Der Koch war von seinem eigenen Restaurant beurlaubt worden, nachdem die Finanziers den Stecker gezogen hatten.

Die entscheidende Entwicklung erfolgte in dieser Woche, als die Anwältin einer ungenannt gebliebenen Küchenhilfe ein Video an Investoren versandte, in denen der Koch sich der jungen Angestellten aufdrängt. Das Video wurde als echt bestätigt, eine Aufnahme, die das Opfer der sexuellen Nötigung heimlich angefertigt hat.

Maggie war noch immer benebelt – vor allem vom Schlafmangel, aber auch infolge des Schocks, die fotografierenden Incels vor ihrer Haustür vorzufinden, und der Tatsache, dass ihr Zuhause ihr nicht mehr sicher erschien. Trotz aller Verschwommenheit nahm eine Idee Gestalt an. Nein, weniger als eine Idee; es war unbestimmter. Es war die Andeutung einer Idee, eine Ahnung.

Sie zwang sich, ganz an den Anfang zurückzukehren. Sie kannte die Gefahren, online in ein Kaninchenloch zu steigen, besonders wenn man vor Müdigkeit vor sich hin stolperte. Zuerst: aus dem Kaninchenloch klettern und wieder an die Oberfläche gelangen. Als Nächstes: sich erinnern, wie man dorthingekommen war. Was für Maggie bedeutete, sich die Frage ins Gedächtnis zu rufen, die ihr eben noch so klar vor Augen gestanden hatte.

Durch den Nebel zerrte sie herbei, was ihr aufgefallen war, bis es sichtbar wurde: die merkwürdige Ähnlichkeit zwischen den Foltern, denen die Vergewaltiger in Chicago und Bangalore unterzogen worden waren. Eine Parallelität von Details, die niemals öffentlich bekannt geworden waren, was es daher fast unmöglich erschienen ließ, dass die eine Tat die Nachahmung der anderen war. Wie hatte es sich abgespielt?

Ausgelaugt, wie sie war, und so verzweifelt sie sich nach richtigem Schlaf sehnte, Maggie wusste, dass nur ein einziger Mensch die Frage beantworten konnte. Sie nahm ihre Handtasche und die Schlüssel und ging in die Nacht hinaus.

KAPITEL 44

Washington, D. C.

»Wir müssen wieder vor diesen Vergewaltigungsstorys kommen.«

»Ich glaube nicht, dass wir das Wort ›Vergewaltigung‹ benutzen sollten.«

Dan Benson seufzte und wandte sich Ellen Stone zu, der einen Frau im Raum, der einen Frau im Team. Himmel, wenn das Karma ihnen jetzt bloß nicht heimzahlte, dass sie hier so testosterongeprägt waren. Nach dem Absturz der Schwesternschaft mit der ersten weiblichen Kandidatin war es innerhalb der Partei allmählich akzeptabel geworden, »einzustellen, wer immer für eine Aufgabe am besten qualifiziert« war – was von der Beraterkaste als »Heuert wieder nur Männer an« verstanden wurde; es hatte nichts Anrüchiges mehr. Nach dem Motto *Wir haben es versucht, es hat nicht funktioniert, lasst uns wieder Wahlen gewinnen wie früher.*

Aber Junge, im Augenblick sah es sehr nach einem Fehler aus. Immer wieder wurde Senator Tom Harrison als sexistischer Dinosaurier bezeichnet, ein ungeschickter, trampeliger, trotteliger Daddy oder Grandpa, der andauernd ins Fettnäpfchen der geschichtlichen Entwicklung trat. Natasha Winthrop saß hinter Gittern, um Himmels willen, und sie stand dennoch mehr im Leben, hatte ihren Finger trotzdem dichter am Puls der Zeit als er. Und jetzt das noch.

»Also gut, okay. Nennen wir es ›sexuelle Nötigung‹, wenn Ihnen damit wohler ist.«

»Es geht nicht darum, womit *mir* wohler ist, Dan.« Doug

Tellers Stimme schwankte zwischen Gereiztheit und Herablassung. Das Einzige, was fehlte, war auch nur die Andeutung einer Entschuldigung, dass er ihn an einem Samstagabend herbestellt hatte. »Es geht darum, welche Botschaft wir den Wählern vermitteln wollen. Wir nennen es die Grundstückssteuer, unsere Gegner die Todessteuer; dann gewinnen unsere Gegner. Angesichts dessen, dass der Kandidat in den letzten dreißig Jahren ein enger persönlicher Freund von Marty Album gewesen ist, glaube ich nicht, dass wir sagen sollten, dieser enge persönliche Freund sei der *Vergewaltigung* schuldig. Es liegt alles in der Verpackung: Grundstückssteuer – Todessteuer. Was die Leute davon halten, wird davon bestimmt, wie man es nennt. Wir *wissen* das. Wir haben Daten, die es *beweisen*.«

»Sie reden von der Sache mit Imperial Analytica?«

Teller sah ihn teils tadelnd, aber auch ein wenig überrascht an; ein Blick, der fragte: *Woher zum Teufel weißt du darüber Bescheid?*

»Schon gut, Doug«, sagte Benson. »Der Digital Director hat Ellen und mich eingewiesen. Es bleibt natürlich im Safe, keine Sorge. Aber gut zu wissen, dass wir eine aktuelle Software auf unserer Seite haben. Nicht, dass sie uns aus dieser besonderen Patsche heraushelfen könnte.«

Teller hatte den Blick gesenkt und massierte zwischen Daumen und Mittelfinger eine Augenbraue. Ob seine Verzweiflung dem Geheimhaltungsbruch galt, was die Zusammenarbeit der Kampagne mit der Datamining-Firma Imperial Analytica anging, oder ob sie von der Album-Frage herrührte, blieb unklar.

Benson fuhr fort: »Also, Doug, was soll der Senator Ihrer Meinung nach sagen? ›Es macht mich traurig zu hören, dass mein langjähriger Freund seine Kolleginnen mit *unerwünschter Aufmerksamkeit* bedacht hat‹?«

»Nein, davon kann keine Rede sein.«

Ellen warf ein: »»Meinem Freund wurde unangemessenes Verhalten gegenüber Kolleginnen vorgeworfen.‹«

»›Vorgeworfen‹ gefällt mir. Das könnte funktionieren.«

»›Unangemessen‹? Wollen Sie mich auf den Arm nehmen? ›Unangemessen‹ ist, wenn Sie zum Grillfest einen Schlips tragen. ›Unangemessen‹ ist, wenn Sie der Mutter Ihrer Freundin schöne Augen machen.« Er spürte einen Blick von der Seite. »Tut mir leid, Ellen. Den Kopf der Praktikantin festzuhalten und sie zu zwingen, ihm einen zu blasen, ist nicht ›unangemessen‹. Das ist sexuelle Nötigung.«

»Aber plötzlich doch keine Vergewaltigung?«

»Okay, das nicht, Doug. Aber der Rest! Haben Sie gesehen, was in der *Times* steht? Ich meine, haben Sie sich die Vorwürfe wirklich im Einzelnen angesehen?«

»Vorwürfe. Das ist in Ihrem Satz das Schlüsselwort, Dan. Das Einzige, wofür sie Beweise haben, ist der Blowj…« Doug sah Ellen schuldbewusst an. »Der Oralsex.«

»Nein, Doug. Das ist das Einzige, wovon sie ein *Video* haben. Beweise gibt es genügend. Eidesstattliche Versicherungen von Dutzenden Frauen.«

»Deren Wahrheit er abstreitet.«

»Hören Sie einmal gut zu. Was wir sagen, bleibt in diesen vier Wänden. Unsere Handys sind draußen. Sorgen Sie sich, dass diese Berichte den Senator in Verlegenheit bringen?«

»Wir sollten das hier nicht tun.«

»Wir sind der Führungsstab der Wahlkampagne, Doug. Wenn nicht hier, wo dann? Ist der Senator in die Geschichte verwickelt?«

»Das werde ich nicht beantworten.«

»Ach, Himmelherrgott noch mal!«

»Außer indem ich sage, dass Harrison und Album langjährige Freunde waren. Wochenenden, Sommerhäuser, Reisen in die Karibik.«

»Das volle Programm.«

»Richtig.«

»Also machen Sie sich Sorgen?«

»Es wird Leute geben, die seinen Namen in diese schmutzige Geschichte hineinzuziehen.«

»Und werden diese Leute Grund dazu haben?«

»Die Sache ist die: Unterstellen kann man, was man will. Das macht es noch nicht zu einem Beweis. Aber sie waren Freunde. Sie waren zusammen im Urlaub. Wenn ein Kübel Scheiße über Albums Kopf ausgegossen wird, platscht ein bisschen davon auch auf Harrisons Schuhe.«

Ellen runzelte die Stirn. »Das könnte umso mehr Grund sein, offensiv zu werden. Sich davon zu distanzieren. ›Ich kenne Marty Album …‹«

»Martin. Oder Mr Album. Bloß nicht zu kumpelhaft.«

»Dan hat recht, Ellen. Mr Album.«

»Also gut. ›Ich kenne Mr Album schon lange, und doch hat er seine dunkle Seite vor mir verborgen gehalten, genauso wie vor vielen anderen Menschen.‹«

»Das ist gut.«

»Bullshit, aber gut.«

»Machen Sie weiter.«

»›Natürlich verurteile ich das abstoßende Verhalten, von dem wir in den vergangenen Tagen erfahren mussten. Ich will in keiner Weise die Rechtsfindung beeinflussen, indem ich mehr sage. Aber meine Gedanken gelten vor allem den Frauen, die verletzt wurden. Seien Sie stark. Haben Sie Mut.‹«

Dan lächelte. »Das ist toll. Wir sollten es aufschreiben. Er hat doch heute ein Interview mit dem *Des Moines Register*, oder? Da kann er es schon loswerden.«

Ellen freute sich sichtlich über das Lob. »Wir wollen aber eigentlich Video, oder? Sparen wir es auf für morgen bei *Morning Joe?*«

Nun mischte sich Doug ein und verdarb die Party. »Mir gefällt es auch, Ellen. Definitiv ist es den Feinschliff wert. Mein einziger Einwand ist, es könnte etwas zu … stark sein.«

»Zu stark?«

»Die Sprache. Sie wissen schon: *verurteilen, abstoßend, verletzt.* Etwas zu stark, mehr nicht.«

»Doug, gibt es etwas, das Sie uns nicht sagen?«

»Nur dass der Senator ein treuer Freund ist. Ich bin mir nicht sicher, ob er den Mann treten will, wenn er am Boden liegt.«

Schweigen setzte ein. Dan und Ellen tauschten einen Blick, dann legte Dan theatralisch die Hand auf den Mund wie ein Kind, das versehentlich ein Familiengeheimnis ausgeplaudert hat.

»Ach du lieber Gott, jetzt kapiere ich! Es tut mir so leid, Doug. Ernsthaft. Ich hätte von selbst draufkommen müssen. Sie fürchten, dass Album zurückschlägt, wenn der Senator gegen ihn austeilt! Und – es ist okay, Sie brauchen nicht zu sagen, was es ist –, aber Sie glauben offensichtlich, dass er Munition besitzt. Sie wollen nicht, dass wir uns den Kerl zum Feind machen, weil er *kompromittierendes Material* gegen den Senator haben könnte. Stimmt das so ungefähr, Doug? Läuft es darauf hinaus?«

»Ich glaube, wir sollten weitermachen.«

»Doug?«

»Ellen, finden Sie zu einer Sprache, mit der uns allen wohl ist. Wörter, die der Senator benutzen kann. Liefern Sie uns ein paar Optionen. So, es tut mir wirklich leid, Leute, aber ich muss noch zu einer anderen Sitzung. Bin froh, dass wir das klären konnten. Danke, Ellen! Danke sehr, Dan!«

KAPITEL 45

Washington, D. C.

Erleichtert stellte Maggie fest, dass der Zugangscode noch gültig war. Niemand hätte es Natasha Winthrops Kanzlei verübeln können, wenn sie die Kollegin aussperrte: Immerhin saß sie unter Mordanklage in einer Gefängniszelle. Möglich allerdings, dass es lediglich vergessen worden war.

So leise sie konnte, stieg Maggie in den Aufzug, gab einige weitere Ziffern ein, fuhr zur Kanzlei hoch, in der es wegen des Wochenendes zum Glück menschenleer war, und betrat Natashas Büro.

Sie setzte sich an den Computer, fuhr ihn hoch und gab das Passwort ein.

Während sie darauf wartete, eingeloggt zu werden, schaute sie auf ihr Handy.

Noch immer nichts von Liz. In einer eiligen WhatsApp-Nachricht, die sie tippte, während sie das Abendessen für ihre Söhne vorbereitete, hatte Maggies Schwester ihr zu Geduld geraten: *Ich bin nur ein Computerfreak, keine beschissene Wundertäterin.* Nach all der Zeit konnte Maggie noch immer nicht sagen, wie Liz ihre Kunststücke mit Maus und Tastatur zuwege brachte, und deshalb vermochte sie nicht abzuschätzen, wie lange es dauern würde, worum sie Liz gebeten hatte: sich den Gab-Post anzusehen, der die Übung in Massenüberwachung namens #FindetMC ausgelöst hatte, und den darauffolgenden Posts nachzugehen, mit denen der Aufruf verbreitet worden war, von Gab zu Twitter und sonst wohin. Bei der Gelegenheit hatte sie auch gleich die Bildschirmfotos weitergeleitet, die sie von dem Forum für gestellte Vergewaltigungen gemacht hatte und ihrem Eintrag darin. *Mitte dreißig, schlank, fit, kastanienbraune Haare.* Als Empfangsbestätigung hatte Liz geschrieben: *Schmeichelt dir ja schon ein bisschen.*

Natashas Bildschirm füllte sich mit den Ordnern und Dateien, an die sich Maggie von ihrem letzten Besuch erinnerte. Sie wusste kaum, wo sie beginnen sollte, klickte in die Ordner und öffnete einzelne Dokumente fast zufällig. Sie musterte den russischen Ordner, bei dem die kyrillischen Buchstaben sogar den Namen vor Maggie verbargen. Sie öffnete die anderen – persönliche Korrespondenz, Einladungen, Rechnungen, die Verbindungsnachweise, die sie zu Tante Peggy geführt hatten. Erneut blätterte sie durch Akten zu Natashas Fällen in Guantanamo, den Trennungen von Eltern und Kindern an der Südgrenze sowie zu etlichen Prozessen im Umweltressort.

Maggie kehrte zu den russischen Dateien zurück und fand das Dokument wieder, das aus nur einer einzelnen Zeile bestand, die Natasha, wie es schien, an sich selbst gemailt hatte.

Du magst vieles wissen, aber alles wirst du nie erfahren.

Fast war es, als spräche Natasha da Maggie von der anderen Seite des Computers aus an. Und es ließ sich nicht bestreiten: Die Aussage traf vollkommen zu.

Maggie wusste nicht genau, was dieser große Ordner auf Russisch enthielt. Eine Art Vertrag, der durch Unterschriften auf einer Serviette festgehalten wurde. Aber der Rest? Sie hatte keine Ahnung. Sie schaute sich wieder den Ordnernamen an, kopierte ihn und fügte das Wort auf Google Translate ein.

Die Antwort war ein ratloses *Meinten Sie vielleicht ...?*

Verlegen wegen ihrer Unkenntnis eines ganzen Alphabets – nicht zu wissen, wofür die Zeichen standen, geschweige denn, was das Wort bedeutete –, kopierte Maggie die Buchstaben vom Schirm auf ihren Notizblock. Statt sie niederzuschreiben, musste sie sie mühsam nacheinander abzeichnen. Sie hatte keine Idee, was für ein Wort sie vor sich hatte.

Maggie lehnte sich zurück und seufzte tief. Wonach suchte sie eigentlich? Sie hatte es nicht einmal sich selbst klargemacht, sondern immer wieder versichert, dass sie es erkennen würde, sobald sie es sah. Irgendeinen Zusammenhang, der verband, was sie heute gesehen und gehört hatte. Wie die Punkt-zu-Punkt-Rätsel, mit denen sich Liz und sie an Sonntagnachmittagen in der Quarry Street die Zeit zu vertreiben pflegten; wie sie sich gefreut hatten, wenn sich vor ihren Augen das Bild herausschälte. Maggie hatte ausreichend Erfahrung mit solchen Recherchen und vertraute darauf, das Muster zu erkennen, sobald sie es vor sich hatte. Sie brauchte es nur zu finden …

Aber sie hatte so wenig, dem sie nachgehen konnte. Eine Eingebung, mehr nicht. Sie zog Natasha Winthrops gelben Notizblock zu sich und legte eine Liste an:

Chicago
New York
Bangalore
London

Mehr hatte sie nicht. Weniger als eine Ahnung.

Maggie suchte auf Natashas Computer nach *Bangalore*. Nichts. Als Nächstes versuchte sie es mit *Indien*, was einen Stapel Dateien zu einem Umweltverschmutzungsfall lieferte, in dem Natasha gegen einen multinationalen Konzern mit Sitz in Chennai prozessiert hatte. Sie durchsuchte einige der Dokumente nach Bangalore, aber abgesehen von der Anschrift einer Hightech-Firma, die oberflächlich mit dem Fall zu tun hatte, fand sie nichts.

Mit den Fingern trommelte sie in schnellem Takt: ohne

Rhythmus, nur purer Stress. War es sinnlos? Verrannte sie sich in etwas?

Vorsichtig, aber mit den Passwörtern, die Natasha ihr gegeben hatte, loggte sie sich in Winthrops E-Mail-Konto ein. Die Eingangsbox füllte sich, hauptsächlich mit Newslettern diverser Medien und politischer Organisationen sowie Bekundungen von Solidarität und Unterstützung, üblicherweise mit »Denke an dich« oder »Kann ich etwas für dich tun?« in der Betreffzeile.

In das Suchfeld gab Maggie *Bangalore* ein. Elf Nachrichten erschienen. Sie klickte sie nacheinander an und nahm eine Wortsuche darin vor. Eine E-Mail von Daily Beast, die einen Leitartikel über das Leben in einem Callcenter bewarb, kam als Erstes. Eine andere stammte vom *Guardian* – diesmal wurde ein Bericht über einen Heiler aus Bangalore angepriesen, der zur lokalen Kultfigur geworden war. Eine weitere Mail stammte von einem Mandanten Natashas. Sie enthielt das Dokument über die Firma, das Maggie schon gesehen hatte, als Anhang.

Doch die nächste Mail war anders; sie war eindeutig persönlich. Das Betrefffeld bestand aus einem Datum mit einem Ausrufezeichen: *20. September!*

Die E-Mail war an eine Reihe von Empfängern gegangen, darunter Natasha. Sie stammte von einer Frau namens Gargi Amarnath und lautete:

Kann's nicht abwarten!!! Ich wollte die frühere Maschine nehmen, aber vielleicht muss ich später fliegen. Zu der Zeit ist es ein Albtraum, aus Bangalore rauszukommen, aber wünsch mir einfach Glück. Ich komme direkt vom Flughafen.

Der Rest war ein Hin und Her zur zeitlichen Abstimmung, zu Treffpunkten und Vereinbarungen für ein lange geplantes Treffen im vergangenen Herbst. Sieben Personen standen auf der Liste, Natasha eingeschlossen. Alles Frauen.

Die Rädchen begannen sich zu drehen. Maggie kopierte Amarnaths Namen und fügte ihn bei Google ein.

Eine Reihe fachsprachlich wirkender Treffer führten G. Amarnath neben mehreren anderen Namen auf.

Ein Klick offenbarte, dass es sich um Gerichtsentscheidungen handelte.

Nach ein paar weiteren Klicks sah sie einen längeren Artikel im *Bangalore Mirror* vor sich. Zwar bot er kein regelrechtes Profil, aber aus ihm ging hervor, dass Amarnath eine angesehene Anwältin war. Vor fünf Jahren war sie mit ihrem Mann, einem Technikunternehmer, in die Stadt gezogen. *In den USA aufgewachsen, praktizierte sie in New York, bevor sie in eine der führenden Kanzleien Bangalores eintrat ...*

Maggie ging zu der E-Mail zurück und schrieb sich die Namen der anderen Empfänger auf. Sie googelte den ersten Namen auf der Liste und sah, dass die Frau noch immer tat, was Amarnath getan hatte: Sie arbeitete in New York City als Anwältin in einer Powerkanzlei, die sich ihrer Website zufolge auf »Fälle aus der Arbeitswelt« spezialisiert hatte.

Maggie zitterten die Hände. Sie verband die Punkte miteinander.

Sie gab den vierten Namen ein und wurde aufgeschreckt, denn gerade, als sie geglaubt hatte, ein Muster schäle sich heraus, fand sie einen neuen Punkt, der außerhalb des Bildes lag. Wie die anderen war Elsa Sjogran eine Anwältin, aber sie arbeitete nicht in New York, Bangalore oder London, sondern in Stockholm.

Ohne große Hoffnung suchte Maggie nach Sjograns Namen im Zusammenhang mit »Vergewaltigung« und »Stockholm«. Nichts ergab einen Sinn, nur zwei Artikel von vor mehreren Jahren über ein Gesetz, über das im schwedischen Parlament debattiert wurde. Aber als Maggie das Wort »Vergewaltigung« gegen »sexuelle Nötigung« austauschte, erschien eine neue Trefferliste. Ein Eintrag war ein AFP-Artikel, der ein paar Tage zuvor auf *The Local* erschienen war, einer englischsprachigen Website für schwedische Nachrichten.

Gestern Abend wurde Wohnungsbauminister August Granqvist von der Stockholmer Polizei in Zusammenhang mit einer sexuellen Nötigung festgenommen, die sich in den Räumlichkeiten einer Anwaltskanzlei zugetragen haben soll, die seine Finanzangelegenheiten betreute.

Die Polizei wurde außerhalb der Öffnungszeiten von einer Teilhaberin, Elsa Sjogran, in die Kanzlei Bolund, Eriksson & Sjogran gerufen. Sjogran berichtete der Polizei, sie sei ins Büro gekommen und habe den Minister gesehen, wie er eine jüngere Kollegin »sexuell nötigte«. Sie sagte: »Ich wurde Augenzeugin des sexuellen Übergriffs und habe Gewalt angewendet, um ihn zu unterbinden. Ich habe vor der Polizei eidesstattlich ausgesagt, und meine Kollegin wird Anzeige erstatten.«

Aufregung hatte Maggie ergriffen. Sie sah erneut auf die E-Mail-Empfänger und arbeitete mit doppelter Geschwindigkeit. Sie kopierte alle Namen, fügte sie ein und suchte, bis sie die Liste abgearbeitet hatte. Alles Anwältinnen, und alle entweder direkt in neuere Fälle mit sexualisierter Gewalt verwickelt oder dort beschäftigt, wo solche Fälle sich ereignet hatten. Vor allem aber hatten sämtliche Begebenheiten ein entscheidendes Element gemeinsam: Die Frauen waren aktiv geworden.

In New York und London hatten sie Kameras verwendet, um ihren Missbrauch aufzuzeichnen, ob es sich nun um einen Top-Nachrichtenredakteur oder den gefeierten Chefkoch eines Fünfsternerestaurants handelte. In Stockholm hatte eine Augenzeugin das Verbrechen beobachtet, während es im Gang war; etwas, das nach allem, was Maggie gelesen und Natasha ihr erzählt hatte, nur äußerst selten vorkam. Was hatte sie noch darüber gesagt? *Die meisten Fälle kommen nie vor Gericht, und wenn doch, besteht eine große Aussicht, dass sie mit Freispruch enden.* Bei Vergewaltigung kamen die allermeisten Täter davon. *Aus einem naheliegenden Grund: Es gibt niemals Tatzeugen. Bis auf das Opfer natürlich. Aussage steht gegen Aussage.*

Die Frauen hatten diese Logik an unterschiedlichen Punkten der Erde auf den Kopf gestellt. Sie hatten dafür gesorgt, dass ein Verbrechen, das beinahe immer unbeobachtet blieb, bezeugt werden konnte. Sie mussten das peinlich genau geplant und sich auf bestehende Erkenntnisse über Männer gestützt haben, die als sexuell übergriffig bekannt waren.

Im Fall des TV-Bosses war offensichtlich, wie es abgelaufen war: Hatte der *Times*-Artikel nicht erwähnt, dass der Mann berüchtigt war und immer gleich vorging? Allzu schwer konnte es nicht gewesen sein, der neuesten Praktikantin zu sagen, sie möge die Handykamera laufen lassen, wenn sie von ihrem Boss in sein Sommerhaus auf Long Island bestellt wird. Das Gleiche mussten sie bei dem Londoner Koch getan haben, und auch bei dem neuesten Drecksack, der durch eine Onlinesuche ans Licht kam, einem Moskauer Oligarchen, den es anturnte, Nachtclubtänzerinnen zu verprügeln und zu vergewaltigen. In Schweden war anders vorgegangen worden – der Täter wurde nicht durch eine Kamera, sondern eine Augenzeugin überführt –, aber das Prinzip war gleich. Junge Frauen hatten ein großes Opfer auf sich genommen, indem sie sich zur Beute machen ließen, um an Beweismaterial zu gelangen, mit dem ein Sexualverbrecher ein für alle Mal zur Strecke gebracht werden konnte. Maggie fragte sich, ob sie in ganzem Umfang gewusst hatten, worauf sie sich einließen – ob sie schnell zugestimmt hatten oder überzeugt werden mussten; ob sie Opfer oder Heldinnen gewesen waren oder, wie so oft, beides.

Was nicht ins Bild passte, waren die Fälle in Chicago, wo ein vorbestrafter Vergewaltiger gefoltert und auf den Gehsteig geworfen worden war, und in Bangalore, wo ein Sexualverbrecher eine ähnliche Behandlung erfahren hatte, allerdings mit einer Zusatzstrafe: dem Tod. Auf der E-Mail-Liste unterstrich Maggie die Namen der Frauen, die in einer dieser beiden Städte wohnten. Warum hatten sie es weiter getrieben als die anderen? Was verband gerade diese Frauen …?

Maggie stand auf und stürzte sich wie von einer unsichtbaren Hand geführt auf einen der Papierhaufen, die sie bei ihrem letzten Besuch durchgesehen hatte. *Es ist hier, das weiß ich genau.*

Hastig blätterte sie durch den Stapel: Briefe, Zeitschriften, Einladungen, Redetexte, PowerPoint-Präsentationen, alles durcheinander. Als sie am Boden des ersten Haufens angelangt war, durchwühlte sie die Papiere des zweiten, bis sie endlich weit unten fand, was sie suchte. Genau das, woran sie sich erinnerte.

Eine selbst gemachte Einladung zu einem Wiedersehen, wie es schien. Das Datum zeigte, dass das Ereignis beinahe ein Jahr zurücklag. Es war kein Treffen von Schulkameraden oder Studienfreunden, sondern von Kolleginnen aus der New Yorker Staatsanwaltschaft. Maggie erkannte das Bild auf der Vorderseite; es hatte sich ihr eingeprägt. Eine Justitia mit verbundenen Augen hielt in der einen Hand ihre Waage und in der anderen einen Martini. Auf der Rückseite stand die schriftliche Nachricht: *Wo alles anfing! Hoffentlich sehen wir uns dort. F x.*

F! Maggie sah auf die Namensliste und fand eine Fiona Anderson. Google verriet ihr, dass Anderson nun in Moskau arbeitete, vor über zehn Jahren aber in New York angestellt gewesen war – bei der Staatsanwaltschaft in Manhattan. Eine andere Ex-Kollegin hieß Caroline Secker und war dort offenbar noch heute beschäftigt. *Caroline.* Maggie erinnerte sich an das abendliche Gespräch auf Pilgrim's Cove, bei dem Natasha von der Kollegin erzählte, die nahezu obsessiv Sexualverbrecher im

Auge behielt, die der Strafverfolgung entgingen. *Caroline war immer froh, wenn jemand vorbeikam, bei dem sie am Ende eines langen Arbeitstages Dampf ablassen konnte. Die Füße auf dem Tisch, ein Glas Wodka für sie, Whisky für mich.*

Maggie lehnte sich zurück und musterte die Einladung. Sie starrte die handgeschriebenen Wörter an, als könnte sie ihnen so die Geheimnisse der Frauen entreißen, die vor vielen Jahren zusammengearbeitet hatten: Gargi, Fiona, Elsa, Caroline, Natasha …

Sie beugte sich wieder über die Tastatur, tippte alle sieben Namen in ein Suchfeld und startete die Suche. Nur wenige Verweise bezogen sich auf alle sieben. Der erste in der Liste war zwei Jahre alt:

Kriminologie, Justiz und Reformen: ein internationales Kolloquium
Emory University, Georgia, 23.–25. Februar

Maggie ging die Teilnehmerliste durch. Sie entdeckte alle sieben, und sie waren entweder als Sprecherinnen oder Teilnehmerinnen eingetragen. Natasha hatte eine Arbeit vorgestellt, die sich mit der Frage befasste, ob dem Planeten Erde grundsätzliche Ansprüche nach dem Völkerrecht eingeräumt werden sollten; Gargi hatte auf einem Panel über indigene Völker und Umweltverschmutzung gesprochen.

Maggie klickte zurück und ging zu einem anderen Kongress von Anwälten und Rechtswissenschaftlern vor drei Jahren in Paris. Sie waren alle dort gewesen. Elsa hatte die Eröffnungsrede mit dem Titel »Recht und Geschlecht« gehalten.

Der dritte Treffer enthielt noch fünf der sieben Namen: Anderson und Winthrop wurden nicht erwähnt. Es handelte sich um einen Artikel, der vor anderthalb Jahren in der *Yale Law Review* erschienen war, mit drei der Frauen als Koautorinnen;

400

die beiden anderen wurden in den Fußnoten zitiert. Der Artikel befasste sich mit den Problemen der Strafverfolgung bei Vergewaltigungen. Beim Überfliegen stach Maggie ein Absatz ins Auge:

Hier besteht etwas, das wir die »Beweislücke« nennen. Bei Sexualstraftaten kann es reichlich physische Spuren für Geschlechtsverkehr geben, Körperflüssigkeiten zum Beispiel, Haare, DNA und dergleichen. Darüber hinaus mag es ähnlich zahlreiche Spuren für einen Kampf geben – Kratzer, Blut, DNA unter den Fingernägeln. Selbst das wird jedoch nicht als endgültiger Beweis anerkannt, wenn der Beschuldigte sich darauf beruft, »einvernehmlichen harten Sex« gehabt zu haben. Dabei handelt es sich um eine Verteidigung, die sich in einer Zeit, die die Autorinnen als eine Epoche frei verfügbarer Internetpornografie bezeichnen möchten, zunehmender Beliebtheit erfreut. Vergewaltigung ist einzigartig in der Hinsicht, als dass sie ein Verbrechen darstellt, das beinahe niemals beobachtet wird. Zeugenaussagen sind jedoch entscheidend für die Verfolgung vieler Formen von Straftaten einschließlich Gewaltverbrechen. Für sexualisierte Gewalt gilt diese Regel jedoch nicht. Aufgrund ihrer privaten Natur, weil sie abseits der Blicke anderer Menschen verübt werden, fallen solche Straftaten in eine »Beweislücke«. Befindet man sich einmal dort und muss sich zudem noch mit der Vielzahl anderer Hindernisse plagen, die bei Vergewaltigungsfällen auftreten, wird die Strafverfolgung schwierig und eine Verurteilung zur Seltenheit.

Der Artikel endete mit einer Frage:

Die Rechtsgemeinschaft muss sich fragen, ob die Beweisschwelle für Verbrechen dieser Art so hoch gesetzt ist, dass sie kaum je überwunden werden kann, und daher eine Strafverfolgung faktisch unmöglich macht. Hat das Gesetz dazu geführt, dass im Endeffekt bis auf seltene Ausnahmen alle Sexualstraftaten entkriminalisiert wurden?

Ihr Name steht vielleicht nicht auf dem Artikel, dachte Maggie, *aber aus ihm spricht Natashas Stimme.* Maggie hatte gehört, wie sie vor einem knisternden Feuer auf Cape Cod genau die gleichen Argumente anführte.

Nachdem Maggie die Punkte einmal gefunden hatte, ließen sie sich ganz leicht verbinden. Eine Gruppe von Frauen, die vor über einem Jahrzehnt Kolleginnen bei der Staatsanwaltschaft gewesen waren und seither Kontakt gepflegt hatten, waren allesamt zu dem gleichen Schluss gelangt. Sie mochten unterschiedlich alt sein – Natasha hatte zu den jüngsten gehört –, aber für alle waren es, wie es schien, prägende Jahre gewesen. In dieser Zeit hatten sie als Strafverfolgerinnen zusammengearbeitet und entdecken müssen, wie schwierig es ist, gegen Männer vorzugehen, die sexuelle Gewalt an Frauen und Mädchen verüben. Sie mussten mit angesehen haben, wie ein Sexualstraftäter nach dem anderen ungestraft davonkam.

Maggie stellte sich die Gespräche am späten Abend nach der Arbeit in New York vor. Dasselbe Gespräch setzte sich Jahre später in Atlanta oder Paris fort, bei Martinis zu später Stunde. Die Frauen hockten zusammen, wehrten andere Delegierte ab, die sich zu ihnen gesellen wollten, und überlegten langsam, ganz langsam: *Was, wenn es auch anders geht? Was, wenn wir die Beweislücke schließen könnten? Was, wenn wir Frauen dabei unterstützten, eigenhändig die erforderlichen Beweise zu beschaffen?*

Über die ganze Welt verstreut, hatten sie ihre Mission mehr oder weniger zur gleichen Zeit ins Leben gerufen. Sie hatten zukünftige Opfer mit dem Können und der Ausrüstung versorgt, die sie brauchten, um ihre Angreifer schon während der sexuellen Nötigung oder Vergewaltigung dingfest zu machen und auf diese Weise der Strafverfolgung zu überantworten. Die erforderlichen Informationen waren nicht schwer zu beschaffen. Immerhin saß eine von ihnen noch immer in der New Yorker Staatsanwaltschaft und stand mit Kolleginnen in aller Welt in Verbindung: Caroline mit ihren »umfassenden« Akten.

Und dennoch hatte sich etwas geändert. Jeffrey Todd lag am Ende tot auf Winthrops Fußboden, und zwei Männer waren gefoltert und misshandelt worden, einer getötet. Sie hatten als kleines, engmaschiges Netz aus Anwältinnen begonnen, die sich der Gerechtigkeit verschrieben hatten. Am Ende waren sie ein Rächerinnenzirkel – im Mittelpunkt Natasha Winthrop, die ihren Ex-Bruder, den Sexualstraftäter, mit einem einzigen, genau gezielten Schlag auf den Kopf getötet hatte.

Eine vage Erinnerung stieg langsam in Maggie auf, die Ahnung einer Tatsache, von der sie kaum wusste, dass sie ihr bekannt war. Maggie klickte wieder in Spotlight, das ihr erlaubte, den kompletten Computer zu durchsuchen.

Sie gab nur ein einziges Wort ein.

Judith

Erneut trat der Ordner auf den Bildschirm. Sie versuchte, ihn zu öffnen, und scheiterte erneut am Passwort. Er blieb verschlüsselt und unzugänglich. Sie machte sich nicht die Mühe, das Passwort zu erraten, aber das System teilte ihr mit, dass der Ordner mehrere Megabyte Daten enthielt. Eine leere Hülle war das nicht.

Maggie zog ihre vage Erinnerung zurate. Um sie zu überprüfen, ging sie in den Browser und gab einige Schlüsselwörter ins Suchfeld. Die Bestätigung traf nach ein, zwei Sekunden ein. *Natürlich.*

Ein atemberaubendes Renaissancegemälde füllte den Bildschirm aus.

Zwei Frauen hielten einen Mann auf einem blutbefleckten Bett fest; eine von ihnen schnitt ihm mit einem Messer in den Hals. Der Mann war beinahe nackt, die Frau mit dem Messer

403

vollbusig; ihr Halsausschnitt war tief. Das Gemälde hieß *Judith enthauptet Holofernes* und war offenbar das Werk einer siebzehn Jahre alten Frau aus dem Italien des 17. Jahrhunderts.

Die Bildunterschrift erläuterte, dass es die Darstellung der vermutlich apokryphen Geschichte der israelitischen Heldin sei, die einen assyrischen Feldherrn köpfte; Holofernes hatte beabsichtigt, Judith zu vergewaltigen, aber sie tötete ihn vorher. In den Suchergebnissen kam als Nächstes ein Blogpost mit dem Titel: *Über Frauen, die sich wehren – in der Kunst und im Leben.*

Maggie starrte auf den gesperrten Ordner namens »Judith«, verschlüsselt und abgesichert. Sie sah von seinem Icon auf das Bild der rachedurstigen Frauen und wieder zurück – und wusste mit absoluter Sicherheit, welche Geheimnisse der Dateiordner enthielt.

KAPITEL 46

Washington, D. C.

Maggie versuchte, den Judith-Ordner auf einen USB-Stick zu kopieren, den sie aus der Handtasche nahm: Sie wollte Liz bitten, zu schauen, ob sie den Schutz überwinden konnte. Aber der Ordner war gegen solche Tricks gewappnet. Er ließ sich nicht auf dem Symbol des Sticks ablegen, sondern sprang jedes Mal, wenn Maggie es versuchte, zurück auf den Desktop. Der russische Ordner erwies sich zum Glück als weniger widerspenstig.

Als Nächstes wollte sie noch eine Frage klären – ob sich Natasha im Vorfeld von Jeffrey Todds Tod mit einer der anderen Frauen getroffen hatte. Sie begann zu tippen, aber auf dem Bildschirm erschienen keine Buchstaben.

Sie klickte in den Browser, nur für den Fall, dass sie in einer anderen Anwendung festhing. Das funktionierte ebenfalls nicht. Sie schüttelte die Maus, aber sie reagierte trotzdem nicht.

Inzwischen wanderte der Mauszeiger über den Bildschirm. Sie hatte so etwas schon gesehen: Manchmal geschah das, wenn die Akkuladung in der Maus zu Ende ging, gelegentlich auch, wenn es eine Störung von ihrem Handy gab. Sie nahm das Gerät vom Schreibtisch und legte es sich in den Schoß, aber das nutzte nichts. Wie von eigenem Willen beseelt, fegte der Mauszeiger hin und her.

Die Bewegungen waren nicht zufällig. Der Mauszeiger schloss ein Dokument nach dem anderen, das Maggie geöffnet hatte, und schließlich die Ordner. Danach ging er in ihre Suchtabs mit den Einzelheiten über Gargi in Bangalore, die akademischen Schriften Fionas, die Website des Kolloquiums an der Emory University, und nahm jeden davon vom Schirm. Bald war der Bildschirminhalt zum größten Teil weggeklickt. Nur ein Dokument war übrig und blieb offen; der Mauszeiger zog es in die Mitte des Bildschirms und maximierte es mit einem weiteren Klick, sodass nichts anderes mehr zu sehen war. Der ganze Bildschirm war von einer einzigen Botschaft erfüllt, die sich an sie richtete. *Du magst vieles wissen, aber alles wirst du nie erfahren.*

Maggie starrte den Satz eine Weile an und versuchte das Fenster wegzuklicken. Es nutzte nichts: Sie hatte die Gewalt über den Rechner komplett verloren.

Der Textcursor blinkte sie trotzig an. Jetzt schrieb er neue Wörter unter Natashas Satz. Jedes Wort erschien nur langsam, Buchstabe für Buchstabe, als würden die Tasten mit nur einem Finger nacheinander gedrückt, etwa so, wie ein Kind es tun würde.

Wenn
Ich
Du
Wäre
Würde
Ich
Jetzt
Verschwinden

Sofort

Der Computerbildschirm wurde schwarz.

Maggie warf alles, was ihr gehörte, in ihre Handtasche, sprang vom Stuhl auf, stürzte aus dem Büro und eilte zum Ausgang. Sie zog am Griff, aber die Tür ließ sich nicht öffnen. Sie hatte den grünen Öffnungsknopf am Rahmen vergessen, groß und wie ein Pilzkopf geformt. Mit der ganzen Hand drückte sie darauf, aber es klickte nicht. Sie hörte überhaupt kein Geräusch. Sie drückte erneut auf den Knopf und noch einmal.

Nichts.

Sie zerrte am Griff, als würde das einen Unterschied ausmachen, als könnte die Tür es sich anders überlegt haben.

Maggie kehrte ins Großraumbüro zurück und suchte nach einem anderen Ausgang.

Nichts als Reihen von Schreibtischen sowie Fenster, die sich angesichts des Stockwerks, in dem sie hier war, auf keinen Fall würden öffnen lassen.

Schauder liefen ihr über die Haut. Sie empfand das dringende, verzweifelte Bedürfnis zu fliehen.

Ihr Handy klingelte. *Nicht jetzt, bloß nicht jetzt.*

Maggie hastete in die entgegengesetzte Ecke des Großraumbüros. Als sie näher kam, sah sie eine Tür, die sich von den anderen unterschied: Sie führte nicht in ein Einzelbüro. Konnte das der Notausgang sein?

Sie versuchte den Knauf, und zu ihrer Erleichterung drehte er sich. Kaum drückte sie die Tür auf, schaltete sich eine Lampe ein, und sie sah, dass sie nicht in einem Treppenhaus gelandet war, sondern in einem Vorratslager für Büromaterial.

Maggie wandte sich um und musterte die geschlossenen Fenster des Großraumbüros. Hier gab es keinen Notausgang. Verzweifelt und im vollen Bewusstsein, dass es vergeblich war, eilte sie zu der elektronisch verriegelten Tür zurück.

Vielleicht, raunte ihr eine leise Stimme ohne jede Hoffnung zu, lag es ja nur an einem Systemfehler, der sich mittlerweile korrigiert hatte. Vielleicht ging die Tür jetzt doch auf.

Sie drückte erneut auf den grünen Knopf, und natürlich funktionierte es nicht.

Maggie sah sich die Tür genauer an. Einen Knauf gab es,

aber der war fest montiert und ließ sich nicht drehen. Sein einziger Zweck bestand darin, dass man dran ziehen konnte, sobald das Schloss entriegelt war. Sie betrachtete den Türrahmen eingehend. Gab es irgendeinen Mechanismus, der sich von Hand betätigen ließ? Nein. Maggie kauerte nieder und spähte in den Ritz zwischen Türrahmen und Tür. Dort war nichts zu sehen; es gab kein normales Schloss, das man knacken konnte.

Nicht, dass Maggie gewusst hätte, was zu tun gewesen war, wenn es dort eine Mechanik gegeben hätte. Zwar waren zu Hause in Dublin die Handwerksarbeiten gewöhnlich an Maggie gefallen, wenn sie und Liz für sich selbst sorgen mussten – was oft vorkam. Sie hatte lernen müssen, mit Werkzeug umzugehen, und sie konnte noch immer das eine Ende eines Schraubendrehers vom anderen unterscheiden. Aber das hier war kein störrischer Heizkörper; ein elektronisches Schloss spielte in einer ganz anderen Liga.

Ihr Blick blieb auf der anderen Türkante haften, an den beiden Angeln aus Metall. Sie hockte sich hin und betrachtete die untere. Die beiden Teile – eines am Rahmen befestigt, das andere am Türblatt – wurden von einem langen senkrechten Stift zusammengehalten. Aus diesem Scharnier schaute er gerade so weit heraus, dass sie ihn erkennen konnte. Ohne große Hoffnung versuchte Maggie, ihn mit den Fingern, die noch wund waren von ihrem Zusammenstoß mit dem Möchtegern-Vergewaltiger, zu fassen und herauszuziehen.

Es war fast unmöglich, Halt zu finden oder die Fingernägel unter den Kopf des Stifts zu bekommen, wo er sich vielleicht besser packen ließ. Ganz kurz fühlte sie sich ermutigt, als er sich ein klein wenig bewegte, aber ihre nächsten Versuche waren vergeblich. Mit den Fingernägeln übte sie zu viel Druck aus, als sie sich bemühte, den Kopf sicher zu greifen, rutschte ab und riss sich an seiner scharfen Kante den Zeigefinger auf. Blut quoll hervor.

408

Erst da kam ihr ein offensichtlicher Gedanke. Wenn sie den Stift von oben nicht herausziehen konnte, warum ihn nicht von unten hinausdrücken? Sie legte sich auf den Boden und betrachtete die Unterseite des Scharniers. Sie nickte. Nun wusste sie, was sie brauchte.

Maggie sprang auf und rannte geradewegs ins Großraumbüro. In den Schreibtischschubladen suchte sie nach einem geeigneten Werkzeug. Sie fand Bleistifte, aber die waren zu dick. Sie fand Werbekulis mit dem Logo von Gonzales Associates, aber als Maggie sie öffnete, bestand ihr Innenleben aus Plastik. Sie brauchte etwas Altmodischeres. Maggie eilte zurück zu Natashas Büro.

Auf dem Tisch stand ein Porzellanbecher, eine Kaffeetasse ohne Henkel, bedruckt mit der Federzeichnung einer Szene aus dem ländlichen England. Sie enthielt Bleistifte, zwei Füllhalter und genau das, was Maggie suchte: einen teuren Kugelschreiber. Sie schraubte ihn auf und fand zu ihrer Erleichterung, was sie suchte: eine Mine aus Metallrohr, dünn, aber fest.

Wieder summte ihr Handy. Maggie schaute aufs Display. Die Nummer ergab keinen Sinn: 0-000-000-0000. Die Whats-App-Nachricht allerdings war nicht misszuverstehen.

Raus.
Sofort!

Sie rannte zur Tür zurück, legte sich auf den Rücken und schob die Kulimine von unten in das Loch. Als sie nach oben drückte, gab etwas nach.

Sie schob, so fest sie konnte, und hörte ein Schnippen.

Aber der Stift war keineswegs herausgefallen. Unter der Kraft, mit der sie drückte, hatte die Mine nachgegeben. Die Spitze war abgebrochen, und dickliche Tinte quoll ihr auf die Finger. Ein Tropfen landete auf ihrer Schulter. Sie hatte keine

Zeit, zu Natashas Schreibtisch zurückzukehren. Sie musste benutzen, was sie hatte, und die Sauerei war egal.

Sie drehte die Mine um, nahm sie an dem tintenverschmierten Ende und schob sie wieder ins Scharnier. So ging es besser – das obere Ende der Mine entsprach eher den Abmessungen des Stifts. Ein beherzter Druck, und sie spürte, wie der Stift nachgab. Noch ein bisschen, ein bisschen mehr, und mit einem Klackern fiel der Stift auf den Fußboden.

Nun zum zweiten Scharnier. Maggie versuchte, sich nach oben zu recken, und obwohl sie groß genug war, um es zu berühren, fehlten ihrem ausgestreckten Arm die nötige Präzision und auch die Kraft. Sie rannte zurück, schnappte sich den ersten Bürostuhl und fuhr ihn in Stellung. Als sie auf die Sitzfläche stieg, schwankte die unter ihr hin und her.

Die Füße auseinandergestellt, stand sie auf dem wackeligen Stuhl und versuchte das Gleiche wie am unteren Scharnier. Sie drückte die Kulimine nach oben, immer fester, während sie zugleich dafür zu sorgen versuchte, dass der Stuhl, auf dem sie stand, sich nicht drehte. Maggie spürte, wie der Stift ein wenig nachgab, und gleich darauf noch ein winziges bisschen mehr.

Im nächsten Moment warf es sie nach hinten. Sie fiel vom Stuhl und landete flach auf dem Rücken. Mit seinem vollen Gewicht war ihr das Türblatt gegen die Stirn geschlagen, und jetzt lag Maggie darunter. Ein, zwei Sekunden blieb sie so. Ihr Schädel hämmerte, und sie wusste nicht, ob sie sich überhaupt noch bewegen konnte. Sehen konnte sie nichts bis auf das Holz vor ihrem Gesicht, und selbst das schien sich zu drehen.

Mit großer Mühe schob sie das Türblatt zur Seite, das von ihr herunterrutschte und neben ihr liegen blieb. Den Stift herauszustoßen war ihr gelungen, aber sie hatte sich wie eine Idiotin verhalten: Sie hätte sich denken müssen, dass nichts die Tür an Ort und Stelle hielt, sobald kein Stift das Scharnier mehr sicherte.

410

So schnell sie konnte, stand sie auf, nur dass es nicht schnell war. Mit dem Handrücken wischte sie sich über die Nase; er war danach blutig. Sie stolperte zu einem der Schreibtische und bediente sich dort an einer Schachtel Papiertücher. Sie sah eine Menge Blut, und ihre Nase schmerzte und war berührungsempfindlich. Maggie fragte sich, ob sie gebrochen war.

Ihr blieb keine Zeit, sich das näher anzusehen. Sie griff nach ihrer Handtasche und verließ die Kanzlei durch den nun türlosen Durchgang. Als sie den Aufzugknopf drückte, überraschte es sie nicht, dass die Anzeige dunkel blieb und nichts sich bewegte. Wer auch immer Natashas Computer übernommen und die Tür verriegelt hatte, er hatte eindeutig das gesamte System des Gebäudes gehackt.

Aber nicht den Notausgang, dachte Maggie. Sie hielt nach dem Schild Ausschau, das zur vorgeschriebenen Feuertreppe wies. Kein Gebäude in D. C. oder sonst wo durfte eine Feuertreppe haben, die elektronisch abgesperrt werden konnte; der Fluchtweg musste auch dann noch zugänglich sein, wenn alles ausfiel. Und so war es auch.

Maggie hastete die Treppe hinunter. Gesicht, Nase und Kopf pochten dabei im Takt. Schließlich erreichte sie das Erdgeschoss und entdeckte den Notausgang. Ein Stoß gegen den waagerechten Drücker aus Metall, und sie war draußen, zurück in der Kälte der Außenwelt.

Keuchend versuchte sie, wieder zu Atem zu kommen, und nahm das Handy aus der Tasche.

Der Anruf, den sie vor ein paar Minuten verpasst hatte, war von Liz gewesen. Sie hatte auch eine Reihe von WhatsApp-Nachrichten geschickt, die meisten nach dem Strickmuster *Ruf mich sofort an!* Maggie drückte den Rückrufknopf.

»Liz?«

»Mags. Fuck sei Dank! Du musst da weg. Du musst dich in Sicherheit bringen.«

»Ich weiß.«

»Im Ernst. Diese Leute sind sehr mächtig. Ich weiß nicht, wo du dich reingeritten hast, aber was immer es ist, du musst da raus.«

Maggie dachte an die Frauen, an die Verbindungen, die sie besaßen, an die Macht, die sie in Städten auf der ganzen Welt ausübten. Eine von ihnen war eine mögliche Kandidatin für die US-Präsidentschaft. Sie verfügten über Einfluss, und wie Chicago und Bangalore bewiesen hatten, waren sie auch zu absoluter Gnadenlosigkeit imstande.

»Ich weiß, Liz«, sagte sie leise und zog das Blut in die Nase, das ihr noch immer in die Kehle lief. Ihre Schwester jedoch hörte kaum zu.

»Ich bin das Zeug durchgegangen, das du mir geschickt hast, und hab mir diese Gab-Sache angesehen. Brillant gemacht – gespoofte EXIF-Daten, zyklischer Code, Maschinenübersetzung, alles vom Feinsten. Aber pass mal auf: Es besteht ein gemeinsamer Übertragungsweg zwischen diesen Gab-Geschichten und dem Listing auf der, du weißt schon, dieser Perversenseite.«

»Meiner Auflistung dort, meinst du?«

»Ja. Ich glaube, die kommen beide aus derselben Quelle.«

Maggie hätte fast die Augen verdreht. »Aber sicher kommen sie alle aus derselben Quelle. Da will mich jemand ausschalten, Liz. Mich entweder durch eine Vergewaltigung oder mit Angst in die Flucht schlagen. Das Entscheidende ist …«

»Das Entscheidende ist, wer. Genau! Sie lassen sich zu einer Website zurückverfolgen, die darauf spezialisiert ist, synthetische Persönlichkeiten zu erschaffen, die als authentische Identitäten in den großen sozialen Netzen benutzt werden. Oder sie kaufen einfach ungenutzte Identitäten von einem Hacker auf dem grauen Markt, um sie zu aktivieren, sobald es nötig wird, dass sie sich koordiniert unauthentisch benehmen.«

»Liz, auf Englisch!«

»Sorry, sorry. Alles lässt sich zu einer Trollfarm zurückverfolgen. In St. Petersburg.«

»Florida oder Russland?«

»Russland. Glaube ich. Warte, ich seh nach.«

»Himmel, Liz!« Maggie beobachtete zwei Männer an der Straßenecke gegenüber. Sie hatten miteinander gesprochen. Jetzt schauten sie zu ihr herüber.

»Ja, Russland. Definitiv.«

»Und du konntest diese Bedrohungen dorthin verfolgen?«

Maggie dachte an Fiona Anderson, die für eine schicke internationale Kanzlei in Moskau arbeitete. Konnte sie die große Unbekannte sein, die hinter allem steckte? Würde sie wirklich einen Möchtegernvergewaltiger und eine Armee aus Alt-Right-Stalkern und irren Incels auf eine andere Frau hetzen, nur damit die Wahrheit über den Rächerinnenzirkel nicht ans Licht kam?

Der Gedanke stieß sie ab. Und dennoch konnte sie ihn, wenn sie ganz ehrlich war, nicht von der Hand weisen.

»Alles führt zu einem Institut in St. Petersburg. Sankt Petersburg in Russland. Die geben sich als eine Art wissenschaftliche Einrichtung aus, aber die Sache ist die: Das war noch nicht das Ende. Ich fand immer wieder diese seltsame Verbindung zwischen dem Institut und einer Firma, die hier in den USA sitzt. Ja, sie sitzt sogar in Washington.«

Maggie überkam ein Frösteln.

Du magst vieles wissen, aber alles wirst du nie erfahren.

»Mags? Bist du noch dran?«

»Ja, sicher.«

»Ich glaube, diese Firma ist es, die hinter den Anschlägen auf dich steht. Ich glaube, sie will dich aufhalten.«

»Wem gehört die Firma?«

»Wer immer es ist, sie sind echte Geheimniskrämer. Es handelt sich um ein Hightech-Unternehmen, über das so gut wie niemand etwas weiß. Die Firma bekommt zahlreiche Aufträge auf dem Gebiet der Sicherheit, und du weißt ja, sie sitzt in D. C. Also gibt es einen ganzen Haufen Verschwörungstheorien, die sagen, sie müssten zum Deep State gehören.«

»Wie heißt die Schattenstaat-Firma denn?«

»Imperial Analytica. Sie hat eine große internationale Reichweite und war an Wahlen in Australien, Indien, Großbritannien, Deutschland und Lateinamerika beteiligt. Überall.«

»Und sie haben eine Verbindung zu Russland?«

»Da bin ich mir nicht hundertprozentig sicher.«

»Aber …«

»Aber so sieht es aus, ja.«

Maggie versuchte nachzudenken. In ihren Schläfen pochte es. »Liz, wie gut ist dein Russisch?«

»Beschissen. Du weißt, dass es beschissen ist. Ich habe es nach dem ersten Jahr abgewählt.«

»Du hast recht. Es ist beschissen. Hör mal, ich schicke dir ein Bild von nur einem einzigen Wort. Schau, ob du trotzdem etwas damit anfangen kannst. Schick mir eine WhatsApp-Nachricht, die mir sagt, was es heißt.«

Maggie legte auf und holte mit zitternden Händen den gelben Notizblock aus der Handtasche. Sie fand die Seite, auf die sie die kyrillischen Buchstaben kopiert hatte wie ein Kind, das eine Karte nachzeichnet, die es nicht versteht. Mit diesem Wort hatte Natasha Winthrop den Ordner benannt, in dem Tausende von Verträgen und Dokumenten steckten, dazu dieser eine Satz. *Du magst vieles wissen, aber alles wirst du nie erfahren.*

Sie nahm ein Foto des Wortes auf und schickte es an Liz.

Drei Punkte erschienen unter ihrer Nachricht, das Zeichen, dass Liz eine Antwort tippte. Komm schon, komm schon.

Eine Nachricht traf ein.

414

Das ist kein russisches Wort.

Dann noch eine.

Es sind kyrillische Buchstaben, aber Russisch ist das nicht.

Bitte, Liz. Mach schon!
    Und schließlich erschien ein einziges Wort.

Imperial.

KAPITEL 47

Von Jake Haynes, New York Times
Washington

Ein amerikanisches Data-Mining-Unternehmen, das unter anderem für den Präsidentschaftsbewerber Senator Tom Harrison arbeitet, unterhält nach Unterlagen, die der New York Times vorliegen, Verbindungen zum Kreml, hat illegal Social-Media-Konten von US-Bürgern gehackt und ist anscheinend in eine Kampagne gewalttätiger Schikane gegen eine ehemalige Angestellte des Weißen Hauses verwickelt.

Wie sich zeigt, betreibt Imperial Analytica in Washington eine Praxis, die als »Micro-Hacking« bekannt ist: das Brechen der Passwörter von Nutzern, um an ihre privaten Daten zu gelangen; von Kreditkarteninformationen bis zum Inhalt vertraulicher Nachrichten. Während konkurrierende Unternehmen nur Daten aus online öffentlich verfügbaren Quellen »abschöpfen« – Facebook-Posts, Tweets und dergleichen –, erlaubte das Mikro-Hacking durch Imperial den digitalen Datenspezialisten des Harrison-Wahlkampfteams, US-amerikanische Wähler mit weitaus größerer Präzision als je zuvor anzusprechen.

»Das ist unser geheimes Soßenrezept«, wird ein Imperial-Vertreter in der Korrespondenz mit Verantwortlichen im Harrison-Wahlkampfteam zitiert.

Die vorliegenden Dokumente zeigen weiterhin, dass Imperial Analytica als Fassade für eine sehr auf Geheimhaltung bedachte Firma fungiert, die ihren Sitz im russischen Sankt Petersburg hat. Verborgen in einem Labyrinth aus Scheinfirmen, erweisen sich die Eigentümer des Unternehmens letzten Endes als zwei Oligarchen *mit engen Verbindungen zum Kreml. Die Analyse der Datenmuster offenbart einen intensiven Verkehr zwischen dem Hauptsitz von Imperial in Washington, D. C., und dem Sankt Petersburger Unternehmen. Einem Experten zufolge, den die* Times *für den vorliegenden Bericht zurate zog, sind »Imperial Analytica und Russland durch eine starke, dicke neuronale Leitungsbahn verbunden. Was immer das Harrison-Wahlteam erfuhr, wurde augenblicklich und in Echtzeit auch in Sankt Petersburg bekannt. Man kann mit Sicherheit annehmen, dass solche Informationen für die im Kreml sitzenden Freunde der Firma von großem Interesse sind.«*

Darüber hinaus liegen uns Beweise vor, dass Imperial Analytica eine Schmutzkampagne gegen eine ehemalige Mitarbeiterin des Weißen Hauses fuhr, Maggie Costello, die im Moment die Washingtoner Bürgerrechtsanwältin Natasha Winthrop berät. Ms Winthrop sieht sich einer Mordanklage gegenüber. Ms Costello wurde Opfer eines »Doxxing«-Angriffs, bei dem ihre Privatadresse im Internet bekannt gegeben wurde, was am Donnerstag zum Einbruch eines gewaltbereiten Eindringlings bei ihr führte. Ein Aufruf auf der Alt-Right-Social-Media-Plattform Gab, mit dem User angestachelt wurden, Ms Costellos Bewegungen zu verfolgen und Fotos von ihr zu posten, kann ebenfalls zu Imperial und der dubiosen Mutterorganisation in Sankt Petersburg zurückverfolgt werden.

Spekulationen über das Motiv, aus dem Ms Costello ins Fadenkreuz von Imperial Analytica geriet, konzentrieren sich auf Ms Winthrop. Die spürte, soweit die Times *weiß, den russischen Tycoons nach, die die Drahtzieher hinter dem Sankt Petersburger Unternehmen sind. »Sie befürchteten, Natasha Winthrop könnte sie und ihre illegalen Onlineaktivitäten bloßstellen«, sagte eine gut informierte Quelle unter der Bedingung, anonym zu bleiben. »Besonders machte man sich Sorgen wegen ihrer raschen politischen Profilierung. Ihr angestrebtes Ziel war es, Winthrop hinter Gitter zu bringen, wo sie nicht weiter recherchieren konnte.« Der*

*Zeitpunkt der Angriffe auf Ms Costello deutet darauf hin, dass sie
dem Zweck dienten, sie an ihren Bemühungen im Interesse von Ms
Winthrop zu hindern.*

*Obwohl es keine Hinweise gibt, dass das Wahlkampfteam Har-
risons selbst in die Aktivitäten gegen Ms Costello verwickelt war,
hat die Zusammenarbeit mit Imperial Analytica bei Unterstützern
des Senators Besorgnis geweckt. Sein Sprecher sagte: »Wie jeder
landesweite Wahlkampf hat Harrison for President Hunderte von
freien Mitarbeitern für eine Vielzahl von Aufgaben beschäftigt,
vom Catering bis zu Transportaufträgen. Natürlich halten wir alle
unsere Vertragspartner unter ständiger Beobachtung, während wir
versuchen, unsere Botschaft von einem Amerika zu verbreiten, das
fairer und stärker ist.«*

Imperial Analytica reagierte auf alle Anfragen der Times, *indem es uns an seine Rechtsvertretung verwies …*

Zum zweiten Mal scrollte Maggie auf ihrem Handy durch den
Artikel. Jake hatte sie erst im letzten Augenblick über die zusätzliche Dimension der Story ins Bild gesetzt, und noch immer konnte sie es kaum fassen. Sie hatten sich getroffen, damit
sie ihm den USB-Stick übergeben konnte, auf den sie den *Imperial*-Ordner von Natashas Computer kopiert hatte; den klug
benannten Ordner, den keine Software finden konnte, die auf
Englisch oder Russisch nach dem Wort *Imperial* suchte, da es so
zu keiner von beiden Sprachen gehörte. Bei ihrem Treffen hatte
sie noch geglaubt, sie liefere ihm eine Story über ein US-Da-
tenunternehmen, das Verbindungen nach Moskau unterhielt.
Das gewalttätige Stalking einer ehemaligen US-Angestellten,
nämlich ihr, war dabei nur Beifang. An Jakes Reaktion hätte sie
jedoch bemerken müssen, dass weit mehr dahintersteckte.

Interessiert gewesen war er natürlich von Anfang an. »Wenn
etwas von Maggie Costello kommt, dann hat es meine Aufmerksamkeit.« Er nickte an den richtigen Stellen, als sie er-

klärte, was sie hatte: internationales Unternehmen, Verbindungen nach Russland, Micro-Hacking. Er lächelte, als sie ihm ihre Überraschung schilderte, dass in der »Mine«, um die es in dem Vertrag auf der Serviette ging, nicht nach Zink- oder Eisenerz geschürft wurde, sondern nach Daten – oft von der privatesten, intimsten Sorte. Als sie berichtete, wie Liz entdeckt hatte, dass ihr auf Gab nachgestellt wurde, war er angemessen angewidert. Erst recht empörte er sich, als sie ihm von der versuchten gestellten Vergewaltigung erzählte, die sich zum gleichen Ursprung zurückverfolgen ließ. Ganz zu schweigen von dem Cyber-Terror, den sie in Natashas Büro erlitten hatte.

Aber als sie den Namen *Imperial Analytica* fallen ließ, setzte er sich kerzengerade auf. Nun erst begriff sie, was längst offensichtlich hätte sein müssen: dass Imperial und die »geheime Soße« bereits im Visier von Jake und seinen Leuten stand, seit ein *Times*-Reporter erfahren hatte, dass die Firma von Harrisons Wahlkampfteam engagiert worden war. Was Maggie ihm brachte, hatte sich mit dem, was er schon wusste, perfekt zu einer explosiven Story zusammengefügt.

Sie sah sich im Wartebereich um, dessen nackte Wände absichtlich nüchtern und unwirtlich wirkten. Wie lange war Natasha nun schon hier? Wenn man überlegte, dass sie auf freien Fuß gekommen wäre, wenn sie es nur gewollt hätte … Sicher, die Kaution wäre hoch gewesen, aber sie hätte sie natürlich leisten können. Vielleicht glaubte sie, dass es ihr politisch nutzte, wenn sie hinter Gittern saß: Es schrie förmlich nach »politische Gefangene, der es bestimmt ist, ihr Land zu führen«. Und die Untersuchungshaft bedeutete für sie womöglich nicht solch eine Strapaze, wie sie es für beinahe jeden anderen gewesen wäre: Mindy Hagen hatte viel Schlimmeres durchgestanden.

Maggies Handy vibrierte. Eine WhatsApp-Nachricht von Jake verwies auf einen Reuters-Bericht, demzufolge Imperial Analytica »den Geschäftsverkehr ausgesetzt« habe, nachdem die Washingtoner Büros der Firma von der Polizei durchsucht worden seien. Maggie war halb mit einer Antwort fertig, als ein Beamter zu ihr trat und sie mürrisch mit erhobener Augenbraue ansah, ein Zeichen, dass es Zeit für sie war mitzukommen.

Sie wurde in einen Vernehmungsraum gebracht und gebeten, auf einem harten Plastikstuhl an einem schlichten Holztisch Platz zu nehmen. Wieder musste sie warten, und endlich wurde Natasha hereingeführt und auf den Stuhl auf der anderen Tischseite gesetzt, als wäre es eine polizeiliche Vernehmung. Sie sah dünner aus, aber nicht abgemagert. Zwar trug sie einen unigrauen Gefängnistrainingsanzug, aber trotzdem hielt sie sich aufrecht: Kopf hoch, Schultern zurück. Sie hatte die absolute Beherrschung über sich nicht verloren.

»Maggie, wie schön, Sie zu sehen.« Dieser Akzent zum Glasschneiden. Er klang jetzt aber anders, seltsam. In Maggie erzeugte er flüchtig Bewunderung; so wie man staunt, wenn ein vertrauter Schauspieler es klingen lässt, als spräche er Dänisch, zum Beispiel. »Wie ich höre, haben Sie furchtbar hart für mich gearbeitet. Ich bin Ihnen ja so dankbar.«

Maggie wollte entgegnen: *Schon okay. Sie brauchen mir nichts mehr vorzumachen,* oder sogar: *Hallo, Mindy!* Auf dem Weg hierher hatte sie beide Möglichkeiten überdacht. Dennoch lief alles in einem Satz zusammen, den sie weder vorbereitet noch überlegt hatte. Sie sagte: »Ich war in Maine.«

»Das hat Ihnen bestimmt gefallen«, sagte Natasha. »Dort ist es wunderbar. Der Herbst ist atemberaubend.«

»Ich habe Tante Peggy kennengelernt.«

»Aha.«

»Sie hat mir alles gesagt. Sie hat mir das Tagebuch gezeigt.« Maggie erschien es falsch, Mindys Notizbuch als »Ihr Tagebuch« zu bezeichnen. Um den heißen Brei herumzureden war einfacher.

»Aha.«

»Und ich weiß von Judith.«

»Ich verstehe.«

Schweigend saßen sie einander eine gute Minute lang gegenüber; jede Sekunde davon erlebte Maggie in einer Deutlichkeit, als verstriche sie einzeln.

»Darf ich fragen, wie Sie sie gefunden haben? Peggy, meine ich.«

Maggie sah auf ihre Hände. Flüchtig fühlte sie sich beschämt, auch wenn das kaum angebracht war. »Verbindungsnachweise. Ihre Nummer stand auf Ihrer Handyrechnung.«

Natasha lächelte kurz und gezwungen, aber in ihren Augen funkelte die Trauer. »Aha, der sonntägliche Anruf. Mein einziger Augenblick der Schwäche, regelmäßig jede Woche.« Sie blickte zur Seite, als wollte sie nicht, dass Maggie ihre Augen sah. »Wissen Sie, Maggie, niemand kommt ganz ohne Familie aus.«

»Ich verstehe.« Maggie bereute ihre Antwort augenblicklich. »Ich meine, ich verstehe es ja gerade *nicht*. Was Sie durchgemacht haben. Aber ich weiß, was Sie gemeint haben, als Sie von Familie sprachen. Meine Schwester treibt mich noch einmal in den Wahnsinn. Aber wenn ich nicht mit ihr telefonieren könnte, wenn ich sie nicht …« Ihr stockte die Stimme.

Sie räusperte sich und versuchte es erneut aus einer anderen Richtung. »Können wir über Todd reden? Über Paul.« Natasha zuckte sichtlich zurück, als der Name fiel. »Wie lange haben Sie ihn verfolgt?«

»Verfolgt?«

»Ihn überwacht.«

Natasha seufzte und lehnte sich zurück. »Im Kopf: seit *Ewigkeiten*. Kein einziger Tag, an dem ich nicht an ihn gedacht habe. Auch auf Saint Hugh's, auch als ich meinen Text für die Schulaufführung lernte, wenn ich auf Partys ging, nach Harvard kam und ›Natasha Winthrop‹ wurde. Jeden Tag erinnerte ich mich an ihn. Vielleicht ist ›erinnern‹ das falsche Wort, denn es impliziert einen Vorgang im Gehirn, eine Leistung des Intellekts. Aber die Erinnerung an ihn war eher körperlicher Natur. Ja, mein *Körper* erinnerte sich. Verstehen Sie, wie ich das meine? Es geschah jeden Tag. Genauer gesagt jeden Abend. Jeden Abend, wenn ich ins Bett ging … Noch heute erinnert sich mein Körper jeden Abend, sobald ich ins Bett *gehe*. Aber mein Verstand wurde besser darin, es zwar nicht zu vergessen, aber doch auf die Seite zu schieben. Kompartimentierung, auch wenn das ein furchtbar hässliches Wort ist. Natasha versteht sich wunderbar darauf. Besser als Mindy.«

Maggie lächelte, aber aus einem Grund, den sie nicht ganz erfassen konnte, schauderte ihr.

»Und dann war ich bei der Staatsanwaltschaft. In New York. Ich war erst ein paar Monate dort, und eines Tages kommt eine Fahndung herein. Das ist übrigens Routine, sie kommen zu Dutzenden: Polizeidienststellen in anderen Staaten und Städten bitten um Hilfe bei der Suche nach einer bestimmten Person. New York erhält aus offensichtlichen Gründen mehr davon als alle anderen. Sie wissen schon: ›Das Nashville Police Department hat Grund zu der Annahme, dass ein gewisser John Doe nach New York City geflohen sein könnte.‹ So etwas eben. Nur dass dieses Fahndungsfoto … es war von ihm. Ein anderer Name. Aber das Gesicht. Er war es ganz ohne Zweifel. Gesucht wegen Sexualverbrechen. Hat eine Frau in die Büsche gezerrt und sich an ihr vergangen. Ich hatte schon gesehen, wie er so etwas tat. Aber das wissen Sie ja.«

Maggie nickte schuldbewusst.

»Ich habe natürlich nichts unternommen. Aber ich habe den Fall im Auge behalten. Habe die Staatsanwaltschaft von Nashville oder wo es sonst war, unter einem *total* fadenscheinigen Vorwand angerufen, nur um zu hören, was vorging. Und wie die Nacht dem Tage folgt …«

»Kam er davon.«

»Ganz genau. ›Aus Mangel an Beweisen‹. Obwohl ich wusste und sein Opfer wusste, obwohl *er* wusste und seine Eltern wussten, dass er schuldig war.« Sie schüttelte den Kopf über die Ungerechtigkeit. »Tja, als ich einmal seinen neuen Namen kannte, war es nicht besonders schwierig, ihn im Auge zu behalten.«

»Wann also beschlossen Sie, die Dinge … selbst in die Hand zu nehmen?«

»So war das gar nicht, Maggie. Es gab keinen entscheidenden *Moment*, falls Sie das meinen. Und ganz gewiss nicht, während wir alle dort waren, bei der Staatsanwaltschaft. Natürlich bemerkt man so etwas im Lauf der Arbeit. Wir alle bemerkten es. Man konnte es gar nicht übersehen: ein klarer, nicht zu bestreitender statistischer Trend. Von hundert begangenen Vergewaltigungsverbrechen wird weniger als eines … Tut mir leid, den Vortrag kennen Sie schon. Ich muss es sicher nicht erneut durchgehen. Also, ja, in der Staatsanwaltschaft sprachen wir darüber. In den Pausen, am Wasserspender. Bei einem Glas Wein nach der Arbeit.«

»Sie und die anderen Frauen? Elsa, Gargi …«

»Nein, das meine ich ja gerade. Allgemeines Gestöhne schon. Aber die *Idee*, die eigentliche Idee kam uns erst viele Jahre später. Wir waren auf einer Konferenz, ich glaube, in Atlanta.«

Maggie nickte.

»Ursprünglich waren nur drei von uns als Teilnehmerinnen unten. Dann schlug Fiona vor, wir sollten die Gelegenheit zu einem Wiedersehen nutzen. Da kamen die anderen auch. Am ersten Tag waren wir alle mit einem *extrem* mühselig zu lesenden Paper von einem Kriminologen beschäftigt – einem Mann –, und hinterher sagten wir: ›Jeder übersieht hier das Offensichtliche.‹ Und wir fanden einen Namen dafür: die Beweislücke.«

»Ja, ich habe den Artikel gelesen.«

»Dann wissen Sie Bescheid. Ich dachte, dabei bleibt es: bei einem Artikel. Aber als wir uns wiedertrafen, wo, das weiß ich nicht mehr – wir benutzten die Konferenzen als Vorwand, um zusammenzukommen –, begannen wir zu reden. ›Dass wir diese Beweislücke entdeckt haben, reicht nicht aus. Wir müssen sie *schließen*.‹ Ich glaube, damit ging es los.«

»Und ›es‹, das ist ›Unternehmen Judith‹?«

Natasha lächelte ihr bewundernd zu, als wäre sie beeindruckt. »Zufällig ist das genau der Name, den ich dem Ganzen gab. Nur für mich. Erwähnt habe ich ihn nie. ›Unternehmen Judith‹.«

»Judith hat ihren Vergewaltiger enthauptet.«

»Richtig.«

»Wann also ist Ihnen die Idee gekommen? Nicht nur Beweise gegen solche Männer zu beschaffen, sondern sie …«

»Oh nein.« Natasha blickte sie entsetzt an. »Das war niemals der Plan. Nein, nein, nein.«

»Aber Sie haben ihn nach Judith benannt.«

»Richtig, aber nur in dem Sinn, dass Judith *aktiv* handelte. Sie stellte sich ihrem Vergewaltiger, sie weigerte sich, ihm zum Opfer zu fallen …«

»Indem sie ihn *tötete*, Natasha.«

»Ich habe es *nicht* geplant. Das müssen Sie mir glauben, Maggie. Sie wissen nun, was mir zugestoßen ist. Sie wissen, wer ich bin. Sie wissen, was ich erdulden musste.«

»Das stimmt. Deshalb kann ich mir vorstellen, wie sehr Sie sich nach Rache gesehnt haben müssen. Jeder würde genau das Gleiche …«

»Nicht Rache. *Gerechtigkeit.* Die Unterscheidung ist wichtig, Maggie. Diese Unterscheidung ist *alles*. Was glauben Sie wohl, weshalb ich Jura studiert habe? Ich hätte alles werden können. Alles tun können. Auf Saint Hugh's und in Harvard war ich Klassenbeste. Habe ich Ihnen jemals erzählt, dass mir

424

schon ein Job bei den Fernsehnachrichten angeboten wurde, bevor ich meinen Abschluss hatte? Davon zu sprechen ist vulgär, aber ich hatte sehr viele Möglichkeiten. Trotzdem sollte es für mich immer das Recht sein. Das Recht war meine Bestimmung … Und trotzdem sah ich mit an, wie das Recht versagte, Maggie. Immer wieder. Und ich musste ertragen, wie er …«

»Paul?«

Wieder ein Zurückzucken, ausgelöst von der bloßen Namensnennung.

»Ich stellte mir immer wieder vor, wie er es anderen Mädchen antat. Das Gleiche, was er Mindy zugefügt hatte. Diesem armen Kind.« Erneut – und kein bisschen weniger unwillkürlich – durchfuhr Maggie ein Schauder. »Aber«, fuhr Natasha fort, »*das* war nie der Plan. Ich habe ihn beobachtet, seine Bewegungen überwacht, und langsam und im Gespräch mit den anderen Frauen – von denen natürlich keine je erfahren hat, was Sie nun wissen – nahm eine Idee Gestalt an: ihn in eine Lage zu bringen, in der er das Verbrechen verübte und dabei *gesehen* wurde.«

»Eine Lösung für die Beweislücke.«

»Genau.«

»Und trotzdem liegt er jetzt im Leichenschauhaus.«

»Weil es nicht nach Plan verlief, Maggie!« Natasha knallte eine Faust auf den Tisch, und der wachhabende Beamte trat einen Schritt vor. Flüsternd fuhr sie fort: »Hören Sie, ich will nicht so tun, als hätte ich nicht davon geträumt, genau das zu tun, was ich in dieser schlimmen Nacht getan habe. Mein *Körper* träumte davon. Das Gemälde von Judith und Holofernes? Mindy sah es zum ersten Mal in der Bibliothek von Little Rock. Bei diesem ersten Mal muss sie es eine ganze Stunde lang angestarrt haben, wenn nicht länger. Nach der Schule ging sie immer wieder hin und betrachtete es. Diese Kraft. Diese Wut darin. Diese *Gerechtigkeit*. Sie liebte das Gemälde. *Ich* liebe es.

Trotzdem ist es nur eine Fantasie, Maggie. Mehr ist es nie

gewesen. Der Plan war, eine weitaus befriedigendere Rache zu
erhalten. Die beste Rache, die es gibt: Gerechtigkeit. Überlegen Sie doch. Stellen Sie sich vor, wie perfekt es gewesen wäre,
wenn er erfahren hätte, dass niemand anders als Mindy ihn
nach all den Jahren zur Strecke gebracht hat. Dass Mindy dafür
sorgt, dass er den Rest seines Lebens in einer winzigen Zelle
verbringt. Aber er hat nie etwas geahnt. Nicht einmal in jener
Nacht, als er mich befingerte … Er wusste es nicht. Für ihn war
ich nur Fleisch; nichts als ein weiteres Loch. Er hätte sich nicht
erinnert. Nicht so, wie sie sich erinnerte.«

»Sie?«

»Mindy. Aber er hat nie erfahren, dass sie in diesem Haus in
Georgetown auf ihn wartete. Sie erhielt nie die Gelegenheit, es
ihm zu sagen.«

Maggie verrutschte auf ihrem Stuhl. Sie wollte wegsehen.

»Der Plan ist fehlgeschlagen, Maggie. Vorgesehen war, dass
andere anwesend sind, die das Verbrechen beobachten und
ihn festnehmen. Aber es ging schief.« Natasha hielt inne. »Ich
wollte ihn nicht töten. Ich wollte, dass er *gefasst* wird.«

»Nun, Natasha, wie erklären Sie das hier?« Maggie zog Ausdrucke der Artikel über die Vorfälle in Chicago und Bangalore
aus der Handtasche und breitete sie vor Natasha aus.

Natasha überflog sie und blickte auf. »Von der Sache in
Bangalore wusste ich nichts. Das ist mir neu.«

»Was, denken Sie, ist passiert?«

»Das weiß ich nicht.«

»Schauen Sie es sich an. Wir wissen beide, dass es … Haben Sie eigentlich eine Bezeichnung füreinander? Ist auch egal,
nehmen wir ›Judith‹. In beiden Städten leben Judiths. Gargi ist
nach Bangalore gezogen …«

»Ich weiß durchaus, wer wo wohnt, Maggie.«

»Schauen Sie sich die Daten der Artikel an.«

Sie sah unter die Überschriften. »Ich verstehe.«

»Wirklich? Denn ich verstehe nur, dass die Entführungen und Folterungen, im indischen Fall auch der *Mord*, geschehen sind, nachdem Jeffrey Todd – Paul – in Ihrem Haus tot aufgefunden wurde.«

»Was bedeutet?«

»Was bedeutet, dass Sie den anderen Judiths ein Zeichen gegeben haben, indem Sie Todd erschlugen. Ob Sie es beabsichtigten oder nicht, die Judiths nahmen es als Startschuss. ›Also gut, ab jetzt sammeln wir nicht bloß Belastungsmaterial. Wir gehen den nächsten Schritt. Wir nehmen das Gesetz in die eigene Hand. Wir werden Anklägerin, Geschworene und Richterin sein – genau wie Natasha in D. C.«

Natasha schwieg eine Weile, musterte die Ausdrucke vor sich, sah auf die Daten, prüfte sie erneut. Schließlich sagte sie leise: »Ich verstehe, wie das aussieht, aber …« Den Satz beendete sie nicht, sondern sah zu Maggie hoch und hielt eine Weile ihren Sitz.

»Wissen Sie, ich habe mit keiner von ihnen gesprochen – den Frauen –, seit es passiert ist.«

»Seit was passiert ist?«

»›Todd‹. Kein Kontakt. Dazu bestand keine Möglichkeit. Und es wäre zu riskant gewesen.«

»Verbindungsnachweise.«

Ein kurzes Lächeln. »Genau. Aber ich verstehe natürlich, was die Ereignisse nahelegen.« Mit einer Kopfbewegung deutete sie auf die Berichte auf dem Schreibtisch. »Es ist möglich, dass Sie recht haben.« Wieder verstummte sie, und in dem Schweigen drückte sich ihr Widerstreben aus, die sich aufdrängende Schlussfolgerung zu ziehen. »Mag sein, dass sie meine Aktion als eine Art Signal missverstanden haben. Aber beabsichtigt war das nicht. Niemals.«

»Und ist es anzunehmen, dass sie Ihre Aktion so verstehen mussten? Ich meine, waren Sie effektiv die Anführerin?«

»Ich weiß nicht, ob ich es so …«

»Ich gehe davon aus. Weil Sie eine sind, Natasha.«

»Was bin ich?«

»Eine Anführerin. Eine geborene Anführerin. Deshalb könnten Sie, wenn Sie als Präsidentin kandidieren, durchaus gewinnen. Das sage ich nicht einfach so daher.«

Natasha gab keine Antwort.

»Und deshalb ist meine Frage wichtig. Hatten Sie einen Strategiewechsel beschlossen? Hatten Sie entschieden, dass die Judiths wie Judith sein und Männer foltern und verletzen sollten, die Frauen vergewaltigen?«

Natasha hielt Maggies Blick stand und antwortete leise: »Maggie, ich habe Ihnen einiges verheimlicht, das ist klar. Mein ganzes Leben lang habe ich diese Dinge vor jedermann geheim gehalten. Aber was ich an dem Abend auf Cape Cod zu Ihnen gesagt habe, ist die Wahrheit. Ich kann nicht in einer Welt leben, in der Frauen und Mädchen als Gegenstände behandelt werden, von denen man Besitz ergreifen kann, damit sie die Lüste von Männern befriedigen. Und doch geht es in diesem Moment auf der Welt, in der wir beide leben, genau so zu. Das Gesetz erlaubt es. Die Gerechtigkeit soll blind sein, aber blind ist sie in Wirklichkeit nur für dieses besonders furchtbare Verbrechen. Das Gesetz sagt, dass es gar kein Verbrechen ist und wir alle es zu dulden haben. Das steht zwar nirgendwo so geschrieben, aber faktisch ist es so. Und das kann ich nicht dulden.

Sie wissen nun, woher das kommt. Weil in dieser cleveren, erfolgreichen Menschenrechtsanwältin, die Sie und andere als für die Präsidentschaft geeignet betrachten, ein ganz anderer Mensch steckt, dessen Seele jeden Tag ein bisschen mehr verstümmelt wurde, vier Jahre, sechs Monate, zwei Wochen und drei Tage lang. Dieser Mensch ist ein Kind, das sich nie davon erholt hat. Nicht richtig. Ich trage sie in mir, und ich muss sie weiterhin beschützen.

Ich habe sie vor Ihnen verborgen gehalten, weil sie verborgen bleiben muss. Manchmal – sogar ziemlich oft – versteckt sich Mindy vor mir. Aber alles andere, was ich Ihnen gesagt habe, ist die Wahrheit. Ich wollte, dass ›Todd‹ vor Gericht kommt. Ich wollte das unbedingt. Mindy wollte es auch. Aber in jenem Augenblick, in jenem Sekundenbruchteil habe ich erkannt, dass ich mein Leben verteidigen muss. Und das habe ich getan. Kein Plan, kein Komplott. Nur mein Selbsterhaltungsinstinkt. Wie Sie wohl schon selbst erkannt haben, ist dieser Instinkt bei mir stark ausgeprägt.

Aber mehr ist nicht daran: Es handelte sich um eine spontane Entscheidung über Leben und Tod. Was die anderen angeht, so kann ich nicht für sie sprechen. Für mich ist es jedoch wichtig, dass Sie mir glauben.«

Maggie musterte die Frau vor sich genau – die beiden Personen, die ihr gegenübersaßen, nach allem, was Natasha gerade gesagt hatte.

Sie sah sie unverwandt an und suchte nach einer Antwort.

Wenn jemand zu dir sagt, dass du ein guter Menschenkenner bist, was bedeutet das eigentlich?, fragte sich Maggie. Gewiss hieß es, dass man sich jemanden nur genau anzusehen brauchte, ihm vielleicht tief in die Augen blicken musste, und dann lauschte man auf eine innere Stimme, die Ja oder Nein sagte, Daumen hoch oder Daumen runter. Und man vertraute auf diese Stimme und entschied, dass man es wagen würde.

Maggies innere Stimme hatte sich in der Vergangenheit schon geirrt, und manchmal hatte sie dafür einen hohen Preis gezahlt. Mehr als einmal hatte sie zugelassen, dass ihr das Herz gebrochen wurde, weil die Stimme falschgelegen hatte. Aber was konnte man am Ende schon anderes tun?

Auf welche andere Stimme soll man hören, wenn nicht auf die, die in einem spricht?

Und was für ein Leben führt man, wenn man nie etwas wagt?

Sie beugte sich vor, verringerte den Abstand zwischen Natashas und ihrem Gesicht, setzte die Ellbogen auf die Tischplatte und ihr Kinn auf ihre Fäuste. »Ich möchte Ihnen glauben, weil ich weiß, was Ihnen zugestoßen ist und dass Ihnen die Gerechtigkeit vorenthalten wurde.« Sie hielt inne. »Deshalb bitte ich Sie um Folgendes.«

Natasha nickte wie ein pflichtbewusstes Schulmädchen, dem gleich eine Aufgabe gegeben würde. Und zum ersten Mal, so glaubte Maggie, war ein Hauch von Mindy Hagen zu sehen, die gleich hier vor ihr saß. Ihr schnürte sich die Brust zusammen.

Maggie räusperte sich. »Ich möchte, dass Sie den anderen Judiths eine Nachricht übermitteln, notfalls über mich. Sagen Sie ihnen, dass das Töten aufhören muss. Das ist nicht Ihr Ziel. Es ist nicht das, was Sie wollen.«

Natasha nickte erneut.

»Zweitens werden Sie ein Fernsehinterview geben, in dem Sie mit der Wahrheit herausrücken über das, was in jener Nacht in Ihrem Haus geschah.«

»Okay.«

»Und in diesem Fernsehinterview werden Sie sagen, wer Sie wirklich sind. Ich glaube, Sie müssen die Geschichte von Mindy Hagen erzählen und auch die Geschichte des Lebens, das Sie sich geschaffen haben. Wenn Sie als Präsidentin kandidieren – und dazu ist gerade noch Zeit –, kommt es sowieso ans Licht. Das kann nicht ausbleiben. Aber selbst wenn es anders wäre … Ich glaube, die Wahrheit auszusprechen ist für Sie die einzige Möglichkeit, wirklich zu leben. Ich habe das selbst vor nicht langer Zeit gelernt: dass man am Ende die Wahrheit sagen muss.«

Natasha lächelte. »Sagen Sie das als politische Ratgeberin oder als Therapeutin?«

Maggie erwiderte das Lächeln. »Beides.«

»Können Sie sich vorstellen, was die amerikanische Öffentlichkeit daraus macht? Die Presse? Sie werden sagen, ich bin von vorn bis hinten eine Lüge. Weil ich eine Lüge gelebt habe.«

»Nicht wenn Sie die Geschichte erzählen, die ich durch Ihr Tagebuch erfahren habe. Damit berühren Sie die Menschen. Sie werden Ihrem Mut applaudieren, Ihrer Widerstandskraft und Ihrer Aufrichtigkeit.« Maggie hörte Stuart Goldsteins Stimme in ihrem Kopf. *Diese Mindysache ist der* Hammer *als Hintergrundgeschichte: Trailerparkkind aus Arkansas schafft es nach Harvard – wollen Sie mich veräppeln? Viel besser als irgend so eine Silberlöffelprinzessin aus Massachusetts zu sein. Außerdem gehört Massachusetts schon zu unseren Staaten; Arkansas wäre ein Gewinn.*

Aber was Maggie laut aussprach, war: »Ihre Geschichte ist authentisch, und das ist alles, was in der Politik zählt. Dass Sie sich selbst treu bleiben. Aber zuerst müssen Sie zugeben, wer ›Sie selbst‹ eigentlich sind. Auch für sich selbst.«

»Und wenn ich das alles tue?«

»Dann bleibt der Rächerinnenzirkel unter uns. Niemand wird je davon erfahren. Die Judiths in Chicago und Bangalore werden sicher sein; die anderen auch. Ich werde Ihr Geheimnis bewahren.«

Erneut betrachtete Natasha eine Weile die eigenen Hände, die gleichen Hände, die versucht hatten, die Berührungen eines Jungen abzuwehren, den sie für ihren Bruder gehalten hatte, und dabei gescheitert waren. Natasha rang mit der gleichen Entscheidung, mit der Maggie gerungen hatte. Sie fragte sich, ob sie das Wagnis eingehen würde.

Schließlich griff sie über den Tisch und schüttelte Maggie die Hand.

»Okay«, sagte sie. »Abgemacht.«

MONTAG

KAPITEL 48

Sie hören Meet the Press Daily. Zur vollen Stunde bieten wir tief gehende Einblicke und Analysen des sensationellen NBC-Interviews mit der Präsidentschaftshoffnung Natasha Winthrop von gestern Abend. Der Bürgerrechtsanwältin wird Mord vorgeworfen, während sie sich auf Notwehr gegen einen gesuchten Vergewaltiger und Mörder beruft.

Fangen wir mit Ihnen an, Katty. Wir sind beide schon lange in dieser Stadt, aber haben Sie so etwas schon einmal erlebt?

Nein, das habe ich nicht. (Lachen) Da haben Sie mich kalt erwischt. Ich weiß, in den Nachrichten hört man übermäßig oft die Formulierung »beispiellos«, aber ernsthaft: Das, was wir gestern Abend erfahren haben, ist tatsächlich beispiellos. Ich meine, fangen wir einfach mit der Optik an …

Richtig, das ist auch etwas …

Da war sie, eine Frau, die die US-Präsidentschaft anstrebt, und sie wird interviewt, trägt dabei Gefängniskleidung und sitzt offensichtlich auch hinter Gittern, aber – und das ist das Außergewöhnliche daran – irgendwie hat es funktioniert.

Ich weiß, es …

Es sah nach etwas aus, das man vielleicht in einem Entwicklungsland erwartet – Sie wissen schon, die zukünftige starke Frau, vom Regime hinter Gitter gebracht, erhält ausnahmsweise die Erlaubnis, ein Interview aus der Gefängniszelle zu führen.

Es war atemberaubend.

Absolut! Und es betonte ihre Message, dass sie irgendwie eine politische Gefangene sei. Dass sie eingesperrt wurde, weil sie es gewagt hat, sich gegen Gewalt an Frauen zur Wehr zu setzen.

Und was ist mit dieser Strategie der vollständigen Offenlegung: Was denken Sie? Hat das für sie funktioniert?

Na ja, sie hat ja nur die Karten auf den Tisch gelegt, nicht wahr? Sie hat erklärt, ja, sie kannte den Mann, der sie überfallen hat, tatsächlich; sie hat seinen Fall viele Jahre lang verfolgt und mit angesehen, wie er sich geschickt ein ums andere Mal der Justiz entzog. Den Plan hat sie entwickelt, um dafür zu sorgen, dass es Beweismaterial für seinen nächsten Vergewaltigungsversuch gibt. Ich meine, was für eine bestechende Idee!

Hören wir uns einen Ausschnitt des Interviews an:

»Sie hatten nicht geplant, ihn zu töten?«

»Auf keinen Fall. Ich hatte Pläne gemacht, die dafür sorgen sollten, dass mir nichts geschehen konnte und er gefasst wurde. Diese Pläne sind furchtbar fehlgeschlagen. Ich habe mit dem Feuer gespielt und mich daran verbrannt. Am Ende kam ich hierher und muss mich nun verteidigen. Aber ich gebe Ihnen mein Wort, dass er stirbt, war das Allerletzte, was ich geplant hätte.«

Das ist aus dem Interview von gestern Abend, und Sie fanden es überzeugend?

Ich fand es mutig. Ich fand es ehrlich. Ich fand es ergreifend. Aber was ich empfinde, spielt keine Rolle. Hören Sie sich an, was das amerikanische Volk zu sagen hat. Umfragen über Nacht zeigen, dass …

Bringen wir die Zahl mal auf den Schirm. So, bitte.

Achtundsechzig Prozent sind überzeugt oder halten es für sehr wahrscheinlich, dass Natasha Winthrop die Wahrheit gesagt hat, und ein ähnlich großer Bevölkerungsanteil ist der Ansicht, dass alle Vorwürfe gegen sie fallen gelassen werden sollten …

Das war vor der Verlautbarung der Washingtoner Staatsanwaltschaft, dass die Mordvorwürfe tatsächlich fallen gelassen werden, weil »keine realistische Aussicht auf Verurteilung« besteht. Tut mir leid, ich habe Sie unterbrochen, fahren Sie fort …

Nun, Chuck, wie Sie sich vorstellen können, ist es diese Zahl, die die Menschen in Washington so erregt hat. »Sollte Natasha Winthrop für die US-Präsidentschaft kandidieren?« Vierundsechzig Prozent beantworten die Frage mit ja. Nun, sicherlich haben diese vierundsechzig Prozent damit noch nicht gesagt, dass sie für sie stimmen würden, aber besonders im Licht von Tom Harrisons Entscheidung, seinen Wahlkampf wegen dieser Hackergeschichten und der Verbindung nach Russland auf Eis zu legen …

Maggie stellte den Fernseher stumm. Sie wollte sich darauf konzentrieren, welches Kleid sie tragen würde. Uri war auf der anderen Seite der Welt, und so konnte sie nur ihr Handy auf die Zahnbecherablage im Bad stellen und vor der Linse Modell stehen, während Liz ihr Outfit über FaceTime begutachtete. »Dreh dich noch mal um.«

»Das hab ich schon zweimal gemacht.«

»Ich versuche noch rauszubekommen, ob es am Kleid liegt oder ob bloß dein Hintern dicker geworden ist.«

»Das hilft mir echt nicht weiter.«

»Das hilft dir so was von weiter, glaub mir. Du willst da doch nicht hingehen, wenn du aussiehst wie Schwester Agnes in ihrer Jogginghose.«

»Liz, ich habe dafür keine Zeit.«

»Mal im Ernst, erinnerst du dich an den Arsch von der Frau? Der hatte *Schichten*. Wie das Eis auf Grönland. Als wenn er sein eigenes Ökosystem wäre oder so was. Was machst du?«

»Ich ziehe es aus.«

»Wieso?«

»Weil du gesagt hast, mein Arsch sieht darin so groß aus wie Grönland.«

»Ich habe gesagt, ich will *gucken*, ob er so aussieht.«

»Wie ist es mit der schwarzen Hose?«

Am Ende war Maggie angezogen und verließ die Wohnung.

Eine Party zur Feier von Natashas Freilassung sollte es sein, aber ganz eindeutig war es mehr. Partys in Washington, D. C. dienten selten nur einem Zweck: Gab ein Senator achtzehn Monate vor einer Präsidentschaftswahl zur Silberhochzeit eine Feier für sechshundert seiner engsten Freunde, begrüßten alle Gäste einander mit den gleichen zwei Worten: *Er kandidiert.*

Als Maggie die Veranstaltung in einem Restaurant am Washington Harbour erreichte, dessen Lichter auf dem Wasser funkelten, sah sie nichts, was ihre Ansicht korrigiert hätte. Der Raum war voller Journalisten von *Axios*, von der *Post* und von *Politico*, Kongressangestellten und bezeichnenderweise den Leiterinnen der wichtigsten Frauenorganisationen des Landes. Für eine Party, zu der mit wenigen Stunden Vorwarnzeit eingeladen worden war, konnte man es nur beeindruckend nennen.

Maggie nahm sich einen Drink, wehrte die Aufmerksamkeiten eines Ex-Kollegen aus dem Außenministerium ab, der mittlerweile geschieden war, und unterhielt sich bald liebenswürdig mit Jake Haynes von der *New York Times*.

»Noch einmal vielen Dank, Maggie!« Er hob das Glas. »Harrison war mit einem Schlag k. o.«

»Das hast du ganz allein geschafft, Jake, vergiss das nicht. Ich wusste nicht mal, dass er mit Imperial Analytica zusammengearbeitet hat.«

»Und wir wussten nicht, dass die Firma im Grunde eine Fassade für die Russen war und sich aufführte wie eine Bande von Straßenschlägern.« Wieder hob er das Glas auf sie. »Siehst du, deshalb sind wir das perfekte Team.« Er bedachte Maggie mit einem Lächeln, bei dem sie den Verdacht bekam, er könnte versuchen zu flirten.

Als Maggie keinerlei Reaktion zeigte, fügte er hinzu: »Das Interview war schon etwas, hm?«

Maggie räumte ein, dass dem so sei, auch wenn sie eigentlich darüber nachdachte, was ihr in den vergangenen vierundzwanzig Stunden nicht aus dem Kopf gegangen war: all die Dinge, die Natasha im Fernsehen nicht gesagt hatte.

Gewiss, sie hatte zugegeben, Todd gekannt und seinen Fall verfolgt zu haben. Aber als man sie fragte, weshalb sie aus allen Vergewaltigern gerade diesen Vergewaltiger ausgewählt habe, hatte Natasha dem Interviewer die gleiche Platte vorgespielt wie Maggie vor einigen Tagen auf Pilgrim's Cove. Von Little Rock war nicht die Rede gewesen. Und nicht einmal eine Andeutung Mindy Hagens.

Maggie hatte eine WhatsApp-Nachricht getippt: *Was ist mit unserer Abmachung?* Aber abgeschickt hatte sie die Nachricht nicht.

Sie wollte weiter darüber nachdenken, besonders über die eine Frage, zu der sie bei dem Zusammentreffen im Gefängnis nicht gekommen war. Dabei war es eine ganz einfache Frage. Natasha hatte Maggie ihr ganzes Leben offenbart und zugelassen, dass sie in allen Dokumenten wühlte, ob auf Papier oder digital. Sie musste gewusst haben, dass sie Maggie nach Penobscot und zu Tante Peggy und auch zu den Judiths führen würden. Warum hatte sie das getan?

Die offizielle Antwort kannte Maggie natürlich: Natasha wollte wissen, wegen welcher Teile ihrer Arbeit ihre Feinde es auf sie abgesehen hatten und wer diese Feinde eigentlich waren. Dafür hatte sie riskiert, dass Maggie erheblich tiefer als erforderlich in ihrer Vergangenheit bohrte. Wieso?

Jemand bat um Ruhe, indem er ein Glas anschlug. Ein Schauspieler stand auf der Bühne, ein Kassenmagnet, von dem Liz schwärmen würde, bei dem Maggie jedoch Probleme hatte, sich an seinen Namen zu erinnern. Er intonierte ein langes Loblied auf »… die Streiterin für die Bürgerrechte, das Rollenmodell für unsere Töchter, die Amazonenkönigin …«, aber Maggie nahm es kaum auf. Sie dachte über ihre Frage nach.

Ein Gesprächsfetzen kam ihr in Erinnerung, aus der Unter-

439

haltung, in der sie Peggy Winthrop zu überzeugen versuchte, mit ihr zu sprechen.

Natasha ist eine sehr vorsichtige junge Frau. Fehler zu begehen ist für sie nicht typisch. Trotzdem hat sie Ihnen Zugriff auf ihren Computer gegeben und Ihnen freie Hand gelassen, einen Weg hierher zu finden. Mich zu finden.

Maggie hatte dort nicht allzu tief nachgebohrt, sie war froh gewesen, den Fuß in die Tür zu bekommen. Nun aber fragte sie sich, ob die alte Tante Peggy erkannt hatte, was von Maggie übersehen worden war: Natasha hatte gewollt, dass Peggy gefunden wurde. Was nur bedeuten konnte, sie wollte, dass jemand Mindy fand.

Natasha trat nun auf die Bühne und sonnte sich im Ablauf. Die Gäste skandierten: »*An den Start, Tasha, an den Start! An den Start, Tasha, an den Start!*«

Sie lächelte und bedeutete der Menge bescheiden, leise zu sein.

Wie bereitwillig Peggy ihr das Tagebuch übergeben hatte. Widerstand hatte sie keinen geleistet. Sie hatte es Maggie vielmehr aufgedrängt.

»*An den Start, Tasha, an den Start!*«

Warum wollte Natasha Winthrop enttarnt werden, und wieso hatte sie in das TV-Interview eingewilligt, nur um dann doch zu schweigen und Mindy weiter versteckt zu halten?

»Ich danke Ihnen allen. Ihre Unterstützung bedeutet mir so viel.«

Maggie betrachtete Winthrop, wie Stuart Goldstein sie betrachtet hätte. Es ließ sich nicht bestreiten: Sie war ausgezeichnetes »Pferdefleisch«, um das Wort zu verwenden, das Stu benutzte, wenn er Kandidaten beurteilte, als stünden sie auf einem Viehmarkt zum Verkauf. Forsch, klar, unwiderstehlich. Und schön. Eine Anwältin über dreißig ohne Erfahrung in Wahlämtern; ein Vergewaltigungsopfer, das bis heute

440

unter Mordanklage gestanden hatte; eine (angebliche) WASP aus der Ostküstenelite. Da war es doch Wahnsinn, zu denken, sie könnte für das Weiße Haus kandidieren – und doch war es möglich.

Natasha kam von der Bühne, und augenblicklich hatte sich eine Menge um sie geschart.

Maggie hielt sich hinten und wartete, dass sie mit dem Gedränge zu der zukünftigen Kandidatin getrieben wurde. Als sie in Natashas Nähe war, trat Maggie näher, bis sie sich von Angesicht zu Angesicht gegenüberstanden.

Durch den Lärm rief Maggie: »Gute Ansprache, Natasha.«

»Vielen lieben Dank!«, rief Natasha zurück.

»Das Interview lief gut.«

»Ja! Dank Ihrer Hilfe.«

Mehrere Blicke zuckten zwischen ihnen hin und her, ein Austausch, bei dem Natasha *Nicht hier* sagte und Maggie mit *Keine Sorge* antwortete.

»Ich möchte Sie noch etwas fragen, Natasha.«

»Toll! Machen wir doch einen Termin?«

»Es dauert nur einen Augenblick.«

»Hi!« Natasha schüttelte einer Frau in den Sechzigern die Hand, die ihr Handy hob und um ein Selfie bat. Maggie wartete, bis die Sache erledigt war, und als Natasha weitergehen wollte, ergriff sie sie leicht beim Handgelenk. Als wollte sie sagen: *Stopp!*

»Ich möchte wissen, weshalb Sie wollten, dass ich es herausfinde.«

»Was herausfinde?«

»Das über Sie.« Maggies Blick bat: *Zwingen Sie mich nicht, es auszusprechen.* »Wieso?«

Natasha zögerte und ergriff Maggies Hand. »Weil Sie die Beste sind, Maggie. Die Allerbeste.«

»Das ist keine Antwort auf meine Frage.«

441

»Oh doch, das ist es. Eines wusste ich genau: Falls es eine Möglichkeit gibt, es herauszufinden, würden Sie darauf stoßen. Und Sie haben mich nicht enttäuscht.«

»Ich kann Ihnen nicht folgen.«

»Sie werden sich erinnern, dass der Mann, den ich einmal für meinen Vater hielt, ein Klempner war. Bevor ein Klempner ein Rohr installiert, prüft er es. Er leitet Wasser hindurch und schaut, ob etwas an einer Stelle herauskommt, wo es nicht herauskommen sollte. Auf diese Weise weiß er, ob das Rohr ein Leck hat, das zu Wasserschäden führen kann. Nun, Sie, Maggie, haben das Leck gefunden. Und jetzt kann ich es stopfen.«

»Was? Wie denn?«

»Zum Beispiel diese Verbindungsnachweise. Nicht zu schwierig, die verschwinden zu lassen.« Und da war wieder der Augenausdruck aus purem Eis, den Maggie auf Cape Cod gesehen hatte. Damit hatte Natasha ihr damals eine Gänsehaut bereitet, und jetzt gelang es ihr erneut.

Maggie musste unvermittelt an Großtante Peggy denken, die mitten im Nirgendwo an der fernen Atlantikküste wohnte. Vor ungefähr zehn Jahren war sie dorthin gezogen, hatte sie gesagt. Hatte wirklich Natasha ihre Retterin an den äußersten Rand des Landes verbannt, um ihr Geheimnis zu schützen, nachdem ihre Karriere angelaufen war? Maggie schossen so viele Gedanken durch den Kopf, doch die Worte, die herauskamen, waren: »Aber … aber … ich weiß darüber Bescheid. Die Geschichte ist ans Licht gekommen.«

»Nicht im Geringsten.« Natasha drückte Maggies Hand erneut und brachte ihr Gesicht noch näher heran. »Wenn ich sage, Sie seien die Beste, meine ich damit nicht bloß, dass Sie in Ihrem Job gut sind. Was zweifelsfrei der Fall ist. Ich meine damit aber etwas anderes: dass Sie ein guter Mensch sind, Maggie. Ich weiß, dass Sie mich niemals verraten, genauso wenig, wie Sie meine Kolleginnen je bloßstellen würden. Wie nannten

Sie sie? Die Judiths. Wie einfallsreich. Und ganz sicher weiß ich, dass Sie Mindy nicht verraten würden. Nicht nach allem, was ihr zugestoßen ist.«

Ein Mann schob sich durch die Menge, die Arme ausgestreckt zu einer Umarmung, die pflichtschuldig gewährt wurde. Im Schlepptau brachte er mit, was Maggie für eine Ehefrau und drei Töchter hielt, und alle flehten sie um ein Selfie mit der Frau der Stunde. Ein, zwei Sekunden später hatten sie Maggie aus dem Weg geschoben, und Natasha war von der Menge verschluckt worden und verschwunden.

Ein Kellner kam mit einer Flasche Champagner, die in eine weiße Stoffserviette eingeschlagen war. Er wollte Maggies Glas nachfüllen, doch stattdessen reichte sie es ihm zurück. Sie machte sich auf zum Ausgang und empfing auf dem Weg nach draußen ein kleines Winken von Jake Haynes, der in sein Handy brüllte.

Draußen, am Wasser, das Gedränge der Party im Rücken, blieb sie schwer atmend, fast keuchend stehen. Natasha Winthrop hatte sie nach allen Regeln der Kunst ausgespielt. Sie hatte Maggie verleitet, eine Generalprobe der Recherchen anzustellen, die, wie sie nur zu gut wusste, auch die Opposition durchführen würde, sobald sie sich um die Präsidentschaftskandidatur bewarb. Wenn sich jemand irgendwie vollen Zugang zu all ihren Daten verschaffte, was würde er finden? Maggie hatte die Antwort gegeben.

Erneut begannen die Leute im Restaurant zu skandieren – »*An den Start, Tasha, an den Start!*« –, und Maggie musste noch einmal an die Geschichte denken, die Natasha immer wieder erzählt hatte: ihr, dem Fernsehinterviewer, dem Land. Dass sie spontan gehandelt habe, um sich gegen einen Vergewaltiger zu verteidigen.

Aber war Natashas Plan in jener Nacht wirklich fehlgeschlagen? Oder hatte er vielmehr funktioniert wie ein Uhrwerk?

Hatte sie es nur darauf angelegt, dass »Todd« – Paul –, der Adoptivbruder, der sie so grausam missbraucht hatte, verhaftet und verurteilt wurde? Oder hatte diese Frau, die zwei so unterschiedliche Leben geführt hatte – die sie voreinander verborgen hielt –, den Mann mit Vorbedacht, kaltblütig und aus Rache getötet? Und falls Natasha Winthrop, die auf dem Weg sein mochte, das Amt mit der größten Macht auf der Welt zu erringen, dies getan haben sollte, hatte Maggie dann richtig oder falsch gehandelt? Sollte sie Natashas Geheimnis bewahren oder es offenlegen?

Im funkelnden Abend eines Herbstes in Washington begriff Maggie, während der Jubel und der Sprechchor über den Hafen hallten, mit einer Mischung aus Benommenheit und Ekel: Falls es auf diese Frage überhaupt eine Antwort gab, so kannte sie die nicht.

DANKSAGUNGEN

Dieser Roman fußt auf einer Reihe trauriger Tatsachen. Die Verurteilungsrate für Vergewaltigungen sind in der Tat so erbärmlich niedrig, wie Natasha Winthrop es schildert, und in Großbritannien sieht es genauso finster aus wie in den USA. In Indien wird alle fünfzehn Minuten eine Vergewaltigung angezeigt.

Die Episoden sexueller Belästigung und Nötigung, ob in New York, London oder Stockholm, beruhen auf den Aussagen der Opfer und sind alles andere als erfunden. Ich empfinde große Bewunderung für ihren Mut, die Stimme zu erheben, und große Dankbarkeit für die Journalist:innen, die ihre Geschichten aufgezeichnet haben.

Ich stehe auch in der Schuld der vielen Expert:innen und Anwält:innen, mit denen ich für dieses Buch gesprochen habe, zuallererst Alexandra Topping, meine Kollegin beim *Guardian*, die so eindringlich zu diesem Gebiet geschrieben hat. Julie Bindel, eine altgediente Streiterin gegen Gewalt an Frauen, war sowohl geduldig als auch großzügig, dass sie mich an ihren Erkenntnissen teilhaben ließ. Hadley Freeman und Rachel Burns waren so freundlich, einen frühen Entwurf zu lesen, und beide schenkten mir den klugen Rat, der für sie beide typisch ist. Ich möchte ganz besonders dem Dichter und Schriftsteller Lemn Sissay danken, der mit großer Offenheit darüber sprach, wie er die Zurückweisung durch eine Pflegefamilie, die er liebte, erlebt hat.

Erneut war Alex Hern, Technikguru des *Guardian*, ein cleverer Führer durch das Reich des Digitalen, während der unverwüstliche Rob Evans mich über das trickreiche Geschäft mit falschen Identitäten ins Bild setzte. Gary Copson und Kate London erlaubten mir, von ihrer großen Erfahrung in Sachen Polizeiarbeit zu profitieren. Dankbar bin ich auch meinem alten Freund und Juristerei-Weisen James Libson.

Es gibt einen ganzen Haufen von Kameraden, die mir schon früher und auch jetzt wieder geholfen haben. Mein Dank gilt Steve Coombe, der unerschütterlich großzügig ist mit seinen Ratschlägen auf dem Gebiet von Sicherheit und Spionagepraxis, und Jonathan Cummings für seine schier unheimliche Fähigkeit, selbst noch die versteckteste Tatsache ans Licht zu holen.

Ich könnte dem Team bei Quercus nicht dankbarer sein für seine Geduld und seinen klugen Rat und möchte besonders Jon Butler, Stefanie Bierwerth, Laura Soppelsa und Hannah Robinson erwähnen: Ich bin froh, in ihren Händen zu sein. Rhian McKay besitzt das schärfste Lektorenauge der ganzen Branche, Sharona Selby hat Adleraugen als Korrektorin, und Viola Hayden bei Curtis Brown hat mir einige sehr klarsichtige Ratschläge erteilt.

Die Grundlage dieses Romans war ein kurzer Zeitungsartikel, den mein Agent und Freund Jonny Geller entdeckt hat: Er ist weiterhin der Fels, auf dem ich wie so viele Autoren stehe.

Am Schluss ein Wort an meine Familie. Sarah, Jacob und Sam bringen unaufhörlich Liebe und Freude in mein Leben. Welche Finsternis auch immer in der großen Welt dräut, sie erfüllen unser Zuhause mit Lachen und Sonnenschein. Ich liebe sie mit jedem Tag mehr.

Die Community für alle, die Bücher lieben

In der Lesejury kannst du
★ Bücher lesen und rezensieren, die noch nicht erschienen sind

★ Gemeinsam mit anderen buchbegeisterten Menschen in Leserunden diskutieren

★ Autoren persönlich kennenlernen

★ An exklusiven Gewinnspielen und Aktionen teilnehmen

★ Bonuspunkte sammeln und diese gegen tolle Prämien eintauschen

Jetzt kostenlos registrieren: www.lesejury.de

Folge uns auf Instagram & Facebook:
www.instagram.com/lesejury
www.facebook.com/lesejury